묵점 기세춘 선생과 함께하는

장자

묵점 기세춘 선생과 함께하는

장자

초판 1쇄 발행_ 2007년 1월 9일
개정판 1쇄 발행_ 2020년 6월 1일

옮긴이_ 기세춘

펴낸곳_ 바이북스
펴낸이_ 윤옥초

ISBN_ 979-11-5877-165-2 03820

등록_ 2005. 07. 12 | 제313-2005-000148호

서울시 영등포구 선유로49길 23 아이에스비즈타워2차 1005호
편집 02) 333-0812 | 마케팅 02) 333-9918 | 팩스 02) 333-9960
이메일 postmaster@bybooks.co.kr | 홈페이지 www.bybooks.co.kr

책값은 뒤표지에 있습니다.

책으로 아름다운 세상을 만듭니다. - 바이북스

이다. 그렇게만 된다면 여러분은 참된 삶의 길을 찾을 수 있을 것이다.

　책을 출간할 때면 언제나 오랜 산고를 거친 새로운 탄생이라는 설렘
이 있지만 이번의 『장자』는 그 감회가 남다르다. 20년 동안 묻혀 있던
원고가 빛을 본 까닭이다. 바이북스 대표 윤옥초 님께서 동양고전 재
번역 운동에 관심과 열의를 가지고 어려운 결심을 해주셨다. 거듭 윤
선생님께 감사를 드린다. 그리고 한문 자음까지 꼼꼼히 교정해 주신
김주범 님과 임종민 님에게도 감사의 마음을 전한다. 발문을 써주신
김규동 시인님, 고은 시인님, 신영복 교수님, 김조년 교수님, 그리고
마지막으로, 오래전부터 저를 아껴주신 독자 여러분 모두에게 존경과
감사의 말씀을 드린다.

2006년 늦은 봄
기세춘 올림

묵점 기세춘 선생과 함께하는

장자

기세춘 옮김

바이북스
ByBooks

치졸한 번역이 통용되는 것은 우리 출판계의 수치다.
고증학적 작업을 거친 재번역만이『장자』의 본모습을 밝힐 수 있다.

재번역에 대한 변명

옛 사람들은 장자莊子를 문장의 귀재라고 말해 왔다. 조선의 문체혁명을 일으킨 연암 박지원은 『열하일기熱河日記』 서문에서 장자를 저술가의 영웅이라 칭하고 스스로를 그와 비교했다. 그는 글쓰기의 전범으로 『주역周易』과 『춘추春秋』를 꼽고, 『주역』으로부터 유행한 우언寓言은 은미한 진리를 말하면서도 현저함을 지향하고, 『춘추』로부터 유행한 외전外傳은 현저한 사실을 말하면서도 은미함을 지향하는데, 『장자』의 경우 은미함과 현저함, 사실과 허구가 갈마들며 변화무쌍하여 저서의 압권이라고 보았던 것이다. 이처럼 우리 문인들은 모두가 장자를 열독하여 왔다. 그러나 번역본을 읽어야 하는 한글세대는 원문을 읽었던 연암이 느낀 감동을 공유할 수 없는 실정이다. 지금 책방에 나와 있는 『장자』 번역서는 불행하게도 오역·왜곡·변질되어 흉물스런 허물로만 남아 있기 때문이다.

이러한 왜곡과 변질의 주범은 종교권력과 정치권력이다. 권력에 의해 교조화하고 이념화한 사상은, 세상이 변하더라도 영원한 진리로 남기 위해 이 경전들을 변질시킨다. 또한 새로운 외래 사상이 유입될 때도 그것을 탄압하거나 융합하기 위해 경전을 변질시킨다. 특히 노장사상은 주술과 신선술의 도교가 일어나 황제와 노자를 교조로 삼으면서 신비학으로 왜곡되었고, 거기에 더하여 정치권력에 의해 체제에 순응하는 은둔과 청담淸談으로 변질되었다. 지금까지 출간된 노장 주석서는 모두 한결같이 이러한 왜곡을 답습한 것이다. 그러므로 본모습을 드러내기 위해서는 고증학적 작업을 거친 재번역이 요구되는 것이다.

더구나 우리의 번역서는 이러한 왜곡에 더하여 온통 오역투성이라 폐기해야 마땅하다. 몇 군데의 간단한 오역이라면 수정하는 것으로 족하겠지만, 근본 취지를 그르친 악서들과 무슨 말인지조차 이해할 수 없는 저질 서적은 추방해야 한다. 번역자의 천박함으로 인해 은미하고 철학적인 담론이 원문과는 전혀 다른 치졸한 처세훈이 되고, 서사적인 우화는 그 핵심을 놓치고 초점을 그르쳐 다른 길로 빠져버린 엉뚱한 이야기가 되어버렸기 때문이다.

이러한 개탄스런 풍토는 그 뿌리가 너무 깊다. 조선시대는 성리학에 찌들어 모든 고전이 성리학을 위해 복무해야만 했고, 일제를 거치면서 동양학은 황국신민의 교양서를 자처하며 황도유학으로 타락했고 해방 이후에는 자본주의 시대의 처신술로 타락함으로써 왜곡이 왜곡을 부르는 천박한 풍토가 학계의 고질병으로 굳어버린 것이다. 그러나 우리

학계는 지금까지도 유가들의 정치적 필요에 의한 시대착오적인 왜곡을 답습하면서도 그것조차 소화하지 못하고 엉터리 번역을 하고 있으니 부끄러운 일이다. 이처럼 치졸한 번역이 통용되는 것은 우리 출판계의 수치다. 그러므로 스스로 절판하는 것이 그나마 도리일 것이다.

중국 고전의 경우 수천 년 묵은 고문자이므로 우리나라에서 오늘날 사용되는 뜻으로는 해석이 불가능하다. 당시는 글자 수가 지금처럼 수만 자에 이른 것이 아니라 수천 자에 불과하여 빌려 쓰는 경우가 많았고, 수천 년의 세월이 흐르면서 그 뜻이 변했기 때문이다. 또한 고전은 내용이 포괄적이므로 신학, 철학, 정치, 경제, 사회 등 광범위한 소양이 요구되는 까닭도 있다. 요즘은 한 분야를 전공한 훌륭한 학자는 많지만, 고전의 일부분에 대해서만 인용할 뿐 감히 완역을 한다고 나서지 않고 있는 현실이다. 그런데도 한 부분, 한 주제에 대한 논문을 써서 박사·교수가 되었다고 자만하는 몇 사람이 명성을 팔아 번역을 하겠다고 덤비고 있다. 그러니 그 폐해는 너무도 크다.

화룡점정畵龍點睛이란 말이 있다. '용을 아무리 잘 그려도 눈을 그려 넣지 않으면 승천할 수 없다'는 뜻이다. 불상을 조성할 때는 눈을 그려 넣는 개안開眼 의식을 엄숙히 거행한다. 눈이 바로 박히지 않은 불상은 사불邪佛이며 돌덩이나 나뭇조각에 지나지 않기 때문이다. 지금 우리는 구름 속에서 살아 비상하는 용이 아니라 축 늘어진 어물전의 썩은 생선을 그려놓고, 그 비늘 한 조각을 가리키며 찬란한 보석이나 나전칠기보다 영롱하다고 칭찬을 늘어놓는 꼴이니 이 얼마나 애석한 일인가!

이에 나는 칠십 노인의 망령기와 당돌함으로 만용을 부려 『논어論

語』, 『노자老子』, 『장자』를 재번역하기로 했다. 감히 말씀드리지만, 기존의 두꺼운 오역 덩어리를 수술하고 본래의 취지를 되살려 냄으로써 지금과는 전혀 새로운 『장자』의 본모습을 드러내고자 했다. 다만 나는 결코 새로운 번역이 완전무결하다고 자만하지는 않는다. 다른 책들과 대조하여 읽어본 후에 잘못된 점을 질책해 주면 겸허히 받아들여 수정하겠다.

조선의 선비들은 사서삼경을 마친 후에는 『장자』를 즐겨 읽었다. 선비에게 남화진경南華眞經은 벼슬 없이 은둔할 때 세상을 잊는 좋은 벗이었고, 아울러 중국화하고 도교화한 뒤 우리나라에 수입된 불교에 대항하는 자료가 되었기 때문이다. 그러므로 노장은 우리 문화의 일부다. 다만 그들은 공자를 비난하는 원래의 『장자』가 아니라 불온한 부분을 윤색한 이른바 '남화진경'으로 읽은 것이다. 그래서 오늘날 책방에 나와 있는 『장자』도 대체로 이러한 왜곡의 전통을 벗어나지 못하고 있다.

나는 일제 때 서당을 다녔으나 아직 소년이었으므로 사서삼경만 배웠을 뿐, 당시 내게 있어 노장은 금기 서적이었다. 내가 『장자』를 읽은 것은 유교에 대한 비판 의식이 팽배했던 대학 시절이었는데, 그 불손함과 불온함, 황당함에 놀라고 천의무봉의 자유분방함에 매료되었던 기억은 지금도 잊을 수가 없다. 그러나 그 번역서는 앞뒤가 모순되는 횡설수설로 읽기가 힘든 것은 물론이요, 도저히 무슨 뜻인지 알 수 없는 곳이 많았다.

내가 정작 『장자』 원문과 번역문을 꼼꼼히 대조하여 살핀 것은 30

여 년 전으로, 김동성 선생의 『장자』(을유문화사, 1974년 16판)를 읽고 난 후였다. 뜻을 알 수 없는 대목과 엉뚱한 오역이 너무 많음을 발견했기 때문이다. 10여 년이 지나 김학주 선생의 『장자』(을유문화사, 1986년 5판)를 읽고는 너무도 실망했다. 그러던 중 김달진 선생의 『장자』가 출간되었다는 소식을 듣고 반가운 마음으로 곧장 달려가 구입해서 읽었다(고려원, 1987년 초판). 기존의 것보다는 많은 개선이 있었으나 그 책 역시 여전히 고루하여 근본 취지를 그르친 곳이 태반이었다. 이에 이대로는 안 되겠다는 생각에 내가 직접 새로운 번역에 착수했던 것이다.

그러나 유명 출판사들은 잘 팔리는 기존의 판본을 바꾸려 하지 않았고, 군소 출판사들은 승산이 없었기에 나의 번역을 출판할 길이 없었다. 그러고는 십여 년 동안 잊어버렸다. 2001년에 들어와 재야 운동을 접고 동양 사상 강좌 시리즈를 기획·준비하던 차에 최근 발간된 책들을 참고하고자 안동림 선생의 『장자』(현암사, 2001년 개정판 4쇄)를 구입하여 읽어보니, 김달진 옹의 오역을 몇 군데 수정한 것 외에는 여전히 근본적인 오류를 답습하고 있을 뿐 아니라 군더더기까지 덧붙여 더욱 조잡했다. 답답한 마음을 금할 길 없었으나 출판 현실의 장벽이 너무 높아 책을 낼 엄두는 내지 못했다.

2002년 나의 동양 사상 강좌 시리즈 제3권으로 나온 『도가 道家』(화남출판사, 2002년, 「일곱 번째 구멍을 뚫으면 도가 죽는 까닭」)를 통해 노장 왜곡을 일부 바로잡긴 했으나 학계에 경종을 울리기에는 역부족이었다. 그들에게 개선을 기대하는 것은 양고기에게 노린내를 없애라 하는 것과 마찬가지로 어리석은 짓이었다. 그래서 나는 완역본을 내기로 결심하고 재번역 시리즈 제1권으로『장자』완역본을 내놓게 된 것이다.

나는 고 노촌 이구영 선생님께서 주관하시는 서울 이문학회에서 묵자, 공맹, 노장, 성리학, 실학을 강의한 바 있다. 이 소식을 듣고 대전에서도 강좌를 열기를 희망하던 한남대학교 김조년 교수님으로부터『장자』강의를 부탁받았다. 김 교수님을 보면 그 깨끗한 성품이 함석헌 선생님을 연상케 하여 평소 아끼고 존경해 왔었고, 함석헌 선생님도『장자』를 즐겨 읽고 강의하셨던 것을 떠올렸다. 이런 인연으로 한남대학교 인돈학술원에서 강의를 열기로 한 것이다. 이 책은 이를 위한 교재로 준비한 것이다. 먼지에 쌓인 채 방치된 20년 전 원고지를 꺼내 컴퓨터에 입력하는 데 꼬박 석 달이 걸렸다. 덕분에 당초 원고에서 잘못된 곳을 몇 군데 수정할 수 있었던 것은 큰 성과이자 보람이었다.

『장자』는 철학서이기보다는 우화다. 장자 스스로 밝혔듯이『장자』의 형식은 반문명·반체제적인 우화와 풍자와 반어로 돼 있다. 물론 그 내용에는 철학적 담론이 담겨 있다. 다만 그 철학적 담론도 형이상학이기보다는 참된 삶을 위한 인생론이 주조를 이룬다. 이를 위해『장자』에는 온갖 짐승과 벌레들, 병신과 도둑들, 도인과 광인 등 수많은 기상천외한 캐릭터들이 배우로 등장한다. 특히 왕후장상이나 공자와 그 제자들은 이름만 빌렸을 뿐 스스로 묵은 탈을 벗어던지고 무지를 고백하도록 패러디한 가공 인물들이다. 한마디로『장자』라는 책은 통쾌한 풍자적 우화다.

그러나『장자』에 담긴 내용은 가벼운 골계전滑稽傳이 아니다. 오히려 무겁고 깊고 통절하다. 그것을 아이러니한 패러디로 극화한 것뿐이다. 그러므로 『장자』는 철학서가 아니라 문학서라 해도 무방하다. 그런 까닭에 『장자』를 읽고 재미가 없다면 장자의 의도는 실패한 것이다. 그리고 번역된 『장자』를 읽고 재미를 느끼지 못한다면 그건 장자의 책임이 아니라 옮긴이의 책임이다. 그러나 나는 맛깔스런 글재주가 없어 자신이 없다. 특히 원문에 구애되어 우리말을 살리기에는 턱없이 부족하다. 그렇지만 영문식의 글쓰기에서 탈출해 보려는 문학도에게 한문식의 간결한 글쓰기는 약이 될 것이다. 다만 한문 문체에 낯선 독자들은 부득이 잡곡밥을 오래 씹듯이 천착하는 수고가 요구된다. 수고 없는 공부는 없다.

『장자』 원문은 8권 33장으로 구성되어 있으나, 각 장이 모두 단일한 주제를 담은 것이 아니며, 따라서 그 제목도 각 장의 내용을 함축한 것이 아니다. 그래서 나는 각 장을 다시 주제별로 나누었고 그 결과 원문이 339개의 소절로 나뉘었다.

해설문은 원문까지 살펴 읽는 수준의 독자들에게 오히려 군더더기가 될 것이기에 생략하려 했으나 기존의 왜곡을 밝혀 바로잡기 위해 앞에 간략하게 붙이기로 했다. 다만 더 깊은 사상사적 맥락을 정리하고자 하는 독자께서는 졸저 동양 사상 강좌 시리즈 제3권 『도가』와 2006년 발간된 『동양고전 산책』을 참조하시기 바란다. 특히 이런 독자들에게는 이 책의 각 소절 말미에 붙인 〈함께 읽기〉가 더욱 요긴할 것이다. 이는 경전으로 경전을 해석하는 다산 정약용 선생의 '이경석경 以經釋經' 방식을 본뜬 것이다. 이에 대한 해설도 졸저 『동양고전 산책』을 참조하기 바란다.

끝으로 동양고전 번역서를 낸 역자와 출판사들에게 당부드린다. 시대의 변천에 따라 고전이 새로 해석되는 것은 어쩌면 필요한 일이지만, 원문의 번역이 잘못되면 해설도 따라서 잘못되는 것이다. 이런 왜곡된 해석은 일제와 독재정권을 위해, 그 이후로는 자본주의를 위해 봉사해 왔다. 이제 21세기 혼돈의 시대를 맞아 새로운 시대를 준비해야 하는 오늘날에는 그마저도 효력을 상실했으므로 왜곡을 걷어내고 본래대로 되돌아가야 한다. 그것이 도리이며 그래야만 새로운 창조적 해석도 가능할 것이기 때문이다. 이제 '장사'는 웬만큼 했으니 노자·장자를 왜곡과 오역의 굴레에서 해방시켜 주어야 한다. 수많은 오역은 고사하고 본래의 취지를 왜곡한 근본적인 오류를 사사로운 이익을 위해 방치하는 것은 부끄러운 일이며 독자들에게 죄를 짓는 것이다.

이 책을 읽는 독자들에게 당부드린다. 어린아이의 마음으로 이 책을 읽어주시라! 노장은 무지하라고, 어린아이가 되라고 요구하기 때문이다. 스스로를 무지에 내려놓지 못하면 이 책은 무용지물이다. 소크라테스는 자신과 아테네의 지자知者들에게 대화를 통해 스스로 무지를 고백하도록 반어(irony)로 말했기 때문에 사형을 당했다. 나는 스스로의 무지를 깨닫고 세상을 향하여 "너희는 모두 무지하라!"고 말할 정도의 지자는 못 되지만, 노장에 영향을 받은 교산 허균, 담헌 홍대용, 연암 박지원 등의 실학자들이 새로운 창조를 위해 동심론童心論을 말한 것에는 열렬히 공감한다. 독자 여러분도 이러한 공감을 나눔으로써 다 같이 동심으로 돌아가는 훈련을 한다면 장자의 의도는 거의 달성된 것

일러두기

1. 이 책의 원문原文은 청淸나라 왕셴첸王先謙(1842~1917)의 『장자집해莊子集解』(三民書局, 1985년판)를 저본으로 삼고, 『백자전서百子全書』(掃葉山房)의 『장자』와 『이십이자二十二子』(上海古籍出版社)의 『장자』를 참고했다.

2. 『장자』의 주해는 진대晉代 곽상郭象(252?~312)의 『장자주莊子注』가 원조 격이다. 명대明代에는 초횡焦竑(1540~1620)의 『장자익莊子翼』, 청대에는 왕부지王夫之(1619~1692)의 『장자통莊子通』, 유월兪樾(1821~1906)의 『장자평의莊子平議』 등이 있고, 이를 모두 종합한 것이 왕셴첸의 『장자집해』다. 이 책에서는 왕부지의 『장자통』과 왕셴첸의 『장자집해』를 참고했으나 대체로 따르지 않은 곳이 많다.

3. 번역은 선인先人들의 주해註解보다는 자전字典에 의존하였고, 다른 고전의 용례를 참고했다. 자전은 『이아爾雅』, 『설문해자주說文解字注』, 상해서점上海書店의 『강희자전康熙字典』, 중화서국中華書局의 『중화대자전中華大字典』을 사용했다.

4. 자음字音 달기는 중국자전보다는 한국사전을 따랐다. 『대한한사전大韓漢辭典』(삼영출판사)과 『중한사전中韓辭典』(고대민족문화연구소)을 사용했다.

5. 짐승과 벌레, 물고기 등의 이름은 되도록 원문의 뜻을 살렸으나, 간혹 너무 낯선 것은 우리에게 익숙한 것으로 고쳐 번역했으니 유의하기 바란다.

6. 22장 「지북유」편은 판본마다 조금씩 다르게 분류하고 있다. 왕셴첸의 『장자집해』에선 제6권을 〈외편·잡편〉으로 표기하고 「지북유」, 「경상초」, 「서무귀」편을 배속하고 있는 반면, 『이십이자』의 판본은 10권으로 돼 있으며 「지북유」편을 제7권의 〈외편〉, 「경상초」, 「서무귀」, 「칙양」편을 제8권 〈잡편〉으로 묶었다. 또 『백자전서』에 실린 판본 역시 「지북유」편이 〈외편〉에 실려 있다. 이 책에선 저본으로 삼은 왕셴첸의 분류를 따랐다.

解
해설
說

1.『장자』읽기

노장 사상의 왜곡

우리는 제자백가諸子百家 중 노자老子와 장자莊子의 사상을 묶어 노장 사상이라고 말한다. 이는 노자와 장자가 한 가문임을 말하는 것이다. 그러므로『장자』는『노자도덕경老子道德經』(이하『노자』)과 함께 읽어야 한다.

그러나 우리가 일반적으로 알고 있는『노자』는 2,400년 전본래의『노자』가 아니다.『노자』는 후한後漢 말에 일어난 황건黃巾의 난(2세기 말) 이후 반란의 중심이었던 도교 세력이체제 내로 편입되면서 정치적 필요에 따라 왜곡되고 변질되었기 때문이다. 종교적으로는 도교의『노자상이주老子想爾注』, 갈홍葛洪(283~343?)의『포박자抱朴子』, 학문적으로는 왕필王弼(226~249)의『노자주老子註』등 봉건시대의『노자』해설서들이 노자의 저항적 민중성을 탈색시켜 버렸다. 그래서 일찍이주자朱子(1130~1200)는 도사道士들이 자기네 노장은 이해하지 못하고 불가의 껍질을 주워 모았다고 비웃었고, 서포西浦김만중金萬重(1637~1692)은 이른바 도사들은 노장의 제자가아니라 석가의 서자들이라고 비판했다.

서포만필西浦漫筆 / 하 2

주자는 일찍이 비웃었다.	朱子嘗笑
도사들은 자기네 가문의 노장학설은 이해하지 못하고	道士不解渠家老莊說
도리어 불가의 껍질을 주워 모았다고.	却拾佛家糟粕.
이것은 정말로 옳은 말이다.	此固然矣.
후세에 이른바 도사라는 자들은	所謂道士者
실은 석가모니의 서자이며,	實瞿曇之孽
노자의 책을 빙자하여	而冒玄元之籍者
불가의 학설을 주워 모으는 것이	掇拾佛說
그들의 본색이다.	乃其本色也.

특히 『노자』를 지배계급에 복무하도록 결정적으로 왜곡한 것은 왕필王弼(226~249)이다. 왕필은 20대의 젊은 나이에 위진魏晋 시대 천하 제일의 유명한 학자요 명망가인 하안何晏(190~240)의 귀여움을 받아 그의 천거로 관직도 얻고 세상에 이름을 알린 사람이다. 하안은 위왕魏王 조조曹操(155~220)가 양자로 삼아 키웠으며 훗날 사위로 삼은 사람으로, 조조의 총신이요 탁월한 학자였다.

조조는 후한 말(184년) 도교 세력이 주축이 된 농민 반란군인 황건적을 토벌하는 과정에서 두각을 나타내 천하를 차지하게 되었다. 그는 황건적의 일파로 한중漢中 지방에 정권을 세운 천사도天師道(속칭 오두미도五斗米道) 제2교주인 장로張魯를 높은 관직을 주는 조건으로 투항시켜, 정권 쟁탈 과정에서 그의 지원을 받은 바 있었다. 그러므로 도교 세력의 위력

을 잘 아는 조조는 정권을 잡은 이후 노장의 반체제적 민중
성과 반문명적 저항성을 제거하려고 했다. 또한 도교의 지도
자들도 권력과 타협하지 않고는 종교단체로서 살아남을 수
없었으므로 조조와 이해관계가 일치했다.

　그러나 『노자』를 학문적으로 왜곡하기는 쉬운 일이 아니
었다. 무엇보다 노자의 정통을 잇고 막강한 영향력을 가진
장자를 능가할 만한 인재가 필요했기 때문이다. 이때 이 임
무를 맡은 사람이 하안이다. 그러나 그는 자신의 신분과 능
력만으로는 역부족임을 잘 알고 있었으므로 새로운 천재의
발굴이 필요했다. 이에 선택된 사람이 왕필이었다. 20세의
천재 왕필은 이에 고무되어, 저항적이고 민중적인 『노자』를
권력 친화적인 내용으로 왜곡하는 데 앞장서게 된 것이다.
지금 시중의 서점에 나와 있는 『노자』의 번역서들은 모두 왕
필의 왜곡된 주해를 따른 것들이다.

　『노자』의 왜곡에 대해서는 간혹 뜻있는 학자들이 개탄한
바 있다. 특히 조선의 허균許筠(1569~1618)과 청대의 유명한
고증학자인 고염무顧炎武(1613~1682)는 다음과 같이 말했다.

허균

성소부부고惺所覆瓿藁 / **권13 / 독노자**讀老子

『노자』를 장으로 나눈 것은	老子分章
누구에게서 나왔는지 모르지만[1]	未知出自何人.
글의 뜻이 본래 끊어지지 않았는데	其意本不斷
억지로 끊은 곳이 있어 대단히 잘못되었다.	而有强斷處 殊爲紕繆.[2]

1_ 하안, 왕필로부터 시작됨.

다만 마땅히 전체를 연결하여 읽어야만   但當全讀之

비로소 통할 수 있게 되었다.   乃可通也.

후세에 그들을 따르는 무리들이   後世其從

『노자』의 학술을 신비학으로 바꾸어버렸다.   轉神其學

그것이 유행하여 선약仙藥, 양생술,   流而爲修煉³⁾ 服食⁴⁾

부적, 푸닥거리 등 신선술과 미신의 법으로 만들어   符籙⁵⁾ 齋醮⁶⁾ 等法

괴이하고 황당하여 바르지 못하게 됨으로써   愧誕不經

세상을 현혹시키고 사람을 속이는 일이 많게 되었다.   而惑世誣人多矣.

고염무

일지록日知錄 **/ 권18 / 주자만년정론조**朱子晚年定論條

위진시대에 범무자范武子 는   昔范武子⁷⁾

하안과 왕필에 대해 논평하기를   論王弼何晏

두 사람의 죄가 폭군 걸주보다 심하다고 말했다.   二人之罪 深於桀紂.

일세에 끼친 해악은 가벼웠으나   以爲一世之患輕

후대에 끼친 재해는 무거우며   歷代之害重.

자기를 해친 악은 작으나 대중을 미혹한 죄는 크다.   自喪之惡小 迷衆之罪大.

그러함에도 우리 학자들은 왕필의 현학적 왜곡을 답습할
뿐 아니라 더 나아가 성리학에 복무하던 노장을 본래대로 복

2_ 紕繆(비류)＝어그러짐, 잘못.
3_ 修煉(수련)＝仙藥.
4_ 服食(복식)＝養生.
5_ 符籙(부록)＝부적.
6_ 齋醮(재초)＝푸닥거리.
7_ 武子(무자)＝范寧(339~401)의 字. 범녕은「王弼何晏罪深于桀紂論」를 썼음.

원하기는커녕 일제의 '천황 폐하'에 복무시키더니 지금은
자본주의에 복무시키는 왜곡과 오역을 덧씌우고 있다. 일언
이폐지—言以蔽之하여 지금 책방에 진열된 『노자』와 『장자』 번
역서들은 모두 수거하여 불살라 버려야 한다. 다음 예시한
문장은 간단한 것이지만, 원문이 조금이라도 복잡하거나 난
해한 부분이 나오면 무슨 뜻인지조차 알 수 없는 엉터리 작
문들이 태반이다. 역자와 출판사들은 당장 절판함으로써 지
금껏 자신들의 혹세무민惑世誣民의 죄를 사죄해야 하며 그것
만이 출판인의 양심을 회복할 수 있는 유일한 길이다.

　　모두가 오십보백보지만 현암사판 안동림의 『장자』에서 몇
군데 간단한 문장의 터무니없는 오역을 소개한다. 이를 살펴
보면 나의 주장이 과격한 것이 아님을 알 수 있을 것이다.

자연은 재화이다

장자莊子/ **내편**內篇/ **제물론**齊物論 2-6

인위人爲는 바른 이용利用이 아니며 　　　　　　　　　爲是不用[8]

　　자기 판단을 내세우지 않고

자연의 상도常道에 맡겨두어야 한다. 　　　　　　　　而寓[9] 諸庸.[10]

　　사물을 평상의 자연스런 상태 속에 맡겨둔다.

상자연常自然이야말로 이용할 재화이며 　　　　　　　庸也者用也.

　　평상시의 상태란 아무 쓸모없는 듯하지만 오히려 쓸모가 있으며

재화의 이용이야말로 형통함이며 　　　　　　　　　用也者通[11]也

8_ 用(용)=財用, 利也.
9_ 寓(우)=寄也.
10_ 庸(용)=常也, 中用也(書經, 中庸傳).
11_ 通(통)=亨也.

이런 쓸모 있는 것은 무슨 일에나 스스로의 본분을 다하고 자기의

삶을 즐길 수 있게 된다.

형통함이야말로 덕德이며   通也者得[12]也

　이렇듯 충분히 자기의 삶을 즐길 수 있으면

덕으로 나가면 도에 가깝다.   適得而幾矣.

　도에 가깝다고 한다.

상벌 반대

장자莊子 / **내편**內篇 / **양생주**養生主 3-1

좋은 일을 행해도 명예를 추구하지 말고   爲善無近[13]名

　착한 일을 하면 소문이 나지 않게 하며

잘못을 행해도 형벌로 다그치지 말라.   爲惡無近刑.

　어쩌다 악한 일을 하더라도 형벌에 저촉되지 않게 한다.

죽일 자를 풀어주라!

장자莊子 / **내편**內篇 / **대종사**大宗師 6-3

법으로써 몸을 위한다 함은   以刑爲體者

　형벌을 몸으로 삼는다 함은

죽일 자를 풀어주는 것이요,   綽[14]乎其殺也.

　여유 있게 죄인을 죽이는 것이다.

예로써 신하를 위한다 함은   以禮爲翼者

　예의를 날개로 삼는다 함은

12_ 得(득)=德也.
13_ 近(근)=附也, 迫也, 迫也.
14_ 綽(작)=仁於施舍也.

세상을 받들게 하는 수단이다.   所以行¹⁵⁾ 於世也.

> 진인의 이상을 세상에 널리 시행하기 위해서이다.

대동사회

장자莊子/ 외편外篇/ 마제馬蹄 9-2

베를 짜서 입고, 밭을 갈아먹으며(〈격양가〉를 부르니)   織而衣 耕而食

> 직조해서 옷을 입고 땅을 갈아 식량을 얻는다.

이를 '대동大同 사회의 덕'이라고 말한다.   是謂同¹⁶⁾德.

> 이것을 누구나가 다 갖춘 것(同德)이라 한다.

하나같이 평등하고 집단에 묶이지 않으니,   一¹⁷⁾而不黨¹⁸⁾

> 백성은 각기 동떨어져 있으며 무리를 짓지 않는다.

이것을 '자연의 해방'이라고 말한다.¹⁹⁾   名曰天放.

> 이것을 아무 구속도 없는 것(天放)이라 한다.

그러므로 덕이 지극했던 세상에서는   故至德之世

> 때문에 최고의 덕이 이루어진 평화로운 세상에서는

거동이 편안했고 생활이 순박하고 한결같았다.   其行塡²⁰⁾塡 其視²¹⁾顛顛.²²⁾

> 거동이 유유자적하며 눈매가 밝고 환하다.

그 당시에는 산에는 길이 없었고   當是時也 山無蹊隧

> 그 무렵 산에는 길이 없고

15_ 行(행)＝奉也.
16_ 同(동)＝平和 一也. 共也. 共同體인 大同社會를 칭함.
17_ 一(일)＝同也.
18_ 黨(당)＝比也, 累也.
19_ 마르크스의 Gattungswesen을 상기할 것.
20_ 塡(진)＝安順也.
21_ 視(시)＝常事曰視 非常曰觀(穀梁傳).
22_ 顛顛(전전)＝專一也.

못에는 배와 다리도 없었고 　　　　　　　　　　　　　　　　　澤無舟梁.

　　못에는 배나 다리가 없으며

만물이 무리 지어 살듯이 　　　　　　　　　　　　　　　　　　萬物群生

　　만물이 무리져 생겨나

사람들은 마을을 이루고 공동체(屬)로 모여 살았다. 　　連 [23] 屬 [24] 其鄕.

　　사는 곳에 경계를 두지 않았다.

귀무론은 왜곡이다

장자莊子/ 외편外篇/ 천지天地 12-8

태초에는 무無도 없었고, 명名도 없었다. 　　　　　　　　　　　泰初 有 [25] 無無 有無名.

　　천지의 시초에는 무(無)가 있었다.

　　존재하는 것이란 아무것도 없고 이름(名)도 없었다.

　　이러한 왜곡은 다음의 「경상초庚桑楚」(23-10), 「제물론齊物論」
(2-9), 「칙양則陽」(25-12)의 글과 모순된다.

장자莊子/ 잡편雜篇/ 경상초庚桑楚 23-10

살리기도 하고, 죽이기도 하며 　　　　　　　　　　　　　有 [26] 乎 [27] 生 有乎死

　　삶과 죽음이 있고

낳게도 하며, 들게도 하지만 　　　　　　　　　　　　　　有乎出 有乎入.

　　나가고 들어옴이 있다.

23_ 連(련)＝結 聚也.
24_ 屬(속)＝三鄕爲屬(管子/권8/小匡). 十縣爲屬(國語/齊語).
25_ 有(유)＝語助雙音辭(有夏 有殷 有周). 通又也(期三百有六旬六日 : 書堯典).
26_ 有(유)＝又也.
27_ 乎(호)＝語氣辭.

그 들고 남이 그 형체를 나타내지 않는 것을   入出而無見其形

　　들어오고 나가지만 그 모습을 볼 수 없는 것을

이른바 천문天門이라 한다.   是謂天門.[28]

　　바로 천문이라고 한다.

그러므로 천문은 '무유無有'이며   天門者無有[29]也

　　천문이란 무無 자체이며

만물은 이 '무유'에서 나온다.   萬物出乎無有.

　　만물은 이 무에서 생겨난다.

유有는 유를 창조할 수 없으니   有不能以有爲[30]

　　모든 형체를 지닌 유는 본래부터

　　형체를 갖추고 있었던 유가 아니고

유는 반드시 '무유'에서 나온다.   有必出乎無有.

　　무라는 자연의 도에서 비롯되었다.

그러므로 '무유'는 '유일자唯一者'인 무유이다.   而無有一無有.

　　그리하여 여기에는 모든 것이 무이며 유는 하나도 없다.

無가 있다면 無無도 있을 것이다

장자莊子/ 내편內篇/ 제물론齊物論 2-9

유有가 있고 무無가 있다면   有有也者 有無也者.

　　있다(有)가 있고 없다(無)가 있으면

유무有無가 있기 이전이 있을 것이다.   有未始有無也者.

　　그 앞에 '있다 없다의 이전'이 있고

28_ 天門(천문)＝衆妙之門(온갖 生成의 문).
29_ 無有(무유)＝有가 없음.
30_ 有爲(유위)＝有를 창조하다. 爲(위)＝治也, 造作也.

또한 유무가 있기 이전의 이전이 있을 것이다.　　　　　　　有未始夫未始有無也者.

　　또 그 앞에 '있다 없다 이전의 이전'이 있다.

잠시 유다 무다 하지만　　　　　　　　　　　　　　　俄而有無矣

　　(사물의 기원을 쫓으면 끝이 없지만 현실 세계에서는)

　　갑자기 '있다 없다'의 대립이 생긴다.

그 유무란 과연 무엇이 유이고 무엇이 무인지 알 수 없다.　　而未知有無之果孰有孰無

　　그리고 그 '있다 없다'의 대립은 (결국 상대적이므로)　　　也.

　　어느 쪽이 '있다'이고 어느 쪽이 '없다'인지 알 수 없다.

無는 道가 아니다

장자莊子/ **잡편**雜篇/ **칙양**則陽 25-12

도는 유라고도 할 수 없고　　　　　　　　　　　　　道不可有[31]

　　도란 있다고 할 수도

또한 무라고도 할 수 없으니　　　　　　　　　　　　有[32]不可無

　　없다고 할 수도 없는 유무를 초월한 것이다.

도라고 억지로 이름 붙인 것도 가설로 유행한 것이다.　　道之爲名 所假而行.

　　도라는 이름도 가정해서 그렇게 부르는 데 지나지 않는다.

장자莊子/ **외편**外篇/ **지북유**知北遊 22-11

시장 책임자가 시장 감시인에게　　　　　　　　　　正獲[33]之問於監市

　　가령 장터를 관장하는 벼슬아치가 감독자에게

신발과 돼지 값을 묻는 것은　　　　　　　　　　　　履[34]豨也

31_ 有(유)=無의 반대.
32_ 有(유)=又.
33_ 正獲(정획)=官號(市令).
34_ 履(리)=신발.

돼지를 밟게 하여 그 돼지의 살찐 모양을 물을 때도

매양 아랫것들이 시장 상황을 더 잘 알기 때문이다.　　　　　每下愈³⁵⁾ 況

　　그 밟은 부분이 엉덩이나 다리로 내려가면 갈수록

　　전체를 잘 알 수 있는 거요.

그대는 표준을 세워놓고 판단하지 말고　　　　　　　　汝唯莫必³⁶⁾

　　그러니 당신도 도가 어디 있다고 한정해서는 안 되오.

사물을 숨기지 말아야 한다.　　　　　　　　　　　　無乎逃物

　　도가 사물을 초월한 거라 여겨서도 안 되오.

지극한 도는 이와 같고　　　　　　　　　　　　　　至道若是

　　지극한 도란 이와 같이 모든 것 속에 있소.

훌륭한 교훈도 역시 그런 것이다.　　　　　　　　　　大言亦然.

　　위대한 가르침 역시 이와 마찬가지요.

사물은 차별이 없다

장자莊子/ 외편外篇 / 지북유知北遊 22-12

모든 사물이란　　　　　　　　　　　　　　　　　　物物者

　　사물을 사물로 있게 하고 이를 지배하는

사물을 무리지어 차별하는 경계가 없다.　　　　　　與物無際³⁷⁾

　　도는 사물과 동떨어져 있지 않고 모든 사물 속에 있소.

사물에 경계가 있다 함은　　　　　　　　　　　　　而物有際者

　　사물과 사물 사이에 저것과 이것의 분별이 있는 것은

언어로 지어낸 사물의 경계일 뿐이다.　　　　　　　所謂³⁸⁾ 物際者也.

35_ 愈(유)=勝也, 賢也.
36_ 必(필)=分極也, 立表爲分判之準.
37_ 際(제)=界也, 分別.
38_ 所謂(소위)=인간의 언어로 命名된 것.

말하자면 상대적 구별이라는 거요.

경계가 아닌 것을 (언어로) 경계 지은 것이니   不際之際

사물과 떨어지지 않는 도가 상대적으로 구별되는 사물을 낳는다면

서로 구별된다고 여겨지는 사물들도 결국 도이며

그 경계는 (사물의) 경계가 아니다.   際之不際者也.

도의 입장에서 볼 때 구별이 없는 하나이고

따라서 사물과 사물 사이에는 정말 차별이나 대립은 없게 되오.

道는 총합이다

장자莊子 / 잡편雜篇 / 경상초庚桑楚 23-9

도는 분별한 것을 총합하고 완성과 훼손을 총합한다.   道通[39] 其分也 其成也毁也.

도는 평등하므로 만물의 차별을 통틀어 하나로 만든다. [자연의 대도
는 형체를 보존하고 또 훼손하기도 하는데] 이것이 나뉘면 형체를 보존하
는 것과 훼손하는 것이 된다.

분별을 싫어하는 것은   所惡乎分者

이 나뉘는 것을 미워한다 함은

그 분별을 절대선이라고 생각하기 때문이다.   其分也以備.[40]

각기 사람들이 자기 처지에서 갖추어지기를 바라기 때문이다.

절대선을 싫어하는 까닭은   所以惡乎備者

갖추어짐을 미워한다 함은

자기 독단을 절대선이라고 생각하기 때문이다.   其有[41]以備.

각기 사람들이 갖춘 채 더욱 갖추기를 바라기 때문이다.

39_ 通(통)=總也.
40_ 備(비)=具也, 盡也, 豊足也. 無所不順者.
41_ 有(유)=專也.

우리 선비들의 『장자』 읽기

유가儒家들은 벼슬에 나아가면 유학으로 다스리고 벼슬에
서 물러나면 노장의 청담淸談을 즐기며 시를 벗 삼아 산수에
노닐었다. 그렇게 된 데는 여러 인연이 있다. 공자孔子를 계
승한 맹자孟子는 묵자墨子와 양자楊子를 타도의 대상으로 삼
았던 강경파였으나, 공자가 노자를 스승으로 모셨다는 가설
을 믿었으므로 노자에 대해서는 비난을 하지 못했다. 남북조
시대는 하안, 왕필 등이 공자의 경학經學에 노자를 끌어 붙여
(援老入儒) 현학玄學을 만든 이래 유선儒仙은 공존했으며, 당唐
나라 때 도교를 국교로 삼자 유학은 도교에 기생하며 보조
역할에 만족했다. 당 이후 유사儒士들이 자기들의 유학을 스
스로 도학道學이라 한 것은 도교에서 현玄을 도道라고 했으
므로 자기들도 도학이라 하여 노장에 기생하며 연명하려고
한 까닭이다. 이런 외면적인 이유 외에도 후세 유사들은 오
직 경학밖에 없는 유교의 미비한 철학적 사유를 보충하여 불
교에 대항하기 위해 노장이 필요했다. 특히 당나라 때는 『노
자』를 '도덕진경道德眞經'으로 높여 부르고 가정마다 비치하도
록 강제했으며 노자를 계승한 장자도 추앙되어 『장자』를 '남
화진경南華眞經'으로 높여 부르도록 했다. 이처럼 유가와 도가
는 결합되고 닮아갔던 것이다. 특히 『장자』는 경經으로서보
다 문文으로서 널리 읽혔다. 장자는 저술의 귀재로 칭송받았
고, 『장자』의 역설적이고 패러디적인 우언寓言은 문사들의 글
쓰기 전범典範으로 아낌을 받아 조선의 선비들에게도 널리
읽혔다.

지봉집芝峰集 **/ 권28 /병촉잡기** 秉燭雜記

옛사람들은 장자를 문장의 귀신이라고 말한다.	古人言莊周神於文者也
대저 장자의 글은	盖莊周之於文
진인에 이른 백정과 목수가 소를 잡고 바퀴를 만들듯	如庖丁之解牛 輪扁之斲輪
스스로 깨달음을 얻게 한다.	有所自得.
그러므로 열리고 닫히고 그 환상적인 변화가	故闔闢變幻
저도 모르는 사이에 교묘함을 이루었으니	無意於用巧
고금을 통하여 그에 미치는 자가 없었으므로	而古今莫之能及
그를 문장의 귀신이라 부르게 된 것이다.	斯其所以神乎.

박지원

열하일기熱河日記 **/ 서**序

글을 써서 교훈을 남긴 것으로서	立言設教
신명의 도를 통하고	通神明之故
사물의 법칙을 꿰뚫은 것으로는	窮事物之則者.
『주역 周易』과 『춘추 春秋』보다 더 나은 것이 없다.	莫尙乎易春秋.
『주역』은 은미하고 『춘추』는 현저하다.	易微而春秋顯.
은미함은 진리를 담론하는 것으로	微主談理
그것이 유행하여 '우언'이 되고,	流而爲寓言.
현저함은 사건을 기록하는 것으로	顯主記事
그것이 변하여 '외전'이 된다.	變而爲外傳.
저서의 방법은 이러한 두 가지 길밖에 없다.	著書家有此二塗.
『주역』의 육십사괘에서 말한 무수한 물건과 사람들이	易之六十四掛所言事物多
모두 실재라고 말할 수는 없을 것이다.	將謂有物耶 無之矣.

그러나 점대를 뽑아 괘를 만들어 형상을 나타내 보이면　　然而揲蓍有掛 其象立見

길흉과 회린이 북소리처럼 호응함은 무슨 까닭인가?　　吉凶悔吝 應若桴鼓者 何也.

이는 은미한 것으로 현저한 경지를 지향하기 때문이니　　由微而之顯故也

우언을 쓰는 사람은 이러한 방법을 이용한다.　　爲寓言之文者因之.

『춘추』에 기록된 242년간의 사건들은　　春秋二百四十二年之間

모두 실재인데도　　悉有其事矣.

좌구명左丘明, 공양고公羊高, 곡량적穀梁赤　　然而左公穀

추덕보鄒德溥, 협씨夾氏가 쓴 전傳이　　鄒夾之傳

제각기 다르니 무슨 까닭인가?　　各異 何也.

이는 현저한 것으로부터 은미한 것을 지향하기 때문이니　　由顯而入微故也.

외전을 쓰는 사람은 이런 방법을 이용한다.　　爲外傳之文者因之.

장자는 두 가지를 겸했기에 저서에 능하다고 한다.　　是故曰 蒙莊善著書.

외전이라고 생각되는데 진실과 허구가 섞여 있고　　以爲外傳也 則眞假相混.

우언이라고 생각되는데 은미함과 현저함이 갈마들며 변한다.　　以爲寓言也 則微顯迭變.

사람들은 그 시말을 측량할 수 없으므로 궤변(弔詭)이라 한다.　　人莫測其端倪 號爲弔詭.

그러나 끝내 그 허구와 우언을 폐기할 수 없었던 것은　　而其說終不可廢者

진리를 잘 담론할 수 있기 때문이다.　　善於談理故也.

가히 그를 저술가의 영웅이라고 부를 만하다.　　可謂著書家之雄也.

2. 노자를 계승한 민중적 이방인

(莊子解說)

민중의 절망적 외침

노장이 살았던 춘추전국시대에는 민民들이 전쟁에 끌려가 죽거나 부역에 끌려가 강제노동을 하다가 죽거나 배고픔에 굶어 죽거나, 추위에 얼어 죽는 비참한 노예로 사역되는 노예제 사회였다. 백성들은 하늘을 우러러 원망할 뿐 아무런 희망도 없는 난세요, 말세였다. 그러므로 노장 사상은 이러한 시대적 배경에서 쓰여졌음을 잊고는 해석할 수 는 없다.

좌전左傳/ 소공昭公 3년(BC 539)

제나라 대부 안자晏子가 말했다.	晏子曰
"지금은 말세(季世)입니다.	此季世也.
공실公室의 곳간에는 쌓인 재물이 좀먹고 썩어나는데	公聚朽蠹
늙은이는 얼어 죽고 굶어 죽는 실정입니다."	而三老凍餒
진나라 대부 숙향叔向이 답했다.	叔向曰
"그렇습니다.	然.
서민庶民들은 피폐하고 공실은 더욱 사치합니다.	庶民罷敝 而宮室滋侈.
길가에서는 시체들이 서로 바라보는데	道殣相望

그들의 부는 더욱 넘쳐납니다.　　　　　　　　　　　　而女富溢尤.

민民들은 공실의 명령이라면 도둑과 원수 보듯 달아납니다."　民聞公命 如逃寇讎.

장자莊子/ 외편外篇/ 천지 天地 12-16

지금은 온 천하가 미혹되었으니　　　　　　　　　　　而今也 以天下惑

내가 비록 향도한다 한들 어찌할 수 있겠는가?　　予雖有祈嚮 其豈可得邪.

불가능한 줄 알면서도 힘쓰는 것　　　　　　　　　　知其不可得也 而强之

또한 하나의 미혹이다.　　　　　　　　　　　　　　又一惑也.

그러므로 포기하고 추구하지 않는 것만 못하다.　　故莫若釋之而不推.

그러나 추구하지 않으면　　　　　　　　　　　　　不推

누가 진실로 더불어 걱정할 것인가?　　　　　　　誰其比 [42]憂.

문둥이가 야밤에 아기를 낳으면　　　　　　　　　厲 [43]之人 夜半其生子

황급히 등불을 들고 바라본다.　　　　　　　　　　遽取火而視之汲汲然

자기를 닮았을까 두려운 것이다.　　　　　　　　　唯恐其似己也.

『노자』는 이러한 난세에 민중들의 소망을 담아 약자와 약
소국의 생존 방식을 은유적이며 절망적으로 표현한 것으로
볼 수 있다. 절망에 빠진 민중들이 '자연'을 말한 것은 당시
삶을 도륙하는 거짓되고 포악한 지배 '문명'에 대한 거부로
읽어야 한다.

　노장의 절망과 염세厭世는 겉으로는 허무와 퇴영이지만 속
으로는 은둔과 저항이다. 이러한 허무와 저항의 양면성은 약
자와 패자의 생존 방식이다. 퇴영이 폭발하면 저항이 되고

42| 比(비)＝與也.

43| 厲(려)＝癩病也.

저항이 좌절하면 허무주의로 빠지는 것이 민중성인 것이다.

현실에서 좌절하고 도피하고 싶은 욕구는 권력과 도덕과 문화를 거부하기 마련이며 이런 심리는 부성父性을 미워하고 모태母胎로 회귀하려는 무의식적 욕구로 나타난다. 신의 구원도 가치체계도 무너져 버린 난세에 삶의 희망을 버린, 노자로 대표되는 민중들의 모태로의 회귀본능은 무위無爲의 자연에서 유유자적 노닐며 불로장생하는 신선을 꿈꾸게 된다. 하늘도 믿지 못하는 그들은 부성으로 상징되는 위대한 해방신解放神이나 전쟁신戰爭神을 바라는 것이 아니라 고통과 투쟁과 시비분별이 없는 모태의 평화를 바란 것이다. 특히 노자는 자연의 신비한 생식 현상에 주목하여 암컷과 생식기를 숭상하고, 그것을 도道의 표상으로 삼았다. 부성이 아닌 모태로 회귀하려는 욕구를 반영한 것이다. 이러한 문명과 자연의 대칭 구조는 노장 사상의 기본 골격이다. 강함보다 부드러움을, 밝음보다 어둠을, 봉우리보다 계곡을, 남성보다 여성을 선호함도 같은 맥락이다. 강함은 죽음이요, 약함은 삶이다. 노자에게 삶은 항상 죽음을 이긴다. 물렁한 물은 단단한 바위를 뚫고, 보드라운 보지의 수줍음은 빳빳한 자지의 자만심을 굴복시킨다. 이는 자연과 생명의 승리인 것이다(그런데도 우리 학자들은 민중의 저항성을 거세하고 허무주의만 부각시킨다).

무신론과 자연주의

노장은 신을 부인한다. 그들은 천天을 인격신이 아니라 자연으로 본다. 그러므로 천은 공자가 말한 것처럼 천자天子에게 천명天命을 내려주는 것도 아니고, 어떤 자는 부귀하게 하고 어떤 자는 빈천하게 하는 것도 아니다. 또한 천은 묵자가 말한 것처럼 인민을 사랑하는 것도 아니고, 악한 자에게 벌을 주는 것도 아니라는 것이다.

그러나 모든 존재의 시원이고 가치의 근원이었던 천을 부인한다는 것은 인간에게는 너무도 큰 모험이었던 것이다. 그러므로 항상 그것을 대신할 가치의 근원을 제시하려고 한다. 그래서 내키지 않지만 부득이 천과 자연을 설명해야 했다. 노자는 그것을 '도'라고 하기도 하고 '혼돈混沌'이라 하기도 하고 '형상形相'이라 말하기도 한다. 그러나 설명하면 할수록 복잡해지기만 하고 더욱 혼란스럽기만 하다. 왜냐하면 도라고 설명하면 할수록 종전의 천명이니, 천리니, 인륜이니 하는 옛 왕들의 주장을 연상시키기 때문이다.

그래서 장자는 다시 말한다. 도는 그냥 자연이라고. 그리고 그것은 무위일 뿐이라고. 천이란 '다스림이 없어도 이루어지는 무위자연無爲自然'일 뿐이라고. 그러나 그것은 순환논법일 뿐이다. 그래서 그는 다시 도를 설명한다. "도는 스스로 근본이요, 스스로 뿌리이며, 천지天地가 있기 전에 예부터 진실로 존재하여, 귀신과 천제天帝를 신령스럽게 하고 천지를 낳았으며, 태극太極보다 먼저 있었으나 높다고 하지 않는다"는 것이다(『장자』「대종사大宗師」).

그러나 그것도 도의 효용을 말한 것일 뿐 그 실체를 말한 것은 아니다. 그래서 노장은 기원전 8세기경부터 논의되던 전통적 정기론精氣論을 계승하여 자연의 도를 기氣라고 말한 것이다. 무극無極인 도는 음양陰陽을 낳고 음양의 조화로 만물을 낳는다는 것이다. 여기서 기란 숨소리와 기운을 뜻하는 말로 자연의 생명력을 말한다. 그러므로 장자는 "천하를 통틀어 말하면 하나의 기일 뿐(通天下一氣耳)"이라고 말한다(『장자』「지북유知北遊」).

불가지론 무명론

『노자』의 첫머리는 "도가도道可道 비상도非常道(도를 가르쳐 말할 수는 있지만, 그 말해진 도는 '상자연常自然의 도'가 아니다)"로 시작된다. 이를 풀이하면 '자연이 말해주는 도는 그것을 인간의 언어로 다시 해석할 수는 있겠지만, 그 해석한 도는 자연의 상도常道가 아니다'라는 뜻이 된다. 이는 불가지론不可知論이며, 이미 말해진 기존의 도는 모두 '참도'가 아니라는 폭탄선언이다.

또 이어서 "명가명名可名 비상명非常名(이름은 사물을 불러내어 분별할 수 있으나, 그것은 '상자연의 이름'은 아니다)"이라고 말한다. 이것은 기존의 모든 제도는 자연의 상도가 아니라 지배자들이 자의적으로 만든 권도權道에 불과하다는 혁명적 선언이다.

그러므로 장자는 "도를 이름 붙이는 것은 옳지 않다(道不當名)"고 말한다. "도는 귀로 들을 수 없다. 들었다면 도가 아니다. 도는 눈으로 볼 수 없다. 보았다면 도가 아니다. 도는 입으로 말할 수 없다. 말했다면 도가 아니다. 형체를 지각할 수는 있지만 그 형상形狀은 형상形相(idea)이 아니기 때문"이라고 말한다(『장자』「지북유」).

그런데 명名은 언어와 글자가 생기고 나서 시작되었으나 선왕의 법이 생긴 이후부터 번다煩多해졌으며, 이것이 규정력이 되어 권력이 됨으로써 인간을 구속하게 되었다. 그래서 『노자』「32장」에서는 "명은 선왕이 법이 생기고 나서 생긴 것(始制有名)"임을 밝히고 있으며, 『노자』「1장」은 "무명無名의 혼돈이야말로 천지의 비롯됨이요(無名天地之始), 유명有名은 만물을 분별해 놓은 모태(有名萬物之母)"라고 말한 것이다.

명이란 사람이 사물을 자신에게 끌어당겨 분별하기 위해 제멋대로 주관화하여 명명命名한 하나의 수단일 뿐이므로, 명名 그 자체가 자연이 아니라는 것이다. 식물과 동물 등의 자연은 본래 이름이 있을 리 없고, 군신 부자라는 이름이 있을 리 없다. 그러므로 명과 실實이 반드시 일치할 리도 없고 영원한 것도 아니다. 명은 인간의 관념이 만들어낸 자의적이고 일시적인 것인데, 그 명에 따라 직분職分을 주어 규정하려는 명의 권력화는 인위적인 권도일 뿐, 차별이 없는 무위자연의 상도가 아니라는 것이다.

이처럼 노장이 말하는 도는 우리 눈으로 볼 수 있는 현상이 아니라 무색 무성 무형의 혼돈(Chaos)이다. 혼돈은 아직 분화되지 않은 생명의 시원이다. 『구약성경』「창세기」에서 말한 '흑암黑暗' 즉 빛이 있기 이전의 어둠과 같은 것이다. 빛이 있어야 분별이 생기는 것이니 흑암은 분별이 없다. 노자는 그것을 억지로 이름 붙여 '도'라고 하였을 뿐, 크다고 말할 수도 있고 작다고 말할 수도 있다. 그러므로 말로 전할 수 없다는 것이다.

그래서 노장은 여러 곳에서 도를 땅(☷) 속에 들어 있는 불(☲) 즉 『주역』의 명이괘 明夷卦로 표상한다. 이 땅속의 불은 하늘의 태양을 품은 것이다. 그러나 빛을 숨기고 있다. 그러므로 흑암의 태양이다. 또 이 불은 용암이다. 그의 뜨거움으로 만물을 덮혀주고 적셔주지만 자신의 공로를 말하지 않는다.

이처럼 노자의 도는 혼돈이므로 분석과 규정이 불가능하다. 그러므로 도는 언표言表가 불가능하다. 따라서 이미 언표된 도는 참된 도가 아니다. 당연히 성왕이 지어낸 윤리도덕이라는 것도 사람의 자의적인 권도일 뿐 자연의 상도가 아니다. 그러므로 성왕의 도는 참된 도가 아니라는 결론이다.

그래서 노장은 "자연으로 돌아가 본성을 지키려면 구멍을 막아야 한다(塞其兌 閉其門)"고 말한다(『노자』 「52장」, 「56장」). 구멍이 없는 중앙의 황제 혼돈에게 하루에 하나씩 구멍을 뚫어주다가 일곱 번째 구멍을 뚫었더니 그만 죽어버렸다는 『장자』의 우화는 유명하다(『장자』 「응제왕應帝王」). 여기서 일곱 구멍(七竅)은 이 · 목 · 구 · 비 · 요도 · 항문 · 마음이다. 즉 마음 구멍을 뚫으면 혼돈인 무위자연의 도는 죽는다는 뜻이다. 그래서 장자는 본성을 잃게 하는 다섯 가지로 난목亂目 · 난이亂耳 · 훈비薰鼻 · 탁구濁口 · 활심滑心 을 들고 있다(『장자』 「천지天地」). 그런데 우리 학자들은 일곱 구멍을 마음 구멍을 제외한 이 · 목 · 구 · 비로 해석함으로써 욕망을 버리라는 불교적 수양론으로 해설하거나 또는 지각知覺 을 거부하는 관념론적 유심주의唯心主義로 변질시키고 있다.

반공자·반성인·반인예·반명분

노장은 천명을 받은 성인聖人 을 거부함으로써 유가들의 왕도주의 王道主義 에 대항한다. 자연주의자요, 무정부주의자에게 어찌 왕과 신하의 지배복종의 관계가 존재하겠는가? 이처럼 노장은 공자의 가치표준인 성왕聖王 을 부정함으로써 반공자 反孔子 를 분명하게 표방한 것이다. 『노자』「19장」은 "절성기지 絶聖棄智 절인기의 絶仁棄義(성왕과 그들의 지식을 버려라. 공자의 인의를 버려라)"를 주장했고, 장자는 "성인과 지혜가 사람을 구속하는 형틀의 고리가 되고, 인의仁義 가 손발을 묶는 질곡의 자물쇠가 되고, 유가들이 걸주와 도척의 효시가 되지 않았다고 말할 수 없다"고 비판하고, 그래서 "노자께서 군왕을 없애고 지식을 버려야만 천하가 태평할 것이라고 주장한 것은 지극히 옳다"고 두둔한다(『장자』「재유在宥 」).

그러함에도 왕필은 노자와 공자를 결합시키기 위해 이를 희석시킨다. 도올 김용옥金容沃 (1948~)은 왕필을 추종하여 "노자는 유가의 인의에 전혀 대립적이 아니었다"고 주장한다. 그는 노자의 절성絶聖 과 절인絶仁 을 "성스럽다거나 인의롭다는 생각을 버리라"고 해석함으로써 정치성을 탈색하고 처세훈으로 왜곡한다.

노장은 진리와 가치의 최고 담보자인 천제와 성왕을 부정하는 대신 자연으로 대체한다. 그 자연은 국가와 제도를 부정하는 '무위無爲 '이며, 인의와 도덕을 부정하는 '무명無名 '을 의미한다. 무위는 공자의 왕도王道 에 대한 반테제이며, 무명은 공자의 명교名敎 에 대한 반테제다. 이것은 또한 기존의 모든 제도와 가치를 부정하는 혁명적인 담론이다. 유교를 명교라고도 하는 것은 명에 따른 직분을 바르게 한다는 명분론名分論을 의미한다. 공자는 인仁을 '극기복례克己復禮'라고 했는데, 여기서 예禮는 명분을 바르게 한다는 정명正名과 다른 것이 아니다. 노장의 무명은 바로 이러한 공자의 정명에 대한 반테제다.

『노자』「32장」에서는 "도는 자연의 상도이므로 명이 없는 무명(道常無名)"이라고 말했고, 『노자』「41장」에서는 "도는 은미하여 명이 없는 무명(道隱無名)"이라고 말했으며, 『장자』「천지」편은 "태초는 무도 없었고 명도 없었다(泰初 有無無 有無名)"라고 말한다. 이처럼 노자의 도는 자연이며, 그 자연은 무위이며 무명이다. 이러한 '무명'이라는 테제는 '유가들의 명교는 도가 아니다'라는 선전포고인 셈이다. 그러나 곡학아세曲學阿世의 우리 학자들은 노장의 이러한 반왕도·반인례의 무위와 무명을 공자의 복례·정명과 같은 것으로 왜곡했다.

그러므로 우리 학자들은 오히려 "『노자도덕경』에 도덕이 없다는 말인가?"라고 힐문한다. 이것은 잘못된 질문이다. "『노자』에는 인의가 없는가?"라고 물어야 옳은 질문이다. 그리고 "『노자』에는 공맹의 인의도덕은 없고 노자의 자연도덕만 있다"고 말해야 옳은 대답이다. 공자의 인·의·예·지智의 사덕四德을 한마디로 말하면 인仁인데, 인은 극기하여 복례하라는 것이므로 주나라 제도(周禮)를 부흥(復)하자는 것이다. 그러나 노자의 도덕은 이것과 정반대이다. 노자의 삼덕三德은 자애慈愛·검박儉朴·불위선不爲先이며(『노자』「67장」), 이것은 자연의 특성인 '무위'와 생명의 특징인 '유약柔弱'을 인륜도덕으로 삼은 것이다. '검박'은 자연의 삶이며, '자애'는 생명의 삶이다. 특히 남에게 앞서지 말며 남을 이기려 하지 말라는 '불위선'은 약육강식의 경쟁사회를 거부하고 원시공산사회를 지향하는 도덕률이다.

반문명 무정부주의

고대 인류에게 두렵고 신비로운 존재였던 자연이 오늘날처럼 친근한 존재가 된 것은 불을 발명한 제1차 문명혁신 이후부터였지만, 청동기와 철기를 발명한 제2차 문명혁신을 거치면서 자연을 이용의 대상으로 생각하게 되었고, 증기기관과 방적기를 발명한 제3차 문명혁신인 18세기 산업혁명 이후부터는 과학의 발달로 자연을 개발과 파괴의 대상으로 삼게 되었다.

노장이 활동하던 기원전 4세기는 제2차 문명혁신 시기에 해당된다. 그러므로 노장의 "자연으로 돌아가라!"는 반문명反文明 자연회귀의 테제는 제2차 문명혁신을 거부하는 것이었다. 이러한 노장의 원시회귀 사상은 철기문화에 저항한 '기계거부운동'으로 표현된다(『노자』「19장」 및 「57장」, 『장자』「거협胠篋」). 이것은 18세기 산업혁명에 항거하여 일어난 19세기 초의 이른바 '기계파괴운동(Luddite Movement)'과 같은 맥락이다.

특히 장자는 현대 기계문명에 경종을 울리는 명언을 남겼다. 즉 "기계가 있으면 반드시 기계의 일이 생기고, 기계의 일이 생기면 반드시 기계의 마음이 생기고, 가슴속에 기계의 마음이 생기면 순백의 바탕이 없어지고, 순백의 바탕이 없어지면 정신과 성품이 안정되지 못하고, 정신과 성품이 불안정하면 도가 깃들 곳이 없다"는 것이다(『장자』「천지」). 그런데도 지금까지 우리 학자들은 이러한 기계거부운동을 '기교를 부리지 말라'는 교양론으로 왜곡 변질시켰다.

노장의 반문명운동은 국가를 부정하고 소규모 지역생활공동체를 지향한다. 이 공동체는 10현縣 또는 3향鄕을 1속屬으로 묶어 자치단위로 삼고 각각의 속은 그 주민의 생활을 보장해야 하며(『노자』「19장」), 문명의 이기利器를 쓰지 않고 죽을 때까지 다른 지역으로 퇴출되지 않는 소국과민小國寡民의 지역자치공동체였다(『노자』「80장」). 이러한 노장의 지역공동체는 이른바 원시공산사회를 말하는 것이다.

묵자 역시 공산사회를 지향했으므로 공동체를 파괴하는 과욕過慾과 경쟁, 과소비와 전쟁을 거부하고 과욕寡慾 · 협동과 절검節儉 · 평화를 강조한 점에서는 노장과 일치한다. 특히 '절검'은 공동체의 존립 조건이며 목표이기도 한 중요한 의미를 갖는다. 공자는 극기를, 맹자는 과욕寡慾을 주장하지만 그것은 묵자와 노장의 절검과는 다른 것이다. 공맹은 신분과 직분에 알맞은 소비를 말한 것이나, 묵가 · 도가는 군왕과 대인들의 재화 본래의 목적을 초과한 소비 즉 과시소비誇示消費를 전쟁과 착취와 굶주림의 원인이라고 인식했던 것이다.

공산사회라고 말하면 마르크스Karl Marx(1818~1883)를 연상하는 이도 있을 것이며 무릉도원武陵桃源을 연상하는 이도 있을 것이다. 그러나 대체로 공동체사회를 공산사회라고 말한다. 공동체 또는 공산사회는 공적으로나 사적으로나 누구도 소외되지 않는 사회이며, 사적소유가 없는 무소유의 사회이며, 공공성과 개인성이 조화된 순진무구한 사람들의 사회를 말한다. 노장은 이를 무위·무명·무소유·동심童心으로 표현했다. 이에 대응하여 마르크스는 공산사회를 무소외無疏外·무소유·유적존재類的存在(Gattungswesen)가 구현된 사회라고 말한다.

또한 이러한 다스림이 없는 무치無治의 원시공동체는 경제적으로는 공공소유제로 나타난다. 즉 노자와 양주는 공동체를 지향하고 사적소유제를 반대한 공산주의자였다. 『노자』「81장」의 "성인부적聖人不積", 『열자列子』「양주楊朱」편의 "공천하지물公天下之物", 『묵자』「대취大取」편의 "성인비어장聖人非於藏", 『장자』「산목山木」편의 "지작이부지장知作而不知藏"은 다 같이 사유私有를 반대한다는 점에서 완전히 일치한다.

이러한 노장의 공동체론은 19세기 서양의 아나키즘을 연상하게 한다. 이러한 노장의 소규모 생활공동체는 푸리에F. M. C. Fourier(1772~1837)가 시도한 1,620명의 소규모 산업공동체인 팔랑주Phalange의 효시라고 말할 수도 있을 것이다. 특히 노장이 성인 또는 왕도의 대국을 '소국의 연합체'로 규정한 것은 마치 국가는 인격이 없는 팔랑주의 '연합'이 되어야 한다고 주장한 아나키스트들과 너무도 유사한 것이다(『노자』「60장」, 「61장」).

이처럼 노장은 법가들의 부국강병과 패권주의를 반대하고 균분과 소국주의를 주장했다는 점에서는 공맹과 일치하지만, 이에 그치지 않고 더 나아가 공맹의 소국연방의 왕도주의까지도 거부하고 소국연합 내지 무정부주의를 선호했다는 점에서 공맹과는 현저하게 다르다. 그럼에도 불구하고 지금까지 우리 학자들은 『노자』의 글을 왜곡하여 마치 노자가 대국을 위해 소국을 병탄하는 패도주의를 지지한 것처럼 해석해 왔다. 이것은 터무니없는 속물 근성의 발로요, 천박하고 무식한 오류다.

무지와 동심

이처럼 노장은 반문명의 물아일체物我一體적 자연의 삶을 지향하며, 군주도 없고 법도 없는 무정부적 원시공산사회를 소망한다. 그러므로 노장은 기존 문명의 질곡에서 해방되기 위한 조건으로 무지無知와 절학絶學을 제시했다(『노자』「20장」, 「65장」). '절학'에서 말하는 학學은 오늘날의 학문學問이 아니라 기원전 5~4세기의 학문學文이다. 학문學問은 자연과 진리에 대해 '묻고 배운다'는 뜻이고, 학문學文은 '문文을 배운다'는 뜻이다. 당시 문자文字는 지배자들의 독점물이었고, 문文이란 선왕先王의 말씀과 제도였다. 그러므로 무지와 절학은 선왕의 말씀을 거부하는 반유가적인 역설이다.

노장과 거의 같은 시기에 소크라테스Socrates(BC 469~399)는 아테네 시민들에게 그들의 무지를 일깨우려 하다가 미움을 사서 민주당파의 고발로 사형을 당한다. 이처럼 무지는 기존의 지식을 거부하는 것이었으므로 혁명적인 담론이었던 것이다. 그러나 왕필과 그를 따르는 우리 학자들은 무지와

절학을 '간교한 지혜를 버리라'는 수양론으로 해석함으로써
교묘하게 저항성을 탈색시켜 버린다.

노장은 지인至人이 되려면 어린아이가 되라고 말한다(『노자』「10장」·「55장」, 『장자』「경상초庚桑楚」). 동심童心이란 모든
기존 가치의 부재를 의미한다. 그러므로 동심론은 문명의 때
를 씻고 자연 그대로의 마음을 회복하라는 뜻이다. 특히 노
장의 동심설은 무지·절학과 같은 맥락으로 기존의 모든 가
치체계를 전면 부정하는 반문명적이며 혁명적 담론이었다.
또한 동심은 원시공산사회의 인간상을 말하는 것이기도 하
다. 즉 문명과 지배 이데올로기로 물들면 새로운 사회의 주
인공이 될 수 없다는 뜻이다.

노자보다 약 5세기 후에 나타난 예수도 "어린아이가 되어
야 천국에 들어갈 수 있다"고 말했다(「마태복음」18장 3절). 이
말은 노장의 동심과 같은 맥락이다. 이처럼 노장과 예수의 동
심론은 저항적이고 이상사회의 소망을 담고 있는 것이다.

그러나 왕필 등 반동적인 현학玄學자들은 이처럼 혁명적
담론인 '동심론'을 지배자들의 가르침에 순종하는 어리석은
백성이 되어야 한다는 뜻으로 왜곡한다. 도올은 한술 더 떠
서 동심론을 기공술氣功術로 해석하고 어린아이처럼 부드러
운 피부를 가꾸어 젊음을 되찾자고 열변을 토하고 있으니 한
심한 일이다(『노자와 21세기』하).

이처럼 혁명적 담론이었던 노장의 무지·절학·동심을 지
배 담론은 무욕無慾·자포자기·순종 등 노예도덕론으로 왜
곡하고, 달콤하고 현학적인 은둔주의 허무주의 철학으로 윤
색하여 이를 무력화시켰다.

그러나 천여 년이 지난 명대 明代 에 탁오 卓吾 이지 李贄
(1527~1602)는 동심설을 복원시켰다. 그의 동심론 역시 공
맹의 권위를 무시하고 성리학 性理學 을 부정하는 혁명적 담론
이었다. 결국 이단교리(敢倡亂道)와 혹세무민의 죄로 체포되
어 옥중에서 자살했다.

이지의 동심설은 우리나라 허균과 연암 燕巖 박지원 朴趾源
(1737~1805)의 글쓰기에 커다란 영향을 끼쳤다. 이덕무 李德懋
(1741~1793)가 쓴 『영처고 嬰處稿』는 영아 嬰兒 와 처녀 處女 를 뜻
하는 것으로 동심론을 말한 것이다. 그들의 동심론도 노장과
예수의 동심론처럼 구체제를 거부하는 혁명적 담론이었다.
이들 북학파들이 도올의 말처럼 처녀와 어린이처럼 보드라
운 피부와 몸매를 되찾아 늙지 말자고 말한 것은 결코 아니
었다.

3. 천의무봉의 혁명적 자유인

절대자유의 자연인

장자에게는 공자처럼 『주례周禮』로 돌아가 군왕에 순종하라는 것도, 묵자처럼 하느님의 뜻인 겸애兼愛와 교리交利를 주장하는 사랑의 공동체론도 공허한 것이었다. 그가 말하는 지인至人 또는 진인眞人은 거짓과 억압과 착취를 지탱하는 인간사회의 인위적인 제도를 벗어던진 자연인이다. 장자에게 자연법은 인예·겸애 등 일체의 인위적인 제약이 없는 절대자유를 의미한다.

장자는 우리를 얽매고 있는 외물外物에 주목한다. 인간은 그 외적 환경에 제약되지 않을 수 없기 때문이다. 아침에 돋아나는 버섯은 그믐과 초하루가 있음을 알지 못하고, 땅강아지는 봄과 가을을 알지 못하며, 매미는 겨울과 얼음을 알 리가 없다. 풀숲과 나뭇가지를 날아다니는 벌레와 새들은 구만리 창공을 날아가는 대붕大鵬을 알 리 없다. 그러나 그 대붕도 바람을 타지 않으면 땅으로 추락한다. 대양을 헤엄치는 고래도 물이 없으면 개미의 밥이 된다. 그런데 지금까지 우리 학자들은 이러한 '초월'을 말하는 대붕을 '뱁새를 비웃는 영웅'으로 비유하고 그 이야기는 '약자를 비웃는 속담'으로 해설한다. 이야말로 장자를 속물로 만들어버리는 왜곡이다.

장자는 외물의 제약을 초월하려고 한다. 그렇다고 그는 속세를 부정하고 내면으로 도피하지도 않는다. 그는 자연의 제약을 도리어 천지자연과 일체가 되는 것으로 극복하려 한다. 즉 그는 속세에 살면서도 무궁한 천지에 노니는 자연이 되고자 한 것이다.

노자는 무위와 무지를 말했지만 옷을 입고, 익은 음식을 먹고, 문자를 사용했다. 그렇다면 그들도 무위를 실천하지는 못했다고 볼 수 있다. 그러므로 장자는 문명으로부터 도피하지 않았다. 그러면서도 그 어떤 외적 환경에 묶이기를 거부했다. 그는 세속에서 자주自主와 자유로 살아가려고 한다. 그의 소망인 절대자유인은 외물에 얽매이지 않고 무궁에 노니는 자다. 홍수가 하늘까지 차고 넘쳐도 그를 빠뜨릴 수 없고, 큰불이 온 산야를 태워도 그를 태울 수 없으며, 찌는 듯한 더위가 돌을 녹여도 그를 녹일 수 없으며, 지진이 산을 무너뜨리고 천둥과 번개를 쳐도 그의 마음을 흔들지 못하며, 천하가 소란해도 그는 꿈쩍도 하지 않는 자유인이 되고자 했다.

실제로 장자는 삶과 죽음을 초개草芥같이 여기고 속세의 권력과 부를 뜬구름처럼 여겼으니 천의무봉天衣無縫의 자유인이었다. 다만 장자는 대자연에서 인간의 존재가 공간적으로나 시간적으로나 하찮은 미물임을 통감했다. 그리고 시간의 무궁함에 비해 인간의 유한함을 탄식한다. 그는 누구보다 고통과 죽음을 직시했다. 그래서 그것을 초월한 자유인이 되고자 했다. 그러나 그 길은 퇴영이었고, 그러므로 비관적이다.

그렇지만 설사 요堯 임금과 허유許由가 서로 천하를 사양했다는 고사가 자유인에 대한 꿈같은 얘기에 지나지 않을지라도, 우리에게 아름다운 자유인을 꿈꾸게 해준다. 우리는 장자의 열렬한 자유 추구와 처절한 절망을, 현실에 대한 반역과 주체의 실현을 위한 반어(irony)로 읽어야 할 것이다.

가치상대주의

장자의 비관주의는 상대주의로 나아간다. 그가 살던 전국 시대는 제자백가들의 논쟁이 갈수록 격렬해져 진리도 가치도 실종된 혼란의 시대였다. 이처럼 시비가 전도된 시대 상황은 그를 가치 부정의 혼돈으로 이끌어갔다. 그는 세계에는 미추, 선악의 대립이 존재하지 않으며, 있다 해도 아무런 의미가 없다고 생각했다.

장자는 대소, 다소의 차별은 상대적인 것에 불과하다고 생각한다. 마찬가지로 옳고 그름도 상대적인 것이다. 나아가 생사生死도 마찬가지다. 생사라는 것도 허상이며 끝없는 유전과 변화만이 있을 뿐이다. 결국 사물은 차별이 없고 도는 경계가 없다. 경계는 인간이 그은 것이며 차별은 날조된 것이다. 차별과 경계가 있고 나서 귀천·미추·시비가 생겨났으며, 대소·다소·훼예毁譽(비방과 칭찬)가 있고 나서야 논쟁과 투쟁이 생겨났다. 그리고 자기가 옳다는 것을 설명하려고 학문이 생겨났으며, 이로써 도는 분열되고 파괴되었다는 것이다. 그러므로 시비·선악의 분별이 없는 자연으로 돌아갈 것을 주장한다.

　그러나 그의 이런 상대주의는 거기서 머물지 않는다. 그것은 기존의 모든 가치로부터 해방된 자연의 자유로운 경지로 승화하려는 과정일 뿐이다. 그러므로 그의 상대주의는 선도 악도 없다는 가치 부정의 회의주의를 의미하는 것은 아니다. 오히려 자연처럼 각자 다양한 가치를 존중하고 보호하는 생명 존중의 관용주의를 낳는다.

종합주의

　장자의 양비론적 가치상대주의는 종합주의를 위한 기초가 된다. 그러나 종합주의는 양비론만으로는 부족하고 정언正言이 요구된다. 그러므로 장자는 절대적 진리를 포기한 상대주의였으나 그렇다고 '모든 사람의 모든 의견이 동등하게 좋다'는 가치등가주의價値等價主義를 말한 것은 아니다. 그럴 경우, 제자백가들의 좋은 점만을 골라 선택하는 종합주의조차도 불가능하기 때문이다.

　다른 말로 설명하자면 장자의 양비론은 하나의 방편이었으며 그의 목표는 노자를 중심으로 양자 · 공자 · 묵자를 모두 포용하여 비판적으로 통합하는 것이었다.

　『장자』의 「천하天下」편은 제자들의 작품이거나 가필한 것이겠지만, 장자 이전의 제자諸子 학술사의 귀중한 자료로 인정되고 있다. 이 글에서는 도술道術의 연원으로 묵자를 지목하고, 그 영향하에 일어난 송견宋鈃 · 윤문尹文 학파에 대해 언급하고, 팽몽彭蒙 · 전병田駢 · 신도愼到 학파를 말하고, 관윤關尹 · 노담老聃을 거론한 후, 마지막으로 장주莊周를 하나의 학파로 설명하고 있다. 그리고 장자야말로 앞의 제 학파를 통합 완결했음을 주장하고 있다.

『장자』에서는 공자와 아울러 묵자도 비판하고 있으나, 그것은 후기 묵가들의 명가적 경향을 비난한 것일 뿐, 묵자의 '천하에 남이란 없다' 는 이른바 '천하무인天下無人' 의 대동사회론을 비롯하여 평등 · 평화 · 절용節用 · 비악非樂 · 박장薄葬 등 대부분의 묵자 사상을 공유하고 있다.

대체로 장자의 유 · 묵 · 도의 종합은 제3의 길이었다고 추측된다. 양비론의 핵심은 유 · 묵 모두 자연의 본성에 위배된 인위적인 억압이라고 비판한다는 점이다. 그러므로 제3의 길의 중심은 전생全生 · 귀생貴生 · 본생本生 · 본성本性 등으로 표현되는 생명주의라고 말할 수 있을 것이다. 그러므로 장자의 종합주의는 훗날 위진대에 하안과 왕필이 노자에 공자를 끌어들인 현학玄學이나 당대唐代에 공자에 노자를 끌어들인 한유韓愈(768~824) 등의 도학道學과는 다른 것으로 이해해야 한다.

다만 장자의 종합주의는 완성되지 못했으나, 그 전통은 송대宋代의 정자程子(정호程顥 · 정이程頤 형제)와 주자에 의해 다시 시도되었다. 송학宋學은 유가의 정통을 확보했지만 실제로는 유 · 묵 · 선仙 · 불佛을 종합한 제3의 길이라고 말할 수 있기 때문이다.

도인의 민중 하방 ^{세속의 신선}

장자는 유가들이 지향하는 군자_{君子}를 반대한다. 도인은 자연의 도를 따르는 사람이고, 군자는 군주와 명예를 따르는 사람이다. 한편 장자는 세상을 버린 '신선'을 포기했는지도 모른다. 장자가 말하는 도인은 세속에서 신선같이 살아가는 민초를 말하기 때문이다. 그러므로 장자에게 출세간_{出世間}은 도인의 필요조건이 아니다. 오직 심재_{心齋}와 좌망_{坐忘}만이 도인의 조건이 된다.

'심재'란 마음을 깨끗이 하여 비우는 것이고(『장자』「인간세_{人間世}」), '좌망'은 일체를 잊어버려 매이지 않는 것(『장자』「대종사」)이다. 그러므로 장자에게 도인은 세상을 버린 은둔자가 아니라 '세속의 자유인' 즉 마음을 비운 자연인을 말한다.

원래 도인은 산림에 은거한 몰락한 귀족들을 표상하는 것이었다. 그러나 전국시대에 와서는 도인이 민중으로 하방_{下放}되기 시작한다. 즉 『노자』에서는 허유, 백이_{伯夷}, 숙제_{叔齊} 등 천하를 준다 해도 이를 뿌리치고 세속을 등진 은거인이 도인의 대표로 등장하지만, 『장자』에 이르면 꼽추, 난쟁이, 추남, 백정 등 농공상의 삼민_{三民}과 천민 등 하층 민_民 계급이 도인의 주류를 이루며, 이들 민초들은 왕후장상이나 성인과 동렬로 배치된다. 이처럼 노자의 도인은 속세를 버리고 산속으로 은둔하여 천상과 우주에 노니는 신비스런 은인_{隱人}이었다면, 장자의 도인은 속세에서 천한 삶을 누리는 평범한 민중들이다. 이것이 노자와 다른 장자의 특성이다. 이러한 중대한 변화는 전국시대를 거치면서 도인의 민중화가 진행되었다는 것을 의미하는 것으로 주목되는 대목이다.

자주적 생명 양생술과 쾌락 반대

장자는 양주의 생명주의를 계승한다. 그에게는 국가 · 인의仁義 · 부귀 · 명예 등 그 어떤 가치보다도 생명이 가장 소중했다. 그러나 그는 도교와는 달리 육체적 불로장생의 장수長壽를 지향하지 않는다. 또한 양주의 '쾌락'도 헛된 것이라고 말한다. 장자에게 생명의 본질은 '자주'를 의미한다.

또 장자에게는 무위란 아무것도 하지 않는 것이거나 무無를 숭상하는 것이 아니다. 노자가 말한 무위의 참뜻은 인위적인 문명으로부터 생명의 자주를 지키는 것이다. 따라서 양생은 몸을 보양하는 것이 아니라 생명의 자주를 보양하는 것이어야 한다. 그러므로 장자의 양생술養生術은 불로장생이 아니라 자주적 생명과 이를 위한 '갱생更生'을 의미하는 것이다.

장자는 당시의 지식인들이란 그 어떤 것의 그림자나 그늘에 불과한 비자주적인 존재에 불과하다고 비판했다. 그러므로 그는 물질에 구속되는 것도 저항했지만 물질적 환경 이외에 보이지 않는 낡은 의식 구조의 우상에 구속되는 것을 더욱 저항했다.

일찍이 묵자는 인성소염론人性所染論을 주장하고 우리의 가치판단이 지배 이데올로기에 의해 물들여져 있음을 폭로한 바 있다. 장자는 이를 이어받아 습속이라는 이념 장치를 뛰어넘어, 우리를 구속하는 모든 관념의 사슬로부터 의식의 해방을 주장했다. 묵자와 장자는 이러한 유위有爲의 우상이야 말로 차별과 불평등, 착취와 억압, 고통과 걱정의 근원임을 간파했던 것이다. 장자의 역설적 우화는 이처럼 인간이 울타리에 묶여 있음을 폭로하는 수단이었다.

신농시대의 원시공산사회 지향 _{요순 성인시대 부정}

장자는 출세간의 신선을 포기하고 세속의 도인을 지향함으로써 노자의 무위자연을 세속화시켰으나 그는 여전히 노자처럼 무릉도원의 이상사회를 지향했다. 도인의 무릉도원의 꿈은 무치無治의 원시공동체를 의미한다. 그에 의하면 상고시대에는 사람들이 금수와 같이 살았다. 그는 자연 상태인 무정부적인 원시사회를 동경한다(『장자』「마제馬蹄」편의 '연속기향連屬其鄕'). 묵자는 우禹 왕 시대의 협업노동의 대동大同사회를 지향했고, 양주는 신농神農씨의 이상적인 농업공동체를 동경했고, 장자는 노자가 지향한 채취경제시대인 원시공산사회를 계승했다. 이를 요약하면 이상사회의 표상으로 장자는 복희伏羲씨 · 신농씨 시대의 원시공산사회를, 묵자는 요순堯舜 시대를 안생생安生生 사회의 표상으로 삼았다. 공자는 우 · 탕湯 · 문文 · 무武의 삼왕시대의 가부장적 혈연공동체를 지향했다는 점에서 노장의 지역공동체와는 현저히 다르다.

이처럼 장자는 노자의 이상향을 계승한다. 노장은 다 같이 수고로운 노동도 없고 국가도 없는 무치의 원시공산사회를 소망했다. 다만 노자는 그 표상을 구체적으로 제시하지 않았으나, 장자는 복희씨와 신농씨 시대로 명시하여 제시했다는 점에서 너무도 공상적이다(『장자』, 「거협」). 장자는 요순시대는 물론이거니와 황제黃帝 시대부터 인의로 다스리는 국가시대로 규정하고 이를 비판했다(『장자』, 「재유」, 「경상초」). 그러므로 장자는 황제 이전의 복희씨·신농씨의 씨족사회를 이상사회로 찬양한 것이 분명하다.

묵자가 요순시대를 겸애兼愛와 대동大同의 시대로 규정한 것과는 달리, 장자는 이 시대를 인의로 다스리는 예치禮治의 소강小康 사회로 규정·비판하고, 요순 이전의 사회를 무치無治·무성인無聖人·무군주無君主 사회라고 찬양한다(『장자』, 「변무駢拇」). 한편 「재유」편에서는 순보다 앞선 황제시대부터 인의의 시대로 규정했다. 다만 이 글은 양주의 글이라고 보는 학자들도 있다.

어떻든 장자는 공묵孔墨이 다 같이 존숭하는 요순을 부정한다(『장자』, 「변무」). 결국 이것은 부족국가시대인 황제 헌원軒轅씨 이전의 복희씨·신농씨 등의 원시공산사회를 동경한 것으로 읽을 수밖에 없다. 또한 그것은 인간이 문명과 사회 이전의 자연으로 돌아가 시비·선악·미추도 모르고, 생산도 소유도 없는, 칡을 캐 먹고 과일을 따 먹고 새알을 훔쳐먹고 짐승들과 어울려 살아가는 원시공산사회를 그리워한 것이다. 마치 영화에서 나오는 원시림의 타잔처럼 사는 것을 꿈꾼 것이다.

그러나 과연 장자의 말대로 자연은 평화롭고 행복한 세상인가? 영국의 홉스Thomas Hobbes(1588~1679)는 상고시대를 "만인 대 만인의 투쟁"이라고 말하지 않았던가? 그래서 순자

荀子 는 "장자는 자연에 가려 사람을 알지 못했다(莊子蔽於天 而不知人)"고 비판했던 것이다(『순자荀子』「해폐解蔽」).

그러나 원시에 대한 동경은 당시의 문명과 체제를 부정하는 역설이며 반어다. 장자의 말은 인간이 짐승처럼 살자는 것이 아니라 오히려 『노자』에서처럼 당시 억압과 착취 구조의 실상을 강력하게 경고하는 반어이며, 민중의 분노를 표출하는 역설이다. 그런데도 지금까지 권력에서 자유스럽지 못한 강단학자들은 노장의 도인을 유가들의 성인과 같은 것으로, 노장의 공산주의를 유가들의 왕도주의와 다르지 않은 것으로 왜곡해 왔다.

역설과 반어의 우언

노자와 장자의 글쓰기는 은미한 것으로 구체적인 현실을 말하는 '우언'과, 구체적인 사실에서 은미한 보편적 진리를 말하는 '외전外傳'이 혼합되어 있다. 장자는 스스로 자기의 말은 짐승들의 말을 빌려 비유하는 우화(寓言)가 열에 아홉이며, 옛 성인들의 이름을 빌려 비꼬아서 말하는 풍자(重言)가 열에 일곱이라고 말했다(『장자』「우언寓言」). 우언과 중언重言은 역설과 반어적인 표현이 많다. 노자는 "바른 말(正言)을 하기 위해 반어를 한다(正言若反)"고 했으며(『노자』「78장」), 장자는 자신의 무지를 스스로 폭로하게 하는 반어(巵言)는 "날마다 해가 떠오르듯 일신日新하여 자연의 분계를 조화하는 것"이라고 말한다(『장자』「우언」).

역설(paradox)이란 외관상 거짓(僞)인 말로 참(眞)을 말하는 상식을 뒤엎는 언술을 지칭하며, 반어(irony)란 자신은 무지를 가정하고 상대의 주장을 인정하되 반문을 거듭함으로써 상대의 무지와 모순을 드러내 스스로 새로운 지식을 발견하도록 하는 언술을 의미한다. 이러한 반어는 소크라테스의 대화법이며 아기의 분만을 돕는 산파와 같다 하여 '산파술産婆術'이라고도 말한다. 그러나 역설과 반어는 실제로는 복합적으로 사용되므로 분명하게 구분되는 것은 아니다.

우언은 정언과 대비되는 것으로 지배 이데올로기에 반역하는 내용을 우회적으로 표현하기 위해 동원된다. 우리나라에서는 지배계급에서 소외된 하층계급 지식인들의 패관잡기稗官雜記에 우언이 많은데, 박지원의 소설이 그 대표적인 경우일 것이다.

『노자』와 『장자』는 민중의 담론이다. 민중을 가두고 순치하려는 권력적 담론의 울안에서 탈출하려는 해방의 담론이다. 그러므로 역설과 반어로 쓰인 것이다. 반어와 역설은 패자들의 담론이요, 도덕과 정치, 법과 경영 등 정언은 승자들의 담론이기 때문이다.

일반적으로 공자는 귀족을 대변했고, 묵자는 노동자를 대변했고, 노자는 몰락 귀족을 대변했으며, 순자는 신흥 관료와 자본가를 대변했다고 말한다. 이러한 평가는 지나치게 도식화하는 함정이 있으나 대체로 정곡을 찌른 것이어서 일반화되어 있다.

그러나 노장의 취향인 몰락 귀족의 안일주의와 냉소주의는 문명과 가치를 전도시키는 역설을 낳는다. 그의 역설은

현실과 문명의 모순을 폭로하고 그 반대인 자연 상태의 자유
로운 삶을 부각시킨다. 그러므로 역설과 반어는 민중의 담론
으로 발전한 것이다. 그것은 약자와 패자의 생존을 위한 처
절한 저항이다. 그것은 우리에게 문명보다 자연을, 현상보다
본질을, 운동자보다 원동자原動者를, 유보다 무를, 삶보다 죽
음을 강조하고, 양지보다 음지를, 밝음보다 어둠을, 봉우리
보다 골짜기를, 질서보다 혼돈을 보라고 요구한다. 그리고
그는 부성보다 모성을, 강함보다 약함을, 단단함보다 부드러
움을, 지혜보다 무지를, 무늬보다 소박함을 흠모하게 한다.

　이러한 역설은 허무, 은둔, 반문명적인 반동성에도 불구하
고 우리에게 '일상성日常性'이야말로 노예 상태임을 경고하면
서, 일상성 뒤에 숨은 지배 이데올로기를 드러내어 문명의
모순을 폭로하고 그 반대편인 혼돈과 자연을 보여줌으로써
모든 기존의 상식과 가치를 전복시킨다. 그것은 전국시대의
사회 혼란과 인간의 불행이, 인간의 간교함과 인간이 만든
제도와 문명에 있다고 본 데서 기인한다.

　그러므로 역설은 대체로 가치상대주의를 말하는 듯하다.
가치상대주의는 시비·선악에 대한 판단 중지와 함께 다양
성을 옹호한다. 이는 또한 구체제의 가치체계인 성왕의 말씀
인 『주례』의 절대성을 부정하면서도 화자의 반역성을 은폐
하기 위한 수단이 된다. 그러나 지배 담론은 이러한 우언과
반어를 정언인 것처럼 교묘하게 해석함으로써 저항정신을
탈색시켜 왔다.

内
내
편
篇

逍遙遊

小目

1-1 대붕이 남명으로 날아갈 때는 물결이 삼천리이며 폭풍을 타고 구만리 상공에 올라 여섯 달이 되어야 쉰다. 다만 대기가 쌓여 두껍지 않으면 대붕도 큰 날개를 띄울 힘이 없다.

1-2 매미와 텃새가 대붕을 비웃었다. "무엇 때문에 구만리 창공을 날아 남쪽으로 간단 말인가?" 아침에 돋아나는 버섯은 그믐 초하루를 모르고 매미는 봄가을을 모른다. 옛날의 큰 참죽나무는 팔천 년을 봄가을로 삼았다.

1-3 천지의 상도를 타고 六氣의 변화에 따라 無窮에 노닌다면 다시 무엇을 의지할 필요가 있겠는가?

1-4 뱁새가 둥지를 트는 곳은 깊은 숲 속의 나뭇가지 하나에 불과하고, 들쥐가 황허의 물을 마시는 것은 제 양만큼에 불과하다.

1-5 봉사와는 미술을 관람할 수 없고, 귀머거리와는 음악을 들을 수 없다.

1-6 거북등 손을 치료하는 약은 하나이지만 혹자는 그것으로 영주가 되었고, 혹자는 세탁업을 면하지 못했으니 그 씀이 달랐기 때문이다.

제1장. 逍遙遊 소요유

1-1

북해에 한 물고기가 있는데 이름을 곤이라 한다.　　　　　北冥¹⁾ 有魚 其名爲鯤.²⁾

곤은 그 크기가 몇천 리인지 알 수 없다.　　　　　　　　鯤之大不知其幾千里也.

이것이 변하여 새가 되는데 그 이름을 붕이라 한다.　　　化而爲鳥 其名爲鵬.³⁾

붕의 등 넓이도 몇천 리인지 알 수 없다.　　　　　　　　鵬之背 不知其幾千里也.

한번 노하여 날면 그 날개가 하늘에 구름을 드리운 것 같았다.　　怒而飛 其翼若垂天之雲.

이 새는 바다가 움직이면 남명으로 이사를 간다.　　　　是鳥也海運 則將徙於南冥.

남명이란 '천지天池'다.　　　　　　　　　　　　　　　南冥者天池也.

제해齊諧는 뜻이 괴이한 사람이다.　　　　　　　　　齊諧⁴⁾者 志怪者也

제해의 말에 의하면　　　　　　　　　　　　　　　　諧之言曰

대붕이 남명으로 날아갈 때는 물결이 삼천리이며　　　鵬之徙於南冥也 水擊三千里

폭풍을 타고 구만리 상공에 올라　　　　　　　　　　搏⁵⁾扶搖⁶⁾而上者九萬里

1_ 北冥·南冥은 우주의 근원인 黑暗 또는 混沌을 상징한다(老子/35장 참고).
　　"태초에 하나님이 천지를 창조하시니라. 땅이 混沌하고 空虛하며 黑暗의 깊음 위에 있고, 하나님의 氣運이 水面
　　에 운행하니라. 하나님이 가라사대 빛이 있으라 하시니 빛이 있었고, 그 빛이 하나님이 보시기에 좋았더라. 하나
　　님이 빛과 어둠을 나누사……." (창세기)
2_ 鯤(곤)=魚名, 魚子.
3_ 『莊子』〈外篇〉「秋水」17-13(오동나무와 대붕) 참고.
4_ 齊諧(제해)=人名, 書名.
5_ 搏(박)=擊也, 取也.

여섯 달이 되어야 쉰다.

안개와 먼지는

생물이 생기生氣를 서로 불어주는 것이다.

천지가 푸른 것은 바로 생기의 색이며,

그것은 원대하고 끝이 없는 지극한 것이다.

대붕이 내려다보는 것은

역시 아마 안개, 먼지 등 생기였던 것이다.

또한 물이 쌓여 두껍지 않으면

큰 배를 띄울 힘이 없다.

마당 웅덩이에 술잔의 물을 부으면

겨자씨로 배를 만들어야 한다.

술잔을 띄우면 붙어버릴 것이니

물은 얕고 배는 크기 때문이다.

마찬가지로 대기가 쌓여 두껍지 않으면

대붕도 큰 날개를 띄울 힘이 없다.

그러므로 구만리의 바람이 발아래에 있어야만

바람을 탈 수 있다.

푸른 하늘을 등에 지고 막힘이 없어야만

장차 남쪽으로 날아갈 수 있다.

去以六月息者也.

野馬也 塵埃也.

生物之以息[7]相吹也.

天地蒼蒼 其正色邪.[8]

其遠而無所 至極邪.

其視下也

亦若是則已[9]矣.

且夫水之積也不厚

則其負大舟也無力.

覆杯水於坳[10]堂之上

則芥爲之舟

置杯焉則膠

水淺而舟大也.

風[11]之積也不厚

則其負大翼也無力.

故九萬里則 風斯在下矣

而後乃今培風

背負靑天 而莫之夭閼[12]者

而後乃今將圖南.

6_ 扶搖(부요)＝폭풍, 회오리바람.

7_ 息(식)＝喘息, 生氣也(老子/42장, 莊子/外篇/知北遊 氣論 참고).

8_ 邪(사)＝□□입니까?, □□인데, □□이면.

9_ 則已(즉이)＝而已.

10_ 坳(요)＝웅덩이.

11_ 風(풍)＝大地의 生氣(大塊噫氣 其名爲風 : 莊子/內篇/齊物論 2-1).

12_ 夭閼(요알)＝折止.

- 장자/내편/제물론 齊物論 2-15 : 忘年忘義 寓諸無竟.
- 장자/내편/양생주 養生主 3-1 : 以有涯隨無涯 殆已.
- 장자/내편/양생주 養生主 3-3 : 澤雉十步一啄百步一飮. 不蘄畜乎樊中.
- 장자/외편/추수 秋水 17-8 : 夔憐蚿. 蚿憐蛇 蛇憐風 風憐目 目憐心. 故衆小不勝爲大勝也.
- 장자/외편/추수 秋水 17-12 : 寧其死爲留骨而貴乎 寧其生而曳尾於塗中乎.
- 장자/외편/추수 秋水 17-13 : 夫鵷鶵發於南海而飛於北海 非梧桐不止 非練實不食 非醴泉不.

1-2

매미와 텃새가 대붕을 비웃으며 말했다.	蜩[13]與學鳩[14]笑之 曰.
"내가 결심하고 한번 날면	我決起而飛
느릅나무와 빗살나무까지 갈 수 있다.	槍[15]榆[16]枋.[17]
어쩌다가 가끔 이르지 못하여	時則不至
땅에 곤두박질할 때가 있지만	而控[18]於地而已矣.
무엇 때문에 구만리 창공을 날아	奚以之九萬里
남쪽으로 간단 말인가?	而南爲
들판에 나가는 자는	適莽蒼[19]者
세 끼니면 돌아올 때까지 배가 부를 것이다.	三湌[20]而反 腹猶果然.
그러나 백 리를 가는 자는 하루 묵고 올 양식을 찧어야 하고	適百里者 宿舂[21]糧
천 리를 가는 자는 석 달 먹을 양식을 준비해야 한다.	適千里者 三月聚糧
이들 두 벌레가 무엇을 알겠는가?	之二蟲[22]又何知.

13_ 蜩(조)=매미.
14_ 學鳩(학구)=本作鷽鳩=小鳩.
15_ 槍(창)=突也.
16_ 榆(유)=느릅나무.
17_ 枋(방)=빗살나무.
18_ 控(공)=頓也, 投也.
19_ 莽蒼(망창)=草野之色.
20_ 湌(손)=밥=湌(찬)=먹다.
21_ 舂(용)=절구질하다.

작은 지혜는 큰 지혜를 미치지 못하고	小知不及大知
어린아이는 어른의 지혜를 미치지 못한다.	小年不及大年.
어떻게 그런 줄 아는가?	奚以知其然也.
아침에 돋아나는 버섯은 그믐과 초하루를 모르고	朝菌不知晦朔
매미는 봄과 가을을 모른다.	惠蛄[23] 不知春秋
이것들은 사는 기간이 짧기 때문이다.	此小年也.
초나라 남쪽에 명령이란 나무가 있는데	楚之南 有冥靈者
오백 년을 봄으로 삼고 오백 년을 가을로 삼는다고 한다.	以五百歲爲春 五百歲爲秋
먼 옛날에는 큰 참죽나무가 있었다는데	上古有大椿者
이것은 팔천 년을 봄으로 삼고	以八千歲爲春
팔천 년을 가을로 삼는다고 한다.	八千歲爲秋
그런데 팔백 년을 산 팽조彭祖는 지금껏 최장수라고 소문나서	而彭祖乃今以久特聞
사람마다 그와 같이 되기를 바라니 슬픈 일이 아닌가?	衆人匹之 不亦悲乎.
탕湯 임금이 현신 극棘에게 물은 것도 이러한 분별이었다.[24]	湯之問棘[25]也是已.
궁발의 북쪽에 어두운 바다가 있는데	窮髮[26]之北有冥海者

22_ 蟲(충)＝鳥獸.

23_ 惠蛄(혜고)＝蟪蛄, 寒蟬也.

24_ 이하 대붕 이야기는 전술한 것과 같다. 후인이 첨가한 것으로 보인다. 같은 이야기가 『列子』 「湯問」편에도 나온다.
　　『열자』 「탕문」 : 탕임금이 또 물었다. "물건에는 크고 작은 것, 길고 짧은 것, 같고 다른 것이 있겠지요?" 夏革이
　　말했다. "종발의 북쪽에는 명해가 있는데 천지라고 합니다. 거기에 물고기가 있는데 넓이가 수천 리이고 길이도
　　그쯤 되며 이름을 곤이라 합니다. 또 거기에 새가 있는데 이름은 붕이라 하고 날개가 하늘을 드리운 구름 같고 몸
　　도 그만큼 크지요. 세상에서는 어찌 이런 동물이 있는 줄 알겠습니까? 위대한 禹임금이 다니다가 그것을 발견하
　　시고 伯益이 그것을 확인한 후 이름을 지었으며 夷堅이 그것을 듣고 기록했습니다."(湯又問於夏革曰 物有巨細乎 有
　　修短乎 有同異乎. 日 終髮北之北 有溟海者 天池也 有魚焉 其廣數千里 其長稱焉 其名爲鯤 有鳥焉 其名爲鵬 翼若垂天之雲
　　其體稱焉 世豈知有此物哉 大禹行而見之 伯益知而名之 夷堅聞之志之).
　　『열자』는 周나라 列御寇가 지었다고 하는데 漢나라 초에 모두 인멸된 것을 劉向이 여덟 편으로 교정했다. 내용은
　　至虛를 종지로 하므로 대체로 노장과 일치한다. 그러나 一家의 글이 아니고 우언·신화·고사 등 민간 전설을 수집
　　한 것으로 晉人의 작품으로 전국시대에 문자화되었을 것이라는 설이 유력하다.

25_ 棘(극)＝『열자』 「탕문」편에는 夏革으로 됨.

천지(하늘 못)라고 한다.

거기에 물고기가 있는데 그 넓이가 수천 리라

그 길이를 아는 이가 없으며 그 이름은 곤이라 한다.

또 거기에 새가 있는데 이름은 붕이라 하고

등은 태산과 같고 날개는 하늘을 드리운 구름 같다.

회오리바람을 타고

구만리 창공을 올라가

구름 공기를 끊고 푸른 하늘을 등지고 나서야

남쪽으로 날아가는데

잠깐이면 남명에 갈 수 있다.

작은 연못의 메추라기가 비웃으며 말했다.

"저 자는 또 어디로 가는가?

내가 뛰어오르면 몇 길 오르다 내려오고

쑥대 사이를 오락가락하는 정도에 불과하지만

이 역시 날아감의 지극함인데

저 자는 또 어디로 가려는가?"

이것이 작은 것과 큰 것의 분별인 것이다.

天池也

有魚焉 其廣數千里

未有知其修者 其名爲鯤

有鳥焉 其名爲鵬

背若泰山 翼若垂天之雲

搏扶搖羊角[27]

而上者九萬里

絶雲氣負靑天 然後

圖南

且適南冥也

斥[28]鴳[29]笑之

彼奚適也

我騰躍而上 不過數仞而下

翶翔蓬蒿之間

此亦飛之至也

而彼且奚適也

此小大之辨也.

함께 읽기

• 장자/외편/천지天地 12-15 : 通是非而不自謂衆人 愚之至也.
• 장자/외편/추수秋水 17-1 : 井蛙不可以語於海者 拘於虛也 曲士不可以語於道者 束於教也.
• 장자/외편/추수秋水 17-5 : 以道觀之物無貴賤. 以物觀之自貴而相賤.
• 장자/잡편/경상초庚桑楚 23-12 : 移是 今之人也. 是蜩與學鳩 同於同也.

26_ 髮(발)＝拔擢而出也. 十豪爲髮.
27_ 羊角(양각)＝草名 芺明. 司馬云 風曲上行者若羊角.
28_ 斥(척)＝小澤也.
29_ 鴳(안)＝鷃(세가락메추라기)也.

1-3

그러므로 지식은 한낱 관리를 본받게 하고	故夫知效一官
행실은 한 고을을 따르게 하고	行比一鄕
덕은 한 군주에 부합하여 한 나라를 신복시켰다 해도	德合一君 而徵³⁰⁾一國者
그들 스스로 보는 것은 아직 뱁새에 불과한 것이다.	其自視也 亦若此矣
그러므로 송영자는 그들을 비웃을 만하다	而宋榮子³¹⁾猶然笑之
그는 온 세상이 그를 기린다 해도 더 권면할 수 없고	且擧世而譽之 而不加勸.
온 세상이 그를 비난한다 해도 저지할 수 없으며	擧世非之 而不可沮.
안과 밖의 구별을 바르게 하고	定³²⁾乎內外之分
영욕의 경계를 분별했다.	辨乎榮辱之境
그러나 이것으로 그칠 뿐이었으니	斯已矣
그는 세상에 드문 인재였으나	彼其於世 未數數然也.
아무리 그래도 그는 아직 근본적이지 못한 것 같다.	雖然 猶有未樹³³⁾也.
대저 열자列子는 바람을 타고 날아다닌다고 한다.	夫列子禦風而行
시원하게 날아다니다가 십오 일 후에 돌아오곤 했다.	冷然善也. 旬有五日而後反.
그는 복 받은 사람으로 희귀한 경우에 해당한다.	彼於致福者 未數數然也.
이처럼 그는 비록 걸어 다니는 것은 면했으나	此雖免乎行
아직 의지할 바람이 있어야 한다.	猶有所待者³⁴⁾也.
그런데 만약 천지의 상도를 타고	若夫乘天地之正³⁵⁾
육기의 변화에 따라	而御六氣³⁶⁾之辯³⁷⁾

30_ 徵(징)=信也. 征과 통용.
31_ 宋榮子(송영자)=宋鈃과 동일 인물.
32_ 定(정)=正也.
33_ 樹(수)=立也→本也.
34_ 待者(대자)=備風.
35_ 正(정)=中也, 常也.
36_ 하늘에는 六氣가 있으니 陰陽風雨晦明이요, 땅에는 五行이 있으니 金木水火土이다(左傳/昭公元年).
37_ 辯(변)=變과 古字通用.

무궁無窮에 노닌다면   以游無窮者

그가 다시 무엇을 의지할 필요가 있겠는가?   彼且惡乎待哉.

그러므로 이르기를 지인至人은 내가 없고,   故曰 至人無己

신인神人은 공적이 없고, 성인聖人은 이름이 없다고 한다.   神人無功 聖人無名.

함께 읽기

• 장자/내편/제물론齊物論 2-5 : 彼是莫得其偶 謂之道樞. 樞始得其環中 以應無窮.
• 장자/내편/제물론齊物論 2-6 : 凡物無成與毀 復通爲一.
• 장자/외편/추수秋水 17-8 : 夔憐蚿. 蚿憐蛇 蛇憐風 風憐目 目憐心.
• 장자/잡편/열어구列禦寇 32-1 : 汎若不繫之舟 虛而敖遊者也.
• 장자/잡편/천하天下 33-1 : 不離於宗 謂之天人.不離於精 謂之神人.不離於眞 謂之至人.

1-4

요堯 임금이 천하를 사양하며 허유許由에게 말했다.   堯讓天下於許由 曰.

"해와 달이 나왔는데 횃불을 끄지 않으면   日月出矣 而爝火不息

그 불빛은 성대하지 못할 것이며   其於光也 不亦難 ³⁸⁾乎.

때맞추어 비가 내렸는데 아직도 물을 댄다면   時雨降矣 而猶浸灌

그 혜택이 도로가 아니겠소?   其於澤也 不亦勞乎.

그대가 천자가 되면 천하가 다스려질 터인데   夫子立而天下治.

내가 아직도 신주를 맡고 있소.   而我猶尸之.

나는 스스로 부족한 점을 잘 알고 있으니   吾自視缺然

그대가 부디 천하를 맡아주시오."   請致天下.

허유가 말했다.   許由曰

"그대가 천하를 다스려 이미 천하는 잘 다스려지고 있는데   子治天下 天下旣已治也.

내가 그대를 대신한다면 나에게 이름을 취하란 말이오?   而我猶代子 吾將爲名乎.

38_ 難(난)=盛貌.

이름이란 실질의 안내자일 뿐인데 名者實之賓也

나에게 안내자가 되란 말이오? 吾將爲賓[39]乎.

뱁새가 둥지를 트는 곳은 깊은 숲 속의 鷦鷯[40]巢於深林

나뭇가지 하나에 불과하오. 不過一枝.

들쥐가 황허의 물을 마시는 것은 제 양만큼에 불과하오. 偃鼠[41]飮河不過滿腹.

그만 돌아가시오! 군주여! 歸休乎 君.

나는 천하를 다스릴 마음이 없소. 予無所用天下爲

요리사[42]가 요리를 잘 못한다고 庖人雖不治庖

시동과 축관[43]이 요리사를 대신할 수는 없지 않소?" 尸祝不越樽俎[44]而代之矣.[45]

1-5

견오肩吾가 연숙連叔에게 물었다. 肩吾問連叔 曰

"내가 접여接輿에게 들은 말은 너무나 황당하여 吾聞言於接輿 大而無當

그를 떠난 후로는 돌아가지 않았소. 往而不返

내가 그의 말에 놀라고 두려워한 것은 吾驚怖其言

황허와 한수처럼 끝이 없었고 猶河漢而無極也

크게 우원하고 인정에 맞지 않았기 때문이오." 大有逕庭[46] 不近人情焉

연숙이 물었다. "그가 무슨 말을 하였소?" 連叔曰 其言謂何哉.

39_ 賓(빈)=導也.

40_ 鷦鷯(초료)=小鳥, 桃雀.

41_ 偃鼠(언서)=鼹鼠(혜서=새앙쥐), 鼢鼠(분서=두더짓과의 하나).

42_ 요임금을 비유.

43_ 허유를 비유.

44_ 樽俎(준조)=술잔과 도마. 제수를 만드는 것을 비유.

45_ 장자는 분별을 싫어하지만 속세의 분별에 따르면, 황제는 고귀한 신분이지만 여기서는 비천하며, 은자는 비천한
광인이지만 여기서는 고귀한 것으로 비친다.

46_ 逕庭(경정)=過激하거나 迂遠한 모습.

견오가 답했다. "멀리 고사산에 신인神人이 살고 있었는데　　　日 藐姑射之山 有神人居焉.

살갗은 눈처럼 희고 예쁜 모습이 처녀 같다고 하며　　　肌膚若氷雪 淖約⁴⁷⁾若處子.

오곡을 먹지 않고 바람과 이슬을 먹고 살며　　　不食五穀 吸風飮露

운기를 타고 비룡을 부리며　　　乘雲氣御飛龍

사해의 밖에서 노니는데　　　而遊乎四海之外

그 정신이 엄정하여　　　其神凝⁴⁸⁾

사물이 병들지 않고 곡식이 여문다 하오.　　　使物不疵⁴⁹⁾癘⁵⁰⁾而年穀熟.

나는 이것은 거짓말이라고 생각하여 믿지 않았소."　　　吾是以狂而不信也.

연숙이 말했다.　　　連叔曰

"그러니 봉사와는 더불어 미술을 관람할 수 없고　　　然 瞽者無以與乎文章之觀

귀머거리와는 음악을 들을 수 없소.　　　聾者無以與乎鐘鼓之聲

어찌 육체에만 봉사와 귀머거리가 있겠소?　　　豈惟形骸有聾盲哉.

지능에도 장님과 귀머거리가 있소.　　　夫知亦有之.

그 사람의 말이 처녀와 같았다면　　　是其言也猶時⁵¹⁾女也.

이런 사람과 이런 덕은　　　之⁵²⁾人也 之德也

만물을 혼합하여 하나로 만드오.　　　將磅礴⁵³⁾萬物 以爲一.

세상은 다스림을 바라지만　　　世蘄⁵⁴⁾乎亂⁵⁵⁾

어찌 수고롭게 천하를 다스리겠소?　　　孰弊弊⁵⁶⁾焉 以天下爲事.

그런 사람은 사물이 해치지 못하오.　　　之人也 物莫之傷

큰 홍수가 하늘을 덮어도 그를 빠뜨리지 못하고　　　大浸稽⁵⁷⁾天而不溺

큰 가뭄이 금석을 녹이고　　　大旱金石流

47_ 淖約(뇨약)＝綽約＝好貌.
48_ 凝(응)＝嚴整也.
49_ 疵(비)＝다리 습랭병.
50_ 癘(려)＝염병, 문둥병.
51_ 時(시)＝處也.
52_ 之(지)＝是.

53_ 磅礴(방박)＝혼합.
54_ 蘄(기)＝期.
55_ 亂(란)＝治也, 不治也.
56_ 弊弊(폐폐)＝經營貌.
57_ 稽(계)＝貯滯也, 至也.

산과 흙을 태워도 그를 뜨겁게 하지 못하오.　　　　　土山焦而不熱

이런 티끌과 찌꺼기로　　　　　是其塵垢粃糠 [58]

아름다운 주물과 그릇을 만든 이가 요순이오.　　　　　將猶陶鑄堯舜者也.

어찌 사물을 다스리는 일을 달갑게 여기겠소?　　　　　孰肯以物爲事. [59]

송나라 사람이 은나라의 모자를 팔러 월나라로 갔소.　　　　　宋人資章甫 [60] 適諸越

그러나 월인은 단발에 문신을 하였으므로　　　　　越人短髮文身

모자가 소용없었소.　　　　　無所用之

요임금은 천하 인민을 다스렸고 천하의 정사를 통할했소.　　　　　堯治天下之民 平海內之政

멀리 고사산으로 가서 네 신인을 만나보고　　　　　往見四子 藐姑射之山

분수 북쪽으로 돌아와서는　　　　　汾水之陽 [61]

그만 멍하니 천하를 잊어버렸소."　　　　　窅然 [62] 喪 [63] 其天下焉.

1-6

혜자惠子가 장자에게 말했다.　　　　　惠子謂莊子曰

"위나라 왕이 내게 큰 박씨를 주었는데　　　　　魏王貽我大瓠 [64] 之種

내가 이것을 심었더니 닷 섬들이 큰 박이 열렸네.　　　　　我樹之成 而實五石

이것으로 물과 장을 담자니 무거워 들 수가 없고　　　　　以盛水漿 其堅 [65] 不能自擧也.

쪼개서 바가지를 만들자니　　　　　剖之以爲瓢

평평하여 담을 수가 없었지.　　　　　則瓠落無所容

할 일 없이 크기만 하고　　　　　非不呺 [66] 然大也

58_ 粃糠(비강)＝쭉정이와 겨.
59_ 앞의 孰弊弊焉以天下爲事과 같은 뜻.
60_ 章甫(장보)＝殷人의 冠.
61_ 陽(양)＝山南水北.
62_ 窅然(요연)＝멍한 모양.

63_ 喪(상)＝忘也.
64_ 瓠(호)＝표주박, 질그릇.
65_ 堅(견)＝튼튼하다, 무겁다.
66_ 呺(효)＝呺(속 빈 나무)也.

쓸모가 없어 부서뜨렸네."

장자가 말했다.

"그대는 정말 큰 것을 쓸 줄 모르는구려!

송나라에 거북등 손을 치료하는 약을 가진 사람이 있었는데

대대로 솜을 물로 세탁하는 직업으로 먹고살았다네.

객이 그 소문을 듣고 그 약방문을 백금을 주고 사려고 하자

가족을 모아놓고 상의했네.

'우리는 대대로 세탁업을 했으나 몇 금을 버는 데 불과했다.

그런데 지금 하루아침에 백금으로 기술을 팔게 되었으니

승낙하자.'

객은 그것을 사서 오나라 왕에게 유세했네.

월나라가 침입하자 오왕은 그를 장수로 삼아

겨울에 수전水戰을 벌였네.

그는 월나라를 대패시키고

급기야 땅을 받고 영주가 되었지.

거북등 손을 치료하는 약은 하나이지만

혹자는 그것으로 영주가 되었고

혹자는 세탁업을 면하지 못했으니

그 씀이 달랐기 때문이네.

지금 그대는 닷 섬들이 큰 박을 가지고

어찌 큰 술통을 만들어

강호에 띄울 생각을 않는 것인가?

오히려 박이 커서 담을 것이 없다고 걱정하는 것을 보니

吾爲其無用而掊之.

莊子曰

夫子固拙[67]於用大矣.

宋人有善爲不龜手之藥者

世世以洴澼[68]絖[69]爲事.

客聞之 請買其方百金

聚族而謀曰

我世世爲洴澼絖 不過數金

今一朝而鬻[70]技百金

請與之.

客得之 以說吳王

越有難 吳王使之將

冬與越人水戰.

大敗越人

裂地而封之.

能不龜手一也

或以封

或不免於洴澼絖

則所用之異也.

今子有五石之瓠.

何不慮以爲大樽

而浮於江湖.

而憂其瓠落[71]無所容

67_ 拙(졸)=서툴다.
68_ 洴澼(병벽)=세탁.
69_ 絖(광)=솜.
70_ 鬻(죽)=미음, (육)=팔, (국)=기를.

그대는 잘고 좀스러운 마음을 가졌구려!"

혜자가 장자에게 말했다.

"우리 집에 아주 큰 나무가 있는데

사람들은 가죽나무라 말하네.

크기만 했지 옹이가 박혀 목수의 먹줄에 맞지 않고

가지는 굽어 곱자와 그림쇠에 맞지도 않네.

그래서 길가에 서 있어도

목수들조차 돌아보지도 않는다네.

자네의 말은 이 나무처럼 크기만 했지 쓸모가 없으니

사람들로부터 버림을 받는 것이라네."

장자가 답했다.

"자네는 언젠가 족제비를 본 적이 있겠지.

몸을 잔뜩 웅크리고 엎드려 망을 보는 거만한 놈이네.

동서로 날뛰며 높고 낮은 데를 가리지 않지만

결국 덫에 걸리거나 그물에 걸려 죽게 마련이네.

저 검은 소는

그 크기가 하늘에서 구름이 내린 것 같으니

이야말로 크다고 하겠으나 쥐를 잡을 수도 없네.

그러니 자네의 나무가 크다고 걱정할 필요는 없다네!

則夫子猶有蓬⁷²⁾之心也夫

惠子曰

吾有大樹

人謂之樗⁷³⁾

其大本擁腫⁷⁴⁾ 而不中繩墨

其小枝卷曲 而不中規矩.

立之塗

匠者不顧.

今子之言大而無用.

衆所同去也.

莊子曰

子獨不見狸⁷⁵⁾狌⁷⁶⁾乎

卑身而伏以候敖者

東西跳梁不辟⁷⁷⁾高下

中於機辟⁷⁸⁾ 死於罔罟.

今夫斄牛⁷⁹⁾

其大若垂天之雲

此能爲大矣 而不能執鼠.

今子有大樹 患其無用

71_ 落(락)=大貌.
72_ 蓬(봉)=쑥.
73_ 樗(저)=가죽나무.
74_ 擁腫(옹종)=나무 혹.
75_ 狸(리)=살쾡이.
76_ 狌(성)=성성이, 족제비.
77_ 辟(피)=피하다.
78_ 辟(벽)=刑也, 罔也.
79_ 斄牛(모우)=犛牛(리우)=검은 소.

어떤 인위 人爲 도 없는 고장의

광막한 들에 심고

그 곁을 할 일 없이 노닐고

그 밑에 누워보기도 하면 어떻겠나?

도끼로 찍힐 염려도 없고

아무도 해치지 않을 것이니

쓸모없다고 어찌 괴로워한단 말인가?"[81]

何不樹之於 無何有[80]之鄕

廣漠之野.

彷徨乎無爲其側

逍遙乎寢臥其下.

不夭斤斧

物無害者

無所可用 安所困苦哉.

◖함께 읽기◗

• 장자/내편/인간세人間世 4-1 : 且予求無所可用久矣. 散人又惡知散木.

• 장자/외편/산목山木 20-1 : 昨日山中之木 以不材得終其天年. 今主人之雁 以不材死.

• 장자/잡편/열어구列禦寇 32-3 : 朱泙漫學屠龍於支離益 單千金之家 三年技成 而無所用其巧.

80_ 有(유)=爲也. 在로 解하기도 한다.

81_『장자』의 첫머리에 올린 「소요유」편은『장자』전체의 성격을 관통하는 글이다. 소요유란 인사에 얽매이지 않고 자
연에 노니는 것을 말한다. 뱁새가 대붕을 비웃은 것은 대붕의 뜻을 알 리 없기 때문이지만, 그렇다고 대붕이 뱁새
를 비웃지는 않는다. 왜냐하면 대붕도 뱁새도 대기를 의지하지 않으면 날 수 없기 때문이다. 그러나 소요유하는
'마음'은 대기를 의지하지 않아도 구만리 창공을 날아갈 수 있다.

「秋水」편에서는 "외발 짐승인 기는 발이 많은 노래기를 부러워하고, 노래기는 뱀을 부러워하고, 뱀은 바람을 부
러워하고, 바람은 눈을 부러워하고, 눈은 마음을 부러워한다"고 말한다. 이 글을 "대붕은 바람을 부러워하고, 바
람은 마음을 부러워한다"고 고쳐 읽을 수도 있을 것이다. 그러므로 작은 것들은 "이기지 않는 것이 큰 이김"이라
는 장자의 말을 기억해야 할 것이다.

「庚桑楚」편에서는 대붕을 비웃은 메까치와 비둘기에 대해 同 속에서 同을 구하는 자들이라고 비판한다. 同中求
同은 남도 자기와 같기를 바라는 전체주의를 말한다. 「소요유」편이나 「齊物論」편의 의도는 同中求異 異中求同
함으로써 求同存異하기를 요구한 우언이다. 그러나 이와 달리 오늘날 통속적인 해설은 잘난 대붕과 못난 뱁새를
차별한다. 이런 해설은 속물들의 마음일 뿐 장자의 본뜻이 아니다.

연암은「蜋丸集序」에서 다음과 같이 말한다. "말똥구리는 동그란 말똥덩이를 대견하게 여겨, 용의 여의주를 부
러워하지 않고, 용 또한 자기 구슬로 말똥구리를 비웃지 못할 것이다." 이런 경지야말로 소요유하는 眞人의 마음
이고 소요유의 본뜻이다.

「소요유」편은 "차별은 언어의 작란일 뿐 만물은 평등하다"는 「제물론」편의 서론 격이다.

齊物論

小目

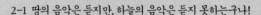

2-1 땅의 음악은 듣지만, 하늘의 음악은 듣지 못하는구나!

2-2 정욕이 아니면 내가 없고, 내가 아니면 정욕도 나올 곳이 없다.

2-3 사람들이 말하는 '불사의 도'인들 무슨 도움이 되겠는가?

2-4 새는 알에서 깨어날때 우는 소리가 다르니 분별이 있을까? 없을까?

2-5 성인은 따르는 것이 없고 자연에 비추어 본다. 저것과 이것을 패거리 짓지 않는 것이 道의 樞紐라고 말한다. 추뉴가 비로소 고리 중앙을 잡으면 응변이 무궁하다.

2-6 常자연이야말로 利用이며, 이용이야말로 형통함이다. 형통이야말로 德이며, 덕으로 나가면 道에 가깝다.

2-7 신명을 수고롭게 하며 한쪽을 좋다고 하면 大同을 모른다. 이것을 '朝三'이라 한다.

2-8 道가 훼손됨으로써 仁義와 兼愛가 생긴 것이다.

2-9 有가 있고 無가 있다면 有無가 있기 이전이 있을 것이다.

2-10 도는 시작부터 분계가 없고, 말은 시작부터 실체가 없다. 그러므로 知는 不知에 머무는 것이 지극한 것이다

2-11 이른바 '내가 안다는 것'이 과연 不知가 아님을 어찌 알겠는가?

2-12 사람은 쇠고기나 돼지고기를 먹지만, 사슴은 꿀을 먹고, 지네는 뱀을 잘 먹고, 올빼미는 쥐를 좋아한다. 이 넷 중에서 누가 올바른 맛을 안다고 생각하는가?

2-13 일월 곁에서 우주를 품고, 다스림이 입술처럼 부합하고, 혼돈에 맡겨두고, 노예를 돕고 존중한다면 어떻겠나?

2-14 공자도 그대도 모두 꿈을 꾸고 있는 것이다. 내가 그대를 꿈꾸고 있다고 말하는 것도 역시 꿈이다.

2-15 자연의 분계에 화합하고 혼돈의 무극을 따르는 것이 생을 다하는 방법이다.

2-16 그늘이 그림자에게 물었다. 어찌 그대는 自主하는 지조가 없는가?

2-17 어느 날 장주는 꿈에 나비가 되었다. 그러나 장주가 꿈에 나비가 되었는지, 나비가 꿈에 장주가 되었는지 알 수 없다.

제2장. 齊物論 제물론

2-1

남곽의 자기子綦 는 책상에 기대어 앉아 있다.

하늘을 우러러 숨은 쉬며, 멍하니 몸을 잊은 듯했다.

제자인 안성자유子游 가 앞에서 모시고 있다가 물었다.

"어쩐 일이십니까? 몸은 꼭 마른 고목 같고

마음은 꼭 죽은 재처럼 하고 계시니…….

지금 선생님의 모습은

어제의 선생님이 아닌 것 같습니다."

자기가 말했다.

"언아! 훌륭하구나! 그것을 질문하다니.

지금 나는 내 몸을 잃었다. 너는 그것을 아느냐?

아마 너는 사람의 음악은 듣지만 땅의 음악은 듣지 못하고

땅의 음악은 듣지만 하늘의 음악은 듣지 못하는 것 같다."

자유가 물었다. "그 방술에 대해 대해 묻습니다."

南郭子綦 隱机[1]而坐

仰天而噓 荅[2] 焉似喪其耦[3]

顔成子游 立侍乎前 曰

何居[4] 乎. 形固可使如槁木

而心固可使如死灰乎.

今之隱机者

非昔之隱机者也.

子綦曰

偃[5] 不亦善乎 而問之也.

今者吾喪我. 汝知之乎.

汝聞人籟 而未聞地籟.

汝聞地籟 而未聞天籟夫.

子游曰 敢問其方.

1_隱机(은궤)=憑几也

2_荅(답)=팔. 嗒(탑=解體貌)으로 읽음.

3_耦(우)=짝. 寓(우), 寄(기)로 읽음.

4_居(거)=故(고)로 읽음.

5_偃(언)=子游의 名.

자기가 답했다.

"우주가 기를 내뿜는 호흡을 바람이라 한다.

때로는 가만히 있다가

한번 터지면 땅 위의 모든 틈새에서 소리친다.

너만이 저 요요한 소리를 듣지 못하느냐?

산림의 꼭대기와

백 아름의 큰 나무 구멍은

코도 같고, 입도 같고, 귀도 같고,

두공도 같고, 술잔 같고, 절구 같고,

연못 같고, 웅덩이 같기도 하다.

물 부딪는 소리, 시위 소리, 꾸짖는 소리, 물 마시는 소리,

울부짖는 소리, 흐느끼는 소리, 동굴의 소리, 새 울음소리

앞에서 울면 뒤에 화답하여 운다.

산들바람은 가볍게 화답하고, 회오리바람은 크게 화답하다가,

사나운 바람이 자면 모든 구멍들은 고요하게 된다.

그런데 너 혼자만

만물이 저마다 운행하는 소리를 듣지 못한단 말인가?"

子綦曰

夫大塊噫氣 其名爲風.

是唯無作

作則萬竅怒呺.[6]

而獨不聞之翏翏[7]乎

山林之畏佳[8]

大木百圍之竅穴

似鼻 似口 似耳

似枅[9] 似圈[10] 似臼[11]

似洼[12]者 似汚[13]者

激者 謞[14]者 叱者 吸者

叫者 譹[15]者 宎[16]者 咬者

前者唱于 而隨者唱喁

泠風則小 飄風則大和

厲風濟 則衆竅爲虛.

而獨

不見之調調之刁刁[17]乎.

6_ 呺(효)=虛大貌. 風聲. 怒叫.

7_ 翏翏(료료)=高飛也, 長風之聲.

8_ 畏佳(외추)=崔崔(외최).

9_ 枅(계)=斗上橫木.

10_ 圈(권)=棬, 杯.

11_ 臼(구)=절구.

12_ 洼(와)=물 이름.

13_ 汚(오)=더러울, (와)=웅덩이.

14_ 謞(학)=大號也, 管聲, 如箭去聲.

15_ 譹(호)=號也.

16_ 宎(요)=竅聲.

17_ 調調(조조)=刁刁(조조)=皆動搖.

자유가 말했다. "땅의 피리 소리는 여러 구멍이고　　　　子游曰 地籟則 衆竅是已
사람의 피리 소리는 통소라면　　　　　　　　　　　人籟則比 [18]竹是已
하늘 소리에 대해 묻습니다."　　　　　　　　　　敢問天籟.
자기가 답했다. "수많은 숨소리는 다 같지 않으니　　子綦曰 夫吹萬不同
각자 자기 소리를 내게 한다.　　　　　　　　　　而使其自已也
모두 자기 소리를 낸다면 성내는 자는 그 누구일까?"　咸其自取 怒者其誰邪.

2-2

큰 지혜는 관대한 듯하고 작은 지혜는 염탐꾼 같으며　大知閑閑 [19] 小知間間. [20]
큰 말은 성대하고 작은 말은 수다스럽다.　　　　　大言炎炎 [21] 小言詹詹. [22]
잠을 잘 때는 꿈을 꾸고 깨어나면 형체가 열린다.　其寐也魂交 其覺也形開
교제하여 합동하면서도 날마다 마음은 싸운다.　　與接爲構 [23] 日以心鬪
관대하고, 깊기도 하고, 삼가기도 한다.　　　　　縵 [24]者 窖 [25]者 密 [26]者
작은 두려움에도 벌벌 떨고 큰 공포에는 정신을 잃는다.　小恐惴惴 大恐縵縵
그 발현이 당긴 활 같은 것은　　　　　　　　　　其發若機栝
시비를 사찰하는 것을 말하고　　　　　　　　　　其司 [27]是非之謂也.
그 머묾이 맹세와 같은 것은 승리를 지키려는 것을 말한다.　其留如詛 [28]盟 其守勝之謂也.

18_ 比(비)＝和也, 樂也.
19_ 閑閑(한한)＝寬裕也.
20_ 間間(간간)＝倪也, 好視察人.
21_ 炎炎(염염)＝盛大貌, 熱氣, 美辯也.
22_ 詹詹(첨첨)＝詞費也.
23_ 構(구)＝合也.
24_ 縵(만)＝緩也, 寬也.
25_ 窖(교)＝움, 深也.
26_ 密(밀)＝謹也.
27_ 司(사)＝主也, 伺也.

그 쇠약함이 가을, 겨울과 같은 것은

날로 죽어가고 있음을 말하고

그 탐닉함이 길들여지기 시작하면

회복할 수 없게 만든다.

그 폐쇄됨이 굳어진다는 것은

늙음이 깊어짐을 말한다.

죽음에 가까운 마음은 다시 양기를 회복할 수 없게 만든다.

희로애락, 걱정과 한탄, 변덕과 공포,

아첨과 방종, 정욕과 교태

음악이 빈 대나무에서 나오고 습기가 버섯을 자라게 하듯

날마다 교대로 앞에 나타나지만 그 싹을 알지 못한다.

그만두자! 그만두자!

아침저녁으로 이것을 얻어야만 살아갈 수 있지 않은가?

이러한 정욕이 아니면 내가 없고

내가 아니면 정욕도 나올 곳이 없다.

이것은 진실에 가까울 것이다.

그러나 그렇게 시키는 자를 알지 못한다.

만약 진짜로 주재자가 있을지라도

별다른 조짐을 알아차릴 수 없다.

其殺若秋冬

以言其日消也.

其溺之所爲²⁹⁾之

不可使復之也.

其厭³⁰⁾也如緘³¹⁾

以言其老洫³²⁾也.

近死之心 莫使復陽也.

喜怒哀樂 慮嘆變熱.

姚佚啓³³⁾態³⁴⁾

樂出虛 蒸成菌

日也相代乎前 而莫知其所萌.

已乎已乎

旦暮得此 其所由以生乎.

非彼無我

非我無所取

是亦近矣.

而不知其所爲使.

若有眞宰

而特不得其眹³⁵⁾

28_ 詛(저)＝맹서하다.
29_ 爲(위)＝學也, 治也.
30_ 厭(염)＝閉藏.
31_ 緘(함)＝秘固.
32_ 洫(혁)＝深也.
33_ 啓(계)＝情欲開張.
34_ 態(태)＝嬌泆妖怡.
35_ 眹(진)＝兆也.

행함이 있으니 믿지만 그 형체는 볼 수 없다.　可行已信 而不見其形

마음은 있으나 형체가 없기 때문이다.　有情而無形.

백 개 골절, 아홉 구멍, 육장이 갖추어져야　百骸[36] 九竅[37] 六藏[38]

사람은 존립할 수 있으니　賅而存焉.

우리는 어느 것만 좋아할 수 있을까?　吾誰與爲親

그대는 다 좋아한다고 말할 터인가?　汝皆說之乎

반드시 사사로움이 생길 것이다.　其有私焉.

이것들을 모두 신첩으로 삼을 것인가?　如是皆有爲臣妾乎.

그 신첩들은 서로 다스리기에는 부족한 것인가?　其臣妾不足以相治乎

그것은 서로 번갈아 군신이 되는 것인가?　其遞相爲君臣乎

진실로 참군주는 존재할 것이다.　其有眞君存焉.

그 진실을 알건 모르건　如求得其情與不得

그 진신眞身을 덜고 보탤 수는 없을 것이다.　無益損乎其眞.

함께 읽기

- 장자/내편/응제왕應帝王 7-5 : 人皆有七竅 以視聽食息. 此獨無有 日鑿一竅 七日而渾沌死.
- 장자/외편/천지天地 12-17 : 且夫失性有五. 五色亂目 五聲亂耳 五臭薰鼻 五味濁口 趣舍滑心.
- 관자管子/권16/내업內業 : 九竅遂通 乃能窮天地 被四海. 中無惑意 外無邪菑.
- 묵자墨子/소취小取 : 無他故焉 所謂內膠而外閉. 與心毋空乎 內膠而不解也.
- 노자老子/3장 : 聖人之治. 虛其心 實其腹 弱其志强其骨.
- 노자老子/12장 : 五色令人目盲 五音令人耳聾 五味令人口爽 馳騁田獵 令人心發狂.
- 노자老子/52장 : 塞其兌 閉其門 終身不勤. 開其兌 濟其事 終身不救.
- 노자老子/56장 : 塞其兌 閉其門. 挫其銳 解其紛.
- 열자列子/중니仲尼 : 文摯曰 吾見子之心矣. 方寸之虛矣. 幾聖人也. 子心六孔流通 一孔不達.

36_ 賅(해)＝骸(備也, 脛骨, 手足首身也)로 읽는다.
37_ 九竅(구규)＝耳·目·口·鼻의 7규와 항문, 요도의 下二漏.
38_ 六藏(육장)＝六臟＝心肝脾肺腎의 五臟와 右命門.

2-3

한번 육체를 받아 태어났으면	一受其成形
죽지 않는 한 다하기를 기다려야 한다.	不亡以待盡.
물질과 서로 적대하고 또는 서로 따르면서	與物相刃[39]相靡[40]
그칠 줄 모르고 달리는 말과 같으니	其行盡如馳 而莫之能止
슬픈 일이 아닌가?	不亦悲乎.
죽을 때까지 발버둥 치지만 공을 이루지 못하고	終身役役 而不見其成功
피로에 지쳐 늙어가면서 돌아갈 곳을 모른다면	茶[41]然疲役 而不知其所歸
슬픈 일이 아닌가?	可不哀邪.
사람들이 말하는 '불사不死의 도'인들 무슨 도움이 되겠는가?	人謂之不死奚益.
몸은 이토록 늙었는데 마음까지 그렇게 된다면	其形化 其心與之然
참으로 슬픈 일이 아닌가?	可不謂大哀乎.
인생이란 진실로 이처럼 허망한 것인가?	人之生也 固若是芒乎.
나만 홀로 허망할까?	其我獨芒
다른 사람들은 허망하지 않다는 말인가?	而人亦有不芒者乎.
마음이 지향하는 것을 따라 스승을 삼는다면	夫隨其成心[42]而師之.
누군들 스승이 없을 것인가?	誰獨且無師乎.
어찌 반드시 변화를 알아야 하겠는가?	奚必知代[43]
마음이 스스로 취함이 있을 것이니	而心自取者有之
어리석은 자도 그것은 있을 것이다.	愚者與有焉.
마음을 정하기도 전에 시비가 일어난다는 것은	未成乎心而有是非.

39_ 刃(인)=逆也.
40_ 靡(미)=順也.
41_ 茶(날)=疲困貌.
42_ 成心(성심)=生心, 定心, 治心, 心之所志.
43_ 代(대)=易也.

마치 오늘 월나라로 떠나 어제 그곳에 도착했다는 것이며 　是今日適越而昔至也.

이것은 없는 것을 있다고 하는 것과 같은 것이다. 　是以無有爲有

없는 것을 있다고 하면 　無有爲有

비록 귀신같은 우禹임금도 알지 못할 것이니 　雖有神禹 且不能知.

우리 같은 사람이야 어찌 알겠는가? 　吾獨且奈何哉.

2-4

말이란 숨을 불어내는 것만이 아니다. 　夫言非吹也.

말하는 자는 말하고자 하는 것이 있다. 　言者有言

말하고자 하는 것을 특수하게 지정하지 못하면 　其所言者特⁴⁴⁾未定也

과연 말이라고 할 수 있을까? 　果有言邪.

진실로 말이라고 할 수 없을까? 　其未嘗有言邪.

새 새끼는 알에서 깨어날 때 우는 소리가 다르니 　其以爲異於鷇⁴⁵⁾音

역시 분별이 있을까? 진실로 분별이 없을까? 　亦有辨乎 其無辨乎.

도道는 무엇을 근거로 진실과 거짓이라 하는가? 　道惡⁴⁶⁾乎隱⁴⁷⁾而有眞僞.

말은 무엇을 근거로 시是와 비非라 하는가? 　言惡乎隱而有是非.

도는 어디로 가면 존재하지 않을까? 　道惡乎往而不存

말은 무엇이 있으면 옳지 않다 하는가? 　言惡乎存 而不可.

도는 조금 이룬 데서 숨어버리고 　道隱於小成⁴⁸⁾

말은 부화한 데서 숨어버린다. 　言隱於榮華.⁴⁹⁾

44_ 特(특)＝獨也, 殊也.
45_ 鷇(구)＝새 새끼.
46_ 惡(오)＝何也.
47_ 隱(은)＝蔽也, 據也, 度也.
48_ 小成(소성)＝各執所成以爲道 不知道之大也.
49_ 榮華(영화)＝浮辯之詞 華美之言.

그래서 유가와 묵가의 시비가 생겨　故有儒墨之是非

옳다고 하는 것을 그르다 하고　以是其所非

그르다고 하는 것을 옳다고 한다.　以非其所是.

상대가 그른 것은 옳고　欲是其所非

상대가 옳은 것은 그르다고 하려면　以非其所是

자연의 명증함을 따르는 것만 못할 것이다.　則莫若以⁵⁰⁾明.

2-5

사물은 이것이 아닌 것이 없고, 저것이 아닌 것이 없다.　物無非彼 物無非是.

저것으로는 볼 수 없고, 스스로를 지각하면 그것을 안다.　自彼則不見 自知則知之.

그래서 저것은 이것에서 나오고　故曰 彼出於是

이것은 저것에 의지한다고 말한다.　是亦因彼.

이것과 저것이 서로를 생기게 한다는 주장이다.　彼是方生之說⁵¹⁾也.

그에 따르면 삶이 있으면 죽음이 있고　雖然 方⁵²⁾生方死

죽음이 있으면 삶이 있으며　方死方生

가능이 있으면 불가능이 있고　方可方不可

불가능이 있으면 가능이 있으며　方不可方可

옳음을 좇아 그름이 따르고　因是因非

그름을 좇아 옳음이 따른다는 것이다.　因非因是.

그러므로 성인은 따르는 것이 없고　是以聖人不由

자연에 비추어보는 것이다.　而照之於天.

50_ 以(이)=由也, 至也.
51_ 方生之說(방생지설)=惠施의 倂生之說. 王先謙은 初生之說로 解함. 方(방)=倂也. 放과 통용.
52_ 方(방)=內外相應也, 將也, 今也.

역시 이에 따르면

이것은 저것이고 저것은 이것이며

저것도 일면의 시비가 있고

이것도 일면의 시비가 있을 것이니

과연 저것과 이것의 차이가 있는 것인가?

없는 것인가?

저것과 이것을 패거리 짓지 않는 것이

도의 추뉴樞紐라고 말한다.

추뉴가 고리의 중앙을 잡기 시작하면 응변이 무궁하다.

옳다는 것도 하나같이 끝이 없고

그르다는 것도 하나같이 끝이 없다.

그러므로 자연의 명증함만 못하다고 말하는 것이다.

亦因是也

是亦彼也 彼亦是也.

彼亦一是非

此亦一是非.

果且53)有彼是乎哉

果且無彼是乎哉

彼是莫得其偶54)

謂之道樞.

樞始得其環中 以應無窮.

是亦一無窮

非亦一無窮也.

故曰 莫若以明.

2-6

손가락을 지指라고 가르쳐준 것은 손가락이 아니다.

손가락이 아닌 것을 지指라고 가르쳐준 것은

손가락이 아니라는 것만 같지 않다.

말(馬)을 마馬라고 가르쳐준 것은 말(馬)이 아니다.

말이 아닌 것을 마馬라고 가르쳐준 것은

말이 아니라는 것만 같지 않다.

천지는 하나의 손가락이고, 만물은 하나의 말(馬)이다.

以指喻55)指之非指.

不若 以非指喻指之

非指也.

以馬喻馬之非馬.

不若 以非馬喻馬之

非馬也.

天地一指也. 萬物一馬也.

53_ 且(차)＝然也.
54_ 偶(우)＝儔輩也, 等輩也. 王先謙은 對로 解함.
55_ 喩(유)＝告也, 譬也.

가하다고 하니까 가한 것이고

불가하다고 하니까 불가한 것이다.

도는 운행하니까 이루어진 것이고

사물은 일컬어지니까 그런 것이다.

왜 그런가? 그렇다고 하니까 그런 것이다.

왜 그렇지 않은가? 그렇지 않다고 하니까 그렇지 않은 것이다.

사물은 본래 그런 것이고, 본래 옳은 것이다.

사물은 그렇지 않은 것이 없고, 옳지 않은 것이 없다.

고의적인 인위로 대립시킨 것이

들보와 기둥, 문둥이와 서시의 경우다.

우원하고 괴이하지만 도는 통하여 하나가 된다.

그것을 나누어 분별하는 것은 다듬어 다스리는 것이고

그 다듬어 다스리는 것은 훼손하는 것이다.

무릇 사물은 다듬어 훼손함이 없으면

다시 통하여 하나가 된다.

오직 달인만이 통함을 알고 하나 되게 한다.

인위로 다스림은 바른 이용利用이 아니며

자연상도에 맡겨야 한다.

可乎可

不可乎不可.

道行之以成

物謂之以然.

惡乎然 然於然.

惡乎不然 不然於不然.

物固有所然 物固有所可.

無物不然 無物不可.

故⁵⁶⁾爲是舉⁵⁷⁾

莛⁵⁸⁾與楹 厲⁵⁹⁾與西施

恢⁶⁰⁾恑⁶¹⁾憰⁶²⁾怪⁶³⁾ 道通爲一.

其分也 成⁶⁴⁾也.

其成也 毀也.

凡物無成與毀

復通爲一.

唯達者知通爲一.

爲是不用⁶⁵⁾

而寓諸庸.⁶⁶⁾

56_ 故(고)＝巧僞也.
57_ 舉(거)＝對擧也, 舁의 本字이다.
58_ 莛(정)＝屋梁.
59_ 厲(라)＝癩와 同.
60_ 恢(회)＝寬大.
61_ 恑(궤)＝奇變.
62_ 憰(휼)＝矯詐.
63_ 怪(괴)＝妖異.
64_ 成(성)＝生, 就, 治也.
65_ 用(용)＝財用, 爲也, 資也, 利也.

상자연常自然 이야말로 이용이며

이용이야말로 형통함이다.

형통함이야말로 덕德이며

덕으로 나가면 도에 가깝다.

이것으로 그쳐야 하며

그치면서도 그런 줄 모르는 것을 도라고 한다.

庸也者 用也.

用也者 通也

通也者 得67)也

適得而幾矣.

因是已

已而不知其然 謂之道.

2-7

신명을 수고롭게 하며 한쪽을 좋다고 하면

그것이 크게는 같다는 것(大同)을 모른다.

이것을 '조삼朝三'이라 한다.

무엇을 '조삼'이라 하는가?

원숭이 주인이 아침 먹이로 알밤을 주면서

아침에 세 개 저녁에 네 개를 주겠다고 말했다.

그러자 원숭이들은 모두 성을 냈다.

이에 주인은 아침에 네 개, 저녁에 세 개를 주겠다고 말했다.

원숭이들은 모두 좋다고 했다.

명名도 실實도 덜어낸 것이 없는데

좋아하고 싫어하는 마음을 만들어낸 것이니

이것은 기호嗜好 때문이다.

勞神明爲68)一

而不知其同也

謂之朝三.

何謂朝三

狙公賦芧69)

曰 朝三而暮四.

衆狙皆怒.

曰 然則 朝四而暮三.

衆狙皆悅.

名實未虧

而喜怒爲用70)

亦因是71)也.

66_ 庸(용)=常也(書經), 愚也(史記). 王先謙은 無用으로 解함.
67_ 得(득)=德也. 王先謙은 自得으로 解함.
68_ 爲(위)=癒也=賢也.
69_ 芧(서)=栗也.
70_ 爲用(위용)=人爲로 작용하게 함.

그러므로 성인은 시비를 화합하여   是以聖人和之以是非

하늘의 자연균형에 머물게 한다.   而休乎天鈞.[72]

이것을 '양행兩行', 즉 '양시론兩是論'이라 한다.   是之謂兩行.

2-8

옛사람들은 지혜가 지극한 데가 있었다.   古之人其知有所至矣

어디까지 이르렀는가?   惡乎至.

처음부터 사물이 있었던 것이 아니라고 하는 사람이 있다.   有以爲未始有物者.

지극하고 극진하여 더 보탤 수가 없다.   至矣盡矣 不可以加矣.

그다음은 사물이 있다고 생각하지만   其次以爲有物矣

처음부터 '너와 나'의 경계가 있다고 생각하지 않는다.   而未始有封[73]也.

그다음은 경계가 있다고는 생각하지만   其次以爲有封焉

처음부터 시비가 존재한다고는 생각하지 않는다.   而未始有是非也.

시비가 밝아짐으로써 도가 훼손되었고   是非之彰也 道之所以虧也.

도가 훼손됨으로써   道之所以虧

사랑(유묵의 仁義와 兼愛)이 생긴 것이다.   愛之所以成.[74]

과연 이루고 훼손함이 있는 것인가,   果且有成與虧乎哉.

이루고 훼손함이 없는 것인가?   果且無成與虧乎哉.

이룸과 훼손이 있다 함은   有成與虧

옛날 소문昭文이 거문고를 뜯은 것이고   故昭氏[75]之鼓琴也.

71_ 是(시)=嗜也.
72_ 鈞(균)=均也.
73_ 封(봉)=界域也.
74_ 成(성)=生, 就, 治也. 安民立政.
75_ 昭氏(소씨)=姓은 昭, 名은 文.

이룸과 훼손이 없다는 것은

옛날 소문이 거문고를 뜯지 않은 것뿐이다.

소문이 거문고를 뜯고

사광師曠은 북채를 들었으며

혜자는 오동나무에 기대어 명상에 잠긴다.

이 세 사람의 지혜는 도에 가까워 모두 성대했으므로

후세에 기록되었다.

오직 그들이 좋아한 것은 저들보다 기이한 것이었다.

그들이 좋아하는 것은 저들을 밝히려고 하였고

밝힐 수 없는 것을 밝히려 했다.

그러므로 우매한 견백론堅白論으로 끝났으며

그들이 소문에게 거문고를 뜯게 한 것으로 끝났을 뿐

종신토록 이룬 것이 없다.

만약 이것을 이루었다고 말한다면

나 역시 이루었다.

만약 이것을 이루었다고 말할 수 없다면

사물도 나도 이룬 것이 없다.

그러므로 골계와 의문으로 밝히려 한 것이

성인의 의도였다.

인위로 다듬으려 하지 말고 자연대로 맡겨두어야 한다.

이것을 일러 자연의 명증함을 따른다고 말한다.

無成與虧

故昭氏之不鼓琴也.

昭氏之鼓琴也.

師曠之枝[76]策[77]也

惠子之據[78]梧也

三者之知幾乎 皆其盛者也

故載之末年.

唯其好之 以異於彼.

其好之也 欲以明之彼

非所明而明之.

故以堅白之昧終.

而其子又以文[79]之綸終

終身無成.

若是而可謂成乎

雖我亦成也.

若是而不可謂成乎

物與我無成也.

是故滑疑之耀

聖人之所圖也.

爲是不用而寓諸庸.

此之謂以明.

76_ 枝(지)=拄(주=擧也)의 誤.
77_ 策(책)=打鼓枝.
78_ 據(거)=倚也.
79_ 文(문)=앞에 나온 昭文.

2-9

지금 이것에 대해 말한다 해도

그 말이 이 사물과 같은지

아닌지 알 수 없다.

같거나 같지 않거나 서로 같다고 한다면

이것은 저것과 무슨 차이가 있는가?

그렇다 해도 시험 삼아 말해보기로 하자.

시작이 있다면

그 시작이 있기 전의 시작이 있을 것이다.

또한 시작이 있기 전의 전의 시작이 있을 것이다.

유有가 있고 무無가 있다면

유무有無가 있기 이전이 있을 것이다.

또한 유무가 있기 이전의 이전이 있을 것이다.

잠시 유다 무다 하지만

그 유무는 과연 무엇이 유이고

무엇이 무인지 알 수 없다.

지금 내가 있다고 말하지만

내가 말한 것이 과연 유를 말한 것인지

무를 말한 것인지 알 수 없다.

천하는 가을철의 가늘어진 털끝보다 크지 않다고 생각하면

태산은 더욱 작은 것이며,

어려서 죽은 갓난아기보다 오래 산 자가 없다고 생각한다면

백 살을 살았던 팽조도 일찍 죽은 것이다.

천지와 내가 함께 태어났다면

만물과 내가 하나가 된 것이다.

今且有言於此

不知其與是類乎

其與是不類乎

類與不類 相與爲類

則與彼無以異矣

雖然 請嘗言之.

有始也者

有未始有始也者.

有未始夫未始 有始也者.

有有也者 有無也者.

有未始有無也者.

有未始夫未始有無也者.

俄而有無矣

而未知有無之果孰有

孰無也.

今我則已有謂矣.

而未知吾所謂之其果有謂乎

其果無謂乎.

天下莫大於秋毫之末

而泰山爲小

莫壽於殤子

而彭祖爲夭.

天地與我竝生

而萬物與我爲一.

이미 하나가 되었으니	旣已爲一矣
말할 것이 또 있으랴?	且得有言乎.
이미 하나가 되었다고 말했으니	旣已謂之一矣
또 못할 말이 있으랴?	且得無言乎.
'하나'와 '말'은 둘이 되고	一與言爲二
'둘'과 '하나'는 셋이 된다.	二與一爲三.
이와 같이 간다면	自此以往
셈이 밝은 사람이라도 다 알 수 없을 것이다.	巧歷不能得
그러니 하물며 보통 사람이야 오죽하랴?	而況其凡乎.
그러므로 무에서 유로 나아가면 셋에 이른다.	故自無適有 以至於三.
그러니 하물며 유에서 유로 나아가는 경우는 오죽하랴?	而況自有適有乎.
나아가지 않으려면 이것으로 그쳐야 한다.	無適焉因是已.

◎ 함께 읽기

- 장자/외편/천지天地 12-8 : 太初有無無 有無名.
- 장자/외편/지북유知北遊 22-3 : 人之生氣之聚也. 故曰 通天下一氣耳.
- 장자/외편/지북유知北遊 22-8 : 精神生於道 形本生於精 萬物以形相生.
- 장자/외편/지북유知北遊 22-15 : 光曜問乎無有曰 夫子有乎 其無有乎曰 予能有無矣 而未能無無也.
- 장자/잡편/경상초庚桑楚 23-10 : 天門者無有也 萬物出乎無有. 有不能以有爲 有必出乎無有. 而無有一無有.
- 장자/잡편/칙양則陽 25-12 : 道不可有 有不可無. 道之爲名所假而行.
- 노자老子/1장 : 無名天地之始 有名萬物之母.
- 노자老子/40장 : 萬物生於有 有生於無.

2-10

대저 도는 시작부터 분계가 있는 것이 아니다.

말은 시작부터 실체가 있는 것이 아니다.

옳다고 함으로써 경계가 생긴다.

그 경계를 말하면

좌左와 우右, 물리物理와 사의事宜가 있으며

이분異分과 부별剖別, 경쟁競爭과 쟁투爭鬪가 있다.

이를 팔덕八德이라 한다.

천지사방 밖은 성인의 살핌이 지극하지만 말하지 않고

천지사방 안은 성인이 말하지만 평의評議하지 않고

『춘추』의 경세와 선왕의 뜻은

성인이 평의하지만 분석하지 않는다.

그러므로 이분하는 것은 이분하지 못함이 있고

분석하는 것은 분석하지 못함이 있다.

무슨 말인가?

성인은 그것을 품고 있지만

사람들은 그것을 분석하여 서로 보이려 한다.

그러므로 분석하는 데는

드러내지 못함이 있는 것이다.

큰 도는 일컬을 수 없고

큰 이론은 말할 수 없으며

큰 어짊은 어질다 하지 않으며

夫道未始有封.

言未始有常[80]

爲是而有畛[81]也.

請言其畛

有左有右 有倫有義

有分有辨 有競有爭

此之爲八德.

六合之外 聖人存[82]而不論.

六合之內 聖人論而不議.

春秋經世先王之志

聖人議而不辯.

故分也者 有不分也.

辯也者 有不辯也.

曰 何也.

聖人懷之

衆人辯之而相示也.

故曰 辯也者

有不見也.

夫大道不稱

大辯不言

大仁不仁

80_ 常(상)＝質也(廣雅/釋詁). 恒也(周易/坤卦). 常道也(復命曰常. 知常曰明. : 老子).

81_ 畛(진)＝井田間陌也, 界也.

82_ 存(존)＝至也, 察也, 保其終.

큰 고결함은 겸양이라 하지 않으며　　　　　　　大廉不嗛[83]

큰 용기는 용감하다 하지 않는다.　　　　　　　大勇不忮[84]

도가 밝혀지면 도가 아니며　　　　　　　　　　道昭而不道

말이 분석되면 미치지 못하며　　　　　　　　　言辯而不及

어짊이 법전이 되면 안민입정安民立政 하지 못하며　　仁常[85]而不成

고결하여 맑으면 신뢰하지 않고　　　　　　　　廉淸而不信

용기가 객기가 되면 이루지 못한다.　　　　　　勇忮[86]而不成.[87]

이 다섯 가지는 원만한 것이지만　　　　　　　五者圓

거의 모가 나게 마련이다.　　　　　　　　　　而幾向方矣.

그러므로 지知는 부지不知에 머무는 것이 지극한 것이다.　故知止其所不知 至矣.

누가 말하지 않는 변론을 알 수 있을까?　　　　孰知不言之辯.

말할 수 없는 도를 알 수 있다면　　　　　　　不道之道 若有能知

이를 일러 천부天府 (하늘 관청)라 한다.　　　　此之謂天府.

아무리 부어도 가득 차지 않고　　　　　　　　注焉而不滿

아무리 퍼내도 마르지 않지만　　　　　　　　酌焉而不竭

그 유래를 알지 못한다.　　　　　　　　　　　而不知其所由來

이를 보광葆光 (숨은 광명)이라 한다.　　　　　此之謂葆光.[88]

83_ 嗛(겸)=謙也.

84_ 忮(기)=사납다, 질투.

85_ 常(상)=典法也(國語/越語).

86_ 忮(기)=狠也.

87_ 不成(불성)=不周.

88_ 葆光(보광)=六十四卦 중 '땅속의 해'를 상징하는 明夷卦(☷☲)로 道를 표상한다.
　　葆(보)=草盛也, 藏也, 守也.

2-11

옛날 요임금이 순舜에게 물었다.

"나는 종과 회와 서오를 정벌하려 한다.

무위로 다스렸거늘 심복하지 않으니 무슨 까닭인가?"

순이 대답했다.

"이들 세 종족들은

미개한 곳에 삽니다.

심복하지 않으면 어찌 하겠습니까?

옛날 열 개의 해가 아울러 나타났을 때도

만물이 모두 따뜻했습니다.

그런데 하물며 덕으로 나아가는 태양이니 무슨 걱정입니까?"

설결齧缺이 왕예王倪에게 물었다.

"선생은 사물이 같은 것이라고 보는데 맞습니까?"

왕예가 답했다. "내가 어찌 그것을 알겠는가?"

설결이 "선생은 선생이 알지 못함을 압니까?"라고 물었다.

왕예가 답했다. "내가 어찌 그것을 알겠는가?"

설결이 "그렇다면 사물은 지각이 없습니까?"라고 물었다.

왕예가 답했다. "내가 어찌 그것을 알겠는가?

하지만 시험 삼아 그것을 말해보기로 하자.

어찌 알겠는가?

이른바 '내가 아는 것'이 과연 부지不知가 아님을!

또 어찌 알겠는가?

故昔者堯問於舜曰

我欲伐宗膾胥敖

南面而不釋⁸⁹⁾然 其故何也.

舜曰

夫三子者

猶存乎蓬艾⁹⁰⁾之間

若不釋然 何哉

昔者十日竝出

萬物皆照⁹¹⁾

而況德之進乎 日者乎.

齧缺問乎王倪曰

子知物之所同 是乎.

曰 吾惡乎知之.

子知子之所不知邪.

曰 吾惡乎知之.

然則物無知邪.

曰 吾惡乎知之.

雖然 嘗試言之.

庸詎⁹²⁾知

吾所謂知之非不知邪.

庸詎知

89_ 釋(석)=解也, 悅也.
90_ 蓬艾(봉애)=쑥과 뜸쑥.
91_ 照(조)=曉也. 여기서는 煦(暖, 烝, 乾)의 錯簡.
92_ 庸詎(용거)=어찌.

'내가 모르는 것'이 과연 지知가 아님을!"　　　　　　吾所謂不知之非知邪.

2-12

(왕예의 말) "잠깐 내가 그대에게 시험 삼아 물어보자.　　且吾嘗試問乎女.

사람은 습한 데서 자면 허리 병이 걸려 죽을 수도 있으나　民濕寢則腰疾偏[93]死

미꾸라지도 그런가?　　　　　　　　　　　　　　　鰌然乎哉.

사람은 나무 위에 오르면 무서워 벌벌 떨지만　　　　木處則惴慄[94]恂[95]懼

원숭이도 그런가?　　　　　　　　　　　　　　　　猨猴然乎哉.

이 셋 중에서 누가 올바른 거처를 안다고 생각하는가?　三者孰知正處.

사람은 쇠고기나 돼지고기를 먹지만　　　　　　　　民食芻豢

사슴은 꼴을 먹고　　　　　　　　　　　　　　　　麋鹿食薦[96]

지네는 뱀을 잘 먹고　　　　　　　　　　　　　　蝍蛆[97]甘帶[98]

올빼미는 쥐를 좋아한다.　　　　　　　　　　　　鴟鴉耆鼠

이 넷 중에서 누가 올바른 맛을 안다고 생각하는가?　四者孰知正味.

원숭이와 수달은 어미 원숭이를 암컷으로 삼고　　　猨猵狙以爲雌

고라니는 사슴과 교배하고　　　　　　　　　　　　麋與鹿交

미꾸라지는 물고기와 노닌다.　　　　　　　　　　鰌與魚游

사람들은 모장毛嬙과 여희麗姬를 미인이라고 하지만　毛嬙麗姬 人之所美也

물고기는 그녀를 보면 깊이 들어가고　　　　　　　魚見之深入

93_ 偏(편)=枯也, 頗也, 謂出於意外也.

94_ 惴慄(췌율)=벌벌 떨다.

95_ 恂(준)=무서울, (순)=진실한.

96_ 薦(천)=꼴.

97_ 蝍蛆(즉저)=지네.

98_ 帶(대)=小蛇也.

새들이 그녀를 보면 높이 날아가고 鳥見之高飛

고라니와 사슴이 그녀를 보면 반드시 달아난다. 麋鹿見之決[99]驟

이 넷 중에서 누가 올바른 미색을 안다고 생각하는가? 四者孰知天下之正色哉.

내 관점으로는 自我觀之

인의의 단서와 시비의 갈림길이 仁義之端 是非之塗

어지럽게 얽혀 있으니 樊然殽亂

내 어찌 그 분별을 알겠는가?" 吾惡能知其辨.

설결이 물었다. 齧缺曰

"선생은 이롭고 해로움을 모르는군요. 子不知利害

그렇다면 지인至人은 이해를 모르는 것입니까?" 則至人固不知利害乎.

왕예가 답했다. 王倪曰

"지인은 신령스럽다. 至人神矣.

큰 연못이 타올라도 뜨겁지 않고 大澤焚而不能熱.

강물이 얼어도 춥지 않다. 河漢沍而不能寒

우레가 산을 무너뜨리고 疾雷破山

돌풍이 바다를 진동해도 놀라지 않는다. 風振海 而不能驚.

그런 사람은 바람과 일월을 타고 若然者 乘雲氣 騎日月

사해 밖에 노닌다. 而游乎四海之外.

삶과 죽음도 그를 변하게 하지 못하는데 死生無變於己

하물며 이해로 흔들리겠는가?" 而況利害之端乎.

99_ 決(결)=必也.

2-13

구작자瞿鵲子가 장오자長梧子에게 물었다.

"제가 공자에게서 들었는데,

성인은 사무에 종사하지 않고

이익을 취하지 않고 위해를 가하지 않고

욕구를 좋아하지 않고 도와 연관 짓지도 않고

말하지 않아도 말이 있고 말이 있어도 말할 것이 없고

속세의 티끌 밖에서 노닌다고 합니다.

선생은 맹랑한 말이라고 생각하겠지만

저는 오묘한 도의 행함이라 생각합니다.

제 선생이신 공자에 대해 어떻게 생각합니까?"

장오자가 답했다.

"오묘한 도는 황제도 알기 어려운 것이거늘

공자가 어찌 알겠는가?

그대는 역시 크게 속단한 것이다.

(공자에게 도를 구하는 것은) 달걀을 보고

새벽을 알리라고 요구하는 것이며

활을 당기는 것을 보고 부엉이 구이를 요구하는 것이다.

내 그대에게 농담을 하겠다.

그대도 농담으로 듣게나.

만약 일월 곁에서 우주를 품고

다스림이 입술처럼 부합하고

혼돈에 맡겨두고, 노예를 돕고 존중한다면 어떻겠나?

瞿鵲子問乎長梧子 曰

吾聞諸夫子.

聖人不從事於務

不就利 不違害

不喜求 不緣道.

無謂有謂 有謂無謂

以遊乎塵垢之外.

夫子以爲孟浪之言

而我以爲妙道之行也.

吾子以爲奚若.

長梧子曰

是黃帝之所聽熒[100]也.

而丘也 何足以知之.

且女亦大早計

見卵

而求時夜

見彈而求鴞炙.

予嘗爲女妄言之

女以妄聽之.

奚[101]旁日月 挾宇宙

爲其脗合

置[102]其滑涽[103] 以隷相尊.

100_ 聽熒(청형)=疑惑也. 熒(형)=眩也.
101_ 奚(해)=何如.

세상은 모두가 안달인데 성인은 우둔하며 　　　　　衆人役役 聖人愚芚

삼만세參萬歲를 한결같이 순수를 이루어 　　　　　參萬歲而一成純.

만물은 모두 자연 그대로 감싸고 덮어준다면 어떻겠나?" 　萬物盡然 而以是相蘊.

함께 읽기

- 장자/외편/천운天運 14-8 : 今蘄行周於魯 是猶推舟於陸也.
- 장자/외편/천운天運 14-10 : 孔子行年五十有一 而不聞道.
- 장자/잡편/칙양則陽 25-5 : 孔子曰 彼且以丘爲佞人也.
- 장자/잡편/도척盜跖 29-1 : 此夫魯國之巧僞人孔丘非邪.
- 장자/잡편/어부漁父 31-1 : 丘少而修學 以至於今 六十九歲矣 無所得聞至敎.
- 장자/잡편/열어구列禦寇 32-6 : 仲尼方且飾羽而畵.
- 논어論語/공야장公冶長 12 : 夫子之言性與天道 不可得而聞也.

2-14

내 어찌 알겠는가, 　　　　　　　　　　　　　予惡乎知

삶을 기뻐하는 것이 미혹이 아닌 줄을! 　　　　悅生之非惑邪.

내 어찌 알겠는가, 　　　　　　　　　　　　　予惡乎知

죽음을 싫어하는 것이 　　　　　　　　　　　惡死之

마치 길을 잃고 돌아갈 줄 모르는 어린아이와 다른지를! 　非弱喪而知歸者邪.

여희는 예艾라는 곳의 관문지기 딸인데 　　麗之姬 艾封人之子也.

진나라에서 처음 그녀를 취했을 때는 　　　晉國之始得之也

하도 울어서 옷깃을 적실 정도였다. 　　　　涕泣沾襟

왕궁에 와서 왕과 동침하고 　　　　　　　及其至於王所 與王同筐牀

소고기, 돼지고기를 먹고 난 후에는 그때 운 것을 후회했다. 　食芻豢 而後悔其泣也.

102_ 置(치)=任也.
103_ 滑潜(골혼)=亂闇.

내 어찌 알겠는가,   予惡乎知

죽은 자가 처음에 살기를 바란 것을 후회하지 않는지!   夫死者不悔其始之蘄生乎

꿈속에서 즐겁게 술 먹은 자가   夢飮酒者

아침에는 통곡을 하고,   旦而哭泣.

꿈속에서 통곡을 한 자가   夢哭泣者

아침에는 명랑한 기분으로 사냥을 떠난다.   旦而田獵.

방금 그가 꿈을 꾸고 있었으나 그것이 꿈인 것을 알지 못한다.   方其夢也 不知其夢也.

꿈속에서 자기가 꿈꾸고 있다는 것을 알았다고 해도   夢之中又占[104]其夢焉

꿈을 깨고 나서야 그것이 꿈인 것을 안다.   覺而後知其夢也.

역시 큰 깨달음이 있은 후에야 알 수 있다.   且有大覺 而後知此[105]

지금 이 순간이 큰 꿈인 것을!   其大夢也.

그러나 어리석은 자들이 스스로 깨달은 것으로 착각하고   而愚者自以爲覺

사소한 앎을 가지고   竊竊[106]然知之

군주니 목자니 한 지가 오래되었다.   君乎牧乎固[107]哉.

공자도 그대도 모두 꿈을 꾸고 있는 것이다.   丘也與女皆夢也.

내가 그대를 꿈꾸고 있다고 말하는 것도 역시 꿈이다.   予謂女夢 亦夢也.

이는 진실한 말이지만 그 이름은 궤변이라 한다.   是其言也 其名爲弔詭.

대성_{大聖}이란 만세의 후에 한 번 만날까 말까 한다.   萬世之後 而一遇大聖.

그러나 그것을 이해하는 지자_{知者}는   知其解者

아침저녁으로 만날 수 있다.   是旦暮遇之也.

104_ 占(점)=驗也, 度也.
105_ 此(차)=今也.
106_ 竊(절)=察也.
107_ 固(고)=固陋也, 久也.

2-15

나와 그대가 변론을 했다고 합시다.	旣使我與若辯矣.
그대가 나를 이기고 내가 그대를 이기지 못했다면	若勝我 我不若勝
그대는 옳고 나는 그른 것이오?	若果是也 我果非也邪.
내가 당신을 이기고 그대가 나를 이기지 못했다면	我勝若 若不我勝
나는 옳고 그대는 그른 것이오?	我果是也 若果非也邪.
한 사람이 옳으면 반드시 한 사람은 그르오?	其或是也 其或非也邪.
둘 다 옳은 것이오? 둘 다 그르다고 해야 하오?	其俱是也 其俱非也邪.
사실은 나와 그대는 서로 알지 못할 것이오.	我與若不能相知也.
그렇다면 남들도 반드시 그 불확실성을 승계할 것이오.	則人固受其黮闇.[108]
우리들은 누구에게 판정하게 해야 하오?	吾誰使正[109]之.
만약 당신에게 동조하는 사람에게 판정토록 시키면	使同乎若者正之
이미 당신에게 동조했으니	旣與若同矣
어찌 공정하게 판정할 수 있겠소?	惡能正之.
만약 나에게 동조하는 사람에게 판정토록 시키면	使同乎我者正之
이미 내게 동조했으니	旣同乎我矣
어찌 공정하게 판정할 수 있겠소?	惡能正之.
만약 나와 당신에게 동조하지 않는 사람에게 판정토록 시키면	使異乎我與若者正之
이미 나와 당신에게 동조하지 않으니	旣異乎我與若矣
어찌 공정하게 판정할 수 있겠소?	惡能正之.
만약 나와 당신에게 동조하는 사람에게 판정토록 시키면	使同乎我與若者正之
이미 나와 당신에게 동조했으니	旣同乎我與若矣
어찌 공정하게 판정할 수 있겠소?	惡能正之.

108_ 黮闇(담암)=不明貌.
109_ 正(정)=定也, 決也.

그런즉 나도 당신도 남들도   然則我與若與人

모두 서로 알 수 없으니,   俱不能相知也

시비 판정을 기대할 수 있겠소?   而待彼也邪.

목소리의 조화인 언어를 믿는다는 것은   化聲之相待

믿지 않는 것과 같소.   若其不相待.[110]

자연의 분계에 화합하고   和之以天倪[111]

혼돈의 무극을 따르는 것이   因之以曼衍[112]

생을 다하는 방법일 것이오.   所以窮年也.

무엇을 자연의 분계에 화합한다고 말하는 것이오?   何謂和之以天倪

시昰는 시가 아니요,   曰 是不是

연然은 연이 아니라고 말하겠소.   然不然

시가 과연 시라면   是若果是也

시는 불시不是와 다를 것이오.   則是之異乎不是也.

그러나 그것을 분별할 수 없소.   亦無辯.

연이 과연 연이라면   然若果然也

연은 불연不然과 다를 것이오.   則然之異乎不然也.

그러나 그것을 분별할 수 없소.   亦無辯.

세월을 잊고 의리를 잊고   忘年忘義

경계가 없는 데로 나아가시오!   振於無竟

그래서 경계가 없는 경지에 머무르시오!   故寓諸無竟.

110_ 待(대)=特也.
111_ 倪(예)=分也, 際也.
112_ 曼衍(만연)=無極也, 混沌也.

2-16

그늘이 그림자에게 물었다.

"금방 당신은 걷다가 지금은 그치고

금방 앉았다가 지금은 일어섰소.

어찌 그대는 자주[自主] 하는 지조가 없는가요?"

그림자가 답했다.

"나는 나와 흡사한 모상[母像]이 있어서 그럴까요?

또 나를 닮은 모상도 그의 모상 때문에 그럴까요?

나는 뱀 허물이나 매미 허물을 닮아서 그럴까요?

어찌 그렇게 되는 까닭을 알겠으며

어찌 그렇지 않을 수 있는 방법을 알까요?"

罔兩[113] 問景 曰

曩[114]子行 今子止.

曩子坐 今子起.

何其無特[115]操與.

景曰

吾有待[116]而然者邪.

吾所待又有待而然者邪.

吾待蛇蚹[117] 蜩翼[118]邪.

惡識所以然

惡識所以不然.

2-17

어느 날 장주[莊周]는 꿈에 나비가 되었다.

훨훨 나는 나비가 된 것이 기뻤고

흔쾌히 스스로 나비라고 생각했으며

자기가 장주라는 것은 알지 못했다.

그러나 금방 깨어나자 틀림없이 다시 장주였다.

昔者 莊周[119]夢爲胡蝶.

栩栩然胡蝶也

自喩[120]適志與

不知周也.

俄然覺 則遽遽然周也.

113_ 罔兩(망량)=景外之微陰也.
114_ 曩(낭)=접때, 久也.
115_ 特(특)=獨也, 自主.
116_ 待(대)=擬也, 模像, 恃也.
117_ 蛇蚹(사부)=뱀 비늘.
118_ 蜩翼(조익)=매미 날개.
119_ 장자의 성이 莊. 이름이 周이다.
120_ 喩(유)=快也.

장주가 꿈에 나비가 되었는지
나비가 꿈에 장주가 되었는지 알 수가 없다.
그러나 장주와 나비는 반드시 분별이 있는 것이니
이와 같은 것을 사물의 탈바꿈(物化)이라고 말하는 것이다.

不知 周之夢爲胡蝶與
胡蝶之夢爲周與.
周與胡蝶則必有分矣.
此之謂物化.[121]

121_ 化(화)=變移也, 造化也.
　　'化'는 실질은 차별이 없으나 모양이 변하여 다르게 된 것을 말한다(狀變而實無別而爲異者謂之化 : 荀子/正名).

養生主

小目

3-1 유한한 인생으로 무한한 지혜를 따르면 위태로울 뿐이다.

3-2 문혜군이 말했다. "훌륭하다! 나는 백정의 말을 듣고 養生을 터득했도다."

3-3 꿩은 비와 이슬을 맞으며 백 걸음에 한 모금 마시더라도 조롱 속에 갇혀 길러지는 것을 원치 않는다.

3-4 나도 처음에는 노담을 진인이라고 생각했으나 지금은 아니다.

제3장. 養生主양생주

3-1

우리의 삶은 유한하지만 지혜는 무한하다.	吾生也有涯. 而知也無涯
유한한 인생으로 무한한 지혜를 따르면 위태로울 뿐이다.	以有涯隨無涯 殆已.
아서라! 지혜대로 행하는 것은 더욱 위태롭다.	已而爲知者 殆而已矣.
좋은 일을 행해도 명예를 붙이지 말고	爲善無近[1]名
잘못을 행해도 형벌로 다그치지 말며[2]	爲惡無近刑
중정中正을 따라 무위자연의 상도常道를 행한다면	緣[3]督[4]以爲經[5]
몸을 보존할 수 있고 생을 온전히 할 수 있으며	可以保身 可以全生
어버이를 봉양할 수 있고 수명을 다할 수 있을 것이다.	可以養親 可以盡年.

◎함께 읽기◎

• 장자/내편/소요유 逍遙遊 1-1 : 鵬之徙於南冥也 搏扶搖而上者九萬里 風之積也不厚 則其負大翼也無力.
• 장자/내편/제물론 齊物論 2-15 : 忘年忘義 寓諸無竟.
• 장자/내편/양생주 養生主 3-3 : 澤雉十步一啄百步一飲. 不蘄畜乎樊中.
• 장자/내편/대종사 大宗師 6-1 : 古之眞人 不知悅生 不知惡死.翛然而往 翛然而來而已矣.

1_ 近(근)=附也.
2_ 장자는 是非善惡의 차별을 부정한다.
3_ 緣(연)=順.
4_ 督(독)=察視也, 中也.
5_ 經(경)=常.

- 장자/외편/추수秋水 17-12 : 寧其死爲留骨而貴乎 寧其生而曳尾於塗中乎.
- 열자列子/양주楊朱 : 楊子曰 理無不死. 理無久生.
- 여씨춘추呂氏春秋/권2/중춘기仲春紀/귀생貴生 : 子華子曰 全生爲上 虧生次之 死此之 迫生爲下. 所謂全生者 六欲皆得其宜也.

3-2

백정이 문혜군을 위해 소를 잡았다.	庖丁 爲文惠君[6] 解牛.
손이 닿고 어깨를 기울이고	手之所觸 肩之所倚[7]
발로 밟고	足之所履
무릎이 닿는 대로 삭삭 울리고	膝之所踦[8] 砉[9]然嚮然.
칼이 나가는 대로 쉭쉭 소리는 내는데	奏[10] 刀騞[11]然.
음악에 맞지 않음이 없어	莫不中音
'상림桑林'의 춤과	合於桑林[12]之舞
'경수經首'의 잔치에 알맞은 것 같았다.	乃中經首[13]之會.
문혜군은 감탄했다. "하! 훌륭하구나!	文惠君曰 譆 善哉.
기술이 어쩌면 이런 지경에 이를 수 있단 말인가?"	技蓋至此乎.
백정은 칼을 내려놓고 대답했다.	庖丁釋刀對 曰
"제가 얻은 결과는 도道이며	臣之所好[14]者 道也

6_ 文惠君(문혜군)=『孟子』에 나오는 梁惠王.
7_ 倚(의)=側也.
8_ 踦(기)=觸也, 刺也.
9_ 砉(획)=획소리.
10_ 奏(주)=向也, 運也.
11_ 騞(획)=砉보다 큰 소리.
12_ 桑林(상림)=湯의 舞樂名.
13_ 經首(경수)=堯의 樂名.
14_ 好(호)=穀實齊熟也.

기술보다는 우월한 경지입니다.

처음 소를 해체할 때는

보이는 것이 모두 소뿐이었습니다.

삼 년이 지나자 이제 소 전체가 보이지 않았습니다.

방금 저는 소를 정신으로 대했을 뿐

눈으로 본 것이 아닙니다.

감관의 지각이 멈추면 정신이 움직입니다.

자연의 이치에 의지하여 큰 틈새로 들이밀고

큰 구멍을 통행하여 본래의 자연을 따릅니다.

기술자는 힘줄을 다치지 않고

더구나 뼈는 닿지 않습니다.

우수한 백정도 해마다 칼을 바꾸는데

힘줄을 자르기 때문입니다.

보통의 백정은 달마다 칼을 바꾸는데

뼈를 다치기 때문입니다.

저의 이 칼은 십구 년이 되었습니다.

소를 수천 마리 잡았으나

칼날은 숫돌에서 새로 나온 것과 같습니다.

마디는 틈이 있으나

進乎技矣.

始臣之解牛之時

所見無非牛子.

三年之後 未嘗見全牛也.

方今之時 臣以神遇

而不以目視.

官知止而神欲行.

依乎天理 批[15]大卻[16]

導[17]大窾[18] 因其固然.

技經[19]肯綮[20]之未嘗

而況大軱[21]乎

良庖歲更刀

割也.

族[22]庖更刀

折也.

今臣之刀十九年矣.

所解數千牛矣

而刀刃若新發於硎.[23]

彼節者有間

15_ 批(비)＝推也.

16_ 卻(각)＝間也.

17_ 導(도)＝通行也, 開也.

18_ 窾(관)＝구멍.

19_ 經(경)＝絞(교)＝목매다, 찌르다.

20_ 肯綮(긍경)＝힘줄.

21_ 軱(고)＝큰 뼈.

22_ 族(족)＝衆也.

23_ 硎(형)＝숫돌.

제 칼날은 두께가 없기 때문입니다.

두께 없는 것을 틈새로 넣으니 텅 빈 듯 넓어서

칼질이 춤을 추듯

반드시 여유로워집니다.

그러므로 십구 년이 지났으되

칼이 방금 숫돌에서 나온 것 같습니다.

그렇지만 다른 백정들이

어렵게 하는 것을 볼 때마다

저는 안타깝게 여겨 타이르기도 하는데,

보는 것을 그치고

행동을 서서히 하게 하면

움직이는 칼이 심히 미묘해져

재빠르게 소를 해체해 버립니다."

그는 흙이 땅에 맡기듯 칼을 들고 서서

주위를 둘러보며 머뭇거리다가

만족한 마음으로 칼을 씻어 칼집에 넣었다.

문혜군이 말했다.

"훌륭하다!

나는 백정의 말을 듣고 양생養生을 터득했도다."

而刀刃者無厚.

以無厚入有間 恢恢乎.

其於遊刀

必有餘地矣.

是以十九年

而刀刃若身發於硎.

雖然 每至於族 [24]

吾見其難爲.

怵 [25] 然 爲戒

視爲止

行爲遲.

動刀甚微

謋 [26] 然已解.

如土委地 提刀而立

爲之四顧 爲之躊躇

滿志 善 [27] 刀而藏之.

文惠君曰

善哉

吾聞庖丁之言 得養生焉.

24_ 族(족)＝衆也. 交錯聚結處로 읽는 이도 있다.
25_ 怵(출)＝가엽게 여기다.
26_ 謋(획)＝재빠른 모양, 백정이 칼 쓰는 소리.
27_ 善(선)＝拭也.

3-3

공문헌公文軒이 우右 장군의 알현을 받고 놀라 말했다.   公文軒 見右師 而驚曰

"이 사람은 누구인가? 어째서 올자兀者가 되었는가?   是何人 惡乎介[28]也.

천성天性인가, 인위人爲인가?"   天與 其人與

우장군이 답했다.   曰 天也.

"인위가 아니라 천성입니다.   非人也.

하늘이 낳을 때는 독립하게 했지만   天之生是使獨也.

사람의 모습은 무리 지어 있습니다.   人之貌有與[29]也.

이로써 이는 천성일 뿐 인위가 아님을 알 수 있습니다.   以是知其天也 非人也.

꿩은 비와 이슬을 맞으며 열 걸음에 한 번 쪼고   澤[30]雉十步一啄[31]

백 걸음에 한 모금 마시더라도   百步一飮.

조롱 속에 갇혀 길러지는 것을 원치 않습니다.   不蘄[32]畜乎樊[33]中.

먹고살기야 풍성하겠지만 그것을 좋아하지 않습니다."   神[34]雖王[35] 不善也.

◎ 함께 읽기 ◎

• 장자/외편/추수秋水 17-12 : 寧其死爲留骨而貴乎 寧其生而曳尾於塗中乎.

28_ 介(개)＝一足, 刖也, 兀也.

29_ 與(여)＝무리. 兩足竝行으로 읽는 이도 있다.

30_ 澤(택)＝水停曰澤, 光潤也, 雨露也.

31_ 啄(탁)＝쪼다.

32_ 蘄(기)＝期也.

33_ 樊(번)＝藩也.

34_ 神(신)＝治也, 利用.

    음양 운동은 측량할 길 없으니 이를 神이라 한다(陰陽不測之謂神 : 周易/繫辭 上/5장).

    이롭게 쓰며 들고 나며 민이 모두 이용하는 것을 神이라 한다(利用出入 民咸用之 謂之神 : 周易/繫辭 上/11장).

    神이란 만물을 생성하는 작용을 말한 것이다(神也者 妙萬物而爲言者也 : 周易/說卦/6장).

35_ 王(왕)＝盛也.

3-4

노담老聃이 죽자 진일秦失이 조문을 갔는데

세 번 호곡하고 나왔다.

제자가 물었다. "노담은 선생의 벗이 아닙니까?"

진일이 답했다. "그렇지."

제자가 물었다. "그러한데

그처럼 소략하게 조문해도 됩니까?"

진일이 답했다. "그래도 되지.

나도 처음에는 그가 진인眞人이라고 생각했으나

지금은 아니네.

내가 들어가서 조문하려 하자

늙은이들은 자기 자식을 곡하듯 했고

젊은이들은 그 어미를 곡하듯 했네.

저들이 그처럼 모여든 이유가 반드시 있을 것이네.

말하고 싶어서 말한 것이 아니고

곡하고 싶어서 곡한 것이 아니니

이는 자연을 이탈하고 진정을 배반한 것이며

형체를 받은 시원을 잊은 것이야.

옛사람들은 그것을 일러

자연을 회피하는 죄라고 했네.

선생이 태어난 것은 때를 만난 것이요,

죽은 것은 자연에 순종한 것이네.

老聃死 秦失³⁶⁾弔之.

三號而出.

弟子曰 非夫子之友邪.

曰 然.

然則

弔焉若此 可乎.

曰 然.

始也吾以爲其人³⁷⁾也.

而今非也.

向吾入而弔焉

有老者哭之 如哭其子

少者哭之 如哭其母.

彼其所以會之必有.

不蘄³⁸⁾言而言

不蘄哭而哭.

是遯天倍情

忘其所受.

古者謂之

遁天之刑.

適³⁹⁾來夫子時也.

適去夫子順也.

36_ 失(실)=喪也, (일)=放也. 逸과 통용.
37_ 人(인)=道人也.
38_ 蘄(기)=求也, 馬銜也, (근)=왜당귀(미나릿과 여러해살이풀).
39_ 適(적)=得也.

때를 편안히 여기고 천리에 순응하면   安時而處順
슬픔과 기쁨이 들어올 수 없지.   哀樂不能入也.
옛사람은 이를 일러   古者謂是
천제天帝의 저울에서 해방됨이라고 말했네.   帝之縣 40) 解.
손으로 땔나무 지피기를 그쳐도   指窮於爲薪
불이 번지면 꺼질 줄 모르는 것이네."   火傳也不知其盡也.

함께 읽기

• 장자/내편/덕충부德充符 5-3 : 老聃曰 解其桎梏其可乎. 無趾曰 天刑之安可解.

40_ 縣(현)=稱也, 錘也.

人
間
世

小目

4-1 먼저 자기부터 보존한 연후에 남을 보존하라.

4-2 덕은 명성에서 무너지고, 지혜는 경쟁에서 나타난다. 명성은 서로 헐뜯게 하고, 지혜란 경쟁의 도구다.

4-3 순종으로 시작하면 끝이 없을 것이다. 너는 못 믿는 자에게 충언함으로써 위태로워지고 반드시 폭인의 앞에서 죽임을 당할 것이다.

4-4 안으로는 곧고, 밖으로는 굽히며, 효論을 하되 上古에 견주겠습니다.

4-5 정기는 비어 있어 사물을 模寫한다. 오직 도는 빈 곳에 머무는 것이니, 마음을 비우는 것이 마음의 재계다.

4-6 이목을 따라 마음이 통하고, 마음속의 뜻(先驗)을 버리면 귀신도 와서 머물 것이니 하물며 사람은 어떻겠느냐?

4-7 자식이 어버이를 사랑하는 것은 天命입니다. 신하로서 군주를 섬기는 것은 의리입니다. 천지간에 도망갈 곳이 없습니다.

4-8 말은 풍파를 일으키고, 행실은 성공과 실패를 가릅니다. 분노는 달리 연유가 없고 교언과 편파에 있습니다.

4-9 그가 어린아이가 되면 그와 더불어 어린아이가 되십시오!

4-10 그대는 저 호랑이 기르는 사람을 모릅니까? 결코 산 동물을 먹이로 주지 않습니다.

4-11 나는 아무 데도 쓸모없기를 추구한 지 오래다. 쓸모없는 인간이 쓸모없는 나무의 뜻을 어찌 알겠는가?

4-12 무당들이 상서롭지 못하다고 생각하는 이유야말로 神人들이 도리어 크게 상서롭다고 생각하는 이유이다.

4-13 오는 세상은 기다리지 말고, 가는 세상은 좇지 말라!

제4장. 人間世인간세

4-1

안회顏回가 공자를 알현하고 여행의 허락을 청했다.	顏回見仲尼. 請行
공자가 물었다. "어디를 가려는 건가?"	曰 奚之.
안회가 답했다. "위나라로 가려고 합니다."	曰 將之衛.
공자가 물었다. "왜 가려는 것인가?"	曰 奚爲焉.
안회가 답했다.	曰
"제가 듣건대 위衛 왕은 나이가 젊고 행실이 독단적이며	回聞 衛君 其年壯 其行獨
국정을 가볍게 운용하며 지나침을 알지 못한다고 합니다.	輕用其國 而不見其過
또한 백성의 죽음을 가볍게 보았으므로	輕用民死
죽은 자가 나라에 가득하고 국토가 초토화되어	死者以國量乎 澤若蕉[1]
백성이 거의 없는 상태라고 합니다.	民其無如矣.
제가 들은바 선생님께서 말씀하시기를	回嘗聞之 夫子 曰
'다스려진 나라는 떠나고 어지러운 나라로 가라!	治國去之 亂國就之.
의사의 집에는 병자가 많다' 고 하셨습니다.	醫門多疾
원컨대 가르침을 받들어	願以所聞思[2] 其則
그 나라의 병을 다소라도 치료하고자 합니다."	庶幾其國有瘳乎.

1_ 蕉(초)＝焦와 통용.
2_ 思(사)＝語氣를 재촉할 뿐 뜻이 없다.

공자가 말했다.

"오! 네가 위태한 곳에 가서 죽으려 하다니!

대저 도란 잡스럽지 않고 순수함을 바란다.

잡스러우면 번다하고, 번다하면 마음이 소란스럽고,

소란스러우면 우환이 있고, 우환이 있으면 구제하지 못한다.

옛 지인至人 은

먼저 자기부터 보존한 연후에 남을 보존하라고 했다.

자기의 보존도 미정인 터에

어느 겨를에 폭인의 소행에 미치겠는가?"

仲尼曰

譆. 若殆往而刑耳.

夫道不欲雜

雜則多 多則擾[3]

擾則憂 憂而不救.

古之至人

先存諸己 而後存諸人.

所存於己者未定

何暇至於暴人之所行.

4-2

(공자의 말)"또 너는 덕이 무너지고

지혜가 나타나는 곳을 아느냐?

덕은 명성에서 무너지고,

지혜는 경쟁에서 나타난다.

명성은 서로 헐뜯게 하고,

지혜란 경쟁의 도구다.

이 둘은 흉기이니 함부로 행할 것이 못 된다.

또한 후덕하고 신의가 굳은 자는 남의 기분을 꿰뚫지 못한다.

명성이 있고 다투지 않는 자는 인심을 꿰뚫지 못한다.

강직함과 인의로써 이치에 맞는 말이라도

且若亦知夫德之所蕩

而知之所爲出乎哉.

德蕩[4]乎名

知出乎爭.

名也者相軋也

知也者爭之器也.

二者凶器 非所以盡[5]行也.

且德厚信矼[6] 未達人氣

名聞不爭 未達人心.

以强以仁義 繩墨之言

3_擾(요)=煩也, 亂也.
4_蕩(탕)=壞也.
5_盡(진)=함부로, 終也, 死也, 任也.
6_矼(강)=石橋, 慤實貌.

폭인 앞에서 말하면,

이것은 남의 악함으로써 자기의 선善을 자랑하는 것이 된다.

그런 사람을 일러 '선으로 재앙을 부르는 사람'이라고 한다.

남에게 재앙을 주면 남도 반드시 재앙으로 갚을 것이다.

너는 위태로운 행동으로 남에게 재앙을 부르고 있는 것이다.

또한 만약 그가 어진 자를 좋아하고 불초자를 미워했다면

어찌 다시 너까지 채용하는 이상한 짓을 하겠느냐?

너는 가르치려 함이 없어야 한다.

가르치려 든다면 왕공들은 반드시 남을 누르며

싸워 이기려 할 것이다.

또 눈은 그에게 미혹되고

낯빛은 스스로 낮추려 하며

입은 스스로를 구하려고 하고

용모는 그에게 잘 보이려 하고

마음은 더욱 풀어지게 될 것이다.

이것은 불로 불을 구하는 것이요,

물로 물을 구하는 것이다.

그런 것을 '불난 집에 부채질하는 것'이라고 말한다."

術⁷⁾暴人之前

是以人惡有⁸⁾其美也.

命之曰 菑⁹⁾人.

菑人者 人必反菑之.

若殆爲人菑夫.

且苟爲悅賢 而惡不肖.

惡用而求有以異.

若唯無詔¹⁰⁾

王公必將乘人

而鬪其捷.¹¹⁾

而目將熒¹²⁾之

而色將平之

口將營之

容將形¹³⁾之

心且成¹⁴⁾之

是以火救火

以水救水.

名之曰 益多.

7_ 術(술)＝述.
8_ 有(유)＝富有.
9_ 菑(치)＝災也.
10_ 詔(조)＝誥也, 教也.
11_ 捷(첩)＝이기다.
12_ 熒(형)＝밝다. 여기서는 熒(惑)의 借字.
13_ 形(형)＝見也.
14_ 成(성)＝共和解之也, 解怨結好也(凡過而殺傷人者 以民成之 : 周禮/地官司徒/調人).

4-3

(공자의 말) "순종으로 시작하면　　　　　　　　　　順始

(더 많은 순종을 요구하여) 끝이 없을 것이다.　　　無窮

너는 못 믿는 자에게 충언함으로써 위태로워지고　若殆以不信厚言

반드시 폭인의 앞에서 죽임을 당할 것이다.　　　必死於暴人之前矣.

또 옛날 걸桀 은 관룡봉關龍逢 을 죽였고　　　　　且昔者 桀殺關龍逢

주紂 는 왕자 비간比干 을 죽였는데　　　　　　　紂殺王子比干.

이들은 모두 자기 몸을 수양하여　　　　　　　　是皆修其身

아랫사람으로서 임금의 소유인 백성을 보살피고 사랑했으니　以下傴15) 拊16) 人17) 之民.

아랫사람이 윗사람을 거스른 것이다.　　　　　　以下拂其上者也.

따라서 군주는 그가 덕행을 수양했기에 그를 배척한 것이다.　故其君因其修以擠18) 之

이는 명성을 좋아했기 때문에 해를 입은 것이다.　是好名者也.

옛날 요임금은 총지와 서오를 공격했고　　　　昔者堯攻叢枝胥敖

우임금은 유호를 공격했다.　　　　　　　　　　禹攻有扈.

이들 나라는 폐허가 되고 군주들은 죽임을 당했다.　國爲虛厲 身爲刑戮.

그들이 전쟁을 그치지 않고　　　　　　　　　　其用兵不止

실리 추구를 그치지 않았기 때문이다.　　　　　其求實無已.

이들은 모두 명예와 실리 추구 때문에 해를 입은 것이다.　是皆求名實者也.

그러니 너만 그것을 못 들었을 리 없겠지만,　　而獨不聞之乎.

명리라는 것은 성인도 그 유혹을 이길 수 없는데　名實者 聖人之所不能勝也

하물며 네가 어찌하겠느냐?　　　　　　　　　　而況若乎.

그렇지만 너에게도 까닭이 있겠지!　　　　　　雖然 若必有以19) 也

15_ 傴(구)=구부리다, 공경하는 모양.
16_ 拊(부)=어루만지다.
17_ 人(인)=君主.
18_ 擠(제)=排也.

어디 나에게 말해 보아라!"

안회가 말했다.

"바르고 겸허하며 권면하고 한결같으면 되겠지요?"

공자가 말했다. "오! 어찌 가능하겠느냐?

위왕은 양기가 가득 차고

크게 고양되고 안색이 불안정한 사람이라서

보통 사람은 거스르지 못하게 만든다.

오히려 남의 생각 따위는 억눌러 버리고

자기 마음을 용납하고 편들어 주기만을 바랄 뿐이다.

그를 일러 날이 갈수록 덕을 이루지 못할 사람이라고 말한다.

그런데 하물며 대덕을 이루겠느냐?

고집 때문에 감화되지 않고

겉으로는 합치된 듯하지만 속으로는 비방할 것이니

어찌 그것으로 되겠는가?"

嘗以語我來.

顔回曰

端而虛 勉而一 則可乎.

曰 惡 惡可.

夫以陽爲充

孔揚采色不定

常人之所不違

因案[20] 人之所感

以求容與[21] 其心.

名之曰 日漸之德不成.

而況大德乎.

將執而不化

外合而內不訾.[22]

其庸詎可乎.

4-4

(안회의 말) "그러면 저는 안으로는 곧고, 밖으로는 굽히며,

입론立論 을 하되 상고上古 에 견주겠습니다.

첫째, 안으로 곧은 것은 하늘과 한 무리가 되는 것입니다.

하늘과 한 무리가 된 자는 천자도 자기의 벗임을 압니다.

然則我內直 而外曲

成[23] 而上比.

內直者 與天爲徒.

與天爲徒者 知天子之與己

19_ 以(이)＝故也.
20_ 案(안)＝抑也.
21_ 容與(용여)＝용납하고 편들어 주다.
22_ 訾(자)＝헐뜯다, 量也, 相也.
23_ 成(성)＝立也.

모두 하늘의 자식임을 안다면 어찌 자기 말로 독단하여 皆天之所子 而獨²⁴⁾以己言.

남들이 좋다거나 蘄乎而人善之

또는 좋지 않다고 박수 쳐주기를 바라겠습니까? 蘄乎而人不善之邪.

이처럼 안으로 곧은 사람을 사람들은 어린아이라고 부르지만 若然者 人謂之童子

이를 일러 하늘과 한 무리가 된다고 말합니다. 是之謂與天爲徒.

둘째, 밖으로 굽히는 것은 사람과 한 무리가 되는 것입니다. 外曲者 與人之爲徒也.

무릎을 꿇고 몸을 굽히는 것은 擎²⁵⁾ 跽²⁶⁾ 曲拳²⁷⁾

인신 人臣 의 예입니다. 人臣之禮也.

남들도 다 하는데 저라고 못 할 바 없지요. 人皆爲之 吾敢不爲邪.

남들이 하는 것을 따라 하면 남들도 흠잡지 않을 것입니다. 爲人之所爲者 人亦無疵焉

이를 일러 사람과 한 무리가 된다고 말합니다. 是之謂與人爲徒.

셋째, 입론을 하되 상고에 견주겠다는 것은 成而上比者

옛사람과 한 무리가 되는 것입니다. 與古爲徒.

그 말은 비록 옛사람의 교훈이지만 실제는 꾸짖는 것입니다. 其言雖敎 讁²⁸⁾之實也.

그러나 그 꾸중은 어디까지나 옛말에 있을 뿐 古之有也.

제 말이 아닙니다. 非吾有也.

이렇게 하면 비록 강직해도 병통이 나지 않을 것입니다. 若然者 雖直而不病.

이를 일러 옛사람과 한 무리가 된다고 말합니다. 是之謂與古爲徒.

이렇게 하면 되겠지요!" 若是則可乎

공자가 말했다. "오! 어찌 되겠느냐? 仲尼曰 惡 惡可.

바르게 한다는 것이 너무 많다. 大²⁹⁾ 多政.³⁰⁾

24_ 獨(독)＝自專也, 不與民同欲也.
25_ 擎(경)＝執笏.
26_ 跽(기)＝長跪.
27_ 曲拳(곡권)＝鞠躬.
28_ 讁(적)＝讁.

(하늘과 사람과 옛사람을) 본받는 것으로는 안심할 수 없다. 　法而不諜.[31]

비록 고루하지만 죄를 받는 것만은 면할 수는 있을 것이다. 　雖固亦無罪

그렇지만 그것으로 그칠 뿐 　雖然止是耳矣

어찌 교화로까지 미칠 수 있겠느냐? 　夫胡可以及化

마치 네 마음을 스승으로 삼는 것일 뿐이다." 　猶師心者也.

4-5

안회가 물었다. 　顔回日

"저로서는 더 진척이 없습니다. 어찌하면 되겠습니까?" 　吾無以進矣 敢問其方.

공자가 답했다. "재계하라! 　仲尼日 齋.[32]

내 너에게 이르노니 　吾將語若

유위有爲로써 하려 하니 쉽겠느냐? 　有而爲之 其易邪

그것을 쉽게 하라면 하늘도 잘하지 못할 것이다." 　易之者 皞[33]天不宜.[34]

안회가 말했다. 　顔回日

"저는 가난하여 　回之家貧.

술과 매운 채소를 못 먹은 지가 　唯不飮酒不茹[35]葷[36]

수개월째입니다. 　數月矣.

이 정도면 재계한 것이 되겠지요?" 　如此則可以爲齋乎.

29_ 大(대)＝泰.
30_ 政(정)＝正, 法制也, 禁令也, 敎也.
31_ 諜(첩)＝安也. 偏僻으로 解하는 이도 있다.
32_ 齋(재)＝戒潔也.
33_ 皞(호)＝明也. 昊와 통용.
34_ 宜(의)＝當也, 猶善也, 適也.
35_ 茹(여)＝먹다.
36_ 葷(훈)＝매운 채소.

공자는 답했다.

"이것은 제사 때의 재계이지 마음의 재계는 아니다."

안회가 말했다.

"감히 마음의 재계에 대해 묻습니다."

공자가 답했다.

"너의 뜻을 전일하게 하라.

귀로 듣지 말고 마음으로 들으라.

마음으로 듣지 말고 정기精氣로 들으라.

듣는 것은 귀에 그치고

마음은 징험徵驗에 그친다.

정기라는 것은 비어 있어 사물을 모사模寫한다.

오직 도는 빈 곳에 머무는 것이니

비우는 것이 마음의 재계다."

안회가 말했다.

"제가 아직 가르침을 받지 못했을 때는

제 자신을 실實하게 했습니다.

마음의 재계에 대해 가르침을 받고 따르니

비로소 제가 있지 않게 되었습니다.

가히 허虛라고 할 수 있겠지요?"

曰

是祭祀之齋 非心齋也.

回曰

敢問心齋.

仲尼曰

一若志.

無聽之以耳 而聽之以心.

無聽之以心 而聽之以氣.

聽止於耳 37)

心止於符. 38)

氣也者 虛而待39) 物者也.

唯道集虛

虛者心齋也.

顔回曰

回之未始得使40)

實自回也.

得使之也

未始有回也

可謂虛乎.

37_ 聽之於耳(청지어이)＝耳止於聽의 誤倒.
38_ 符(부)＝合也, 驗也.
39_ 待(대)＝擬也, 貌象.
40_ 未始得使(미시득사)＝未得始心齋之敎. 使(사)＝令也, 從也.

4-6

공자가 말했다.

"극진하구나! 내 너에게 말하노니

네가 그 울타리에 들어가 노닐려면

명성을 생각지 말아야 하며

받아들이면 화답하고, 받아들이지 않으면 그쳐야 한다.

따라갈 길도 없고, 눈에 띄는 표적도 없어야 한다.

마음의 집을 전일하게 하여 그침이 없다면

길에 거의 접어든 것이다.

발자국을 없애기는 쉬워도, 길이 없는 땅을 가기는 어렵다.

사람의 사역은 거짓되기 쉽지만

하늘의 사역은 거짓되기 어렵다.

날개가 있어 난다는 말을 들었으나

날개 없이 난다는 말은 듣지 못했다.

지각이 있는 지자知者 는 들었으나

지각이 없는 지자는 아직 듣지 못했다.

인적이 없는 닫힌 문을 보라!

빈 방에 문틈으로 햇살이 비친다.

길하고 상서로움이 머문다.

대저 가기만 하고 멈추지 않으면

夫子曰

盡矣. 吾語若

若能入遊其樊[41]

而無感其名.

入則鳴[42] 不入則止.

無門[43] 無毒.[44]

一宅而寓於不得已

則幾矣.

絶跡易 無行地難.

爲人使易以僞

爲天使難以僞.

聞以有翼飛者矣

未聞以無翼飛者也.

聞以有知知者矣

未聞以無知知者矣.

瞻彼闋[45] 者

虛室生白.

吉祥止止.[46]

夫且[47] 不止

41_ 樊(번)＝울타리. 衛國를 지칭.
42_ 鳴(명)＝相呼也.
43_ 門(문)＝可以沿爲行路.
44_ 毒(독)＝可以望爲標的.
45_ 闋(결)＝事已閉門也.
46_ 止止(지지)＝止耳의 誤로 읽기도 한다.

앉아서도 달리는 자라고 말한다.

대저 이목을 따라 마음이 통하고

마음속의 뜻을 버리면

귀신도 와서 머물 것이니 하물며 사람은 어떻겠느냐?

이는 만물의 조화이니

우임금과 순임금이 의지한 끈이며

복희伏羲 씨와 궤거几蘧 씨도 행한 극진極盡 이니

하물며 범인凡人 은 어떻겠느냐?"

是之謂座馳.

夫徇耳目內通[48]

而外[49] 於心知.

鬼神將來舍 而况人乎.

是萬物之化也.

禹舜之所紐也.

伏羲几蘧[50] 之所行終

而况散焉者也.

4-7

섭공 자고子高 가 제나라에 사신으로 가려고

공자를 방문하여 자문을 구했다.

"왕이 저를 사신으로 파견하는 것은 심히 중대한 일입니다.

제나라는 대체로 특사를 심히 공경하지만

일은 서두르지 않습니다.

하기야 필부도 가볍게 움직이지 않거늘

하물며 제후야 오죽하겠습니까?

저는 심히 두렵습니다.

그대는 평소 저에게 말씀하시기를

'범사凡事 가 작건 크건

葉公子高將使於齊.

問於仲尼 曰.

王使諸梁[51] 也甚重.

齊之特使者 蓋將甚敬

而不急.

匹夫猶未可動

而况諸侯乎.

吾甚慄之

子常語諸梁也 曰.

凡事若小若大

47_ 且(차)=徂(行, 往也).
48_ 通(통)=開也, 徹也.
49_ 外(외)=遠也, 表也, 棄也.
50_ 几蘧(궤거)=三皇以前 無文字之君.
51_ 諸梁(제량)=葉公의 子는 子高, 名은 諸梁.

도가 아니면 합당하게 이루어지지 않는다'고 했습니다.

일이 만약 성공하지 못하면

반드시 왕의 벌을 받을 것이며,

일이 만약 성공하면

반드시 음양이 상하여 병을 얻을 것입니다,

성공하든 실패하든 환난을 당하지 않는 것은

유덕자有德者 만이 가능할 것입니다.

저의 식사는 거칠고 좋은 형편이 아니며

부엌에서 시원한 것을 찾는 일도 없는 사람인데

저는 아침에 명을 받고 저녁에 얼음물을 마셨습니다.

제 마음에서 열불이 난 때문입니다.

저는 일을 하기도 전에

이미 음양의 환난을 얻은 것입니다.

일을 성공하지 못하면

왕의 벌을 받는 것은 둘째입니다.

왕의 신하된 자로서 사신의 직무를 맡기에는 부족합니다.

그대는 제게 해줄 말씀이 있을 것입니다."

공자가 말했다.

"천하에 크게 경계할 일이 두 가지가 있습니다.

그 하나는 천명이며, 그 하나는 의리입니다.

寡不道以懽52) 成.

事若不成

則必有人53)道之患.

事若成

則必有陰陽之患.54)

若成若不成 而後無患者

唯有德者能之.

吾食也執粗而不臧.55)

爨56) 無欲清57) 之人.

今吾朝受命 而夕飮氷.

我其內熱與

吾未至乎事之情

而旣有陰陽之患矣.

事若不成

必有人道之患 是兩也.

爲人臣者不足以任之.

子其有以語我來.

仲尼曰

天下有大戒58)二.

其一命也 其一義也.

52_ 懽(환)=기쁘다, 합당하다.
53_ 人(인)=王을 칭함.
54_ 陰陽之患(음양지환)=二氣將受傷而疾作.
55_ 臧(장)=善也.
56_ 爨(찬)=炊也, 竈也.
57_ 清(청)=涼也.
58_ 戒(계)=法也.

자식이 어버이를 사랑하는 것은 천명(자연법칙)입니다. 　　　子之愛親命也

마음에서 없앨 수 없습니다. 　　　不可解於心.

신하로서 군주를 섬기는 것은 의리(당위법칙)입니다. 　　　臣之事君義也.

어디를 가든 군주가 없는 곳은 없습니다. 　　　無適而非君也

천지간에 도망갈 곳이 없습니다. 　　　無所逃於天地之間.

그래서 이것을 크게 경계할 일이라 말하는 것입니다. 　　　是之謂大戒

그러므로 어버이를 섬기는 데는 　　　是以夫事其親者

처지를 가리지 않고 편안하게 모시는 것이 　　　不擇地而安之

효孝 의 지극함이며, 　　　孝之至也.

군주를 섬기는 데는 　　　夫事其君者

일을 가리지 않고 편안하게 모시는 것이 　　　不擇事而安之

충忠 의 지극함입니다. 　　　忠之至也.

진심으로 섬기는 자는 　　　自事其心者

슬픔과 기쁨을 면전에서 쉽게 나타내지 않습니다. 　　　哀樂不易施[59] 乎前.

인력으로 어쩔 수 없음을 깨달아 　　　知其不可奈何

운명처럼 편안히 하는 것이 덕德 의 지극함입니다. 　　　而安之若命 德之至也.

남의 신하와 자식이 되는 것은 　　　爲人臣子者

진실로 그것을 벗어던질 수 없는 것이니 　　　固有所不得已

일을 행함에 자기 몸을 잊는 것입니다. 　　　行事之情[60] 而忘其身.

어느 겨를에 삶을 즐기고 죽음을 싫어하겠습니까? 　　　何暇至於悅生而惡死.

그러므로 그대도 그렇게 하는 것이 좋을 것입니다." 　　　夫子其行可矣.

59_ 施(시)＝移(이)로 읽는 이도 있다.
60_ 情(정)＝實(실)로 읽는 이도 있다.

4-8

(공자의 말) "제가 들은 바를 다시 말씀드리고자 합니다.　　丘請復以所聞.

무릇 교린이란　　凡交

가까우면 반드시 신의로써 서로 가까이 따르고　　近則必相靡[61] 以信.

멀면 반드시 말로써 충심을 보여주어야 합니다.　　遠則必忠之以言.

말은 반드시 누군가가 전해야 합니다.　　言必或傳之.

무릇 양쪽 모두 기뻐하거나 진노하는 말을 전하는 것은　　夫傳 兩喜兩怒之言

천하에 어려운 것입니다.　　天下之難者也.

양쪽 다 기뻐함은　　兩喜

반드시 지나치게 칭찬하는 말이 많기 때문이요,　　必多溢美之言

양쪽 다 성냄은　　兩怒

반드시 지나치게 미워하는 말이 많기 때문이니,　　必多溢惡之言.

무릇 지나침은 망령되고　　凡溢之類[62] 妄.

망령되면 신의를 의심받고　　妄則其信之也莫.[63]

의심받으면 말을 전한 자가 재앙을 받습니다.　　莫則傳言者殃.

그러므로 예법禮法에 이르기를　　故法言[64] 曰

평상의 실정을 진실하게 전하고　　傳其常情

지나친 말을 전하지 않으면 몸을 보전할 수 있다고 했습니다.　　無傳其溢言 則幾乎全.

또 기교로써 힘을 겨루는 것은　　且以巧鬪力者

인덕仁德으로 시작하나 항상 형기形氣로 끝납니다.　　始乎陽[65] 常卒乎陰.[66]

61_ 靡(미)=順隨也. 親(친)으로 읽는 이도 있다.
62_ 類(류)=似也.
63_ 莫(막)=致疑貌.
64_ 法言(법언)=禮法之言.
65_ 陽(양)=仁德.
66_ 陰(음)=形氣, 私也.

커질수록 기이한 기교가 많아지기 때문입니다.

예의로써 술을 마시는 자도

시작은 정연하지만 끝맺음은 항상 어지럽습니다.

커질수록 기이한 쾌락이 많아지기 때문입니다.

무릇 일이란 다 그런 것이어서

신의로 시작하지만 항상 거짓으로 끝납니다.

그 시작은 간단하지만

그 끝맺음은 커지게 마련입니다.

말은 풍파를 일으키고

행실은 성공과 실패를 가릅니다.

풍파는 움직이기 쉽고 득실은 위태롭기 마련입니다.

그러므로 분노는 달리 연유가 없고 교언과 편파에 있습니다.

짐승이 죽을 때는 소리를 가리지 않나니

숨이 막혀 거칠어지기 때문입니다.

이때는 사나운 마음이 생기게 됩니다.

엄격함이 너무 지나치면

반드시 좋지 못한 마음으로 응수하기 마련이지만

스스로는 그런 줄 모릅니다.

大至則多奇巧.

以禮飮酒者

始乎治常卒乎亂

大至則多奇樂.

凡事亦然

始乎諒[67] 常卒乎鄙.[68]

其作始也簡

其將畢也必巨.

夫言者風波也.

行者實[69] 喪[70]也.

風波易以動 實喪易以危.

故忿設無由 巧言[71] 偏辭.[72]

獸死不擇音

氣息茀[73]然.

於是竝生心厲.

尅[74]核[75]太[76]至

則必有不肖之心應之.

而不知其然也.

67_ 諒(량)=信也.

68_ 鄙(비)=詐也.

69_ 實(실)=爵祿, 榮也.

70_ 喪(상)=敗也, 失位也.

71_ 巧言(교언)↔過實.

72_ 偏辭(편사)↔失中.

73_ 茀(불)=草多貌, 暴怒俱生.

74_ 尅(극)=急也.

75_ 核(핵)=覈(實也, 峻急也)과 통용.

76_ 太(태)=過.

정말 그런 줄 모른다면   苟爲不知其然也

어찌 그 종말을 알겠습니까?   孰知其所終.

그러므로 예법에서 이르기를   故法言⁷⁷⁾曰

'훈령을 고치지 말고 성취를 권장하지 말라' 고 했습니다.   無遷令 無勸成

도를 지나치면 덧붙이기 마련이지만   過度益也

훈령을 고치고 성취를 권장함은 일을 위태롭게 합니다.   遷令勸成殆事.

선의 이룸은 오랜 기간 이뤄진 것이고   美成在久

악의 이룸은 뉘우쳐도 이미 늦는 것이니   惡成不及改

가히 삼가지 않을 수 있겠습니까?   可不愼與.

또한 만물을 타고 마음에 노닐며   且夫乘物而遊心

멈추게 할 수 없는 순리에 맡기면   託不得已.

무위자연의 중앙을 보양함이 지극할 것입니다.   以養中⁷⁸⁾至矣.

어찌 인위로 지어내서 보고하겠습니까?   何作爲⁷⁹⁾報也.

천명을 이루게 하는 것보다 더 좋은 것은 없습니다.   莫若爲致命.⁸⁰⁾

그러나 그것은 어려운 일입니다."   此其難者.

4-9

노나라 안합顏闔이 위나라 영공의 태자 사부로 가려고 할 때   顏闔將傅衛靈公太子.

위나라 대부인 거백옥蘧伯玉을 찾아가 자문을 구했다.   而問於蘧伯玉 曰.

"여기에 천성이 죽이기를 좋아하는 사람이 있는데   有人於此 其德天殺

그와 더불어 무도한 짓을 하면 나라를 위태롭게 할 것이고   與之爲無方 則危吾國.

77_ 法言(법언)＝禮法의 가르침.

78_ 中(중)＝中央, 混沌, 無爲自然. 儒家의 '中庸' 으로 解하는 이도 있다.

79_ 作爲(작위)＝人爲.

80_ 命(명)＝天命.

그와 더불어 법도에 맞게 하면 몸을 위태롭게 할 것입니다.   與之爲有方 則危吾身.

그의 지혜는 남의 과오를 잘 알지만   其知適足以知人之過

자기의 허물은 모릅니다.   而不知其所以過.

그런 자를 저는 어찌해야 할까요?"   若然者 吾奈之何.

거백옥이 답했다. "좋은 질문을 하셨습니다.   蘧伯玉 曰 善哉問乎.

우선 경계하고 삼가서 자신의 몸을 바르게 해야 합니다.   戒之愼之 正汝身也哉.

몸은 그를 따르고   形莫若就[81]

마음은 그와 화합하는 것보다 좋은 방법은 없습니다.   心莫若和.

그렇더라도 그 두 가지 방법은 걱정이 따릅니다.   雖然 之二者有患.

따르되 빠져 들지 않아야 하고   就不欲入

화합하되 드러내지 않아야 합니다.   和不欲出.

그를 따르다가 스스로 몰입하면   形就而入

이는 추락이요, 멸망이며, 붕괴요, 전복이 될 것입니다.   且爲顚爲滅 爲崩爲蹶.

그와 화합하면서 스스로 드러내려 하면   心和而出

이것은 명성을 팔고 요사한 꾸밈이 될 것입니다.   且爲聲爲名 爲妖爲孼[82]

그가 어린아이가 되면 그와 더불어 어린아이가 되십시오!   彼且爲嬰兒 亦與之爲嬰兒.

그가 분수 없으면   彼且爲無町畦[83]

그와 더불어 분수 없는 사람이 되십시오!   亦與之爲無町畦.

그가 허물없이 굴면   彼且爲無崖[84]

그와 더불어 허물없이 구십시오!   亦與之爲無崖.

그와 소통하여 병통이 없는 경지로 들어야 합니다.   達之入於無疵.

그대는 저 사마귀를 모릅니까?   汝不知夫螳螂[85]乎

81_ 就(취)＝親附.
82_ 妖孼(요얼)＝요상한 꾸밈.
83_ 町畦(정휴)＝밭의 경계.
84_ 崖(애)＝벼랑, 限也, 廉也.

그놈이 성을 내면 팔을 벌려 마차를 막으려 합니다.　　　　　怒其臂以當車轍.

자기가 당해 내지 못할 것을 알지 못하는 겁니다.　　　　　　不知其不勝任也.

이것이 그의 재능의 장점이기도 합니다.　　　　　　　　　　是其才之美者也.

경계하고 삼가십시오!　　　　　　　　　　　　　　　　　戒之愼之

사마귀처럼 그대의 장점을 자꾸 자랑하면　　　　　　　　　積伐而⁸⁶⁾美者

그를 범하는 것이니 위태롭습니다."　　　　　　　　　　　以犯⁸⁷⁾之 幾矣.

4-10

(거백옥의 말) "그대는 저 호랑이 기르는 사람을 모릅니까?　　汝不知夫養虎者乎

결코 산 동물을 먹이로 주지 않습니다.　　　　　　　　　不敢以生物與之.

그것을 죽이는 분기愼氣를 일어나게 하기 때문입니다.　　　爲其殺之之怒也.

결코 동물을 통째로 주지 않습니다.　　　　　　　　　　不敢以全物與之.

그것을 찢는 분기를 일어나게 하기 때문입니다.　　　　　爲其決之之怒也.

때때로 굶주리게도 하고 배부르게도 하여　　　　　　　時其飢飽

분기를 소통시켜 줍니다.　　　　　　　　　　　　　　達⁸⁸⁾其怒心.

호랑이는 사람과는 종류가 다르지만　　　　　　　　　虎之與人異類

자기를 길러준 사람에게 아양을 떠는 것은　　　　　　　而媚養己者

자연스런 일입니다.　　　　　　　　　　　　　　　　順也.

그러므로 호랑이가 그를 죽이는 것은　　　　　　　　　故其殺者

본성을 역행하는 것입니다.　　　　　　　　　　　　　逆也.

말을 사랑하는 자는　　　　　　　　　　　　　　　　夫愛馬者

85_ 螳螂(당랑)＝사마귀.
86_ 而(이)＝汝也.
87_ 犯(범)＝陵也, 逆也.
88_ 達(달)＝通也, 穿也.

광주리로 똥을 받고 귀한 술잔으로 오줌을 받습니다.　　以筐盛矢 以蜃[89]盛溺.[90]

그러나 때마침 모기와 등에가 말 등에 붙어 있을 때　　適有蚊虻[91] 僕[92] 緣

불시에 치면 말이 놀라　　而拊之不時

재갈을 풀고 머리와 가슴을 걷어찰 것입니다.　　缺銜[93] 毁首碎胸.

뜻을 이루려고 그만 사랑을 잊어버린 것입니다.　　意有所至 而愛有所亡

가히 삼가지 않을 수 있겠습니까?"　　可不愼哉.

4-11

목수 석石이 제나라로 가다가 곡원에 이르렀을 때　　匠石之齊 至乎曲轅

사직단의 상수리나무를 보았다.　　見櫟[94]社樹.

크기는 수천 마리 소를 가릴 만하고　　其大蔽數千牛

둘레는 백 아름쯤 되었다.　　絜[95]之百圍.

그 높이는 열 길 산을 내려다보고 뒤편의 가지는　　其高臨山十仞 而後有枝

가히 배를 만들 만한 것이 십수 개나 되었다.　　其可以爲舟者 旁[96]十數.

구경꾼이 성시를 이루는데　　觀者如市

석은 거들떠보지도 않고 갈 길을 멈추지 않았다.　　匠伯[97]不顧 遂行不輟.

제자는 구경에 정신을 팔다가 석에게 달려와 말했다.　　弟子厭觀之 走及匠石 曰.

89_ 蜃(신)＝대합이 그려진 술잔, 제기.
90_ 溺(닉)＝尿.
91_ 蚊虻(문맹)＝모기와 등에.
92_ 僕(복)＝附也.
93_ 銜(함)＝재갈.
94_ 櫟(력)＝상수리나무.
95_ 絜(혈)＝재다.
96_ 旁(방)＝方＝且也.
97_ 伯(백)＝목수 石의 字.

"제가 도끼를 잡고 선생을 따른 이래

이같이 좋은 재목을 본 적이 없습니다.

그런데 선생은 본체만체하고 가던 길을 멈추지 않으니

어쩐 일입니까?"

석이 말했다. "그만두어라!

그것은 말할 것도 없이 산목(쓸모없는 나무)이다.

배를 만들면 가라앉을 것이고

관곽을 만들면 곧 썩을 것이며

그릇을 만들면 곧 부서지고

창문을 만들면 송진이 흐르고

기둥을 만들면 좀이 슬 것이니 재목이 되지 못할 나무다.

아무짝에도 쓸모없으니 이렇게 장수할 수 있었던 것이다."

석이 돌아와 꿈을 꾸니 상수리나무의 신이 나타나 말했다.

"너는 어찌 나를 나쁜 쪽으로만 빗대느냐?

너는 어찌 나를 무늬목에만 비교하느냐?

풀명자나무, 배나무, 귤나무, 유자나무 등

열매를 맺는 족속은 열매가 익으면 박탈을 당한다.

박탈은 욕보임이니

큰 가지는 꺾이고 작은 가지는 머리채를 잡힌다.

이는 그 나무의 재능 때문에 그런 고통이 생기는 것이다.

그러므로 천수를 마치지 못하고 중도에 요절하는 것이니

自吾執斧斤 以隨夫子

未嘗見材 如此其美也.

先生不肯觀 行不輟

何邪.

曰 已矣.

勿言之矣 散木也.

以爲舟則沈

以爲棺槨則速腐

以爲器則速毁

以爲門戶則液樠[98]

以爲柱則蠹 是不材之木也

無所可用 故能若是之壽.

匠石歸 櫟社見夢 曰.

女將[99]惡乎比予哉.

若將比予於文木邪.

夫柤[100]梨橘柚

果蓏[101]之屬 實熟則剝.

剝則辱

大枝折 小枝泄[102]

此以其能 苦其生者也.

故不終其天年 而中道夭.

98_ 樠(만)=송진.
99_ 將(장)=何也.
100_ 柤(사)=풀명자나무.
101_ 蓏(라)=열매.
102_ 泄(설)=挩의 借字.

스스로 세속의 공격을 끌어들인 것이다.

세상 사물이란 이와 같지 않은 것이 없다.

그래서 나는 아무 데도 쓸모없기를 추구한 지 오래다.

거의 죽을 뻔한 적도 있었으나

이제야 뜻을 이루어 무용無用의 대용大用이 될 수 있었다.

나를 유용有用하게 했다면

어찌 이처럼 크게 될 수 있었겠는가?

또 너와 나는 모두 하나의 사물일 뿐이다.

어찌할 것인가?

너나 나나 물질이므로 언젠가 죽는 것을!

쓸모없는 인간이 쓸모없는 나무의 뜻을 어찌 알겠는가?"

석이 잠을 깨어 그 꿈을 이야기했다.

제자가 물었다.

"취향을 무용으로 정했다면

어째서 눈길을 끄는 사신社神이 되었을까요?"

석이 답했다. "쉿! 자네는 입을 다물게나.

그가 역시 일부러 사신에 의탁한 것이니

자기를 몰라주는 자들이 헐뜯는 것으로 생각할 것이다.

사신에 의탁하지 않았다면 아마 틀림없이 베였을 것이다.

다시 말하면

그의 보신保身 방법은 다른 사람들과 다르다는 것이다.

自掊[103]擊於世俗者也.

物莫不若是.

且予求無所可用久矣.

幾死

乃今得之 爲予大用.

使予也而有用

且得有此大也邪.

且[104]也若與予也 皆物也.

奈何哉

其相[105]物也 而幾死之.

散人又惡知散木.

匠石覺 而診其夢.

弟子曰

趣取無用

則爲社 何邪.

曰 密. 若無言.

彼亦直[106]寄焉

以爲不知己者詬厲[107]也

不爲社者 且幾有翦乎.

且也

彼其所保與衆異.

103_ 掊(부)=그러모으다.
104_ 且(차)=兼也, 此也. 然, 將, 抑, 若也. 未定之詞. 更端之詞.
105_ 相(상)=質也.
106_ 直(직)=특히, 고의로.
107_ 厲(려)=惡也.

그를 표준 삼아 칭송하는 것도 역시 우원한 짓일 것이다."

以義[108] 譽之 不亦遠乎.

남곽의 영주 자기 子綦가

南伯子綦

허난河南 성 상구商丘 현에 유람할 때

遊乎商之丘.

큰 나무를 보았는데 특이했다.

見大木焉 有異.

말 네 필이 끄는 전차 천 대를

結駟千乘

매어 숨겨도 그늘에 덮어버렸다.

隱將芘[109] 其所藾.[110]

자기가 말했다.

子綦曰

"무슨 나무가 이럴까?

此何木也哉

이는 반드시 색다른 용도의 재목일 거야!"

此必有異材夫.

머리를 들고 가는 가지를 보니

仰而視其細枝

구불구불해서 마룻대나 들보가 될 수 없고

則拳曲 而不可以爲棟梁.

머리를 굽혀 큰 밑동을 보니

俯而視其大根

뒤틀리고 속이 비어

則軸[111] 解[112]

관곽도 될 수 없었다.

而不可以爲棺槨.

잎을 핥으니

咶[113] 其葉

입이 부르터 상처를 입었고

則口爛爲傷

냄새를 맡으니 어지러워

嗅之則使人狂酲[114]

사흘 동안이나 그치지 않았다.

三日不已.

자기가 말했다.

子綦曰

108_ 義(의)=理, 儀也.
109_ 芘(비)=覆也.
110_ 藾(뢰)=蔭也.
111_ 軸(축)=轉也.
112_ 解(해)=不緻密也.
113_ 咶(시)=舐(지)=핥다.
114_ 酲(정)=熟醉也.

"과연 재목감이 못 될 나무라서
이처럼 클 수 있었구나!
아! 신인神人들도 재목감이 못 되었기에 오래 살았구나!"

송나라에 형씨荊氏들의 소국이 있었는데
가래나무, 잣나무, 뽕나무가 많아서 그런 이름을 얻었다.
그것이 한두 줌 이상 크면
원숭이 말뚝으로 베어 가고,
서너 아름이 되면
고관 집 용마룻감으로 베어 가고,
일고여덟 아름이 되면 귀인 부잣집의
널판잣감으로 베어 간다.
그래서 천수를 다하지 못하고
중도에 도끼에 찍혀 죽고 만다.
이것이 쓸모 있는 재목들의 환난이라는 것이다.

此果不材之木也.
以至於此其大也.
嗟 夫神人以此不材.

宋有荊氏者
宜楸[115] 柏桑.
其拱把以上者
狙猴之杙[116]者斬之.
三圍四圍
求高名之麗[117]者斬之.
七圍八圍 貴人富商之家
求樿[118]傍者斬之.
故未終其天年
而中道已夭於斧斤
此材之患也.

※ 함께 읽기 ※

• 장자/내편/소요유逍遙遊 1-6 : 能不龜手一也 或以封 或不免於洴澼絖 則所用之異也.
• 장자/외편/산목山木 20-1 : 昨日山中之木 以不材得終其天年. 今主人之雁 以不材死.
• 장자/잡편/열어구列禦寇 32-3 : 朱泙漫學屠龍於支離益 單千金之家 三年技成 而無所用其巧.

115_ 楸(추)＝가래나무.
116_ 杙(익)＝말뚝.
117_ 麗(려)＝屋棟也.
118_ 樿(전)＝회양목, 棺板.

4-12

예부터 액운을 제거하는 무꾸리를 할 때는	故解[119]之
이마에 흰 점이 있는 소와	以牛之白顙[120]者
콧대가 높은 돼지와	與豚之亢鼻者
치질병이 있는 사람은	與人有痔病者
하신河神의 제물로 바치지 않는다.	不可以適河.
이에 대해 무당들이 아는 바로는	此皆巫祝以知之矣
그것이 상서롭지 못하기 때문이다.	所以爲不祥也.
그러나 이에 대해 신인들은 반대로	此乃神人之
그것들을 크게 상서로운 것으로 생각한다.[121]	所以爲大祥也.
이름이 소疏인 불구자가 있었는데	支離[122]疏者
턱은 배꼽에 숨고 어깨는 머리보다 높았으며	頤隱於臍[123] 肩高於頂.
등덜미는 하늘을 가리키고	會撮[124]指天
오장은 머리 위에 있었으며	五管[125]在上.
두 넓적다리는 갈비뼈가 되었다.	兩髀爲脅.
바느질을 하고 빨래를 하여 호구는 넉넉했다.	挫鍼[126]治繲[127]足以餬口.
점을 치면 쌀을 얻으니	鼓筴[128]播精[129]

119_ 解(해)=巫祝解災也.
120_ 顙(상)=이마.
121_ 쓸모없는 것은 장수하기 때문에 상서로운 것으로 평가한다.
122_ 支離(지리)=형제가 불완전한 모습.
123_ 臍(제)=배꼽.
124_ 會撮(회촬)=髻(상투), 혹은 項推(등뼈).
125_ 五管(오관)=五臟.
126_ 挫鍼(좌침)=縫衣也.
127_ 繲(해)=헌 옷을 빨다.
128_ 鼓筴(고책)=敲筮의 뜻.
129_ 播精(파정)=쌀을 고르다.

열 식구를 족히 먹일 수 있었다.   足以食十人.

나라에서 병사를 징집해도   上徵武士

병신은 팔을 흔들며 그 사이에서 노닐며,   則支離攘臂 而遊其間.

나라에 큰 역사役事가 있어도   上有大役

병신은 병이 있으므로 공역을 배당받지 않는다.   則支離以有常疾 不受功.

나라에서 병자에게 곡식을 내리면   上與病者粟

쌀 세 가마와 열 묶음의 땔나무도 받는다.   則受三鍾 與十束薪.

대저 몸이 병신인 자도   夫支離其形者

족히 몸을 보양하고 천수를 다하거늘   猶足以養其身 終其天年.

하물며 병신이면서 덕인이면 말해 무엇 하랴?   又況支離其德者也.

4-13

공자가 초나라에 가는데   孔子適楚

초나라 광인 접여가 문 앞에서 놀다가 말했다.   楚狂接輿 遊其門 曰.

"봉이여! 봉이여!   鳳兮 鳳兮

어쩌다가 이처럼 덕이 쇠락했는가?   何如德之衰也.

오는 세상은 기다리지 말고   來世不可待[130]

가는 세상은 좇지 말라!   往世不可追[131] 也.

천하에 도가 있으면 성인은 안민安民 하지만   天下有道 聖人成焉.

천하에 도가 없으면 성인은 안생安生 한다네!   天下無道 聖人生焉.

오늘날 시절은 형벌을 면할 자 드무니   方今之時 僅[132] 免刑焉.

130_ 待(대)=侍也, 備也.
131_ 追(추)=逐也, 隨也.
132_ 僅(근)=僅少也.

복은 깃털보다 가벼운데 실을 줄 모르고   福輕乎羽 莫之知載.

화는 대지보다 무거운데 피할 줄 모르네!   禍重乎地 莫之知避.

아서라! 그만두게! 남을 덕으로 다스리는 것을!   已乎已乎 臨[133] 人以德.

위태롭다! 위태롭다! 땅에 금을 긋고 달리네!   殆乎殆乎 劃地而趨

미혹된 가시밭길! 나의 가는 길 해치지 말라!   迷陽[134] 迷陽 無傷[135] 吾行

우리가 가는 좁은 길! 우리 발을 해치지 말라!   吾行郤[136] 曲 無傷吾足.

산山 나무는 스스로 적을 부르고   山木自寇也

등잔불은 스스로 몸을 태운다.   膏火自煎也.

계피는 먹을 수 있으므로 베이고   桂可食 故伐之.

옻은 쓸 수 있으므로 쪼개진다.   漆可用 故割之.

사람들은 모두 유용한 것을 쓸 줄 알지만   人皆知有用之用

무용한 것을 쓸 줄은 모르는구나!"   而莫知無用之用也.

133_ 臨(림)=治也, 以尊適卑.
134_ 迷陽(미양)=莉棘也.
135_ 傷(상)=害也.
136_ 郤(극)=隙也.

德充符

5-1 왕태는 발꿈치가 잘린 올자에 불과합니다. 그런데 그를 따르는 제자가 선생(孔子)과 노나라를 양분하고 있습니다.

5-2 선생의 문하에 본래 집정관이란 게 있었던가?

5-3 그대가 공자의 질곡을 풀어주는 것이 좋지 않겠소? 그것이 天刑인 것을 어찌 풀어줄 수 있겠습니까?

5-4 지금 애태라는 말도 없이 신뢰를 받고, 공도 없이 사랑을 받았으며, 남이 나라를 주면서도 받지 않을까 걱정할 정도라 한다.

5-5 무엇을 일러 재주가 온전하다고 합니까? 무엇을 일러 덕이 드러나지 않는다고 합니까? 덕이란 화평을 이루는 수양입니다.

5-6 성인은 속박이 없는 무위자연에 노닌다. 이미 자연에서 먹을 것을 받았으니, 어찌 또 다시 人君이 필요할 것인가?

5-7 형기가 있으므로 남들과 무리 짓고 감정이 없으므로 몸에 시비가 붙지 않는다.

제5장. 德充符 덕충부

5-1

노나라에 발꿈치가 잘린 왕태王駘 라는 자가 있었다.　　　魯有兀者王駘

그를 따르는 제자들이 공자와 맞먹을 정도였다.　　　從之遊者 與仲尼相若.

상계常季 가 공자에게 물었다.　　　常季問於仲尼曰

"왕태는 발꿈치 잘린 올자兀者 에 불과합니다.　　　王駘兀者也

그런데 그를 따르는 제자가　　　從之游者

선생과 노나라를 양분하고 있습니다.　　　與夫子中分魯

서 있을 뿐 가르치지도 않고　　　立不敎

앉아 있을 뿐 토론하지도 않으나　　　坐不議

빈손으로 왔다가 가득 채워가지고 갑니다.　　　虛而往 實而歸.

진실로 말 없는 가르침이요,　　　固有不言之敎

형체 없이 마음을 다스리는 자일까요?　　　無形而心成[1]者邪.

이 사람은 누구입니까?"　　　是何人也.

공자가 답했다.　　　仲尼曰

"그분은 성인이다.　　　夫子聖人也.

나는 줄곧 뒤처져 아직 찾아뵙지 못하고 있을 뿐이다.　　　丘也直後而未往耳.

나는 장차 스승으로 삼으려 한다.　　　丘將以爲師

1_成(성)＝治也.

그러니 나보다 못한 자들이야 말할 것이 무엇이냐?
어찌 노나라뿐이겠느냐?
나는 천하를 인도하여 더불어 그를 따를 것이다."
상계는 말했다.
"그는 올자로서 뛰어난 선생이니
역시 남들과는 다르겠지요.
그런 사람의 마음 씀이
남다른 점은 무엇인가요?"
공자가 답했다.
"사생死生은 역시 큰 것이다.
그러나 그것 때문에 변하지 않으며
비록 천지가 뒤집혀도
그로 인해 마음을 잃지 않는다.
살핌에 거짓이 없으니 사물 때문에 변하지 않으며
천명인 자연에 따라 변화하지만 그 근본을 지킨다."
상계가 물었다. "무엇을 이르는 말씀입니까?"
공자가 답했다.
"다른 점에서 보면
간과 쓸개는 초나라와 월나라만큼 다르지만
같은 점에서 보면
만물은 모두 하나다.
대저 그런 사람은

而況不如丘者乎.
奚假²⁾魯國
丘將引天下 而與從之.
常季曰
彼兀者也 而王³⁾先生
其與庸亦遠矣.
若然者 其用心也
獨若之何.
仲尼曰
死生亦大矣.
而不得與之變
雖天地覆墜
亦將不與之遺.
審于無假 而不與物遷.
命⁴⁾物而化 而守其宗⁵⁾也.
常季曰 何謂也.
仲尼曰
自其異者視之
肝膽楚越也.
自其同者視之
萬物皆一也.
夫若然者

2_ 假(가)=但.
3_ 王(왕)=勝也.
4_ 命(명)=使也, 信也.
5_ 宗(종)=本也.

귀와 눈이 좋아하는 것을 생각하지 않고

덕이 조화로운 곳에 마음을 노닐게 하며

사물을 일체로 보고

그 득실을 보지 않는다.

그러므로 다리를 잃었어도

몸에 묻은 흙을 털어버린 것처럼 생각한다."

상계가 물었다.

"그가 자기를 수양하여 지혜로 마음을 얻고

마음으로 상심常心을 얻었다면

사물이 어찌 그에게 모여들까요?"

공자가 답했다.

"사람은 흐르는 물을 거울로 삼지 말고

고요한 물을 거울로 삼으라고 했다.

고요한 거울만이 그림자를 고요하게 할 수 있고

거울에 비치는 사물도 고요하게 된다.

땅의 명을 받은 것 중에서

소나무와 잣나무만이 여름, 겨울 독야청청하고

하늘의 명을 받은 것 중에서

오직 순임금만이 홀로 바르다.

이러한 바른 삶이 중생을 바르게 할 수 있었다.

且不知耳目之所宜⁶⁾

而游⁷⁾心於德之和.

物視其所一

而不見其所喪.

視喪其足

猶遺土也.

常季曰

彼爲己⁸⁾ 以其知得其心

以其心得其常心

物何爲最⁹⁾之哉.

仲尼曰

人莫鑑於流水

而鑑於止水.

惟止能止¹⁰⁾

衆止.

受命於地

唯松柏獨也在冬夏靑靑.

受命於天

唯舜獨也正.

幸¹¹⁾能正生 以正衆生.

6_ 宜(의)＝善也.
7_ 游(유)＝放縱.
8_ 爲己(위기)＝治己→修己.
9_ 最(최)＝聚也.
10_ 止(지)＝靜而不動也.
11_ 幸(행)＝天子所至.

비롯됨을 보전한 징표는 병들지 않은 열매이다.　　　　夫保始之徵 不懼[12] 之實.

용사는 한 사람으로 대군 속에 용감히 뛰어 들어간다.　　勇士一人 雄入於九軍.

장차 명성을 구하기 위해서는　　　　　　　　　　　將求名

스스로를 바칠 수 있는 것이다.　　　　　　　　　而能自要[13] 者

이들도 그러한데　　　　　　　　　　　　　　　而猶若此

하물며 천지와 만물을 관부로 여기고　　　　　　而況官天地府萬物.

육체를 줄곧 객사로 여기고　　　　　　　　　　直[14] 寓六骸

이목을 가상으로 여기며　　　　　　　　　　　象耳目

지혜로 지각한 대상물을 통일하여　　　　　　　一知之所知

마음이 죽지 않는 사람은 말해 무엇 하랴?　　　而心未嘗死者乎.

저들은 장차 택일하여 하늘에 오르려 할 것이며　彼且擇日而登假[15]

사람들도 이를 본받아 따를 것이다.　　　　　　人則從是也.

저들이 어찌 사물을 섬기기를 좋아하겠느냐?"　　彼且.[16] 何肯以物爲事乎.

5-2

신도가申徒嘉 는 죄를 지어 발꿈치가 잘린 병신이었다.　申徒嘉兀者也.

그는 정나라 자산子産 과 함께　　　　　　　　　而與鄭子産同

백혼무인伯昏无人 에게 배웠다.　　　　　　　　師於伯昏无人.

자산이 신도가에게 말했다.　　　　　　　　　　子産謂申徒嘉曰.

"내가 먼저 나갈 테니 그대가 남든가　　　　　我先出則子止

12_懼(구)＝방언으로는 驚也, 病也.
13_要(요)＝當也, 樞紐也.
14_直(직)＝줄곧, 特也.
15_假(가)＝遐의 假借.
16_且(차)＝將也.

아니면 그대가 나가준다면 내가 남겠네."

그 이튿날

또 두 사람이 한집에서 한자리에 앉게 되었다.

자산이 또 신도가에게 말했다.

"내가 나가면 그대는 남아 있을 수 있는가?

그러지는 못하겠지?

자네는 집정관을 보고도 비켜서지 않으니

자네가 집정관과 동등하단 말인가?"

신도가가 답했다.

"선생의 문하에 본래 집정관이란 게 있었던가?

이럴 수 있는가?

자네가 집정관이 된 것을 자랑하는 것을 보니

참 못난 사람이구려!

이런 말이 있지.

'거울이 밝으면 먼지가 끼지 않고

먼지가 끼면 밝지 않으며

오랫동안 현인과 더불어 같이 있으면 과실이 없다' 고!

지금 자네는 훌륭하신 선생님에게 배웠거늘

그런 말을 하다니 잘못이 아닌가?"

자산이 말했다.

"그대는 이미 그 꼴인데도

오히려 요임금처럼 착함을 다투다니!

벌을 받아 병신이 된 자네의 덕을 생각한다면

반성해도 부족할 것이네."

신도가가 말했다.

子先出則我止.

其明日

又與合堂同席而坐.

子産謂申徒嘉曰.

今我將出 子可以止乎.

其未邪.

且子見執政而不違

子齊執政乎.

申徒嘉曰

先生之門 固有執政焉

如此哉.

子而悅子之執政

而後人者也.

聞之曰

鑑明則塵垢不止

止則不明也.

久與賢人處 則無過.

今子之所取大者 先生也

而出言若是 不亦過乎.

子産曰

子既若是矣.

猶與堯爭善

計子之德

不足以自反邪

申徒嘉曰

"스스로의 잘못을 변명함으로써

형벌을 받지 않은 자는 많지만

스스로 잘못을 변명하지 않음으로써

발을 보존치 못한 자는 적다네.

어쩔 수 없음을 알고 편안히 운명을 따르는 것은

유덕자有德者 만이 가능한 것이지.

활 잘 쏘는 예羿의 과녁 안에 노니는 혼돈의 중앙은

활을 맞을 자리야.

그런데도 맞지 않는 것은 운명이라네.

사람들은 온전한 발을 가졌다는 것만으로

온전치 못한 발을 비웃는 자가 많지.

나는 그럴 때마다 불끈불끈 노여웠다네.

그러나 선생님의 처소에 가면

씻은 듯이 평상시로 되돌아왔지.

선생께서 나를 씻어주어 낫게 한 것이 아닌가 모르겠네.

내가 선생님을 따라 배운 지 십구 년이지만

선생은 내가 올자임을 아직 모르는 것 같으이.

지금까지 그대와 나는

육체의 내면에서 교유해 왔는데

그대는 나를 육체의 외면에서 찾고 있으니

역시 잘못이 아닌가?"

자산은 삼가는 듯,

自狀[17] 其過

以不當亡[18] 者衆.

不狀其過

以不當存[19] 者寡.

知不可奈何 而安之若命

唯有德者能之.

游於羿之彀[20] 中 中央者

中地也

然而不中者命也.

人以其全足

笑吾不全足者多矣.

我怫然而怒

而適先生之所

則廢然而反.

不知先生之洗我以善邪.

吾與夫子游十九年矣

而未嘗知吾兀者也.

今子與我

游於形骸之內.

而子索我於形骸之外

不亦過乎.

子產蹴然

17_ 狀(상)=顯白也.
18_ 亡(망)=발을 잃음.
19_ 存(존)=발을 잃지 않고 보존함.
20_ 彀(구)=화살 당김, 과녁.

용모를 바로잡고 얼굴색을 고치며 말했다.
"자네 제발 괘념하지 말아주게!"

改容更貌 曰.
子無乃稱.

5-3

노나라의 올자인 숙산무지 叔山无趾 가
절뚝거리며 공자를 찾아왔다.
공자가 말했다.
"그대는 삼가지 않아
이미 환난을 입어 이 꼴이 되었거늘
이제 와서 어찌하겠다는 것인가?"
무지가 답했다.
"저는 비록 알려고 힘쓰지도 않았고
몸을 가볍게 놀려 이처럼 발을 잃었습니다.
지금 제가 온 것은
오히려 발보다 존귀한 것이 있기에
그것을 힘써 온전히 하기 위함입니다.
대저 하늘은 덮어주지 않는 것이 없고
땅은 실어주지 않는 것이 없습니다.
저는 선생을 하늘과 땅으로 알았는데
어찌 이런 분일 줄 알았겠습니까?"
공자가 말했다.
"내가 소견이 좁았다.
그대는 어찌 들어오지 않는가?

魯有兀者叔山无趾
踵見仲尼
仲尼曰.
子不謹
前旣犯患若是矣.
雖今來何及 [21] 矣
无趾曰
吾唯不知務
而輕用吾身 吾是以亡足.
今吾來也
猶有尊足者存
吾是以務全之也.
夫天無不覆
地無不載.
吾以夫子爲天地
安知夫子之猶若是也.
孔子曰
丘則陋矣.
夫子胡不入乎.

21_ 及(급)＝就也.

들은 바를 말해 달라!"

무지는 나가버렸다.

공자가 말했다.

"제자들아, 힘쓰라!

무지는 올자인데도 배우기에 힘쓰고

이로써 지난 잘못을 개선하려 한다.

하물며 온전한 너희들이랴?"

무지가 공자를 만나고 나와 노담을 찾아가 말했다.

"공자는 아직 경지에 이른 사람은 못 된 것 같더군요.

그는 어째서 자주 선생에게 배우는 것일까요?

또 그는

괴이하고 헛된 명성을 구하고 있는데,

지인至人 들에게는

이것이 자기를 구속하는 질곡이 된다는 것을 모릅니다."

노담이 말했다.

"어찌 당신은 그로 하여금 죽고 삶은 한줄기요,

옳고 그름은 한 꾸러미인 것을 가르쳐 바로잡지 않소?

그대가 그 질곡을 풀어주는 것이 좋지 않겠소?"

무지가 말했다.

"그에게 천형天刑 인 것을 어찌 풀어줄 수 있겠습니까?"

請講以所聞.

无趾出.

孔子曰

弟子勉之.

夫无趾兀者也 猶務學.

以復補前行之惡

而況全德之人乎.

无趾語老聃[22] 曰

孔丘之於至人 其未邪.

彼何賓賓[23] 以學子爲.

彼且

蘄[24] 以諔詭[25] 幻怪之名聞.

不知至人之

以是爲己桎梏邪.

老聃曰

胡不直使彼 以死生爲一條

以可不可爲一貫者.

解其桎梏 其可乎

無趾曰

天刑之 安可解.

22_ 老聃(노담)=老子.
　　『史記』「老莊申韓列傳」에서는 老子가 老聃, 老萊子, 老儋 3인이 있는데 『老子』의 저자는 누구인지 모른다고 한다.
23_ 賓(빈)=頻也.
24_ 蘄(기)=求也.
25_ 諔詭(숙궤)=奇異也.

• 장자/내편/양생주養生主 3-4 : 始也吾以爲其人也. 而今非也.
• 장자/외편/천도天道 13-8 : 老聃曰 夫子亂人之性也.
• 장자/외편/천운天運 14-14 : 老聃曰 夫六經 先王之陳迹也 豈其所以迹哉.
• 장자/잡편/외물外物 26-6 : 老萊子曰 抑固竇邪 亡其略弗及也 中民之行進耳.
• 예기禮記/증자문曾子問 : 孔子曰 吾問諸老聃曰 昔者史佚有子而死 下殤也墓遠.

5-4

노나라 애공哀公이 공자에게 물었다.

"위나라에 한 추인이 있는데

이름이 애태타哀駘它라 합니다.

사내들이 그와 함께하면

사모하여 떠날 줄 모르고,

여인들이 그를 보면 부모에게 떼를 쓰길

'남의 처가 되느니 차라리 그의 첩이 되겠다'고 하고,

수십 명의 여인들이 줄을 잇는다고 합니다.

그가 무엇을 창도했다는 말을 들어본 적이 없고

다만 항상 화락和樂하게 한다는 것뿐입니다.

군주나 대인의 자리도,

남을 죽음에서 구한 일도 없고,

녹이 많아 사람들의 배를 채워줄 가망도 없으며

도리어 추하여 천하를 놀라게 할 뿐입니다.

화락할 뿐 어떤 주장도 없고

지혜도 드러나지 않는데도

魯哀公問於仲尼 曰

衛有惡人焉

曰 哀駘它.[26]

丈夫與之處者

思而不能去也.

婦人見之 請於父母 曰

與爲人妻 寧爲夫子妾者

十數而未止也.

未嘗有聞其唱者也

常和而已矣.

無君人之位

以濟乎人之死

無聚祿 以望人之腹

又以惡駭天下.

和而不唱

知不出乎四域.

26_ 它(타)=다를. (사)=뱀.

남자고 여자고 간에 그 앞에 모여듭니다.

이는 반드시 다른 사람들과 다른 점이 있을 것입니다.

그래서 과인이 그를 불러보았더니

과연 천하가 놀랄 만큼 추했으나

그와 함께 거처한 지 몇 달이 지나지 않아

과인은 그의 사람됨에 마음이 끌리기 시작했습니다.

그리고 일 년도 못 되어 과인은 그를 신뢰하게 되었고

마침 재상 자리가 비어 있어

그에게 국정을 맡기려 했습니다.

그는 번민하다가 후에 승낙은 했으나

마음으로는 사양하는 것 같았습니다.

과인은 부끄러웠으나 결국 나라를 맡겼습니다.

그러나 얼마 안 가서 그는 과인을 떠나 가버렸습니다.

과인은 슬픔에 잠겨 죽을 것 같았습니다.

마치 나라에 더불어 즐거워할 사람이 없는 듯했습니다.

그는 어떤 사람입니까?"

공자가 말했다.

"내가 일찍이 초나라에 사신으로 간 일이 있었습니다.

가는 길에 돼지 새끼를 보았는데

죽은 어미의 젖을 빨고 있었습니다.

잠깐 있으려니 놀란 듯

모두 어미를 버리고 달아나 버렸습니다.

자기를 돌보아 주지도 않고

且而雌雄合乎前.

是必有異乎人者也

寡人召而觀之

果以惡駭天下.

與寡人處 不至以月數

而寡人有意乎其爲人也.

不至乎期年 而寡人信之.

國無宰

寡人傳國焉

悶然而後應

汜而若辭

寡人醜乎 卒授之國.

無幾何也 去寡人而行.

寡人卹 [27] 焉 若有亡也.

若無與樂是國也.

是何人者也.

仲尼曰

丘也嘗使於楚矣

適見豘 [28] 子

食於其死母者.

少焉瞬若

皆棄之而走.

不見己焉爾

27_ 卹(휼)＝가엾게 여기다.
28_ 豘(돈)＝豚豕也.

동류의 체온을 못 느꼈기 때문일 것입니다.

새끼들이 어미를 사랑한 것은 육체가 아니라

그 육체를 부렸던 덕(기능)을 사랑한 것입니다.

전장에서 죽으면 장사 지낼 때

무武를 상징하는 운삽雲翣을 쓰지 않습니다.

발꿈치가 잘린 자에게 신발은 아낌을 받지 못합니다.

모두 그것의 근본이 없어졌기 때문입니다.

천자天子를 모시는 시녀가 되면

손톱을 다듬지 않고 귀를 뚫지 않습니다.

처를 얻은 자는 외근을 중지하고

공역을 시키지 않습니다.

이처럼 육체가 온전하면 오히려 족히 이처럼 하거늘

하물며 덕이 온전한 사람이야 어떻겠습니까?

지금 애태타는 말도 없이 신뢰를 받고

아무런 공도 없이 사랑을 받았으며

남이 나라를 주면서도

받지 않을까 걱정할 정도라 하니

그는 반드시 온전한 재능을 가졌으면서도

그 덕을 드러내지 않는 자일 것입니다."

不得類焉爾.

所愛其母者 非愛其形也

愛使[29] 其形者也.

戰而死者 其人之葬也

不以翣[30] 資.

刖者之屨 無爲愛之.

皆無其本矣.

爲天子之諸御

不爪翦 不穿耳.

取妻者 止於外

不得復使.

形全猶足以爲爾

而況全德之人乎.

今哀駘它 未言而信

無功而親

使人授己國

唯恐其不受也.

是必才全

而德不形[31] 者也.

29_ 使(사)＝使役也.

30_ 翣(삽)＝棺羽飾也, 武飾也.

31_ 形(형)＝容色也, 見也.

5-5

애공이 물었다.

"무엇을 일러 재주가 온전하다고 합니까?"

공자가 답했다.

"죽음과 삶, 흥하고 망함,

곤궁과 영달, 가난과 부함,

어진 자와 불초한 자, 명예와 오욕,

배고프고 목마르고, 춥고 더운 것,

이것들은 사물의 변화요, 천명의 운행입니다.

밤낮으로 우리 눈앞에서 서로 갈마들지만

인간의 지혜로는 그 비롯됨을 규제할 수 없습니다.

그러므로 이것으로 화평을 어지럽힐 수 없고

영혼에 들어갈 수도 없습니다.

화평하고 즐거운 기운을 소통하게 하여

기쁜 마음을 잃지 않고

밤낮으로 틈이 벌어지지 않도록 하면

만물과 더불어 화평한 봄이 됩니다.

이것이야말로 생명의 시간을 마음에 모이게 하는 것입니다.

이를 일러 타고난 재능을 온전히 한다고 말합니다."

"무엇을 일러 덕이 드러나지 않는다고 합니까?"

공자가 답했다.

"수평기水平器는 물이 정지하여 바른 것입니다.

哀公曰

何謂才全.

仲尼曰

死生存亡

窮達貧富

賢與不肖 毀譽

飢渴寒暑

是事之變. 命之行也

日夜相代乎前.

而知不能規乎其始者也.

故不足以滑[32] 和

不可入於靈府.

使之和豫通

而不失於兌.

使日夜無郤[33]

而與物爲春.

是接[34]以生時於心者也.

是之謂才全.

何謂德不形.

曰

平者水停之盛[35]也

32_ 滑(골)＝亂也, (활)＝미끄럽다.
33_ 郤(극)＝間隔, 怨隙.
34_ 接(접)＝교제하다, 近也, 會也, 持也, 受也.
35_ 盛(성)＝正也.

이처럼 진실로 법으로 삼을 수 있으려면   其可以爲法也

안으로 보전하고 밖으로 흔들리지 않아야 합니다.   內保之而外不蕩[36]也.

덕이란 화평을 이루는 수양입니다.   德者成和之修也.

덕이 드러나지 않는 자는 만물이 이탈할 수 없습니다."   德不形者 物不能離也.

애공이 훗날 공자와 문답한 일을 민자閔子에게 고했다.   哀公異日以告閔子 曰

"처음에 내가 천하의 군주가 되었을 때는   始也 吾以南面而君天下.

백성의 기강을 지키고   執民之紀

그들의 죽음을 걱정하는 것으로   而憂其死.

나 스스로 지극히 통달했다고 생각했었소.   吾自以爲至通矣.

이제 지인至人의 말을 듣고 나니   今吾聞至人之言

내가 실질이 없었음을 알고 두려웠소.   恐吾無其實.

내 몸을 경솔히 행동하여 나라를 망칠 뻔했소.   輕用吾身 而亡其國.

나와 공자는 군신의 사이가 아니라   吾與孔丘 非君臣也

덕으로 사귄 벗이라오."   德友而已矣.

5-6

절름발이요, 꼽추요, 언청이인 자가   闉[37] 跂[38] 支離無脤[39]

위나라 영공靈公에게 유세했다.   說衛靈公.

영공은 그에게 설복되었다.   靈公說之.

그 후부터 온전한 사람을 보면   而視全人

목덜미가 야위고 가냘프게 보였다.   其脰[40] 肩肩.[41]

36_ 蕩(탕)=動也.
37_ 闉(인)=曲也.
38_ 跂(기)=企也.
39_ 脤(신)=脣也.

커다란 혹쟁이가 제나라 환공桓公에게 유세했다.
환공은 그에게 설복되었다.
그 후부터 온전한 사람을 보면
목덜미가 야위고 가냘프게 보였다.
그러므로 덕은 오래가고
형체는 잊히기 쉬운 것이다.
그러나 사람들은 잊어야 할 것은 잊지 않고
잊지 말아야 할 것은 잊는다.
이를 일러 진짜 건망증이라 한다.
그러므로 성인은 이러한 속박이 없는 자연에 노닌다.
그러나 지혜는 근심하게 하고
극기克己 약신約身은 새끼로 묶는 것이고
인의의 덕은 교제하기 위함이고
교묘히 꾸미는 것은 장사하기 위함이다.
그러나 성인은 꾀하지 않으니 지혜를 어디다 쓰며
쪼개어 갈라놓지 않으니 새끼줄을 어디다 쓰며
잃음이 없으니 덕을 어디다 쓰며
사고팔지 않으니 장사꾼을 어디다 쓸 것인가?

甕㿻⁴²⁾大癭⁴³⁾說齊桓公.
桓公說之
而視全人
其脰肩肩.
故德有所長
而形有所亡忘
人不忘其所忘
而忘其所不忘.
此謂誠忘.
故聖人有所遊.⁴⁴⁾
而知爲孼.⁴⁵⁾
約⁴⁶⁾爲膠.⁴⁷⁾
德爲接.
工⁴⁸⁾爲商.
聖人不謀 惡用知.
不斲⁴⁹⁾惡用膠.
無喪 惡用德.
不貨⁵⁰⁾惡用商.

40_ 脰(두)＝목줄기.
41_ 肩肩(견견)＝羸小貌.
42_ 㿻(앙)＝큰 혹부리.
43_ 癭(영)＝頭瘤也.
44_ 遊(유)＝無束縛也.
45_ 孼(얼)＝憂, 災, 病也.
46_ 約(약)＝克己를 뜻함.
47_ 膠(교)＝糾也.
48_ 工(공)＝巧飾也.
49_ 斲(착)＝斫也.

이 네 가지는 하늘의 양생養生이다.   四者天鬻⁵¹⁾也.

하늘의 양생이란 자연이 먹여주는 것이다.   天鬻者 天食也.

이미 자연에서 먹을 것을 받았으니   旣受食於天

어찌 또다시 인군人君이 필요할 것인가?   又惡用人.⁵²⁾

5-7

사람은 천품인 형기는 있으나   有人之形

시비의 감정은 없다.   無人之情.⁵³⁾

사람은 형기가 있으므로 남들과 무리 짓고   有人之形 故群於人.

감정이 없으므로   無人之情

몸에 시비가 붙지 않는다.   故非是非不得於身.

작은 눈으로 보면 작구나!   眇⁵⁴⁾乎小哉

사람들과 속해 있기 때문이요,   所以屬於人也.

호방한 것으로 보면 크구나!   警⁵⁵⁾乎大哉

홀로 하늘을 이루었기 때문이다.   獨成其天.

혜자가 장자에게 물었다.   惠子謂莊子曰

"그렇다면 본래 사람은 감정이 없는 것인가?"   人故無情乎.

장자가 답했다. "그렇네."   莊子曰 然.

혜자가 물었다.   惠子曰

50_ 貨(화)=賣也.
51_ 鬻(죽)=미음, (육)=賣也, 養也, 生也.
52_ 人(인)=人君(人多技巧 : 老子), 仁也.
53_ 情(정)=爭訟之辭, 私意也.
54_ 眇(묘)=小目, 細視, 微末也.
55_ 警(오)=放也, 志遠大貌.

"사람이 정이 없다면 어떻게 사람이라 부를 수 있을까?"　　　人而無情 何以謂之人.

장자는 답했다.　　　莊子曰

"도_道는 그에게 용모(貌)를 주었고,　　　道與之貌

하늘은 그에게 형체(形)를 주었네.[56]　　　天與之形

어찌 그를 인간이라 부를 수 없겠는가?"　　　惡得不謂之人.

혜자가 물었다.　　　惠子曰

"이미 인간이라고 부른다면　　　旣謂之人

어찌 정이 없다고 하겠는가?"　　　惡得無情.

장자가 답했다.　　　莊子曰

"내가 말하는 정이란 옳다 그르다 하는 분별을 말하네.　　　是非吾所謂情也.

내가 정이 없다고 말한 것은　　　吾所謂無情者

사람이 좋고 싫은 마음으로 그 몸을 상하지 않는 것이네.　　　言人之不以好惡內傷其身.

즉 항상 자연에 맡기고　　　常因自然

삶을 더 보태지 않는 것을 말한 것이네."　　　而不益生也.

혜자가 물었다.　　　惠子曰

"삶을 덧붙이지 않고 어떻게 몸을 지탱할 수 있겠는가?"　　　不益生 何以有其身.

장자가 답했다.　　　莊子曰

"도는 모습을 부여했고　　　道與之貌

자연은 형체를 부여했으니　　　天與之形.

좋고 싫은 마음으로　　　無以好惡

그 몸을 안에서 상하게 하지 말아야 하네.　　　內傷其身

지금 그대는 정신을 소외시키고　　　今子外乎子之神

정기를 수고롭게 하여　　　勞乎子之精

56_ 용모(貌)를 준 道는 플라톤의 이데아(形相)와 비슷하며, 형체(形)는 아리스토텔레스의 질료(形體)와 비슷한 개념이다.

나무에 기대어 읊조리고   倚樹而吟
마른 오동나무에 기대어 졸고 있네.   據枯梧而瞑
자연이 그대의 몸을 선택했는데   天選子之形
그대는 단단하다느니 희다느니 지저귀고 있구려!"   子以堅白鳴.

大宗師

小目

6-1 마음으로 도를 버리지 않고, 人爲로 하늘을 돕지 않는다.

6-2 하늘의 때는 어진 것이 아니다. 利害를 통합하지 못하는 자는 군자가 아니다.

6-3 법으로 몸을 위한다는 것은 죽일 자를 풀어주는 것이다.

6-4 대자연은 나에게 육체를 주어 짊어지게 하고, 나에게 생명을 주어 수고롭게 하고, 죽음을 주어 쉬게 한다.

6-5 道는 情이 있고 믿음이 있으나, 다스림도 없고 형체도 없어 스스로 근본이요, 스스로 뿌리다. 귀신과 天帝를 신령스럽게 하고, 천지를 낳았다.

6-6 나는 그에게 오직 스스로를 지키라고 가르쳐준 것뿐인데, 사흘이 지나자 천하를 버릴 수 있었소.

6-7 만물은 보내지 않을 수 없고 맞이하지 않을 수 없으며, 파괴하지 않음이 없고 이루지 않음이 없소. 그 이름을 '혼돈의 안정'이라고 하오.

6-8 태어남은 꿈이요, 죽음은 깨어남이거늘!

6-9 물고기는 물을 따라 태어났고, 사람은 도를 따라 태어났다. 그러므로 물고기는 강호를 잊고 사람은 도술을 잊는다. '자연의 소인'을 사람들은 '군자'라 하지만 '사람의 군자'는 '자연의 소인'일 뿐이다.

6-10 겉모습을 나라고 말하는 것일 뿐, 내가 말하는 것이 정말 나인지 어찌 알겠는가? 지금 말하고 있는 내가 깨어난 것인지 꿈꾸는 것인지 모르겠다.

6-11 요임금이 이미 너에게 仁義로써 먹물 뜨는 형벌을 주었고, 시비로써 코 베는 형벌을 내렸다. 네 어찌 대우주자연의 변화를 따라 뛰노는 道에 노닐겠느냐?

6-12 형체를 떠나 지혜를 버리고 큰 洞徹함에 대동함을 일러 '좌망'이라 합니다.

6-13 天地가 어찌 사사로이 나를 가난하게 하겠는가? 이 지경에 이르게 한 것은 운명이겠지!

제6장. 大宗師대종사

6-1

천天(自然)이 하는 일을 알고	知天之所爲
사람이 하는 일을 알면 지극하다.	知人之所爲者 至矣
하늘이 하는 일을 아는 것은	知天之所爲者
천天으로 살아가는 것이며,	天而生之
사람의 하는 일을 아는 것은	知人之所爲者
그 지혜로써 아는 것이므로	以其知之所知
그 지혜가 알지 못하는 것을 취하여	以養[1] 其知之所不知
천수를 마치고 중도에 요절하지 않는 것이다.	終其天年 而不中道夭者
이것이 지혜의 성대함이다.	是知之盛也
그렇지만 아직 근심은 남는다.	雖然有患
대저 지식은 대상이 있어야 합당한 것인데	夫知有所待[2]而後當
그 대상은 줄곧 일정하지 않기 때문이다.	其所待者 特未定也
내가 말하는 천天(自然)이 인人(人爲)이 아님을 어찌 알고	庸詎[3]知 吾所謂天之非人乎
내가 말하는 인이 천이 아님을 어찌 알겠는가?	所謂人之非天乎

1_養(양)=取也.
2_待(대)=對境.
3_庸詎(용거)=어떻게.

그러므로 진인眞人이 있고

후에야 진지眞知가 있을 수 있는 것이다.

누구를 진인이라 하는가?

옛 진인은 적은 것을 거역하지 않고

성공을 뛰어나다 하지 않고 병사를 꾀하지 않았다.

그런 사람은 과오가 있어도 탓하지 않고

합당해도 의기양양하지 않는다.

그런 사람은 높은 곳에 올라도 떨지 않고

물에 들어가도 젖지 않고, 불에 들어가도 타지 않는다.

이처럼 지혜가 도의 경지에 이르면 이와 같은 것이다.

옛 진인은

잠에서 꿈을 꾸지 않고, 깨어나도 근심이 없고,

먹어도 달지 않고, 숨소리는 깊고 고요하다.

진인은 발꿈치로 숨을 쉬지만

사람들은 목구멍으로 숨을 쉬기 때문이다.

세속에 굴복한 자는 웃음 띤 말이 아첨하는 것 같고

욕심은 깊고, 타고난 기틀이 얕다.

옛 진인들은

생을 즐거워할 줄도 몰랐고, 죽음을 싫어할 줄도 몰랐다.

태어남을 좋아하지도 않고, 죽음을 거부하지도 않는다.

且⁴⁾有眞人

而後有眞知

何謂眞人

古之眞人不逆寡

不雄成 不謨⁵⁾士

若然者 過而弗悔

當而不自得也

若然者 登高不慄

入水不濡 入火不熱

是知之能登假⁶⁾於道也 若此

古之眞人

其寢不夢 其覺無憂

其食不甘 其息深深

眞人之息以踵

衆人之息以喉

屈服者其嗌⁷⁾言若哇⁸⁾

其嗜慾深者 其天機淺

古之眞人

不知悅生 不知惡死.

其出不訢⁹⁾ 其入不拒.

4_ 且(차)=發語詞.

5_ 謨(모)=謀也.

6_ 假(가)=非眞也, 借也, 易也, (하)=遐也, (격)=至也.

7_ 嗌(익)=笑也.

8_ 哇(왜)=詔也.

9_ 訢(흔)=喜也.

홀연히 가고	儵[10]然而往
홀연히 올 뿐이다.	儵然而來而已矣.
시작을 꺼리지도 않고	不忘[11]其所始
끝마치는 것을 탓하지도 않는다.	不求[12]其所終.
받으면 기뻐하고 잃으면 제자리로 돌아간다.	受而喜之 忘而復之.
이것을 일러 마음으로 도를 버리지 않고	是之謂不以心捐[13]道
인위로 하늘을 돕지 않는 것이라고 말한다.	不以人助天.
이들을 진인이라 한다.	是之謂眞人.
그런 사람의 마음은 비었고	若然者 其心志[14]
얼굴은 고요하고, 이마는 너그럽다.	其容寂 其顙頯[15]
시원하기가 가을 같고 따뜻하기가 봄날 같으며	淒然似秋 煖然似春
희로가 사계절에 통하고	喜怒通四時
만물과 더불어 마땅하니 그 깊이를 알 수 없다.	與物有宜 而莫知其極.

함께 읽기

- 장자/내편/대종사大宗師 6-6 : 已外生矣. 而後能見獨 而後能無古今. 而後能入於不死不生.
- 장자/외편/재유在宥 11-5 : 愼守女身 物將自壯.
- 장자/외편/지락至樂 18-1 : 天下有至樂無有哉 有可以活身者無有哉.
- 장자/외편/산목山木 20-9 : 無始而非卒也 人與天一也. 聖人晏然體逝而終矣.
- 노자老子/55장 : 益生曰祥 心使氣曰强.
- 열자列子/양주楊朱 : 理無不死 理無久生 且久生奚爲.
- 여씨춘추呂氏春秋/권2/중춘기仲春紀/귀생貴生 : 全生爲上 迫生爲下. 迫生不若死.

10_ 儵(숙)=忽也.
11_ 忘(망)=忌의 誤.
12_ 求(구)=貪也, 責也.
13_ 捐(연)=廢也, 棄也.
14_ 志(지)=忘의 誤.
15_ 顙(규)=大朴貌.

6-2

그러므로 훌륭한 군왕(聖人)의 용병은   故聖人之用兵也

나라를 잃을지언정 인심을 잃지 않으며,   亡國而不失人心.

이익과 은택을 만물에 베풀지만   利澤施於萬物

남을 사랑했다고 하지 않는다.   不爲愛人.

그러므로 부귀 명성 등 외물을 좇기 좋아하는 자는   故樂通[16] 物

성인이 아니다.   非聖人也.

친척을 친애함은 어짊이 아니며   有[17]親 非仁也.

하늘의 때는 어진 것이 아니다.   天時 非賢也.

이해利害 를 통합하지 못하는 자는 군자가 아니다.   利害不通 非君子也.

명예를 위해 자기를 잃는 것은 선비가 아니다.   行名失己 非士也.

몸을 망치고 참된 나를 보존하지 못한 자는   亡身不眞[18]

남을 부리는 자가 아니다.   非役人也.

예컨대 호불해, 무광, 백이, 숙제,   若狐不偕 務光 伯夷 叔齊

기자, 서여, 기타, 신도적 등은   箕子 胥餘 紀他 申徒狄

남이 부리는 대로 부림을 당한 자들이다.   是役人之役.

남이 가는 대로 갔으니   適人之適

자기가 갈 곳을 간 것이 아니다.   而不自適其適者也.

옛 진인은 그 모습은 의롭지만 붕당을 짓지 않는다.   古之眞人 其狀義而不朋

부족한 듯하지만 윗사람을 받들지 않으며   若不足 而不承[19]

독립 불군不群 의 모난 사람과 같지만 완고하지 않으며   與乎其觚[20] 而不堅也

16_ 通(통)=達也, 順也, 亨也.

17_ 有(유)=當也, 相親也, 爲也.

18_ 不眞(부진)↔保眞

19_ 承(승)=받들다.

20_ 觚(고)=모난 술잔, 特立不群也.

마음을 크게 하지만 부화하지 않는다.

밝고 맞갖은 모습이여! 즐거운 것 같다.

높은 산 같음이여! 그침이 없음이여!

크게 성난 모습이여! 나의 신색을 정진케 하는구나.

벗처럼 허락하니 나의 덕을 머물게 한다.

친근함이여! 진실로 세상과 같이한다.

우원함이여! 진실로 제약할 수 없도다.

유장함이여! 한가함을 좋아하는 것 같다.

무심함이여! 말을 잊은 듯하다.

張乎其虛 [21] 而不華也

邴邴 [22] 乎 其似喜也

崔 [23] 乎 其不得已乎

滀 [24] 乎 進 [25] 我色也.

與 [26] 乎 止我德也

厲 [27] 乎 其似世 [28] 乎

警 [29] 乎 其未可制也.

連 [30] 乎 其似好閉 [31] 也

悗 [32] 乎 忘其言也.

함께 읽기

• 장자/외편/천지天地 12-2 : 無爲爲之之天.

• 노자老子/5장 : 天地不仁 以萬物爲芻狗.

• 노자老子/51장 : 道生之 德畜之.

21_ 虛(허)＝心也.

22_ 邴(병)＝맞갖다. 暢然和適貌.

23_ 崔(최)＝大高也, 動貌.

24_ 滀(축)＝大怒貌. 聚(취)로 읽기도 함.

25_ 進(진)＝自勉強也.

26_ 與(여)＝相接意.

27_ 厲(려)＝近也. 崔本은 廣.

28_ 世(세)＝泰의 借字로 읽기도 함.

29_ 警(오)＝오만하다, 高遠貌.

30_ 連(련)＝綿長貌.

31_ 閉(폐)＝閑의 錯簡. 閑暇.

32_ 悗(문)＝無心貌.

6-3

옛 진인은 법으로 몸을 위하고, 예로 신하를 위하고,

지혜로 때를 위하고, 덕으로 따르는 자를 위한다.

법으로 몸을 위한다는 것은

죽일 자를 풀어주는 것이요,

예로써 신하를 위한다는 것은

세상을 받들게 하는 수단이요,

지혜로 때를 살핀다는 것은

일을 놓치지 않으려는 것이요,

덕으로 따르는 자를 위한다는 것은

넉넉한 자를 따라

고을에 모여들게 함을 말한다.

그래서 남들은 무위無爲 한 진인을

부지런히 행하는 자라고 생각한다.

그러므로 좋아하는 것도 한결같고,

좋아하지 않는 것도 한결같다.

일치되는 것도 한결같고, 일치되지 않는 것도 한결같다.

일치되는 것은 자연과 더불어 무리가 되는 것이요,

以³³⁾刑爲體 以禮爲翼³⁴⁾

以知爲時³⁵⁾ 以德爲循.³⁶⁾

以刑爲體者

綽³⁷⁾乎其殺也.

以禮爲翼者

所以行³⁸⁾於世也.

以知爲時者

不得已³⁹⁾於事也.

以德爲循者.

言其與有足者

至於丘⁴⁰⁾也.

而人眞

以爲勤行者也.

故其好之也一

其不好之也一.

其一也一 其不一也一.

其一與天爲徒.

33_ 以(이)=使也.
34_ 翼(익)=佐也.
35_ 時(시)=伺(察, 侯望).
36_ 循(순)=遵也, 隨也.
37_ 綽(작)=너그러울. 仁於施舍也(寬兮綽兮 : 詩經/衛風/淇奧).
    안동림의 현암사판은 "여유 있게 죄인을 죽인다"로 오역하고 있다.
38_ 行(행)=奉也.
39_ 已(이)=止也, 畢也, 黜棄也, 過也.
40_ 丘(구)=행정구역의 단위. 四井爲邑 四邑爲丘(漢書/刑法志).

일치되지 않는 것은 사람과 더불어 무리가 되는 것이다.　　　　其不一與人爲徒.

자연과 사람이 서로를 이기려 하지 않아야만　　　　　　　天與人不相勝也.

이를 일러 진인이라 한다.　　　　　　　　　　　　　　是謂眞人.

◎ 함께 읽기 ◎

• 노자老子 / 53장 : 行於大道 唯施是畏(無爲自然＝묶인 자의 해방).

6-4

사생死生은 자연의 명령이며　　　　　　　　　　　　死生命也

저녁 아침은 자연의 상도常道다.　　　　　　　　　　其有夜旦之常

이처럼 사람이 간여할 수 없는 것이 있으니　　　　　人之有所不得與

모두가 만물의 실존이다.　　　　　　　　　　　　皆物之情也.

저들은 특별히 하늘을 아비로 여겨　　　　　　　　彼特[41]以天爲父

몸처럼 사랑하거늘　　　　　　　　　　　　　　而身猶愛之

하물며 그보다 탁월한 도를 사랑하지 않으랴?　　　而況其卓[42]乎

사람들은 줄곧 군주를 자기보다 높다고 여겨　　　　人特以有君爲愈乎己

몸을 바쳐 죽기도 하거늘　　　　　　　　　　　以身猶死之

하물며 그보다 참된 도를 사랑하지 않으랴?　　　而況其眞乎

샘물이 말라 고기들이 다 같이 육지로 나가　　　泉涸 魚相與處於陸

서로 숨을 불어주고 물거품으로 적셔주는 것은　　相呴[43]以濕 相濡以沫.

강과 바다에서 서로 잊고 모른 척하는 것만 못할 것이다.　不如相忘於江湖.

41_ 特(특)＝獨也, 一也.
42_ 卓(탁)＝天보다 높은 것은 道이다.
43_ 呴(구)＝숨을 내쉬다.

요임금을 기리고 걸왕을 비난하는 것은

둘 다 잊고 자연의 도로 교화하는 것만 못할 것이다.

대자연은 나에게 육체를 주어 짊어지게 하고

나에게 생명을 주어 수고롭게 하고

나에게 죽음을 주어 쉬게 한다.

그러므로 나의 삶을 좋다고 하는 것처럼

나의 죽음도 좋다고 한다.

배를 골짜기에 감추고, 그물을 못에 감추고

그것으로 안전하다고 말한다.

그러나 한밤중에 힘 있는 자가 훔쳐 달아나 버릴 줄은

어리석은 자는 알 리 없다.

크고 작은 것을 감추는 것이 좋은 방법이라지만

오히려 달아날 곳이 있다.

만약 천하를 그 천하 속에 감춘다면

훔쳐 달아날 데가 없을 것이다.

이것이 항구적인 사물의 큰 이치인 것이다.[46]

유독 인간의 형체를 주조한 것을 기뻐하는데,

사람의 형체란 만 가지로 변화하여

시작도 끝도 없는 것이니,

그것을 즐거워하는 것이 좋은 생각일까?

與其譽堯而非桀也

不如兩忘 而化其道.

夫大塊[44] 載我以形

勞我以生

息我以死.

故善吾生者

乃所以善吾死也.

夫藏舟於壑 藏山[45] 於澤

謂之固矣.

然而夜半有力者 負之而走

昧者不知也.

藏大小有宜

猶有所遯.

若夫藏天下於天下

而不得所遯.

是恒物之大情[47] 也.

特犯[48] 人之形 而猶喜之.

若[49] 人之形者萬化

而未始有極也.

其爲樂可勝計[50] 邪.

44_ 大塊(대괴)＝大地→自然.
45_ 山(산)＝汕(魚梁).
46_ 이상 몸을 숨기는 법은 「胠篋」편의 일부가 끼어든 것임.
47_ 情(정)＝理也, 實也.
48_ 犯(범)＝范(鑄作器用)의 錯簡.
49_ 若(약)＝代詞로서 其의 뜻.
50_ 計(계)＝慮也.

그러므로 성인은	故聖人
만물을 훔쳐 달아날 수 없는 천하에 노닐어	將遊於物之所不得遯[51]
모두를 보존케 하며,	而皆存.[52]
요절도 늙음도 좋게 하며, 시작도 끝도 다 좋게 한다.	善夭善老 善始善終
사람들은 오히려 성인을 본받으려 하는데	人猶效之.
하물며 만물이 매여 있고	又況萬物之所係
한결같은 조화의 의지처인 도를 본받지 않겠는가?	而一化之所待乎.

6-5

무릇 도道 는 정情 이 있고 믿음이 있으나	夫道有情有信
다스림도 없고 형체도 없어	無爲無形
전할 수는 있으나 받을 수는 없으며	可傳而不可受
체득할 수는 있으나 볼 수는 없는	可得而不可見.
스스로 근본이요, 스스로 뿌리다.	自本自根
천지가 있기 전에 옛날부터 이미 존재하여	未有天地 自古以固[53] 存.
귀신과 천제天帝 를 신령스럽게 하고, 천지를 낳았다.	神鬼神帝 生天生地
태극보다 먼저 있었으나 높다고 하지 않고	在太極之先 而不爲高
육극의 아래에 있으나 깊다고 하지 않으며	在六極[54] 之下 而不爲深
천지보다 먼저 살았으나 장구하다고 하지 않으며	先天地生而不爲久
상고上古 보다도 오래되었지만 늙었다고 하지 않는다.	長於上古而不爲老.
희위씨는 이를 얻어 천지를 열었고,	狶韋[55] 氏得之 而挈[56] 天地.

51_ 遯(둔)=앞의 藏天下於天下를 말함.
52_ 存(존)=生 安也, 保其終也.
53_ 固(고)=已然., 當然.
54_ 六極(육극)=六合(四方上下).

복희씨는 그것을 얻어   伏戲⁵⁷⁾氏得之

기氣의 어미인 음양을 조화롭게 했다.   而襲⁵⁸⁾氣母.

벼리인 북두성은 이것을 얻어   維斗得之

태고부터 끝내 어긋나지 않는다.   終古不忒.

해와 달은 이것을 얻어 태고부터 끝내 쉬지 않는다.   日月得之 終古不息.

산신 감배堪坏는 이것을 얻어 곤륜산을 거기 있게 했고,   堪坏得之 以襲⁵⁹⁾崑崙.

수신 풍이馮夷는 이것을 얻어 큰 냇물을 흐르게 했으며,   馮夷得之 以游大川.

태산의 신 견오肩吾는 이것을 얻어 큰 산을 안정케 했으며,   肩吾得之 以處大山.

황제 헌원軒轅씨는 이것을 얻어 구름과 하늘에 오르며,   黃帝得之 以登雲天.

전욱 고양高揚씨는 이것을 얻어 현궁에 거처했으며,   顓頊得之 以處玄宮.

북해의 신 우강禺强은 이것을 얻어 북극을 세웠고,   禺强得之 立乎北極.

선녀 서왕모西王母는 이것을 얻어 소광산의 주석이 되어   西王母得之 坐乎少廣.

시작도 끝남도 모른다.   莫知其始 莫知其終

팽조는 이것을 얻어   彭祖得之

순임금부터 오패五覇까지 팔백 년을 살았다.   上及有虞⁶⁰⁾ 下及五伯.⁶¹⁾

부열傅說은 이것을 얻어   傅說得之

은나라 무정의 재상이 되어 천하를 편안케 했고,   以相武丁 奄⁶²⁾有天下

동유와 기미를 타고   乘東維 騎箕尾

별들의 무리에 끼었다.   而比於列星

55_ 狶韋(희위)=고대 전설의 제왕. 豕韋(시위)로도 씀.
56_ 挈(설)=開也.
57_ 伏戲(복희)= 伏羲.
58_ 襲(습)=和合也. 習과 同.
59_ 襲(습)=繼也.
60_ 有虞(유우)=舜代.
61_ 五伯(오백)=周代.
62_ 奄(엄)=覆也, 撫也, 安也.

- 장자/외편/선성繕性 16-1 : 夫德和也 道理也. 德無不容仁也. 道無不理義也.
- 장자/외편/달생達生 19-9 : 問 蹈水有道乎. 曰 吾無道. 從水之道 而不爲私焉.
- 장자/외편/지북유知北遊 22-9 : 調而應之德也. 偶而應之道也.
- 장자/외편/지북유知北遊 22-11 : 問曰 所謂道惡乎在. 莊子曰 無所不在 在螻蟻瓦甓屎溺.
- 주역周易/계사繫辭 : 一陰一陽之謂道.
- 노자老子/25장 : 人法地 地法天 天法道 道法自然.
- 노자老子/42장 : 道生一 一生二 二生三 三生萬物.
- 노자老子/51장 : 道生之 德畜之. 道之尊而德之貴 夫莫之命 而常自然.
- 노자老子/60장 : 以道莅天下 其鬼不神 非其鬼不神 其神不傷人.
- 열자列子/중니仲尼 : 無所由而常生者 道也. 有所由而常死者 亦道也.
- 한비자韓非子/해로解老 : 道者 萬物之所然也 萬理之所稽也. 理者 成物之文也 道者萬物之所以成也.
　　　　　　故曰 道 理之者也.
- 회남자淮南子/원도훈原道訓 : 道分而爲陰陽 陰陽合化而萬物生.

6-6

남백자규子葵 가 여왜女媧 선인에게 물었다.	南伯子葵 問乎女偊[63] 曰
"당신은 나이가 많은데	子之年長矣
얼굴이 어린아이 같으니 어쩐 일이오?"	而色若孺子 何也.
여왜가 답했다. "나는 도를 알기 때문이오."	曰 吾聞[64] 道矣.
자규는 물었다. "도를 배울 수 있소?"	葵曰 道可得學耶.
여왜가 답했다. "오! 어찌 가능하지 않겠소.	曰 惡[65] 惡可
다만 당신은 그럴 만한 사람이 아니오.	子非其人也.
복량의卜梁倚 는 성인의 재능은 있으나	夫卜梁倚 有聖人之才

63_ 女偊(여우)＝女媧氏. 女神.
64_ 聞(문)＝知也.
65_ 惡(오)＝감탄사. 何也.

성인의 도가 없었소. 　　　　　　　而無聖人之道.

나는 성인의 도는 있으나 　　　　　　我有聖人之道

성인의 재능은 없었소. 　　　　　　　而無聖人之才.

내가 그를 가르치려 한 것은 　　　　　吾欲以敎之

성인이 될 기미가 있었기 때문이오. 　庶幾其果爲聖人乎

꼭 그렇지는 않지만 성인의 도를 　　　不然 以聖人之道

성인 될 재목에게 전하는 것은 쉬운 일이오. 　告聖人之才 亦易矣.

나는 그에게 오직 스스로를 지키라고 가르쳐준 것뿐인데 　吾猶守⁶⁶⁾而⁶⁷⁾告之

사흘이 지나자 천하를 버릴 수 있었소. 　三日 而後能外⁶⁸⁾天下

이미 천하를 버린 이후에 　　　　　　已外天下矣

나는 또 스스로를 지키도록 했더니 　　吾又守之

이레가 지나자 외물을 잊어버릴 수 있었소. 　七日 而後能外物.

이미 외물을 잊어버렸으므로 나는 더욱 지키도록 했더니 　已外物矣 吾又守之

아흐레가 지나자 이제는 삶을 잊어버렸소. 　九日 而後能外生.

삶을 놓아버리자 그 후로는 눈부시게 통달해 갔소. 　已外生矣 而後能朝徹.⁶⁹⁾

통달한 이후로는 능히 자주독립할 수 있었고 　朝徹而後能見獨.⁷⁰⁾

자주독립하니까 능히 고금이 없어졌고 　見獨而後能無古今.

고금이 없어지니까 　　　　　　　　無古今而後

능히 죽음도 삶도 없는 경지에 도달했소." 　能入於不死不生.

66_ 守(수)＝持不惑也.
67_ 而(이)＝汝也.
68_ 外(외)＝棄也, 遺(忘失)也.
69_ 徹(철)＝明也, 通達.
70_ 獨(독)＝自專也.

- 장자/내편/대종사大宗師 6-1 : 不知悅生 不知惡死.
- 장자/외편/재유在宥 11-5 : 愼守女身 物將自壯.
- 장자/외편/산목山木 20-9 : 無始而非卒也 人與天一也 聖人晏然體逝而終矣.

6-7

(여왜의 말) "생기生氣를 죽이려 하면(초월자) 죽지 않고	殺生者不死
살리려고 하면(집착자) 살지 못하오.	生生者不生.
만물이란 보내지 않을 수 없고	爲物 無不將[71]也
맞이하지 않을 수 없으며	無不迎也.
파괴하지 않음이 없고 이루지 않음이 없소.	無不毀也 無不成也.
그 이름을 '혼돈의 안정'이라고 하오.	其名爲攖[72]寧.
'혼돈의 안정'이란 혼돈 이후에 이루어진다는 뜻이오."[73]	攖寧也者 攖而後成[74]者也.
자규가 말했다. "당신은 어디서 그런 말을 들었습니까?"	南伯子葵曰 子獨惡乎聞之.
여왜가 답했다.	曰
"부묵副墨(문자 분석)의 아들에게서 들었소.	聞諸副墨[75]之子.
부묵의 아들은	副墨之子
낙송洛誦(줄줄이 암송함)의 손자에게서 들었고	聞諸洛[76]誦之孫.
낙송의 손자는 첨명瞻明(밝게 봄)에게서 들었으며	洛誦之孫 聞諸瞻明.
첨명은 섭허聶許(소곤거림)에게서 들었고	瞻明 聞之聶許.

71_ 將(장)＝送也.
72_ 攖(영)＝迫也, 亂也, 纓也, 桔也. 여기서는 亂(渾沌)을 의미한다. 그러나 王先謙은 迫으로 解한다.
73_ 莊子는 名에 규정되는 것을 싫어하여 뜻을 알았으면 문자를 버리라고 한다.
　　그러므로 道를 표현하는 개념도 수없이 많다.
74_ 成(성)＝安民立政也.
75_ 墨(묵)＝知識, 文字, 먹줄에 맞음.
76_ 洛(락)＝잇닿다.

섭허는 수역需役(부지런쟁이)에게서 들었으며

수역은 오구於謳(노래쟁이)에게서 들었다고 하오.

또한 오구는 현명玄冥(암흑)에게서 들었고

현명은 참료參寥(공허)에게서 들었으며

참료는 의시疑始(비롯됨이 없음)에게서 들었다 하오."

聶許聞之需[77] 役[78]

需役聞之於[79] 謳.[80]

於謳聞之玄冥.

玄冥聞之參寥[81]

參寥聞之疑始.

6-8

자사子祀, 자여子輿, 자려子犁, 자래子來

네 사람이 서로 말했다.

"누가 무위無爲를 머리로 삼아

삶을 등골로 삼고, 죽음을 꼬리로 생각할까?

누가 생사존망이 한 몸인 것을 알까?

나는 그런 자와 벗이 되고 싶다."

네 사람은 서로를 보며 웃었다.

막역지심(거슬리지 않는 마음)이 되어

드디어 서로 벗이 되었다.

얼마 안 되어 자여는 병이 들어

문병을 온 자사에게 말했다.

"위대하구나! 조물주는!

子祀 子輿 子犁 子來

四人相與語 曰.

孰能以無爲首

以生爲脊[82] 以死爲尻.[83]

孰知生死存亡之一體者.

吾與之友矣.

四人相視而笑

莫逆之心

遂相與爲友.

俄而子輿有病

子祀往問之 曰.

偉哉 夫造物者

77_ 需(수)＝須.
78_ 役(역)＝行.
79_ 於(오)＝音烏.
80_ 謳(구)＝歌謠也.
81_ 參寥(참료)＝빈집에 사는 사람.
82_ 脊(척)＝등뼈.
83_ 尻(고)＝꼬리.

나에게 이러한 멍에를 메게 하다니."

곱사등이 불쑥 나오고, 오장은 위에 붙었고,

턱은 배꼽에 숨었고,

어깨는 머리보다 높고, 혹은 하늘을 가리켰다.

음양의 기가 어지러웠지만

마음은 한가로워 아무렇지도 않은 듯했다.

맨발로 비틀거리며 우물에 비치는 모습을 보고 말했다.

"아! 조물주는

나에게 이러한 멍에를 메게 하는구나!"

자사가 말했다. "그대는 그 모습이 싫은가?"

자여가 답했다. "아니! 내가 왜 싫어하겠는가?

점점 변하여 내 어깨가 닭이 된다면

나는 때를 맞추어 새벽을 알려주겠네.

점점 변하여 내 팔뚝이 화살이 된다면

나는 부엉이 구이를 맛볼 수 있겠군!

점점 변하여 내 꼬리뼈는 바퀴가 되고

정신은 말(馬)이 된다면,

나는 이것을 탈 것이니 어찌 별도로 탈것을 마련하겠나?

대저 얻는 것은 시절(時)이요,

잃는 것은 자연을 따르는 것이니

將以予爲此拘拘[84] 也.

曲僂發背 上有五管.[85]

頤隱於臍

肩高於頂 句贅[86] 指天.

陰陽之氣有沴[87]

其心閒而無事.

跰𨇤[88] 而鑑於井 曰.

嗟乎 夫造物者

又將以予爲此拘拘也.

子祀曰 子惡之乎.

曰 亡. 子何惡.

浸假而予之左肩以爲雞

予因以求時夜.[89]

浸假而予之右臂以爲彈

予因以求鴞炙.[90]

浸假而予之尻以爲輪

以神爲馬

子因以乘之 豈更駕哉.

且夫得者時也

失者順也.

84_ 拘拘(구구)＝不申也. 鞠와 통용.
85_ 五管(오관)＝五臟.
86_ 句贅(구췌)＝굽은 혹.
87_ 沴(려)＝陵亂也.
88_ 跰𨇤(변선)＝비틀거리는 맨발.
89_ 夜(야)＝새벽으로 解한다.
90_ 鴞炙(효자)＝부엉이를 굽다.

때에 맞춰 안존安存하고 순리에 처하면 安時而處順
슬픔과 즐거움이 들어올 수 없다네. 哀樂不能入也.
이것이 옛사람이 말한 목매단 밧줄에서 풀려나는 것인가? 此古之所謂縣解也.
스스로 해방되지 못하는 것은 사물에 묶였기 때문이네. 而不能自解者 物有結之.
또한 만물이 자연을 이기지 못하는 것은 영구한 진리이니 且夫物不勝天久矣.
내 어찌 싫어하겠는가?" 吾又何惡焉.
그런데 갑자기 자래가 병을 얻어 俄而子來有病
숨을 몰아쉬며 장차 죽게 되었다. 喘喘然 將死.
그 처자들은 그를 둘러싸고 울었다. 其妻子環[91]而泣之.
자려가 문병을 와서 꾸짖어 말했다. 子犁往問之 曰叱.[92]
"비켜라! 자연의 조화를 슬퍼하지 말라!" 避 无怛[93]化.
그는 창문에 기대어 병자에 말했다. 倚其戶與之語 曰.
"위대하다! 조물주는 또 자네를 무엇이 되게 할까? 偉哉 造物又將奚以汝爲
어디로 데려갈까? 將奚以汝適
자네를 쥐의 간으로 만들까? 以汝爲鼠肝乎
벌레의 팔뚝으로 만들까?" 以汝爲蟲臂乎
자래가 말했다. 子來曰
"부모는 자식에게 父母於子
동서남북 어디든지 따르도록 명령하네! 東西南北唯命之從.
사람에게 자연(음양)의 명령은 부모의 명령 정도가 아니네. 陰陽於人 不翅[94]於父母.
자연이 나에게 죽음에 가까이 오라는데 내가 듣지 않는다면 彼近吾死 而我不聽.
내가 불손한 것일 뿐 어찌 자연을 탓하겠나? 我則悍[95]矣 彼何罪焉.

91_ 環(환)＝둘러싸다.
92_ 叱(질)＝令也.
93_ 怛(달)＝슬퍼하다, 놀라다.
94_ 翅(시)＝날개, 다만 ㅁㅁ뿐 아니라.

천지는 나에게 형체를 주어 실어주고

삶을 주어 수고롭게 하며

늙음을 주어 편안케 하고

죽음을 주어 쉬게 하지.

그러므로 내 삶을 잘하는 것은

내 죽음을 잘하는 수단이라네.

지금 대장장이가 쇠를 녹이는데

쇠가 펄펄 뛰면서 말하기를

'나는 반드시 명검이 되겠다'고 한다면

대장장이는 반드시 상서롭지 못한 쇠라고 생각할 것이네.

지금 사람 형체의 거푸집이

'사람으로만 있겠다'라고 말한다면

조물주는

반드시 상서롭지 못한 사람이라고 말할 것이네.

지금 천지를 하나의 큰 용광로로 생각하고

조화옹을 대장장이로 생각한다면

어디로 간들 좋지 않겠는가?

육체가 태어남은 꿈이요,

죽음은 깨어남이거늘!"

夫大塊載我以形.

勞我以生

佚我以老

息我以死.

故善吾生者

乃所以善吾死也.

今之大冶鑄金

金踊躍 曰.

我必且爲鏌鋣.[96]

大冶必以爲不祥之金.

今犯[97] 人之形

而曰 人耳人耳.

夫造化者

必以爲不祥之人.

今一以天地爲大鑪

以造化爲大冶.

惡乎往而不可哉.

成然[98]寐

蘧然[99]覺.

95_ 悍(한)=사납다, 不順.

96_ 鏌鋣(막야)=名劍.

97_ 犯(범)=范(범=거푸집)의 錯簡.

98_ 成然(성연)=爲人.

99_ 蘧然(거연)=遽然=長逝.

6-9

자상호子桑戶, 맹자반孟子反, 자금장子琴張
세 사람이 벗이 되어 말했다.
"누가 능히 사귐이 없는 자를 사귀고
위함이 없는 자를 위할 수 있을까?
누가 하늘에 올라 안개 속을 노닐며 무극에 똬리를 틀고
삶을 잊은 채 끝남과 막힘이 없을까?"
세 사람은 서로를 보며 웃었다.
막역지심이 되어 서로 벗이 되었다.
한동안 아무 일 없이 지내다가 상호가 죽었다.
장사를 치르지 못했다는 소식을 공자가 듣고
자공子貢을 시켜 일을 돕게 했다.
자공이 가서 보니 어떤 자는 바둑을 두고 있고
어떤 자는 거문고를 두드리며
어울려 노래를 부르는 것이었다.
"오 상호여! 이미 그대는 참(眞)자네로 돌아갔거늘!
우리는 아직도 사람의 탈을 쓰고 있구려!"
자공은 종종걸음으로 나아가 말했다.
"감히 묻겠는데 시체 앞에서 노래하는 것이 예입니까?"
두 사람은 서로 돌아보고 웃으며 말했다.
"이런 자가 어찌 예의 뜻을 알겠는가?"
자공이 돌아와서 보고 들은 일을 고하면서 물었다.

子桑戶 孟子反 子琴張
三人相與友 曰.
孰能相與於無相與
相爲於無相爲.
孰能登天游霧 撓挑[100] 無極
相忘以生 無所終窮
三人相視而笑
莫逆之心 遂相與友.
莫然有間 而子桑戶死.
未葬 孔子聞之.
使子貢往侍事焉.
或編[101] 曲[102]
或鼓琴
相和而歌 曰.
嗟來 桑戶乎 而已反其眞
而我猶爲人猗.[103]
子貢趨而進 曰
敢問 臨尸而歌 禮乎.
二人相視而笑 曰
是惡知禮意
子貢反以告孔子 曰

100_ 撓挑(요도)=宛轉也.
101_ 編(편)=수놓다, 바둑판에 돌을 놓는 것.
102_ 曲(곡)=局也, 或說 蠶薄也.
103_ 猗(의)=감탄조사.

"저들은 어떤 사람들입니까?

수행이란 조금도 없으며 형색은 돌보지 않고

주검 앞에서 노래를 부르면서 안색도 변하지 않으니

무어라고 말할 수조차 없는 저들은 어떤 자들입니까?"

공자가 말했다.

"그들은 세상 밖을 노니는 사람들이고

나는 세상 안에서 노니는 사람이다.

안과 밖은 서로를 모르거늘

너에게 조문케 했으니 내 생각이 짧았다.

저들은 조물주를 군주로 삼고

천지의 한결같은 기氣 에서 노닌다.

저들은 삶을 혹이나 사마귀처럼 군더더기로 생각하고

죽음은 부스럼을 떼어내고 종기를 째는 것으로 생각한다.

그런 사람들이므로

어찌 사생과 선후가 있는 곳을 알겠느냐?

다른 물건들을 빌리고 다 같은 형체에 의탁하지만

간과 쓸개를 잊고 눈과 귀를 잊은 채

처음과 끝을 반복하니 실마리와 끝남을 알지 못한다.

망연히 속세 밖을 방황하고

彼何人者邪.

修行無有 而外其形骸

臨尸而歌 顏色不變.

無以命[104] 之 彼何人者邪.

孔子曰

彼遊方[105] 之外者也.

而丘遊方之內者也.

內外不相及

而丘使女往弔之 丘則陋矣.

彼方且與造物者爲人[106]

而遊乎天地之一氣.

彼以生爲附贅[107] 縣疣[108]

以死爲决   [109] 潰癰[110]

夫若然者

又惡知死生先後之所在.

假於異物 託於同體.

忘其肝膽 遺其耳目

反覆[111]終始 不知端倪.[112]

芒然 彷徨乎塵垢之外

104_ 命(명)＝名.
105_ 方(방)＝邊也, 地也.
106_ 人(인)＝君主. 王引之는 偶(우)로 읽는다.
107_ 贅(췌)＝혹.
108_ 疣(우)＝사마귀.
109_ 疣(환)＝부스럼.
110_ 癰(옹)＝악창.
111_ 覆(복)＝復.
112_ 端倪(단예)＝始末.

무위의 근본에서 소요한다.

저들이 어찌 시무룩한 표정으로

세속의 예를 거행함으로써

여러 사람의 이목에 구경거리가 될 수 있겠느냐?"

자공이 말했다.

"그렇다면 선생은 어떤 땅에 의탁하고 계십니까?"

공자가 답했다.

"나는 선비로 태어나는 하늘의 형벌을 받은 민_民이다.

그러니 나와 너는 그 사실을 받들어야 한다."

자공이 말했다. "감히 속세에 대해 묻겠습니다."

공자가 답했다.

"물고기는 물을 따라 태어났고

사람은 도를 따라 태어났다.

물을 따라 태어난 것은 연못을 파서 길러주고

도를 따라 태어난 것은

인위를 없애 삶을 안정시킨다.

그러므로 '물고기는 강호_{江湖}를 잊고

사람은 도술을 잊는다'고 말한다."

자공이 말했다. "감히 기인_{畸人}에 대해 묻겠습니다."

공자가 답했다.

逍遙乎無爲之業. [113]

彼又惡能憒憒 [114] 然

爲世俗之禮

以觀衆人之耳目哉.

子貢曰

然則夫子何方 [115] 之依.

曰

丘 天之戮 [116] 民也.

雖然吾與汝共之.

子貢曰 敢問其方.

曰

魚相 [117] 造 [118] 乎水

人相造乎道.

相造乎水者 穿池而養給.

相造乎道者

無事 [119] 而生定.

故曰 魚相忘乎江湖

人相忘乎道術.

子貢曰 敢問畸人.

曰

113_ 業(업)＝創也, 本也.
114_ 憒憒(궤궤)＝시무룩하다.
115_ 方(방)＝邊也, 地也.
116_ 戮(륙)＝형벌.
117_ 相(상)＝隨也.
118_ 造(조)＝生也.
119_ 事(사)＝爲也, 治也, 職分也.

"기인이란 사람들과 다르고, 자연을 닮은 사람을 말한다. 그러므로 '자연의 소인'을 사람들은 '군자'라 하지만, '사람의 군자'는 '자연의 소인'일 뿐이다."

畸於人 而侔[120] 於天.
故曰 天之小人 人之君子.
人之君子 天之小人也.

6-10

안회가 공자에게 물었다.
"맹손재孟孫才는 자기 부모가 죽었을 때
곡을 하면서 눈물을 흘리지 않았고
마음으로 슬퍼하지도 않았고
상중에 애통해하지도 않았습니다.
이처럼 세 가지 예의조차 무시했는데
상을 잘 치렀다고 합니다.
노나라에서는 정말 실實이 없어도
명성을 얻는 것인지요?
저는 도무지 이해가 되지 않습니다."
공자는 답했다.
"맹손씨는 상례를 잘했다.
뿐만 아니라 지자智者에 가까웠다.
간소화하려 했으나 못 했던 것을
이번에 간소화한 것이 많았다.
맹손씨는
생과 사가 어디서 왔는지도 알지 못하며

顏回問仲尼 曰.
孟孫才 其母死
哭泣不涕
中心不戚[121]
居喪不哀.
無是三者
以善處喪.
蓋魯國 固有無其實
而得名者乎
回一怪之.
仲尼曰
夫孟孫氏 盡之矣.
進於知矣.
唯簡之而不得
夫已有所簡矣.
孟孫氏
不知所以生 不知所以死.

120_ 侔(모)＝齊等也.
121_ 戚(척)＝슬퍼하다.

앞(生)으로 나아갈지 뒤(死)로 나아갈지 알지 못한다.

조화공이 만물을 만든 대로 따르고

알지 못하는 조화를 기다릴 뿐이다.

또 방금 육체가 변화한 것이

실은 변하지 않은 것인지 어찌 알며,

방금 변하지 않은 것이

실은 변하고 있는 것인지 어찌 알겠는가?

나와 너만이 그 꿈을 아직 깨지 못한 것인가?

또한 그는 놀랄 만한 형체의 변화가 있었으나

마음을 잃지 않았으며,

집이 새로워졌을 뿐, 정신의 죽음은 없었다.

맹손씨는 줄곧 깨어 있었던 것이다.

남들이 곡하니까 그 역시 곡한 것은 그 때문이었다.

또한 겉모습을 나라고 말하는 것일 뿐

내가 말하는 것이 정말 나인지 어찌 알겠는가?

또 너는 꿈속에서 새가 되어

하늘을 날아가 버릴 수도 있겠지.

혹은 물고기가 되어 연못 속으로 숨어버릴 수도 있겠지.

지금 말하고 있는 내가

不知就先 不知就後

若[122] 化爲物

以待其所不知之化已乎.

且方將化

惡知不化哉.

方將不化

惡知已化哉.

吾特與汝 其夢未始覺者邪.

且彼有駭形

而無損心.

有旦[123] 宅[124] 而無情[125] 死.

孟孫氏 特覺.

人哭亦哭 是自其所以乃.[126]

且也相[127] 與[128] 吾之耳矣

庸詎知吾所謂吾之乎.

且汝夢爲鳥

而厲[129] 乎天.

夢爲魚 而沒於淵.

不識今之言者

122_ 若(약)=順也.
123_ 旦(단)=日新也.
124_ 宅(택)=神之舍.
125_ 情(정)=뜻, 본성.
126_ 乃(내)=彼也. 猶言如此. 語已辭.
127_ 相(상)=省視也, 質也, 狀貌也.
128_ 與(여)=爲也, 說也.
129_ 厲(려)=至也.

깨어난 것인지 꿈꾸는 것인지 모르겠다.   其覺者乎 夢者乎

적을 만드는 것은 웃는 것만 못하고   造適[130] 不及笑

웃음을 바치는 것은 추이를 따르는 것만 못하다.   獻[131] 笑不及排.[132]

추이를 편안하게 여겨 그 변화의 굴레를 벗어나   安排[133] 而去化

고요함에 들어가 자연과 하나 되어라!"   乃入於寥天一.

6-11

의이자意而子가 허유를 알현했다.   意而子見許由.

허유가 물었다.   許由曰

"요임금이 너에게 무엇을 가르쳐주던가?"   堯何以資[134] 汝.

의이자가 답했다.   曰

"요임금께서는 저에게 이르기를   堯謂我

너는 반드시 인의를 궁행躬行 하고   汝必躬服仁義

시비를 분명히 말하라고 했습니다."   而明言是非.

허유가 물었다.   許由曰

"자네는 어째서 이곳에 왔나?   而[135] 奚爲來軹[136]

요임금이 이미 너에게 인의로써 먹물 뜨는 형벌을 주었고,   夫堯既已黥[137] 汝以仁義

시비로써 코 베는 형벌을 내렸다.   而劓[138] 汝以是非矣.

130_ 適(적)=往也, 當也, 宜也, 責也, 敵也.
131_ 獻(헌)=上也, 迎也.
132_ 排(배)=推移也.
133_ 安排(안배)=있는 그대로 만족함, 적당히 처리함.
134_ 資(자)=給也.
135_ 而(이)=汝也.
136_ 軹(지)=地名.
137_ 黥(경)=墨刑.
138_ 劓(의)=코를 베는 형벌. 五刑의 하나.

네 어찌 대우주자연의 변화를 따라

마음껏 뛰노는 도에 노닐겠느냐?"

의이자가 말했다.

"비록 그렇지만 그 울타리에서라도 노닐고 싶습니다."

허유가 말했다. "안 된다.

무릇 장님에게는

아름다운 얼굴을 보여줄 수 없고,

봉사에게는

청황의 자수를 구경시켜 줄 수 없는 것이다."

의이자가 말했다.

"옛 미인 무장無莊은 도를 듣기 위해 스스로 미를 버렸고

옛 역사力士 거량據梁은 도를 듣기 위해 스스로 힘을 버렸고

황제 헌원씨는 도를 듣기 위해 지혜를 버렸습니다.

이들은 모두 용광로에서 새로 단련된 것입니다.

어찌 알겠습니까?

조물주께서 저를 쉼 없이 먹물을 떴으나

대신 베인 코를 복원시켜

제가 선생을 만나 이룸을 얻도록 했는지도 모릅니다."

허유가 말했다.

汝將何以遊 夫遙蕩[139]

恣睢[140] 轉徙[141] 之途乎.

曰

雖然 吾願遊於其藩.

許由曰 不然.

夫盲者

無以與乎眉目顏色之好.

瞽者

無以與乎靑黃黼黻[142] 之觀.

意而子曰

夫無莊[143] 之失[144] 其美.

據梁[145] 之失其力.

黃帝之亡其知.

皆在鑪捶[146] 之間耳.

庸詎知

夫造物者之不息我黥.

而補我劓

使我乘成以隨先生邪.

許由曰

139_ 遙蕩(요탕)=心逍遙.
140_ 恣睢(자휴)=自用之貌.
141_ 轉徙(전사)=變化..
142_ 黼黻(보불)=청황의 자수.
143_ 無莊(무장)=古之美人.
144_ 失(실)=喪, 放, 去也.
145_ 據梁(거량)=古之力士.
146_ 捶(추)=錘로 된 판본도 있음. 鍛也.

"허! 그럴지도 모르지.

내 너를 위해 그 대략을 말해 주겠다!

우리 스승이여! 우리 스승이여!

만물을 버무리지만 의義 라 말하지 않고,

은택이 만세에 미치게 하지만 인仁 이라 말하지 않으며,

상고에 어른이지만 노인이라 말하지 않으며,

천지를 덮고 실으며,

만물의 형상을 깎고 새기지만 기교라고 말하지 않는다.

이것이 도인이 노니는 경지라네."

噫 未可知也.

我爲汝言其大略.

吾師乎 吾師乎.[147]

齏[148] 萬物而不爲義.

澤及萬世而不爲仁.

長於上古而不爲老.

覆載天地

刻彫衆形 而不爲巧.

此所遊已.

◉ 함께 읽기 ◉

- 장자/외편/변무騈拇 8-2 : 鳧脛雖短 續之則憂 鶴脛雖長 斷之則悲 彼仁人何其多憂也.
- 장자/외편/마제馬蹄 9-3 : 及至聖人 蹩躠爲仁 踶跂爲義而天下始疑也.
- 장자/외편/재유在宥 11-4 : 吾未知聖智之不爲桁楊椄槢也 仁義之不爲桎梏鑿枘也.
- 장자/외편/천운天運 14-2 : 虎狼仁也.
- 장자/외편/천운天運 14-12 : 夫仁義憯然 乃憤吾心 亂莫大焉.
- 장자/잡편/서무귀徐无鬼 24-14 : 損仁義者寡 利仁義者衆. 夫仁義之行 唯且無誠. 且假乎禽貪者器.
- 노자老子/19장 : 絕聖棄智民利百倍 絕仁棄義民復孝慈.
- 노자老子/38장 : 失道而後德 失德而後仁.

6-12

안회가 말했다. "저는 진전이 있었습니다."

공자가 물었다. "무엇을 말하는가?"

顔回 曰 回益[149] 矣.

仲尼 曰 何謂也.

147_ 이하 구절은 「天道」편에도 있다.
148_ 齏(제)＝버무리다, 부수다.
149_ 益(익)＝漸也, 愈也.

안회가 답했다. "저는 인의仁義를 잊었습니다."

공자가 말했다. "잘했다. 그러나 미진하다."

뒷날 안회는 다시 공자를 뵙고 말했다.

"저는 진전이 있었습니다."

공자가 물었다. "무슨 진전인가?"

안회가 답했다. "저는 예악禮樂을 잊었습니다."

공자가 말했다. "잘했다. 그러나 미진하다."

뒷날 안회는 다시 공자를 알현해 아뢰었다.

"진전이 있었습니다."

공자가 물었다. "무슨 진전인가?"

안회가 답했다. "저는 좌망坐忘에 들었습니다."

공자는 움찔하면서 말했다.

"좌망이란 무엇을 말하는가?"

안회가 말했다.

"육신을 벗어나 총명을 물리치고

형체를 떠나 지혜를 버리고

큰 통철洞徹함에 대동大同함을 일러 좌망이라 합니다."

공자는 말했다.

"대동하면 호오好惡가 없고 조화하면 상집常執이 없으리니

과연 진실로 어질도다!

나도 네 뒤를 따르고 싶다."

日 回 忘仁義矣.

日 可矣. 猶未也

他日復見 日

回益矣.

日 何謂也.

日 回忘禮樂矣.

日 可矣. 猶未也

他日復見 日

回益矣.

日 何謂也.

日 回坐忘矣.

仲尼蹵然 日.

何謂坐忘

顔回日

墮[150) 肢體 黜[151) 聰明

離形去知

同於大通[152) 此謂坐忘.

仲尼日

同則無好也 化則無常也

而果其賢乎

丘也請從而後也.

150_ 墮(휴)＝脫也. 毁廢也.

151_ 黜(출)＝退除.

152_ 通(통)＝達也. 洞也. 開也. 共也.

6-13

자여와 자상은 친구다.　　　　　　　　　子輿與子桑友

그런데 장맛비가 열흘이나 계속되었다.　　　而霖雨十日.

자여는 말했다.　　　　　　　　　　　　子輿曰

"자상의 병이 위태롭다.　　　　　　　　子桑殆病矣

밥을 싸가지고 가서 먹여줘야겠다."　　　裹飯而往食之.

자상의 집에 당도하니　　　　　　　　　至子桑之門

노랫소리도 같고 곡소리도 같고 거문고를 타며 말했다.　　則若歌若哭 敲琴 曰

"아비인가? 어미인가? 하늘이여! 사람이여!"　　　父邪母邪 天乎人乎.

소리를 내기도 힘드는 듯　　　　　　　有不任[153] 其聲

시가 詩歌 를 빠르게 되풀이하고 있었다.　　而趨擧其詩焉.

자여가 들어가 말했다.　　　　　　　　子輿入曰

"자네의 노래가 왜 이 모양인가?"　　　子之歌詩 何故若是.

자상이 답했다.　　　　　　　　　　　曰

"나를 이 지경으로 만든 자를　　　　　吾思乎使我至此極者

아무리 생각해 봐도 알 수 없네.　　　　而不得也.

부모가 어찌 내가 가난하기를 바랐겠는가?　　父母豈欲吾貧哉.

하늘은 사사로이 덮어주지 않고　　　　天無私覆

땅은 사사로이 실어주지 않는 것이니,　　地無私載

천지가 어찌 사사로이 나를 가난하게 하겠는가?　　天地豈私貧我哉.

그렇게 만든 자를 아무리 찾아도 알 수 없으니　　求其爲之者而不得也

이 지경에 이르게 한 것은 운명이겠지!"　　然而至此極者 命也夫.[154]

153_ 不任(불임)=儋也.
154_ 也夫(야부)=감탄 종결사.

應帝王

小目

7-1 순임금은 오히려 仁義의 마음으로 사람들을 구속했다. 그러나 성인의 다스림은 다스림을 잊게 하는 것이다.

7-2 호랑이는 가죽의 무늬로 사냥꾼을 부르고, 원숭이의 민첩함과 개의 사냥 솜씨는 줄에 묶임을 자초한다.

7-3 열자는 스스로 학문의 시초도 되지 않았음을 알고 집으로 돌아갔다. 삼 년을 두문불출하며 아내를 위해 밥을 짓고 돼지를 사람처럼 먹였다.

7-4 지인의 마음 씀은 거울과 같아서 보내지도 않고 맞이하지도 않는다.

7-5 구멍이 없는 혼돈에게 하루에 하나씩 구멍을 뚫어갔다. 이레째 되던 날 혼돈은 그만 죽고 말았다.

제7장. 應帝王 응제왕

7-1

설결이 왕예에게 물었더니

네 가지 질문을 다 모른다고 했다.

설결은 뛸 듯이 기뻐하며

달려가 포의자에게 고했다.

포의자가 말했다.

"그대는 이제야 그를 알았는가?

순임금도 태호 복희씨에게는 미치지 못한다.

순임금은 오히려 인의의 마음으로 사람들을 구속했다.

그래서 사람을 얻었지만

출발부터 남을 비난하는 데서 벗어나지 못했다.

복희씨는 누워서는 안온하고

깨어나서는 아무것도 모르는 것 같았다.

齧缺問於王倪

四問而四不知.

齧缺因躍而大喜

行而告蒲衣[1]子.

蒲衣子曰

而[2]乃今知之乎.

有虞氏不及泰氏.[3]

有虞氏其猶藏[4]仁而要[5]人.

亦得人矣

而非始出於非人.[6]

泰氏其臥徐徐[7]

其覺于于.[8]

1_ 蒲衣(포의)＝王倪의 스승 被衣.
2_ 而(이)＝汝也.
3_ 泰氏(태씨)＝太昊伏羲氏.
4_ 藏(장)＝懷也.
5_ 要(요)＝結也.
6_ 非人(비인)＝남을 비난함. 物로 解하기도 한다.
7_ 徐徐(서서)＝安穩貌.

때로는 남이 부리는 소나 말이 된 듯했다.

그러나 그의 지혜는 진실하고, 신의 있고,

그의 덕은 심히 진솔했다.

그래서 처음부터 남을 비난하는 데 빠져 들지 않았다."

견오가 광접여를 알현했다.

접여가 말했다.

"점쟁이 중시가 너에게 무엇을 말해 주던가?"

견오가 답했다.

"제게 이르기를 군주와 대인으로서

몸소 분계를 정한 법과 표준이 되는 법제를 행한다면

누구든 그에게 순종하고 교화되지 않을 수 없다 합니다."

접여가 말했다.

"이것은 거짓 덕이다.

천하를 다스린다는 것은 바다를 걸어가고

황허 黃河 를 파는 것이요,

모기에게 태산을 짊어지게 하는 것과 같은 것이다.

대저 성인의 다스림은 다스림을 잊게 하는 것이니

마음을 바르게 한 후 교화를 행하여

진실로 능한 일을 확고히 하는 것으로 그친다.

一以己爲馬 一以己爲牛.

其知情信

其德甚眞.

而未始入於非人.

肩吾見狂接輿

狂接輿曰

曰 9) 中始 10) 何以語女.

肩吾曰

告我 君人者.

以己出 11) 經 12) 式 13) 義 14) 度. 15)

人孰敢不聽而化諸.

接輿曰

是欺德也.

其於治天下也

猶涉海鑿河

而使蚊負山也.

夫聖人之治也 治外 16) 乎.

正而後行

確乎能其事者而已矣.

8_ 于于(우우)=無所知貌.
9_ 日(일)=日者(占卜之術者).
10_ 中始(중시)=人名.
11_ 出(출)=行也.
12_ 經(경)=制分界也.
13_ 式(식)=法也敬也.
14_ 義(의)=儀也.
15_ 度(도)=法制也.
16_ 外(외)=表也, 遺也, 棄也.

새들은 높이 날아감으로써 주살의 해를 피하고　　　　且鳥高飛 以避矰弋¹⁷⁾之害.

생쥐들은 신전 언덕에 굴을 깊이 파서　　　　　　　　鼮鼠深穴乎神丘¹⁸⁾之下

연기와 파헤침을 피한다.　　　　　　　　　　　　　以避熏鑿之患.

너는 이 벌레들보다도 더욱 무지하구나!"　　　　　　而¹⁹⁾曾²⁰⁾二蟲之無知.

7-2

천근天根이 음양에서 노닐다가　　　　　　　　　　　天根遊於殷陽

요수 상류에 이르렀을 때,　　　　　　　　　　　　至蓼水之上.

길을 가는 무명인을 만나　　　　　　　　　　　　　適遭無名人而問焉.

천하를 다스리는 것을 물었다.　　　　　　　　　　　請問爲天下.

무명인이 말했다.　　　　　　　　　　　　　　　　無名人曰

"그만둬라! 너는 어리석은 사람이구나.　　　　　　　去 汝鄙人也.

어찌 불쾌한 것을 묻느냐?　　　　　　　　　　　　何問之不豫也

방금 나는 조물주와 짝꿍이 되어 놀았지만,　　　　　子方將與造物者爲人.²¹⁾

그것도 싫증 나면 또 심원의 새를 타고　　　　　　　厭則又乘夫莽眇²²⁾之鳥

육극의 밖으로 나가　　　　　　　　　　　　　　　以出六極之外

아무것도 없는 마을에 노닐다가　　　　　　　　　　而遊無何有之鄕

무덤의 들에 머물려 하거늘　　　　　　　　　　　　以處壙埌²³⁾之野.

너는 어찌하여　　　　　　　　　　　　　　　　　汝又何帛²⁴⁾

17_ 矰弋(증익)=網과 주살.
18_ 神丘(신구)=社壇.
19_ 而(이)=汝也.
20_ 曾(증)=重也, 增也.
21_ 人(인)=偶也.
22_ 莽眇(망묘)=深遠.
23_ 壙埌(광랑)=무덤. 壙埌→廣漠(莊子/內篇/逍遙遊 1-6).

천하를 다스리는 일로 내 마음을 움직이려 하느냐?"

또다시 묻자 무명인이 말했다.

"네가 마음을 물처럼 담박한 데서 노닐게 하고

기를 사막처럼 혼돈한 속에서 합하고

사물을 자연에 따르게 하여

사사로움을 용납하지 않으면

천하는 다스려지는 것이다."

양자거가 노담을 알현하고 말했다.

"여기 한 사람이 있는데 메아리같이 빠르고 억세며

사물의 도리에 밝고 도를 배움에 싫증 내지 않습니다.

이런 사람은 밝은 임금에 견줄 수 있겠지요."

노담이 말했다.

"이런 자는 성인이기보다는

서리 胥吏 의 다스림이 기교에 얽매인 것처럼

몸은 수고롭고 마음은 이익에 끌리는 자들이다.

가령 호랑이는 가죽의 무늬로 사냥꾼을 부르고

원숭이의 민첩함과 개의 너구리 사냥 솜씨는

줄에 묶임을 자초한다."

양자거가 말했다.

以治天下感予之心爲.

又復問 無名人 曰.

汝遊心於淡

合氣於漠

順物自然

而無容私焉

而天下治矣.

陽子居[25] 見老聃曰

有人於此 嚮疾强梁

物徹疏明 學道不倦

如是者 可比明王乎.

老聃曰

是於聖人也

胥[26] 易[27] 技係

勞形怵[28]心者也.

且[29]也 虎皮之文來田.

猿狙之便 執斄[30]之狗

來藉.[31]

曰

24_ 㠯(예)=與의 誤. 아래의 爲 자와 바뀜.

25_ 陽子居(양자거)=姓은 陽, 字는 子居.

　　「寓言」편에서도 같은 글이 나오는데,『列子』「黃帝」편에서는 陽子居가 楊朱로 되어 있다. 顧炎武는 楊朱로 본다.

26_ 胥(서)=庖人, 胥吏.

27_ 易(이)=治也(易其田疇 : 孟子/盡心).

28_ 怵(출)=通誀(誘也).

29_ 且(차)=復也.

30_ 斄(리)=狸.

31_ 藉(자)=繫也.

"감히 밝은 임금의 다스림을 묻습니다."

노담이 답했다.

"밝은 왕의 다스림은

공로가 천하를 덮어도 자기 공로가 아니라 하고

만물에 교화를 베풀지만 백성들은 의지하지 않는다.

이름을 드러내지 않으니 사물을 스스로 기뻐하게 한다.

측량할 수 없는 곳에 서서

무위에서 노닐기 때문이다."

敢問明王之治

老聃曰

明王之治

功蓋天下 而似不自己.

化貸³²萬物 而民不恃.

有莫擧名 使物自喜.

立乎不測

而遊於無有者也.

7-3

정나라에 계함季咸이라는 신통한 무당이 있었는데

사람의 생사존망 화복수요를 알고

연월일까지 귀신처럼 맞혔다.

정나라 사람들은 그를 보면

귀신을 보듯 모두 버리고 달아났다.

열자列子는 그를 보고 심취하여

돌아오는 즉시 스승 호자壺子에게 말했다.

"처음에는 선생의 도만이 지극한 줄 알았는데

지극한 자가 또 있었습니다."

호자가 말했다.

"나는 너에게 무늬만 주었지 열매는 주지 않았거늘

너는 굳이 도를 알았다고 하느냐?

암컷이 많아도 수컷이 없으면 어찌 알을 얻겠느냐?

鄭有神巫 曰 季咸.

知人之死生存亡禍福壽夭.

期以歲月旬日若神.

鄭人見之

皆棄而走

列子見之而心醉

歸以告壺子 曰.

始吾以夫子之道爲至矣

則又有至焉者矣.

壺子曰

吾與汝旣其文 未旣其實

而固得道與

衆雌而無雄 而又奚卵焉

32_ 貸(대)=施也.

그런데도 너는 도로써 세상과 겨루어   而以道與世亢

반드시 신임을 얻으려 하는가?   必信夫.

그러므로 남들이 네 관상을 쉽게 보는 것이다.   故使人得而相女.³³⁾

시험 삼아 그를 데려다가 나를 보여주어라."   嘗試與來. 以予示之.

다음 날 열자는 무당에게 호자를 알현하게 했다.   明日 列子與之見壺子

무당이 밖으로 나오면서 열자에게 말했다.   出而謂列子 曰

"오! 그대의 선생은 죽을 거야.   噫 子之先生死矣.

절대로 살 수 없어. 열흘을 못 넘길 거야.   不活矣. 不以旬數矣.

나는 괴이한 관상을 보았어. 축축한 재를 본 것 같아."   吾見怪焉 見濕灰焉.

열자는 들어가   列子入

눈물로 옷깃을 적시며 점쟁이의 말을 호자에게 전했다.   泣涕沾襟 以告壺子

호자는 말했다.   壺子曰

"아까 나는 땅의 무늬를 보여주었다.   鄕吾示之以地文.

움직임도 고요함도 감정도 없는 바위 같은 모습이었지.   萌³⁴⁾乎不震不止.

그는 겨우 나의 덕기(德氣)가 막힌 모습을 보았던 것이다.   是殆見吾杜德機也.

또 한 번 데려오너라."   嘗又與來.

그다음 날 또 무당에게 호자를 알현하게 했다.   明日 又與之見壺子

무당이 나오면서 열자에게 말했다.   出而謂列子 曰

"다행이야.   幸矣.

그대의 선생은 나를 만나 병이 나았다.   子之先生 遇我也 有廖矣.

완전히 생기를 되찾았어.   全然有生矣.

나는 그 막힘이 트이는 것을 보았어."   吾見其杜權³⁵⁾矣.

33_ 相女(상녀)=너를 관상보다.
34_ 萌(맹)=始也, 不動無知貌.
35_ 權(권)=擧也.

열자는 들어가 점쟁이의 말을 호자에게 전했다.

호자가 말했다.

"아까 나는 하늘의 모습을 보여주었네.

명_名도 실_實도 끼어들 수 없고

생명의 기미가 발꿈치로부터 발현되었지.

그는 겨우 나의 상쾌한 기미를 보았을 뿐이다.

또 한 번 더 데려오너라."

그다음 날 또 무당에게 호자를 알현하게 했다.

무당이 나오면서 열자에게 말했다.

"그대의 선생은 한결같지 않네.

그래서 나는 관상을 볼 수가 없네.

한결같아지면 그때 다시 한 번 관상을 보세나."

열자는 들어가 점쟁이의 말을 호자에게 전했다.

호자가 말했다.

"아까 나는 태초의 혼돈을 보여주었으니

어쩔 수 없었을 것이다.

이는 겨우 나의 평형된 기운을 보았던 것이다.

소용돌이치는 물을 보아도 연못이고

고요한 물을 보아도 연못이고

흐르는 물을 보아도 역시 연못일 것이다.

연못은 아홉 개의 이름이 있지만

내가 이번에 세 가지만 처해 보여주었다.

列子入 以告壺子

壺子曰

鄕吾示之以天壤.

名實不入

而機發於踵.

是殆見吾善者機[36]也.

嘗又與來.

明日 又與之見壺子

出而謂列子 曰

子之先生不齊.

吾無得而相焉

試齊 且復相之

列子入 以告壺子

壺子曰

鄕吾示之以太沖

莫勝.

是殆見吾衡氣機也.

鯢[37]桓[38]之審爲淵

止水之審爲淵

流水之審爲淵.

淵有九名

此處三焉.

36_ 善者機(선자기)＝生氣. 者는 錯簡이거나, 之로 읽는다.
37_ 鯢(예)＝고래.
38_ 桓(환)＝盤桓也.

또 한 번 더 데려오너라."

다음 날 열자는 무당과 함께 호자 선생을 알현했다.

무당은 서서 자리를 잡지도 못하고

얼이 빠져 도망쳐 버렸다.

호자가 말했다.

"아까 나는 시작되지도 않은 나의 뿌리를 보여주었지.

나는 텅 비어 있었고 혼동과 함께했으니

누구인지 몰랐겠지.

갈대처럼 바람 부는 대로 쏠리고

물결처럼 한없이 흘러갔으니

점쟁이가 도망쳐 버린 것이다."

그런 일이 있은 후

열자는 스스로 학문의 시초도 없음을 알고

집으로 돌아갔다.

삼 년을 두문불출하며

아내를 위해 밥을 짓고 돼지를 사람처럼 먹였다.

일을 함에 친척과 더불어 하지도 않고

인위의 허식도 없어진 소박한 자연으로 돌아갔다.

대지처럼 형체를 독립시켜

분란을 묻어버리고

한결같이 이로써 생을 마쳤다.

嘗又與來.

明日 又與之見壺子.

立未定

自失而走.

壺子曰

鄕吾示之以未始出吾宗.

吾與之虛而委蛇.[39]

不知其誰何

因以爲弟靡[40]

因以爲波流.

故逃也.

然後

列子自以爲未始學

而歸.

三年不出

爲其妻爨[41] 食豕如食人.

於事無與親

彫琢復朴.

塊然 獨以其形立

紛而封[42] 哉.

一以是終.

39_ 委蛇(위이)=混同. 『列子』에는 猗移로 됨.

40_ 弟靡(제미)=隨順貌. 『列子』에는 茅靡로 됨.

41_ 爨(찬)=밥을 짓다.

42_ 封(봉)=封土, 埋葬也, 封墳, 立也.

7-4

명예의 우상이 되지 말고, 꾀함의 중심이 되지 말며,　　　　無爲名尸[43] 無爲謀府.

섬기는 관리가 되지 말며, 지혜의 주인이 되지 말라.　　　　無爲事任 無爲知主.

무궁을 체현하고 내가 없는 경지에 노닐라.　　　　體盡無窮 而遊無朕.[44]

하늘에서 받은 본성을 다할 뿐,　　　　盡其所受於天

앎을 나타내지 말고 비어 있을 뿐이다.　　　　而無見[45] 得 亦虛而已.

지인의 마음 씀은 거울과 같아서　　　　至人之用心若鏡

보내지도 않고 맞이하지도 않는다.　　　　不將不迎

다만 변화에 응하되 마음에 두지 않는다.　　　　應而不藏.

그러므로 능히 외물外物을 극복하고 상하지 않는 것이다.　　　　故能勝物而不傷.

7-5

남해의 황제 숙儵과　　　　南海之帝爲儵[46]

북해의 황제 홀忽이　　　　北海之帝爲忽[47]

중앙의 황제 혼돈渾沌과　　　　中央[48]之帝爲渾沌.

어느 날 중앙에서 만났다.　　　　時相與遇於渾沌之地.

혼돈은 그들을 극진히 대접했다.　　　　渾沌待之甚善

숙과 홀은 혼돈의 은혜를 보답하고자 상의한 끝에　　　　儵與忽 謀報渾沌之德.[49]

43_ 尸(시)=屍也, 神象也.

44_ 無朕(무짐)=순순한 자연 그대로, 朕(짐)=我也.

45_ 見(현)=謁也.

46_ 儵(숙)=有象(刑而下).

47_ 忽(홀)=無象(形而上).

48_ 中央(중앙)=道=混沌=自然을 상징.

49_ 德(덕)=恩施也.

그에게 구멍을 뚫어주기로 하였다.　　　　　　　　　　嘗試鑿之.

사람은 모두 일곱 개의 구멍이 있어　　　　　　　　　日 人皆有七竅⁵⁰⁾

보고 듣고 먹고 숨을 쉬는데　　　　　　　　　　　　以視聽食息.

혼돈은 유독 구멍이 없었기 때문이다.　　　　　　　此獨無有

그들은 하루에 하나씩 구멍을 뚫어갔다.　　　　　　日鑿一竅

그러나 이레째 되던 날 혼돈은 그만 죽고 말았다.　　七日而渾沌死.⁵¹⁾

함께 읽기

- 장자/내편/제물론齊物論 2-2：百骸 九竅 六藏 骸而存焉. 吾誰與爲親.
- 장자/외편/천지天地 12-17：且夫失性有五. 五色亂目 五聲亂耳 五臭薰鼻 五味濁口 趣舍滑心.
- 관자管子/권16/내업內業：九竅遂通 乃能窮天地 被四海. 中無惑意 外無邪菑.
- 묵자墨子/소취小取：無他故焉 所謂內膠而外閉. 與心毋空乎 內膠而不解也.
- 노자老子/3장：聖人之治. 虛其心 實其腹 弱其志强其骨.
- 노자老子/12장：五色令人目盲 五音令人耳聾 五味令人口爽 馳騁田獵 令人心發狂.
- 노자老子/52장：塞其兌 閉其門 終身不勤. 開其兌 濟其事 終身不救.
- 노자老子/56장：塞其兌 閉其門. 挫其銳 解其紛.
- 열자列子/중니仲尼：文摯曰 吾見子之心矣. 方寸之虛矣. 幾聖人也. 子心六孔流通 一孔不達.

50_ 七竅(칠규)＝耳·目·口·鼻·항문·요도·마음.

51_ 마지막 날 마음 구멍을 뚫어 분별이 생겼기 때문에 자연은 죽어버렸다. 학자에 따라서는 七竅를 耳·目·口·鼻 만 지칭한 것으로, 욕망의 구멍을 뚫어 혼돈이 죽은 것으로 해석한다. 그러나 혼돈 즉 자연이 죽은 것은 시 비분별의 마음 구멍을 뚫었기 때문인 것으로 읽어야 한다. 中央의 皇帝 混沌은 태극과 도를 상징한다. 즉 中 央＝皇帝＝混沌＝太極＝道인 것이다.

朱子의 皇極設："皇이란 군주를 칭한 것이요, 極이란 지극한 뜻과 표준을 이름 붙인 것이다. 이러한 황극은 항상 사물의 중앙에 있으므로 사방에서 그것을 바라보며, 그것을 표준으로 삼아 바르게 하는 것이다. 그러므로 極을 중앙에 있는 표준 또는 표적이라 하면 옳지만, 만약 極이 곧 中(中道과 中正)이라고 말한다면 옳지 않다(皇者君 之稱也. 極者至極之義 標準之名. 常在物之中央 而四外望之 以取正言者也. 故以極爲在中之準的則可 便訓極 爲中則不可. : 朱子大全/권72)."

外
외편

篇

駢拇

8-1 유가와 묵가들은 모두 네 발가락을 찬미하고, 여섯 손가락을 바르다고 하는 道일 뿐이니, 천하의 정도라고 말할 수 없는 것들이다.

8-2 오리는 비록 다리가 짧지만 이어주면 괴로워하고, 학의 다리가 비록 길지만 잘라주면 슬퍼한다. 저들 仁者는 얼마나 걱정이 많을까?

8-3 생명을 죽이고 천성을 해친 것은 도척도 백이도 마찬가지인데 어찌 군자와 소인으로 차별을 두는가?

8-4 대저 스스로 보지 않고 남의 눈으로 보고, 스스로 만족하지 않고 남으로 만족하는 것은 남들을 따라갈 뿐 자기의 길을 가지 못하는 자들이다.

제8장. 駢拇 변무

8-1

엄지발가락이 붙은 '네 발가락'과	駢拇[1]
손가락이 하나 더 붙은 '육손이'는	枝指[2]
본성 本性 에서 나온 것이지만 덕이 지나친 것이다.	出乎性哉 而侈[3] 於德.[4]
혹이 붙고 부스럼이 매달리는 것은	附贅[5] 縣疣[6]
형체에서 나온 것이지만 본성이 지나친 것이다.	出乎形哉 而侈於性.
(유교를 창설한 漢의 董仲舒는) 인의 仁義 를 도 道 라고 찬미하고	多[7] 方[8] 乎仁義
인의의 작용을 오장 五藏 에 비교하지만	而用之者 列於五藏[9] 哉
그것은 도덕의 바른 모습(中正)이 아니다.	而非道德之正也.
그러므로 발의 네 발가락은	是故駢於足者
쓸데없는 살을 연결시킨 것이고	連無用之肉也.
손의 여섯 손가락은 쓸데없는 손가락을 심어놓은 것이니,	枝於手者 樹無用之脂也.

1_ 駢拇(변무)=併拇足.
2_ 枝指(지지)=手有六指也.
3_ 侈(치)=過也.
4_ 德(덕)=得也.
5_ 贅(췌)=혹, 餘剩.
6_ 疣(우)=腫.
7_ 多(다)=稱美也.
8_ 方(방)=道術, 道也.
9_ 列五藏(렬오장)=仁義禮智信을 心肝脾肺腎에 對比함.

오장에 쓸데없이 붙은 것을 찬미하는 것은
인의의 행함이 지나치고 편벽된 것이며,
눈 밝고 귀 밝은 감관의 작용을 도라고 찬미한 것이다.
그러므로 눈 밝음을 덧붙이려 하는 것은
오색을 어지럽게 하고 무늬를 지나치게 하는 것이니,
(남에게 뽐내기 위해) 청황의 수술이 휘황찬란한 것 아닌가?
이주離朱 가 바로 그런 사람이다.
귀 밝음을 찬미하는 것은
오음五音 을 어지럽히고 육률六律 을 지나치게 하는 것이니,
쇠·돌·실·대(竹)·황종·대려 소리가
이것이 아닌가?
사광師曠 이 이런 사람이다.
여섯 손가락처럼 인의를 덧붙이는 것은
덕을 뽑고 본성을 막고 명성을 거두는 것에 불과하다.
이것은 천하에 생황을 불고 북을 치며
이로써 덜떨어진 법을 받들게 하는 것이 아닌가?
공자의 제자들인 증참曾參 과 사추史鰌 가 이런 사람이다.
발가락이 붙은 것처럼 변론을 붙이는 것은
기와를 포개고 먹줄을 엉키게 하는 것이다.
이것은 말꼬리를 캐어
견백동이堅白同異 의 궤변에 노닐며

多方騈枝於五藏之情[10] 者
淫[11] 僻於仁義之行
而多方於聰明之用也.
是故騈於明者
亂五色 淫文章.
靑黃黼黻之煌煌 非乎.
而離朱是已.
多於聽者
亂五音 淫六律.
金石絲竹黃鐘大呂之聲
非乎.
而師曠是已.
枝於仁者
擢德塞性 以收名聲.
使天下簧鼓
以奉不及之法 非乎.
曾史是已.
騈於辯者
累瓦結繩
竄句
遊心於堅白同異[12] 之間

10_ 情(정)=實也.
11_ 淫(음)=大也, 過也.
12_ 堅白同異(견백동이)=전국시대 公孫龍의 궤변. 단단하고 흰 돌은, 눈으로 보아 흰 것은 알 수 있으나 단단한지는 모르며, 손으로 만져보았을 때는 그 단단한 것을 알 뿐 빛이 흰지는 모르므로 단단한 돌과 흰 돌과는 같은 것이 아니라는 것.

발이 닳도록 쓸데없는 말을 숭상하는 것이 아닌가?　　　　而敝跬 13) 譽無用之言 非乎.

양주楊朱 와 묵적墨翟 이 이들이다.　　　　而楊墨 14) 是而.

그러므로 이들은 모두 네 발가락을 찬미하고　　　　故此皆多駢

여섯 손가락을 바르다고 하는 도일 뿐이니,　　　　旁 15)枝之道

천하의 정도라고 말할 수 없는 것들이다.　　　　非天下之至正也.

8-2

지극하고 올바른 자는　　　　彼至正 16) 者

천성 그대로를 잃지 않는다.　　　　不失其性命之情.

그러므로 발가락이 붙은 네 발가락을 병신이라 하지 않고　　　　故合者不爲駢

손가락이 하나 더 붙은 육손이를 병신이라 하지 않는다.　　　　故枝者不爲駢

긴 것을 넘친다고 하지 않고　　　　長者不爲有餘

짧은 것을 부족하다고 하지 않는다.　　　　短者不爲不足.

그러므로 오리는 비록 다리가 짧지만 이어주면 괴로워하고　　　　是故鳧脛雖短 續之則憂.

학은 비록 다리가 길지만 잘라주면 슬퍼한다.　　　　鶴脛雖長 斷之則悲.

그러므로 본성이 긴 것은 잘라내지 않아야 하며　　　　故性長非所斷

본성이 짧은 것은 이어주지 않아야 한다.　　　　性短非所續

아무런 조처도 없어야 걱정을 없앨 수 있다.　　　　無所去憂也.

아마도 인의는 사람의 본마음이 아닐 것이다.　　　　意仁義其非人情乎.

저들 인자仁者 는 얼마나 걱정이 많을까?　　　　彼仁人何其多憂也.

혹시 붙은 발가락을 찢는다면 울 것이다.　　　　且夫駢於拇者 決之則泣

13_ 敝跬(폐규)＝分外用力之母.

14_ 墨(묵)＝전국시대의 후기 墨家를 지칭함.

15_ 旁(방)＝側也, 方也.

16_ 至正(지정)＝원본은 正正으로 됨.

군더더기 손가락도 잘라내려고 깨물면 울 것이다.

두 경우 수가 많거나

모자라거나 걱정한다는 점에서는 동일하다.

요즘 세상의 인자는

원시 遠視 로 세상을 걱정하는(우울증) 환자이고,

불인 不仁 자는

성정의 둑을 트고 부귀를 탐하는(거식증) 환자다.

그러므로 인의는 인정 人情 이 아닌 것이다.

인의를 들고 나온 삼대(禹, 湯, 文·武) 이래

천하는 어찌 그리 큰소리치는 자가 많은가?

또한 갈고랑이, 먹줄, 그림쇠, 곱자에

맞추는 것은

그 본성을 깎아내는 것이다.

새끼로 묶고 아교를 칠하여 고정시키는 것은

그 덕을 해치는 것이다.

몸을 굽히고 꺾는 예악 禮樂 과

말과 행동을 공손히 하는 인의는

천하의 마음을 막히게 하는 것이니

이는 상도 常道 인 자연 自然 을 잃게 하는 것이다.

枝於手者 齕之則啼

二者或有餘於數

或不足於數 其於憂一也.

今世之仁人

蒿[17] 目而憂世之患

不仁之人

決性命之情 而饕[18] 富貴

故仁義非人情乎

自三代以下者

天下何其囂囂[19] 也

且夫待鉤[20] 繩規[21] 矩

而正者

是削其性也.

待繩約膠漆而固者

是侵其德也.

屈折禮樂

呴[22] 俞[23] 仁義

以慰[24] 天下之心者

此失其常然也.

17_ 蒿(호)＝쑥대, 望視之貌.

18_ 饕(도)＝밥 탐하다.

19_ 囂囂(효효)＝시장 바닥처럼 질서 없다.

20_ 鉤(구)＝鐵曲也.

21_ 規(규)＝圓을 그리는 그림쇠.

22_ 呴(구)＝言語順也.

23_ 俞(유)＝和恭貌.

24_ 慰(위)＝鬱(滯)也.

천하에는 항상 그러한 것(自然)이 있다.	天下有常然
자연이란 굽은 것을 갈고랑이에 맞추지 않고	常然者 曲者不以鉤
곧은 것을 먹줄에 맞추지 않고	直者不以繩
둥근 것을 그림쇠에 맞추지 않고	圓者不以規
모난 것을 곱자에 맞추지 않는다.	方者不以矩
붙은 것은 아교나 풀칠한 것이 아니고	附離不以膠漆
묶인 것은 밧줄로 묶은 것이 아니다.	約束不以纆索
그러므로 천하는 자연이 이끄는 대로 살아가지만	故天下誘然皆生
그 생명의 원인을 모른다.	而不知其所以生
천하는 모두 덕이 있지만	同焉皆得 [25]
그 덕의 원인을 모른다.	而不知其所以得
그러므로 고금이 달라지지 않고 파괴되지 않는 것이다.	故古今不二 不可虧也.
그런즉 인의는	則仁義
어찌 아교칠과 노끈처럼 줄줄이 묶어놓고서	又奚連連如膠漆纆索
도덕의 사이에서 노닐도록 다스릴 수 있겠는가?	而遊乎道德之間爲哉
천하를 미혹시킬 뿐이다.	使天下惑也.

◎ 함께 읽기 ◎

• 장자/내편/대종사大宗師 6-10 : 夫堯旣已黥女以仁義 而劓汝以是非矣.
• 장자/외편/마제馬蹄 9-3 : 及至聖人 蹩躠爲仁 踶跂爲義而天下始疑也.
• 장자/외편/재유在宥 11-4 : 吾未知聖智之不爲桁楊接槢也 仁義之不爲桎梏鑿枘也.
• 장자/외편/천운天運 14-2 : 虎狼仁也.
• 장자/외편/천운天運 14-12 : 夫仁義憯然 乃憤吾心 亂莫大焉.
• 장자/잡편/서무귀徐无鬼 24-14 : 損仁義者寡 利仁義者衆. 夫仁義之行 唯且無誠. 且假乎禽貪者器.
• 노자老子/19장 : 絶聖棄智民利百倍 絶仁棄義民復孝慈.
• 노자老子/38장 : 失道而後德 失德而後仁.

25_ 得(득)=德也.

8-3

작은 미혹은 나라를 바꾸고, 큰 미혹은 천성을 바꾼다.	夫小惑易方 大惑易性
어찌 그런 줄을 아는가?	何以知其然邪
순임금이 인의로써 천하를 어지럽힌 이래	自虞氏 仁義以撓[26] 天下也
천하는 인의를 억지로 따르도록 교화되지 않은 이가 없었다.	天下莫不奔命[27] 於仁義.
이것은 인의로써 천성을 바꾸어놓은 것이 아니고 무엇인가?	是非以仁義易其性與.
경험한 바에 의하면 삼대 이후의 임금들은	故嘗試論之 自三代以下者
사물로써 사람들의 본성을 변화시켜 놓지 않은 이가 없었다.	天下莫不以物易其性矣.
소인은 이利를 위해 몸을 죽이고	小人則以身殉利
선비는 이름(名)을 위해 몸을 죽이고	士則以身殉名
대부는 가문을 좇아 몸을 죽이고	大夫則以身殉家
성인은 천하를 좇아 몸을 죽인다.	聖人則以身殉天下
이들 여러 사람은 사업이 같지 않고	故此數子者 事業不同
명성도 달리 호칭되지만	名聲異號
본성을 해쳐 몸을 죽게 했다는 점에서는 동일하다.	其於傷性以身爲殉一也.
장臧 과 곡穀 두 사람은 더불어 양을 키우고 있었는데	臧與穀二人 相與牧羊
어느 날 다 같이 양을 잃어버렸다.	而俱亡其羊
사정을 물었더니 장은 책을 끼고 독서를 했고	問臧奚事 則挾筴讀書.
곡은 윷놀이를 했다는 것이다.	問穀奚事 則博塞以遊
두 사람의 사업은 같지 않지만	二人者事業不同
그들이 양을 잃어버린 것은 동일하다.	其於亡羊均也.
백이伯夷 는 수양산 아래서 이름을 위해 죽었고	伯夷死名於首陽之下
도척盜跖 은 태산 위에서 이익을 위해 죽었다.	盜跖死利於東陵[28]之上.

26_ 撓(뇨)=亂也, 馴也.
27_ 奔命(분명)=逐敎(억지로 교화하다).

두 사람이 죽은 것은 달라도	二人者所死不同
생명을 해치고 천성을 상하게 한 점은 같다.	其於殘生傷性均也.
그런데 왜 백이는 옳고	奚必伯夷之是
도척은 그르다고 하는가?	而盜跖之非乎.
천하 사람은 모두 죽는다.	天下盡殉也.
그런데 세속에서는 인의를 위해 몸을 죽이면	彼其所殉仁義也
군자라 하고,	則俗謂之君子.
재물을 위해 몸을 죽이면	其所殉貨財也
소인이라 한다.	則俗謂之小人.
목숨을 해치고 본성을 상하게 한 것은 다 같은데	其殉一也
군자가 되기도 하고, 소인이 되기도 한다.	則有²⁹⁾君子焉 有小人焉.
생명을 죽이고 천성을 해친 것은	若其殘生損性
도척도 백이도 마찬가지인데	則盜跖亦伯夷已
또 어찌 군자와 소인으로 차별을 두는가?	又惡取君子小人於其間哉.

함께 읽기

- 장자/외편/마제馬蹄 9-3 : 夫赫胥之時 民居不知所爲 含哺而喜 鼓腹而遊.
- 장자/외편/거협胠篋 10-5 : 伏羲氏 神農氏 當是時也. 則至治已.
- 장자/외편/재유在宥 11-4 : 昔者黃帝始 以仁義攖人之心.
- 장자/외편/천지天地 12-14 : 至治之世 不尙賢不使能 上如標枝 民如野鹿.
- 장자/외편/천운天運 14-13 : 三王五帝之治天下 名曰治而亂莫甚焉.
- 장자/외편/선성繕性 16-3 : 逮德下衰 及燧人伏羲始爲天下.
- 장자/잡편/경상초庚桑楚 23-2 : 大亂之本 必生於堯舜之間.
- 장자/잡편/서무귀徐无鬼 24-14 : 夫堯畜畜然仁 吾恐其爲天下笑.
- 장자/잡편/도척盜跖 29-4 : 神農之世 此至德之隆也. 然而黃帝不能致德 與蚩尤 戰於涿鹿之野 流血百里.

28_ 東陵(동릉)=太山.
29_ 有(유)=爲也.

• 노자老子 / 19장 : 令有所屬 見素抱朴 小私寡慾.
• 노자老子 / 80장 : 小國寡民 民之老死不相往來.

8-4

또한 본성을 인의에 결부시키는 것은	且夫屬其性乎仁義者
유가들에게는 통할지 몰라도	雖通如曾史[30]
내가 말하는 선善 은 아니다.	非吾所謂臧[31] 也
본성을 오미五味 에 결부시키는 것은	屬其性於五味
맛의 달인 유아兪兒 에게는 통할지 몰라도	雖通如兪兒
이른바 내가 말하는 선은 아니다.	非吾所謂臧也
본성을 오성五聲 에 결부시키는 것은	屬其性於五聲
소리의 달인 사광師曠 에게는 통할지 몰라도	雖通如師曠
이른바 내가 말하는 귀 밝음은 아니다.	非吾所謂臧也
본성을 오색五色 에 결부시키는 것은	屬其性於五色
눈 밝은 이주에게는 통할지 몰라도	雖通如離朱
이른바 내가 말하는 눈 밝음은 아니다.	非吾所謂明也
내가 말하는 선이란 인의를 말하는 것이 아니라	吾所謂臧者 非仁義之謂也
각자 자기의 덕성을 선하게 하는 것뿐이다.	臧於其德而已矣.
내가 말하는 선이란	吾所謂臧者
인의를 말하는 것이 아니라	非所謂仁義之謂也
자기의 본성과 천명대로 방임하는 것뿐이다.	任其性命之情而已矣.
내가 말하는 귀 밝음이란 저들의 귀로 듣는 것이 아니라	吾所謂聰者 非謂其聞彼也
자기의 귀로 듣는 것을 말한다.	自聞而已矣.

30_ 曾史(증사)＝공자의 제자들인 曾參과 史鰌.
31_ 臧(장)＝善也.

내가 말하는 눈 밝음이란 저들의 눈으로 보는 것이 아니라
자기의 눈으로 보는 것을 말한다.
대저 스스로 보지 않고 남의 눈으로 보고
스스로 만족하지 않고 남으로 만족하는 것은
남의 만족으로 만족할 뿐
자기의 만족을 스스로 얻지 못하는 자들이며,
남들이 가는 곳으로 갈 뿐
자기의 갈 길을 가지 못하는 자들이다.
이처럼 자기 길을 가지 못한 것은
도척과 백이가 다 같으며
거짓되고 치우친 것이다.
내가 죄와 허물을 묻는 것은 도와 덕에 대해서다.
그래서 위로는 감히 인의를 고집하지 않고
아래로는 지나치고 편벽된 행동을 하지 않는다.

吾所謂明者 非謂其見彼也
自見而已矣.
夫不自見而見彼
不自得 而得彼者.
是得人之得
而不自得其得者也.
適人之適
而不自適其適者也.
夫適人之適 而不自適其適
雖盜跖與伯夷
是同爲淫僻也.
余愧[32] 乎道德.
是以上不敢爲仁義之操.
而下不敢爲淫僻之行也.

32_ 愧(괴)＝罪咎也.

馬蹄

9-1 진흙과 나무의 본성이 어찌 곱자와 갈고랑이와 먹줄에 맞으려 하겠는가?

9-2 베를 짜서 입고 밭을 갈아먹으니 이것을 '대동사회의 덕'이라고 말한다. 하나같이 평등하고 집단에 묶이지 않으니 이것을 '자연의 해방'이라고 말한다.

9-3 성인이 나타나 절름발이가 뛰듯 仁을 만들고, 발꿈치를 들고 달리듯 義를 만들어 천하에 갈등이 시작된 것이다.

제9장. 馬蹄 마제

9-1

말은 발굽이 있어 서리와 눈을 밟을 수 있고 馬蹄可以踐霜雪

털이 있어 바람과 추위를 막을 수 있다. 毛可以禦風寒.

풀을 뜯고 물을 마시며 발을 구르며 달리는 것이 齕草飲水 翹[1]足而陸[2]

말의 참본성이다. 此馬之眞性也.

위의를 갖춘 누대나 호사스런 침실도 쓸데없다. 雖義[3]臺路[4]寢 無所用之.

그러나 백락 伯樂 이 나타나 이르길 及至伯樂曰

"나는 말을 잘 다스린다"고 하면서 我善治馬.

털에 낙인을 찍고 깎아내며 燒之剔之

발굽을 다듬고 못 박으며 刻之雒之

굴레를 씌우고 밧줄로 묶어 連之而羈馽

구유와 우리에 나란히 세워두니 編之以皁棧

열에 두셋은 죽는다. 馬之死者十二三.

굶기고 갈증 나게 하며 饑之渴之

몰고 경주시키며 馳之驟之

1_ 翹(교)=起發也, 尾起也.
2_ 陸(륙)=跳也.
3_ 義(의)=己之威儀也.
4_ 路(로)=輅(迎也).

열 지어 나란히 달리게 하니　　　　　　　　　　　整之齊之

앞에서는 재갈과 멍에가 걱정이고　　　　　　　　前有橛⁵⁾飾之患

뒤에서는 채찍이 위협하니　　　　　　　　　　　後有鞭筴之威.

말의 절반 이상은 죽는다.　　　　　　　　　　　而馬之死者 已過半矣.

한편 도공은 말한다.　　　　　　　　　　　　　陶者曰.

"나는 진흙을 잘 다스린다.　　　　　　　　　　我善治埴.

둥근 것은 그림쇠에 들어맞고　　　　　　　　　圓者中規

모난 것은 곱자에 맞는다."　　　　　　　　　　方者中矩.

또한 목공은 말한다.　　　　　　　　　　　　　匠人曰

"나는 나무를 잘 다스린다.　　　　　　　　　　我善治木.

굽은 것은 갈고랑이에 들어맞고　　　　　　　　曲者中鉤

직선은 먹줄에 맞는다."　　　　　　　　　　　直者應繩.

그러나 진흙과 나무의 본성이　　　　　　　　　夫埴木之性

어찌 곱자와 갈고랑이와 먹줄에 맞으려 하겠는가?　　豈欲中規矩鉤繩哉.

9-2

그런데도 대를 이어 칭송하기를　　　　　　　　然且世世稱之曰

백락은 말을 잘 다스렸고　　　　　　　　　　　伯樂善治馬

도공과 목공은 진흙과 나무를 잘 다스린다고 말한다.　而陶匠善治埴木.

이것이 천하를 다스리는 자의 잘못이기도 하다.　　此亦治天下者之過也.

내 생각으로는 천하를 잘 다스리는 것은 그렇지 않다.　吾意 善治天下者不然.

저들 민중에게는 자연의 변하지 않는 성품이 있다.　彼民有常性.

베를 짜서 입고, 밭을 갈아먹으니(〈擊壤歌〉)　　　織而衣 耕而食

5_ 橛(궐)=말뚝. 여기서는 銜(재갈).

이것을 '대동_{大同} 사회의 덕' 이라고 말한다.　是謂同⁶⁾德.

하나같이 평등하고 집단에 묶이지 않으니　一⁷⁾而不黨⁸⁾

이것을 '자연의 해방' 이라고 말한다.　名曰天放.

그러므로 덕이 지극했던 세상에서는 거동이 편안했고　故至德之世 其行塡塡⁹⁾

생활이 순박하고 한결같았다.　其視¹⁰⁾顚顚.¹¹⁾

그 당시에는 산에는 길이 없었고　當是時也 山無蹊隧

못에는 배와 다리도 없었고　澤無舟梁.

만물이 무리 지어 살듯이　萬物群生

사람들은 마을들을 '공동체(屬)'로 결집하여 살았고,　連¹²⁾屬¹³⁾其鄉.

금수는 무리를 이루고 초목은 잘 자랐다.　禽獸成群 草木遂長.

그러므로 금수에 굴레를 씌워 같이 놀 수 있었고　是故禽獸可係羈而遊

때까치 둥지에 올라가 엿볼 수도 있었다.　鳥鵲之巢可攀援而闚.

덕이 지극한 세상에서는 금수와 더불어 살았고　夫至德之世 同與禽獸居

가족처럼 만물과 어울려 벗이 되었으니　族與萬物竝.

어찌 군자와 소인의 차별을 알겠는가?　惡乎知君子小人哉.

똑같이 무지했으니　同乎無知

그 덕을 잃지 않았고　其德不離

똑같이 무욕했으니　同乎無欲

소박하다고 말하며　是謂素樸.

6_ 同(동)＝平和, 一也, 共也. 共同體인 大同社會를 칭함.

7_ 一(일)＝同也.

8_ 黨(당)＝比也, 累也, 親也.

9_ 塡(진)＝편안할, (전)＝메울.

10_ 視(시)＝活.

11_ 顚(전)＝專一함.

12_ 連(련)＝結 聚也.

13_ 屬(속)＝族也, 聚也, 附也. 三鄉爲屬(管子/권8/小匡), 十縣爲屬(國語/齊語).

소박했으므로 백성의 성품은 덕성스러웠던 것이다.　　　　　　素樸而民性得[14] 矣.

◎ 함께 읽기 ◎

- 장자/외편/재유在宥 11-7 : 大同無己 無己惡乎得有有.
- 장자/외편/추수秋水 17-4 : 貨財不爭 不多辭讓 事焉不借人 不多食乎力.
- 장자/외편/지북유知北遊 22-7 : 汝身非汝有也. 是天地之委形也.
- 장자/잡편/칙양則陽 25-7 : 貨財聚 然後覩所爭.
- 장자/잡편/도척盜跖 29-14 : 平爲福 有餘爲害.
- 노자老子/19장 : 絕巧棄利 盜賊無有. 故令有所屬 少私寡欲.
- 노자老子/81장 : 聖人不積 旣以與人 己愈多.
- 열자列子/양주楊朱 : 然身非我有也 物非我有也. 不橫私天下之物者 其唯聖人乎.

9-3

그러나 성인(군왕)이 나타나	及至聖人
절름발이가 뛰듯 인仁 을 만들고	蹩躠[15] 爲仁
발꿈치를 들고 달리듯 의義 를 만들어	踶跂[16] 爲義.
천하에 갈등이 시작된 것이다.	而天下始疑也
방종하게 음악을 만들고	澶漫[17] 爲樂
번쇄하게 예를 만들고부터	摘僻[18] 爲禮
천하에 비로소 명분名分 이 생긴 것이다.	而天下始分矣
그러므로 순박함을 해치지 않으면	故純樸不殘
어떻게 종묘의 술잔을 만들며,	孰爲犧尊[19]

14_ 得(득)＝德也.
15_ 蹩躠(변설)＝절름발이 뜀.
16_ 踶跂(제기)＝强用心力貌. 발꿈치를 들고 뜀.
17_ 澶漫(단만)＝猶放縱.
18_ 摘僻(적벽)＝摘擗＝摘取分析.

백옥을 훼손하지 않으면	白玉不毁
어떻게 대신大臣들의 홀을 만들 수 있겠는가?	孰爲珪璋
도덕이 폐지되지 않았다면	道德不廢
무엇 때문에 인의를 취하며,	安取仁義
성정이 흩어지게 하지 않았다면	性情不離
무엇 때문에 예악을 쓰겠는가?	安用禮樂
오색이 어지럽히지 않았다면	五色不亂
무엇 때문에 무늬와 채색을 하겠으며,	孰爲文采
오성이 어지럽히지 않았다면	五聲不亂
무엇 때문에 육률을 호응하겠는가?	孰應六律
소박한 자연을 해쳐 그릇을 만든 것은	夫殘樸而爲器
장인의 죄이며,	工匠之罪也
도덕을 헐어 인의를 만든 것은	毁道德以爲仁義
성인의 잘못이다.	聖人之過也
말은 육지 동물이므로	夫馬陸居則
풀을 먹고 물을 마시며	食草飮水
즐거우면 목을 비비며 서로 달리고	喜則交頸相靡
노여우면 서로 등지고 발로 걷어찬다.	怒則分背相踶
말의 지혜는 이것으로 그친다.	馬知已此矣
대저 멍에를 메게 하고	夫加之以衡扼²⁰⁾
끌채로 조종함으로써	齊之以月題²¹⁾
말로 하여금 흘겨보고 멍에를 구부리며 달려들고	而馬知介倪²²⁾ 闉扼²³⁾ 鷙曼²⁴⁾

19_ 犧尊(희준)=소머리를 새긴 종묘의 술잔.
20_ 衡扼(형액)=쇠뿔 가름대와 멍에.
21_ 月題(월제)=軏軏(끌채와 끌채쐐기).
22_ 介倪(개예)=睥睨(흘겨보다).

재갈을 거부하고	詭銜 [25]
고삐를 몰래 벗어버리는 것을 알게 하였다.	竊轡 [26]
그러므로 말의 지혜와 태도가 도적같이 되었으니	故馬之知而態至盜者
이는 백락의 죄일 것이다.	伯樂之罪也.
고대 혁서(赫胥) 씨 시절에는	夫赫胥之時
백성들이 편안히 살면서 다스림을 몰랐고	民居不知所爲
여행을 하지만 가야 할 곳을 몰랐다.	行不知所之
젖을 물고 기뻐하는 아이처럼 배를 두드리며 놀았으니	含哺而喜 鼓腹而遊
백성들이 할 수 있는 것이란 이것뿐이었다.	民能以此矣.
그러나 성인 시대에 이르자 ('국가'가 창립되어)	及至聖人
몸을 굽히고 꺾는 예악으로	屈折禮樂
천하 사람들을 모두 곱사등이로 만들고	以匡 [27] 天下之形
인의를 내세워 천하의 인심을 우울하게 했다.	縣企仁義 以慰天下之心
이에 백성들은 발돋움하며 지혜 겨루기를 좋아하고	以民乃始踶跂好知
이익을 차지하려는 다툼이 그치지 않았다.	爭歸於利 不可止也
이 또한 성인의 잘못이다.	此亦聖人之過也.

▶ 함께 읽기 ◀

• 장자/내편/대종사大宗師 6-10 : 夫堯旣已黥汝以仁義 而劓汝以是非矣.
• 장자/외편/변무駢拇 8-2 : 鳧脛雖短 續之則憂 鶴脛雖長 斷之則悲 彼仁人何其多憂也.
• 장자/외편/거협胠篋 10-4 : 削曾史楊墨之口 攘棄仁義 而天下之德始玄同矣.
• 장자/외편/재유在宥 11-4 : 吾未知聖智之不爲桁楊接槢也 仁義之不爲桎梏鑿枘也.

23_ 闉扼(인액)＝멍에를 구부러뜨리다.
24_ 鷙曼(지만)＝抵突.
25_ 詭銜(궤함)＝재갈을 거부함.
26_ 竊轡(절비)＝고삐를 몰래 벗다.
27_ 匡(광)＝尫(背曲之疾).

- 장자 / 외편 / 천운天運 14-2 : 虎狼仁也.
- 장자 / 외편 / 천운天運 14-12 : 夫仁義憯然 乃憤吾心 亂莫大焉.
- 장자 / 잡편 / 서무귀徐无鬼 24-14 : 損仁義者寡 利仁義者衆. 夫仁義之行 唯且無誠. 且假乎禽貪者器.
- 노자老子 / 19장 : 絕聖棄智民利百倍 絕仁其義民復孝慈.
- 노자老子 / 38장 : 失道而後德 失德而後仁.

胠
篋

10-1 聖人이란 큰 도둑을 위한 문지기가 아닌가?

10-2 도둑질에도 도가 있습니까? 도척도 聖人의 도를 얻지 못하면 도적질을 할
수 없다.

10-3 낚싯바늘을 훔친 놈은 죽임을 당하고, 나라를 훔친 놈은 제후가 된다.

10-4 증참, 사추, 양주, 묵적의 입을 봉해 버리고 仁義를 버리면, 천하에 덕이 비
로소 자연의 도와 부합할 것이다.

10-5 이웃 나라는 서로 바라보이고 개 짖는 소리와 닭 울음소리를 서로 듣는다. 그러나 사람들은 늙어
죽을 때까지 서로 왕래하지 않는다. 이런 때야말로 지극한 다스림이 이루어진 것이다.

10-6 고요하고 맑은 無爲를 내버리고 제멋대로 가르치는 학설을 좋아한다. 이미 이런 독단적인 학설이
천하를 어지럽히고 있다.

제10장. 胠篋 거협

10-1

상자와 자루를 열고 궤짝을 뒤지는 도둑을

막기 위해서는

반드시 노끈으로 단단히 묶고

튼튼한 빗장이나 자물쇠로 잠가두어야 한다고 말한다.

이것이 이른바 세상의 지혜라는 것이다.

그러나 큰 도둑의 경우는

궤짝을 지고, 상자를 들고, 자루를 메고 달아나면서

오히려 노끈이나 자물쇠가 튼튼하지 않을까 걱정한다.

그런즉 지난날 이른바 지혜 있다는 자들은

큰 도둑을 위해 쌓아두는 자들이 아니고 무엇인가?

그러므로 경험으로 말한다면

將爲胠[1]篋 探囊 發匱[2]之盜

而爲守備

則必攝[3]緘縢[4]

固扃[5]鐍[6]

此世俗之所謂知也.

然而巨盜至.

則負匱 揭[7]篋 擔囊而趨

唯恐緘縢 扃鐍之不固也.

然則鄕[8]之所謂知者

不乃爲大盜積者也.

故嘗試[9]論之

1_ 胠(거)=열다.
2_ 匱(궤)=櫃也.
3_ 攝(섭)=結.
4_ 縢(등)=約, 索也, 紟帶.
5_ 扃(경)=빗장.
6_ 鐍(휼)=자물쇠.
7_ 揭(게)=擧也.
8_ 鄕(향)=지난날, 曩, 曏.
9_ 嘗試(상시)=經驗.

세상에 지혜 있다는 선비들이란

큰 도둑을 위해 재물을 쌓아두는 자들이 분명하다.

이른바 성인이란

큰 도둑을 위한 문지기가 아닌가?

무엇으로 그런 줄을 알 수 있는가?

옛날 제나라는 이웃 마을이 서로 바라보이고

개, 닭 소리가 서로 들리며,

그물을 치고 쟁기질을 할 땅이

사방 이천여 리였으며,

사방의 경내를 통틀어 종묘와 사직단을 세우고

크고 작은 고을을 다스림에

상세한 것까지 성인을 본받지 않음이 없었다.

그런데도 전성자田成子 가

하루아침에 제나라 군주를 죽이고 나라를 훔쳤다.

훔친 것이 어찌 나라뿐이겠는가?

성인과 지자智者 의 법까지도 아울러 훔친 것이다.

그러므로 전성자는 도둑이란 이름을 얻었지만

몸은 요순의 안락함을 누렸다.

소국은 감히 비난할 수 없었고

대국도 감히 주벌하지 못했다.

그래서 십이 대까지 나라를 차지할 수 있었다.

곧 이것은 나라를 훔치고

世俗所謂知者

有不爲大盜積者乎

所謂聖者

有不爲大盜守者乎.

何以知其然邪

昔者齊國 鄰邑相望

雞狗之音相聞

罔罟之所布 耒耨之所刺 10)

方二千餘里

闔四竟之內 所以立宗廟社稷

治邑屋州閭鄉 11)

曲者曷 12) 嘗不法聖人哉.

然而田成子

一旦殺齊君 而盜其國

所盜者豈獨其國邪.

並與其聖知之法而盜之.

故田成子 有乎盜賊之名

而身處堯舜之安.

小國不敢非

大國不敢誅.

十二世有齊國.

則是不乃竊齊國

10_ 刺(자)=찌르다, 至也, 擧也.

11_ 전국시대의 병서 『司馬法』에서는 "六尺爲步 步百爲畝, 畝百爲夫. 夫三爲屋. 屋三爲井. 井四爲邑 五家爲比.
　　 五比爲閭. 五閭爲族. 五族爲黨. 五黨爲州. 五州爲鄉" 이라 했다. 邑, 閭, 州, 鄉은 모두 행정구역 단위임.

12_ 曷(갈)=何也, 蓋也.

성인의 법까지도 훔쳐 　　　　　　　　　并與其聖知之法

도둑의 몸을 지킨 것이 아닌가? 　　　　　以守其盜賊之身乎.

이로 비추어 논한다면 　　　　　　　　嘗試論之

세상에 이른바 큰 지혜가 있다는 자들은 　世俗之所謂至知者

결국 큰 도둑을 위해 재물을 쌓아두는 자들이 아닌가? 　有不爲大盜積者乎

이른바 위대한 성인이란 　　　　　　　所謂至聖者

큰 도둑을 위한 문지기가 아닌가? 　　　有不爲大盜守者乎.

무엇으로 그런 줄을 알 수 있는가? 　　何以知其然邪.

옛날의 용봉龍逢 은 참수되었고 　　　　昔者龍逢斬

비간比干 은 가슴이 쪼개졌고 　　　　　比干剖

자서子胥 는 강물에 버려졌고 　　　　　子胥靡[13]

장홍萇弘 은 육시를 당했다. 　　　　　萇弘胣.[14]

이들 네 사람은 현자였으나 　　　　　故四子之賢

죽임을 면하지 못했다. 　　　　　　　而身不免乎戮.

■ 함께 읽기

• 장자/외편/재유在宥 11-4 : 吾未知聖智之不爲桁楊椄槢也.

• 노자老子/5장 : 天地不仁 以萬物爲芻狗 聖人不仁以百姓爲芻狗.

• 노자老子/19장 : 絶聖棄智 民利百倍.

• 노자老子/27장 : 善結無繩約而不可解. 是以聖人常善救人 故無棄人.

• 회남자淮南子/도응훈道應訓 : 秦皇帝 發邊戍 築長城 設障塞 然劉氏奪之 若轉閉錘.

13_ 靡(미)=爛之於江中.

14_ 胣(이)=裂也.

10-2

옛날 도척의 무리들이 도척에게 물었다.

"공구의 무리들은 도가 있는데 도둑질에도 도가 있습니까?"

도척이 답했다. "어디를 간들 도가 없겠느냐?

남의 집 안에 감춰진 재물을 짐작해 알아내는 것은 성_聖 이요,

먼저 들어가는 것은 용_勇 이요,

뒤에 나오는 것은 의_義 요,

도둑질의 가부를 아는 것은 지_知 요,

도둑질한 것을 고르게 나누는 것은 인_仁 이다.

이 다섯 가지 도_道 를 갖추지 않고 대도_{大盜} 가 된 자가

천하에 없었다.

이로 볼 때

선인_{善人} 은 성인의 도를 얻지 못하면 입신할 수 없고,

도척도 성인의 도를 얻지 못하면 도적질을 할 수 없다.

천하에 선인은 적고 선하지 않은 사람은 많으니

성인이 천하를 이롭게 하는 것은 적고

천하를 해롭게 하는 것은 많다.

그러므로 이르기를 입술이 없어지면 이가 시리고

노나라 술이 묽었는데 조나라 서울이 포위되었듯,[17]

성인이 생기니 도둑이 일어난다고 말한 것이다.

그러므로 성인을 없애면 도둑도 따라서 사라질 것이며

故盜跖之徒 問於跖曰

盜亦有道乎

跖曰 何適而無有道邪.

夫妄意[15]室中之藏 聖也

入先 勇也

出後 義也

知可否 知也

分均 仁也.

五者不備 而能成大盜者

天下未之有也.

由是觀之

善人不得聖人之道不立.[16]

跖不得聖人之道不行.

天下之善人少 而不善人多.

則聖人之利天下也少

而害天下也多.

故曰 脣竭則齒寒

魯酒薄而邯鄲圍.

聖人生而大盜起.

掊擊聖人 縱舍盜賊

15_ 妄意(망의)=斟量商度.

16_ 立(립)=成也, 行也.

17_ 『淮南子』 참조. 조나라와 노나라가 초나라 왕을 알현하면서 술을 바쳤다. 그런데 조나라는 초나라의 관리에게 뇌물을 주지 않아 미움을 샀다. 그래서 그 관리는 조나라의 좋은 술을 노나라의 묽은 술로 바꿔치기 했다. 초나라 왕은 조나라 술이 묽다고 분노해 조나라 서울 한단(邯鄲)을 포위했다고 한다.

천하는 비로소 다스려질 것이다."   而天下始治矣.

10-3

냇물이 마르면 골짜기가 텅 비듯   夫川渴而谷虛
언덕이 무너지면 연못이 메인다.   丘夷[18]而淵實.
성인(군왕)이 죽어버리면 큰 도둑은 일어나지 않을 것이니,   聖人已死 則大盜不起.
천하는 태평하고 무사할 것이다.   天下平而無故矣.
성인이 죽지 않으면 큰 도둑도 그치지 않을 것이니,   聖人不死 大盜不止.
성인을 중용하여 나라를 다스리는 것은   雖重聖人而治天下
도둑을 거듭 이롭게 하는 것이다.   則是重利盜跖也.
말(斗)과 되를 만드는 것은 수량을 재기 위함인데   爲之斗斛以量之
그러면 말과 되까지 훔쳐버릴 것이며,   則並與斗斛而竊之.
저울과 추를 만드는 것은 무게를 달기 위함인데   爲之權衡以稱之
그러면 저울과 추까지도 훔쳐버릴 것이며,   則並與權衡而竊之.
부절符節과 옥새를 만드는 것은 신표로 삼기 위함인데   爲之符璽以信之
그러면 부절과 옥새까지 훔쳐버릴 것이며,   則並與符璽而竊之.
인의를 만드는 것은 이로써 교정한다는 것인데   爲之仁義以矯之
그러면 인의마저 훔쳐버릴 것이다.   則並與仁義而竊之.
무엇으로 그럴 줄을 알 수 있는가?   何以知其然邪.
낚싯바늘을 훔친 놈은 죽임을 당하고   彼竊鉤者誅
나라를 훔친 놈은 제후가 되는데,   竊國者爲諸侯.
제후가 되면 가문에 인의가 몰려드니   諸侯之門 而仁義存焉.
이는 곧 도둑놈이 인의와 성지聖智를 훔친 것이 아닌가?   則是非竊仁義聖知邪.

18_ 夷(이)＝平也.

이처럼 큰 도둑이 되어 제후를 훔치고,　　　　　　　　故逐於大盜 揭[19]諸侯.

인의를 훔치고,　　　　　　　　　　　　　　　　　竊仁義

말과 되, 저울과 추, 부절과 옥새의 이로움까지 훔치면　竝斗斛權衡符璽之利者.

고관대작을 상품으로 준다 해도 권면할 수 없고　　　雖有軒冕之賞弗能勸

사형의 위협으로도 막을 수 없을 것이다.　　　　　斧鉞之威不能禁.

이는 도척을 거듭 이롭게 할 뿐　　　　　　　　　此重利盜跖

그것을 막을 수 없게 하는 것이니　　　　　　　　而使不可禁者.

이것이 바로 성인의 잘못이다.　　　　　　　　　是乃聖人之過也.

10-4

그러므로 옛말에 물고기는 연못을 벗어나면 안 되고　　故曰 魚不可脫於淵

나라는 날카로운 도구를 사람들에게 과시하지 말라고 했다.　國之利器 不可以示人.

성인은 천하의 날카로운 병기일 뿐　　　　　　　　彼聖人者 天下之利器也

천하를 밝히는 수단이 아니다.　　　　　　　　　非所以明天下也.

성인을 근절하고 지혜를 버려야만 큰 도둑이 없어질 것이다.　故絶聖棄知 大盜乃止.

옥을 버리고 주옥을 부숴버려야만 좀도둑이 생기지 않는다.　擿[20]玉毀珠 小盜不起.

부절을 불태우고 옥새를 파괴해 버리면　　　　　焚符破璽

민중은 소박해질 것이다.　　　　　　　　　　　而民朴鄙.

말과 되를 쪼개버리고 저울을 꺾어버리면　　　　掊斗折衡

민중은 다투지 않을 것이다.　　　　　　　　　而民不爭.

천하에 성인의 법을 완전히 파괴해 버려야만　　　殫殘天下之聖法

민중은 비로소 더불어 마땅한 표준을 선택할 수 있을 것이다.　而民始可與論[21]議.[22]

19_ 揭(게)＝擧也.
20_ 擿(적)＝擲也.

육률을 금지하여 뿌리를 뽑고 악기를 태워버리고 　擢[23] 亂六律 鑠[24] 絶竽瑟

악사의 귀를 막아버려야 　塞瞽曠[25] 之耳

천하는 비로소 사람들의 귀가 밝아질 것이다. 　而天下始人含其聰矣.

무늬와 채색을 없애고 　滅文章 散五采

이주의 눈을 아교로 붙여버리면 　膠離朱[26] 之目

천하는 비로소 그 밝음을 품을 것이다. 　而天下始人含其明矣.

갈고랑이와 먹줄을 부숴버리고 　毀絶鉤繩

그림쇠와 곱자를 내다 버리고 　而棄規矩

공수반의 손가락을 부러뜨려 버리면 　擺[27] 工倕[28] 之指

천하는 비로소 진실한 재주를 소유할 수 있을 것이다. 　而天下人有其巧矣.

그러므로 큰 기술은 졸렬한 것만 못하다고 말한 것이다. 　故曰 大巧若拙.

증참, 사추, 양주, 묵적의 입을 봉해 버리고 인의를 버리면 　削曾史楊墨之口 攘棄仁義

천하의 덕이 비로소 자연의 도(玄道)와 부합할 것이다. 　而天下之德始玄[29]同矣.

그처럼 사람들이 그 밝은 이치를 품는다면 　彼人含其明

천하는 혼란하지 않을 것이다. 　則天下不鑠[30] 矣.

사람들이 그러한 총명을 품는다면 　人含其聰

천하는 근심이 사라질 것이다. 　則天下不累[31] 矣.

21_ 論(론)＝別也, 選擇也.
22_ 議(의)＝平也, 通誼 儀也.
23_ 擢(탁)＝拔也.
24_ 鑠(삭)＝녹이다.
25_ 曠(광)＝음악가 師曠.
26_ 離朱(이주)＝눈 밝은 사람.
27_ 擺(려)＝折也.
28_ 工倕(공수)＝墨子와 겨루었던 木手인 魯般公 公輸.
29_ 玄(현)＝노자의 玄道.
30_ 鑠(삭)＝消壞也.
31_ 累(루)＝憂患也.

사람들이 그러한 지혜를 품는다면   人含其知

천하는 의혹되지 않을 것이다.   則天下不惑矣.

사람들이 그러한 덕을 품는다면 천하는 편벽되지 않을 것이다.   人含其德 則天下不僻矣.

저들 증참, 사추, 양주, 묵적, 사광, 공수, 이주 등은   彼曾史楊墨師曠工倕離朱

모두 겉으로는 그러한 덕을 이루었다고 한다.   皆外立其德

하지만 실은 천하를 소란케 한 자들이다.   而爚亂[32] 天下者也.

그러므로 그들을 본받는 것은 무용한 짓이다.   法之所无用也.

◎ 함께 읽기

• 장자/외편/마제馬蹄 9-3: 夫殘樸而爲器 工匠之罪也 毀道德以爲仁義 聖人之過也.
• 장자/외편/천지天地 12-11: 有機械者 必有機事機心 機心存於胸中 則純白不備.
• 노자老子/19장: 絕巧棄利 盜賊無有.
• 노자老子/57장: 民多利器 國家滋昏. 人多伎巧 奇物滋起. 法令滋彰 盜賊多有.

10-5

그대는 덕이 지극했던 시대를 모르는가?   子獨不知至德之世乎

옛날 제왕들인 용성씨, 대정씨,   昔者 容成氏 大庭氏

백황씨, 중앙씨,   伯皇氏 中央氏

율륙씨, 여축씨,   栗陸氏 驪畜氏

헌원씨, 혁서씨,   軒轅氏 赫胥氏

준로씨, 축융씨,   尊盧氏 祝融氏

복희씨, 신농씨 당시에는   伏羲氏 神農氏 當是時也.

민중들은 새끼를 맺어 의사소통을 했지만   民結繩而用之

그들의 음식을 달게 먹었고, 그들의 의복을 아름다워했고,   甘其食 美其服

32_ 爚亂(약란)=騷亂의 가차.

그들의 풍속을 즐거워했고, 그들의 거처를 편안해했다.	樂其俗 安其居.
이웃 나라는 서로 바라보이고	隣國相望
개 짖는 소리와 닭 울음소리를 서로 듣는다.	鷄狗之音相聞
그러나 사람들은 늙어 죽을 때까지 서로 왕래하지 않는다.	民至老死 而不相往來.
이런 때야말로 지극한 다스림이 이루어진 것이다.	若此之時 則至治已.
지금은 백성들이 목을 빼고 발꿈치를 들고 말하게 되었다.	今遂至使民延頸擧踵曰.
모처에 현자가 있다고 하면 양식을 싸 들고 달려간다.	某所有賢者 贏³³⁾ 糧而趣之.
그러니 제 부모를 버리고	則內棄其親
제가 섬기던 주인을 떠나간다.	而外去其主之事
그들의 족적은 제후의 경계를 오가고	足跡接乎諸侯之境
그들의 수레는 천 리 밖까지 교차한다.	車軌結乎千里之外.
곧 이것은 윗사람이 지식을 좋아한 잘못 때문이다.	則是上好知之過也.
윗사람들이 진실로 지식을 좋아하고 도가 없으니	上誠好知而無道
천하는 크게 어지러워진 것이다.	則天下大亂矣.

◈ 함께 읽기

- 장자/외편/재유在宥 11-4 : 昔者黃帝始 以仁義攖人之心.
- 장자/외편/천지天地 12-14 : 至治之世 不尙賢不使能 上如標枝 民如野鹿.
- 장자/외편/천운天運 14-13 : 三王五帝之治天下 名曰治而亂莫甚焉.
- 장자/외편/선성繕性 16-2 : 逮德下衰 及燧人伏羲始爲天下.
- 장자/잡편/경상초庚桑楚 23-2 : 大亂之本 必生於堯舜之間.
- 장자/잡편/서무귀徐无鬼 24-14 : 夫堯畜畜然仁 吾恐其爲天下笑.
- 장자/잡편/도척盜跖 29-4 : 神農之世 此至德之隆也. 然而黃帝不能致德 與蚩尤 戰於涿鹿之野 流血百里.
- 노자老子/19장 : 令有所屬 見素抱朴 小私寡慾.
- 노자老子/80장 : 小國寡民 民之老死不相往來.

33_贏(영)=이익이 남다. 裹也.

10-6

무엇으로 그런 줄 아는가?

활, 쇠뇌, 그물, 주살 등

화살 메는 지식이 많아지면

하늘의 새를 어지럽히고,

낚시, 투망, 통발의 지식이 많아지면

물속의 물고기를 어지럽힌다.

덫을 놓고 그물을 치는 지식이 많아지면

늪의 짐승을 어지럽힌다.

거짓된 지식이 점점 독기를 품고

교활한 견백론과

궤변인 동이론同異論이 번다해지면

세속은 변론에 의혹된다.

그러므로 천하는 어둠처럼 어지러워지는데

이는 지식을 좋아한 때문이다.

천하는 모두 모르는 것을 찾을 줄은 알면서도

이미 알고 있는 것을 찾을 줄은 모른다.

천하는 모두 선하지 않은 것을 비난할 줄은 알면서도

이미 선하다고 알고 있는 것을 비판할 줄은 모른다.

何以知其然邪.

夫弓弩畢³⁴⁾弋機³⁵⁾

彎³⁶⁾之知多

則鳥亂於上矣.

鉤餌罔罟罾笱³⁷⁾之知多

則魚亂於水矣.

削格羅落罝罘³⁸⁾之知多

則獸亂於澤矣.

知詐漸毒

詰滑³⁹⁾堅白

解垢⁴⁰⁾同異之變多

則俗惑於辯矣

故天下每每⁴¹⁾大亂

罪在於好知

故天下皆知求其所不知

而莫知求其所已知者

皆知非其所不善

而莫知非其所已善者

34_ 畢(필)＝兎網.
35_ 機(기)＝弩牙.
36_ 彎(만)＝화살 메다.
37_ 罾笱(증구)＝어망과 통발.
38_ 罝罘(저부)＝토끼그물, 사슴그물.
39_ 詰滑(힐활)＝黠滑.
40_ 解垢(해구)＝詭曲之辭.
41_ 每每(매매)＝昏昏.

바로 이 때문에 크게 어지러워진 것이다.

그러므로 위로는 일월의 밝음을 어그러지게 하고

아래로는 산천의 정기를 꺼지게 하고

가운데로는 사시의 운행을 일그러지게 하여,

기어 다니는 벌레와 날개 달린 곤충들까지

그 성품을 잃지 않은 것이 없다.

너무도 심하도다!

지식을 좋아하여 천하를 어지럽히는 것이!

삼대 이래 군주들은 모두 이런 꼴이니,

성실한 민중을 버리고

교활한 아첨꾼을 좋아한다.

고요하고 맑은 무위無爲를 내버리고

제멋대로 가르치는 학설을 좋아한다.

이미 이런 독단적인 학설이 천하를 어지럽히고 있다.

是以大亂.

故上悖日月之明

下爍[42]山川之精

中墮四時之施.

惴耎[43]之蟲 肖翹[44]之物

莫不失其性.

甚矣

夫好知之亂天下也.

自三代以下者 是已.

舍夫種種[45]之民

而悅夫役役[46]之佞.

釋夫恬淡無爲

而悅哼哼[47]之意

哼哼已亂天下矣.

함께 읽기

- 장자/잡편/경상초庚桑楚 23-5 : 能儵然乎 能侗然乎 能兒子乎 與物委蛇 而同其波 是衛生之道.
- 노자老子/10장 : 載營魄抱一 能無離乎. 專氣致柔 能如嬰兒乎.
- 노자老子/28장 : 復歸於嬰兒.
- 노자老子/49장 : 聖人無常心 以百姓之心爲心. 爲天下渾其心 聖人皆孩之.
- 노자老子/65장 : 古之善爲道者 非以明民 將以愚之 常知稽式 是謂玄德.
- 노자老子/76장 : 人之生也柔弱 其死也堅强.

42_ 爍(삭)=빛나다, 꺼지다.
43_ 惴耎(췌연)=無足蟲.
44_ 肖翹(초교)=작은 깃털.
45_ 種種(종종)=謹愨之貌.
46_ 役役(역역)=鬼黠之貌.
47_ 哼哼(톤톤)=자기 학설로 남을 가르침.

在宥

小目

11-1 천하를 자연대로 풀어준다는 말은 들었어도 천하를 다스린다는 말은(賞罰) 들어보지 못했다.

11-2 천하보다 몸을 귀하게 생각하면 천하를 부탁할 만하다.

11-3 폭발하면 묶어둘 수 없는 것이 인심이다.

11-4 옛날 黃帝는 처음으로 仁義로써 人心을 속박했다. 삼왕 때에 이르자 천하는 크게 소란스러웠다. 군왕을 없애고 그들의 지혜를 버려야만 천하가 태평할 것이다.

11-5 삼가 네 몸을 지키면 만물은 저절로 창성할 것이다. 광성자(道)는 泰一을 지켜 二氣의 조화에 처하였다.

11-6 인류과 사물을 잊고 대자연의 호기에 大同하라! 마음을 해방하고 정신을 석방하여 혼이 나간 듯 無知하라! 그러면 만물은 무성하고 각각 그 뿌리로 돌아갈 것이다.

11-7 대동세계에서는 自己가 없다. 자기가 없는데 어찌 所有를 얻으려 하겠는가? 有를 돌보는 자는 옛 군자요, 無를 돌보는 자는 천지의 벗이다.

11-8 비천하지만 사용하지 않을 수 없는 것이 事物이다. 비루하지만 따르지 않으면 안되는 것이 民衆이다. 축소해야 하지만 다스리지 않으면 안되는 것이 政事이다.

11-9 다스림이 없어도 순종하는 것이 天道요, 다스림이 있어 따르도록 묶는 것이 人道다. 주인은 천도요, 신하는 인도다.

제11장. 在宥 재유

11-1

옛말에 천하를 자연대로 풀어준다는 말은 들었어도

천하를 다스린다는 말은(賞罰) 들어보지 못했다.

자연대로 둔다는 것은(無爲自然)

천하가 천성을 어지럽힐까 염려한 것이고

풀어준다는 것은(解放)

천하가 천덕 天德 을 옮겨버릴까 염려한 것이다.

천하가 천성을 어지럽히지 않고 천덕을 잃지 않는다면

어찌 천하를 다스릴 필요가 있겠는가?

옛날 요임금이 천하를 다스릴 때는

천하를 기쁘게 하여 사람마다 그 천성을 즐겼다.

그러나 이것은 편안함이 아니다.

걸임금이 천하를 다스릴 때는

聞在¹⁾宥²⁾天下

不聞治天下也.

在之也者

恐天下之淫³⁾其性也.

宥之也者

恐天下之遷⁴⁾其德也.

天下不淫其性 不遷其德

有治天下者哉.

昔堯之治天下也

使天下欣欣⁵⁾焉 人樂其性

是不恬⁶⁾也.

桀之治天下也

1_ 在(재)＝居也. 혹은 察, 存으로 解함.

2_ 宥(유)＝寬也, 赦也.

3_ 淫(음)＝亂也.

4_ 遷(천)＝去也, 放逐也.

5_ 欣(흔)＝喜貌.

6_ 恬(념)＝安靜.

천하를 근심스럽게 하여 사람마다 본성을 괴롭혔다.

그러나 이것은 안락함이 아니다.

편안하지 않고 안락하지 않음은 덕이 아니다.

장구할 수 있는 것은 천하에 없다.

사람이 크게 기뻐하면 양기를 흥분시킨 것이요,

크게 노하면 음기를 흥분시킨 것이다.

음양이 아울러 지나치면 사시가 운행되지 않고

춥고 더움의 조화가 이루어지지 않아

도리어 사람의 몸을 상하게 한다.

사람으로 하여금 희로喜怒가 품위를 잃고

거처가 일정치 않으면

사려를 다하지 못하고 자연의 도가 밝지 못한다.

이로부터 천하는

힐난의 창끝을 세우고 치우침을 높이 세우기 시작한다.

이후부터 도둑의 대장인 도척과

공자의 제자인 증참과 사추가 횡행하게 된 것이다.

使天下瘁瘁[7]焉 人苦其性

是不愉[8]也.

夫不恬不愉 非德也.

而可長久者 天下無之.

人大喜邪毗[9]於陽

大怒邪毗於陰

陰陽竝毗 四時不至.[10]

寒暑之和不成

其反傷人之形乎.

使人喜怒失位

居處無常

思慮不自得 中[11]道不成章[12]

於是乎 天下

始喬詰[13] 卓鷙.[14]

而後有盜跖

曾史之行.

🔅 함께 읽기

- 장자/외편/천지天地 12-7 : 昔堯治天下 不賞而民勸 不罰而民畏 今禹賞罰 而民且不仁.
- 장자/외편/산목山木 20-6 : 直木先伐 甘泉先竭 子其意者 飾智以驚愚.

7_ 瘁(췌)＝勞也, 憂也.
8_ 愉(유)＝樂也.
9_ 毗(비)＝慎懣而氣不舒轉.
10_ 至(지)＝行也.
11_ 中(중)＝중용이 아니고 中央.
12_ 章(장)＝明也, 盛大 彰顯.
13_ 喬詰(교힐)＝意不平.
14_ 卓鷙(탁지)＝行不平.

- 장자莊子/잡편/양왕讓王 28-1 : 夫天下至重也 而不以害其生 又況他物乎.
- 노자老子/13장 : 寵辱若驚 貴大患若身. 故貴以身於爲天下 若可寄天下.
- 노자老子/72장 : 民不畏威 則大威至, 無狎其所居 無壓其所生 是以聖人.
- 노자老子/74장 : 民不畏死 奈何以死懼之.
- 열자列子/양주楊朱 : 生民之不得休息 爲壽名位貨故. 有此四者 畏鬼人威刑 此謂之遁民也.
- 한비자韓非子/현학顯學 : 夫上所以陳良田大宅設爵祿 所以易民死命也.

11-2

그러므로 천하를 들어 선한 자에게 상을 준다 해도	故擧天下以賞其善者
충분하지 못할 것이며	不足.
천하를 들어 악한 자에게 벌을 준다 해도	擧天下以罰其惡者
넉넉하지 못할 것이다.	不給.
천하는 큰 것이라 상벌로는 충분하지 않은 것이다.	故天下之大 不足以賞罰.
하夏, 은殷, 주周 삼대 이래로 떠들썩하기만 했지	自三代以下者 匈匈[15]焉
끝내 상벌로 정사를 다스렸으니	終以賞罰爲事
저들이 어느 겨를에 천성 그대로를 안정시킬 수 있었겠는가?	彼何暇安其性命之情哉.
눈 밝음을 즐거워함은 색에 탐치貪侈 하는 것이요,	而且說明邪 是淫[16]於色也.
귀 밝음을 즐거워함은 소리에 탐치하는 것이다.	說聰邪 是淫於聲也.
인仁 을 좋아함은 덕을 어지럽히는 것이요,	說仁邪 是亂於德也.
의義 를 좋아함은 이理 를 어긋나게 하는 것이요,	說義邪 是悖於理也.
예禮를 좋아함은 기교를 돕는 것이요,	說禮邪 是相於技也.
악樂 을 좋아함은 음란함을 돕는 것이요,	說樂邪 是相於淫也.
성인을 좋아함은 그들의 기예를 돕는 것이요,	說聖邪 是相於藝也.
지식을 좋아함은 험담을 돕는 것이다.	說知邪 是相於疵也.

15_ 匈匈(흉흉)=喧譁也.
16_ 淫(음)=貪侈也, 過蕩也, 亂 惑也.

천하가 천성 그대로 평안하면

이 여덟 가지는 있어도 그만 없어도 그만이다.

천하가 천성 그대로 편안하지 않다면

이 여덟 가지는 본성을 병들게 하고

천하를 어지럽힐 것이다.

그런데도 천하는 그것을 존숭하고 아끼고 있으니,

심하구나! 천하의 미혹됨이!

어찌 과오를 바로잡아 그것을 버리지 않을까?

도리어 재계하듯 그것을 말하고, 무릎 꿇고 그것을 진언하며,

그것을 노래하며 춤을 추니

난들 이처럼 따르는 것을 어찌하겠는가?

그러므로 군자가 부득이 천하에 군림한다면

무치無治 보다 더 좋은 것은 없다.

무치만이 사람들의 본심을 안정시킬 수 있기 때문이다.

그러므로 천하보다 몸을 귀하게 생각하면

천하를 부탁할 만하고,

천하보다 몸을 사랑한다면

천하를 맡길 만할 것이다.

그러므로 군자가 재능이 있다 해도

오장을 자연스레 풀어놓지 못하면

총명을 발현하지 못할 것이다.

주검처럼 앉아 용처럼 보고

天下將安其性命之情

之八者 存可也 亡可也.

天下將不安其性命之情

之八者 乃始臠卷[17] 獊囊[18]

而亂天下也.

而天下乃始尊之惜之

甚矣 天下之惑也.

豈直過也而[19] 去之邪.

乃齋戒以言之 跪坐以進之

鼓歌以儛之

吾若是何哉.

故君子不得已而臨莅天下

莫若無爲.

無爲也而後 安其性命之情.

故貴以身於爲天下

則可以託天下.

愛以身於爲天下

則可以寄天下.

故君子苟能

無解其五藏.

無擢[20] 其聰明.

尸居而龍見

17_ 臠卷(련권)=오그라붙는 병.
18_ 獊囊(창낭)=亂貌. 搶囊인 듯.
19_ 而(이)=不의 錯簡.
20_ 擢(탁)=拔也(拔本↔拔群).

연못처럼 침묵하지만 우레처럼 울리고 　　　　　　　　　　淵黙而雷聲.

신이 움직이고 자연을 따라 조용히 무위하니 　　　　　神動而天隨　從容無爲.

만물이 불이 옮겨 붙듯 따를 것이다. 　　　　　　　　　而萬物炊累焉

내 어찌 또 천하를 다스릴 틈이 있겠는가? 　　　　　吾又何暇治天下矣.

![함께 읽기]

- 장자/내편/대종사大宗師 6-10：夫堯旣已黥汝以仁義 而劓汝以是非矣.
- 장자/외편/변무騈拇 8-2：鳧脛雖短 續之則憂 鶴脛雖長 斷之則悲 彼仁人何其多憂也.
- 장자/외편/마제馬蹄 9-3：及至聖人 蹩躠爲仁 踶跂爲義而天下始疑也.
- 장자/외편/재유在宥 11-4：吾未知聖智之不爲桁楊接槢也 仁義之不爲桎梏鑿枘也.
- 장자/외편/천운天運 14-2：虎狼仁也.
- 장자/외편/천운天運 14-12：夫仁義憯然 乃憤吾心 亂莫大焉.
- 장자/잡편/서무귀徐无鬼 24-14：損仁義者寡 利仁義者衆. 夫仁義之行 唯且無誠. 且假乎禽貪者器.
- 노자/19장：絶聖棄智民利百倍 絶仁其義民復孝慈.
- 노자/38장：失道而後德 失德而後仁.

11-3

최구崔瞿가 노담에게 물었다. 　　　　　　　　　　　　崔瞿問於老聃曰.

"천하를 다스리지 않고 　　　　　　　　　　　　　　不治天下

어떻게 인심을 선하게 할 수 있습니까?" 　　　　　安藏[21] 人心

노담이 답했다. "자네는 삼가 인심 人心 을 묶어놓지 말게! 　老聃曰 汝愼無攖[22] 人心.

인심은 누르면 도리어 솟구치며 　　　　　　　　　人心排下而進上.

그 오르고 내림은 죄수의 살기와 같다네! 　　　　上下囚殺

유약은 굳센 것을 부드럽게 하고 　　　　　　　　淖約[23] 柔乎剛强.

21_ 藏(장)=臧.
22_ 攖(영)=亂也, 縈也.

예리하면 쪼개고 쪼아내니,

그 열기는 불을 태우고 그 차가움은 얼음을 얼게 하네.

그 빠르기는 고개를 끄덕이는 동안

사해의 밖까지 품고 어루만지며,

거처함은 연못처럼 고요하나

움직임은 하늘까지 드날린다네.

이처럼 폭발하면 묶어둘 수 없는 것이

인심이라네."

廉劌[24] 彫琢

其熱焦火 其寒凝冰.

其疾俛仰之間

而再[25]撫四海之外.

其居也淵而靜

其動也縣而天.

僨[26] 驕[27] 而不可係者

其唯人心乎.

11-4

옛날 황제는 처음으로

인의로써 인심을 속박했다.

그 결과 요순은 넓적다리와 정강이에 털이 닳도록

천하 백성들을 부양해야 했고

오장을 근심스럽게 하는 것으로써 인의를 행했고

혈기를 슬프게 하는 것으로써 법도를 규제했다.

그러나 오히려 실패했다.

결국 요임금은 환두讙兜를 숭산으로 추방했고

昔者黃帝始

以仁義攖[28] 人之心.

堯舜於是乎 股無胈[29] 脛無毛

以養天下之形.

愁其五臟以爲仁義

矜[30] 其血氣 以規法度.

然猶有不勝也.

堯於是 放讙兜於崇山

23_ 淖約(작약)＝유약하고 예쁜 것.

24_ 劌(귀)＝쪼개다.

25_ 再(재)＝仍(그대로)也, 從也.

26_ 僨(분)＝賁.

27_ 驕(교)＝牡貌.

28_ 攖(영)＝纓(고삐), 梏(수갑).

29_ 胈(발)＝솜털, 뽑을.

30_ 矜(긍)＝惜, 煉, 哀也.

삼묘三苗를 삼위三峗로 몰아냈고 　　　　投三苗於三峗

공공共工을 유도幽都에 유배했다. 　　　流共工於幽都.

이것으로도 천하를 어쩌지 못했다. 　　此不勝天下也夫.

이어서 삼왕 때에 이르자 천하는 크게 소란스러웠다. 　夫施及三王 而天下大駭矣.

아래로는 폭군 걸과 도둑 척이 있고 　　下有桀跖

위로는 공자의 제자인 증참과 사추가 있으며 　　上有曾史 [31]

유가와 묵가가 다 같이 일어났다. 　　　而儒墨畢起.

이렇게 되니 기쁘거나 성내거나 서로 의심하고 　　於是乎 喜怒相疑

어리석은 자나 지혜로운 자나 서로 속이고 　　愚知相欺

선하다 악하다 서로 비난하고 　　　善否相非

거짓이니 신뢰니 서로 욕하니 천하는 쇠락해졌다. 　誕信相譏 而天下衰矣.

대덕大德은 대동하지 못하고 　　　大德不同

천성天性은 거칠고 어지러워졌다. 　　而性命爛漫矣.

천하는 지혜를 좋아하고 백성은 욕망을 갈구했다. 　天下好知 而百姓求竭矣.

이에 도끼와 톱으로 제어하고 　　於是乎釿鋸制焉

먹줄로 말살하고 망치와 끌로 끊어야 했다. 　繩墨殺焉 椎鑿決焉

천하는 서로 밟고 밟히는 아수라장처럼 크게 어지러웠으니 　天下脊脊 [32] 大亂.

그 죄는 인심을 속박한 데 있다. 　　罪在攖人心.

그러므로 어진 자는 큰 산과 험한 바위 아래 숨어 살고 　故賢者伏處大山嵁 [33] 巖之下.

만승의 군주는 　　　而萬乘之君

묘당 위에서 근심과 두려움에 떨었다. 　　憂慄乎廟堂之上.

지금 세상은 목 잘린 시체가 서로 베고 누웠고 　今世殊 [34] 死者相枕也.

31_ 曾史(증사)＝曾參과 史鰌.

32_ 脊脊(척척)＝藉藉(서로 밟는 모양).

33_ 嵁(감)＝산 험할.

34_ 殊(수)＝斷也.

차꼬를 쓴 죄인들이 서로 밀치며

형벌로 죽은 자들이 서로 원망한다.

이에 유가와 묵가들이

수갑과 형틀 사이에서 발돋움을 하고 팔을 흔들기 시작했다.

오! 심각한 문제로다!

부끄러움을 모르고 욕됨을 몰라도 너무 심하다.

나는 말할 수 없다.

성인과 지혜가 사람을 구속하는 형틀의 고리가 되지 않고

인의가 손발을 묶는 질곡의 자물쇠가 되지 않는다고!

어찌 말할 수 있겠는가?

유가들이 걸주와 도척의 효시가 되지 않았다고!

그러므로 노자는 군왕을 없애고 그들의 지혜를 버려야만

천하가 태평할 것이라고 말한 것이다.

桁楊³⁵⁾者相推也.

刑戮者相望³⁶⁾也.

而儒墨乃

始離跂攘臂乎桎梏之間

意 甚³⁷⁾矣哉.

其無愧而不知恥也甚也.

吾未知

聖智之不爲桁楊接槢³⁸⁾也

仁義之不爲桎梏鑿枘³⁹⁾也.

焉知

曾史之不爲桀跖嚆矢也.

故曰 絶聖棄知

而天下大治.

함께 읽기

- 장자/외편/거협胠篋 10-5 : 伏羲氏 神農氏 當是時也. 則至治已.
- 장자/외편/천지天地 12-14 : 至治之世 不尙賢不使能 上如標枝 民如野鹿.
- 장자/외편/천운天運 14-13 : 三王五帝之治天下 名曰治而亂莫甚焉.
- 장자/외편/선성繕性 16-2 : 逮德下衰 及燧人伏羲始爲天下.
- 장자/잡편/도척盜跖 29-4 : 神農之世 此至德之隆也. 然而黃帝不能致德 與蚩尤 戰於涿鹿之野 流血百里.
- 노자老子/19장 : 令有所屬 見素抱朴 小私寡慾.
- 노자老子/80장 : 小國寡民 民之老死不相往來.

35_ 桁楊(항양)=차꼬.
36_ 望(망)=怨也.
37_ 甚(심)=重大也.
38_ 接槢(접습)=차꼬를 잠그는 쐐기.
39_ 鑿枘(착예)=질곡을 잠그는 도구.

11-5

황제가 천자가 된 지 십구 년이 지나
천하에 정령을 시행했다.
광성자廣成子께서 공동산 위에 있다는 소문을 듣고
찾아가 알현했다.
황제가 말했다.
"나는 선생이 지극한 도에 통달했다고 들었습니다.
자세히 듣고 싶습니다.
나는 천지의 정기를 모아
오곡을 조성하고 민民과 인人을 부양하려 합니다.
또 나는 음양을 관리하여 모든 무리를 살리고 싶습니다!"
광성자가 말했다.
"네가 묻고자 하는 것은 사물의 본질이며
네가 관리하고자 하는 것은 사물의 잔해다.
네가 천하를 다스리고부터는
운기가 모여들기 전에 비가 내리고
초목은 누렇게 익기도 전에 잎이 떨어지며
일월의 빛은 갈수록 가려지고 있다.
그대는 대인들의 마음에 영합하는 약삭빠른 사람이거늘
어찌 지극한 도를 말할 수 있으리오!"
황제는 물러나 천하를 버리고
따로 집을 지어 흰 띠풀을 깔고

黃帝立爲天子十九年
令行天下.
聞廣成子[40]在於空同之上
故往見之 曰.
曰
我聞吾子達於至道
敢問至道之精.
吾欲取天地之精
以佐五穀 以養民人.
吾又欲官陰陽 以遂群生.
廣成子曰
而所欲問者 物之質也.
而所欲官者 物之殘也.
自而治天下
雲氣不待族[41]而雨.
草木不待黃而落.
日月之光 益以荒[42]矣.
而佞人之心 翦翦[43]者
又奚足以語至道.
黃帝退 捐天下
築特室席白茅

40_ 廣成子(광성자)＝창조주, 즉 道를 의인화.
41_ 族(족)＝聚也.
42_ 荒(황)＝掩也.
43_ 翦(전)＝가위, 깃달린 화살. 齊也, 勤也, 淺也.

세 달 동안 한가로이 지내다가 다시 선생을 찾아갔다.

광성자는 남쪽으로 머리를 하고 누워 있었다.

황제는 발치를 따라 무릎걸음으로 나아가

재배하고 물었다.

황제가 말했다.

"우리 선생님은 지극한 도를 통달하셨다고 들었습니다.

묻자오니 몸을 어찌 다스리면 장구할 수 있습니까?"

광성자가 벌떡 일어나면서 말했다.

"좋은 질문이다. 이리 오너라!

내가 너에게 지극한 도를 말해 주겠다.

지극한 도의 정기는 깊고 멀어서 (모양 지을 수 없고)

지극한 도의 극치는 아득하고 고요하여

눈으로 볼 수 없고 귀로 들을 수 없다.

오직 정신을 안으로 간직하여 고요히 있으면

몸이 스스로 바르게 된다.

반드시 고요하고 맑게 하여 그대의 몸을 괴롭히지 말고

정신을 어지럽히지 말아야만 잘살 수 있다.

눈으로 보는 것이 없고, 귀로 듣는 것이 없고,

마음으로 아는 것이 없게 하여

네 정신이 네 몸을 지키면 몸이 잘살 것이다.

네 안을 삼가고 네 밖을 막아라!

지식이 많으면 실패하리라.

내가 너를 위해 큰 밝음의 위까지 올라

閒居三月 復往邀[44]之.

廣成子南首而臥.

黃帝順下風[45] 膝行而進

再拜稽首而問.

曰

聞吾子達於至道

敢問治身奈何 而可以長久

廣成子蹶然而起 曰

善哉問乎 來

吾語女至道.

至道之精 窈窈冥冥.

至道之極 昏昏默默

無視無聽

抱神而靜

形將自正.

必靜必清 無勞女形

無搖女精 乃可以長生.

目無所見 耳無所聞

心無所知.

女神將守形 形乃長生.

愼女內 閉女外.

多知爲敗.

我爲女 遂於大明之上矣.

44_ 邀(요)=맞이하다, 求也.

45_ 下風(하풍)=발치, 足羽.

지극한 양기의 근원에 이르도록 하겠다.

내가 너를 위해 고요함과 어둠의 문에 들어

지극한 음기의 근원에 이르도록 하겠다.

천지는 직분이 있고 음양은 온축蘊蓄 됨이 있다.

삼가 네 몸을 지키면 만물은 저절로 창성할 것이다.

나는 그 하나(泰一)를 지켜 (二氣의) 조화에 처하였다.

나는 내 몸을 닦아 천이백 살이 되었으나

내 몸은 아직 쇠하지 않았다."

황제는 재배하고 머리를 숙이며 말했다.

"광성자께서는 존장(天)이라 부를 만합니다."

광성자가 말했다.

"이리 오너라! 내 너에게 말해 주리라.

도라는 물건은 무궁하지만

사람들은 모두 유궁하다고 생각한다.

도라는 물건은 측량할 수 없지만

사람들은 모두 끝이 있다고 생각한다.

나의 도를 얻은 자는 위로는 황제가 되고 아래로는 왕이 된다.

나의 도를 잃은 자는 위로는 빛을 보고 아래로는 흙이 된다.

지금 온갖 창성한 사물은

모두 흙에서 나고 흙으로 돌아간다.

그렇지만 나는 장차 너를 떠나 무궁의 문에 들어가

무극의 들에서 노닐려 한다.

나는 일월과 더불어 빛나고

至彼至陽之原也.

我爲女 入於窈冥之門矣.

至彼至陰之原也.

天地有官 陰陽有藏.[46]

愼守女身 物將自壯.

我守其一 以處其和.

故我修身 千二百歲矣

吾形未嘗衰.

黃帝再拜稽[47]首 曰

廣成子之謂天矣.

廣成子曰

來 吾語女.

彼其物無窮

而人皆以爲有窮.

彼其物無測

而人皆以爲有極.

得吾道者 上爲皇 而下爲王.

失吾道者 上見光 而下爲土.

今夫百昌

皆生於土 而反於土.

故余將去女 入無窮之門

而遊無極之野.

吾與日月參光

46_ 藏(장)＝蓄也, 隱也.

47_ 稽(계)＝叩也, 合計也.

천지와 더불어 영원하다.   吾與天地爲常.

나에게 다가오면 무성하고, 나에게서 멀어지면 어두우리라. 當我緡⁴⁸⁾乎 遠我昏乎.

사람들은 모두 죽지만 나는 홀로 존재한다."   人其盡死 而我獨存乎.

◈함께 읽기◈

- 장자/내편/대종사大宗師 6-1 : 不知悅生 不知惡死.
- 장자/내편/대종사大宗師 6-6 : 吾猶守而告之, 而能外生 能無古今 能入於不死不生.
- 장자/외편/산목山木 20-9 : 無始而非卒也 人與天一也 聖人晏然體逝而終矣.

11-6

구름의 주신 운장雲將 이 동해의 신목 부요扶搖 를 지나다가 雲將東遊 過扶搖之枝

홍몽鴻蒙(자연 원기)을 만났다.   而適遭鴻蒙.

홍몽은 마침 넓적다리를 두드리며 참새처럼 뛰어놀고 있었다. 鴻蒙方將拊髀雀躍而遊.

운장은 그것을 보느라고   雲將見之

갑자기 멈추어 망연히 서 있었다.   倘然⁴⁹⁾止 贄然⁵⁰⁾立.

운장이 말했다.   曰

"노인장은 뉘신지요? 노인장은 무엇을 하고 있습니까?" 叟何人邪 叟何爲此.

홍몽은 놀기를 그치지 않으면서 운장에게 대답했다. 鴻蒙拊髀雀躍不輟 對雲將.

홍몽이 말했다. "놀고 있다!"   曰 遊.

운장이 말했다. "저는 묻고 싶은 것이 있습니다!" 雲帳曰 朕願有問也.

홍몽은 운장을 바라보며 말했다. "허어!"   鴻蒙仰而視雲將 曰 吁.

운장이 물었다.   雲將曰

48_ 緡(민)=낚싯줄, 昏也, 盛也.
49_ 倘然(당연)=홀연히 멈춤.
50_ 贄然(지연)=不動貌. 贄(지)=執以相見之物也.

"천기는 부합되지 않고 지기는 막혔으며	天氣不合 地氣鬱結

육기六氣 는 조화를 잃고 사시는 절조가 없습니다.	六氣不調 四時不節.

저는 육기의 정수를 부합시켜	今我願合六氣之精

무리의 생명을 기르고자 하는데 어찌해야 합니까?"	以育群生 爲之奈何.

홍몽은 놀기를 그치지 않고	鴻蒙拊髀雀躍

고개를 설레설레 흔들며 말했다.	掉[51]頭日 不輟.

"나는 모른다네! 나는 모른다네!"	吾弗知 吾弗知.

운장은 더 물을 수가 없었다.	雲將不得問.

또 삼 년이 흘렀다.	又三年.

운장이 동방으로 유람하다가 송나라의 들을 지나게 되었다.	東遊 過有宋之野.

그런데 우연히 홍몽을 또 만났다.	而適遭鴻蒙.

운장은 크게 기뻐하여 달려가 그 앞에 나아가 말했다.	雲將大喜 行趨而進 日.

"존장께서는 저를 잊으셨습니까?	天[52]忘朕邪

존장께서는 저를 잊으셨습니까?"	天忘朕邪.

머리를 숙여 재배하고 묻기를 간절히 청했다.	再拜稽首 願問於鴻蒙.

홍몽이 답했다.	鴻蒙日

"물에 떠돌듯 노닐 뿐 구할 바를 모르고	浮游不知所求

미친 듯 노닐 뿐 갈 곳을 모른다.	猖狂不知所往原也.

노니는 자는 스스로 만족하고	遊者鞅掌[53]

태초의 무망無妄 을 바라볼 뿐인 것을	以觀無妄[54]

내 어찌 다시 무엇을 알겠느냐?"	朕又何知

운장이 말했다.	雲將日

51_ 掉(도)=搖也.
52_ 天(천)=凡至尊重者의 號稱.
53_ 鞅掌(앙장)=自得也, 失容也.
54_ 無妄(무망)=無無 혹은 無爲.

"저도 스스로 미치광이처럼 했으나

도리어 백성들은 제가 가는 곳마다 따르니

짐으로서는 백성들을 그만두게 할 수 없습니다.

이제부터 백성들이 흩어지도록

한 말씀 듣고 싶습니다."

홍몽이 말했다.

"자연의 상도를 어지럽히고 사물의 본성을 거스르면

천도는 이루어지지 않는다.

짐승이 무리를 흩어지게 하고

새들이 모두 밤중에 울게 한다면,

재앙이 초목에 미치고 나아가 벌레들에까지 미칠 것이다.

오! 이는 사람을 다스린 잘못이다."

운장이 말했다. "그렇다면 저는 어찌해야 합니까?"

홍몽이 답했다. "오! 독이 단단히 들었구나!

선선히 돌아가라!"

운장이 말했다. "저는 존장을 만나기 어렵습니다.

원컨대 한 말씀 더 듣고 싶습니다."

홍몽이 말했다. "오! 마음을 기르는 것뿐이다!

네가 무위를 벗하고 살면 만물은 저절로 조화되는 것이야!

네 몸을 잊어버리고 네 총명을 토해 버려라!

인륜과 사물을 잊고 대자연의 호기 浩氣 에 대동 大同 하라!

朕也 自以爲猖狂

而百姓隨予所往.

朕也 不得已於民.

今則⁵⁵⁾ 民之放⁵⁶⁾ 也

願聞一言.

鴻蒙曰

亂天之經 逆物之情

玄天不成.

解獸之羣

而鳥皆夜鳴.

災及草木 禍及止⁵⁷⁾ 蟲.

意 治人之過也.

雲將曰 然則吾奈何.

鴻蒙曰 意. 毒哉.

僊僊⁵⁸⁾ 乎 歸矣.

雲將曰 吾遇天難

願聞一言.

鴻蒙曰 意. 心養.

汝徒處無爲 而物自化.

墮爾形體 吐爾聰明.

倫與物忘 大同乎涬冥.⁵⁹⁾

55_ 則(칙)=節也, 乃也, 時也, 通卽.
56_ 放(방)=縱也, 去也, 散也.
57_ 止(지)=豸(발 없는 벌레 총칭)의 誤字라 함.
58_ 僊僊(선선)=輕順貌.
59_ 涬冥(행명)=기운의 그윽함, 浩氣.

마음을 해방하고 정신을 석방하여 혼이 나간 듯 무지하라! 　　　解心釋神[60] 莫然[61] 無魂.

그러면 만물은 무성하고 각각 그 뿌리로 돌아갈 것이다. 　　　萬物云云 各復其根.

각각 그 뿌리로 돌아가지만 그것을 몰라야 한다. 　　　各復其根而不知.

혼돈 무지하면 종신토록 뿌리에서 이탈되지 않을 것이다. 　　　渾渾沌沌 終身不離.

만약 그것을 알면 결국 이탈되고 말 것이다. 　　　若彼知之 乃是離之.

그 이름을 묻지도 말고 그 진실을 엿보려고 하지도 말라. 　　　无問其名 無闚其情.

만물은 본래 제 스스로 저절로 태어나 살아가는 것이다!" 　　　物故自生

운장이 말했다. "존장께서는 제게 덕을 내려주시고 　　　雲將曰 天降朕以德

제게 침묵으로 보여주었습니다. 　　　示朕以黙

종신토록 그것을 찾았는데 이제야 알게 되었습니다." 　　　躬身求之. 乃今也得.

운장은 머리를 숙여 재배하고 　　　再拜稽首

일어나 작별을 고하고 길을 떠났다. 　　　起辭而行.

11-7

세속 사람들은 모두 남들이 자기와 같은 것을 기뻐하고 　　　世俗之人 皆喜人之同乎己

남들이 자기와 다른 것을 싫어한다. 　　　而惡人之異乎己也.

자기와 같게 하기를 바라고 　　　同於己而欲之

자기와 다르게 하는 것을 바라지 않는 것은 　　　異於己而不欲者

출중하게 되려는 마음 때문이다. 　　　以出乎衆[62] 爲心也.

그러나 출중하기를 의도하는 자가 　　　夫以出於衆爲心者

일찍이 출중한 적이 있었던가? 　　　曷嘗出乎衆哉.

60_ 神(신)＝정신.
61_ 莫然(막연)＝漠然, 無知貌.
62_ 衆(중)＝大衆.

대중에 영합함으로써 명성을 얻는 것은

대중의 재주가 많아지는 것만 못하다.

그럼에도 남의 나라를 다스리고자 하는 자는

하, 은, 주 삼대의 이로움만 알 뿐

그 병통을 보지 못한다.

이는 남의 나라를 가지고 요행수를 찾는 것이다.

그런 요행으로 나라를 잃지 않는 자가 얼마나 될까?

요행으로 나라를 보존한 자는 만분의 일도 안 된다.

나라를 잃는다는 것은

한 사람이 안민입정하지 못하여

만백성과 재물을 잃은 것이다.

슬프다! 영토를 가진 자들은 알지 못한다.

영토를 가진 것은 민생의 근본이 되는 큰 물건을 가진 것이다.

그러므로 큰 물건을 가지는 것은

그 물건이 단순한 물건이어서는 안 된다.

단순한 물건으로 보지 않으므로

능히 물건을 물건답게 할 수 있다.

물건을 물건답게 밝게 보는 자에게는 이제 물건이 아니다.

어찌 유독 천하 백성을 다스리는 것으로 그치겠는가?

천지사방에 드나들고 구주에 노닐며

홀로 갔다가 홀로 오니

이를 일러 홀로 천지를 소유했다고 말한다.

천지를 홀로 가진 자는 지극히 귀한 자라고 할 것이다.

대인의 교화는 그림자의 형체요,

因衆以寧所聞

不如衆技衆矣.

而欲爲人之國者.

此攬乎三王之利

而不見其患者也.

此以人之國僥倖也.

幾何僥倖而不喪人之國乎.

其存人之國也 無萬分之一.

其喪人之國也

一不成 [63]

而萬有餘喪矣

悲夫. 有土者之不知也.

夫有土者 有大物也.

有大物者

不可以物物.

而不物

故能物物.

明乎物物者之非物也.

豈獨治天下百姓而已哉.

出入六合 遊乎九州

獨往獨來

是謂獨有.

獨有之人 是謂至貴.

大人之敎 若形之於影

63_成(성)＝安民立政.

메아리의 소리와 같다.

물음에 응답하고 자기 소회所懷 를 다하여

천하를 위해 안배하나니,

처하면 메아리가 없고 행하면 방향이 없다.

너의 오고 가는 소란스러움을 이끌어

경계가 없는 곳에 노닐게 하니

들고 남이 좌우가 없고, 해와 더불어 비롯됨이 없고,

용모, 말씨, 몸이

천하일신동체天下一身同體 의 대동세계大同世界 에 부합한다.

대동세계에서는 사사로운 자기自己 가 없다.

자기가 없는데 어찌 소유(토지, 재물)를 얻으려 하겠는가?

유有 를 돌보는 자는 옛 군자요,

무無 를 돌보는 자는 천지의 벗이다.

聲之於響.

有問而應之 盡其所懷

爲天下配.

處乎無響 行乎無方.

挈[64]汝適復之撓撓[65]

以遊無端.[66]

出入無旁[67] 與日無始

頌論[68]形軀

合乎大同.

大同無己

無己惡乎得有有.[69]

覩有者昔之君子

覩無者天地之友.

함께 읽기

- 장자/외편/마제馬蹄 9-2 : 織而衣耕而食 是謂同德. 一而不黨 名曰天放.
- 장자/외편/추수秋水 17-4 : 貨財不爭 不多辭讓 事焉不借人 不多食乎力.
- 장자/외편/지북유知北遊 22-7 : 汝身非汝有也. 是天地之委形也.
- 장자/잡편/칙양則陽 25-7 : 貨財聚 然後覩所爭.
- 장자/잡편/도척盜跖 29-14 : 平爲福 有餘爲害.
- 노자老子/19장 : 絶巧棄利 盜賊無有. 故令有所屬 少私寡欲.
- 노자老子/81장 : 聖人不積 旣以與人 己愈多.
- 열자列子/양주楊朱 : 然身非我有也 物非我有也. 不橫私天下之物者 其唯聖人乎.

64_ 挈(설)=이끌다.
65_ 撓(뇨)=亂也.
66_ 端(단)=始也, 匡也, 際也.
67_ 旁(방)=方也, 偏頗也, 左右也.
68_ 頌論(송론)=頌은 容. 용모와 말씨.
69_ 有有(유유)= 앞의 有는 雙音詞, 뒤의 有는 소유.

11-8

비천하지만 사용하지 않을 수 없는 것이 사물事物이다.

비루하지만 따르지 않으면 안 되는 것이 민중民衆이다.

축소해야 하지만 다스리지 않으면 안 되는 것이 정사政事 다.

거칠지만 펴지 않으면 안 되는 것이 법法이다.

소원해지지만 본받지 않으면 안 되는 것이 의義이다.

친족을 편애하지만 넓히지 않으면 안 되는 것이 인仁이다.

절제로 일을 꾸미지만 쌓지 않으면 안 되는 것이 예禮이다.

중화中和일 뿐이지만 높이지 않으면 안 되는 것이 덕德이다.

한결같은 것이지만 바뀌지 않을 수 없는 것이 도道이다.

신령스럽지만 유위有爲하지 않으면 안 되는 것이

천天(자연)이다.

賤而不可不任[70]者 物也.

卑而不可不因者 民也.

匿[71]而不可不爲者 事也.

麤而不可不陳者 法也.

遠而不可不居[72]者 義也.

親而不可不廣者 仁也.

節[73]而不可不積者 禮也.

中[74]而不可不高者 德也.

一而不可不易者 道也.

神而不可不爲者

天也.

11-9

그러므로 성인은 자연(天)을 관조할 뿐 구조하지 않고

덕을 이루어도 매이지 않고

도를 드러내되 꾀하지 않는다.

인에 합당하되 자랑하지 않고

의를 넓히되 쌓지 않으며

故聖人 觀於天而不助.

成於德而不累

出於道而不謀.

會於仁而不恃

薄[75]於義而不積.

70_ 任(임)＝委也, 保也, 用也.
71_ 匿(닉)＝避也, 縮也.
72_ 居(거)＝處也, 法也.
73_ 節(절)＝文也.
74_ 中(중)＝順也.
75_ 薄(박)＝搏也. 迫(박)으로 읽기도 한다.

예에 응하되 꺼리지 않고
사물을 접하되 다투지 않고
법을 평등하게 하되 어지럽지 않고
민중을 믿고 의지하여 깔보지 않고
사물을 따르되 소유하지 않는다.
사물이란 다스리지(爲) 말아야 할 것이지만
다스리지 않을 수도 없는 것이기 때문이다.
천을 밝게 알지 못하면 덕을 순수하게 하지 못한다.
도를 통하지 못한 것은 따르지 않아야 옳다.
도를 밝게 알지 못하는 자여! 슬픈지고!
도란 무엇이란 말인가?
천도天道가 있고 인도人道가 있다.
다스림이 없어도 순종하는 것이 천도요,
다스림이 있어 따르도록 묶는 것이 인도다.
주인은 천도요, 신하는 인도다.
이처럼 천도와 인도는 거리가 먼 것이니
살피지 않으면 안 된다.

應於禮而不諱[76]
接於事而不辭.[77]
齊於法而不亂
恃於民而不輕.
因於物而不去.
物者莫足爲也
而不可不爲.
不明於天者 不純於德.
不通於道者 無自[78]而可.
不明於道者 悲夫.
何謂道.
有天道 有人道.
無爲而尊[79]者 天道也.
有爲而累[80]者 人道也.
主者天道也 臣者人道也
相去遠矣
不可不察也.

76_ 諱(휘)=꺼리다.
77_ 辭(사)=訟也.
78_ 自(자)=由也, 用也.
79_ 尊(존)=遵也.
80_ 累(루)=隨也, 繫也.

天地

小目

12-1 하나를 통달하면 만사가 그물 안에 있고, 무심을 얻으면 귀신도 감복한다.

12-2 無爲로 다스리는 것을 天이라 하고, 無爲로 선양하는 것을 德이라 하고, 사람을 사랑하고 만물을 이롭게 하는 것을 仁이라 한다.

12-3 마음이 출현하는 것은 사물이 채색했기 때문이다. 그러므로 형체는 도가 아니면 태어나지 못하고, 생명은 덕이 아니면 발현되지 못한다.

12-4 지혜가 찾지 못한 잃어버린 진주를 象罔은 찾았다.

12-5 설결의 사람됨은 총명예지하여 이치를 적용함이 민첩할 것이니, 신하가 되면 재앙을 가져오고 군왕이 되면 도적이 될 것이다.

12-6 관문지기가 요임금에게 말했다. 처음에 저는 당신이 聖人인지 알았는데 이제 알고 보니 君子 정도일 뿐이군요.

12-7 옛날에는 백성들이 상이 없어도 권면했고 벌이 없어도 공경했소. 지금 그대는 상벌을 시행하나 백성들은 어질지 못하오.

12-8 태초에는 無도 없었고, 名도 없었다. 여기서 太一이 생겼으며 하나이므로 아직 형체가 없었다. 이 하나를 얻어 만물이 태어나는데 이것을 德이라 한다.

12-9 다스림은 군주에게나 있는 것일 뿐이니, 物도 잊고 天도 잊어라. 그것을 일러 자기를 잊는 것이라 한다.

12-10 위대한 성인이 천하를 다스림은 민심의 無知를 일깨워 스스로 교화를 이루고 습속을 바꾸게 합니다.

12-11 기계가 있으면 반드시 기계를 부리는 자가 있고, 기계를 부리는 자가 있으면 반드시 기계의 마음이 생기고, 가슴속에 기계의 마음이 생기면 순백의 바탕이 없어진다.

12-12 그는 혼돈씨의 방술을 빌려 수행한 사람이다. 그러나 그는 하나만 알고 둘은 모르고, 안은 다스리지만 밖은 다스리지 못한다.

12-13 그대들 도인은 민중에는 관심이 없소? 聖人의 다스림에 대해 듣고 싶습니다. 아울러 德人과 神人에 대해 묻습니다.

12-14 고대 원시공산사회에서는 어진 자를 높이거나 능한 자를 부릴 필요도 없었다. 윗사람은 표준일 뿐이었고, 백성은 자유로운 야생의 사슴이었다.

12-15 자기를 도인이라 말하면 반색하고, 자기를 아첨꾼이라 하면 낯을 붉히며 성을 낸다. 그러나 평생 도인이란 평생 아첨꾼일 뿐이다.

12-16 문둥이가 야밤에 아기를 낳으면 황급히 등불을 들고 바라본다. 자기를 닮았을까 두려운 것이다.

12-17 그렇다면 새장 속에 갇힌 비둘기나 올빼미도 역시 뜻을 얻었다고 할 수 있을 것이다.

제12장. 天地천지

12-1

하늘은 비록 크나 그 조화는 균등하고
만물은 비록 많으나 그 다스림은 하나다.
사람은 비록 많으나 그 주인은 군주다.
군주는 덕에 근원하고 하늘에서 정한 것이다.[1]
그러므로 먼 옛날부터 천하에 군림한 것은
무위無爲 이며 천덕天德 일 뿐이라고 말하는 것이다.
도로써 직언을 살피면 천하의 군주는 바르고
도로써 명분을 살피면 군신의 의리가 밝고
도로써 능력을 살피면 천하의 관리는 다스려지고
도로써 살핌을 넓게 하면 만물이 호응하여 풍족하다.
그러므로 천지를 형통하게 하는 것은 덕이요,
만물을 운행하는 것은 도다.

天地雖大 其化均也.
萬物雖多 其治一也.
人卒雖衆 其主君也.
君原於德 以成[2] 於天.
故曰 玄古之君[3] 天下
無爲也 天德而已矣.
以道觀言[4] 而天下之君正.
以道觀分 而君臣之義明.
以道觀能 而天下之官治.
以道汎[5] 觀 而萬物之應備.[6]
故通[7] 於天地者 德也.
行於萬物者 道也.

1_ 장자의 사상과는 달리 왕권신수설을 말하고 있다.
2_ 成(성)＝定也.
3_ 君(군)＝群也, 尊也, 償慶刑威.
4_ 言(언)＝直言也.
5_ 汎(범)＝博廣也.
6_ 備(비)＝豊足 具 成 盡也.
7_ 通(통)＝達也, 利也, 亨也.

윗사람이 사람을 다스리는 것은 정사이고,　　　　　上治人者事也.

재능이 재주를 지니면 기교다.　　　　　　　　　能有所藝者技也

기교는 정사로 아울러야 하고, 정사는 의리로 아울러야 하며,　技兼於事 事兼於義

의리는 덕으로 아울러야 하고, 덕은 도로써 아울러야 하며,　義兼於德 德兼於道

도는 자연(天)으로 아울러야 한다.　　　　　　　道兼於天.

그러므로 이르기를 옛날 천하를 부양한 자는　　　故曰 古之畜天下者

무욕하므로 천하가 풍족했고　　　　　　　　　無欲而天下足

무위하므로 만물이 조화로웠으니　　　　　　　無爲而萬物化

연못이 고요하듯이 백성이 안정되었다.　　　　　淵靜而百姓定.

노자의 책에 이르기를　　　　　　　　　　　　記[8]曰

"하나를 통달하면 만사가 그물 안에 있고　　　　通於一而萬事畢

무심을 얻으면 귀신도 감복한다"라고 한 것이다.　無心得而鬼神服.

12-2

스승께서 말했다.　　　　　　　　　　　　　　夫子[9]曰

"도란 만물을 덮고 싣는 것이니　　　　　　　　夫道覆載萬物者也

바다처럼 크다.　　　　　　　　　　　　　　　洋洋乎大哉.

군자는 마음을 비우지 않으면 안 된다.　　　　　君子不可以不刳[10]心焉.

무위無爲로 다스리는 것을 천天이라 하고　　　　無爲爲之之謂天.

무위로 선양하는 것을 덕이라 하고　　　　　　　無爲言[11]之之謂德.

사람을 사랑하고 만물을 이롭게 하는 것을 인仁이라 하고　愛人利物之謂仁.

8_記(기)=王先謙은 老子의 저서라 함.

9_夫子(부자)=莊子, 老子 혹은 孔子로 읽는 이도 있다.

10_刳(고)=夸(奢 大 虛也)와 통용.

11_言(언)=宣也.

같지 않은 것을 같이 모이게 하는 것을 대$_大$라 하고

행함이 다른 사람과 불화하지 않는 것을 관용$_{寬容}$이라 하고

만 가지를 소유하되 똑같지 않은 것을 부$_富$라 하고

덕을 붙잡는 것을 벼리(紀)라 하고

덕을 이룬 것을 독립이라 하고

도에 순종하는 것을 비$_備$라 하고

외물$_{外物}$ 때문에 뜻을 꺾지 않는 것을 온전(全)하다 한다.

군자가 이 열 가지를 밝게 하면

정사에 관용하고 마음이 커질 것이며

행실이 성대하여 만물이 근본으로 돌아갈 것이다.

그러한 자는 금을 산에 감추고 구슬을 못에 감춘 것 같고,

재화를 이$_利$로 취하지 않고, 부귀를 가까이하지 않으며,

장수를 즐기지 않고 요절을 슬퍼하지 않는다.

또 그러한 자는 영달을 영화롭다 하지 않고

궁핍을 추하다 하지 않으며

일세의 이익을 가로채

자기가 사사롭게 얻은 것으로 여기지 않고

천하를 다스려도 자기가 높은 자리에 있다고 여기지 않고

혹 높은 자리에 있으면 밝기만 하다.

그에게는 만물이 한 몸이요, 사생이 같은 모습이다."

不同同之之謂大.

行不崖$^{12)}$異之謂寬.

有萬不同之謂富.

故執德之謂紀.

德成之謂立.

循於道之謂備.$^{13)}$

不以物挫志之謂完.

君子明於此十者.

則韜$^{14)}$於其事 心之大也.

沛$^{15)}$乎其爲 萬物逝$^{16)}$也.

若然者 藏金於山 藏珠於淵

不利貨財 不近貴富

不樂壽 不哀夭

不榮通

不醜窮

不拘$^{17)}$一世之利

以爲己私分$^{18)}$

不以王天下爲己處顯

顯則明

萬物一府$^{19)}$ 死生同狀.

12_ 崖(애)＝不和物.
13_ 備(비)＝無所不順者.
14_ 韜(도)＝容也.
15_ 沛(패)＝雨貌, 多貌.
16_ 逝(서)＝往也.
17_ 拘(구)＝收捕也, 取也.
18_ 分(분)＝與也, 已所當得也.

- 장자/내편/대종사大宗師 6-2 : 天時非賢也.
- 장자/내편/대종사大宗師 6-5 : 夫道有情有信 自本自根 神鬼神帝 生天生地.
- 노자老子 /5장 : 天地不仁 以萬物爲芻狗.
- 노자老子 /51장 : 道生之 德畜之.

12-3

장자께서 말씀하셨다.	夫子曰
"대저 도란 연못처럼 편안하고	夫道. 淵乎其居 20) 也
호수처럼 맑고 깊지만	漻 21) 乎其淸也.
팔음八音도 그것을 얻지 못하면 소리를 내지 못한다.	金石 22) 不得無以鳴.
그러므로 종과 경쇠는 소리를 가졌지만	故金石有聲
치지 않으면 울리지 않는다.	不考 23) 不鳴.
만물은 누가 그것을 정해 주었을까?	萬物孰能定之.
성덕을 갖춘 사람은	夫王德之人
소박한 자연으로 나아갈 뿐	素逝
정사에 달통함을 부끄러워한다.	而恥通於事.
본원에 서면	立之本原
지혜가 신神에 통하므로 그 덕이 넓다.	而知通於神 故其德廣.
그 마음이 출현하는 것은	其心之出
사물이 그것을 채색했기 때문이다.	有物探 24) 之.

19_ 府(부)＝腑也.
20_ 居(거)＝安也.
21_ 漻(료)＝潭也.
22_ 金石(금석)＝八音(金石土革絲匏竹)의 대표.
23_ 考(고)＝擊也.

그러므로 형체는 도가 아니면 태어나지 못하고

생명은 덕이 아니면 발현되지 못한다.

그러므로 형체를 보존하고 생명을 다하고

덕을 세우고 도를 밝히는 것이 성덕_{盛德}이 아닐까?

끝없이 넓고 크도다!

홀연히 나타나 왕성하게 움직이니

만물이 따르는구나!

이를 성덕을 지닌 사람이라 한다.

어둠 속에서 보고 소리 없이도 듣는다.

어둠 속에서 홀로 새벽을 보고

소리 없는 속에서 홀로 조화의 소리를 듣는다.

그러므로 깊고 또 깊어 사물을 안정시키고

신령스럽고 신령스러워 정기를 안정케 한다.

그러므로 덕이 온전한 자는 만물과 교접하나니

지극한 무위로써 그 요구를 공급하고

때를 따라 그것들의 머무름이

대소, 장단, 원근에 알맞도록 한다."

故 形非道不生.

生非德不明.[25]

存形窮生

立德明道 非王德者邪

蕩蕩乎

忽然出 勃[26]然動

而萬物從之乎.

此謂王德之人.

視乎冥冥 聽乎無聲.

冥冥之中 獨見曉焉

無聲之中 獨聞和焉.

故深之又深 而能物[27]焉.

神之又神 而能[28]精焉.

故其與萬物接也

至無而供其求.

時騁而要其宿

大小長短修[29]遠.[30]

24_探(채)＝取也. 采(캘, 채색)也.

25_明(명)＝顯 盛 發 備也.

26_勃(발)＝卒, 大, 盛貌.

27_物(물)＝靜(정)으로 읽는 이도 있다.

28_能(능)＝善也. 安 及과 비슷하다.

29_修(수)＝遠也.

30_遠(원)＝近의 誤.

12-4

황제 헌원씨가 적수赤水의 북쪽을 노닐며	黃帝游乎 赤水之北
곤륜산에 올라	登乎崑崙之丘.
남쪽을 관망하고 돌아오다가	而南望還歸
검은 진주(道)를 잃어버렸다.	遺其玄珠.³¹⁾
지혜를 시켜 찾아보게 했으나 찾지 못했다.	使知³²⁾索之而不得.
눈 밝은 이주에게 찾아보게 했으나 찾지 못했다.	使離朱³³⁾索之 而不得.
소리에 밝은 끽후도 찾지 못했다.	使喫詬³⁴⁾索之而不得.
이에 상象을 잊어버린 상망象罔에게 시켰더니	乃使象罔³⁵⁾
그는 진주를 찾았다.	象罔得之.
황제가 말했다.	黃帝曰
"이상한 일이다.	異哉.
형상을 잊은 그가 진주를 찾아낼 수 있다니!"	象罔乃可以得之乎.

◎ 함께 읽기 ◎

- 장자/외편/지락至樂 18-3：兩無爲相合 萬物皆化. 芒乎芴乎而無從出乎 而無有象乎.
- 장자/외편/지북유知北遊 22-8：精神生於道 形本生於精 而萬物以形相生.
- 노자老子/19장：絶聖棄智.
- 노자老子/20장：絶學無憂.
- 회남자淮南子/도응훈道應訓：泰淸問曰 子知道乎 無窮曰 吾不知也. 無知曰 吾知道.

31_ 玄珠(현주)＝道를 상징.
32_ 知(지)＝知慧者.
33_ 離朱(이주)＝名目者의 假名.
34_ 喫詬(끽후)＝力諍者의 가명.
35_ 象罔(상망)＝형상을 놓아버린 자의 가명.

12-5

요임금의 스승은 허유이고

허유의 스승은 설결이고

설결의 스승은 왕예이고

왕예의 스승은 피의이다.

요임금이 허유에게 물었다.

"설결은 하늘과 짝할 만합니까?

그렇다면 저는 왕예의 힘을 빌려

억지로라도 모시겠습니다."

허유가 말했다. "위태롭다.

그는 천하를 위태롭게 할 것이다.

설결의 사람됨은 총명예지하여

이치를 적용하는 것은 민첩할 것이나

그의 성품은 남보다 뛰어나

사람의 지혜로 자연을 취하려 할 것이다.

그는 과오를 금하는 것은 잘 알지만

과오가 생기는 원인은 모른다.

그를 하늘과 짝하게 한다면

그것은 사람을 올라타고 자연을 없애는 것이다.

장차 몸을 근본으로 삼아 형체를 귀천으로 나누려 하고

堯之師曰 許由.

許由之師曰 齧缺.

齧缺之師曰 王倪.

王倪之師曰 被衣.

堯問於許由曰

齧缺可以配天乎.

吾藉王倪

而要³⁶⁾ 之.

許由曰 殆哉.

圾³⁷⁾ 乎天下.

齧缺之爲人也 聰明叡智

給³⁸⁾ 數之敏.

其性過人

而又乃以人受³⁹⁾ 天.

彼審乎禁過

而不知過之所由生.

與之配天乎

彼且乘人而無天.⁴⁰⁾

方且本身而異⁴¹⁾ 形.

36_ 要(요)＝억지로 하게 하다.
37_ 圾(급)＝위태로울, 岌.
38_ 給(급)＝供也, 應事而至.
39_ 受(수)＝取也, 用也.
40_ 無天(무천)＝無復自然之性.
41_ 異(이)＝分也, 別貴賤也.

지식을 존중하여 불구덩이로 달려가려 할 것이며 方[42] 且尊知而火馳.

사소한 일까지 부리려 하고, 사물을 구속하려 할 것이며 方且爲緒[43]使. 方且爲物絯[44]

사방을 둘러보고 사물마다 호응하려 하고 方且四顧而物應

대중의 인기에 호응하려 할 것이며 方且應衆宜.[45]

외물에 따라 변화하려 할 것이니 方且與物化

처음부터 항심恒心이 없을 것이다. 而未始有恒.[46]

어찌 하늘과 짝한다 하겠는가? 夫何足以配天乎.

그렇지만 부족과 종조宗祖는 있어야 할 것이니 雖然 有族有祖

무리의 장로는 될 만하지만 可以爲衆父

장로의 장로로 삼아 而不可以爲衆父父[47]

치란治亂을 통솔하게 하는 것은 불가하다. 治亂之率[48]也.

신하가 되면 재앙을 가져오고 北面[49]而禍也

군왕이 되면 도적이 될 것이다." 南面[50]而賊也.

12-6

요임금이 화華에 유람을 할 때 堯觀乎華

화의 국경 관문지기 봉인封人이 말했다. 華封人曰.

"아! 성인이시군요! 嘻 聖人

42_ 方(방)=지금 곧 □□하려고 한다, 비로소.
43_ 緒(서)=細事.
44_ 絯(해)=拘束.
45_ 宜(의)=義也.
46_ 恒(항)=常也, 徧也. 恒心을 말함.
47_ 父(부)=長老. 年老한 분의 존칭.
48_ 率(솔)=主也.
49_ 北面(북면)=臣也.
50_ 南面(남면)=君也.

청컨대 성인께 축복의 말씀을 올립니다.

부디 장수하십시오!"

요임금이 말했다. "사양합니다."

봉인이 "성인께서는 부자가 되십시오!"라고 하자

요임금은 "사양합니다"라고 말했다.

봉인이 "성인께서는 다남 多男 하십시오!"라고 하자

요임금은 "사양합니다"라고 말했다.

봉인이 말했다.

"사람들은 장수와 다남을 누구나 바라는데

당신만이 바라지 않으니 무슨 까닭입니까?"

요임금이 답했다.

"아들이 많으면 걱정이 많고

재물이 많으면 일이 많고

장수하면 욕됨이 많기 마련입니다.

이 세 가지는 덕을 기르는 방법이 아니므로 거절했습니다."

봉인이 말했다.

"처음에 저는 당신이 성인인지 알았는데

이제 알고 보니 군자 정도일 뿐이군요.

하늘이 만민을 낳을 때는 반드시 직분을 줍니다.

아들이 많으면 각각 직분이 주어질 터인데

무슨 걱정이 있겠습니까?

부유해지면 남들에게 나누어 주면 되니

무슨 일이 있겠습니까?

대저 성인은 메추라기처럼 거처하고 새 새끼처럼 먹고

請祝聖人

使聖人壽.

堯曰 辭.

使聖人富.

堯曰 辭.

使聖人多男子.

堯曰 辭.

封人曰

壽富多男子 人之所欲也.

女獨不欲 何邪.

堯曰

多男子則多懼.

富則多事

壽則多辱.

是三者 非所以養德也 故辭.

封人曰.

始也 我以女爲聖人邪

今然君子也.

天生萬民 必授之職.

多男子而授之職

則何懼之有.

富而使人分之

則何事之有.

夫聖人鶉[51] 居而鷇[52] 食.

51_ 鶉(순)=메추라기.

새처럼 날아다니니 종적이 없습니다.   鳥行而無彰.

천년을 살다가 싫으면   千歲厭世

세상을 떠나 선경으로 올라가   去而上僊.

저 흰 구름을 타고 하늘고향(帝鄉)에 이를 것입니다.   乘彼白雲 至于帝鄉.

세 가지 걱정도 닥치지 못할 것이며   三患莫至

몸에 재앙도 없을 것입니다.   身上無殃

그런즉 어찌 욕됨이 있겠습니까?"   則何辱之有.

요임금이 그를 따라가면서 말했다.   堯隨之曰

"청컨대 묻고자 합니다."   請問.

봉인이 말했다.   封人曰

"물러가라!"   退已.

12-7

요임금이 천하를 다스릴 때   堯治天下

백성자고伯成子高를 제후로 삼았다.   伯成子高 立爲諸侯.

요임금이 순에게 양위하고   堯授舜

순임금이 우에게 양위하자   舜授禹

백성자고는 제후를 사직하고 농사를 지었다.   伯成子高辭爲諸侯而耕.

우임금이 그를 찾아가 보니 과연 들에서 밭을 갈고 있었다.   禹往見之 則耕在野.

우임금은 달려가 가르침을 받고자 낮은 소리로   禹趨就下風[53]

선 채로 물었다.   立而問焉 曰

"옛날 요임금이 천하를 다스릴 때는   昔堯治天下

52_ 嗀(구)=鳥子欲出者.

53_ 風(풍)=教也, 聲也.

선생께서 제후로 계셨는데

요임금이 순에게 전하고 순이 저에게 양위하자

선생은 제후를 사양하고 밭을 갈고 있습니다.

감히 묻노니 그 까닭이 무엇인지요?"

자고가 답했다.

"옛날 요임금이 천하를 다스릴 때는

백성들이 상이 없어도 권면했고 벌이 없어도 공경했소.

지금 그대는 상벌을 시행하나 백성들은 어질지 못하고

그로부터 덕은 쇠해졌고 형벌이 일어났소.

후세의 어지러움을 이로부터 시작된 것이오.

그대는 어찌 돌아가지 않소?

내 일을 방해하지 마시오!"

자고는 열심히 밭을 갈 뿐 돌아보지도 않았다.

吾子立爲諸侯.

堯授舜 舜授予

吾子辭爲諸侯而耕.

敢問其故何也.

子高曰

昔堯治天下

不賞而民勸 不罰而民畏

今子賞罰 而民且不仁

德自此衰 刑自此立.

後世之亂 自此始矣.

夫子闔[54] 行邪.

無落[55] 吾事.

俋俋[56] 乎耕而不顧.

함께 읽기

• 장자/외편/재유在宥 11-1 : 聞在宥天下 不聞治天下也.
• 장자/외편/산목山木 20-6 : 直木先伐 甘泉先竭 子其意者 飾智以驚愚.
• 장자/잡편/양왕讓王 28-1 : 夫天下至重也 而不以害其生 又況他物乎.
• 노자老子/13장 : 寵辱若驚 貴大患若身. 故貴以身於爲天下 若可寄天下.
• 노자老子/72장 : 民不畏威 則大威至. 無狎其所居 無厭其所生 是以聖人.
• 노자老子/74장 : 民不畏死 奈何以死懼之.
• 열자列子/양주楊朱 : 生民之不得休息 爲壽名位貨故. 有此四者 畏鬼人威刑 此謂之遁民也.
• 한비자韓非子/현학顯學 : 夫上所以陳良田大宅設爵祿 所以易民死命也.

54_闔(합)=盍(어찌 하지 않느냐?).
55_落(락)=廢也.
56_俋俋(읍읍)=勇壯貌.

12-8

태초에는 무無도 없었고(無無), 명名도 없었다(無名).

여기에서 하나(太一)가 생겼으며

하나이므로 아직 형체가 없었다.

이 하나를 얻어 만물이 태어나는데 이것을 덕德이라 한다.

이때 형체가 없던 것이 분별이 생기는데

또 그것이 끊임이 없이 이어지니 명命이라고 한다.

그 하나가 머물기도 하고 운동하기도 하며 사물을 낳고

사물이 이루어지면 무늬가 생기는데 그것을 형체라 한다.

형체가 정신을 보존하여 각각 형상(이데아)을 가지게 되는데

이것을 성품이라 한다.

성품을 닦으면 덕으로 돌아가며

덕이 지극하면 태초와 같아진다.

태초와 대동하면 허虛하고, 허하면 크다.

부리가 모여 울면 온갖 새들의 울음소리가 합창하듯

천지와 더불어 합해지면

그 합해진 것은 천지를 아우르는 벼리처럼 끝이 없고

어리석은 듯, 무지한 듯하다.

이를 일러 현덕이라 하나니

위대한 순응(自然)에 대한 동화同化라고 한다.

泰初 有⁵⁷⁾ 無無 有無名.⁵⁸⁾

一⁵⁹⁾之所起

有一而未形.⁶⁰⁾

物得以生 謂之德.

未形者有分

且然無間 謂之命.

留動而生物

物成生理 謂之形.

形體保神 各有儀⁶¹⁾ 則

謂之性.

性修反德

德至同於初.

同乃虛 虛乃大.

合喙鳴 喙鳴⁶²⁾ 合

與天地爲合

其合緡緡⁶³⁾

若愚若昏

是謂玄德

同乎大順.

57_ 有(유)=雙音辭. 又也.
58_ 太初有無無有無名(태초는 無이고, 無는 無名이다)으로 읽기도 한다. 그러나 이것은 貴無論자들의 억지 해석이다.
59_ 一(일)= 一者, 太極.
60_ 形(형)=形質.
61_ 儀(의)=形象.
62_ 喙鳴(훼명)=衆口.
63_ 緡緡(민민)=綸也, 繩也, 錢貫也.

- 장자莊子/잡편/칙양則陽 25-9 : 萬物殊理 道不私故無名 無名故無爲.
- 장자莊子/잡편/칙양則陽 25-11 : 有名有實 是物之居 無名無實 在物之虛.
- 노자老子/1장 : 名可名 非常名. 無名天地之始 有名萬物之母.
- 노자老子/32장 : 道常無名 始制有名.
- 노자老子/41장 : 大象無形 道隱無名.

12-9

공자가 노담에게 물어 일렀다.

"사람들이 도를 닦음에 서로 본받는데도

옳으니 그르거니, 그러니 그렇지 않거니 다툽니다.

이들 변론가들의 주장은

돌 속의 단단한 것과 흰 것의 거리는

우주의 별들처럼 멀다는 것입니다.

이와 같은데도 성인이라고 할 수 있을까요?"

노담이 답했다.

"이런 자들은 잔일하는 관리이거나 기교에 얽매인 자들로,

몸을 수고롭게 하고 마음을 번거롭게 하는 자들이다.

너구리를 잡은 개는 개 줄에 묶이는 걱정을 해야 하고

원숭이의 민첩함은 산림에서 잡혀오게 한다.

공구야! 내 너에게

네가 들을 수도 말할 수도 없는 것을 일러주겠다.

夫子問於老聃 曰.

有人治道 若相放[64]

可不可 然不然.

辯者[65] 有言曰

離堅白

若縣寓

若是則可謂聖人乎.

老聃曰

是胥易[66] 技係.

勞形怵心者也.

執狸之狗成思

猿狙之便自山林來.

丘 予告若

而所不能聞 與而所不能言.

64_ 放(방)=效也.
65_ 辯者(변자)=전국시대의 惠施, 公孫龍 등 名家.
66_ 胥易(서이)=胥吏.

무릇 머리와 발은 있어도 마음과 귀가 없는 자들이 많다.　　凡有首有趾 無心無耳者衆.

형체 있는 것은 형체도 형상도 없는 것으로 돌아갈 뿐　　有形者 與⁶⁷⁾ 無形無狀

모든 존재는 다함이 없다.　　而皆存⁶⁸⁾ 者盡⁶⁹⁾ 無.

운동은 그치고, 죽음은 살고　　其動止也 其死生也

실패는 흥기한다.　　其廢起也

이에 또한 그것을 원망하는 까닭은　　此又非其所以⁷⁰⁾ 也

다스림이 사람에게 있기 때문이다.　　有治在人

물物도 잊고 천天도 잊어라.　　忘乎物 忘乎天

그것을 일러 자기를 잊은 것이라 한다.　　其名爲忘己.

자기를 잊는 사람을 자연으로 돌아갔다고 말한다."　　忘己之人 是之謂入⁷¹⁾ 於天.

12-10

장려면將呂葂이 계철季徹을 알현하고 말했다.　　將呂葂見季徹 曰.

"노나라 군주께서 제게 가르침 받기를 청했습니다.　　魯君謂葂也 曰 請受敎.

사양했으나 명을 받들지 않을 수 없어 말해 주었지만　　辭 不獲命 旣已告矣

맞는지 틀리는지 알 수 없습니다.　　不知中否.

청컨대 제가 한 말을 검토해 주십시오!　　請嘗薦之.

제가 노나라 군주에게 드린 말씀은 이렇습니다.　　吾謂魯君曰

'의복은 반드시 공검해야 하고　　必服恭儉

공정하고 충성스러운 자를 발탁하며　　拔出公忠之屬

67_ 與(여)=從也, 還也, 寄也.
68_ 存(존)=有也, 生也.
69_ 盡(진)=終也, 悉也.
70_ 所以(소이)=ㅁㅁ하는 도구, 수단, 원인, 목적.
71_ 入(입)=還也, 得也.

치우치고 사사로움이 없다면

민중은 누가 감히 화목하지 않겠습니까?'"

계철은 쿡쿡 웃음을 참으며 말했다.

"제왕의 덕에 대한 그대의 말은

마치 사마귀가 성난 팔로

수레바퀴에 대적하는 것 같소.

그런즉 반드시 감당할 수 없을 것이오.

이와 같이 한다면 그는 위험한 처지를 자초할 것이니

관망대에 관광 상품들을 진열하여

찾아오는 발걸음이 많아지게 할 뿐이오."

장려면은 호랑이 눈망울이 되어 놀란 듯 말했다.

"저로서는 선생의 말씀이 막막할 뿐입니다.

그러니 원컨대 선생께서 그 가르침을 설명해 주십시오."

계철이 말했다.

"위대한 성인이 천하를 다스림은

민심을 자유롭게 뒤흔들어(無知를 일깨우는 反語)

그들 스스로 교화를 이루고 습속을 바꾸게 하여(산파술),

그 도적의 마음을 들춰내어 없애고

모두 자주적 의지로 나아가게 하는 것이오.

마치 민중의 본성이 스스로 하는 것 같아서

민중은 그렇게 된 까닭을 모르오.

而無阿私

民孰敢不輯.[72]

季徹局然笑曰.

若夫子之言 於帝王之德

猶螳蜋之怒臂

以當車轍

則必不勝任矣.

此若是則 其自爲處危

其觀臺多物

將往投迹者衆.

將呂葂覤覤[73]然驚 曰.

葂也汒若 於夫子之所言矣

雖然 願先生之言其風[74]也.

季徹曰

大聖之治天下也

搖蕩[75] 民心

使之成教易俗.

擧[76]滅其賊心

而皆進其獨志.

若性之自爲

而民不知其所由然.

72_ 輯(집)=和也.

73_ 覤(혁)=놀라 두려워할.

74_ 風(풍)=教也, 聲也.

75_ 搖蕩(요탕)=흔들어 洗滌함. 鼓舞로 解하기도 한다.

76_ 擧(거)=皆(개)로 읽는 이도 있다.

이와 같이 하는 자가 어찌 요순의 교화를 형_兄으로 삼고
혼돈 태현의 기_氣를 아우로 삼겠소?
혼돈 자연의 덕에 동화하여
마음이 편안하기를 바랄 뿐이오."

若然者 豈兄堯舜之敎民
溟涬⁷⁷⁾然弟之哉.
欲同於德
而心居矣.

12-11

자공이 남쪽으로 초나라에서 유세를 마치고
진나라로 돌아가는 길에 한음_{漢陰}을 지나게 되었다.
마침 한 장부가 밭두렁에서 일하고 있는 것을 보았다.
그는 물길을 내고 우물에 들어가
옹기그릇을 안고 나와 물을 대고 있었다.
열심히 하지만 힘은 많이 들고
나타나는 성과는 적었다.
자공이 농부에게 말했다.
"만약 기계를 쓴다면
하루에 백 두렁의 밭에 물을 줄 수 있습니다.
힘은 적게 들고 효과는 클 터인데
왜 그것을 쓰려고 하지 않는지요?"
농부는 고개를 들고 바라보며 말했다.
"어떻게 하는 것이오?"
자공이 말했다. "나무를 뚫어 기계를 만든 것인데,

子貢南遊於楚
反於晋 過漢陰.
見一丈人 方將爲圃畦⁷⁸⁾
鑿隧⁷⁹⁾而入井
抱甕而出灌.
搰搰⁸⁰⁾然 用力甚多
而見功寡.
子貢曰
有械於此
一日浸百畦
用力甚寡 而見功多
夫子不欲乎.
爲圃者仰而視之 曰
奈何.
曰 鑿木爲機

77_ 溟涬(명재)=북극 바다의 검은 찌꺼기. 太玄之氣. 涬으로 된 판본도 있다.
78_ 畦(휴)=밭두둑, 五十畝.
79_ 隧(수)=터널, 구멍, 무덤길.
80_ 搰(골)=파다, 힘쓰다.

뒤는 돌을 매달아 무겁고 앞의 두레박은 가벼워

後重前輕.

물을 손으로 잡고 잡아당기는 것 같아서

挈[81] 水若抽

빠르게 줄을 당기면 물이 끓어 넘치듯 합니다.

數如泆[82] 湯

그 이름은 용두레라고 합니다."

其名爲桔橰.[83]

농부는 성난 듯 얼굴색이 바뀌었지만 이내 웃으며 말했다.

爲圃者忿然作色 而笑曰

"나는 선생에게서 들은 말인데

吾聞之吾師

기계가 있으면 반드시 기계를 부리는 자가 있고

有機械者 必有機事.

기계를 부리는 자가 있으면 반드시 기계의 마음이 생기고

有機事者 必有機心.

가슴속에 기계의 마음이 생기면 순백의 바탕이 없어지고

機心存於胸中 則純白不備.

순백의 바탕이 없어지면 정신과 성품이 안정되지 못하고

純白不備 則神生[84] 不定.

정신과 성품이 불안정하면

神生不定者

도가 깃들 곳이 없다고 했소.

道之所不載也.

내가 두레박 기계를 몰라서가 아니라

吾非不知

부끄러워서 쓰지 않는 것이오."

羞而不爲也.

자공은 부끄러워 어쩔 줄 모르며

子貢瞞[85] 然慙[86]

머리를 숙이고 대답이 없었다.

俯而不對.

한참 있다가 농부가 물었다.

有間 爲圃者 曰.

"그대는 무엇을 하는 사람이오?"

子奚爲者邪.

자공이 답했다. "공자의 제자입니다."

曰 孔丘之徒也.

농부가 말했다.

爲圃者 曰.

81_ 挈(설)=끌다, 달아 올리다.
82_ 泆(일)=넘치다, 끓다.
83_ 桔橰(길고)=두레박 틀.
84_ 生(생)=性.
85_ 瞞(만)=눈 거슴츠레할.
86_ 慙(참)=부끄러울.

"그자는 박학으로써 성인 흉내를 내며   子非夫博學以擬聖
그럴듯한 거짓말로 대중을 패거리 짓고   於于[87] 以蓋[88] 衆.
홀로 거문고를 뜯고 슬픈 노래를 부르며   獨弦哀歌
천하에 명성을 파는 자가 아닌가?   以賣名聲於天下者乎.
그대가 지금 자신의 신기神氣 를 잊고   汝方將忘汝神氣
제 몸을 떨쳐버릴 수 있다면   墮汝形骸
그대는 도에 가까울 것이오.   而[89] 庶幾乎.
그런데 자신의 몸도 다스리지 못하면서   而身之不能治
어찌 천하를 다스린다 하겠소?   而何暇治天下乎.
그대는 내 일을 방해하지 말고 어서 가게나!"   自往矣 無乏吾事.
자공은 비참하게 얼굴빛을 잃고   子貢卑陬[90]失色
머리를 숙이고 의기소침하여   頊頊[91]然不自得
삼십 리쯤 길을 가고 난 후에야 정신을 차렸다.   行三十里而後愈.

함께 읽기

• 장자/외편/마제馬蹄 9-3 : 及至聖人 蹩躠爲仁 踶跂爲義而天下始疑也.
                    夫殘樸而爲器 工匠之罪也 毀道德以爲仁義 聖人之過也.
• 장자/외편/거협胠篋 10-4 : 焚符破璽而民朴鄙. 掊斗折衡而民不爭.
• 노자老子/19장 : 絕巧棄利 盜賊無有.
• 노자老子/57장 : 民多利器 國家滋昏. 人多伎巧 奇物滋起.

87_ 於于(어우)=華誣의 錯簡. 夸誕貌.
88_ 蓋(개)=合也, 黨也.
89_ 而(이)=汝.
90_ 陬(추)=마을, 부끄러울.
91_ 頊(욱)=머리 숙일. 自失貌.

12-12

자공의 제자가 말했다.

"아까 그 사람은 무엇을 하는 사람입니까?

스승은 어째서 그를 보고 얼굴빛을 잃고

종일 제정신으로 돌아오지 못했습니까?"

자공이 말했다.

"처음에는 천하의 한 도인에 불과한 줄 알았는데

그런 사람이 있는 줄 몰랐다.

내가 공자에게 들은 것은

공적_{功績}이 될 만한 것을 이루기를 바라고

힘을 적게 들이고 실적은 많은 것이

성인의 도라고 들었다.

지금 그 무리들은 그렇지 않았다.

도를 지킨 자는 덕이 온전하고

덕이 온전한 자는 형체가 온전하고

형체가 온전한 자는 정신이 온전하고

정신이 온전한 것이 성인의 도다.

생명에 맡기고 백성과 더불어 갈 뿐

그 가는 곳을 모른다.

아득하여 말로 할 수 없구나!

순박하게 자연을 따를 뿐이다.

공적, 이익, 기계, 기술은

반드시 그 농부의 마음에서 잊혀졌다.

其弟子曰

向之人 何爲者邪

夫子何故見之變容失色

終日不自反邪.

曰

始以爲天下一人耳

不知復有夫人也

吾聞之夫子

可功求成.

用力少見功多者

聖人之道.

今徒不然.

執道者德全

德全者形全.

形全者神全

神全者聖人之道也.

託生與民竝行

以不知其所之.

汒乎

淳備⁹²⁾哉.

功利機巧

必忘夫人⁹³⁾之心.

92_ 備(비)=調度也. 無所不順者.

93_ 夫人(부인)=앞에서 농부를 지칭했음.

그 농부 같은 사람은 자기 뜻이 아니면 가지 않고
자기 마음이 아니면 하지 않는다.
비록 천하를 주어 기리며 말하는 대로 얻는다 해도
오만한 듯 거들떠보지도 않는다.
천하가 그를 비난하여 온전한 덕을 잃었다 해도
태연한 듯 응대하지 않는다.
천하의 비난과 기림도 그를 덜고 더함이 없으니
이런 사람이야말로 온전한 덕인德人 이라 할 것이다.
나 같은 사람은 풍파에 흔들리는 백성(民)일 뿐이다.”
노나라에 돌아와서 공자에게 보고하자 공자가 말했다.
“그는 혼돈씨의 방술을 빌려 수행한 사람이다.
그러나 그는 하나만 알고 둘은 모르고,
안은 다스리지만 밖은 다스리지 못한다.
대저 밝은 지혜와 검소에 들어가고
인위가 없고 자연으로 돌아가며
본성을 체현하고 정신을 품고 세속에서 노닐었다면
네가 어찌 놀랐겠는가?
저 혼돈씨의 방술을
나와 네가 어찌 다 알 수 있겠는가?”

若夫人者 非其志不之
非其心不爲.
雖以天下譽之 得其所謂[94]
謷然不顧.
以天下非之 失其所謂
儻然[95] 不受.[96]
天下之非譽 無益損焉
是謂全德之人哉.
我之謂風波之民.
反於魯 以告孔子. 孔子曰.
彼假修混沌氏之術者也.
識其一而不知其二.
治其內 而不治其外.
夫明白入素
無爲復朴
體性抱神 以遊世俗之間者
汝將固[97] 驚邪.
且渾沌氏之術
子與汝何足以識之哉.

94_ 其所謂(기소위)＝앞에서 말한 德全者.
95_ 儻然(당연)＝당당하고 한가로운 모습.
96_ 受(수)＝應也.
97_ 固(고)＝胡(호)로 읽는다.

12-13

순망 諄芒이 동쪽의 큰 골짜기로 가다가	諄芒將東之大壑
동해의 물가에서 원풍 苑風을 만났다.	適遇苑風於東海之濱.
원풍이 물었다. "그대는 어디로 가는 중이오?"	苑風曰 子將奚之.
순망이 답했다. "큰 골짜기로 가던 중이오."	曰 將之大壑.
원풍이 물었다. "무엇 하러 가오?"	曰 奚爲焉.
순망이 답했다. "큰 골짜기란	曰 夫大壑之爲物也
물을 부어도 가득하지 않고 아무리 퍼내도 마르지 않소.	注焉而不滿 酌焉而不竭
나는 거기서 노닐려 하오."	吾將遊焉.
원풍이 말했다.	苑風曰
"그대는 눈이 옆으로 찢어진 민중에는 관심이 없소?"	夫子无意於橫目 [98]之民乎.
성인의 다스림에 대해 듣고 싶소."	願聞聖治.
순망이 말했다. "성인의 다스림이란	諄芒曰 聖治乎
관리의 시정 施政이 그 마땅함을 잃지 않게 하고	官施而不失其宜.
발탁하여 등용함에 그 능력을 잃지 않게 하고	拔擧而不失其能.
그 사정을 낱낱이 살펴 그 해야 할 바를 시행하고	畢見其情事 而行其所爲.
언행이 일치되도록 스스로를 다스려 천하를 교화하여	行言自爲 而天下化.
손을 흔들어 가리키는 데로	手撓顧指
사방 민중이 모두 이르게 하는 것이오.	四方之民 莫不俱至.
이를 일러 성인의 다스림이라 하오."	此之謂聖治
(원풍의 말) "덕인 德人에 대해 듣고 싶소."	願問德人.
(순망의 말) "덕인은 편안히 거하여 근심이 없고	德人者 居無思
행하되 꾀하지 않으며	行無慮
옳고 그르고, 아름답고 추하다는 생각을 하지 않소.	不藏是非美惡.

98_ 橫目(횡목)=인간의 특성을 표현.

사해가 다 같이 이롭게 하는 것을 기쁨이라 말하고
사해가 다 같이 넉넉한 것을 편안함이라 말하오.
근심스러운 듯 어린아이가 어미를 잃은 것 같고
자유로운 듯 행인이 길을 잃은 것 같소.
재용이 여유로우나 그것이 어디로부터 온 것인지 모르고
음식을 배불리 먹어도 그것이 어디로부터 온 것인지 모르오.
이를 일러 덕인의 모습이라 하오."
(원풍의 말) "신인 神人 에 대해 듣고 싶소."
순망이 말했다.
"상신 上神 은 빛을 타고 있지만 자신은 형체가 전혀 없소.
이를 일러 밝게 비춤이라 하오.
천명을 이루고 본성을 다하여 천지가 즐거워하고
만사 萬事 는 사라지고 만물은 본성을 회복하오.
이를 일러 혼돈의 흑암이라 하오."

四海之內 共利之之謂悅
共給之之謂安.
悄[99]乎若嬰兒之失其母也.
儻[100]乎若行而失其道也.
財用有餘 而不知其所自來
飲食取足 而不知其所從
此謂德人之容.
願問神人.
曰
上神乘光 與形滅亡.
此謂照曠.
致命盡情 天地樂
而萬事銷[101]亡 萬物復情.
此之謂混冥.

12-14

문무귀 門无鬼 와 적장만계 赤張滿稽 가
무왕의 군사를 관찰했다.
적장만계가 말했다.
"순임금의 예치 禮治 에 미치지 못하구나!
그러므로 정벌의 환란이 따라붙는 것이다."

門无鬼 與赤張滿稽
觀於武王之師.
赤張滿稽 曰
不及有虞氏乎.
故離此患也.

99_ 悄(초)=憂也.
100_ 儻(당)=不羈也, 縱逸也.
101_ 銷(소)=사라질, 녹일.

문무귀가 물었다.

"천하가 고르게 정돈되어 있었기에

순이 다스릴 수 있었는가?

아니면 어지러운 이후에 그것을 다스렸는가?"

적장만계가 답했다.

"천하가 고르게 정돈되어 소원대로 되었다면

어찌 순舜을 세워 다스리고자 했겠는가?

순은 상처가 난 이후에 약을 발라준 것이다.

대머리가 되었으므로 가발을 쓰고

병이 났으므로 의사를 구하는 것이다.

효자가 약을 지어 부모를 치료하느라

안색이 초췌해진 것을

성인은 부끄럽게 여긴다(미리 병나지 않게 보양 못 했으므로).

지극한 다스림이 있었던 고대 원시공산사회에서는

어진 자를 높이거나 능한 자를 부릴 필요도 없었다.

윗사람이란 표준일 뿐이었고 백성은 야생의 사슴이었다.

단정했으나 의義를 행했다는 것을 깨닫지 못한다.

서로 사랑했으나 인仁을 행했다는 것을 깨닫지 못한다.

성실했으나 충忠을 행했다는 것을 알지 못한다.

합당했으나 신의信義를 지켰다고 깨닫지 못한다.

준동할 때 도우러 갔으나

은혜를 베풀었다고 생각하지 않는다.

門无鬼曰

天下均治[102]

而有虞氏治之邪

其亂而後治之與.

赤張滿稽 曰

天下均治之爲願

而何計以有虞氏爲

有虞氏之藥傷也.

禿而施髢[103]

病而求醫.

孝子操藥 以修慈父

其色燋然

聖人羞之.

至治之世

不尙賢不使能.

上如標枝 民如野鹿.

端正而不知以爲義.

相愛而不知以爲仁.

實而不知以爲忠.

當而不知以爲信.

蠢[104]動而相使[105]

不以爲賜.

102_ 治(치)＝理也, 整也, 正也.
103_ 髢(체)＝다리(가발), 드리우다.
104_ 蠢(준)＝作也, 不遜也.
105_ 使(사)＝從也.

이런 까닭으로 행적도 자취가 없고 사업도 전해짐이 없다."　　　是故行而無迹 事而無傳.

◎ 함께 읽기 ◎

• 장자/외편/마제馬蹄 9-3：夫赫胥之時 民居不知所爲 含哺而喜 鼓腹而遊.
• 장자/외편/거협胠篋 10-5：隣國相望 鷄狗之音相聞 民至老死 而不相往來.
　　　　　　　　　　　　　伏羲氏 神農氏 當是時也. 則至治已.
• 장자/외편/재유在宥 11-4：昔者黃帝始 以仁義攖人之心.
• 노자老子/19장：令有所屬 見素抱朴 小私寡慾.
• 노자老子/80장：小國寡民 民之老死不相往來.

12-15

효자가 어버이에게 아첨하지 않고	孝子不諛[106] 其親
충신이 군주에게 아첨하지 않으면	忠臣不諛其君
훌륭한 신하와 자식이라 할 것이다.	臣子之盛[107]也.
어버이의 언행을 무조건 그렇다 하고 옳다고 하면	親之所言而然 所行而善
세상에서는 불초한 자식이라고 말한다.	則世俗謂之不肖子.
군주의 언행을 무조건 그렇다 하고 옳다고 하면	君之所言而然 所行而善
세상에서는 불충한 신하라고 말한다.	則世俗謂之不肖臣.
그러나 반드시 그렇게 하는 것만은 아닌 것 같다.	而未知其必然邪.
세속이 그렇다고 하면 따라서 그렇다고 말하고	世俗之所謂然而然之
세속이 옳다고 하면 따라서 옳다고 말한다면	所謂善而善之
그들을 도道 의 아첨꾼이라고 말하지 않는다.	則不謂之道諛之人也
그렇다면 습속이라는 것이 어버이보다 엄중하고	然則 俗固嚴於親

106_諛(유)＝詔也.
107_盛(성)＝成也, 善也.

군주보다 존귀한 것인가?

자기를 도인이라 말하면 반색하고

자기를 아첨꾼이라 하면 낯을 붉히며 성을 낸다.

그러나 평생 도인이란 평생 아첨꾼일 뿐이다.

비위를 맞추고 말을 꾸미며 대중을 모으는 것은

시종과 본말이

영원히 서로 자리를 함께하지 못한 것과 같다.

의상을 늘어뜨리고

채색으로 꾸미고

용모를 바꾸면서

일세를 아양 부리면서도

스스로는 도_道에 아첨한다고 말하지 않는다.

대인들과 더불어 파당의 무리를 만들고

옳다 그르다는 판단을 세속과 공유하면서도

스스로는 대중 추수_{追隨} 자임을 자인하지 않는다.

어리석음의 극치라 할 것이다.

자기가 어리석음을 아는 것은 큰 어리석음이 아니다.

자기가 미혹됨을 아는 것은 큰 의혹이 아니다.

크게 미혹된 자는 종신토록 해방되지 못하고

크게 어리석은 자는 종신토록 깨닫지 못한다.

而尊於君邪.

謂己道人 則勃[108]然作色

謂己諛人 則怫然作色.

而終身道人也 終身諛人也.

合譬飾辭聚衆也

是始終本末

不相坐.[109]

垂衣裳

設采色

動[110]容貌

以媚一世

而不自謂道諛.

與夫人之爲徒

通[111]是非

而不自謂衆人

愚之至也.

知其愚者非大愚也.

知其惑者非大惑也.

大惑者終身不解

大愚者終身不靈.[112]

108_ 勃(발)=盛貌.
109_ 不相坐(불상좌)=不坐其罪로 解하기도 한다.
110_ 動(동)=變也.
111_ 通(통)=共也.
112_ 靈(령)=明也.

12-16

길 가는 세 사람 중에 한 사람만이 미혹되었다면	三人行而一人惑
목적지를 갈 수 있을 것이다.	所適者猶可致也
미혹된 자가 적기 때문이다.	惑者少矣.
그러나 두 사람이 미혹되면	二人惑
아무리 노력해도 이를 수 없다.	則勞而不至
미혹된 자가 많기 때문이다.	惑者勝也.
그런데 지금은 온 세상이 미혹되었다.	而今也 以天下惑
내가 비록 인도하려고 하지만 어쩔 수가 없다.	予雖有祈嚮 不可得也
슬픈 일이 아닌가?	不亦悲乎.
훌륭한 음악은 속인의 귀엔 들리지 않고	大聲不入於里耳.
절양과 황화 같은 부화한 속악俗樂에는 환호한다.	折楊皇華¹¹³⁾ 則嗑¹¹⁴⁾ 然而笑.
이처럼 고귀한 담론이	是故高言
대중의 마음에 와 닿지 않으니	不止¹¹⁵⁾ 於衆人之心
참된 말은 나타나지 않고 속된 말만 기승을 부린다.	至言不出 俗言勝也.
옹기소리와 종소리가 엇갈리니	以二¹¹⁶⁾ 缶¹¹⁷⁾ 鐘惑
갈 곳을 모른다.	而所適不得矣.
지금은 온 천하가 미혹되었으니	而今也 以天下惑
내가 비록 향도한다 한들 어찌할 수 있겠는가?	予雖有祈嚮 其庸¹¹⁸⁾ 可得邪.
불가능한 줄 알면서도 힘쓰는 것은	知其不可得也 而强之

113_ 折楊(절양), 皇華(황화)＝俗曲.
114_ 嗑(합)＝笑聲.
115_ 止(지)＝至也.
116_ 二(이)＝並也, 比也.
117_ 缶(부)＝양병, 장군.
118_ 庸(용)＝豈也.

또 하나의 미혹이다.

그러므로 포기하고 추구하지 않는 것만 못하다.

그러나 추구하지 않으면

누가 진실로 더불어 걱정할 것인가?

문둥이가 야밤에 아기를 낳으면

황급히 등불을 들고 바라본다.

자기를 닮았을까 두려운 것이다.

又一惑也.

故莫若釋之而不推.

不推

誰其比憂.

厲[119]之人 夜半其生子

遽取火而視之汲汲然

唯恐其似己也.

함께 읽기

- 장자/잡편/칙양則陽 25-7 : 貨財聚然後覩所爭.
- 좌전左傳/소공昭公 3년(BC 539) : 公聚朽蠹 三老凍餒.
- 노자老子/53장 : 朝甚除田甚蕪倉甚虛.
- 노자老子/75장 : 民之飢 以其上食稅之多.
- 열자列子/주목왕周穆王 : 今天下之人 皆惑於是非 昏於利害.
- 사기史記/백이열전伯夷列傳 : 盜跖聚黨數千人橫行天下.

12-17

백 년 된 나무가 쪼개져 술통과 술잔이 되면

청황 青黃 의 무늬가 그려지지만,

그 깎인 나머지는 시궁창에 던져진다.

시궁창에 버려진 나무와 술잔을 비교하면

아름답고 추한 차이가 있겠지만

그 본성을 잃은 것은 매한가지다.

百年之木 破爲犧[120]樽

青黃而文之.

其斷在溝中.

比犧樽於溝中之斷

則美惡有間矣

其於失性一也.

119_ 厲(려)=문둥이, 癘.
120_ 犧(사)=술통.

걸왕과 도척, 그리고 증참과 사추는
의를 행한 것은 차이가 있겠지만
그 본성을 잃은 것은 똑같다.
대체로 본성을 잃게 하는 다섯 가지가 있다.
첫째는 오색이 눈을 어지럽혀 밝지 못하게 하는 것이요,
둘째는 오성이 귀를 어지럽혀 듣지 못하게 하는 것이요,
셋째는 오취가 코를 지져
코가 막히고 이마를 때리는 것이요,
넷째는 오미가 입을 흐리게 하여
맛을 상하게 하는 것이요,
다섯째 취사선택으로 마음을 어지럽혀
본성을 일탈하게 하는 것이다.
이 다섯 가지는 모두 생명을 해치는 것이다.
양자와 묵자는 비로소 홀로 발돋움을 하고는
스스로 뜻을 얻었다고 생각한다.
그러나 그것은 내가 말하는 얻음이 아니다.
얻은 것이 곤궁함인데 그것을 얻었다고 할 수 있는가?
그렇다면 새장 속에 갇힌 비둘기나 올빼미도
역시 뜻을 얻었다고 할 수 있을 것이다.

桀跖與曾史
行義有間矣
然其失性均也.
且夫失性有五.
一曰 五色亂目 使目不明.
二曰 五聲亂耳 使耳不聽.
三曰 五臭薰[121] 鼻
困愗[122] 中顙.[123]
四曰 五味濁口
使口厲[124] 爽.[125]
五曰 趣舍滑[126] 心
使性飛揚.[127]
此五者 皆生之害也.
而楊墨乃始離跂
自以爲得.
非吾所謂得也
夫得者困 可以爲得乎.
則鳩鴞[128] 之在於籠也
亦可以爲得矣.

121_ 薰(훈)＝薰灼(길들어짐).
122_ 愗(수)＝냄새 찌름, 塞也.
123_ 顙(상)＝이마.
124_ 厲(려)＝病也.
125_ 爽(상)＝傷也.
126_ 滑(활)＝潤澤也, 利也, 亂也.
127_ 飛揚(비양)＝使不從軌度也.
128_ 鳩鴞(구효)＝비둘기와 올빼미.

또한 시비 취사선택, 오성과 채색 등

섶으로 마음을 틀어막고

가죽 고깔과 물총새 깃털 관을 쓰고

홀을 잡고 관대를 둘러 몸을 꽁꽁 묶어,

안은 갈래마다 가시나무 울타리로 막히지 않는 곳이 없고

밖은 겹겹이 노끈으로 묶였으니,

찬찬히 살펴보면 실로 밧줄 속에 묶여 갇힌 것을

스스로 얻었다고 생각한다면

이는 손발이 꽁꽁 묶인 죄인이나

울에 갇힌 호랑이도

역시 뜻을 얻었다고 할 수 있을 것이다.

且夫趣舍聲色

以柴其內.

皮弁鷸[129)]冠

搢笏紳修 以約其外.

內支盈[130)] 於柴柵[131)]

外重纆繳.[132)]

睆睆[133)] 然在纆繳之中

而自以爲得

則是罪人交臂[134)] 歷指[135)]

而虎豹在於囊檻[136)]

亦可以爲得矣.

함께 읽기

- 장자/내편/제물론齊物論 2-2 : 百骸 九竅 六藏 賅而存焉. 吾誰與爲親.
- 장자/내편/응제왕應帝王 7-5 : 人皆有七竅 以視聽食息 此獨無有 日鑿一竅 七日而渾沌死.
- 노자老子/3장 : 聖人之治. 虛其心 實其腹 弱其志强其骨.
- 노자老子/12장 : 五色令人目盲 五音令人耳聾 五味令人口爽 馳騁田獵 令人心發狂.
- 노자老子/52장 : 塞其兌 閉其門 終身不勤. 開其兌 濟其事 終身不救.

129_ 鷸(휼)＝도요새, 물총새.
130_ 盈(영)＝莫不有也.
131_ 柴柵(시책)＝섶울타리.
132_ 纆繳(묵격)＝노끈.
133_ 睆(환)＝明星貌, 實貌, 明貌.
134_ 交臂(교비)＝縛臂.
135_ 歷指(력지)＝關指.
136_ 囊檻(낭함)＝주머니와 함거.

天道

小目

13-1 하늘의 도는 운행하여 막힘이 없으므로 만물을 생성한다. 성인의 마음은 고요하여 천지의 거울이요, 만물의 거울이다.

13-2 '허정', '염담', '적막', '무위'는 만물의 근본이다.

13-3 인민과 화합하는 것을 人樂이라 하고, 하늘과 화합하는 것을 天樂이라 한다.

13-4 하늘이 만들지 않더라도(無爲) 만물은 스스로 조화롭고, 땅이 기르지 않더라도(無爲) 만물은 스스로 자란다. 제왕이 다스리지 않더라도(無爲) 천하는 공적을 이룬다.

13-5 천지는 지극한 신명이나 존비 선후의 질서가 있거늘 하물며 인도에 어찌 질서가 없겠는가?

13-6 먼저 自然을 밝히고 道德은 그다음이다. 도덕이 밝아지면 仁義는 그다음이다. 인의가 밝아지면 分守는 그다음이다. 분수가 지켜지면 다음은 刑과 名을 일치시킨다.

13-7 요가 말했다. "나는 하소연할 곳이 없는 자를 오만하게 대하지 않고, 궁색한 민중을 버리지 않는다." 순이 말했다. "참으로 훌륭합니다. 그러나 아직 위대하지는 못합니다."

13-8 공자여! 그대는 사람의 본성을 어지럽히고 있다네.

13-9 사성기가 말했다. "쥐구멍까지 채소가 여유 있을 정도로 음식을 버리는 것은 仁이 아닙니다. 눈앞에 날것과 익은 것이 이미 무진한데 폐백을 거두어들이니 겸손하지 않습니다." 노자가 말했다. "내가 사용하는 것은 일용품일 뿐 내가 소유한 물건이 아니오."

13-10 도에 통하고 덕에 부합하며, 仁義를 물리치고 禮樂을 배척한다.

13-11 군주께서 읽은 책들은 죽은 사람의 시체일 뿐입니다.

제13장. 天道천도

13-1

하늘의 도는 운행하여 막힘이 없으므로	天道運而無所積[1]
만물을 생성한다.	故萬物成.
황제의 도는 운행하여 막힘이 없으므로	帝道運而無所積
천하가 귀의한다.	故天下歸.
성인의 도는 운행하여 막힘이 없으므로	聖道運而無所積
경내가 복종한다.	故海內服.
하늘을 밝히고 성인에 통하여	明於天 通於聖
제왕의 덕을 육기와 사방에 여는 자는	六通四闢於帝王之德者
스스로의 다스림이	其自爲也
어두운 듯 고요하지 않음이 없다.	昧然無不靜者矣.
성인의 고요함은	聖人之靜也
고요한 것이 좋아서 고요한 것이 아니라,	非曰靜也善 故靜也
만물이 성인의 마음을 어지럽게 할 수 없으므로	萬物無足以鐃[2]心者
고요한 것이다.	故靜也.
물이 고요하면 수염을 밝게 비추고	水靜則明燭鬚眉

1_ 積(적)=滯也.
2_ 鐃(뇨)=撓也.

평온하여 수준기에 맞는다.

그래서 훌륭한 목수가 법으로 취하는 것이다.

물이 고요하면 이처럼 밝은데

하물며 정신이 고요하면 더할 나위 있겠는가?

성인의 마음은 고요하여

천지의 거울이요,

만물의 거울이다.

平中準

大匠取法焉.

水靜猶明

而況精神.

聖人之心 靜乎

天地之鑑也.

萬物之鏡也.

◈함께 읽기◈

- 장자/내편/대종사大宗師 6-5 : 夫道 自本自根 未有天地自古以固存. 神鬼神帝 生天生地.
- 장자/외편/선성繕性 16-1 : 夫德和也 道理也. 德無不容仁也. 道無不理義也.
- 장자/외편/달생達生 19-9 : 問 蹈水有道乎. 曰 吾無道. 從水之道 而不爲私焉.
- 장자/외편/지북유知北遊 22-2 : 人之生氣之聚也. 通天下一氣耳.
- 장자/외편/지북유知北遊 22-9 : 調而應之德也. 偶而應之道也.
- 장자/외편/지북유知北遊 22-11 : 問曰 所謂道惡乎在. 莊子曰 無所不在 在螻蟻瓦甓尿溺.
- 주역周易/계사繫辭 : 一陰一陽之謂道.
- 노자老子/25장 : 人法地 地法天 天法道 道法自然.
- 노자老子/42장 : 道生一 一生二 二生三 三生萬物.
- 노자老子/51장 : 道生之 德畜之. 道之尊而德之貴 夫莫之命 而常自然.
- 노자老子/60장 : 以道莅天下 其鬼不神 非其鬼不神 其神不傷人.
- 열자列子/중니仲尼 : 無所由而常生者 道也. 有所由而常死者 亦道也.
- 한비자韓非子/해로解老 : 道者 萬物之所然也 萬理之所稽也. 理者 成物之文也 道者萬物之所以成也.
　　　　　　　　　故曰 道 理之者也.
- 회남자淮南子/원도훈原道訓 : 道分而爲陰鄰陽 陰陽合化而萬物生.

13-2

대저 '허정', '염담', '적막', '무위'는	夫虛靜 恬淡 寂漠 無爲者
천지의 화평이요, 도덕의 지극함이다.	天地之平[3] 而道德之至.
그러므로 제왕이신 성인은 한가할 뿐이다.	故帝王聖人休[4]焉.
한가하면 허虛하고, 허하면 실實하고, 실하면 서로 화락한다.	休則虛 虛則實 實則倫[5]矣.
허하면 고요하고, 고요하면 동動하고, 동하면 얻는다.	虛則靜 靜則動 動則得矣.
고요한 것은 무위함이요,	靜則無爲
무위하면 일을 맡아 책무를 다한다.	無爲也則任事者責矣.
무위하면 용모 화공和恭하고	無爲則俞俞
화공하면 우환이 처할 수 없고	愉愉者憂患不能處
장수할 수 있다.	年壽長矣.
대저 '허정', '염담', '적막', '무위'는	夫虛靜 恬談 寂寞 無爲者
만물의 근본이다.	萬物之本也
이것을 밝혀 남면南面함으로써 요임금은 임금 노릇을 했고,	明此以南鄕 堯之爲君也.
이것을 밝혀 북면北面함으로써 순은 신하 노릇을 했다.	明此以北面 舜之爲臣也.
이것으로 윗자리에 처하면 제왕 천자의 덕이며,	以此處上 帝王天子之德也.
이것으로 아랫자리에 처하면	以此處下
현성玄聖 소왕素王의 도이며,	玄聖素王[6]之道也.
이것으로 은거하여 강과 바다에 한가롭게 노닐면	以此退居 而閒游江海
산림의 선비가 복종하며,	山林之士服.
이것으로 정사에 나아가 세상을 어루만지면	以此進爲而撫世
공이 크고 이름이 드날려 천하가 하나가 될 것이다.	則功大名顯 而天下一也.

3_ 平(평)=正也.
4_ 休(휴)=息止也, 宥也, 暇也.
5_ 倫(륜)=比(親輔)也, 類也.
6_ 素王(소왕)=영토와 제위가 없으면서 천하를 다스리는 자.

13-3

정靜하면 성왕聖王이요, 동하면 왕천하王天下 한다.

무위하면 존귀하고 소박하여

천하에 이보다 아름다운 것이 없다.

천지의 덕을 밝게 깨달은 자는

이를 일러 대본大本과 대종大宗이라 하며

하늘과 화합하는 것이

천하를 고르고 조화롭게 하며

인민과 더불어 화합하는 것이다.

이처럼 인민과 화합하는 것을 '인락人樂'이라 하고,

하늘과 화합하는 것을 '천락天樂'이라 말한다.

장자께서 말했다. "우리 스승! 우리 스승이여!

만물을 부수어 버무리지만 사납다고 말하지 않고

은택이 만세에 미치게 하지만 인仁이라 말하지 않으며

상고보다 어른이지만 장수했다고 말하지 않으며

천지를 덮고 실으며

만물의 형상을 깎고 새기지만 기교라고 말하지 않는다.

이런 것을 일러 천락이라고 한다.

그러므로 천락을 아는 자에게는

삶은 자연의 운행이요, 죽음은 사물의 변화일 뿐이니,

고요함은 음陰과 같은 덕이요,

靜而聖 動而王.

無爲也而尊樸素

而天下莫能與之爭美.

夫明白於天地之德者

此之謂大本大宗.

與天和者也

所以均調天下

與人和者也.

與人和者 謂之人樂

與天和者 謂之天樂.

莊子曰[7] 吾師乎 吾師乎.

韲[8] 萬物而不爲戾.[9]

澤及萬世而不爲仁.

長於上古而不爲壽.

覆載天地

刻彫衆形 而不爲巧.

此之謂天樂.

故曰 知天樂者

其生也天行 其死也物化.

靜而與陰同德

7_ 莊子曰(장자왈)=이 부분을 통해 이 편이 후인의 작품임을 알 수 있다. 대체로 無爲自然을 말하고 있지만 道法家
들의 刑名法術을 말하는 등 품격이 떨어진다. 外篇과 雜篇은 장자가 직접 쓴 것이 아니고 제자들이 덧붙인 것으
로 보는 것이 학계의 定說이다.

8_ 韲(제)=버무리다. 부수다.

9_ 戾(려)=義(莊子/外篇/大宗師).

움직임은 양陽과 같은 물결이라고 말한다.

그러므로 천락을 아는 자는 하늘의 원망이 없고

인간의 비난이 없고 외물의 얽매임이 없고

귀신의 탓함이 없다.

그러므로 그 움직임은 하늘이요, 그 고요함은 땅이라

내 한 마음이 고요하면 천하를 지배하며

귀신이 재앙을 내리지 않고 혼백이 피로하지 않으니

내 한 마음 안정되면 만물이 복종한다고 말하는 것이다.

허정으로써 말하고

천지를 따르고 만물을 통하는 것

이를 일러 천락이라 말하는 것이다.

천락자는 성인의 마음으로

천하를 기르는 것이다.

動而與陽同波.

故知天樂者 無天怨

無人非 無物累

無鬼責.

故曰 其動也天 其靜也地

一心靜而王天下.

其鬼不祟[10] 其魂不疲

一心定而萬物服.

言以虛靜

推[11] 於天地 通於萬物

此之謂天樂.

天樂者 聖人之心

以畜天下也.

13-4

대저 제왕의 덕은 천지를 머리로 삼고

도덕을 주인으로 삼고, 무위를 상도常道로 삼는다.

무위하면 천하를 부리고도 남음이 있고

유위하면 천하의 부림을 삼기에도 부족하다.

그러므로 고인들은 무위를 귀하게 여겼다.

윗사람이 무위하고, 아랫사람 역시 무위하다면

夫帝王之德 以天地爲宗.

以道德爲主 以無爲爲常.

無爲也 則用[12]天下 而有餘.

有爲也 則爲天下用 而不足

故古之人貴夫無爲也.

上無爲也 下亦無爲也

10_ 祟(수)＝神禍也.

11_ 推(추)＝順遷也.

12_ 用(용)＝使民事之. 庸과 통용.

상하의 덕이 같게 된다.

아랫사람이 윗사람과 덕이 같으면 신하가 되지 않는다.

아랫사람이 유위하고, 윗사람 역시 유위하다면

상하의 도가 같게 된다.

윗사람이 아랫사람과 도가 같으면 군주 노릇을 못한다.

윗사람은 반드시 무위함으로써 천하를 부리고

아랫사람은 반드시 유위함으로써 천하의 부림이 된다.

이는 바꿀 수 없는 도리다.

그러므로 옛날 천하를 호령한 사람들은

비록 지혜가 천지를 덮을지라도 스스로 꾀하지 않았다.

변론이 만물을 두루 미칠지라도 스스로 말하지 않았다.

재능이 해내海內를 궁구할 수 있을지라도

스스로 다스리지 않았다.

하늘이 만들지 않더라도(無爲) 만물은 스스로 조화하고

땅이 기르지 않더라도(無爲) 만물은 스스로 자란다.

제왕이 다스리지 않더라도(無爲) 천하는 공적을 이룬다.

그러므로 이르기를 하늘(自然)보다 신묘한 것은 없고

땅보다 부한 것은 없고, 제왕보다 큰 것은 없다고 했다.

그러므로 제왕의 덕은 천지와 짝한다고 말한 것이다.

이것이 천지를 타고 만물을 베풀고

是下與上同德

下與上同德則不臣.

下有爲也 上亦有爲也

是上與下同道

上與下同道則不主.

上必無爲 以用天下.

下必有爲 以爲天下用.

此不易之道也.

故古之王 13) 天下者

知雖落 14) 天地 不自慮 15) 也.

辯雖彫 16) 萬物 不自說也.

能雖窮 17) 海內

不自爲也.

天不産而萬物化

地不長而萬物育.

帝王無爲而天下功.

故曰 莫神於天

莫富於地. 莫大於帝王.

故曰 帝王之德配天地.

此乘天地 馳 18) 萬物

13_ 王(왕)=天下所歸往也, 號也.
14_ 落(락)=絡의 假借.
15_ 慮(려)=謀事也.
16_ 彫(조)=周의 假借.
17_ 窮(궁)=究也.
18_ 馳(치)=施也, 撫循也.

사람이 무리 짓게 하는 도이다.　　　　　　　　而用人群之道也.

13-5

근본은 위에 있고, 말단은 아래에 있다.　　　　　本在於上 末在於下.

중요한 것은 군주에게 있고, 상세한 것은 신하에게 있다.　要在於主 詳在於臣.

삼군과 오병의 운용은 덕의 말단이다.　　　　　三軍五兵之運 德之末也.

상벌, 이해, 오형의 법은　　　　　　　　　　賞罰 利害 五刑之辟

교화의 말단이다.　　　　　　　　　　　　　教之末也.

예와 법, 수량의 헤아림,　　　　　　　　　　禮法度數 形名比詳

언행일치의 상세한 비교는 다스림의 말단이다.　　治之末也.

종과 북의 소리(음악), 깃털의 용모(무용)는　　　　鐘鼓之音 羽毛之容

악 樂 의 말단이다.　　　　　　　　　　　　樂之末也.

곡읍과 상복, 복상의 길고 짧음은　　　　　　哭泣衰絰[19] 隆殺之服

애통함의 말단이다.　　　　　　　　　　　　哀之末也.

이들 말단은 모름지기 정신과　　　　　　　　此五末者 須精神之運

마음의 움직임에 따르는 것뿐이다.　　　　　心術之動 然後從之者也.

때문에 말단에 대한 학문은 고인들도 있었지만　　末學者 古人有之

앞세우지 않고 약법略法 간정簡政 을 숭상했다.　　而非所以先也.

군주가 앞서면 신하가 따르고　　　　　　　　君先而臣從.

아비가 앞서면 자식이 따르고　　　　　　　　父先而子從.

형이 앞서면 아우가 따르고　　　　　　　　　兄先而弟從.

어른이 앞서면 젊은이가 따르고　　　　　　　長先而少從.

남자가 앞서면 여자가 따르고　　　　　　　　男先而女從.

19_ 衰絰(최질)=상복과 머리와 허리에 두르는 것, 縗絰.

지아비가 앞서면 지어미가 따른다.　　　　　　　　夫先而婦從.

무릇 존비와 선후는 천지의 운행이다.　　　　　　夫尊卑先後 天地之行也.

그러므로 성인이 형상(이데아)을 취했는데,　　　故聖人取象焉.

하늘은 높고 땅은 낮게 함은 신명神明의 지위이며,　天尊地卑 神明之位也.

봄여름이 먼저요 가을겨울이 나중인 것은 사시의 차례다.　春夏先 秋冬後 四時之序也.

만물이 조화가 일어남에 싹이 터서 형상이 생기고　萬物化作 萌區[20] 有狀

성하면 쇠하여 소멸이 있는 것은 변화의 흐름이다.　盛衰之殺[21] 變化之流也.

무릇 천지는 지극한 신명이나　　　　　　　　夫天地至神

존비 선후의 질서가 있거늘　　　　　　　　　而有尊卑先後之序

하물며 인도에 어찌 질서가 없겠는가?　　　　而況人道乎.

종묘에서는 혈연의 가까움을 높이고　　　　　宗廟尚親

조정에서는 높은 지위를 높이고　　　　　　　朝廷尚尊

향당에서는 나이를 높이고　　　　　　　　　鄉黨尚齒

일을 함에 어진 이를 높이는 것은 대도大道의 질서다.　行事尚賢 大道之序也.

도를 말하면서 그 질서를 비난하면 진실한 도가 아니다.　語道而非其序者 非其道也.

도를 말하면서 그 도를 비난하면 어찌 도를 취하겠는가?　語道而非其道者 安取道.

13-6

이런 까닭으로 옛날의 대도에 밝은 자는　　　是故 古之明大道者

먼저 자연을 밝히고 도덕은 그다음이다.　　先明天 而道德次之.

도덕이 밝아지면 인의仁義는 그다음이다.　　道德已明 而仁義次之.

인의가 밝아지면 분수分守는 그다음이다.　　仁義已明 而分守[22]次之.

20_ 區(구)=分也.
21_ 殺(쇄)=減少해 감.

분수가 지켜지면 다음은 형刑 과 명名 을 일치시킨다.　　　　　分守已明 而刑名23)次之.

형과 명이 밝아지면　　　　　　　　　　　　　　　　　刑名已明

재목에 따라 임무를 주는 것은 그다음이다.　　　　　　而因任次之.

이처럼 관리 임용이 밝아지면　　　　　　　　　　　　因任24) 已明

미루어 살피는 것이 그다음이다.　　　　　　　　　　　而原省25) 次之.

미루어 살핌이 밝아지면 그다음은 시비를 가린다.　　　　原省已明 而是非次之.

시비가 밝아지면 그다음은 상벌을 시행한다.　　　　　　是非已明 而賞罰次之.

상벌이 밝아지면 현賢 우愚 의 자리가 마땅하고　　　　　賞罰已明 而愚知處宜

귀천의 지위가 정해지고　　　　　　　　　　　　　　貴賤履26) 位

현자와 불초자가 실정에 맞게 된다.　　　　　　　　　仁賢不肖襲情.27)

반드시 능력은 분별되고 반드시 그 명칭에 따르게 된다.28)　必分其能 必由其名.

이것으로 위를 섬기고, 이것으로 아래를 기르고　　　　以此事上 以此畜下

이것으로 사물을 다스리고, 이것으로 몸을 닦으면　　　以此治物 以此修身

앎도 꾀도 필요 없고 반드시 자연으로 돌아간다.　　　知謀不用 必其歸天.

이것을 일러 태평이라 하고 다스림의 지극함이라 한다.　此之謂太平治之至也.

고서에서 이르기를　　　　　　　　　　　　　　　　故書曰

형상이 있으면 명칭도 있으니 이를 '형명形名' 이라 한다.　有形有名 形名者

이처럼 고인들도 형명이 있었으나 그것을 앞세우지 않았다.　古人有之 而非所以先也.

옛사람이 대도를 말할 때는　　　　　　　　　　　　古之語大道者

다섯 번 변통하고 나서야 형명을 거론했고　　　　　　五變而形名可舉.

22_ 分守(분수)＝上下有分 庶職有守.
23_ 刑名(형명)＝物象과 名稱. 刑名法術은 黃老法家의 사상이다.
24_ 因任(인임)＝因材授任.
25_ 原省(원성)＝恕察.
26_ 履(리)＝具也.
27_ 襲情(습정)＝因實也.
28_ 法家의 刑名法術.

아홉 번 변통하고 나서야 상벌을 말할 수 있었다.

갑자기 형명을 말하는 것은 그 근본을 모른 것이요,

갑자기 상벌을 말함은 그 비롯됨을 모른 것이다.

도를 거꾸로 말하고

도를 순서 없이 함부로 말하는 자는

남의 다스림을 받을 사람이니 어찌 남을 다스릴 수 있겠는가?

갑자기 형명법술刑名法術과 상벌을 말하는 자는

다스림의 수단은 알지만 다스림의 도는 모르는 자들이니

천하에 고용될 수는 있으나 천하를 운용하기에는 부족하다.

이런 사람을 일러 변사辯士라 하며

한 부분에 편벽된 사람이다.

예와 법, 수량의 헤아림,

실천과 언명의 일치를 상세히 비교하는 것은

고인들도 있었지만

이것은 아랫사람이 윗사람을 섬기는 수단일 뿐

윗사람이 아랫사람을 기르는 수단이 아니었다.

九變而賞罰可言也.

驟[29]而語形名 不知其本也.

驟而語賞罰 不知其始也.

倒道而言

迕[30]道而說者

人之所治也 安能治人.

驟而語形名賞罰

此有知治之具 非知治之道.

可用於天下 不足以用天下.

此之謂辯士

一曲[31]之人也.

禮法度數

形名比詳

古人有之

此下之所以事上

非上之所以畜下也.

13-7

옛날 순이 요임금에게 물었다.

"천왕의 마음 씀은 어떻게 합니까?"

요임금이 답했다.

昔者舜問於堯.

日 天王之用心何如.

堯日

29_ 驟(취)＝突然, 凡疾速也.
30_ 迕(오)＝橫也(語不循次序).
31_ 曲(곡)＝僻也, 一偏也, 委細也.

"나는 하소연할 곳이 없는 자를 오만하게 대하지 않고
궁색한 민중을 버리지 않으며
죽은 자를 괴로워하고 어린이를 사랑하고
과부를 애통해한다.
이것이 내 마음 씀이다."
순이 말했다. "참으로 훌륭합니다.
그러나 위대하지는 못합니다."
요임금이 물었다. "그러면 어찌해야 하느냐?"
순이 답했다. "하늘이 덕성스러우면 땅은 안녕하며
일월이 비추면 사시는 운행합니다.
낮과 밤이 상도가 있고
구름이 운행하여 비가 내리는 것과 같습니다."
요임금이 말했다. "나는 집착하고 요란스러웠구나!
그대는 하늘에 부합했는데, 나는 사람과 부합했구나!"
무릇 천지는 예부터 위대한 것이었다.
그러므로 황제도 요순도 모두 경복慶福으로 여겼던 것이다.
옛날 천하를 호령하던 사람들이 어찌 다스리려 했겠는가?
천지를 머리로 삼았을 뿐이다.

吾不赦無告
不廢窮民.
苦死者 嘉³²⁾孺子
而哀婦人.
此吾所以用心也.
舜曰 美則美矣.
而未大矣.
堯曰 然則何如.
舜曰 天德而出³³⁾寧
日月照而四時行
若晝夜之有經
雲行而雨施矣.
堯曰 膠膠³⁴⁾擾擾³⁵⁾乎.
子 天之合也. 我 人之合也.
夫天地者 古之所大也.
而黃帝堯舜之所共美³⁶⁾也.
故古之王天下者 奚爲³⁷⁾哉.
天地而已矣.³⁸⁾

32_ 嘉(가)=美也. 善也. 樂也.
33_ 出(출)=地의 誤.
34_ 膠(교)=아교.
35_ 擾(요)=亂也.
36_ 美(미)=福慶.
37_ 爲(위)=治也.
38_ 以天地爲宗(莊子/外篇/天道/13-4) 참조.

13-8

공자가 서쪽으로 가서	孔子 西
주周 왕실에 자기 저서를 소장케 하려 하자	藏書於周室
자로가 꾀를 내어 말했다.	子路 謀曰
"주 왕실의 서고 관리자는	由聞 周之徵³⁹⁾藏史
노담이라 하는데	有老聃者
면직되어 거처로 돌아갔다고 하니,	免而歸居
선생께서 장서藏書를 하려고 한다면	夫子欲藏書則
한번 찾아가 부탁하는 것이 어떻겠습니까?"	試往因⁴⁰⁾焉
공자는 그게 좋겠다고 생각하고	孔子曰 善
노담을 찾아 알현하고자 했으나 거절당했다.	往見老聃 而老聃不許
이에 공자가 십이경+二經 을 해설하며 유세하자	於是繙⁴¹⁾十二經以說
노담은 일리는 있으나 산만함을 지적하고	老聃中⁴²⁾其說 曰大謾
그 요점을 물었다.	老聃曰 願聞其要
공자는 그 요점이 인의仁義 라고 설명했다.	孔子曰 要在仁義
노담이 물었다. "인의는 사람의 본성인가?"	老聃曰 請問 仁義人之性邪
공자가 답했다. "그렇습니다.	孔子曰 然
군자는 인이 없으면 안민安民 할 수 없고	君子 不仁則 不成
의가 없으면 살릴 수 없으니	不義則 不生
인의는 참으로 사람의 본성입니다.	仁義 眞 人之性也.
인의가 아니면 장차 어찌 다스리겠습니까?"	又 將奚爲矣
노담이 말했다. "묻겠는데 무엇을 인의라고 하는가?"	老聃曰 請問何謂仁義邪

39_ 徵(징)=典也.
40_ 因(인)=由也. 託也.
41_ 繙(번)=翻譯也.
42_ 中(중)=順也, 應也.

공자가 답했다. "마음속으로 만물과 함께 즐거워하고   孔子曰 中心 物愷

겸애兼愛 하고 무사無私 하다면   兼愛 [43] 無私

이것이 인의 진실한 모습입니다."   此 仁義之情也.

노담이 말했다. "그럴까?   老聃曰 意.

뒷말은 위태롭구나!   幾乎 後言

대저 겸兼 이란 우원한 것이 아닐까?   夫兼愛 不亦迂乎

사私 를 없애겠다는 것 또한 사사로움일 뿐이다.   無私焉 乃私也.

그대가 만약 온 천하 사람들에게   夫子 若欲 使天下

양생養生 을 잃지 않도록 한다면   無失 其牧乎

천지는 본래의 상도常道 가 보존될 것이다.   則 天地固有常矣.

일월은 본래부터 밝음이 있고   日月 固有明矣

성신은 본래부터 질서가 있으며   星辰 固有列矣

금수는 본래부터 무리를 짓고   禽獸 固有群矣

수목은 본래부터 서 있는 것이다.   樹木 固有立矣.

그대도 역시 천지의 덕을 본받아 행하고   夫子 亦放德而行

도를 따라 나아가면 이미 지극한 것이거늘,   循道而 趨已至矣

또 어찌 애써 인의를 들고 다닌단 말인가?   又何 偈偈 [44] 乎 揭仁義.

마치 북을 치며 잃어버린 자식을 찾는 것처럼   若 擊敲而 求亡子焉

그대는 사람의 본성을 어지럽히고 있다네."   夫子 亂人之性也.

함께 읽기

- 장자/내편/양생주養生主 3-4 : 始也吾以爲其人(=老聃)也. 而今非也.
- 장자/내편/덕충부德充符 5-3 : 老聃曰 解其桎梏其可乎. 無趾曰 天刑之安可解.
- 장자/외편/천운天運 14-14 : 老聃曰 夫六經 先王之陳迹也 豈其所以迹哉.

43_ 兼愛(겸애)=墨子의 학설이다.
44_ 偈(게)=疾驅也, 釋迦詩詞.

• 장자/잡편/외물外物 26-6 : 老萊子曰 抑固窶邪 亡其略弗及也 中民之行進耳.
• 예기禮記/증자문曾子問 : 孔子曰 吾問諸老聃曰 昔者史佚有子而死 下殤也墓遠.

13-9

사성기가 노자를 알현하고 말했다.	士成綺⁴⁵⁾ 見老子 而問日.

사성기가 노자를 알현하고 말했다.   士成綺[45] 見老子 而問日.

"저는 그대가 성인이라고 들었습니다.   吾聞夫子聖人也

그래서 저는 먼 길을 사양하지 않았고   吾固不辭遠道

뵙기를 소원하여 백 일 동안 발이 거듭 부르터도   而來願見 百舍重趼[46]

쉬지 않았습니다.   而不敢息.

그런데 제가 지금 그대를 보니 성인이 아닙니다.   今吾觀子非聖人也.

쥐구멍까지 채소가 여유 있을 정도로   鼠壤[47] 有餘蔬 而棄妹[48]之

음식을 버리는 것은 인仁이 아닙니다.   者 不仁也.

눈앞에 날것과 익은 것이 이미 무진한데   生熟不盡於前

폐백을 거두어들이니 겸소하지 않습니다."   而積斂无崖.[49]

노자는 조용할 뿐 응답하지 않았다.   老子漠然不應.

사성기는 다음 날 다시 알현했다.   士成綺 明日復見.

"어제는 제가 선생을 비난했으나   昔者吾有刺[50] 於子.

지금 제 마음은 씻은 듯이 가셨습니다.   今吾心正卻[51] 矣.

어인 까닭인가요?"   何故也.

노자가 말했다.   老子曰

45_ 士成綺(사성기)＝공자를 비유. 綺(기)＝수놓은 비단.
46_ 趼(견)＝皮起也.
47_ 壤(양)＝穴.
48_ 妹(매)＝昧의 誤.
49_ 崖(애)＝廉也.
50_ 刺(자)＝責也, 譏也.
51_ 卻(각)＝息也, 還也. 却의 本字.

"지식이 교묘하거나 신성한 사람은 夫巧知神聖之人

나 스스로 벗어나려 한다. 吾自以爲脫焉.

어제 그대가 나를 소라고 불렀다면 昔者 子呼我牛也

그렇게 부르게 했을 것이다. 而謂之牛.

그대가 나를 말이라고 불렀다면 子呼我馬也

그렇게 부르게 했을 것이다. 而謂之馬.

진실로 실체가 있어 苟有其實

사람들이 이름을 지어주었는데 받지 않는다면 人與之名 而不受

이름으로 묶이는 재앙을 두 번 받는 것이다. 再受其殃.

내가 사용하는 것은 일상의 일용품일 뿐 吾服[52] 也恒服

내가 사용하기 위해 소유한 물건은 아니다." 吾非以服有服.

사성기는 스승의 그림자를 피해 기러기 걸음을 하며 士成綺雁行避影

방 안에서 신발을 신고 걸었다. 履行.

드디어 앞으로 나아가 물었다. 遂進而問

"수신은 어찌해야 합니까?" 修身若何.

노자가 말했다. 老子曰

"그대 얼굴은 가파른 벼랑 같고 而[53] 容崖然.

눈은 충돌할 것 같고 而目衝然

이마는 툭 튀어나왔고 而顙[54] 頯[55] 然

입은 호랑이 소리가 나올 듯 몹시 크고 而口闞[56] 然.

의식을 거행하듯 묶어놓은 말과 같다. 而狀義[57]然 似繫馬而止也.

52_ 服(복)＝用也, 凡衣飾器用品物. 王先謙은 容行으로 解함.

53_ 而(이)＝汝.

54_ 顙(상)＝이마.

55_ 頯(규)＝이마 튀어나오다.

56_ 闞(감)＝虎怒貌.

움직임은 고집스럽고 달리면 쇠뇌처럼 빠르고
살핌은 세심하며
지혜가 교묘하고 매끄러움을 과시하니
무릇 매사에 불신을 만들어낸다.
변경에 이런 사람이 있는데 그 이름은 도둑이라 한다."

動而持[58] 發而機
察而審.
知巧而覩[59] 於泰[60]
凡以爲不信.
邊竟有人焉 其名爲竊.

13-10

노자께서 말했다.
"대저 도는 크기로는 끝이 없고
작기로는 빠뜨림이 없다.
그러므로 만물이 따른다.
넓은 광야처럼 포용 못 할 것이 없고
깊은 연못처럼 측량할 수 없다.
형체의 덕과 인의는 정신의 말단이다.
지극한 사람이 아니면
누가 그러한 말학末學 을 그치게 하겠는가?
지인至人 이 세상에 있으면 역시 위대하다고 하지 않는다.
그러나 세상은 그를 다스려 묶을 수 없다.
천하가 온통 권력에 광분하지만 그들과 함께하지 않는다.

夫子日
夫道 於大不終
於小不遺.
故萬物備.
廣廣乎 其无不容也
淵乎 其不可測也.
形德仁義 神之末也.
非至人
孰能定[61] 之.
夫至人有世 不亦大乎.
而不足以爲之累.
天下奮棅[62] 而不與之偕.[63]

57_ 義(의)＝儀也. 王先謙은 峩(아)로 읽음.
58_ 持(지)＝執也.
59_ 覩(도)＝睹＝示也.
60_ 泰(태)＝滑也, 侈也, 縱也.
61_ 定(정)＝安也, 止也, 息也.
62_ 棅(병)＝柄(자루)과 同字.
63_ 偕(해)＝同也, 竝處也.

살핌이 거짓이 없어 이利를 좇는 데 참여하지 않는다.　　審乎无假 而不與利遷.

사물의 진실을 다하여 능히 근본을 지킨다.　　極物之眞 能守其本.

그러므로 천지를 표준으로 삼고 만물을 머물게 하니　　故外⁽⁶⁴⁾ 天地 遺⁽⁶⁵⁾ 萬物

정신이 곤궁함이 없다.　　而神未嘗有所困也.

도에 통하고 덕에 부합하며　　通於道 合乎德

인의를 물리치고 예악禮樂을 배척한다.　　退仁義 賓⁽⁶⁶⁾禮樂

지인의 마음만이 안정할 수 있다."　　至人之心 有所定矣.

13-11

세상이 귀하다고 말하는 것은 책이다.　　世之所貴道者書也.

그러나 책은 말에 불과할 뿐이니 말이 귀한 것이다.　　書不過語 語有貴也.

그런데 정작 말이 귀하게 여기는 것은 뜻이다.　　語之所貴者意也.

그러나 뜻은 따르는 것에 있다.　　意有所隨.

그런데 문제는 뜻이 따르는 것은　　意之所隨者

말로 전할 수가 없다는 것이다.　　不可以言傳也.

그런데도 세상은 줄곧 말을 전하는 책을 귀하게 여겨왔다.　　而世因⁽⁶⁷⁾貴言傳書.

그러므로 세상이 비록 책을 귀하게 여기지만　　世雖貴之

나는 오히려 귀하게 여길 것이 못 된다고 생각한다.　　我猶不足貴也.

눈으로 보아 볼 수 있는 것은 형체와 색깔이다.　　故視而可見者 形與色也.

귀로 들을 수 있는 것은 명칭과 소리다.　　聽而可聞者 名與聲也.

슬픈지고! 세인들은 형색과 명성으로　　悲夫 世人以形色名聲

64_ 外(외)=表也, 上也, 威儀.
65_ 遺(유)=亡也, 留也, 饋也.
66_ 賓(빈)=擯의 錯簡.
67_ 因(인)=襲也.

그것의 진실을 족히 알 수 있다고 생각한다.

그러나 형체, 색깔, 이름, 소리는

사물의 실질을 알기에는 부족하다.

그런즉 지자知者는 말하지 않고

말하는 자는 지자가 아닌 것이다.

그러나 세인들이 어찌 그 이치를 깨닫겠는가?

환공이 마루 위에서 독서를 하는데

마루 아래서는 윤편輪扁(바퀴 기술자)이 바퀴를 만들고 있었다.

윤편은 망치와 끌을 놓고 올라가 환공에게 물었다.

"감히 묻습니다. 공께서 읽는 책을 무엇이라 합니까?"

환공이 답했다. "성인의 말씀이다."

윤편이 물었다. "성인이 있습니까?"

환공이 답했다. "이미 돌아가셨다."

윤편이 말했다.

"그러면 군주께서 읽은 책들은

죽은 사람의 시체일 뿐입니다."

환공이 말했다.

"과인이 독서를 하는데 공인工人 따위가 어찌 용훼하는가?

나를 설득하면 좋지만 설득하지 못하면 죽일 것이다."

윤편이 말했다.

"신복합니다. 신이 하는 일로 본다면

바퀴를 깎는데 느슨하게 하면 헐거워 견고하지 못하고,

爲足以得彼之情.

夫形色名聲

果不足以得彼之情.

則知者不言

言者不知.

而世豈識之哉.

桓公讀書於堂上

輪扁斲輪於堂下.

釋椎鑿而上 問桓公曰.

敢問公之所讀者何言邪.

公曰 聖人之言也.

曰 聖人在乎.

公曰 已死矣.

曰

然則 君之所讀者

古人之糟魄[68] 已夫.

桓公曰

寡人讀書 輪人安得議乎.

有說則可 无說則死.

輪扁曰

臣[69]也 以臣之事觀之.

斲輪 徐[70] 則甘[71] 而不固.

68_ 魄(백)=粕으로된 책도 있음.
69_ 臣(신)=服也.
70_ 徐(서)=安也.
71_ 甘(감)=緩也.

단단히 조이면 빡빡하여 들어가지 않습니다.
느슨하지도 않고 빡빡하지도 않게 하는 것은
손으로 얻어지고 마음으로 감응할 수 있을 뿐
입으로는 말할 수 없습니다.
이치란 그런 사이에서 생기는 것입니다.
신도 신의 아들놈에게 가르쳐줄 수 없고
신의 아들 역시 신에게서 물려받을 수 없습니다.
그래서 칠십 년을 일하며 늙었으나
아직도 수레를 깎고 있는 것입니다.
옛사람도 전하지 못하고 모두 죽었습니다.
그런즉 군주께서 읽는 책들은
죽은 사람의 시체일 뿐입니다."

疾則苦而不入.
不徐不疾
得之於手 而應於心
口不能言
有數存焉於其間.
臣不能以喩臣之子
臣之子亦不能受之於臣.
是以行年七十
而老斲輪.
古之人 與不可傳也 死矣.
然則 君之所讀者
古人之糟魄已夫.

天運

小目

14-1 하늘에는 육극과 오상이 있다. 제왕이 이를 따르면 다스려지고 어기면 흉하다.

14-2 호랑이와 이리도 仁을 합니다. 부자간에 서로 친밀하니 어찌 不仁이라 하겠습니까?

14-3 천하를 두루 잊기는 쉬우나 천하로 하여금 나를 잊게 하기는 어렵다.

14-4 음악이란 두렵고 공경하는 마음에서 시작되는 것인데 공경하는 까닭은 신이 재앙으로 경고하기 때문이다. 나는 또 和順으로 이어 갔으니 화순하므로 은일할 수 있다. 의혹으로 끝마치니 의혹하므로 어리석어지고 어리석으므로 道에 이를 수 있으며, 道는 실을 수 있어 더불어 함께 하는 것이다.

14-5 나는 인심으로써 연주하다가(告辭), 하늘을 불러 호응했으며, 예의로 운행 소통하다가, 태초의 맑음(根源)으로 미치게 했다. 너는 그래서 송구했던 것이다.

14-6 나는 또 음양의 조화로 연주하여, 해와 달의 밝음으로 밝혔다. 그래서 너는 안락했던 것이다.

14-7 나는 또 편안치 않은 소리로 연주하고, 자연의 성명으로 조화시켰다. 그래서 너는 미혹되고 번뇌하게 되었던 것이다.

14-8 무릇 물을 다닐 때는 배만 한 것이 없고, 육지를 다닐 때는 수레만 한 것이 없지. 공자가 노나라에 주나라 법을 시행하려 하는 것은 육지에서 배를 밀고 가는 것과 같은 것이다.

14-9 만약 원숭이에게 주공의 옷을 입힌다면 원숭이는 반드시 물어뜯고 찢어버려야만 만족할 것이다.

14-10 공자는 오십일 세가 되도록 도를 듣지 못했다.

14-11 명예는 공공의 기물이므로 많이 취하면 안 된다. 仁義는 선왕의 여인숙이니 머물되 하루는 괜찮지만 오래 머물면 안 된다.

14-12 학은 날마다 목욕을 하지 않아도 희고, 까마귀는 날마다 검정 칠을 안 해도 검다.

14-13 삼왕오제의 다스림이란 명분만 다스림이었지 실은 어지러움이 막심했다.

14-14 공자가 말했다. "저는 오랫동안 남들과 더불어 조화하지 못했습니다. 남들과 조화를 함께하지 못하고 어찌 남을 교화할 수 있겠습니까?"

제14장. 天運천운

14-1

하늘은 운행하려 하고 땅은 그치려 하고	天其[1] 運乎 地其處乎
일월은 장소를 다투는데,	日月其爭於所乎.
이것을 누가 주관하고 누가 벼리 지우고	孰主張是 孰維綱[2] 是
누가 할 일 없이 앉아서 추진하고 있는가?	孰居無事[3] 推而行是.
아니면 어떤 기틀에 묶여 있어	意者[4] 其有機[5] 緘[6]
그칠 수 없는 것인가?	而不得已邪.
아니면 저절로 운동하고 회전하는 것이라서	意者 其運轉
스스로 그칠 수 없는 것인가?	而不能自止邪.
구름이 비를 만드는가?	雲者爲雨乎
비가 구름을 만드는가?	雨者爲雲乎.
누가 이렇게 피어나고 퍼지게 하는가?	孰隆施是
누가 할 일 없이 앉아서	孰居無事

1_ 其(기)=역시, 장차 ㅁㅁ하려 한다, 만일 ㅁㅁ한다면.
2_ 維綱(유강)=벼리.
3_ 無事(무사)=無爲.
4_ 意者(의자)=疑問詞.
5_ 機(기)=關也.
6_ 緘(함)=閉也.

재미로 이렇게 시키는 것인가?

바람은 북방에서 일어나

동으로 갔다 서로 갔다 위로 올라가 방황하는데

누가 이렇게 불어대고 빨아들이는가?

누가 할 일 없이 앉아

이처럼 까불고 부채질하는가?

감히 묻노니 어인 연고인가?

무함소巫咸袑가 말했다.

"오너라! 내 너에게 말해 주리라.

하늘에는 육극과 오상이 있다.

제왕이 이를 따르면 다스려지고 이를 어기면 흉하다.

홍범구주의 정사政事로

다스림을 이루고 덕을 갖추어 백성을 보살피면

천하가 그를 추대하니

이를 일러 위대한 황제라고 일컫는 것이다."

淫樂而勸是.

風起北方

一西一東 有[7]上彷徨.

孰噓吸是

孰居無事

而披拂是

敢問何故.

巫咸[8] 袑[9] 曰

來 吾語汝.

天有六極[10] 五常.[11]

帝王順之則治 逆之則凶.

九洛[12] 之事

治成德備 監照下土.

天下戴之

此謂上皇.

▦ 함께 읽기 ▦

- 장자/외편/추수秋水 17-7 : 牛馬四足是謂天. 落馬首穿牛鼻是謂人.
- 노자老子/38장 : 上德無爲 以無以爲. 下德爲之 而有以爲.

7_ 有(유)＝又.
8_ 咸(무함)＝殷相.
9_ 袑(소)＝寄名.
10_ 六極(육극)＝上下四方.
11_ 五常(오상)＝五行.
12_ 九洛(구락)＝九疇洛書. 즉 洪範九疇.

14-2

송나라 재상 탕_蕩이 장자에게 인_仁을 물었다.

장자가 말했다. "호랑이와 이리도 인을 합니다."

탕이 물었다. "무슨 뜻입니까?"

장자가 답했다.

"짐승도 부자간에 서로 친밀하니

어찌 불인_{不仁}이라 하겠습니까?"

탕이 말했다. "지극한 인에 대해 물어보겠습니다."

장자가 말했다. "지극한 인은 친척이 없는 것입니다."

탕이 말했다.

"내가 들은 것은 친척이 없으면 사랑이 없고,

사랑이 없으면 효도 없다고 했습니다.

그렇다면 지극한 인은 불효를 해도 좋다는 것입니까?"

장자가 답했다. "그렇지 않습니다.

무릇 지극한 인은 고상한 것입니다.

효만으로는 인을 말하기에는 부족합니다.

이는 효가 지나치다는 말이 아니라

미치지 못한다는 말입니다.

남행하여 초나라 영에 도착한 사람은

북쪽을 바라보면 북해의 명산을 볼 수 없습니다.

왜 그렇습니까? 그것은 거리가 멀기 때문입니다."

商[13] 太宰蕩 問仁於莊子.

莊子曰 虎狼仁也.

曰 何謂也.

莊子曰

父子相親

何爲不仁.

曰 請問至仁.

莊子曰 至仁無親.[14]

太宰曰

蕩聞之 無親則不愛

無憂則不孝.

謂至仁不孝可乎.

莊子曰 不然.

夫至仁尙矣.

孝固[15]不足以言之

此非過孝之言也

不及孝之言也.

夫南行者至於郢

北面而不見冥山.

是何也. 則去之遠也.

13_ 商(상)＝宋國.
14_ 親(친)＝族內, 父母, 近也.
15_ 固(고)＝堅也, 陋也.

- 장자/내편/대종사大宗師 6-10 : 夫堯旣已黥汝以仁義 而劓汝以是非矣.
- 장자/외편/변무騈拇 8-2 : 鳧脛雖短 續之則憂 鶴脛雖長 斷之則悲 彼仁人何其多憂也.
- 장자/외편/마제馬蹄 9-3 : 及至聖人 蹩躠爲仁 踶跂爲義而天下始疑也.
- 장자/외편/재유在宥 11-4 : 吾未知聖智之不爲桁楊接槢也 仁義之不爲桎梏鑿枘也.
- 장자/외편/천운天運 14-12 : 夫仁義憯然 乃憒吾心 亂莫大焉.
- 장자/잡편/서무귀徐无鬼 24-14 : 損仁義者寡 利仁義者衆. 夫仁義之行 唯且無誠. 且假乎禽貪者器.
- 노자老子/19장 : 絶聖棄智民利百倍 絶仁其義民復孝慈.
- 노자老子/38장 : 失道而後德 失德而後仁.

14-3

(장자의 말) "그러므로 공경함으로써 효도하기는 쉽지만	故曰 以敬孝易
사랑함으로써 효도하기는 어렵고	以愛孝難.
사랑으로 효도하기는 쉬우나 친지를 잊기란 어렵고	以愛孝易 以忘親16) 難.
친지를 잊기는 쉬우나 나를 잊게 하기는 어렵고	忘親易 使親忘我難.
친지가 나를 잊게 하기는 쉬우나	使親忘我易
천하를 두루 잊기란 어렵고	兼忘天下難.
천하를 두루 잊기는 쉬우나	兼忘天下易
천하로 하여금 나를 잊게 하기는 어렵습니다.	使天下兼忘我難.
덕이란 요순도 잊어버리고 다스리지 않는 것이며(無政府主義)	夫德遺堯舜而不爲也.
이로움과 혜택을 만세에 베풀어도	利澤施於萬世
천하는 이를 알지 못합니다.	天下莫知也.
어찌 소리 내어 탄식하며 인과 효를 말하겠습니까?	豈直17) 太息 而言仁孝乎哉.
대저 효도, 우애, 인자, 의리, 충심, 신의, 정직, 청렴이란	夫孝悌仁義忠信貞廉

16_ 親(친)=族內. 父母뿐 아니라 屬也(지역공동체)까지를 말한다.
17_ 直(직)=語發聲也.

모두 스스로 힘써 덕을 부리는 것이므로   此皆自勉 以役[18] 其德者也

자랑할 만한 것이 못 됩니다.   不足多也.

그러므로 지극히 존귀함은 나라와 벼슬을 물리치고   故曰 至貴國爵并[19] 焉

지극히 부함은 나라와 재물을 물리치고   至富國財并焉

지극한 드날림은 명예와 기림을 물리칩니다.   至願名譽并焉

이로써 도는 사물에 따라 변하지 않는 것입니다."   是以道不渝.[20]

14-4

북문성이 황제에게 물었다.   北門成[21] 問於黃帝 曰.

"황제께서 함지咸池를 작곡하여   帝張咸池[22] 之樂

동정호 들판에서 연주할 때,   於洞庭之野.

저는 처음 듣고 두려웠습니다.   吾始聞之懼[23]

다시 들었을 때는 화순和順 안락했으며,   復聞之怠.[24]

마지막 들었을 때는 미혹 번뇌하게 되었습니다.   卒聞之而惑.[25]

바다처럼 넓다가 사막처럼 고요하니   蕩蕩默默

아무것도 모르게 되었습니다."   乃不自得

(황제의 말) "음악이란   樂也者

두렵고 공경하는 마음에서 시작되는 것인데   始於懼.[26]

18_役(역)=使也. 賤也.
19_幷(병)=棄除也. 屛과 통용.
20_渝(투)=易也. 解也.
21_北門成(북문성)=北門은 姓. 黃帝의 臣下.
22_咸池(함지)=樂名.
23_懼(구)=戒也.
24_怠(태)=漫也. 殆也. 怡(이=和順之貌)로 읽음.
25_惑(혹)=迷惑煩惱也.
26_ 이하 황제의 답변은 이 음악론 끝에 붙어 있던 것을 옮긴 것이다.

공경하는 까닭은 신이 재앙으로 경고하기 때문이다.　　　　　　懼故崇.[27]

나는 또 화순으로 이어 갔으니 화순하므로 은일할 수 있다.　　吾又次之以怠[28] 怠故遁.[29]

의혹으로 끝마치니 의혹하므로 어리석어지고　　　　　　　　卒之於惑 惑故愚

어리석으므로 도에 이를 수 있으며　　　　　　　　　　　　愚故道.

도는 실을 수 있어 더불어 함께하는 것이다."　　　　　　　　道可載 而與之俱也.

함께 읽기

- 장자/외편/거협胠篋/10-4 : 擢亂六律 鑠絕竽瑟 塞瞽曠之耳 而天下始人含其聰矣.
- 논어論語/태백泰伯 : 興於詩 立於禮 成於樂(成=安民立政也).
- 묵자墨子/공맹公孟 : 古者三代暴君 繭爲聲樂 不顧其民.
- 노자老子/12장 : 五色令人目盲 五音令人耳聾.
- 순자荀子/악론樂論 : 樂者天下之大齊也.
- 예기禮記/악기樂記 : 樂者天地之和也 禮者天地之序也.
- 예기禮記/중니연거仲尼燕居 : 禮也者理也 樂也者節也.

14-5

황제가 말했다.　　　　　　　　　　　　　　　　　　　　帝曰

"너는 당연히 그랬을 것이다.　　　　　　　　　　　　　汝殆其然哉.

나는 인심으로써 연주하다가(告辭)　　　　　　　　　　　吾奏[30]之以人

하늘을 불러 호응했으며　　　　　　　　　　　　　　　徵[31]之以天

예의로써 운행 소통시키다가　　　　　　　　　　　　　行[32]之以禮義

27_ 崇(수)=神禍也. 禍者, 神自出之以驚人者.
28_ 怠(태)=和順之貌.
29_ 遁(둔)=隱逸.
30_ 奏(주)=告薦也, 作樂也.
31_ 徵(징)=召也, 應也.
32_ 行(행)=通也.

태초의 맑음(根源)으로써 미치게 했던 것이다.　　　　　建³³⁾之以太淸.

무릇 지극한 음악이란　　　　　　　　　　　　　　夫至樂者

먼저 인사에 응답하여 천리로 순응하는 것이며　　　先應之以人事 順之以天理

오덕五德으로써 소통시켜 자연으로 호응하는 것이다.　行之以五德 應之以自然.

연후에야 사시四時를 고르게 하고 만물을 화락하게 한다.　然後調理四時 太和萬物.

사시가 갈마들어 일어나는 듯,　　　　　　　　　　四時迭起

만물이 순화하여 탄생하는 듯,　　　　　　　　　　萬物循生

한 번은 성하고 한 번은 쇠하니 문무 윤리경상인 듯하고　一成一衰 文武倫經.

한 번은 맑고 한 번은 탁하니 음양의 조화인 듯하다.　一淸一濁 陰陽調和

흐르는 물빛인가? 그 소리는!　　　　　　　　　　流光其聲

벌레의 잠을 깨기 시작하면　　　　　　　　　　　蟄蟲始作

나는 우레와 천둥소리로 놀라게 한다.　　　　　　吾驚之以雷霆

끝남에 꼬리가 없고 시작에 머리가 없으며　　　　其卒無尾 其始無首.

한 번 죽고 한 번 살고 한 번 넘어지고 한 번 일어나니　一死一生 一僨一起

상도는 끝이 없지만 한결같음은 기대할 수 없다.　所常無窮 而一不可待

너는 그래서 송구했던 것이다."　　　　　　　　　女故懼也.

14-6

(황제의 말) "나는 또한 음양의 조화로 연주하여　　　吾又奏之以陰陽之和.

해와 달의 밝음으로 그것을 밝혔다.　　　　　　　燭之以日月之明.

그 소리는 짧고 길고 부드럽고 강직하기도 하여,　其聲能短能長 能柔能剛.

변화가 고르고 한결같지만　　　　　　　　　　　變化齊一

옛것과 상도만을 주장하지 않았다.　　　　　　　不主故常.

33_建(건)=立也, 及也.

골짜기를 만나면 골짜기를 가득 채우고

구덩이를 만나면 구덩이를 가득 채우며

갈라진 틈을 메우고 신명을 지켜 사물의 국량을 다하게 하니

그 소리가 진동관대하고 그 호령號令이 높고 밝았다.

그래서 귀신은 그윽함을 지키고

일월성신은 자기 벼리를 운행한다.

나는 유有의 다함에 머물게 하고

그침이 없는 데로 흐르게도 하였으니

너는 그것을 아무리 헤아리려 해도 알 수 없고

아무리 바라보아도 보이지 않고

쫓아가도 미치지 못한 것이다.

무심한 듯 사방이 텅 빈 도道에 서서

마른 오동나무에 기대어 읊조리고

눈이 막힌 곳을 보려 하고

힘이 다한 것을 쫓으려 하는 경지는

나도 이미 미치지 못하여 그만두었으니

형체로 공허를 메워 거기에 몸을 편안히 맡겼다.

너도 음악에 몸을 맡겼으므로 안락했던 것이다."

在谷滿谷

在阬滿阬.³⁴⁾

塗³⁵⁾卻³⁶⁾守神 以物爲量.³⁷⁾

其聲揮綽³⁸⁾ 其名高明.

是故鬼神守其幽

日月星辰行其紀.

吾止之於有窮

流之於无止.

子欲慮之 而不能知也.

望之而不能見也.

逐之而不能及也.

儻³⁹⁾然立於四虛之道

倚於枯梧而吟.

目之窮乎所欲見

力屈乎所欲逐.

吾旣不及已夫.

夫形充空虛 乃至委蛇.⁴⁰⁾

汝委蛇故怠.

34_ 阬(갱)=坑.
35_ 塗(도)=塞也.
36_ 卻(각)=郤(隙)의 錯簡.
37_ 量(량)=分齊也. 容事物之局度.
38_ 揮綽(휘작)=震動 寬大. 혹자는 暉焯(휘작)으로 읽는다.
39_ 儻(당)=失志貌.
40_ 委蛇(위사)=泥鰌也, 行可從迹也, 委佗(평안한 모양).

14-7

(황제의 말) "나는 또한 편안치 않은 소리로 연주하고

자연의 성명性命으로 조화시켰다.

그러므로 짐승들이 혼란스럽게 달려가고

초목이 더부룩하게 자라는 숲 속은 즐거우나

형체가 없는 것과 같다.

베를 휘날리듯 하지만 끌리지 않고

그윽하고 어두워 소리가 없는 듯하며

방향이 없는 속에 생동하고

고요한 어둠 속에 앉아 있는 것 같다.

혹은 죽은 듯하다고 말하고 혹은 살아 있는 듯하다고 말하며

혹은 내실內實하다고 말하고 혹은 외화外華하다고 말한다.

구름이 가고 물이 흘러 흩어져 달아나듯

같은 소리로 주장하지 않는다.

세상은 의심할지라도 성인을 상고하나니

성스럽다는 것은 인정을 통달하여 천명을 이루는 것이다.

천기를 펴지 않아도 오관이 모두 따르니

이른바 하늘 음악이다.

말이 없어도 마음이 말하나니,

그러므로 염제炎帝 신농씨가 지은 송頌에 이르기를,

吾又奏之以無怠之聲.

調之以自然之命.

故若混逐

叢生 林[41] 樂

而無形.

布揮而不曳

幽昏而無聲

動於無方[42]

居於窈冥.

或謂之死 或謂之生.

或謂之實 或謂之榮.

行流散徙[43]

不主常聲.

世疑之 稽於聖人

聖也者 達於情 而遂於命也.

天機不張 而五官皆備[44]

此之謂天樂.

無言而心說.[45]

故有焱氏爲之頌[46] 曰.

41_ 林(림)=叢木.
42_ 方(방)=四方.
43_ 徙(사)=避也.
44_ 備(비)=無不順也.
45_ 說(설)=說(열), 즉 悅로 解하는 이도 있다.
46_ 頌(송)=祭祀 음악. 詩經은 風, 雅, 頌으로 구성됨.

귀로 들으려 해도 그 소리를 듣지 못하고

눈으로 보려 해도 그 모습을 보지 못하지만

천지에 충만하고 육극을 감싼다고 말한 것이다.

네가 들으려 해도 교접이 없으니,

네가 이 때문에 미혹 번뇌하게 되었던 것이다."

聽之不聞其聲

視之不見其形

充滿天地 包裹六極.

汝欲聽之而無接⁴⁷⁾焉.

而⁴⁸⁾故惑也.

14-8

공자가 위나라에서 유세할 때

안연_{顏淵}이 노나라 태사 사금_{師金}에게 말했다.

"우리 선생님의 이번 여행이 어찌 될 것 같습니까?"

사금이 답했다. "가엾다. 선생은 참으로 궁색하구나!"

안연이 물었다. "어째서 그렇습니까?"

사금이 답했다.

"대저 지푸라기로 만든 추구는 진열되기 전에는

좋은 상자에 담아 무늬를 수놓은 수건으로 덮고

제관이 재계하고 받들어 모시지만

제사를 지내고 나면 길에 버려

행인들이 머리와 등골을 짓밟고

초동이 주워다가 아궁이에 처넣는 신세가 될 뿐이다.

孔子西遊於衛

顏淵問師金曰

以夫子之行爲奚如.

師金曰 惜乎 而夫子其窮哉.

顏淵曰 何也.

師金曰

夫芻狗⁴⁹⁾之未陳也

盛以篋衍⁵⁰⁾ 巾以文繡

尸祝齋戒以將⁵¹⁾之.

及其已陳也

行者踐其首脊

蘇⁵²⁾者取而爨之而已.

47_ 接(접)=交也.
48_ 而(이)=汝.
49_ 芻狗(추구)=제사 때 쓰는 짚으로 만든 신주.
50_ 衍(연)=篕의 借字.
51_ 將(장)=奉也.
52_ 蘇(소)=草也.

혹시 다시 주워다가 좋은 상자에 담아 　　將復取而盛以篋衍

무늬를 수놓은 수건으로 덮고 　　巾以文繡

그 아래서 놀고 잔다면 저들은 꿈도 꾸지 못하거나 　　遊居寢臥其下 彼不得夢

반드시 자주 가위눌리는 꿈을 꿀 것이다. 　　必且數眯 [53] 焉.

지금 공자는 　　今而夫子

선왕이 이미 제사상에 진설하고 버린 추구를 다시 주워다가 　　亦取先王已陳芻狗

이로써 제자를 모으고 　　取弟子

그 밑에서 놀고 자고 있는 꼴이기 때문이다. 　　遊居寢臥其下.

그러므로 송나라에서는 나무를 베어 깔려 죽을 뻔했고 　　故伐樹於宋

위나라에서는 발자국을 지우며 숨어 다녔고 　　削迹於衛

송나라 주나라에서 곤궁을 치른 것은 　　窮於商 [54] 周

바로 그 추구의 악몽이 아니겠는가? 　　是非其夢邪.

진나라 채나라 사이에서 이레 동안 더운밥을 못 먹고 　　圍於陳蔡之間 七日不火食

사생의 고비를 맞은 것은 　　死生相與隣

그 추구의 가위눌림 악몽이 아니겠는가? 　　是非其眯邪.

무릇 물을 다닐 때는 배만 한 것이 없고 　　夫水行莫如用舟.

육지를 다닐 때는 수레만 한 것이 없다. 　　而陸行莫如用車.

배로는 물은 갈 수 있지만 　　以舟之可行於水也

그것을 육지에서 밀고 간다면 　　而求推之於陸

평생 가지 못할 것은 뻔한 일이다. 　　則沒世不行尋常.

예와 지금은 물과 육지와 같지 않은가? 　　古今非水陸與.

주나라와 노나라는 배와 수레와 같지 않은가? 　　周魯非舟車與.

지금 노나라에 주나라 법을 시행하려 하는 것은 　　今蘄 [55] 行周於魯

53_ 眯(미)＝가위눌림. 魘夢.
54_ 商(상)＝宋國.

육지에서 배를 밀고 가는 것과 같은 것이다.　　　是猶推舟於陸也.

수고롭기만 하고 공적은 없고　　　勞而無功

몸은 반드시 재앙이 있을 것이다.　　　身必有殃.

공자는 장소에 구애됨이 없이 펼 수 있는 도와　　　彼不知夫無方之傳[56]

사물에 응하여 막힘이 없는 도를 알지 못한다."　　　應物而不窮者也.

■ 함께 읽기 ■

- 장자/내편/제물론 齊物論 2-8 : 丘也 何足而知之.
- 장자/외편/천운 天運 14-10 : 孔子行年五十有一 而不聞道.
- 장자/잡편/어부 漁父 31-1 : 丘少而修學 以至於今 六十九歲矣 無所得聞至教.
- 장자/잡편/열어구 列禦寇 32-6 : 仲尼方且飾羽而畫.
- 논어 論語/공야장 公冶長 12 : 夫子之言性與天道 不可得而聞也.

14-9

(사금의 말) "또 그대는 두레박틀을 보지 못했는가?　　　且子獨不見夫桔橰子乎.

줄을 끌어당기면 도리어 내려가고　　　引之則俯

놓아버리면 두레박이 올라오는 것을!　　　舍之則仰.

그것은 사람들이 끌어당겨진 것이지　　　彼人之所引

사람을 끌어당긴 것이 아니다.　　　非引人也.

그러므로 올라오고 내려가더라도 사람에게 죄를 받지 않는다.　　　故俯仰而不得罪於人.

그러므로 삼황오제의 예의와 법도는　　　故夫三皇五帝之禮義法度

똑같아서 숭상되는 것이 아니라　　　不矜[57]於同

55_ 蘄(기)＝求也.
56_ 傳(전)＝至也, 布也.
57_ 矜(긍)＝尙也.

다스리는 수단이므로 숭상되는 것이다.

그러므로 삼황오제의 예의와 법도는

아가위, 배, 귤, 유자 등 과실에 비유되는데

이것들은 각각 맛은 다르나 입에 맞는 것은 다 같기 때문이다.

그러므로 예의와 법도는

시대에 대응하기 위해 변하는 것이다.

만약 원숭이에게 주공의 옷을 입힌다면

원숭이는 반드시 물어뜯고 찢어버려야만

만족할 것이다.

고금이 다른 것은

원숭이가 주공과 다른 것과 비슷하다.

옛날 서시西施는 가슴 병이 있어

마을에 살 때 자주 눈을 찡그렸다.

마을에 추인이 그것을 보고 아름답다고 생각하여

마을에 돌아오자마자 자기도 가슴을 부여안고

눈을 찡그리고 다녔다.

마을의 부자들은 그것을 보자

문을 걸어 잠그고 문밖 출입을 하지 않았으며,

마을의 가난한 사람들은 그것을 보자

처자식의 손을 끌고 마을을 떠나 달아나 버렸다.

그녀는 찡그린 모습이 아름다운 것만 알았지

그 까닭을 몰랐던 것이다.

而矜於治.

故譬三皇五帝之禮義法度

其猶柤[58]梨橘柚邪

其味相反 而皆可於口.

故禮義法度

應時而變者也.

今取猨狙而衣以周公之服

彼必齕齧[59]挽裂

盡去而後慊.[60]

觀古今之異

猶猨狙之異乎周公也.

故西施病心

而矉其里.

其里之醜人 見而美之.

歸亦捧心

而矉其里.

其里之富人見之

堅閉門而不出.

貧人見之

挈妻子而去之走.

彼知矉美

而不知矉之所以美.

58_ 柤(사)=아가위(신 배).

59_ 齕齧(흘설)=깨물어 뜯다.

60_ 慊(겸)=足也.

가엾다! 공자는 참으로 궁색하구나!"

惜乎. 而夫子其窮哉.

14-10

공자는 오십일 세가 되도록
도를 듣지 못했다.
그래서 남쪽 패로 가서 노담을 알현했다.
노담이 말했다.
"나는 그대가 북방의 현자라 들었소.
그러니 그대는 물론 도를 알 것이오."
공자가 말했다. "아직 알지 못합니다."
노자가 물었다. "그대는 어디서 도를 구하려 했소?"
공자가 답했다. "저는 제도와 예에서 구하려 했으나
오 년이 되도록 얻지 못했습니다."
노자가 물었다. "그대는 또 어디서 구하려 했소?"
공자가 답했다. "저는 음양에서 구하려 했으나
십이 년이 되도록 얻지 못했습니다."
노자가 말했다. "그럴 것이오.
도를 바칠 수 있는 것이라면
사람들이 그것을 군주에게 바치지 않을 리 없을 것이오.
도를 진상할 수 있는 것이라면
사람들이 부친에게 바치지 않을 리 없을 것이오.
도를 남에게 알려줄 수 있는 것이라면
사람들이 형제에게 알려주지 않을 리 없을 것이오.

孔子行年五十有一
而不聞道.
乃南之沛 見老聃.
老聃曰
吾聞子北方之賢者也.
子亦得道乎.
孔子曰 未得也.
老子曰 子惡乎求之哉.
曰 吾求之於度數⁶¹⁾
五年而未得也.
老子曰 子又惡乎求之哉.
孔子曰 吾求之於陰陽
十有二年而未得也.
老子曰 然.
使道而可獻
則人莫不獻之於其君.
使道而可進
則人莫不進之於其親.
使道而可以告人
則人莫不告其兄弟.

61_ 度數(도수)=制度와 名數. 數(수)=運命, 理, 禮也.

도를 남들에게 줄 수 있는 것이라면   使道而可以與人

사람들이 자손에게 물려주지 않을 리 없을 것이오.   則人莫不與其子孫.

그러나 불가능하오.   然而不可者.

그것은 다름이 아니라   無它也

마음속에 주체가 없으면 고요하지 못하여 흔들리고   中無主而不止[62]

밖으로 방정함이 없으면 행하지 못하오.   外無正而不行.

안에서 나오는 것을 밖에서 받아들이지 않으면   由中出者 不受於外

성인도 나타나지 못하고   聖人不出.

밖에서 들어오는 것을 안에서 주관함이 없으면   由外入者 無主於中

성인도 안정하지 못하오."   聖人不隱.[63]

함께 읽기

- 장자/외편/천운天運 14-8 : 今蘄行周於魯 是猶推舟於陸也.
- 장자/잡편/어부漁父 31-1 : 丘少而修學 以至於今 六十九歲矣 無所得聞至敎.

14-11

명예는 공공의 기물이므로 많이 취하면 안 된다.   名公器也 不可多取.

인의仁義 는 선왕의 여인숙이니   仁義先王之遽廬[64]也

머물되 하루는 괜찮지만   止可以一宿

오래 머물면 안 된다.   而不可以久處

보는 사람마다 많은 비난을 할 것이기 때문이다.   覯[65]而多責.

62_ 止(지)=靜而不動也.
63_ 隱(은)=蔽也, 度也, 安靜也.
64_ 遽廬(거려)=여인숙.
65_ 覯(구)=遇見也, 相見.

옛 진인眞人은
잠시 인에서 길을 빌리고 의에서 잠자리를 의탁하지만
자유로운 소요의 공허에 노닐며
진실로 간소한 밭에서 먹고
남을 빌리지 않는 들에 서 있었다.
소요는 인위가 없음이며, 간소함은 보양을 쉽게 하는 것이요,
빌리지 않음은 소모가 없는 것이다.
옛날에는 이를 일러 진리를 캐는 놀이라고 했다.
부를 좋아하는 사람은 녹을 양보하지 못하고
현달顯達을 좋아하는 사람은 명성을 양보하지 못하며
권력을 가까이하는 사람은 남에게 권한을 주지 못하고
붙잡으면 놓칠까 두렵고 잃으면 슬퍼하며
하나도 귀감될 것이 없고
부귀만 엿보며 쉬지 않는다.
이들은 하늘이 죽음의 형벌을 내린 백성이다.
원망과 은혜, 빼앗음과 주기, 간쟁과 교화, 살림과 죽음
이 여덟 가지는 바르게 하는 그릇이다.
오직 위대한 자연의 변화를 따라 막힘이 없는 사람만이
능히 이것을 쓸 수 있다.
그러므로 정치란 바르게 하는 것이라고 말한 것이다.
마음이 그렇지 않은 사람은

古之至人
假道於仁 託宿於義
以遊逍遙之虛
食於苟⁶⁶⁾簡⁶⁷⁾之田
立於不貸⁶⁸⁾之圃.
逍遙無爲也 苟簡易養也
不貸無出⁶⁹⁾也.
古者謂是采眞之遊.
以富爲是⁷⁰⁾者 不能讓祿.
以顯爲是者 不能讓名.
親權者 不能與人柄.
操之則慄 舍之則悲.
而一無所鑑
以窺其所不休者.
是天之戮民也.
怨恩取與 諫敎生殺
八者正之器也.
唯循大變無所湮者
爲能用之.
故曰 正者正也.
其心以爲不然者

66_ 苟(구)=且.
67_ 簡(간)=略.
68_ 貸(대)=借也. 施與로 읽기도 한다.
69_ 出(출)=費也.
70_ 是(시)=嗜也.

하늘 문이 열리지 않을 것이다.　　　　　　　　　　天門弗開矣.

14-12

공자가 노담을 알현해 인의에 대해서 설명했다.　　孔子見老聃 而語仁義.
그러자 노담이 말했다.　　　　　　　　　　　　　老聃曰
"겨를 날리면 눈을 뜰 수 없으니　　　　　　　　夫播穅眯目
천지사방의 위치가 바뀌오.　　　　　　　　　　則天地四方易位矣.
모기와 등에가 피부를 물면 밤새 잠을 이룰 수 없소.　　蚊虻噆膚 則通昔不寐矣.
인의도 이처럼 사람을 근심스럽게 하여 마음을 막히게 하니　　夫仁義憯⁷¹⁾然 乃憤⁷²⁾吾心
어지러움이 이보다 큰 것이 없을 것이오.　　　　亂莫大焉.
그대도 천하로 하여금 자연의 소박함을 잃지 않도록 하시오!　　吾子使天下無失其朴.
그대는 바람 부는 대로 움직이고　　　　　　　吾子亦放風而動
덕을 따라 독립하시오!　　　　　　　　　　　總⁷³⁾ 德而立矣.
또 어찌 힘자랑하듯 북을 치며　　　　　　　　又奚傑然 若負建皷
잃은 자식을 찾는 것같이 한단 말이오?　　　　而求亡子者邪.
학은 날마다 목욕을 하지 않아도 희고　　　　　夫鵠不日浴而白
까마귀는 날마다 검정 칠을 안 해도 검소.　　　烏不日黔而黑.
흑백이란 자연이므로 분별할 것이 못 되며　　　黑白之朴 不足以爲辯.
명예란 볼거리에 불과한 것이라 키울 것이 못 되오.　　名譽之觀 不足以爲廣.
샘물이 말라 고기들이 모두 뭍으로 나가　　　泉涸 魚相與處於陸
서로 물기를 끼얹고 거품으로 적셔주는 것은　　相呴以濕 相濡以沫.

71_ 憯(참)=慘, 憂也.
72_ 憤(분)=奮發. 阢, 亂也.
73_ 總(총)=循의 借字로 읽음.

강과 바다에서 서로 잊고 모른 척하는 것만 못할 것이오."　　　　不如相忘於江湖.

◎함께 읽기◎

- 장자/내편/대종사大宗師 6-10 : 夫堯旣已黥汝以仁義 而劓汝以是非矣.
- 장자/외편/변무駢拇 8-2 : 鳧脛雖短 續之則憂 鶴脛雖長 斷之則悲 彼仁人何其多憂也.
- 장자/외편/마제馬蹄 9-3 : 及至聖人 蹩躠爲仁 踶跂爲義而天下始疑也.
- 장자/외편/재유在宥 11-4 : 吾未知聖智之不爲桁楊接槢也 仁義之不爲桎梏鑿枘也.
- 장자/외편/천운天運 14-2 : 虎狼仁也.
- 장자/잡편/서무귀徐无鬼 24-14 : 損仁義者寡 利仁義者衆. 夫仁義之行 唯且無誠. 且假乎禽貪者器.
- 노자老子/19장 : 絶聖棄智民利百倍 絶仁棄義民復孝慈.
- 노자老子/38장 : 失道而後德 失德而後仁.

14-13

공자께서 노담을 만나고 와서 사흘 동안 말이 없었다.　　　　孔子見老聃歸 三日不談.

제자가 물었다.　　　　弟子問曰

"선생께서는 노담을 만났으니　　　　夫子見老聃

역시 무엇인가 깨우쳐주었겠지요?"　　　　亦將何規⁷⁴⁾哉.

공자가 대답했다.　　　　孔子曰

"나는 이번에 거기서 용을 보았다.　　　　吾乃今於是乎見龍.

그 용이 합하면 형체를 이루고 흩어지면 무늬를 이루며　　　　龍合而成體 散而成章

구름을 타고 음양을 다스린다.　　　　乘乎雲氣 而養⁷⁵⁾乎陰陽.

나는 입을 벌린 채 다물 수 없었고　　　　予口張而不能嗋⁷⁶⁾

혀를 놀려 말을 할 수 없었으니　　　　舌擧而不能訒.⁷⁷⁾

74_ 規(규)=正也, 諫也.
75_ 養(양)=治也. 取也.
76_ 嗋(협)=숨쉬다, 협박하다.
77_ 訒(인)=不忍言也, 通認.

내가 어찌 노담을 깨우치겠느냐?"

자공이 물었다.

"그렇다면 사람이 시체처럼 앉아 있어도 용으로 보이고

천둥 우레가 쳐도 연목처럼 고요하고

발동하면 천지와 같은 자가 있단 말입니까?

저도 만나볼 수 있을까요?"

이윽고 자공은 공자의 명성을 빌려 노담을 알현하게 되었다.

노담은 거실에서 바른 자세로 책상다리를 하고

맞이하며 조용히 말했다.

"나는 늙을 나이가 지났다.

그대는 나에게 무엇을 훈계하려 하는가?"

자공이 물었다.

"삼왕오제의 천하를 다스림은 다르지만

예악을 이은 것은 한결같습니다.

그런데 선생만이 유독 성인이 아니라고 하시니

어인 까닭입니까?"

노담이 말했다.

"젊은이여! 조금 다가앉아라!

그대는 어째서 다르다고 말하는가?"

자공이 말했다.

"요는 순에게 물려주고 순은 우에게 물려주었으나

반면 우는 힘을 사용했고 탕은 병사를 사용했습니다.

子又何規老聃哉.

子貢曰

然則人固有尸居 而龍見.

雷聲而淵黙

發動如天地者乎.

賜亦可得而觀乎.

遂以孔子聲見老聃.

老聃方將倨堂

而應微曰.

子年運而往[78] 矣

子將何以戒我乎.

子貢曰

夫三王五帝之治天下不同

其係聲[79] 名[80] 一也.

而先生獨以爲非聖人

如何哉.

老聃曰.

小子少進

子何以謂不同.

對曰

堯授舜 舜授禹.

禹用力 湯用兵.

78_ 往(왕)=邁也.
79_ 聲(성)=樂也.
80_ 名(명)=分也.

문왕은 주왕을 따르고 거역하지 않았으나
무왕은 거역하고 따르지 않았습니다.
그래서 같지 않다고 말한 것입니다."
노담이 말했다.
"내가 너에게 삼왕오제의 다스림을 말해 주겠다.
황제의 다스림은 백성의 마음을 순일純一 하게 하여
자기 부친이 죽어도 곡을 하지 않았으며
백성들도 이를 비난하지 않았다.
요임금의 다스림은 백성의 마음을 친근하게 하여
자기 부친의 복상服喪 을 간소하게 했으며
백성들도 이를 비난하지 않았다.
순임금의 다스림은 백성의 마음을 경쟁하게 하여
잉태한 지 열 달이면 아기를 낳고
낳은 지 다섯 달이면 말을 하고
어린이가 되기도 전에 분별分別 을 시작하였다.
그래서 일찍 죽는 일이 생긴 것이다.
우임금의 다스림은 백성의 마음을 변화시켜
사람들은 사심을 가지게 되고 병사를 순리라 하여
도둑을 죽인 것은 살인이 아니라고 강변하고
사람마다 스스로를 중하게 여기고 하늘을 가볍게 여겼다.
이로써 천하가 크게 소란해지자

文王順紂而不敢逆
武王逆紂而不肯順.
故曰 不同.
老聃曰
予語汝三王五帝之治天下.
黃帝之治天下 使民心一
民有其親死不哭
而民不非也.
堯之治天下 使民心親
民有爲其親殺其殺[81]
而民不非也.
舜之治天下 使民心競
民孕婦十月生子
子生五月而能言
不至乎孩而始誰[82]
則人始有夭矣
禹之治天下 使民心變
人有心而兵有順[83]
殺盜非殺
人自爲種[84] 而天下耳.[85]
是以天下大駭

81_ 殺其殺(살기살)=殺其衰(쇄기최).
82_ 誰(수)=已別是非 혹은 別人之意.
83_ 人有心機. 且以殺伐爲應天順人.
84_ 種(종)=重.
85_ 天下耳(천하이)=天上은 가볍게 보고 天下만 중히 여김.

유가 묵가들이 일어나 윤리를 지어내기 시작했다.

그러나 지금은 어린 소녀를 시집보내는데

무슨 말을 할 것인가?

내 너에게 이르나니 삼왕오제의 다스림이란

명분名分은 다스림이라 하지만 실은 어지러움이 막심했다.

유묵儒墨이 숭상하는 삼왕의 지혜란

위로 일월의 밝음을 어그러지게 하고

아래로 산천의 정기를 배반하고

가운데로 사계절의 운행을 잃게 했다.

그들의 지혜란 전갈과 독벌의 꼬리보다 혹독하여

눈에 띄지 않는 짐승들조차

타고난 본성을 유지할 수 없게 되었다.

그럼에도 그들은 도리어 스스로 성인이라 하니

부끄러운 일이 아닌가?

진실로 부끄러움이 없는 자들이다."

자공은 놀라 안절부절 서 있는 것조차 불안했다.

儒墨皆起 其作始有倫

而今乎婦[86]女

何言哉.

余語汝 三王五帝之治天下

名曰治之 而亂莫甚焉.

三皇[87]之知

上悖日月之明.

下睽山川之精

中墮四時之施.

其知憯於蠆[88]蠆之尾.

鮮規之獸

莫得安其性命之情者.

而猶自以爲聖人

不可恥乎.

其無恥也.

子貢蹴蹴然 立不安.

◉ 함께 읽기

• 장자/외편/재유在宥 11-4 : 昔者黃帝始 以仁義攖人之心.
• 장자/잡편/경상초庚桑楚 23-2 : 大亂之本 必生於堯舜之間. 千歲之後 其必有人與人相食者也.
• 장자/잡편/서무귀徐无鬼 24-14 : 夫堯畜畜然仁 吾恐其爲天下笑.

86_ 婦(부)=歸(귀)로 읽음.
87_ 三皇(삼황)=三王(유가는 堯舜, 묵가는 禹를 숭상).
88_ 蠆(뢰)=毒虫也. 여기서는 전갈로 읽는다.

14-14

공자가 노담에게 말했다.

"저는 시詩, 서書, 예禮, 악樂, 『주역周易』, 『춘추春秋』육경을
공부한 지가 오래고 그 뜻을 숙지했습니다.

칠십이 명의 군주를 찾아

선왕의 도를 논하고 주공周公과 소공召公의 사적을 밝혔으나

어느 한 군주도 저를 써주는 사람이 없었으니

한심한 일입니다.

무릇 남을 설복하기란 어렵고

도를 밝히기란 어려운 것 같습니다."

노자가 말했다.

"치세의 군주를 만나지 못한 것은 다행이오.

무릇 육경이란 선왕이 치세한 발자취요.

어찌 그것이 나아갈 목적이겠소?

지금 그대가 말한 것도 발자취요.

무릇 발자취는 신발이 만든 것인데

발자취가 어찌 신발이겠소?

역鶂이라는 물새는 서로 바라보기만 하면

눈동자를 움직이지 않아도 바람나서(유혹하여) 화생化生하고,

벌레는 수컷이 위에서 바람나서 울고

암컷이 아래에서 바람나서 호응함으로써 바람으로 화생하오.

孔子謂老聃日

丘治詩書禮樂易春秋六經

自以爲久矣 孰[89]知其故[90]矣.

以奸[91]者七十二君

論先王之道 而明周召之迹.

一君無所鉤用.

甚矣.

夫人之難說也

道之難明邪.

老子日

幸矣 子之不遇治世之君也.

夫六經 先王之陳迹也.

豈其所以迹哉.

今子之所言 猶迹也.

夫迹履之所出

而迹豈履哉.

夫白鶂[92]之相視

眸子不運而風[93]化

蟲雄鳴於上風

雌應於下風 而風化

89_ 孰(숙)＝熟의 錯簡.
90_ 故(고)＝趣也.
91_ 奸(간)＝求也.
92_ 鶂(역)＝눈 맞추어 새끼 배는 물새.
93_ 風(풍)＝암수가 서로 유혹하는 것.

동류는 스스로 암수가 되는 것이므로 바람나서 화생하오. 類自爲雌雄 故風化

이처럼 본성은 바뀔 수 없으며, 천명은 변할 수 없으며 性不可易 命不可變

시절은 그칠 수 없으며, 도는 막을 수 없소. 時不可止 道不可壅.

만약 도를 터득하면 저절로 되지 않는 것이 없으며 苟得於道 無自而不可.

도를 잃으면 저절로 되는 것이 없소.” 失焉者 無自而可.

공자가 석 달 동안 출입을 하지 않다가 孔子不出三月

노자를 알현하고 말했다. 復見曰

“저는 터득했습니다. 丘得之矣

까막까치는 부화하고 烏鵲孺[94]

물고기는 거품을 뿌리고, 벌은 탈바꿈을 하는데 魚傅[95]沫 細要者[96] 化.

사람은 아우가 생기면 형이 웁니다. 有弟而兄啼.

저는 오랫동안 남들과 더불어 조화하지 못했습니다. 久矣夫 丘不與化爲人

남들과 조화를 함께하지 못하고 不與化爲人

어찌 남을 교화할 수 있겠습니까?” 安能化人.

노자가 말했다. 老子曰

“됐소. 그대는 이제 도를 터득했소.” 可. 丘得之矣.

◎ 함께 읽기 ◎

• 장자/내편/양생주 養生主 3-4 : 始也吾以爲其人也. 而今非也(其=老聃. 人=道人).
• 장자/내편/덕충부 德充符 5-3 : 老聃曰 解其桎梏其可乎. 無趾曰 天刑之安可解.
• 장자/외편/천도 天道 13-8 : 老聃曰 夫子亂人之性也.
• 장자/잡편/외물 外物 26-6 : 老萊子曰 抑固窶邪 亡其略弗及也 中民之行進耳.
• 예기 禮記/증자문 曾子問 : 孔子曰 吾問諸老聃曰 昔者史佚有子而死 下殤也墓遠.

94_ 孺(유)=乳子也, 字乳而生.
95_ 傅(부)=蟲名 부판.
96_ 細要者(세요자)=허리가 가는 벌.

刻意

小目

15-1 준엄한 뜻이 아니라도 고상하고, 仁義가 없이도 修己하고, 공명을 세우지 않더라도 다스려지고, 속세를 등지고 강과 바다에 노닐지 않더라도 한가로우며, 道人의 양생술이 아니라도 장수한다면, 잃지 않음이 없으면서도 갖지 않음이 없을 것이다.

15-2 순수하여 잡스럽지 않고, 고요하고 한결같아 변하지 않으며, 편안하고 무위하되, 움직이면 하늘을 따라 운행한다. 이를 정신을 보양하는 道라고 말하는 것이다.

15-3 정신은 천지음양을 소통시켜 함께 흘러 이르지 않는 곳이 없으며, 만물을 화육하지만 형상을 만들지 않는다. 그래서 그 이름을 天神과 나란히 精神이라고 부른다.

제15장. 刻意각의

15-1

뜻을 조신히하고 행함을 숭상하며	刻[1]意尚行
세상을 버리고 세속과 다르며	離世異俗
의논을 고상히 하고 비방을 원망하며	高論怨誹
비굴하지 않는 것으로 그치니,	爲亢[2]而已矣.
이들은 산골의 선비로,	此山谷之士
세상을 비난하는 사람이나	非世之人
마른 고목처럼 연못을 거니는 자들이 좋아하는 부류다.	枯槁赴淵者之所好也
인의와 충신을 말하고	語仁義忠信
공검恭儉 하고 미루어 사양하며	恭儉推讓
자기를 수양하는 것으로 그치니,	爲修而已矣
이들은 치세治世의 선비로,	此平[3]世之士
세상을 교화하려는 사람이나	敎誨之人
한가하게 노니는 학자들이 좋아하는 부류다.	遊居學者之所好也.
큰 공을 말하고 큰 명성을 세우며	語大功 立大名

1_ 刻(각)=削也, 貧也, 不得自恣.
2_ 亢(항)=高也, 蔽也, 無所卑屈也.
3_ 平(평)=治也.

군신의 예를 밝히고　　　　　　　　　　　　禮君臣

상하를 바르게 하여　　　　　　　　　　　　正上下

다스림을 행하는 것으로 그치니,　　　　　　　爲治而已矣

이들은 조정의 선비로,　　　　　　　　　　　此朝廷之士

존왕 강국을 좇는 사람이나　　　　　　　　　尊王强國之人

공을 이루고 겸병하려는 군주들이 좋아하는 부류다.　致功竝兼者之所好也

늪과 못에 나가 한가로운 들에 살거나　　　　　就藪⁴⁾澤 處閒曠

낚시를 하며 한가하게 살며　　　　　　　　　釣魚閒處

인위가 없는 것으로 그치니,　　　　　　　　　無爲而已矣.

이들은 강해에 노니는 선비로,　　　　　　　　此江海之士

세상을 도피한 사람이나　　　　　　　　　　避世之人

한가로운 사람들이 좋아하는 부류다.　　　　　閒暇者之所好也.

깊은 호흡을 하여 낡은 기운을 토하고 새 기운을 마시며　吹呴⁵⁾呼吸 吐故納新

곰처럼 매달리고 새처럼 날개를 펴듯　　　　　熊經鳥申

목숨을 다하는 것으로 그치니,　　　　　　　　爲壽而已矣.

이들은 영기를 끌어들여 양생을 하는 선비로,　　此道引⁶⁾之士

몸을 기르는 사람이나　　　　　　　　　　　養形之人

장수를 강구하는 자들이 좋아하는 부류다.　　　彭祖壽考者之所好也.

그러나 준엄한 뜻이 아니라도 고상하고　　　　若夫不刻意而高

치세를 위한 인의가 없이도 수기_{修己}하고　　　無仁義而修

조정에 공명을 세우지 않더라도 다스려지고　　　無功名而治

속세를 등지고 강과 바다에 노닐지 않더라도 한가로우며　無江海而閒

4_ 藪(수)＝늪.
5_ 吹呴(취구)＝숨을 들이키고 뱉고.
6_ 道引(도인)＝道家의 養生法.

도인의 양생술이 아니라도 장수한다면　　　　　不道引而壽

잃지 않음이 없으면서도　　　　　　　　　　無不忘[7]也

갖지 않음이 없을 것이다.　　　　　　　　　　無不有也

그리하여 맑고 고요하여 끝이 없으니　　　　　澹然無極

온갖 아름다움이 따른다.　　　　　　　　　　而衆美從之

이것이 천지의 도道요, 성인의 덕德이다.　　　此天地之道 聖人之德也.

그러므로 이르기를　　　　　　　　　　　　故曰

'염담', '적막', '허무', '무위'를　　　　　　夫恬淡寂寞 虛無無爲

천지의 화평이요,　　　　　　　　　　　　　此天地之平

도덕의 바탕이라고 말하는 것이다.　　　　　　而道德之質也.

15-2

또한 이르기를　　　　　　　　　　　　　　故曰

성인은 고요히 노닐 뿐이니 평이하다고 한다.　聖人休休[8]焉 則平易矣

평이하므로 맑고 고요하고(恬淡)　　　　　　平易則恬淡矣 平易恬淡則

그래서 우환과 사기邪氣가 끼지 않으므로　　憂患不能入 邪氣不能襲

덕이 온전하고 정신이 이지러지지 않는다.　　故其德全而神不虧

그러므로 이르기를　　　　　　　　　　　　故曰

성인의 삶이란 하늘의 운행이요,　　　　　　聖人之生也天行

죽음은 물物의 변화이니,　　　　　　　　　其死也物化

고요하면 음陰과 더불어 덕을 같이하고　　　靜而與陰同德

움직이면 양陽과 더불어 물결을 같이하며　　動而與陽同波

7_ 忘(망)=失也.

8_ 休休(휴휴)=樂道之心也. 休(휴)=從人依木, 息止也, 儉也.

복의 인도자가 되지 않고	不爲福先[9]
화의 뿌리가 되지도 않으며	不爲禍始[10]
느끼는 대로 응하고 닥치는 대로 움직이고	感而後應 迫而後動
그칠 수 없으면 일어나고	不得已而後起
지식과 기교를 버리고 천리를 따른다고 말한다.	去知與故[11] 順天之理.
그러므로 하늘의 재앙도 없고	故無天災
사물의 얽매임도 없으며	無物累
사람의 비난도 없고	無人非
귀신의 꾸지람도 없다.	無鬼責
삶은 뜬구름 같고 죽음은 쉬는 것 같다.	其生若浮 其死若休
그리워하고 염려하지도 않고	不思慮
미리 꾀하지도 않으므로	不豫謀
빛이 있지만 번쩍이지 않고	光矣而不曜
신의가 있지만 기약하지 않는다.	信矣而不期
잠잘 때 꿈을 꾸지 않고	其寢不夢
깨어나서는 근심하지 않으니	其覺無憂
정신은 순수하고	其神純粹
영혼은 피로하지 않으며	其魂不罷
허무 염담하여	虛無恬淡
천덕天德과 부합한다.	乃合天德
그러므로 슬픔과 즐거움은 덕의 거짓됨이요,	故曰 悲樂者德之邪
기쁨과 슬픔은 도의 지나침이며	喜怒者道之過

9_ 先(선)=導也.
10_ 始(시)=根也.
11_ 故(고)=巧也.

좋아하고 증오함은 덕의 잃음이다.

그러므로 마음으로 근심하고 즐거워하지 않으면

덕의 지극함이요,

한결같아 변하지 않으면 고요함의 지극함이요,

막힘이 없으면 공허의 지극함이요,

사물과 교접이 없으면 맑음의 지극함이요,

거스름이 없으면 순수함의 지극함이다.

그러므로 이르기를

몸이 수고로운데 쉬지 않으면 피폐하고

정기를 쓰되 그침이 없으면 수고롭고

수고로우면 목마른 것은 물의 본성이다.

섞이지 않으면 맑고

움직이지 않으면 평온하며

막혀 흐르지 않으면 맑을 수 없는 것이

천덕의 모습이라 한다.

그러므로 이르기를

순수하여 잡스럽지 않고

고요하고 한결같아 변하지 않으며

편안하고 무위하되

움직이면 하늘을 따라 운행한다.

이를 정신을 보양하는 도라고 말하는 것이다.

好惡者德之失.

故心不憂樂

德之至也.

一而不變 靜之至也.

無所於忤 [12] 虛之至也.

不與物交 惔 [13] 之至也.

無所於逆 純之至也.

故曰

形勞而不休則弊

精用而不已則勞

勞則渴水之性

不雜則淸

莫動則平

鬱閉而不流 亦不能淸

天德之象也

故曰

純粹而不雜

靜一而不變

惔 [14] 而無爲

動而以天行

此養神之道也.

12_ 於忤(어오)=閼逆(막고 거스르다).
13_ 惔(담)=淡也.
14_ 惔(담)=恬也.

15-3

오나라 월나라의 칼을 가진 자가	夫有干越[15]之劍者
궤 속에 감추어두고	柙而藏之
함부로 쓰지 않는 것은	不敢用也
지극한 보검이기 때문이다.	寶之至也.
정신은 천지음양을 소통시켜 함께 흘러	精神四達竝流
이르지 않는 곳이 없으며	無所不極
위로는 하늘가에 이르고	上際於天
아래로는 땅속에 서리어	下蟠於地
만물을 화육하지만	化育萬物
형상을 만들지 않는다.	不可爲象
그 이름을 천신天神과 나란히 정신精神이라고 부른다.	其名爲同帝
순수하고 소박한 도란	純素之道
오직 신령스러움을 지키는 것이니,	惟神是守
지켜서 잃지 않으면 신과 하나가 되며	守而勿失 與神爲一
그 하나가 정미 신통하니	一之精通
천륜과 부합하는 것이다.	合於天倫
시골 속담에 이런 말이 있다.	野語有之 曰
속된 사람은 이익을 중히 여기고	衆人重利
깨끗한 선비는 명예를 중히 여기며	廉士重名
어진 사람은 뜻을 숭상하고	賢人尙志
성인은 정신를 귀하게 여긴다.	聖人貴精.
그러므로 소박하다는 것은	故素也者
어울려도 잡스럽지 않은 것을 말하고	謂其無所與雜也.

15_ 干越(간월)＝吳越.

순수하다는 것은   純也者
정신이 이지러지지 않는 것을 말한다.   謂其不虧其神也
능히 순수하고 소박함을 체현한 자를   能體純素
진인이라 말하는 것이다.   謂之眞人.

繕性

小目

16-1 德은 화평이요, 道는 理이다. 德은 용납하지 않는 것이 없으니 仁하며, 道는 이치 아닌 것이 없으니 義롭다.

16-2 속을 순수 진실하게 하여 진정으로 되돌아가는 것이 樂이다. 용체를 신실하게 행동하여 선왕의 문을 따르는 것이 禮다. 예악이 널리 행해지면 곧 천하가 어지러워진 것이다.

16-3 덕이 점차 쇠해지자 수인씨와 복희씨에 이르러 천하를 다스리기 시작했다. 순응하기는 했지만 대동평등하지 못했다.

16-4 도인이 세상을 일으킬 수 없고 세상이 도를 일으킬 수 없으니 성인이 묻히는 것은 스스로 숨은 것이 아니다. 시대의 운명이 크게 그릇되었기 때문이다.

16-5 작은 지식은 덕을 손상하고, 작은 행함은 도를 손상시킨다. 몸에 붙는 것은 와도 막지 말고 가도 붙잡지 말라!

제16장. 繕性 선성

16-1

속된 학문으로 성품을 다스려 그 시초를 회복하려 하고	繕[1]性於俗學 以求復其初.
속된 생각으로 욕심을 윤택하게 하여	滑[2]欲於俗思
밝은 지혜를 이루려 하는 것은	以求致其明.
몽매한 백성이라고 할 것이다.	謂之蔽蒙之民.
옛날 도를 닦은 자는 고요함으로 지혜를 길렀으며	古之治道者 以恬[3]養知.
지혜가 생겨도 지식으로 다스림이 없었으니	知生而無以知爲也.
이를 지혜로 고요함을 기른다고 말한다.	謂之以知養恬
지혜와 고요함이 서로 키우니	知與恬交相養
조화와 도리가 본성을 발현시킨다.	而和理出其性.
대저 덕은 화평이요, 도道 는 이理 이다.	夫德和也 道理也.
덕은 용납하지 않는 것이 없으니 인仁 하며,	德無不容 仁也.
도는 이치 아닌 것이 없으니 의義 롭다.	道無不理 義也.
의가 밝아 만물이 친애하는 것이 충忠 이다.	義明而物親 忠也.

1_ 繕(선)＝補也, 治也, 修也.
2_ 滑(활)＝澤也, (골)＝混也.
3_ 恬(념)＝安也, 靜也.

- 장자/내편/대종사大宗師 6-5 : 夫道 自本自根 未有天地自古以固存. 神鬼神帝 生天生地.
- 장자/외편/달생達生 19-9 : 問 蹈水有道乎. 日 吾無道. 從水之道 而不爲私焉.
- 장자/외편/지북유知北遊 22-9 : 調而應之德也. 偶而應之道也.
- 장자/외편/지북유知北遊 22-11 : 問曰 所謂道惡乎在. 莊子曰 無所不在 在螻蟻瓦甓屎溺.
- 주역周易/계사繫辭 : 一陰一陽之謂道.
- 노자老子/25장 : 人法地 地法天 天法道 道法自然.
- 노자老子/42장 : 道生一 一生二 二生三 三生萬物.
- 노자老子/51장 : 道生之 德畜之. 道之尊而德之貴 夫莫之命 而常自然.
- 노자老子/60장 : 以道莅天下 其鬼不神 非其鬼不神 其神不傷人.
- 열자列子/중니仲尼 : 無所由而常生者 道也. 有所由而常死者 亦道也.
- 한비자韓非子/해로解老 : 道者 萬物之所然也 萬理之所稽也. 理者 成物之文也 道者萬物之所以成也. 故曰 道 理之者也.
- 회남자淮南子/원도훈原道訓 : 道分而爲陰陽 陰陽合化而萬物生.

16-2

속을 순수 진실하게 하여	中純實
진정으로 되돌아가는 것이 악樂이다.	而反乎情[4] 樂也.
용체를 신실하게 행동하여	信行容體
선왕의 문을 따르는 것이 예禮다.	而順乎文 禮也.
그러므로 예악이 널리 행해지면	禮樂徧[5]行
곧 천하가 어지러워진 것이다.	則天下亂矣.
그것들이 바르면 나의 덕도 그 영향을 입는다.	彼正而蒙[6]己德
덕스러우면 은폐하지 않고	德則不冒[7]
은폐하면 사물은 본성을 잃는다.	冒則物必失其性也.

4_ 情(정)=性, 志也, 實也.
5_ 徧(편)=偏으로 된 책도 있다.
6_ 蒙(몽)=被. 풀이 우거져 덮는다.
7_ 冒(모)=蔽也, 犯也, 涉也. 모자를 씌운다.

옛사람은 (차별이 생기기 이전의) 혼동 중에 있었으므로　　古之人 在混芒之中.

세상과 더불어 하면서도 맑고 고요한 본성을 지니고 있었다.　　與一世而得澹漠焉.

당시 시절은 음양이 조화롭고 고요하여　　當是時也 陰陽和靜

귀신도 소란을 피우지 않았고 사시四時 는 절도가 있어　　鬼神不擾 四時得節

만물은 손상되지 않고 뭇 생명이 수명을 다했으며　　萬物不傷 群生不夭

사람은 비록 지혜가 있어도 그것을 사용할 곳이 없었다.　　人雖有知 無所用之.

이것을 일러 지극한 하나 됨(절대 평등)이라고 말한다.　　此之謂至[8]一.

함께 읽기

- 장자/외편/거협胠篋 10-4 : 擢亂六律 鑠絕竽瑟 塞瞽曠之耳 而天下始人含其聰矣.
- 장자/외편/천운天運 14-4 : 樂也者 始於懼 懼故祟.
- 논어論語/태백泰伯 : 興於詩 立於禮 成於樂(成=安民立政也).
- 묵자墨子/공맹公孟 : 古者三代暴君 繭爲聲樂 不顧其民.
- 노자老子/12장 : 五色令人目盲 五音令人耳聾.
- 순자荀子/악론樂論 : 樂者天下之大齊也.
- 예기禮記/악기樂記 : 樂者天地之和也 禮者天地之序也.
- 예기禮記/중니연거仲尼燕居 : 禮也者理也 樂也者節也.

16-3

또한 당시 시절은 정치라는 것이 없었고 자연 그대로였다.　　當是時也 莫之爲而常自然.

덕이 점차 쇠해지자　　逮德下衰

수인씨와 복희씨에 이르러　　及燧人伏羲

(불과 글자를 만들어) 천하를 다스리기 시작했다.　　始爲天下.

그러므로 순응하기는 했지만 대동 평등하지 못했다.　　是故順而不一.[9]

8_ 至一(지일)＝지극한 하나 됨, 즉 大同.
9_ 一(일)＝同也, 齊也, 等也.

덕이 더욱 쇠해지자

신농씨와 헌원씨가 나타나 천하를 다스리기 시작했다.

이 때문에 안정은 되었으나 자연에 순응하지 못했다.

덕이 더욱 쇠해지자

요와 순이 나타나 천하를 다스리기 시작했다.

정사와 교화를 일으켜 순박함을 물들여 더럽히고

덕을 이탈하여 선을 찾고, 덕을 해치고 정사를 행하여

결국 본성을 버리고 인심을 좇았다.

마음과 마음의 지식으로는

천하를 안정하기에 부족하게 되었다.

그 후부터 무늬를 붙이고 박식을 더했으니

무늬는 질박質樸을 없애고 박식은 마음을 물들였다.

이로써 백성은 어지러워져

성정을 본래 모습으로 되돌릴 수 없게 되었다.

德又下衰

及神農黃帝 始爲天下

是故安而不順.

德又下衰

及唐虞 始爲天下

興治化之流 澆10) 純散朴.

離道以 11) 善 險 12) 德以行. 13)

然後去性 而從於心.

心與心識知

以不足定天下.

然後附之以文 益之以博.

文滅質 博溺 14) 心

然後民始惑亂

無以反性情而復其初.

함께 읽기

- 장자/외편/거협胠篋 10-5 : 伏羲氏 神農氏 當是時也. 則至治已.
- 장자/외편/재유在宥 11-4 : 昔者黃帝始 以仁義攖人之心.
- 장자/외편/천지天地 12-14 : 至治之世 不尙賢不使能 上如標枝 民如野鹿.
- 장자/외편/천운天運 14-13 : 三王五帝之治天下 名曰治而亂莫甚焉.
- 장자/잡편/경상초庚桑楚 23-2 : 大亂之本 必生於堯舜之間.
- 장자/잡편/서무귀徐无鬼 24-14 : 夫堯畜畜然仁 吾恐其爲天下笑.
- 장자/잡편/도척盜跖 29-4 : 神農之世 此至德之隆也. 然而黃帝不能致德 與蚩尤 戰於涿鹿之野 流血百里.

10_ 澆(요)＝漬也.
11_ 以(이)＝用也, 爲也.
12_ 險(험)＝傷也.
13_ 行(행)＝五行也→政事.
14_ 溺(닉)＝漬也.

- 노자老子 / 19장 : 令有所屬 見素抱朴 小私寡慾.
- 노자老子 / 80장 : 小國寡民 民之老死不相往來.

16-4

이로 볼 때	由是觀之
세상은 도를 잃고, 도는 세상을 잃었다.	世喪道矣 道喪世矣.
세상과 도가 서로를 잃게 하니	世與道交相喪也
도인이 어찌 세상을 일으키며	道之人何由興乎世.
세상이 어찌 도를 일으키겠는가?	世亦何由興乎道.
도인이 세상을 일으킬 수 없고	道無以興乎世
세상이 도를 일으킬 수 없으니	世無以興乎道.
비록 성인이 산림 속에 숨지 않아도	雖聖人不在山林之中
그의 덕은 묻혀버린다.	其德隱矣.
이처럼 성인이 묻히는 것은 스스로 숨은 것이 아니다.	隱故不自隱.
이른바 옛 은사隱士들도	古之所謂隱士者
몸을 엎드려 나타나지 않은 것이 아니며	非伏其身而不見也.
말문을 닫고 드러나지 않은 것이 아니며	非閉其言而不出也.
지혜를 감추고 발표하지 않은 것이 아니다.	非藏其知而不發也.
그것은 시대의 운명이 크게 그릇되었기 때문이다.	時命大謬也.
설사 시대의 운명을 만나 천하에 크게 떨친다 할지라도	當時命而大行乎天下
대동 평등 세상으로 되돌아가는 자취를 남길 수 없다.	則反一15) 無迹.
반대로 시대의 운명을 만나지 못해	不當時命
천하에 크게 궁색할지라도	而大窮乎天下
뿌리를 깊게 하고 근본을 편안케 하고 기다릴 것이다.	則深根寧極16) 而待.

15_ 反一(반일)=앞서 말한 至一(대동사회)로 돌아감.

이것이 몸을 보존하는 도_道다.　　　　　　　　　　此存身之道也.

옛사람이 몸을 보존하는 데는　　　　　　　　　　　古之存身者

변론으로 지혜를 꾸미지 않고　　　　　　　　　　　不以辯飾知

지식으로 천하를 곤궁하게 하지 않고　　　　　　　不以知窮天下

덕을 곤궁하게 하지 않았다.　　　　　　　　　　　不以知窮德.

의연하게 자기 자리에 처하며　　　　　　　　　　危然¹⁷⁾處其所

본성으로 되돌아갈 뿐이니　　　　　　　　　　　　而反其性已

또 무엇을 하겠는가?　　　　　　　　　　　　　　　又何爲哉.

16-5

도는 본래 작은 행함이 아니고　　　　　　　　　　道固不小行

덕은 결코 작은 앎이 아니다.　　　　　　　　　　　德固不小識.

도리어 작은 지식은 덕을 손상하고　　　　　　　　小識傷德

작은 행함은 도를 손상시킨다.　　　　　　　　　　小行喪道.

그러므로 이르기를　　　　　　　　　　　　　　　　故曰

몸을 바르게 할 뿐이라고 했고　　　　　　　　　　正己而已矣

즐거움을 온전히 하는 것이 뜻을 얻었다고 말한 것이다.　樂全之謂得志.

옛사람이 뜻을 얻었다고 한 것은　　　　　　　　　古之所謂得志者

수레와 면류관을 말한 것이 아니라　　　　　　　　非軒冕之謂也.

진실로 이익이 없어도 즐거워함을 말하는 것일 뿐이다.　謂其無以益其樂而已矣

오늘날 뜻을 얻었다는 것은　　　　　　　　　　　今之所謂得志者

수레와 면류관을 의미한다.　　　　　　　　　　　軒冕之謂也

16_ 極(극)=棟也, 中也, 本也.
17_ 危然(위연)=獨正貌.

그러나 수레와 면류관은 몸에 있는 것이지 본성이 아니며   軒冕在身 非性命也.

물건이 우연히 와서 몸에 붙은 것이다.   物之儻來寄者也.

붙는 것은 와도 막지 말고   寄之其來不可圉[18]

가도 붙잡지 말아야 한다.   其去不可止.

그러므로 벼슬을 해도 뜻이 방자하지 않고   故不爲軒冕肆志

궁색해도 속되지 않는다.   不爲窮約趨俗.

벼슬하든 궁색하든 한가지로 즐거워하며   其樂彼與此同

근심이 없을 뿐이다.   故無憂而已矣.

그러나 지금 맡겨놓은 것을 찾아가면 즐거워하지 않는다.   今寄去則不樂.

이로 볼 때   由是觀之

즐거움이란 헛되지 않은 것이 없는 것이다.   雖[19] 樂未嘗不荒也.

그러므로 이르기를   故曰

외물에 자기를 잃고   喪己於物

세속에 본성을 잃은 자는   失性於俗者

거꾸로 선 백성이라고 말하는 것이다.   謂之倒置之民.

18_ 圉(어)=禦也.
19_ 雖(수)=副詞(다만 ㅁㅁ에 불과하다), 連詞(비록 ㅁㅁ이라도).

秋水

小目

17-1 우물 안 개구리가 바다를 말해도 알지 못하는 것은 장소에 구애되기 때문이요, 매미에게 얼음을 말해도 알지 못하는 것은 때에 굳어 있기 때문이요, 편벽된 선비에게 도를 말해도 알지 못하는 것은 가르침에 묶여 있기 때문이다.

17-2 지극히 정미한 물건은 형체가 없고, 지극히 큰 물건은 잴 수 없다.

17-3 형체가 없는 것은 수량으로는 분별할 수 없으며, 너무 커 둘러쌀 수 없는 것은 수량으로는 다 잴 수 없다. 言으로 논할 수 없고 생각으로 살필 수 없는 것에 이르면 精粗의 개념으로는 헤아릴 수 없다.

17-4 손수 일을 하므로 남의 노동을 빌리지도 않지만, 노동으로 먹고사는 것을 찬양하지도 않으며, 탐하고 땀 흘리는 것을 천시하지도 않는다.

17-5 道의 입장에서 보면 사물에는 귀천이 없다. 물건의 입장에서 보면 자기는 귀하고 상대는 천하다. 세속의 눈으로 보면 귀천은 능력 차이 때문이 아니다

17-6 공경스럽구나! 나라에 군주를 두는 것은 사사로운 덕이 없게 하려는 것이다. 만물을 평등하게 사랑하니 누구를 받들고 공경할 것인가? 이것을 일러 차별이 없다고 말하는 것이다.

17-7 우마는 각각 네 발을 가졌다. 이것은 자연이다. 말에 굴레를 씌우고 소에 코뚜레를 뚫는 것은 인위다.

17-8 외발 짐승은 발이 많은 노래기를 부러워하고, 노래기는 발이 없는 뱀을 부러워하고, 뱀은 바람을 부러워하고, 바람은 눈을 부러워하고, 눈은 마음을 부러워한다.

17-9 곤궁함은 운명임을 알고, 형통함은 시세임을 알아, 큰 난관에도 두려워하지 않는 것이 성인의 용기다.

17-10 그대는 우물 안 개구리 얘기를 듣지 못했단 말인가? 그대가 장자의 말을 알려고 하는 것은, 모기에에 산을 짊어지라 하고 노래기에게 황허를 건너라는 것과 같네.

17-11 소년이 걸음걸이를 배우러 조나라의 서울 한단에 갔는데 한단의 걸음걸이를 배우기도 전에 옛 걸음걸이를 잊어버려 엉금엉금 기어서 돌아왔다.

17-12 돌아가시오! 나는 장차 진흙 속에서 꼬리를 끄는 거북이가 되려 하오.

17-13 봉황은 남해에서 북해까지 날아가는데 오동나무가 아니면 앉지 않고, 대나무 열매가 아니면 먹지 않고, 단 샘물이 아니면 마시지 않는다오.

17-14 혜자가 말했다. "당신은 물고기가 아닌데 어찌 물고기의 즐거움을 안단 말이오?"
장자가 말했다. "그대는 내가 아닌데, 어찌 내 마음이 모른다는 것을 아는가?"

제17장. 秋水추수

17-1

가을 물때가 되어 냇물이 모두 황허로 흘러드니	秋水時至 百川灌河
강물이 크게 불어	涇¹⁾流之大
기슭의 소와 말이 아득하여 분간할 수 없다.	兩涘渚之間 不辯牛馬
이를 본 황허의 신 하백河伯은 흐뭇한 듯 스스로 즐거워하며	於是焉 河伯欣然自喜
천하의 장관이 모두 자기에게 있다고 생각했다.	以天下之美爲盡在己
그는 물결을 따라 동쪽으로 순행하여 북해에 당도했다.	順流而東行 至於北海
동쪽을 바라보니 너무 커서 시야의 끝이 보이지 않았다.	東面而視 不見視端
이에 하백은 얼굴을 돌려	於是焉 河伯始旋其面目
북해의 신선을 우러러보며 탄식했다.	望²⁾洋向若³⁾而歎
하백이 말했다. "시골 농부들의 말에 이르기를	曰 野語有之曰
백 가지 도道를 들어도 내 것만 못하다고 생각한다더니	聞道百 以爲莫己若者
저를 두고 한 말인 것 같습니다.	我之謂也
또 저는 일찍이 공자의 지식을 작다고 말하고	且夫我嘗聞⁴⁾ 小仲尼之聞
백이의 의를 가볍다고 말하는 자의 소문을 들었는데	而輕伯夷之義者

1_ 涇(경)=通也.
2_ 望(망)=盰也.
3_ 若(약)=北海.
4_ 聞(문)=知也, 智也, 達也.

처음에는 저도 믿지 않았지만

지금 그대의 끝없는 바다를 보고 나니

제가 당신의 문하를 방문하지 않았다면

아마도

저는 대도가大道家 들의 큰 웃음거리가 되었을 것입니다.”

북해의 신선 약若이 말했다.

“우물 안 개구리에게 바다를 말해도 알지 못하는 것은

장소에 구애되기 때문이요,

매미에게 얼음을 말해도 알지 못하는 것은

때에 굳어 있기 때문이요,

편벽된 선비에게 도를 말해도 알지 못하는 것은

가르침에 묶여 있기 때문이다.

이제 그대가 강 언덕에서 나와

큰 바다를 보고 자신의 부끄러움을 알았으니

그대와는 더불어 큰 이치를 말할 수 있겠구나!

천하의 물은 바다보다 큰 것은 없으니

모든 냇물이 모여들어 그칠 줄을 모르지만

넘치지 않고

꼬리문으로 흘러 나가 그칠 줄을 모르지만

마르지 않으며

계절에 관계없이 변함없으며 홍수도 가뭄도 모른다.

이것은 양쯔강과 황허의 물을 훨씬 초과하여

始吾不信

今我睹子之難窮也

吾非至於子之門

則殆5) 矣

吾長見笑於大方之家

北海若 曰

井蛙不可以語於海者

拘於虛6) 也

夏蟲不可以語於氷者

篤7) 於時也.

曲8) 士不可以語於道者

束於敎也.

今爾於出於崖涘

觀於大海 乃知爾醜

爾將可與語大理矣

天下之水 莫大於海

萬川歸之 不知何時止

而不盈

尾閭泄之 不知何時已

而不虛

春秋不變 水旱不知

此其過江河之流

5_ 殆(태)=將也.
6_ 虛(허)=墟(居)也.
7_ 篤(독)=固也.
8_ 曲(곡)=僻也.

수량을 잴 수도 없지만

나는 한 번도 스스로 이것을 크다고 자랑한 적이 없다.

바다라는 것도 천지로부터 형체를 본뜨고

음양으로부터 기운을 받았으므로

산에 있는 작은 나무나 돌과 같은 것이기 때문이다.

지금 눈으로 볼 수 있는 존재란 작은 것인데

어찌 스스로 자랑하겠는가?

생각하면 천지 안의 사해四海라는 것도

큰 연못의 개미구멍 같지 않은가?

중국이 사해 안에 있는 것도

큰 창고 안의 싸라기와 같지 않은가?

사물이 수없이 많음을 일러 만물이라 하는데

사람은 그 가운데 하나일 뿐이다.

사람이 가득한 구주는 온갖 곡식이 자라며

배와 수레가 달리는 드넓은 곳이지만

사람이 사는 곳은 한 모퉁이일 뿐이다.

이처럼 비교하면 만물이란 것도

가는 털 하나가 말 엉덩이에 붙어 있는 것과 같지 않은가?

오제가 거느린 백성이나, 삼왕이 다툰 땅이나,

어진 지배자가 걱정한 것이나, 벼슬아치가 노력한 것이나,

모두 이와 같은 것이다.

백이는 왕위를 사양하여 이름을 얻었고

不可爲量數

而吾未嘗以此自多者

以比⁹⁾形於天地

以受氣於陰陽

小石小木之在大山也

存乎見少

又奚以自多

計四海之在天地之間也

不似礨¹⁰⁾空之大澤乎.

計中國之在海內

不似稊米之在大倉乎.

號物之數謂之萬

人處一焉.

人卒¹¹⁾九州　穀食之所生.

舟車之所通

人處一焉.

此其比萬物也

不似毫末之在於馬體乎.

五帝之所連¹²⁾　三王之所爭

仁人之所憂. 任士之所勞

盡此矣.

伯夷辭之以爲名

9_ 比(비)＝則例也.

10_ 礨(뢰)＝개미 둑.

11_ 卒(졸)＝盡也.

12_ 連(련)＝續也, 踵武也(民相連而從之：莊子/雜篇/讓王).

공자는 인의를 말하여 박학하다고 한다.　　　　　　　　仲尼語之以爲博

이는 스스로 크다고 자랑한 것이니　　　　　　　　　　此其自多也.

방금 그대가 황허를 크다고 자랑한 것과 같지 않은가?"　不似爾向之自多於水乎.

함께 읽기

· 장자/내편/소요유逍遙遊 1-1 : 鵬之徙於南冥也 搏扶搖而上者九萬里 風之積也不厚 則其負大翼也無力.
· 장자/내편/제물론齊物論 2-15 : 忘年忘義 寓諸無竟.
· 장자/외편/천지天地 12-15 : 通是非而不自謂衆人 愚之至也.

17-2

하백이 물었다.　　　　　　　　　　　　　　　　　　河伯曰

"그러면 천지는 크고　　　　　　　　　　　　　　　然則吾大天地

터럭은 작다고 말하면 되겠습니까?"　　　　　　　　　而小毫末 可乎.

북해약이 말했다.　　　　　　　　　　　　　　　　　北海若曰

"아니다.　　　　　　　　　　　　　　　　　　　　　否.

사물이란 수량은 무궁하고 시간은 그침이 없으며　　　夫物 量無窮 時無止

분수分數는 상도가 없고, 끝과 시작은 뿌리가 없다.　　分無常 終始無故.[13]

이런 까닭으로 큰 지혜는 원근을 관찰하므로　　　　　是故大知觀於遠近

작은 것을 작다 하지 않고 큰 것을 많다 하지 않으니　故小而不寡 大而不多.

이는 만물이 무궁함을 알기 때문이요,　　　　　　　　知量無窮.

고금을 밝게 알므로　　　　　　　　　　　　　　　　證曏今古

수명이 길다고 걱정하지 않고 짧다고 발돋움하지도 않으니　故遙[14]而不悶 掇[15]而不跂.

13_ 故(고)=本也, 端也, 法也.
14_ 遙(요)=멀다, 길다.
15_ 掇(철)=줍다, 짧다.

이는 시간이 끝이 없음을 알기 때문이요,　　知時無止也

차고 기욺을 살피므로　　察乎盈虛

성공해도 기뻐하지 않고 실패해도 근심하지 않으니　　故得而不喜 失而不憂.

이는 분수가 무상함을 알기 때문이요,　　知分之無常也

삶의 대도를 이해하므로　　明乎坦[16]途

삶은 좋고 죽음을 재앙이라고 생각하지 않으니　　故生而不說 死而不禍

이는 끝과 시작은 뿌리가 없음을 알기 때문이다.　　知終始之不可故也.

헤아려보면 사람이 안다는 것은 모르는 것만 못하고　　計人之所知 不若其所不知.

살아 있는 시간은 살아 있지 못한 시간보다 못한 것이다.　　其生之時 不若未生之時.

지극히 작은 것으로 지극히 큰 영역을 궁구하려 하므로　　以其至小 求窮其至大之域

혼미하고 어지러워 스스로 깨달을 수 없는 것이다.　　是故迷亂 而不能自得也.

이런 여러 가지로 비추어본다면　　由此觀之

어찌 단정할 수 있겠는가?　　又何以知

털끝이 반드시 지극히 미세한 것의 끝이라고.　　毫末之足以定至細之倪.

어찌 단정할 수 있겠는가?　　又何以知

천지가 반드시 지극히 큰 것의 궁극적인 경지라고."　　天地之足以窮至大之域.

하백이 말했다.　　河伯曰

"세상의 논자들이 모두 이르기를　　世之議者 皆曰

지극히 정미 精微 한 물건은 형체가 없고　　至精無形

지극히 큰 물건은 잴 수 없다는 말이 진실이군요?"　　至大不可圍 是信情乎.

🔷 함께 읽기 🔷

- 장자 / 외편 / 지북유 知北遊 22-14 : 知形 形非不形乎. 故道不當名.
- 장자 / 잡편 / 경상초 庚桑楚 23-9 : 以有形者象無形者 定矣.

16_ 坦(탄)=安平也, 大也.

- 노자老子 /1장 : 道可道 非常道無 名可名 非常名.
- 한비자韓非子 /해로解老 : 常者無攸易 無定理. 無定理非在於常所. 是以不可道也.
  聖人觀其玄虛 用其周行 强字之曰道 然而可論.

17-3

북해약이 말했다.	北海若曰
"대체로 작은 것으로 큰 것을 보면 그 전체를 볼 수 없고	夫自細視大者不盡
또 큰 것으로 작은 것을 보면 분명하게 볼 수 없다.	自大視細者不明.
대저 정精은 작은 것 중의 작은 것이요,	夫精 小之微也
천지는 큰 것 중의 큰 것이다.	垺[17] 大之殷也.
그러므로 차이란 습관적으로 이런 추세를 취한 것뿐이다.	故異便[18] 此勢之有也.
정확히 말하면 정미하다 조잡粗雜 하다는 것은	夫精粗者
형체가 있는 것에만 합당한 것이며	期[19] 於有形者也.
형체가 없는 것은 수량으로는 분별할 수 없으며	無形者 數之所不能分也.
너무 커 둘러쌀 수 없는 것은	不可圍者
수량으로는 다 잴 수 없다.	數[20] 之所不能窮也.
말(言)로 논할 수 있는 것은 사물 중에서 조잡한 것이며	可以言論者 物之粗也.
생각으로 헤아릴 수 있는 것은 사물 중에서 정미한 것이다.	可以意致者 物之精也.
말로 논할 수 없고	言之所不能論
생각으로 살필 수 없는 것에 이르면	意之所不能察 致[21] 者
조잡하다거나 정미하다는 개념으로는 헤아릴 수 없다."	不期精粗焉.

17_ 垺(부)＝郭也, 山上有水.
18_ 便(편)＝習也.
19_ 期(기)＝會也, 當也.
20_ 數(수)＝計也, 細密也.
21_ 致(치)＝至, 歸也.

17-4

(북해약의 말) "그러므로 대인의 행동은   是故大人之行

드러나지 않지만 남을 해치지도 않고   不出乎害人

인의와 은혜를 자랑하지도 않는다.   不多仁恩.

행동은 이익을 앞세우지 않으나   動不爲利

이익을 찾는 노예를 천시하지도 않는다.   不賤門隷.

재화를 다투지 않지만 사양한 것을 찬양하지도 않는다.   貨財不爭 不多辭讓

손수 일을 하며 남의 노동을 빌리지도 않지만   事焉不借人

노동으로 먹고사는 것을 찬양하지도 않으며   不多食乎力

탐하고 땀 흘리는 것을 천시하지도 않는다.   不賤貪汚.

행동이 세속과는 다르지만 괴이한 것을 찬양하지도 않는다.   行殊乎俗 不多辟異.

다스림은 민중을 따르는 데 달려 있으니   爲²²⁾在從衆

영합하고 아첨하는 자를 천시하지도 않는다.   不賤佞²³⁾諂.

세상의 작록도 그를 권면할 수 없고   世之爵祿不足以爲勸

죽음과 부끄러움도 그를 욕되게 할 수 없으니   戮恥不足以爲辱.

그것은 시비를 분별할 수 없고   知是非之不可爲分

대소는 나눌 수 없음을 알기 때문이다.   細大之不可爲倪.²⁴⁾

속담에 이르기를 도인은 명성이 없고   聞²⁵⁾曰 道人不聞

덕인은 뜻을 얻지 못하며   至德不得

대인은 자기가 없다고 한다.   大人無己

이것은 절제와 분수의 극치라 할 것이다."   約²⁶⁾分之至也.

22_ 爲(위)=成也, 治也.
23_ 佞(녕)=迎合, 僞善.
24_ 倪(예)=分, 際也.
25_ 聞(문)=顯名.
26_ 約(약)=節也.

- 장자/외편/마제馬蹄 9-2：織而衣耕而食 是謂同德 一而不黨 名曰天放.
- 장자/외편/재유在宥 11-7：大同無己 無己惡乎得有有.
- 장자/외편/지북유知北遊 22-7：汝身非汝有也. 是天地之委形也.
- 장자/잡편/칙양則陽 25-7：貨財聚 然後覩所爭.
- 장자/잡편/도척盜跖 29-14：平爲福 有餘爲害.
- 노자老子/19장：絕巧棄利 盜賊無有. 故令有所屬 少私寡欲.
- 노자老子/81장：聖人不積 旣以與人 己愈多.
- 열자列子/양주楊朱：然身非我有也 物非我有也.不橫私天下之物者 其唯聖人乎.

17-5

하백이 물었다.

"혹시 사물의 외면입니까? 혹시 내면입니까?

어디에서 귀천이 갈리게 되며

어디에서 대소가 갈리게 됩니까?"

북해약이 답했다.

"도의 입장에서 보면 사물에는 귀천이 없다.

물건의 입장에서 보면 자기는 귀하고 상대는 천하다.

세속의 눈으로 보면 귀천은 능력 차이 때문이 아니다.

차별의 관점에서 볼 때는

조금 크니까 큰 것이라면

만물은 크지 않는 것이 없고

조금 작으니까 작은 것이라면

만물은 작지 않은 것이 없을 것이다.

河伯曰

若[27]物之外 若物之內

惡至而倪貴賤

惡至而倪小大.

北海若曰

以道觀之 物無貴賤.

以物觀之 自貴而相賤.

以俗觀之 貴賤不在己.[28]

以差觀之

因其所大 而大之

則萬物莫不大.

因其所小 而小之

則萬物莫不小.

27＿若(약)＝혹시 ㅁㅁ인지도 모른다.
28＿不在己(부재기)＝자기 책임이 아니라 전쟁으로 노예가 되었다.

하늘과 땅을 쌀 한 톨이라 할 수도 있음을 알고 　　　知天地之爲稊米也.

터럭 한 올을 큰 산이라 할 수도 있음을 안다면 　　知毫末之爲丘山也

차별의 이치가 분명하게 드러날 것이다. 　　　　　則差數覩²⁹⁾矣.

공용功用의 관점에서 볼 때는 　　　　　　　　以功觀之

유有의 측면에서는 유라고 할 것이니 　　　　　　因其所有之有之

만물은 유 아닌 것이 없고, 　　　　　　　　　則萬物莫不有.

무無의 측면에서는 무라고 할 것이니 　　　　　　因其所無之無之

만물은 무 아닌 것이 없을 것이다. 　　　　　　　則萬物莫不無.

이처럼 동과 서는 상반되나 　　　　　　　　　知東西之相反

서로 없어서는 안 된다는 것을 안다면 　　　　　而不可以相無

공용의 분별이 정해질 것이다. 　　　　　　　　則功分定矣.

취향의 관점에서 볼 때는 　　　　　　　　　　以趣觀之

옳은 면에서는 옳다고 할 것이니 　　　　　　　因其所然而然之

천지만물은 옳지 않은 것이 없고, 　　　　　　　則萬物莫不然

그른 면에서는 그르다고 할 것이니 　　　　　　因其所非而非之

천지만물은 그르지 않은 것이 없을 것이다. 　　　　則萬物莫不非.

이처럼 요와 걸이 자기는 옳고 　　　　　　　　知堯桀之自然

상대는 그르다고 한 것을 안다면 　　　　　　　而相非

취향과 지조가 드러날 것이다. 　　　　　　　　則趣操³⁰⁾觀矣.

옛날 요와 순은 선양하여 황제가 되었고 　　　　昔者堯舜讓而帝.

자쾌子噲와 자지子之는 선양하여 왕업이 끊어졌다. 　之噲讓³¹⁾而絕.

탕과 무는 전쟁으로 왕이 되었고 　　　　　　　湯武爭而王

29_ 覩(도)=睹=示也.
30_ 操(조)=志操.
31_ 之噲讓(지쾌양)=BC 316년 燕王 子噲. 子噲는 재상의 아들 子之에게 선양했으나 실패함.

백공은 전쟁으로 멸망했다.

이로 볼 때

전쟁과 선양의 예절, 요와 걸의 행위가

귀하다 천하다 말해지는 것은 때에 달려 있을 뿐

상도가 있다고 생각할 수 없을 것이다.

들보는 성을 뚫을 수는 있으나

구멍을 막을 수는 없다.

그릇이 다른 것을 말하는 것이다.

천리마는 하루에 천 리를 달리지만

쥐를 잡는 데는 고양이나 족제비만 못하다.

재주가 다른 것을 말하는 것이다.

부엉이는 밤에는 머리를 빗고 벼룩을 잡을 정도로

털끝도 볼 수 있지만

낮에 나오면 눈을 부릅떠도 언덕과 산을 볼 수 없다.

성품이 다른 것을 말한 것이다.

그러므로 항상 옳음을 따르며 그름을 없애고

다스림을 따르며 어지러움을 없애라고 말하지만

이는 천지의 이치와

만물의 진실을 알지 못한 것이다.

이는 하늘을 따르며 땅을 없애고

음陰 을 따르며 양陽 을 없애라는 것과 같다.

그것은 불가능한 것이 명백하다.

白公爭而滅.

由此觀之

爭讓之禮 堯桀之行

貴賤有時.

未可以爲常也.

梁麗[32] 可以衝城

而不可以窒穴

言殊器也.

騏驥驊騮[33] 一日而馳千里

捕鼠不如貍狌

言殊技也.

鴟鵂夜撮蚤

察毫末

晝出瞋目 而不見丘山

言殊性也.

故曰 蓋師是而無非

師治而無亂乎.

是未明天地之理

萬物之情者也.

是猶 師[34] 天無地

師陰無陽.

其不可行明矣.

32_ 麗(려) = 欐(대들보).

33_ 騏(기), 驥(기), 驊(화), 騮(류) = 모두 천리마의 이름.

34_ 師(사) = 循也.

그런데도 이런 주장을 버리지 않는다면　　　　　　　　然且語而不舍

바보가 아니면 속임수다.　　　　　　　　　　　　非愚則誣也.

이처럼 오제의 선양도 달랐고　　　　　　　　　　帝王殊禪

하, 은, 주 삼대의 계승도 달랐으니　　　　　　　三代殊繼

그 시대에 어긋나고 풍속을 거스른 자는 찬탈자라 하고　差其時 逆其俗者 謂之篡夫.

그 시대에 합당하고 풍속을 따르는 자는 의로운 무리라 한다.　當其時 順其俗者 謂之義徒.

하백은 입을 다물라!　　　　　　　　　　　　　　黙黙乎 河伯.

그대가 어찌 귀천의 문과 대소의 가문을 알겠는가?"　女惡知貴賤之門 大小之家.

함께 읽기

• 장자/내편/제물론齊物論 2-15 : 忘年忘義 寓諸無竟.

17-6

하백이 물었다.　　　　　　　　　　　　　　　河伯曰

"그러면 저는 무엇을 하고 무엇을 하지 말아야 합니까?　然則我何爲乎

사양해야 합니까, 받아야 합니까?　　　　　　　何不爲乎.

취해야 합니까, 버려야 합니까?　　　　　　　　吾辭受趣舍

저에게 어떻게 하란 말씀입니까?"　　　　　　　吾終奈何.

북해약이 말했다.　　　　　　　　　　　　　　北海若曰

"도의 관점에서 본다면 무엇이 귀하고 무엇이 천한가?　以道觀之 何貴何賤

이것은 자연의 광대함에 반하는 것이라 말한다.　是謂反衍.[35]

너의 뜻에 구애되지 말라!　　　　　　　　　　無拘而[36] 志

35_ 衍(연)＝廣大自然.
36_ 而(이)＝爾也.

도와 함께하는 길은 크게 어려운 길이다.	與道大蹇³⁷⁾
무엇을 적다 하고 무엇을 많다 하랴?	何少何多.
이것은 하늘의 은혜를 거절하는 것이라고 말한다.	是謂謝³⁸⁾ 施.³⁹⁾
너의 행함을 일률적으로 하지 말라!	无一而行
도와 함께하는 길은 들쭉날쭉한 것이다.	與道參差.
공경스럽구나! 나라에 군주를 두는 것은	嚴乎 若國之有君
사사로운 덕이 없게 하려는 것이다.	其無私德.
유유하구나! 제사를 받는 토지신을 두는 것은	繇繇⁴⁰⁾乎 若祭之有社
사사로운 복을 없게 하려는 것이다.	其無私福.
넓고 넓구나! 천지사방의 무궁함은	泛泛乎 若四方之無窮.
진실로 경계가 없는 것이다.	其無所畛⁴¹⁾域
만물을 평등하게 사랑하니 누구를 받들고 공경할 것인가?	兼悔萬物 其孰承⁴²⁾ 翼.⁴³⁾
이것을 일러 차별이 없다고 말하는 것이다.	是謂無方.⁴⁴⁾
만물은 하나같이 가지런한데	萬物一齊
무엇이 짧고 무엇이 길다는 말인가?	孰短孰長.
도는 시작과 끝이 없지만 사물에는 삶과 죽음이 있다.	道無終始 物有死生
그 성대함을 기대하지 말라.	不恃其成.
한 번 차면 한 번 빈다. 그 형체를 세우지 말라!	一虛一滿 不位⁴⁵⁾乎其形.
지난 세월은 잡을 수 없고, 시간은 그치지 않는다.	年不可擧⁴⁶⁾ 時不可止.

37_ 蹇(건)＝難行.
38_ 謝(사)＝去也, 絶也.
39_ 施(시)＝惠與也, 解也.
40_ 繇繇(요요)＝自得之貌.
41_ 畛(진)＝境界.
42_ 承(승)＝奉也, 佐也.
43_ 翼(익)＝敬也, 戴奉也.
44_ 方(방)＝齊等也, 別也(不可方物：國語/楚語).
45_ 位(위)＝立也, 正也.

소멸되면 살아나고 차면 비우고 　　　　　　　　　消息盈虛

끝나면 시작이 있는 것이니 　　　　　　　　　　終則有始.

이 때문에 대의_{大義}의 방도를 말하고 　　　　是所以語大義之方

만물의 이치를 논하는 것이다. 　　　　　　　　論萬物之理也.

만물의 삶이란 달리는 말이 문틈으로 지나는 것과 같다. 　物之生也 若驟若馳

움직여 변화하지 않는 것이 없고 　　　　　　　無動而不變

때에 따라 옮기지 않는 것이 없으니 　　　　　無時而不移

무엇을 다스리고 무엇을 다스리지 않을 것인가? 　何爲乎 何不爲乎.

본래 사물은 스스로 조화할 뿐이다." 　　　　　夫固將自化.

17-7

하백이 물었다. 　　　　　　　　　　　　　河伯曰

"그렇다면 어째서 도를 귀하다고 하십니까?" 　然則 何貴於道邪.

북해약이 답했다. 　　　　　　　　　　　　北海若曰

"도를 아는 자는 반드시 이_理에 달통하며 　知道者必達於理.

이에 달통한 자는 반드시 권도에 밝으며 　達於理者 必明於權.

권도에 밝은 자는 외물로 자기를 해치지 않기 때문이다. 　明於權者 不以物害己.

지덕자_{至德者}는 불도 뜨겁게 할 수 없고 　至德者 火不能熱

물도 빠뜨리지 못한다. 　　　　　　　　　水不能溺.

추위와 더위도 해치지 못하고 짐승도 해칠 수 없다. 　寒暑不能害 禽獸不能賊.

다만 불과 추위를 가벼운 것이라고 말하는 것이 아니라 　非謂其薄⁴⁷⁾之也.

안위를 살펴 화복에 편안하고 　　　　　　言察乎安危 寧於禍福

46_ 擧(거)＝挈也, 執也.
47_ 薄(박)＝迫(박)으로 읽기도 한다.

거취를 삼가면 해칠 수 없다는 말이다.

옛말에 이르기를 천기天機는 안에 있고

인사人事는 밖에 있으니

하늘(자연)을 덕으로 삼으면

하늘과 사람의 운행을 안다고 했다.

하늘을 뿌리로 하고 덕을 바로 세우고

조심스럽게 처신하고

종요로움으로 돌아가 극진함을 말하라!"

하백이 물었다.

"자연은 무엇이고 인위人爲(仁)는 무엇입니까?"

북해약이 답했다.

"우마는 각각 네 발을 가졌다. 이것은 자연이다.

말에 굴레를 씌우고 소에 코뚜레를 뚫는 것은 인위다.

옛말에 이르기를 인위로 자연을 죽이지 말고

기술로 천품을 죽이지 말며

덕으로 명예를 좇지 말라고 했다.

삼가 자연을 잘 지켜 잃지 않으면

이를 참된 나로 돌아간다고 말하는 것이다."

謹於去就 莫之能害也.

故曰 天在內

人在外.

德在乎天

知天人之行.

本乎天 位乎德

蹢躅[48]而屈伸

反要而語極.

河伯曰

何謂天 何謂人.[49]

北海若曰

牛馬四足 是謂天.

落[50] 馬首穿牛鼻 是謂人.

故曰 無以人滅天

無以故[51] 滅命

無以得[52] 殉名.

謹守而勿失

是謂反其眞.[53]

◉ 함께 읽기

• 노자老子/8장: 上德無爲 而無以爲.下德爲之 而有以爲.

48_ 蹢躅(척촉)=머뭇거리다.
49_ 人(인)=仁也.
50_ 落(락)=絡.
51_ 故(고)=事, 巧.
52_ 得(득)=德也.
53_ 眞(진)=仙人變形 而登天也. 자연의 道 또는 참된 나를 찾는 것.

17-8

외발 짐승인 기는 발이 많은 노래기를 부러워하고

노래기는 뱀을 부러워하고

뱀은 바람을 부러워하고

바람은 눈을 부러워하고

눈은 마음을 부러워한다.

기가 노래기에게 말했다.

"나는 외발이라서 깡충깡충 걸어야 하니

나는 너만 못하다.

너는 수많은 발을 부리는데

나만 이게 무슨 꼴인가?"

노래기가 말했다.

"그렇지도 않다.

저 거품을 품으며 노발대발하는 자를 보지 못했는가?

뿜어대는 것이 크면 진주 같고 작으면 안개 같아

섞여 내리면 셀 수조차 없다.

지금 나는 나의 하늘 기계를 움직일 뿐

그 까닭을 모른다."

노래기가 뱀에게 말했다.

"나는 많은 발로 다니지만

발 없는 너에게 미치지 못하니 어쩐 일인가?"

뱀이 말했다.

夔[54] 憐蚿[55]

蚿憐蛇

蛇憐風

風憐目

目憐心.

夔謂蚿曰

吾以一足 趻踔[56] 而行

予无如矣.

今子之使萬足

獨奈何.

蚿曰

不然.

不見夫唾者乎.

噴則大者如珠 小者如霧

雜而下者 不可勝數也.

今予動吾天機

而不知其所以然.

蚿謂蛇曰

吾以衆足行

而不及子之無足 何也.

蛇曰

54_ 夔(기)=짐승 이름.
55_ 蚿(현)=노래기.
56_ 趻踔(참초)=외발로 걷는 모습.

"대저 하늘 기계의 운동을 어찌 바꿀 수 있겠는가?   夫天機之所動 何可易邪.
그러니 내가 어찌 발을 쓸 수 있겠는가?"   吾安用足哉.
뱀이 바람에게 말했다.   蛇謂風曰.
"나는 내 갈비뼈를 움직여 다니므로   予動吾脊脅而行
발과 비슷할 뿐이다.   則有似也.
너는 쑥대가 나부끼듯 북해에서 일어나고   今子蓬蓬然 起於北海
남해에 들어가지만   蓬蓬然 入於南海
발 같은 것도 가진 것이 없으니 어인 일인가?"   而似無有 何也.
바람이 말했다.   風曰
"그렇다.   然.
그러나 나를 지시하는 내 마음은 나보다 앞선다.   然而 指我則勝我.
나를 좇아가게 하는 내 마음은 역시 나를 이긴다.   䖟[57] 我亦勝我.
그렇지만 큰 나무를 꺾고   雖然 夫折大木
큰 집을 날려버리는 것은 내가 능하다.   蜚[58] 大屋者 唯我能也.
그러므로 작은 것들을 이기지 않는 것이 큰 이김이다.   故衆小不勝爲大勝也.
이러한 큰 이김은 오직 성인만이 할 수 있는 것이다."   大勝者 唯聖人能之.

함께 읽기

• 장자/내편/소요유逍遙遊 1-1 : 鵬之徙於南冥也 搏扶搖而上者九萬里 風之積也不厚 則其負大翼也無力.
• 장자/내편/제물론齊物論 2-5 : 彼是莫得其偶 謂之道樞. 樞始得其環中 以應無窮.

57_ 䖟(추)=藉也, 踆也.
58_ 蜚(비)=飛.

17-9

공자가 광에서 유세할 때 겹겹이 포위당했다.

그러나 공자는 비파를 타며 노래 부르기를 그치지 않았다.

자로가 들어가 말했다.

"선생은 어찌 그리 편안하십니까?"

공자가 말했다.

"이리 오너라! 내 너에게 말해 주리라.

내가 곤궁함을 꺼린 지 오래지만

벗어나지 못한 것도 운명運命이며,

형통하기를 바란 지 오래지만

뜻을 얻지 못한 것도 시세時勢다.

요순시대에 천하에 곤궁한 사람이 없었던 것은

지혜를 얻었기 때문이 아니고

걸주시대에 천하에 형통한 사람이 없었던 것은

지혜를 잃었기 때문이 아니다.

그것은 시세가 그랬을 뿐이다.

교룡蛟龍을 꺼리지 않고 물길을 가는 것은

어부의 용기이며,

맹수를 꺼리지 않고 산길을 가는 것은

사냥꾼의 용기이며,

흰 칼날이 번뜩이는 앞에서 죽음을 삶처럼 보는 것은

열사의 용기이며,

곤궁함은 운명임을 알고 형통함은 시세임을 알아

孔子遊於匡 宋人圍之數帀.[59]

而絃歌不惙.[60]

子路入見曰

何夫子之娛也.

孔子曰

來 吾語女.

我諱窮久矣

而不免 命也.

求通久矣

而不得 時也.

當堯舜 而天下無窮人

非知得也.

當桀紂 而天下無通人

非知失也.

時勢適然.

夫水行 不避蛟龍者

漁父之勇也.

陸行 不避兕虎者

獵夫之勇也,

白刃交於前 視死若生者

烈士之勇也.

知窮之有命 知通之有時

59_ 帀(잡)=두르다.

60_ 惙(철)=輟也.

큰 난관에도 두려워하지 않는 것은

성인의 용기다.

유由(자로)는 안심하라! 내 운명은 하늘이 결정할 것이다.”

얼마 지나지 않아 포위 군사가 사죄 말씀을 아뢰었다.

“양호인 줄 오해하여 포위했으나

이제야 아닌 줄 알았습니다” 하는 것이다.

사과 말씀을 올리고 물러났다.

臨大難而不懼者

聖人之勇也.

由處矣. 吾命有所制矣.

無幾何 將甲者進辭 曰.

以爲陽虎也 故圍之

今非也.

請辭而退.

17-10

조나라 명가名家 인 공손룡公孫龍 이

위나라 공자公子 모牟 에게 물었다.

“저는 어려서는 선왕의 도를 배웠고

커서는 인의仁義 의 행실을 밝혔으며

동이同異 론을 종합했고 견백堅白 론을 절충했으며

그런지, 그렇지 않은지, 옳은지, 옳지 않은지에 대한

백가의 지혜를 비판했으며

세상의 변론들을 막히게 하는 등

스스로 통달했다고 생각했는데

이제 장자의 말을 듣고 나니

망연해져 달라져 버렸습니다.

변론이 그보다 못한지,

公孫龍

問於魏牟 曰.

龍少學先王之道

長而明仁義之行.

合同異 [61] 雜堅白 [62]

然不然 可不可

困百家之知.

窮衆口之辯.

吾自以爲至達已.

今吾聞莊子之言

汒焉異之.

不知 論 [63] 之不及與

61_ 同異(동이)＝무엇이 같고 다른가?

62_ 堅白(견백)＝단단한 것과 흰 것은 하나인가, 둘인가?

63_ 論(론)＝辨說.

지혜가 그보다 못한지 알 수 없습니다.

지금 저는 입도 벌릴 수 없습니다.

장자의 도에 대해 알고 싶습니다."

공자 모는 의자에 앉은 채 크게 탄식하고

하늘을 보고 웃으며 말했다.

"그대는 우물 안 개구리 얘기를 듣지 못했단 말인가?

그 개구리는 동해의 자라에게 이렇게 말했다는군!

'나는 즐겁다네!

한번 뛰어올랐다 하면 우물 난간에 오르기도 하고

우물 벽돌이 빠진 구멍에 들어가 쉬기도 하며

물에 뛰어들면 겨드랑이를 붙이고 턱을 들 수도 있다네.

진흙에 엎어지면 발이 빠지고 발등이 묻히기도 하지만

장구벌레와 게와 올챙이를 둘러보아도

내 능력을 따라올 자 없지.

또한 한 구덩이의 물을 제 맘대로 하고

우물의 쾌락을 독차지한다네.

그대는 어찌 때때로 와서 관람하지 않는가?'

이에 동해의 자라는

우물에 왼발을 밀어 넣기도 전에

오른쪽 무릎이 끼어버렸다.

이에 뒷걸음쳐 물러나와 개구리에게

知之不若與.

今吾無所開吾喙

敢問其方.[64]

公子牟隱机太息.

仰天而笑曰

子獨不聞 夫坎井之鼃乎

謂東海之鼈 曰

吾樂與.

出跳梁乎井幹之上

入休乎缺甃之崖.

赴水則接腋持頤

蹶泥則沒足滅跗

還虷[65] 蟹與科斗[66]

莫吾能若也.

且夫擅一壑之水

而跨跱[67] 坎井之樂.

夫子奚不時來入觀乎

東海之鼈

左足未入

而右膝已縶[68] 矣.

於是逡巡而却

64_ 方(방)＝道也.

65_ 虷(간)＝장구벌레.

66_ 科斗(과두)＝蝌(올챙이).

67_ 跨跱(과치)＝온통 차지한다.

68_ 縶(집)＝拘也, 絆也.

바다 이야기를 해주었다.

'바다는 천 리보다 멀어 그 크기를 잴 수 없고
천 길 높이로도 그 깊이를 다다를 수 없다네!
우임금 때 십 년에 아홉 번 홍수가 있었으나
물을 불어나게 할 수 없었고
탕임금 때는 팔 년에 일곱 번 가뭄이 들었지만
물기슭을 줄어들게 할 수도 없었다네.
시간이 길고 짧음에 따라 변하지 않고
양이 많고 적음에 따라 나아가거나 물러나지 않는 것이
역시 동해의 큰 즐거움이라네.'
우물 안 개구리는 이 말을 듣더니
안절부절 놀라 정신을 잃었다.
도대체 그 지혜란 것이 시비의 경계를 알지 못하는 주제에
그대가 장자의 말을 알려고 하는 것과 같으니
이는 모기에게 산을 짊어지라 하고
노래기에게 황허를 건너라는 것과 같아서
반드시 감당하지 못할 것이다."

告之海日.

夫千里之遠 不足以擧其大.

千仞之高 不足以極其深.

禹之時 十年九潦

而水不爲加益.

湯之時 八年七旱

而崖不可爲加損

夫不爲[69] 頃久推移

不以多少進退者

此亦東海之大樂也.

於是埳井之鼃聞之

適適然驚 規規然自失也.

且夫知不知是非之竟

而猶欲觀於莊子之言

是猶使蚊負山

商蚷[70] 馳河也.

必不勝任矣.

17-11

(공자 모의 말) "또한 그 지혜란 것이
대도大道의 현묘한 담론을 알지 못하는 주제에
그대는 한때의 편리함에 스스로 만족하고 있으니

且夫知

不知論極妙之言

而自適一時之利.

69_ 不爲(불위)＝不以.
70_ 商蚷(상거)＝馬蚿(노래기).

이는 우물 안 개구리가 아닌가?

또한 장자는 이미 황천을 밟고

하늘에 올랐다.

남쪽도 북쪽도 없이 성대하게 사방이 풀리고

측량할 길 없는 깊이에 잠기고

동쪽도 서쪽도 없이 혼돈의 근원에서 시작하여

대도로 돌아왔다.

그러나 그대는 맴을 돌듯이

그것을 분별과 변론으로 구하려 하고 있으니

이는 곧 대롱으로 하늘을 엿보고

송곳으로 땅을 재단하는 것이다.

어찌 작은 것이 아니겠는가?

그대는 돌아가라!

또 그대는 듣지 못했는가?

연나라 수릉의 소년이

걸음걸이를 배우러 조나라의 서울 한단에 갔는데

한단의 걸음걸이를 배우기도 전에

옛 걸음걸이를 잊어버려

엉금엉금 기어서 돌아왔다는 것을!

그대가 지금 돌아가지 않으면

그대의 옛 기교도 학업도 잊어버릴 것이네."

是非埳井之鼃與.

且彼方蹠[71] 黃泉

而登大皇[72]

無南無北 奭[73]然四解

淪於不測若與.

無東無西 始於玄冥[74]

反於大道.

子乃規規然

而求之以察[75] 索之以辯.

是直用管窺天

用錐指地也.

不亦小乎

子往矣.

且子獨不聞

壽陵餘子之

學行於邯鄲與.

未得國能

又失其故行矣.

直匍匐而歸耳

今子不去

將忘子之故[76] 失子之業.

71_ 蹠(차)=蹋也.

72_ 大皇(대황)=天也.

73_ 奭(석)=盛也.

74_ 玄冥(현명)=混沌의 始原.

75_ 察(찰)=分別, 偏見.

공손룡은 벌린 입을 다물지 못하고
혀가 굳어 달아나 버렸다.

公孫龍口呿而不合
舌擧而不下 乃逸而走.

17-12

장자가 복수에서 낚시를 하는데
초나라 위왕威王이 대부 두 사람을 먼저 보내 전했다.
"삼가 우리나라에 모시기를 원합니다."
장자는 낚싯대를 잡은 채 뒤도 돌아보지 않고 말했다.
"내가 듣건대 그대 초나라에는
죽은 지 삼천 년이 지난 신령스런 거북이 있는데
왕께서 수건에 싸서 상자에 넣고
묘당 위에 모셔두었다더군요.
생각건대 이 거북이는
죽어 해골을 남겨 귀하게 되기보다는
차라리 살아서
진흙 속에 꼬리를 끌고 다니는 것이 낫지 않았을까요?"
대부가 말했다.
"그야 살아서 진흙 속에 꼬리를 끄는 것이 낫겠지요."
장자가 말했다.
"돌아가시오!
나는 장차 진흙 속에서 꼬리를 끄는 거북이가 되려 하오."

莊子釣於濮水
楚王使大夫二人往先焉
曰 願以竟內累矣.
莊子持竿不顧 曰
吾聞 楚有神龜
死已三千歲矣
王巾笥
而藏之廟堂之上.
此龜者
寧其死爲留骨而貴乎
寧其生
而曳尾於塗中乎.
二大夫 曰
寧生而曳尾於塗中
莊子曰
往矣.
吾將曳尾於塗中.

76_ 故(고)=巧僞也.

- 장자/내편/양생주養生主 3-3 : 澤雉十步一啄百步一飮. 不蘄畜乎樊中.
- 사기史記/노장신한열전老莊申韓列傳 : 莊周笑曰 我寧遊戱汚瀆之中自快 無爲有國者所羈.

17-13

혜자가 양나라 재상으로 있을 때	惠子相梁
장자가 그를 찾아갔다.	莊子往見之.
어떤 자가 혜자에게 말했다.	或謂惠子曰
"장자가 오는 것은	莊子來
그대의 재상 자리를 빼앗기 위함이오."	欲代子相.
이에 혜자는 걱정이 되어	於是惠子恐
사흘 낮 사흘 밤 동안 그를 찾아 헤맸다.	搜於國中三日三夜.
장자가 혜자를 찾아가 말했다.	莊子往見之曰
"남방에 원추라는 봉황새가 있소.	南方有鳥 其名爲鵷鶵[77]
그대도 잘 알 것이오.	子知之乎.
그 원추는 남해에서	夫鵷鶵發於南海
북해까지 날아가는데	而飛於北海.
오동나무가 아니면 앉지 않고	非梧桐不止
대나무 열매가 아니면 먹지 않고	非練[78]實不食.
단 샘물이 아니면 마시지 않는다오.	非醴泉不飮.
이때 마침 올빼미가 썩은 쥐를 얻었는데	於是鴟[79]得腐鼠

77_ 鵷鶵(원추)=鸞鳳之屬.
78_ 練(련)=竹實.
79_ 鴟(치)=소리개, 올빼미.

원추가 그 곁을 지나갔소.　　　　　　　　　　　鵷鶵過之

올빼미는 원추를 올려다보고 썩은 쥐를 빼앗길까 놀라　　仰而視之日

'꽥! 꽥!' 소리쳤소.　　　　　　　　　　　　　嚇. 80)

지금 그대는 그대의 재상 자리 욕심 때문에　　　　今子欲以子之梁國

나를 보고 '꽥! 꽥!' 소리치는 것이 아닌가?"　　　而嚇我邪.

17-14

장자와 혜자가 냇물의 징검다리 위에서 놀았다.　　　莊子與惠子 遊於濠梁之上.

장자가 말했다.　　　　　　　　　　　　　　莊子曰

"피라미가 한가롭게 헤엄치는 걸 보니　　　　　儵魚出游從容

물고기가 즐거운 모양이오."　　　　　　　　是魚之樂也.

혜자가 말했다.　　　　　　　　　　　　　惠子曰

"당신은 물고기가 아닌데　　　　　　　　　子非魚

어찌 물고기의 즐거움을 안단 말이오?"　　　　安知魚之樂.

장자가 말했다.　　　　　　　　　　　　　莊子曰

"그대는 내가 아닌데　　　　　　　　　　子非我

어찌 내 마음이 모른다는 것을 아는가?"　　　　安知我不知魚之樂.

혜자가 말했다.　　　　　　　　　　　　惠子曰

"그렇소. 나는 당신이 아니니까 당신을 모르오.　　我非子 固不知子矣.

마찬가지로 당신은 물고기가 아니니까　　　　　子固非魚

정말 당신은 물고기의 즐거움을 모른다고 해야　　子之不知魚之樂

논리상 옳지 않겠소?"　　　　　　　　　全 81) 矣.

80_ 嚇(혁)＝怒其聲 恐其奪已也.
81_ 全(전)＝具也.

장자가 말했다.

"질문의 처음으로 돌아갑시다.

그대가 처음 나에게 물고기의 즐거움을 아느냐고 말한 것은

이미 그대는 내가 그것을 알고 있다는 걸 알고서

나에게 반문한 것이오.

내가 물 위에서 지각한 것은

물속의 물고기가 즐겁다는 것이었소."

莊子曰

請循其本.

子曰汝安知魚樂云者

旣已知 吾知之

而問我.

我知之濠上也.

是魚之樂.

至樂

小目

18-1 천하에 지극한 안락이란 있을 수 없을까? 몸을 살리는 신선술은 없을까? 그러나 사람은 근심과 더불어 살아가는 것이다.

18-2 내가 보기에는 세속의 쾌락은 군중의 손짓을 따라 죽도록 달리며 그칠 수 없는 것 같다. 그러나 나는 無爲만이 진실로 즐거운 것이라고 생각한다. 지극한 안락은 몸을 살리는 것이며, 오직 무위에서만 있을 수 있기 때문이다.

18-3 天地의 無爲가 서로 합하여 만물이 조화한다. 형상이 없는 듯 어렴풋한데 無(無爲)를 따라 출생하고, 어렴풋하여 형상이 없는 듯한데 無(無爲)에서 形象이 나온다.

18-4 장자는 부인이 죽자 두 다리를 뻗고 항아리를 두드리며 노래를 부르고 있었다. 혜시가 말했다. 너무 심한 것 아니오?

18-5 생명은 임시 빌린 것이야. 삶과 죽음은 낮과 밤이고, 나와 너는 그 조화를 지금 보여주고 있는 것뿐이야.

18-6 해골이 말했다. 주검에게는 위로는 君主가 없고 아래로는 臣下가 없으며, 사시사철의 수고로운 일도 없이 천지를 따라 세월을 보내고 있으니, 비록 왕의 즐거움도 이보다 더할 수는 없을 것이오.

18-7 옛날 바닷새가 노나라 郊祀에 날아들었다. 노나라 제후는 그 새를 맞아들여 묘당에서 잔치를 베풀고 술을 올렸으며, 순임금의 음악인 구소를 연주하여 즐겁게 해주었다. 그러나 그 새는 사흘 만에 죽어버렸다.

18-8 種의 유전법칙은 순환한다. 만물은 순환법칙으로 나와, 순환법칙으로 들어간다.

제18장. 至樂지락

18-1

천하에 지극한 안락이란 있을 수 없을까?	天下有至樂 無有哉.
몸을 살리는 신선술은 없을까?	有可以活身者 無有哉.
무엇을 하고 무엇에 의지할 것인가?	今奚爲奚據
무엇을 피하고 무엇에 처할 것인가?	奚避奚處
무엇에 나아가고 무엇을 버릴 것인가?	奚就奚去
무엇을 즐거워하고 무엇을 싫어할 것인가?	奚樂奚惡
사람들이 좋아하는 것은	夫天下之所尊者
부귀와 장수와 명예다.	富貴壽善[1]也.
사람들이 쾌락이라 하는 것은	所樂者
안락함, 좋은 음식, 아름다운 의복, 예쁜 색시,	身安 厚味 美服 好色
황홀한 음악이다.	音聲也.
사람들이 천하게 여기는 것은	所下者
가난, 천대, 요절, 악명이다.	貧賤夭惡[2]也.
사람들이 괴로워하는 것은	所苦者
몸이 안일을 얻지 못하는 것,	身不得安逸

1_ 善(선)=善名, 令譽.
2_ 惡(악)=惡名.

입이 맛있는 음식을 먹지 못하는 것,　　　　口不得厚味.

몸이 아름다운 옷을 입지 못하는 것,　　　　形不得美服

눈이 좋은 색깔을 보지 못하는 것,　　　　目不得好色.

귀가 음악을 듣지 못하는 것이다.　　　　耳不得音聲.

만약 이것들을 얻지 못하면　　　　若不得者

크게 근심하여 병이 난다.　　　　則大憂以懼.[3]

진실로 몸을 위한다는 것이 얼마나 어리석은가?　　　　其爲形也亦愚哉

부자들은 몸을 괴롭혀 열심히 일하고　　　　夫富者 苦身疾作

재물을 많이 쌓는다.　　　　多積財

그러나 그것을 다 쓰지 못한다.　　　　而不得盡用

몸을 위한다는 것이 도리어 버리는 꼴이다.　　　　其爲形也 亦外[4]矣.

고귀한 자들은 밤마다 날을 새우며　　　　夫貴者 夜以繼日

일이 잘되고 못되고를 궁리하고 염려한다.　　　　思慮善否

몸을 위한다는 것이 도리어 등한시하는 꼴이다.　　　　其爲形也 亦疏矣.

사람이 살아가는 것은 근심과 더불어 살아가는 것이다.　　　　人之生也 與憂俱生

오래 사는 것은 눈이 어두워지고 정신이 혼미하며　　　　壽者惛惛

오랫동안 근심하고 죽지 않으니　　　　久憂不死

얼마나 괴로운가?　　　　何苦也.

오래 사는 것은 몸을 위한다는 것과는　　　　其爲形也

역시 거리가 먼 것이다.　　　　亦遠矣.

열사는 천하를 위해 선을 드러내려 한다.　　　　烈士爲天下見善矣

그러나 몸을 살리는 데는 아직 부족하다.　　　　未足以活身

나는 열사가 진실로 선인지,　　　　吾未知善之誠善邪

3_ 懼(구)＝病也, 患也.
4_ 外(외)＝遠也, 表也, 疏斥也.

선이 아닌지 알 수 없다.   誠不善邪.

만약 열사의 희생이 선이라고 한다면   若以爲善矣

어찌 제 몸을 살릴 수 없는가?   不足活身

그것이 선이 아니라고 한다면   以爲不善矣

어찌 남을 살릴 수 있는가?   足以活人

그러므로 옛말에 이르기를   故曰

충성스런 간언이 받아들여지지 않으면   忠諫不聽

물러나 다투지 말라고 한 것이다.   蹲循⁵⁾ 勿爭

옛날 오자서伍子胥는 오나라 왕吳王 부차大差와 다투었으므로   故夫子胥爭之

그 몸이 죽었다.   以殘其形

그러나 다투지 않아 죽지 않았다면   不爭

명성은 이룰 수 없었을 것이다.   名亦不成

그러므로 진실로 좋은 방법은 있을 수 없다고 해야 할 것이다.   誠有善 無有哉.

▶함께 읽기◀

• 장자/내편/대종사大宗師 6-1 : 不知悅生 不知惡死.
• 장자/내편/대종사大宗師 6-6 : 已外生矣. 而後能見獨 而後能無古今. 而後能入於不死不生.
• 장자/외편/재유在宥 11-5 : 愼守女身 物將自壯.
• 장자/외편/산목山木 20-9 : 無始而非卒也 聖人晏然體逝而終矣.
• 노자老子/55장 : 益生曰祥 心使氣曰强.
• 열자列子/양주楊朱 : 理無不死 理無久生 且久生奚爲.
• 여씨춘추呂氏春秋/권2/중춘기仲春紀/귀생貴生 : 全生爲上 迫生爲下. 迫生不若死.

5_ 蹲循(준순)＝逡循＝却退也.

18-2

오늘날 세속에서 행하는 쾌락에 대해	今俗之所爲 與其所樂
나는 그것이 과연 즐거움인지	吾又未知樂之果樂邪
또는 아닌지 알 수 없다.	果不樂邪.
내가 보기에는	吾觀
세속의 쾌락은 군중의 손짓을 따라	夫俗之所樂 擧[6] 群趣[7] 者
죽도록 달리며 그칠 수 없는 것 같다.	誙誙[8]然如將不得已
그러면서 모두들 즐거움이라고 말하지만	而皆曰樂者.
나는 그것이 즐거움인지	吾未知樂也
또는 즐거움이 아닌지 알지 못한다.	亦未之不樂也.
그렇다면 과연 즐거움은 없는 것인가?	果有樂無有哉.
나는 무위無爲 만이 진실로 즐거운 것이라고 생각한다.	吾以無爲誠樂矣.
속세는 크게 고통스런 곳이다.	又俗之所大苦也.
그러므로 이르기를	故曰
지극한 쾌락은 즐거움이 없고	至樂無樂
지극한 영예는 기림이 없다고 하는 것이다.	至譽無譽.
천하에 시비는 정할 수 없다.	天下是非 果未可定也.
그렇지만 무위만은 시비를 정할 수 있다.	雖然無爲可以定是非.
지극한 안락은 몸을 살리는 것이며	至樂活身
오직 무위에서만 있을 수 있다.	唯無爲幾存.

6_ 擧(거)＝企望之也.
7_ 趣(취)＝向也, 催促也.
8_ 誙誙(경경)＝趣死貌.

18-3

시험 삼아 말해 보기로 하자.	請嘗試言之
하늘은 무위이므로 맑고	天無爲以之淸
땅은 무위이므로 평안하다.	地無爲以之寧.
그러므로 천지의 무위가 서로 합하여	故兩無爲相合
만물이 조화한다.	萬物皆化.
형상形象이 없는 듯 어렴풋한데	芒[9]乎芴[10]乎
무(無爲)를 따라 출생하고,	而無從出乎.
어렴풋하여 형상이 없는 듯한데	芴乎芒乎
무위無爲에서 형상이 나온다.	而無有象乎.
만물은 끊임없이 번식하되	萬物職職[11]
모두 무위를 따라 증식된다.	皆從無爲殖.
그러므로 이르기를	故曰
천지는 '무위'이지만	天地無爲也
'무불위無不爲'라고 하는 것이다.	而無不爲也.
사람들은 누가 이 무위를 알 수 있을까?	人也 孰能得無爲哉.

함께 읽기

- 장자/외편/지북유知北遊 22-8 : 精神生於道 形本生於精 而萬物以形相生.
- 노자老子/14장 : 視之不見 聽之不聞 搏之不得 故混而爲一. 是謂恍惚道紀.
- 노자老子/21장 : 道之爲物 惟恍惟惚 其中有象 其中有物.

9_ 芒(망)=不曉識之貌. 無形之象.
10_ 芴(홀)=어렴풋한 모양.
11_ 職職(직직)=繁殖貌.

18-4

장자의 부인이 죽어 혜자가 문상을 갔다.　　　　　　　　莊子妻死 惠施弔之.

장자는 마침 두 다리를 뻗고 앉아　　　　　　　　　　　莊子則方箕踞

항아리를 두드리며 노래를 부르고 있었다.　　　　　　　鼓盆而歌.

혜자가 말했다. "사람이 더불어 살며 아들을 키우고　　惠子曰 與人居 長子

늙어 몸이 죽었다면 곡을 안 해도 될 것이오.　　　　　老身死 不哭 亦足矣.

그렇지만 항아리를 두드리며 노래를 부르는 것은　　　又鼓盆而歌

너무 심한 것 아니오?"　　　　　　　　　　　　　　不亦甚乎.

장자가 말했다. "그렇지 않소.　　　　　　　　　　莊子曰 不然.

아내가 처음 죽었을 때는　　　　　　　　　　　　是其始死也

나라고 어찌 슬픈 마음이 없었겠소?　　　　　　　我獨何能無慨然.

그러나 아내의 시원을 살펴보니 본래 생명이란 없었소.　察其始 而本無生.

생명뿐 아니라 형체도 없었고　　　　　　　　　　非徒無生也 而本無形.

형체만이 아니라 기氣도 없었소.　　　　　　　　　非徒無形也 而本無氣.

무엇인가 혼돈 속에 섞여 있다가 변하여 기가 생겼고　雜乎芒芴之間 變而有氣.

기가 변해서 형체가 생기고, 형체 속에서 생명이 생겼소.　氣變而有形 形變而有生.

그리고 오늘은 다시 변해서 죽음이 된 것이오.　　　今又變而之死.

이것은 춘하추동 사계절이　　　　　　　　　　　是相與爲春夏秋冬四

운행하는 것과 같을 뿐이오.　　　　　　　　　　時行也.

그런데 누군가 천지라는 거대한 방에 누워 잠을 자려 하는데　人且偃然寢於巨室

내가 소리를 지르며 곁에서 운다는 것은　　　　　而我噭噭然[12] 隨而哭之

천명을 모르는 것이라고 생각했소.　　　　　　　自以爲不通乎命

그래서 곡을 그친 것이오."　　　　　　　　　　故止之.

12_ 噭噭然(교교연)＝哭聲貌.

• 장자 / 잡편 / 열어구 列禦寇 32-10 : 吾以天地爲棺槨 以日月爲連璧.

18-5

지리숙 支離叔 과 골개숙 滑介叔 은 둘이서	支離[13] 叔與滑介[14] 叔.
명백의 언덕과 곤륜의 빈 터를 관람했다.	觀於冥伯之丘 崑崙之虛.
이곳은 황제가 머물던 곳이다.	黃帝之所休.
갑자기 골개숙의 왼쪽 팔꿈치에 버드나무가 생겼다.	俄而柳[15] 生其左肘.
그의 마음은 놀라 싫어하는 눈치였다.	其意蹶蹶然[16] 惡之.
지리숙이 말했다.	支離叔曰
"자네는 그것이 언짢은가?"	子惡之乎.
골개숙이 말했다.	滑介叔曰
"아니네. 내 어찌 싫어하겠나?	亡. 子何惡.
생명은 임시로 빌린 것이야.	生者假借也
또 빌린 몸을 다시 빌려 생겨난 것은 티끌이야.	假之而生生者塵垢也.
삶과 죽음은 낮과 밤이고	死生爲晝夜
나와 그대는 그 조화를 보여주고 있는 것이야.	且吾與子觀化.
그리고 그 조화가 나에게 미친 것인데	而化及我
내 어찌 싫어한단 말인가?"	我又何惡焉.

13_ 支離(지리)＝忘形.
14_ 滑介(골개)＝忘言.
15_ 柳(류)＝瘤(류)의 음을 빌림.
16_ 蹶蹶然(궐궐연)＝驚動貌.

18-6

장자가 초나라로 가다가 빈 해골을 보았다.

삐쩍 말랐지만 형체는 남아 있었다.

말채찍으로 두드리며 물었다.

"그대는 삶을 탐하여 도리를 어겨 이런 꼴이 되었는가?

그대는 국사를 망쳐

칼을 받아 이런 꼴이 되었는가?

선하지 못한 짓을 하여

부모처자에게 치욕을 남겨

이런 꼴이 되었는가?

굶어 죽고 얼어 죽는 환난을 당해

이런 꼴이 되었는가?

나이가 많아 이 지경에 이르렀는가?"

말을 마치고 해골을 끌어다 베고 잤다.

밤중에 해골이 꿈속에 나타나 말했다.

"아까 당신의 얘기는 변사와 같았소!

그러나 당신이 말한 것을 보면

모두 살아 있는 사람들의 허물일 뿐

주검은 그런 것이 없다오.

그대는 정말 죽은 자의 말을 듣고 싶은 거요?"

장자가 말했다. "그렇소!"

해골이 말했다.

"주검에게는 위로는 군주가 없고 아래로는 신하가 없으며

莊子之楚 見空髑髏[17]

髐然有形.

撽以馬捶 因而問之曰

夫子貪生失理 而爲此乎.

將子亡國之事

斧鉞之誅 而爲此乎.

將子有不善之行

愧遺父母妻子之醜

而爲此乎.

將乎有凍餒之患

而爲此乎.

將子之春秋[18] 故及此乎

於是於卒. 援髑髏枕而臥.

夜半 髑髏見夢曰

向子之談者似辯士.

視子所言

皆生人之累也.

死則無此矣.

子欲聞死之說乎

莊子曰 然.

髑髏曰

死無君於上 無臣於下.

17_ 髑髏(촉루)=해골.

18_ 春秋(춘추)=나이.

사시사철의 수고로운 일도 없이　　　　　　　　　　亦無四時之事

천지를 따라 세월을 보내고 있으니　　　　　　　　從然以天地爲春秋.

비록 왕의 즐거움도 이보다 더할 수는 없을 것이오."　雖南面王 樂不能過也.

장자는 믿지 못했다. 그래서 말했다.　　　　　　　莊子不信. 曰.

"내가 염라대왕에게 부탁하여　　　　　　　　　　吾使司命

그대의 몸을 부활시키도록 하여　　　　　　　　　復生子形.

그대의 골육과 피부를 만들고　　　　　　　　　　爲子骨肉肌膚

부모처자와 마을의 친구들에게 돌려보내 준다면　反子父母妻子 閭里知識

그대는 그렇게 하겠소?"　　　　　　　　　　　　子欲之乎.

해골은 심히 불쾌한 듯 콧대를 찡그리며 말했다.　髑髏深矉[19] 蹙[20] 頞[21] 日

"내 어찌 왕보다 더한 즐거움을 버리고　　　　　吾安能棄南面王樂

인간의 수고로움을 반복하겠소?"　　　　　　　　而復爲人間之勞乎.

18-7

안연이 동쪽 제나라로 가려는데　　　　　　　　　顔淵東之齊

공자가 걱정스런 얼굴을 했다.　　　　　　　　　孔子有憂色.

자공이 자리에서 내려와 물었다.　　　　　　　　子貢下席而問 曰

"소생 감히 여쭙겠습니다.　　　　　　　　　　　小子敢問.

안연이 제나라로 가는데 선생님은 근심스런 얼굴이시니　回東之齊 夫子有憂色

무슨 까닭입니까?"　　　　　　　　　　　　　　何邪.

공자가 대답했다. "네가 잘 물었구나!　　　　　　孔子日 善哉 汝問.

19_ 矉(빈)=찌푸리다.
20_ 蹙(축)=찡그리다.
21_ 頞(알)=콧대.

옛날 관자管子가 한 말이 있는데

나는 그것을 옳은 말이라고 생각한다.

그가 말하길 '주머니가 작으면 큰 것을 품지 못하고

두레박줄이 짧으면 깊은 우물을 긷지 못한다'고 했다.

이는 운명은 정해져 있고

형체는 돌아갈 곳이 있으니

덜고 더할 수 없다는 뜻이다.

내가 걱정하는 것은

안연이 제나라 군주에게 요순과 황제의 도를 말하고

수인씨와 신농씨의 말을 덧붙인다면

군주는 안으로 자기에게서 구하려 할 것이나

납득하지 못할 것이고

납득하지 못하면 남을 의심할 것이고

의심받으면 안연은 죽을 것이다.

또한 너는 듣지 못했느냐?

옛날 바닷새가 노나라 교사郊祀에 날아들었다.

노나라 제후는 그 새를 맞아들여

묘당에서 잔치를 베풀고 술을 올렸으며

순임금의 음악인 구소를 연주하여 즐겁게 했고

소, 염소, 돼지로 반찬을 만들어주었다.

새는 드디어 눈이 어질어질하고 근심과 슬픔에 젖어

고기 한 조각도 먹지 않고 물 한 모금도 마시지 않다가

사흘 만에 죽어버렸다.

이는 자기를 부양하는 방식으로 새를 부양했기 때문이다.

昔者管子有言

丘甚善之.

曰 褚小者不可以懷大

綆短者不可以汲深

夫若是者 以爲命有成

而形有所適22) 也.

夫不可損益.

吾恐

回與齊侯 言堯舜黃帝之道.

而重以燧人神農之言.

彼將內求於己

而不得.

不得則惑人

惑則死.

且女獨不聞邪.

昔者海鳥止於魯郊.

魯侯御

而觴之于廟.

奏九韶以爲樂.

具太牢以爲膳.

鳥乃眩視憂悲

不敢食一臠 不敢食一杯

三日而死.

此以己養養鳥也.

22_ 適(적)=歸也.

무릇 새를 부양하는 방법으로 새를 부양하는 자는

의당 깊은 숲 속에 깃을 들게 하고, 호숫가에 노닐게 하고,

강과 호수에 떠다니게 하고, 미꾸라지와 피라미를 먹이고,

무리를 따라 머물게 하고, 짝과 엉켜 살게 할 것이다.

새들은 사람의 말을 듣기 싫어하는데

어찌 그처럼 시끄럽게 했을까?

요임금의 함지와 순임금의 구소를

동정의 들에서 연주한다면

새들은 듣고 날아가 버리고, 짐승은 듣고 달아나 버리며,

물고기는 듣고 물속으로 숨어버릴 것이다.

사람의 무리만이 이를 들으면

둘러싸고 구경할 것이다.

물고기는 물속에서 살 수 있으나 사람은 물속에서는 죽는다.

이처럼 반드시 서로 좋고 싫음이 다른 것은

근본이 다르기 때문이다.

그러므로 옛 성인들은 그 재능을 통일하지 않고

그 사업을 같지 않게 하며

명칭은 실질에 그치도록 하고

의리는 적의함에 세웠던 것이다.

이를 일러 조리의 통달 通達 이요,

복덕의 부지 扶持 라고 말하는 것이다."

夫以鳥養養鳥者

宜栖之深林 遊之壇陸.[23]

浮之江湖 食之鰍鰷.

隨行列而止 委蛇而處.

彼唯人言之惡聞

奚以夫譊譊爲乎.

咸池九韶之樂

張之洞庭之野.

鳥聞之而飛 獸聞之而走

魚聞之而下入.

人卒[24]聞之

相與還[25]而觀之.

魚處水而生 人處水而死.

彼必相與 異其好惡

故[26]異也.

故先聖不一其能

不同其事

名止於實

義設於適.

是之謂條達

而福持.

23_ 壇陸(단륙)＝湖渚로 解함.
24_ 卒(졸)＝猝.
25_ 還(환)＝繞.
26_ 故(고)＝固也, 本也.

18-8

열자께서 여행을 하다가 길에서 밥을 먹었다.

우연이 백 살의 해골을 발견하고

쑥대를 뽑아 가리키며 말했다.

"오직 너와 나만이

삶도 죽음도 없다는 것을 아는구나!

해골은 과연 근심할까? 나는 과연 즐거운 것인가?"

종種의 유전법칙은 순환한다.

물이 있으면 물이끼(水鳥)가 생기고

물과 흙 사이에서 푸른 이끼(土鳥)가 되고

언덕 위로 올라가 바위손이 된다.

바위손이 울창하게 자라서 새 발톱이 되고

새 발톱의 뿌리는 전갈이 되고

그 잎은 나비가 되며

나비는 탈바꿈을 하여 벌레가 된다.

벌레가 부뚜막에서 살면 모습이 탈바꿈을 하는데

그 이름을 귀뚜라미라고 한다.

귀뚜라미가 천 일이 되면 새가 되는데

그 이름은 건여골(비둘기)이라 한다.

列子行 食於道.

從見百歲髑髏盆

攬[27] 蓬而指之曰.

唯予與我知

而未嘗死未嘗生.

若果養[28] 乎 子果歡乎

種有幾.[29]

得水則爲繼.[30]

水土之際 則爲䵷蠙之衣.[31]

生於陵屯 則爲陵舄.

陵舄得鬱棲 則爲烏足.

烏足之根爲蠐螬[32]

其葉爲胡蝶.

胡蝶胥也 化而爲虫.

生於竈下 其狀若脫[33]

其名於鴝掇.[34]

鴝掇千日爲鳥

其名曰乾餘骨.

27_ 攬(건)=拔也.

28_ 養(양)=憂로 읽는다.

29_ 幾(기)=機=幾微 神妙也. 여기서는 天機, 즉 필연적 순환법칙을 말함.

30_ 繼(계)=水鳥.

31_ 䵷蠙之衣(와빈지의)=올챙이와 조개의 옷=이끼.

32_ 蠐螬(제조)=전갈.

33_ 脫(탈)=蛻.

34_ 鴝掇(구철)=竈馬(귀뚜라미).

건여골의 침이 바구미가 되며

바구미는 초파리가 된다.

이로는 초파리에서 생기고

황황은 구유에서 생기고

무예는 부권에서 생긴다.

양해라는 풀은 죽순 없는 오래된 대나무와 짝을 지어

청녕이란 벌레를 낳는다.

청녕은 정이라는 파충류를 낳고

정은 말을 낳고, 말은 사람을 낳으며

사람은 다시 이러한 순환법칙으로 들어간다.

이처럼 만물은 순환법칙으로 나와

다시 순환법칙으로 들어간다.

乾餘骨之沫爲斯彌.[35]

斯彌爲食醯.[36]

頤輅[37]生乎食醯.

黃軦[38]生乎九猷.[39]

瞀芮[40]生乎腐蠸.[41]

羊奚比乎不筍久竹

生青寧.

青寧生程

程生馬 馬生人.

人又反入於機.[42]

萬物出於機

皆入於機.

35_ 斯彌(사미)＝쌀독의 나방인 바구미.

36_ 食醯(식혜)＝식초 벌레.

37_ 頤輅(이로)＝蟲名.

38_ 黃軦(황황)＝蟲名.

39_ 九猷(구유)＝蟲名.

40_ 瞀芮(무예)＝蟲名.

41_ 腐蠸(부권)＝썩은 노린재.

42_ 機(기)＝發動所由也. 造化의 필연적인 법칙.

達生

小目

19-1 천지는 만물의 부모다. 합하면 형체를 이루고, 흩어지면 생명의 뿌리를 이룬다. 삶이 거듭나면 거의 도를 이룬 것이다.

19-2 술 취한 자는 수레에서 떨어져도 비록 아프겠지만 죽지는 않는다. 그의 정신이 온전하기 때문이다. 하물며 天生을 온전히 할 때야 말할 필요가 있겠는가? 성인은 天生을 간직하고 있으니 상하게 할 수 없는 것이다. 사람의 하늘을 열지 말고, 하늘의 하늘을 열어야 한다.

19-3 공자가 초나라로 가다가 숲 속을 나오는데 곱사등이가 매미를 줍듯이 잡는 것을 보았다. 뜻을 분산하지 않으면 정신을 엉키게 한다더니 저 곱사등이 노인을 두고 한 말이구나!

19-4 노 젓는 것을 배울 수 있습니까? 그렇습니다. 수영을 잘하는 자는 몇 번 연습하면 가능합니다. 잠수부의 경우라면 배를 한 번도 못 보았어도 곧 할 수 있다.

19-5 양생을 잘하는 자는 양치기와 같다. 뒤처진 것을 보거든 채찍질하라.

19-6 돼지를 위해서는 명예를 버리는 것이 좋다고 하면서 자기를 위해 도모할 때는 명예를 취하려고 하니 돼지와 다른 것은 무엇인가?

19-7 공께서는 스스로 아팠을 뿐 귀신이 어찌 공을 아프게 하겠습니까?

19-8 기성자가 왕을 위해 싸움닭을 길렀다. 거의 된 것 같습니다. 다른 닭이 울어도 아무 변화가 없고, 나무로 만든 닭처럼 보입니다. 덕이 온전해졌습니다.

19-9 수영에도 道가 있겠지요? 없습니다. 나에게 도라는 것이 없습니다. '물의 道'에 따를 뿐, '나의 道(人爲)'를 강요하지 않습니다.

19-10 신은 목공일 뿐입니다. 무슨 도술이 있겠습니까? 다만 한 가지 있다면, 반드시 재계하여 마음을 고요히 하는데, 나무의 천성과 저의 천성이 합해집니다.

19-11 발을 잊은 것은 신발이 適宜한 때문이며, 허리를 잊은 것은 허리띠가 적의하기 때문이며, 지혜가 시비를 잊은 것은 마음이 적당하기 때문이다.

19-12 아까 손휴가 왔을 때 나는 그에게 걸맞지 않게 진인의 덕을 말해 주었는데 놀라서 의혹에 빠지지 않았는가 걱정이 된다.

제19장. 達生 달생

19-1

생명의 진실을 통달한 자는	達生之情者
생명이 할 수 없는 것에 힘쓰지 않는다.	不務 生之所無以爲
운명을 통달한 자는	達命之情者
지혜가 어쩔 수 없는 것에 힘쓰지 않는다.	不務 知之所無奈何
형체를 보양하기 위해서는 반드시 재물이 선결조건이다.	養形必先之以物.
그러나 재물이 넉넉해도	物有餘
형체를 보양할 수 없는 경우가 있다.	而形不養者 有之矣.
생명이 존재하기 위해서는	有生
반드시 형체를 이탈할 수 없는 것이 선결조건이다.	必先無離形.
그러나 형체를 이탈하지 않아도 생명이 죽는 경우가 있다.	形不離 而生亡者有之矣.
생명이 오는 것을 거부할 수 없고	生之來不能卻
생명이 가는 것을 그치게 할 수 없다.	其去不能止.
슬프다!	悲夫.
세인들은	世之人以爲
형체를 보양하면 생명을 보존할 수 있다고 생각한다.	養形足以存生.
그러나 몸의 보양은 생명을 보존하기에는 부족하다.	而養形 果不足以存生
그런데 세상은 어찌하여 인위를 만족스럽다고 하는가?	則世奚足爲哉.

비록 생명 보존에는 부족한 인위이지만   雖不足爲

그렇게라도 하지 않을 수 없는 것은   而不可不爲者

그런 인위를 벗어날 수 없기 때문이다.   其爲不免矣.

무릇 형체를 위하는 것을 벗어나고자 한다면   夫欲免爲形者

속세를 버리는 것보다 좋은 것은 없다.   莫如棄世.

속세를 버리면 묶이는 것이 없고   棄世則無累.

묶이는 것이 없으면 바르고 평안하다.   無累則正平.

바르고 평안하면 자연과 더불어 하는 삶으로 거듭난다. 正平則與彼更¹⁾生.

거듭나면 거의 도를 이룬 것이다   更生則幾²⁾矣

사역을 어찌해야 버릴 수 있고   事³⁾奚足棄

삶을 어찌해야 보양할 수 있는가?   而生奚足遺.⁴⁾

사역을 버리면 형체는 수고롭지 않고   棄事則形不勞

생명을 보양하면 정기는 줄지 않는다.   遺生則精不虧.

형체가 온전하고 정기가 회복되면 하늘과 하나가 된다. 夫形全精復 與天爲一.

천지는 만물의 부모다.   天地者 萬物之父母也.

합하면 형체를 이루고 흩어지면 생명의 뿌리를 이룬다. 合則成體 散則成始.⁵⁾

형체와 정기가 줄지 않는 것을 '능화_{能化}'라고 한다! 形精不虧 是謂能移.⁶⁾

변화하고 또 변화하는 것이   精⁷⁾而又精

도리어 자연을 상보하는 것이다.   反以相天.

1_ 更(갱)=遞也.
2_ 幾(기)=近也, 盡也.
3_ 事(사)=爲也, 役使也.
4_ 遺(유)=忘也, 饋也, 送也.
5_ 始(시)=根也.
6_ 能移(능이)=造化之權.
7_ 精(정)=移의 錯簡. 極至(극지)로 읽는 것이 상례임.

19-2

열자 선생께서 관윤關尹에게 물었다.

"진인은 숨어 행하나 사물에 막힘이 없으니

불을 밟아도 뜨겁지 않고

만물의 위를 걸어도 무섭지 않다고 합니다.

감히 묻겠습니다. 어떻게 그런 경지에 이를 수 있습니까?"

관윤이 답했다.

"이것은 순수한 기氣를 지킨 것일 뿐

지혜 있고 기교 부리고 과감해서가 아니다.

편안히 앉아라! 내 너에게 말해 주리라!

무릇 모양과 형상과 소리와 색이 있는 것은 모두 사물이니

사물과 사물은 어찌 서로 멀겠는가?

그러므로 어찌 선도자가 될 수 있겠는가?

그것은 색色일 뿐이므로 사물의 형체가 아닌 것을 짓고

조화가 없는 것에 그친다.

대저 이것을 알고 궁구한 자라면

어찌 외물이 그를 머물게 할 수 있겠는가?

저들은 어지럽지 않은 법도에 처하고

실마리 없는 벼리를 간직하고

만물이 비롯되고 끝나는 곳에 노닐며

그 본성을 하나같이 하고, 그 기를 기르고 그 덕에 합하여

이로써 사물의 조화에 소통한다.

대저 이런 사람은 천성을 지킴이 온전하고

정신에 틈이 없으니

어찌 외물이 제멋대로 침입하겠느냐?

子列子問關尹 曰.

至人潛行不窒.

蹈火不熱

行乎萬物之上 而不慄.

請問何以至於此.

關尹曰

是純氣之守也

非知巧果敢之列.

居 吾語女.

凡有貌象聲色者 皆物也.

物與物何以相遠.

夫奚足以至乎先.

是色而已 則物之造乎不形

而止乎無所化.

夫得是而窮之者

物焉得而止焉.

彼將處乎不淫之度

藏乎無端之紀.

遊乎萬物之所終始.

一其性 養其氣 合其德.

以通乎物之所造.

夫若是者 其天守全

其神無郤

物奚自入焉.

술 취한 자는 수레에서 떨어져도

비록 아프겠지만 죽지는 않는다.

골절은 남과 같지만 해를 입는 것은 남과 다르다.

그 정신이 온전하기 때문이다.

그는 수레를 탄 것도 추락한 것도 지각하지 못한다.

삶과 죽음은 놀랍고 두려운 것이지만

그의 가슴속에 침입하지 못한다.

그러므로 사물과 뒤섞여도 두려워하지 않는다.

그가 술 취해서도 온전하기가 이와 같았는데

하물며 천성을 온전히 할 때야 말할 필요가 있겠는가?

성인은 천성을 간직하고 있으니 상할 수 없는 것이다.

복수를 하는 자도 원수의 명검은 꺾지 않는다.

아무리 성난 사람도 바람에 날린 기왓장을 원망하지는 않는다.

이런 마음이라면 천하는 평화롭고 균등할 것이다.

그러므로 전쟁의 난리가 없고

살육의 형벌이 없는 것은

이 도를 따랐기 때문이다.

그러므로 사람의 하늘을 열지 말고

하늘의 하늘을 열어야 한다.

하늘을 여는 자는 덕이 생기고

사람을 여는 자는 적이 생긴다.

夫醉者之墜車

雖疾不死

骨節與人同 而犯害與人異.

其神全也.

乘亦不知也. 墜亦不知也.

死生驚懼

不入乎其胸中.

是故遻8) 物而不慴.9)

彼得全於酒 而猶若是

而況得全於天乎.

聖人藏於天 故莫之能傷也.

復讎者不折鏌干.10)

雖有忮心者 不怨飄瓦.

是以天下平均.

故無攻戰之亂

無殺戮之刑者

由此道也

不開人之天11)

而開天之天.12)

開天者德生

開人者賊生.

8_ 遻(오)=忤(錯也)也.
9_ 慴(습)=懼也.
10_ 鏌干(막간)=鏌耶와 干將. 춘추시대의 名劍.
11_ 人之天(인지천)=知之用.
12_ 天之天(천지천)=性之動.

하늘을 싫어하지 않고, 사람에 소홀하지 않으면　不厭其天 不忽於人.
백성은 진실로 참됨에 가까워질 것이다."　民幾乎以其眞.

19-3

공자가 초나라로 가다가 숲 속을 나오는데　仲尼適楚 出於林中
곱사등이가 매미를 줍듯이 잡는 것을 보았다.　見痀僂者承[13] 蜩 猶掇之也.
공자가 말했다. "당신은 기술이 좋구려! 무슨 도가 있소?"　仲尼曰 子巧乎 有道邪.
곱사등이가 말했다. "저야 도가 있습지요.　曰 我有道也.
반년 정도 구슬 두 개를 간대 끝에 쌓고 떨어뜨리지 않으면　五六月 累丸二而不墜
놓치는 일이 적은 편이지요.　則失者錙銖.[14]
세 개를 쌓고 떨어뜨리지 않으면　累三而不墜
놓치는 것이 열에 하나 정도지요.　則失者十一.
다섯 개를 쌓고도 떨어뜨리지 않아야 줍듯이 할 수 있습니다.　累五而不墜 猶掇之也.
저는 몸을 편안하게 하는 것은 그루터기같이 하고,　吾處身也 若厥株拘.[15]
팔을 잡는 것은 마른 나뭇가지같이 합니다.　吾執臂也 若枯木之枝.
비록 천지는 크고 만물은 많지만　雖天地之大 萬物之多.
오직 매미의 날개만 생각할 뿐　唯蜩翼之知
뒤돌아보거나 옆을 보지도 않으니　吾不反不側.
만물을 매미의 날개로 바꾸어버리지 않는 한　不以萬物易[16] 蜩之翼
어찌 잡지 못할 리 있겠습니까?"　何爲而不得.
공자는 제자들을 돌아보고 일러 말했다.　孔子顧謂弟子曰.

13_ 承(승)=拯也.
14_ 錙銖(치수)=적은 수량의 단위.
15_ 厥株拘(궐주구)=橛株駒(列子/黃帝).
16_ 易(역)=改變也, 庵也.

"뜻을 분산하지 않으면 정신을 엉키게 한다더니
저 곱사등이 노인을 두고 한 말이구나!"

用志不分 乃凝於神.
其痀僂丈人之謂乎.

19-4

안연이 공자에게 물었다.
"제가 상심의 연못을 건넌 적이 있는데
나루터 사공이 배를 부리는 솜씨가 하도 신기해서
물어보았습니다.
'노 젓는 것을 배울 수 있습니까?'
사공이 말했습니다. '그렇습니다.
수영을 잘하는 자는 몇 번 연습하면 가능합니다.
그러나 잠수부의 경우라면
배를 한 번도 못 보았어도 곧 할 수 있습니다.'
제가 그 이유를 물었지만 대답하지 않았습니다.
무슨 뜻인지요?"
공자가 말했다.
"수영 잘하는 자는 자주 연습하여 물을 잊을 수 있기 때문이다.
잠수부가 곧 노를 저을 수 있는 것은
연못이 마치 언덕처럼 보이고
배가 뒤집히는 것을
수레가 미끄러지는 것쯤으로 보기 때문이다.
만물이 뒤집히고 미끄러지는 일이 바로 눈앞에 전개되어도

顔淵問仲尼曰
吾嘗濟乎觴深之淵.
津人操舟若神
吾問焉曰.
操舟可學邪.
曰 可.
善游者數能.
若乃夫沒[17] 人
則未嘗見舟 而便操之也.
吾問焉而不吾告
敢問何謂也.
仲尼曰
善游者數能忘水也.
若乃夫沒人之便操之也
彼視淵若陵
視舟之覆
猶其車卻[18] 也.
覆卻萬[19] 方[20] 陳乎前

17_ 沒(몰)=無也, 沈也.
18_ 卻(각)=却의 本字. 退也, 息也.

그의 신명의 집에는 들어오지 못한다.　　　　　　　　　而不得入其舍.[21]

어디를 가도 그럴 틈을 주지 않는다.　　　　　　　　　惡往而不暇.

활쏘기에서 기왓장이 상품으로 걸리면 기술을 다할 수 있지만　以瓦注[22] 者巧

은고리가 상품으로 걸리면 떨리고　　　　　　　　　　以鉤注者憚

황금이 걸리면 혼미해진다.　　　　　　　　　　　　以黃金注者殙.[23]

기술은 동일하지만　　　　　　　　　　　　　　　其巧一也

아끼는 마음이 있어 외물을 소중히 여기기 때문이다.　　而有所矜[24] 則重外也.

무릇 외면이 중시되면 내면은 궁색해지는 것이다."　　凡外重者內拙.[25]

19-5

전개지田開之가 주나라 위공을 알현하자 위공이 물었다.　田開之見周威公[26] 威公曰.

"내 듣건대 축신祝腎이 양생을 배운다고 하는데　　　吾聞祝腎學生

그대는 축신과 교류했으니 무슨 들은 말 없소?"　　　吾子與祝腎游 亦何聞焉.

전개지가 말했다.　　　　　　　　　　　　　　田開之曰

"나는 빗자루를 들고 문간과 뜰을 쓸었을 뿐이니　　開之操拔篲 以倚門庭.

어찌 선생에게 들은 것이 있겠습니까?"　　　　　亦何聞於夫子.

위공이 말했다.　　　　　　　　　　　　　　威公曰

"전 선생은 사양하지 마시오. 과인은 꼭 듣고 싶소."　田子无讓 寡人願聞之.

19_ 萬(만)＝萬物(列子/黃帝).
20_ 方(방)＝竝也.
21_ 舍(사)＝神明之居.
22_ 注(주)＝擊也.
23_ 殙(혼)＝督也, 惛也.
24_ 矜(긍)＝아끼다.
25_ 拙(졸)＝掘＝窮竭.
26_ 威公(위공)＝西周 桓公의 子.

전개지가 말했다.

"선생에게 들은 것이란 오직 한마디뿐인데

양생을 잘하는 것은 양치기와 같아

뒤처진 자를 보면 채찍질하는 것이라고 했습니다."

위공이 물었다. "무엇을 말하는 것이오?"

전개지가 답했다.

"노나라에 단표라는 사람은 바위 굴에서 물만 먹고 살면서

백성과 이로움을 함께하지 않고

나이 일흔에도 얼굴이 어린아이 같다고 합니다.

그런데 불행히도 굶주린 호랑이를 만나 잡아먹혔습니다.

또 장의라는 사람이 있었는데

높은 가문의 유명한 박식자이므로

그에게 달려가지 않은 자가 없었습니다.

그런데 그는 나이 마흔에

내열병에 걸려 죽었습니다.

단표는 안을 길렀으나 호랑이가 밖을 잡아먹었고,

장의는 밖을 길렀으나 병마가 안을 침범했습니다.

이들은 모두 뒤처진 것을 채찍질하지 않은 것입니다.

공자는 이르기를

'들어와서는 감추지 말고, 나가면 드날리지 말고,

중앙을 옹립하라' 고 했습니다.

길 가던 열 사람 중 한 사람이 죽었다면 두려워하여

開之曰	
聞之夫子 曰.	
善養生者 若牧羊然.	
視其後者而鞭之.	
威公曰 何謂之.	
田開之曰	
魯有單豹者 巖居而水飮	
不與民共利	
行年七十 而猶有嬰兒之色.	
不幸遇餓虎 餓虎殺而食之.	
有張毅者	
高門懸博	
無不走也.	
行年四十	
而有內熱之病以死.	
豹養其內 而虎食其外.	
毅養其外 而病攻其內.	
此二子者 皆不鞭其後者也.	
仲尼曰	
無入而藏 無出而陽.[27]	
柴[28] 立其中央.[29]	
夫畏塗者十殺一人	

27_ 陽(양)=開也, 揚也.
28_ 柴(시)=小木, 老木, 護也.
29_ 中央(중앙)=道, 혹은 動靜의 中庸.

부자 형제가 서로 경계할 것이니　　　　　　　　　則父子兄弟相戒也.

반드시 많은 무리를 거느려야만 감히 길을 나설 것입니다.　　　必盛卒徒 而後敢出焉.

이것이 지혜가 아니겠습니까?　　　　　　　　　　不亦知乎.

사람이 취할 두려운 것은　　　　　　　　　　人之所取畏者

옷 입고 자리 깔고 마시고 먹는 데 있거늘　　　　　袵席之上 飮食之間.

그것을 경계할 줄 모른다는 것은 잘못입니다.”　　　而不知爲之戒者 過也.

19-6

축관 우두머리가 예복을 입고 돼지우리에 나타나　　　祝宗人元端[30] 以臨牢筴[31]

일장 유세를 했다.　　　　　　　　　　　説彘曰.

“너는 어찌 죽기를 싫어하느냐?　　　　　　汝奚惡死

나는 장차 너를 석 달 동안 좋은 곡식을 먹이고,　　吾將三月豢汝.

열흘 동안 삼가고, 사흘 동안 목욕재계한 후　　　十日戒 三日齋

흰 띠풀을 깔고　　　　　　　　　　　藉白茅.

네 어깨와 꼬리를 아름다운 제기祭器 위에 올려놓으려 한다.　加汝肩尻乎彫俎之上.

그런즉 너는 그렇게 하겠느냐?　　　　　　則汝爲之乎.

너 같은 미련한 돼지를 위해 말한다면　　　　爲彘謀[32]曰.

지거미를 먹을지언정　　　　　　　　　不如食以糠糟

우리 속에 있는 것만 못할 것이다.　　　　　而錯[33]之牢筴中.

그러나 나 자신을 위해 말한다면　　　　　自爲謀則.

만약 살아서는 수레와 면류관의 존경을 받고　　　苟生有軒冕之尊

30_ 元端(원단)＝衣冠.
31_ 筴(협)＝圈也.
32_ 謀(모)＝心慮.
33_ 錯(착)＝措也.

죽어서는 상여로 높임을 받고 　　　　　　　　死得於豚楯³⁴⁾之上

화려한 장식 속에 누울 수 있다면 　　　　　　聚僂³⁵⁾之中

나는 그렇게 할 것이다." 　　　　　　　　　則爲之.

그는 돼지를 위해서는 명예를 버리는 것이 좋다고 하면서 　　爲彘謀則去之

자기를 위해 도모할 때는 명예를 취하려고 하니 　　自爲謀則取之.

돼지와 다른 것은 무엇인가? 　　　　　　　所異彘者何也.

19-7

환공이 택주에서 사냥을 하는데 관중管仲이 수레를 호위했다. 　桓公田於澤 管仲御

이때 귀신이 나타났다. 　　　　　　　　見鬼焉.

환공은 관중의 손을 붙잡고 말했다. 　　　　公撫管仲之手 曰.

"중보는 무엇인가 보셨지요?" 　　　　　　仲父何見

관중이 말했다. "신은 아무것도 보지 못했습니다." 　　對曰 臣无所見.

환공은 돌아온 후 　　　　　　　　　　公反

헛소리를 하며 병이 나서 며칠 동안 나오지 못했다. 　　誒詒³⁶⁾爲病 數日不出.

제나라 관리 중에 황자고오皇子告敖라는 사람이 말했다. 　齊士有皇子告敖者 曰.

"환공께서는 스스로 아팠을 뿐 　　　　　公則自傷

귀신이 어찌 공을 아프게 하겠습니까? 　　　　鬼惡能傷公.

대저 가득 응결된 기氣가 　　　　　　　夫忿滀³⁷⁾之氣

흩어져 돌아오지 않으면 다스릴 수 없습니다. 　　散而不反 則爲不足.

올라가기만 하고 내려오지 않으면 　　　　　上而不下

34_ 豚楯(전순)＝輇輴.
35_ 聚僂(취루)＝縷翣.
36_ 誒詒(희이)＝헛소리, 魂魄也.
37_ 忿滀(분축)＝滿結聚也.

사람들이 잘 노하게 됩니다.

내려가기만 하고 올라오지 않으면

사람들이 잘 잊게 됩니다.

올라가지도 내려오지도 않고

몸 가운데서 마음과 대적하면 병이 됩니다."

환공이 물었다. "그러면 귀신이 있습니까?"

황자고오가 대답했다. "있습니다.

더러운 진흙 구덩이에는 이履라는 귀신이 있고

부엌에는 계髻라는 귀신이 있고

집 안의 똥 흙에는 뇌정雷霆이 살고 있습니다.

동북방의 아래는 배아해롱倍阿鮭蠪이 날뛰고

서북방의 아래는 일양泆陽이 살고 있습니다.

물에는 망상罔象, 언덕에는 신峷,

산에는 기夔라는 귀신이 있고

들에는 방황彷徨이 있고, 못에는 위사委蛇가 있습니다."

환공이 말했다.

"잠깐 묻겠다. 위사의 모습은 어떻게 생겼는가?"

황자고오가 말했다.

"크기는 수레바퀴만 하고 길이는 수레 끌채만 하고,

자줏빛 옷을 입고, 붉은 갓을 썼습니다.

그 성질이 사나워 천둥소리를 들으면

則使人善怒.

下而不上

則使人善忘.

不上不下

中身當[38]心 則爲病.

桓公曰 然則有鬼乎.

曰 有.

沈[39]有履.[40]

竈有髻[41]

戶內之煩[42]壤 雷霆處之.

東北方之下者 倍阿鮭蠪躍之.

西北方之下者 則泆陽處之.

水有罔象 丘有峷

山有夔

野有彷徨 澤有委蛇.

公曰

請問 委蛇之狀何如.

皇子曰

委蛇 其大如轂 其長如轅.

紫衣而朱冠.

其爲物也惡 聞雷車之聲

38_ 當(당)=敵也.
39_ 沈(침)=汚泥也.
40_ 履(리)=漏(司馬本).
41_ 髻(계)=부엌 귀신.
42_ 煩(번)=糞(분)으로 읽음.

머리를 들고 일어납니다.

그것을 본 사람은 대개 패권자가 된답니다."

환공은 껄껄 웃으면서 말했다.

"과인이 본 것이 바로 그것이다."

이에 의관을 바로 하고 그와 더불어 앉아 있는 동안

하루가 지나지 않아 알지 못하는 사이에 병이 나았다.

則捧其首而立.

見之者殆乎霸.

桓公囅然而笑曰

此寡人之所見者也.

於是正衣冠 與之坐

夫終日 而不知病之去也.

19-8

기성자가 왕을 위해 싸움닭을 길렀다.

열흘이 지나자 왕이 물었다. "닭은 다 준비되었나?"

기성자가 답했다. "아직 아닙니다.

지금은 교만하여 기운을 믿고 있습니다."

열흘이 지나자 또 왕이 물었다.

기성자가 답했다. "아직 아닙니다.

울음소리와 그림자만 보면 달려듭니다."

열흘이 지나자 또 왕이 물었다.

기성자가 답했다. "아직 아닙니다.

질시하고 기운이 왕성합니다."

열흘이 지나자 또다시 왕이 물었다.

기성자가 답했다. "거의 된 것 같습니다.

다른 닭이 울어도 아무 변화가 없고,

나무로 만든 닭처럼 보입니다. 덕이 온전해졌습니다.

다른 닭들은 감히 덤벼들지 못하고 도리어 도망쳐 버립니다."

紀渻子爲王養鬪鷄.

十日而問 鷄已乎.

曰 未也.

方虛憍而恃氣

十日又問

曰 未也.

猶應嚮景

十日又問.

曰 未也.

猶疾視而盛氣

十日又問

曰 幾矣.

鷄雖有鳴者 已无變矣

望之似木鷄矣 其德全矣.

異鷄無敢應者 反走矣.

19-9

공자가 여량을 관람했는데	孔子觀於呂梁.
폭포는 삼천 길이요, 소용돌이는 사십 리나 되는 급류였다.	縣水三千仞 流沫四十里
물고기는 물론 자라나 악어도 수영할 수 없는 곳이었다.	黿鼉[43] 魚鱉[44] 之所不能游也
공자는 한 장부가 거기서 수영하는 것을 보고	見一丈夫游之
괴로워 자살하는 것으로 생각했다.	以爲有苦而欲死也.
그래서 제자에게 물결을 따라가서 그를 건져주라고 했다.	使弟子竝流而拯之
수백 보를 따라가 보니	數百步而出
그는 물에서 나와 머리를 털고 노래를 부르며	被[45]髮行歌
둑 아래서 쉬고 있었다.	而遊於塘下
공자가 다가가 물었다.	孔子從而問焉
"나는 당신을 귀신이라고 생각했는데 이제 보니 사람이군요.	曰 吾以子爲鬼 察子則人也.
한마디 묻겠는데 수영에도 도道 가 있겠지요?"	請問 蹈水有道乎.
수부水夫 가 대답했다. "없습니다.	曰 亡.
나에게는 도라는 것이 없습니다.	吾無道.
다만 근본(故)에서 시작해서	吾始乎故[46]
천성(性)을 기르고 천명(命)을 이룰 뿐입니다.	長乎性 成乎命.
나는 소용돌이와 더불어 물속에 들어가고	與齊[47]俱入
숫구치는 물과 함께 나오며	與汨[48]偕出
'물의 도' 에 따를 뿐	從水之道

43_ 黿鼉(원타)=자라와 악어.
44_ 魚鱉(어별)=물고기와 자라.
45_ 被(피)=披也.
46_ 故(고)=素, 本也.
47_ 齊(제)=回水.
48_ 汨(골)=涌波.

결코 '나의 도(人爲)'를 강요하지 않습니다.　　而不爲私焉.

이것이 나의 수영 방법입니다."　　此吾所以蹈之也.

공자가 물었다.　　孔子曰

"근본에서 시작하여　　何謂始乎故

천성을 기르고 천명을 이룬다는 것은 무슨 뜻입니까?"　　長乎性 成乎命.

수부가 답했다.　　曰

"내가 언덕에서 태어났으면 언덕이 편안합니다.　　吾生於陵 而安於陵

이것이 본연(故)입니다.　　故也.

물에서 장성하면 물이 편안합니다.　　長於水 而安於水

이것이 성질(性)입니다.　　性也.

내가 모르는 사이 수영을 잘하게 된 것은 운명(命)입니다."　　不知吾所以然而然 命也.

◎함께 읽기◎

• 장자/내편/대종사大宗師 6-5：夫道 自本自根 未有天地自古以固存. 神鬼神帝 生天生地.

• 장자/외편/선성繕性 16-1：夫德和也 道理也. 德無不容仁也. 道無不理義也.

• 장자/외편/지북유知北遊 22-9：調而應之德也. 偶而應之道也.

• 장자/외편/지북유知北遊 22-11：問曰 所謂道惡乎在. 莊子曰 無所不在 在螻蟻瓦甓屎溺.

• 주역周易/계사繫辭：一陰一陽之謂道.

• 노자老子/25장：人法地 地法天 天法道 道法自然.

• 노자老子/42장：道生一 一生二 二生三 三生萬物.

• 노자老子/51장：道生之 德畜之. 道之尊而德之貴 夫莫之命 而常自然.

• 노자老子/60장：以道莅天下 其鬼不神 非其鬼不神 其神不傷人.

• 열자列子/중니仲尼：無所由而常生者 道也. 有所由而常死者 亦道也.

• 한비자韓非子/해로解老：道者 萬物之所然也 萬理之所稽也. 理者 成物之文也 道者萬物之所以成也. 故曰 道 理之者也.

• 회남자淮南子/원도훈原道訓：道分而爲陰陽 陰陽合化而萬物生.

19-10

대목大木 경慶 이 나무를 깎아 편종 걸이를 만들었다.

편종 걸이가 완성되자 보는 사람들은 귀신인가 놀랐다.

노나라 제후가 그것을 보고 물었다.

"그대는 무슨 도술로 만들었는가?"

경이 답했다.

"신臣은 목공일 뿐입니다. 무슨 도술이 있겠습니까?

다만 한 가지 있다면

신이 그것을 만들 때는 기氣를 소모시키는 일이 없습니다.

반드시 재계하여 마음을 고요히 하는데

재계 삼 일이면

모든 칭찬과 작록의 마음을 품지 않게 됩니다.

재계 오 일이면

비난 칭찬 잘되고 못되는 것에 마음 쓰지 않게 됩니다.

재계 칠 일이면

문득 제가 사지와 형체를 가지고 있다는 것조차 잊습니다.

이런 때는 공실도 잊고

기술이 전일하고 외부의 어지러움이 소멸됩니다.

그런 경지가 된 연후 산림에 들어가면

나무의 천성과 재질의 지극한 것을 볼 수 있습니다.

그런 연후 편종 걸이의 완성된 모습이 눈에 나타납니다.

그런 연후에 손을 대고 그렇지 않으면 그만둡니다.

그런즉 나무의 천성과 저의 천성이 합해집니다.

작품이 신기로 의심되는 까닭은 여기에 있을 것입니다."

梓慶削木爲鐻.[49]

鐻成 見者驚猶鬼神.

魯侯見而問焉 曰.

子何術以爲焉.

對曰

臣工人 何術之有.

雖然有一焉.

臣將爲鐻 未嘗敢以耗氣也

必齊以靜心

齋三日

而不敢懷慶賞爵祿.

齋五日

不敢悔非譽巧拙.

齋七日

輒然 忘吾有四肢形體也

當是時也 無公朝

其巧專而外滑消.

然後 入山林

觀天性 形具至矣.

然後成見鐻.

然後加手焉 不然則已.

則以天合天

器之所以疑神者 其是與

49_ 鐻(거)=편종 걸이, 夾鍾.

19-11

동야직이 말을 모는 재주로 벼슬을 사려고 장공을 알현했다.	東野稷[50] 以御見莊公[51]
말의 진퇴는 먹줄에 맞고, 좌우 선회는 그림쇠에 맞았다.	進退中繩 左右旋中規.
장공은 옷감 무늬도 이보다 더할 수 없다고 생각했다.	莊公以爲文弗過也.
그로 하여금 굽은 밭두렁을 돌아오라고 시켰다.	使之鉤[52] 百[53] 而反.
안합이 그것을 보고 입조하여 말했다.	顏闔[54] 遇之 入見曰.
"동야직의 말은 기진하여 쓰러질 것입니다."	稷之馬將敗.[55]
장공은 들은 체도 하지 않았다.	公密[56] 而不應.
조금 지나자 과연 말은 쓰러지고 동야직만 돌아왔다.	小焉果敗而反.
장공이 물었다. "어떻게 그것을 예견했는가?"	公曰 何以知之.
안합이 답했다.	曰
"말의 힘은 다했는데 계속 본성에 어긋난 것을 요구했으므로 실패할 것이라고 말한 것입니다."	其馬力竭矣 而猶求焉. 故曰敗.
공수반이 손으로 선을 그리면 그림쇠와 곱자에 맞았다.	工倕旋而蓋[57] 規矩.
그것은 손가락이 자연의 조화와 함께할 뿐	指與物化
마음으로 계교하지 않았으므로	而不以心稽.
정신의 집이 전일하여 구속되지 않기 때문이다.	故其靈臺一而不桎.
발을 잊은 것은 신발이 적의適宜 한 때문이며	忘足 履之適也.
허리를 잊은 것은 허리띠가 적의하기 때문이며	忘腰 帶之適也.

50_ 東野稷(동야직)=東野畢(荀子/哀公).
51_ 莊公(장공)=定公(荀子/哀公).
52_ 鉤(구)=曲也, 繞也.
53_ 百(백)=陌(맥)으로 읽는다.
54_ 顏闔(안합)=顏淵(荀子/哀公).
55_ 敗(패)=減也, 氣終盡而敗壞也.
56_ 密(밀)=黙也.
57_ 蓋(개)=盡의 錯簡.

지혜가 시비를 잊은 것은 마음이 적의하기 때문이며　　　知忘是非 心之適也.

내심이 변하지 않고 외물을 추종하지 않은 것은　　　不內變 不外從

사물을 대함이 적의하기 때문이다.　　　事會⁵⁸⁾之適也.

비롯됨이 마땅하면 마땅하지 않음이 없는 것은　　　始乎適 而未嘗不適者

마땅하다는 것조차 잊고 나아가기 때문이다.　　　忘適之適也.

19-12

손휴 孫休 라는 자가　　　有孫休者

자주 찾아와 편경자 扁慶子 선생에게 자랑삼아 물었다.　　　踵⁵⁹⁾門而詫⁶⁰⁾子扁慶子曰

"나 휴는 고향에 살면서　　　休居鄉

수양이 덜 되었다는 말을 들어본 적이 없고　　　不見謂不修

간난을 당하여 용기가 없다는 말을 들어본 적이 없소.　　　臨難 不見謂不勇

그런데도 농사에 힘썼으나 풍년을 만나지 못하고　　　然而 田原不遇歲

군주를 섬겼으나 좋은 세상을 만나지 못했으며　　　事君不遇世.

마을에서는 배척당하고 고을에서는 쫓겨났으니　　　賓⁶¹⁾於鄉里 逐於州部

하늘에 무슨 죄를 지었기에　　　則胡罪乎 天哉

내가 이런 운명을 당해야 하오?"　　　休惡遇此命也.

편자 선생이 말했다.　　　扁子曰

"그대는 유독 진인 眞人 들의 자연스런 행실을 듣지 못했는가?　　　子獨不聞 夫至人之自行邪.

그들은 간과 쓸개를 잊어버리고 귀와 눈도 잊은 듯이　　　忘其肝膽 遺其耳目.

망연히 속세의 밖을 거닐고　　　芒然 彷徨乎塵垢之外

58_ 會(회)＝對也, 成也.
59_ 踵(종)＝발꿈치, 잇다.
60_ 詫(타)＝풍을 치다, 고하다.
61_ 賓(빈)＝擯也.

인위가 없는 자연에 노닌다.

이를 일러 다스리지만 드러내지 않고

기르지만 주재하지 않는다고 말한다.

지금 그대는 지식을 꾸며 어리석음을 위압하고

몸을 닦아 더러움을 까발리며

해와 달을 걸어놓은 듯 자기를 드러내며 행동하고 있다.

그대 같은 사람이 몸을 온전히 유지하고

아홉 구멍을 갖추고 있으며

길에서 귀머거리와 장님과 절름발이에게 해코지를 입지 않고

남들과 어울려 살 수 있는 팔자를 얻었으니 역시 요행이다.

그런데도 어찌 하늘을 원망할 수 있단 말인가?

그대는 어서 돌아가라!"

손휴가 나가자 편자 선생이 들어와서

한참 앉아 있더니 하늘을 우러르며 탄식했다.

제자들이 물었다. "선생께서는 어찌 탄식하십니까?"

편자 선생이 말했다.

"아까 손휴가 왔을 때 나는 진인의 덕을 말해 주었는데

놀라서 의혹에 빠지지 않았는가 걱정이 된다."

제자가 말했다. "그렇지 않습니다.

손휴의 말이 옳고

선생의 말이 그르다면

그른 말은 본래 옳은 말을 미혹시킬 수 없고

반대로 손휴의 말이 그르고

逍遙乎无事之業.

是謂爲之不恃[62]

長而不宰.

今汝飾知而驚愚

修身以明汙

昭昭乎若揭日月 而行也.

汝得全而形體

具而九竅.

無中道夭於聾盲跛蹇

而比於人數[63] 亦幸矣.

又何暇乎天之怨哉.

子往矣.

孫子出 扁子入

坐有間 仰天而歎.

弟子問曰 先生何爲歎乎.

扁子曰

向者休來 吾告至人之德.

吾恐其驚而遂至於惑也.

弟子曰 不然.

孫子之所言是邪

先生之所言非邪

非固不能惑是.

孫子之所言非邪

62_ 恃(시)=依賴, 伏也, 待也.

63_ 數(수)=運命, 權謀.

선생의 말이 옳다면
손휴는 본래부터 미혹되어 찾아온 것이니
어찌 선생의 잘못이겠습니까?"
편자 선생이 말했다. "그렇지 않다.
옛날 한 마리 새가 노나라 사당에 들어온 적이 있었지.
노나라 군주는 좋아서 소, 양, 돼지로 요리해 대접했고
순임금의 음악인 구소를 연주하여 새를 즐겁게 했다.
그러나 새는 근심과 슬픔에 젖어 눈이 어질어질해지고
감히 먹고 마실 수가 없었다(사흘 만에 죽었다).
이것은 이른바
자기를 부양하는 방식으로 새를 부양한 것이다.
만약 새를 부양하는 방법으로 새를 부양했다면
의당 깊은 숲 속에 깃을 들게 하고, 강과 호수에 노닐게 하고
미꾸라지와 피라미를 먹였을 것이니
평화롭고 화목했을 것이다.
지금 손휴는 열리지 못하고 배움이 적은 백성이다.
그런 그에게 내가 진인의 덕을 말해 주었으니
비유컨대 생쥐를 수레와 말에 태우고
메추라기에게 종소리와 북소리로 즐겁게 해준 것과 같다.
그를 어찌 놀라게 하지 않을 수 있었겠느냐?"

先生之所言是邪
彼固惑而來矣.
又奚罪焉.
扁子曰 不然.
昔者有鳥止於魯郊.
魯君說之 爲具太牢而饗之.
奏九韶以樂之.
鳥乃始憂悲眩視
不敢飮食
此之謂
以己養養鳥也.
若夫以鳥養養鳥者
宜栖之深林 遊之江湖.
食之而委蛇[64]
平陸[65] 而已矣[66]
今休款[67] 啓[68] 寡聞之民也.
吾告以至人之德
譬之 若載鼷以車馬
樂鴳以鐘鼓也.
彼又奚能無驚乎哉.

64_ 委蛇(위사)＝鰌鰷(莊子/外篇/至樂).
65_ 平陸(평륙)＝平睦의 錯簡.
66_ 隨行列而止 委蛇而處(莊子/外篇/至樂).
67_ 款(관)＝空也.
68_ 啓(계)＝開也.

山木

20-1 어제는 산속의 나무가 재주가 없었기에 죽지 않고 천수를 다한다고 했으나, 오늘은 주인집 거위가 재주가 없었기에 손님 음식상에 올려져 죽었습니다. 만약 자연의 도와 무위의 덕을 타고 노닌다면 사물은 저마다 사물을 위한 사물이 되지 않을 것이다.

20-2 마음을 씻어 욕심을 버리고, 남이 없는 광야에 노닐기를 바랍니다.

20-3 남월에 한 고을이 있는데 이름을 健德이라 했다. 건덕의 백성은 어리석고 순박하며, 경작할 줄은 알지만 私有할 줄은 몰랐다. 예로부터 남을 소유하려는 자는 그들에게 얽매이며, 남에게 보이려는 자는 근심이 생긴다.

20-4 빈 배가 다가와 부딪친다면, 사람들은 성낼 수 없을 것이다. 사람이 자기를 비우면 그 누가 그를 해칠 것인가?

20-5 깎고 쪼았거든 다시 자연의 소박함으로 돌아가라.

20-6 곧은 나무는 먼저 베이고, 단 샘물은 먼저 마른다. 짐승과 어울려도 무리를 어지럽히지 않고 새들과 어울려도 행렬을 어지럽히지 않는다. 새와 짐승도 그를 미워하지 않거늘 하물며 사람이랴?

20-7 군자의 교류는 맑기에 친해지고, 소인의 교류는 달기에 끊어진다. 돈이란 까닭 없이 모였다가 까닭 없이 흩어지는 것이다.

20-8 몸이 順天하면 유리되지 않고, 마음이 順生하면 수고롭지 않다. 네가 유리되지 않고 수고롭지 않으면 文彩로 몸을 따르지 않을 것이고, 굳이 外物을 따르지 않을 것이다. 나는 가난할 뿐 고달픈 것은 아닙니다.

20-9 자연의 재난에 영향을 받지 않기란 쉬우나, 사람의 이익에 영향을 받지 않기란 어렵다. 그러나 시작이 없으면 끝이 없다. 사람과 자연은 하나다. 형체가 가면 생을 마칠 뿐이다.

20-10 오호! 만물은 본래 먹이사슬로 얽혀 있어, 서로 불러들이고 있구나!

20-11 여인숙에는 첩이 둘이 있었는데 주인은 못생긴 첩은 위해 주고 미인 첩은 천대했다.

제20장. 山木 산목

20-1

장자가 산길을 가다가

가지와 잎이 무성한 큰 나무를 보았다.

벌목꾼도 그 옆에 머물지만 베지 않았다.

그 까닭을 물으니 쓸모가 없기 때문이라 했다.

장자가 말했다.

"이 나무는 재목이 못 되어 천수를 다할 수 있구나!"

선생은 산에서 나와 친구의 집에서 묵게 되었다.

친구는 반가워

더벅머리 종에게 거위를 잡아 삶으라고 명했다.

종이 물었다.

"한 놈은 잘 울고, 한 놈은 울지 못하는데

어느 놈을 잡을까요?"

주인이 답했다. "울지 못하는 놈을 잡아라!"

이튿날 제자가 장자에게 물었다.

"어제는 산속의 나무가 재주가 없었기에

죽지 않고 천수를 다할 수 있었다고 말했으나

오늘은 주인집 거위가 재주가 없었기에

莊子行於山中

見大木枝葉盛茂

伐木者止其旁 而不取也

問其故曰 無所可用

莊子曰

此木以不材 得終其天年

夫子出於山 舍於故人之家

故人喜

命豎子殺雁而烹之

豎子請曰

其一能鳴 其一不能鳴

請奚殺.

主人曰 殺不能鳴者

明日 弟子問於莊子 曰

昨日山中之木

以不材得終其天年.

今主人之雁

손님 음식상에 올려져 죽었습니다.

선생은 도대체 어찌 처신하라는 것입니까?"

장자는 웃으며 말했다.

"나는 재주 있는 것과 없는 것 중간에 처신할까?

재주 있는 것과 없는 것 사이란 그럴듯한 말이지만

사실은 그릇된 말이어서 허물을 면할 수 없는 것이다.

만약 자연의 도와 무위의 덕을 타고 노닌다면 그렇지 않다.

기림도 없고 비난도 없으며

한 번은 용이 되고 한 번은 뱀이 되어

때와 함께 조화할 뿐 마음대로 재단함을 좋아하지 않는다.

한 번 올라가면 한 번 내려오며 조화를 도량度量 으로 삼는다.

만물의 근원에서 노닐면

사물은 저마다 사물을 위한 사물이 되지 않으니

어찌 허물이 되겠는가?

이것이 황제와 신농씨의 법이다.

그러나 만물의 실정과 인륜이 전하는 것은

그렇지 않다.

합하면 가르고, 이루면 허물며

모나면 무뎌지고, 높으면 기울며

함이 있으면 이지러지고, 어질면 계략을 당하며

못나면 속이니 어찌 신뢰할 수 있겠는가?

以不材死.

先生將何處.

莊子笑曰

周將處乎 材與不材之間.

材與不材之間 似之

而非也 故未免乎累.

若夫乘道德而浮游 則不然.

無譽無訾

一龍一蛇

與時俱化 而無肯專[1] 爲

一上一下 以和爲量[2]

浮游乎萬物之祖

物物而不物於[3] 物

則胡可得而累邪.

此黃帝神農之法則也.

若[4] 夫萬物之情 人倫之傳

則不然.

合則離 成則毁.

廉則挫 尊則議.[5]

有爲則虧 賢則謀.

不肖則欺 胡可得而必[6] 乎哉.

1_ 專(전)=擅也, 單也.
2_ 量(량)=度也.
3_ 於(어)=爲也.
4_ 若(약)=順也, 至也.
5_ 議(의)=俄也.

슬프다. 제자들아! 기억해 두어라!   悲夫 弟子志[7]之

오직 도와 덕만이 구제할 수 있다."   其唯道德之鄕[8]也.

◎ 함께 읽기 ◎

- 장자/내편/소요유 逍遙遊 1-6 : 能不龜手一也 或以封 或不免於洴澼絖 則所用之異也.
- 장자/내편/인간세 人間世 4-11 : 且予求無所可用久矣. 散人又惡知散木.
- 장자/잡편/열어구 列禦寇 32-3 : 朱泙漫學屠龍於支離益 單千金之家 三年技成 而無所用其巧.

20-2

시남 市南 의 의료 宜僚 가 노나라 제후를 알현하니   市南宜僚見魯侯

근심스런 얼굴이었다.   魯侯有憂色

시남자가 물었다.   市南子曰

"군주께서 근심스런 얼굴을 하고 계시니 어인 까닭입니까?" 君有憂色 何也.

노후가 대답했다.   魯侯曰

"나는 선왕의 도를 배웠고 선왕의 유업을 닦았으며   吾學先王之道 修先王之業.

나는 귀신을 공경하고 현인을 높이고   吾敬鬼尊賢

몸소 실행하여 잠시도 멈추지 않았다.   親而行之 無須臾離居.

그러나 환난을 면할 수 없으니 걱정이네."   然不免於患 吾是以憂.

시남자가 말했다. "군주님의 방법이 얕았습니다.   曰 君之除患之術淺矣.

무릇 살찐 여우와 무늬 고운 표범이 산림에 숨어 살며 夫豊狐文豹 棲於山林

바위 굴 속에 엎드려 있는 것은 고요함이요,   伏於巖穴 靜也.

밤에 다니고 낮에는 편안히 쉬는 것은 경계함이요,   夜行晝居[9] 戒也.

6_ 必(필)＝專也, 信也.
7_ 志(지)＝記也.
8_ 鄕(향)＝救也.
9_ 居(거)＝止也.

비록 배고프고 목말라도 은인자중隱忍自重 하고

멀리 강호에서

먹이를 구하는 것은 주거를 안정하고자 함입니다.

그러나 그것만으로는

그물과 덫의 환난을 피할 수 없습니다.

이것은 무슨 죄가 있기 때문이겠습니까?

그것은 가죽이 재난이 되는 것입니다.

지금 군주의 가죽은 노나라가 아닐까요?

소생이 권고하노니

군주께서는 형체를 발라내어 가죽을 버리고

마음을 씻어 욕심을 버리고

남이 없는 광야에 노닐기를 바랍니다."

雖飢渴隱約

猶且胥疎江湖之上

而求食焉 定也.

然且

不免於網羅機辟之患.

是何罪之有哉.

其皮爲之災也.

今魯國獨非君之皮邪.

吾願

君刳10) 形去皮

洒心去欲

而遊於無人之野.

20-3

(시남자의 말) "남월에 한 고을이 있는데

이름을 건덕建德 이라 합니다.

건덕의 백성은 어리석고 순박하며

사심이 없고 욕심이 적었으며

경작할 줄은 알지만 사유私有 할 줄은 모르며

남에게 주는 것은 알지만 보답을 구하지 않고

의에 따르는 것도 모르고

예에 순종하는 것도 모릅니다.

南越有邑焉

名爲建德11) 之國.

其民愚而朴

少私而寡欲

知作而不知藏

與而不求其報.

不知義之所適

不知禮之所將.12)

10_ 刳(고)＝도려내다.
11_ 建德(건덕)＝가상의 대동공동체.

제멋대로 함부로 해도 결국은 대도_{大道}로 나아갑니다.   猖狂妄行 乃蹈¹³⁾乎大方¹⁴⁾

살아서는 즐겁고 죽으면 장사 지냅니다.   其生可樂 其死可葬.

원컨대 군주께서도 나라를 버리고 세속을 털어버리고   吾願君 去國損俗

무위자연의 대도와 더불어 서로 손잡고   與道相輔

나아가시기 바랍니다."   而行.

노후가 말했다.   君曰

"그 길은 멀고 험하며 강산이 가로막혔는데   彼其道遠而險 又有江山

나에게 배도 수레도 없이 가라고 하니 어쩌란 말인가?"   我無舟車 奈何.

시남자가 말했다.   市南子曰

"군주께서는 몸의 거만함을 없애고   君無形倨

거처의 편안함을 없애는 것으로써 배와 수레를 삼으십시오!"   無留居 以爲舟車.

노후가 말했다.   君曰

"그곳은 길도 유원하고 사람도 없는데   彼其道幽遠而無人

누구와 더불어 이웃을 하겠으며   吾誰與爲鄰.

식량도 먹을 것도 없이 어떻게 그곳에 이르겠는가?"   吾無糧 我無食 安得而至焉.

시남자가 말했다.   市南子曰.

"군주께서 비용을 줄이고 욕심을 적게 하면   少君之費 寡君之欲

비록 식량이 없어도 풍족할 겁니다.   雖無糧而乃足.

군주께서 진실로 강을 건너 바다에 배를 띄운다면   君其涉於江 而浮於海.

아무리 바라보아도 육지의 언덕은 보이지 않고   望之而不見其崖

갈수록 그 끝 간 데를 알 수 없을 것입니다.   愈往而不知其所窮.

군주를 보내는 사람들도 모두 자기 언덕으로 돌아가면   送君者 皆自崖而反

12_ 將(장)=順也, 從也.
13_ 蹈(도)=行也.
14_ 方(방)=道也.

군주께선 이제부터 세상과 멀어질 것입니다.　　　　君自此遠矣.

예로부터 남을 소유하려는 자는 그들에게 얽매이며　　故有人者累

남에게 보이려는 자는 그들로 인하여 근심이 생깁니다.　見有於人者憂.

옛날 요임금은 사람을 소유하지도 않았고　　　　　故堯非有人

사람들에게 보이려고 하지도 않았습니다.　　　　　非見有於人也.

소생이 군주께 바라노니 얽매임과 근심을 벗어던지고　吾願去君之累 除君之憂

독립 자주하여 도와 더불어 광막한 나라에 노니십시오!"　而獨與道 遊於大莫之國.

20-4

마침 배로 황허를 건너는데　　　　　　　　　　方舟而濟於河

빈 배가 다가와 내 배를 부딪친다면　　　　　　有虛船來觸舟.

아무리 성질이 급한 사람이라도 성내지 않을 것이다.　雖惼15)心之人不怒.

그러나 배에 한 사람이라도 있었다면　　　　　　有一人在其上

소리치며 밀고 당기고 했을 것이다.　　　　　　則呼張歙之.

한 번 불러서 듣지 않으면 두 번 부르고, 그래도 듣지 않아　一呼而不聞 再呼而不聞

세 번째 부를 때는　　　　　　　　　　　　於是三呼邪.

반드시 악담이 따를 것이다.　　　　　　　　　則必以惡聲隨之.

앞서는 노하지 않았는데 지금은 노하는 것은　　　　向也不怒 而今也怒

앞서는 배가 비었고(虛) 지금은 배가 찼기(實) 때문이다.　向也虛 而今也實.

사람이 능히 자기를 비우고 세상에 노닐면　　　　人能虛己以遊世

그 누가 그를 해칠 것인가?　　　　　　　　　其孰能害之.

15_ 惼(편)＝急也.

20-5

대부 북궁사北宮奢 가	北宮奢
위나라 영공靈公을 위해 모금을 하여 종을 만들었다.	爲衛靈公賦斂[16] 以爲鍾.
관문 밖에 제단을 만들었고	爲壇[17] 乎國門之外.
세 달 만에 위아래의 현가를 완성했다.	三月而成上下縣.
왕자 경기慶忌가 그것을 보고 물었다.	王子慶忌見而問焉.
"그대는 어떤 방책으로 공사를 하고 있습니까?"	曰 子何術之設.
북궁사가 말했다.	奢曰
"한결같이 한가할 뿐 무리하게 설치하려 하지 않습니다.	一之間[18] 無敢[19] 設也.
제가 듣기로 깎고 쪼았거든	奢聞之 既彫既琢
다시 자연의 소박함으로 돌아가라고 했습니다.	復歸於朴.
바보처럼 의식이 없고	侗乎 其無識.
넋을 잃은 듯 게으르고 과단성이 없으며	儻乎 其怠疑.
풀이 절로 자라고 시들듯	萃乎芒乎
가는 자는 보내고 오는 자는 맞이하며	其送往而迎來.
오는 자를 막지 않고 가는 자를 붙잡지 않으며	來者勿禁 往者勿止.
강한 자는 풀어주고 유순한 자는 따르게 하여	從其彊梁 隨其曲傅.
각기 개성에 따라 스스로를 다하게 합니다.	因其自窮.
그러므로 조석으로 공역을 모집해도	故朝夕賦斂
조금치도 손해라 하지 않습니다.	而毫毛不挫.[20]
저 같은 이도 그런데 하물며 대도자야 말할 게 있겠습니까?"	而況有大塗者乎.

16_ 賦斂(부렴)=조세 징수. 王先謙은 募施로 解함.
17_ 壇(단)=祭壇, 基壇.
18_ 間(간)=閒(安靜)也.
19_ 敢(감)=犯也.
20_ 挫(좌)=摧也, 損也.

20-6

공자가 진나라 채나라 사이에서 포위되어　　　　　孔子²¹⁾圍於陳蔡之間

이레 동안 더운밥을 먹지 못할 때　　　　　　　　七日不火食.

대공임이라는 사람이 문안을 왔다.　　　　　　　大公任²²⁾往弔之.

대공임이 말했다. "그대는 거의 죽을상이군?"　　　曰 子幾死乎

공자가 말했다. "그렇습니다."　　　　　　　　　曰 然.

대공임이 물었다. "그대는 죽음을 싫어하오?"　　子惡死乎.

공자가 답했다. "그렇습니다."　　　　　　　　　曰 然.

대공임이 말했다.　　　　　　　　　　　　　　任曰

"내 시험 삼아 불사不死의 도를 말해 보겠소.　　　子嘗言不死之道.

동해에 한 마리 새가 있는데 이름은 의태意怠라 하오.　東海有鳥焉 其名曰意怠.

그 새는 느리고 낮게 날아가므로　　　　　　　其爲鳥也 翂翂狋狋²³⁾

무능해 보이오.　　　　　　　　　　　　　　而似無能.

새 떼에 이끌려서 날고, 협조를 받아 깃들며,　引援而飛 迫脅而棲.

나아갈 때는 앞서지 않고, 물러설 때는 뒤서지 않소.　進不敢爲前 退不敢爲後.

밥은 감히 먼저 맛보지 않고, 반드시 나머지를 먹소.　食不敢先嘗 必取其緒.²⁴⁾

이런 까닭으로 그는 행렬에서 배척받지 않고　是故其行列不斥

사람으로부터 해를 당하지 않으니　　　　　　而外人卒不得害.

이로써 환난을 면하는 것이오.　　　　　　　是以免於患.

곧은 나무는 먼저 베이고, 단 샘물은 먼저 마르오.　直木先伐 甘井先竭.

그대는 역시 지혜를 꾸미며 어리석은 자를 겁주고　子其意者²⁵⁾ 飾智以驚愚

21_ 孔子(공자)＝여기서는 공자를 풍자하기 위해 무대에 등장시킨 배우에 지나지 않음.
22_ 大公任(대공임)＝'큰 공역을 맡은 자'라는 뜻으로 여기서는 이를 가명으로 사용함.
23_ 翂翂狋狋(분분질질)＝舒遲 飛不高貌.
24_ 緒(서)＝殘餘也.
25_ 意者(의자)＝亦疑詞.

몸을 닦아 더러운 자를 밝히려 하는 것 같소.　　　　　修身以明汚.

해와 달빛 같은 명성을 위해 행동하니　　　　　昭昭乎 若揭日月之行

죽음을 면하지 못하는 것이오.　　　　　故不免也.

내가 노자에게서 들은 바로는　　　　　吾聞之大成之人曰.

스스로 자랑하는 자는 공이 없고　　　　　自伐者無功.

공을 이룬 자는 추락하고　　　　　功成者墜

명성을 이룬 자는 이지러진다고 했소.　　　　　名成者虧

누가 능히 공과 명성을 버리고　　　　　孰能去功與名

대중에게 되돌려 주겠소?　　　　　而還與衆人.

세상에 도道가 흘러도 드러난 자리에 처하지 않고　　　　　道流而不明居

덕이 행해져도 이름 있는 자리에 처하지 않으며　　　　　得[26] 行而不名處.

순순하고 변함없어 광인과 어울리며　　　　　純純常常 乃比於狂.

자취를 감추고 권세를 버리며 공명을 위하지 않소.　　　　　削迹損勢 不爲功名.

이런 까닭으로 남을 책하지 않고, 남도 그를 책하지 않소.　　　　　是故無責於人. 人亦無責焉

이처럼 진인은 이름이 나지 않는데　　　　　至人不聞

그대는 어찌 명성을 좋아하오?"　　　　　子何喜哉.

공자가 말했다. "훌륭하십니다."　　　　　孔子曰 善哉.

그 후 공자는 교류를 끊고 제자를 버리고　　　　　辭其交流 去其弟子

대택으로 도망해서　　　　　逃於大澤.

갓옷과 베옷을 입고 도토리와 밤을 먹고 살아가니　　　　　衣裘褐 食杼栗.

짐승과 어울려도 무리가 어지럽지 않고　　　　　入獸不亂群

새들과 어울려도 행렬이 어지럽지 않았다.　　　　　入鳥不亂行.

새와 짐승도 그를 미워하지 않거늘　　　　　鳥獸不惡

하물며 사람이 미워하겠는가?　　　　　況人乎.

26_ 得(득)=德也.

■함께 읽기■

- 장자/외편/재유在宥 11-1 : 聞在宥天下 不聞治天下也.
- 장자/외편/천지天地 12-7 : 昔堯治天下 不賞而民勸 不罰而民畏 今禹賞罰 而民且不仁.
- 노자老子/13장: 寵辱若驚 貴大患若身. 故貴以身於爲天下 若可寄天下.
- 노자老子/72장: 民不畏威 則大威至. 無狎其所居 無壓其所生 是以聖人.
- 노자老子/74장: 民不畏死 奈何以死懼之.
- 열자列子/양주楊朱 : 生民之不得休息 爲壽名位貨故. 有此四者 畏鬼人威刑 此謂之遁民也.

20-7

공자가 상호桑雽 선생에게 물었다.　　　　　　　　　　　孔子問子桑雽曰.

"나는 노나라에서 두 번이나 축출당했고　　　　　　　　吾再逐於魯

송나라에서는 나무에 깔려 죽을 뻔했고　　　　　　　　伐樹於宋.

위나라에서는 발자국을 지우며 쫓겨 다녔고　　　　　　削迹於衛

상나라 주나라에서는 곤궁에 처했고　　　　　　　　　　窮於商周.

진나라와 채나라 사이에서는 포위를 당하는 등　　　　圍於陳蔡之間.

나는 자주 환난을 당하였으며,　　　　　　　　　　　　吾犯此數患.

대인들과의 교류는 갈수록 소원해지고　　　　　　　　親交益疏

제자와 벗들은 갈수록 흩어지니 어인 까닭인가요?"　　徒友益散 何與.

상호 선생이 말했다.　　　　　　　　　　　　　　　　　子桑雽曰

"그대는 가나라 사람이 도망간 이야기를 못 들었단 말이오?　子獨不聞假²⁷⁾人之亡與.

임회林回 라는 자는 나라가 망하자 천금의 구슬을 버리고　林回棄千金之璧

갓난아기를 업고 도망쳤는데,　　　　　　　　　　　　負赤子而趨.

혹자가 물었소.　　　　　　　　　　　　　　　　　　　或曰

'돈으로 따진다면 갓난아기는 값어치가 작고　　　　　爲其布²⁸⁾與 赤子之布寡矣.

27_ 假(가)=國名. 殷의 誤 또는 姓이라는 설도 있음.
28_ 布(포)=화폐.

짐으로 따진다면 갓난아기는 거추장스러운 짐인데

천금의 구슬을 버리고 갓난아기를 업고 도망치니

어인 까닭이오?'

임회가 답하길

'구슬은 이利로써 결합되는 것이지만

아이는 천륜天倫으로 묶여 있다'고 했소.

대저 이利로써 결합된 것은

궁핍, 재앙, 환난, 손해가 닥치면 서로 버리는 것이지만

천륜으로 묶인 것은

궁핍, 재앙, 환난, 손해가 닥치면 서로 거둬들이는 것이라오.

서로 거둬들이는 것과 서로 버리는 것은 거리가 먼 것이오.

또한 군자의 교류는 맑아 물 같고

소인의 교류는 달아 식혜 같소.

군자의 교류는 맑기에 친해지고

소인의 교류는 달기에 끊어지오.

돈이란 까닭 없이 모였다가 까닭 없이 흩어지는 것이오."

공자가 말했다.

"삼가 가르침을 받들겠습니다."

공자는 천천히 걸으며 가벼워진 마음으로 귀가했다.

학문을 끊고 책을 버렸으며

제자들은 읍하지 않고 절을 했으며

그의 사랑은 갈수록 더해지고 도는 더욱 진전했다.

爲其累與 赤子之累多矣.

棄千金之璧 負赤子而趨

何也.

林回曰

彼以利合

此以天屬也.

夫以利合者

迫窮禍患害相棄也

以天屬者

迫窮禍患害相收也.

夫相收之與相棄亦遠矣.

且君子之交淡若水

小人之交甘若醴.

君子淡以親

小人甘以絕.

彼無故以合者 則無故以離.

孔子曰

敬聞命矣.

徐行翔佯而歸.

絕學損書

弟子無挹於前

其愛益加進.

20-8

다른 날 상호 선생이 또 말했다.

"순임금이 죽음에 임하여 우임금에게 직접 유언했다.

'너는 명심해야 한다.

몸은 순천順天해야 하고, 마음은 순성順性해야 한다.

몸이 순천하면 유리되지 않고

마음이 순성하면 수고롭지 않다.

네가 유리되지 않고 수고롭지 않으면

문채文彩로 몸을 따르지 않을 것이고,

문채로 몸을 따르지 않으면

굳이 외물外物을 따르지 않을 것이다.'"

장자는 옷은 많이 헐었으나 잘 기워 입었고

띠를 단정하게 매고

신발은 떨어졌으나 끈으로 잘 묶고

위나라 혜왕惠王을 알현했다.

혜왕이 물었다.

"선생은 어찌 이리도 고달픈 신세가 되었습니까?

장자가 대답했다.

"가난할 뿐 고달픈 것은 아닙니다.

異日 桑雩又曰.

舜之將死 眞冷²⁹⁾ 禹曰.

汝戒之哉.

形莫若緣³⁰⁾ 情莫若率³¹⁾

緣則不離

率則不勞.

不離不勞則

不求文以待³²⁾ 形.

不求文以待形.

固不待物.

莊子衣大布³³⁾ 而補之

正緳³⁴⁾

係履

而過³⁵⁾ 魏王.

魏王曰

何先生之憊³⁶⁾ 邪.

莊子曰

貧也 非憊也.

29_ 眞冷(진랭)=直命의 誤.

30_ 緣(연)=順.

31_ 率(솔)=率中.

32_ 待(대)=恃(依賴), 侍(從也).

33_ 大布(대포)=大廢의 錯簡.

34_ 緳(혈)=帶也.

35_ 過(과)=見也.

36_ 憊(비)=困病也.

선비가 도와 덕을 행할 수 없으면 고달픈 것이고,　　　　士有道德不能行 憊也.

옷이 해지고 신발이 구멍 난 것은 가난일 뿐　　　　衣弊履穿 貧也

고달픈 것은 아닙니다.　　　　非憊也.

가난은 이른바 때를 만나지 못한 것입니다.　　　　此所謂非[37) 遭時也.

왕께서는 높은 곳에 오른 원숭이를 보지 못했군요?　　　　王獨不見夫騰猿乎.

그 놈이 굴거리나무 가래나무 예장나무 등 큰 나무에 오르면　　　　其得柑梓[38) 豫章也.

뻗어나간 가지를 잡고　　　　攬蔓其持

그 사이에서 왕과 어른처럼 행세하니　　　　而王長其間.

비록 예와 봉몽 같은 활의 명수라도　　　　雖羿蓬蒙

쏠 엄두를 낼 수 없습니다.　　　　不能眄睨[39) 也.

그러나 그놈들이 가시나무 탱자나무 등 작은 나무에 오르면　　　　及其得柘棘枳枸[40) 之間也.

걷기조차 위태롭고 주의를 힐끔거리며　　　　危行側視

벌벌 떨면서 두려워합니다.　　　　振動悼慄.

이는 근골이 위급을 당하여 유연하지 못한 것이 아니라　　　　此筋骨非加急而不柔也

형세가 불편하여　　　　處勢不便

능력을 충분히 발휘하지 못하기 때문입니다.　　　　未足以逞其能也.

지금 어리석은 왕과 어지러운 재상 사이에 처하여　　　　今處昏上亂相之間

고달프지 않기를 바란다면 어찌 가능하겠습니까?　　　　而欲無憊 奚可得.

이는 왕자 비간이 가슴을 쪼개어 보여주어야 했던 옛일이　　　　此比干之見剖心

증거하고 있습니다."　　　　徵也夫.

37_ 非(비)＝不의 뜻.
38_ 柑梓(남재)＝녹나무, 가래나무 등 大美木.
39_ 眄睨(면예)＝흘겨보다.
40_ 柘棘枳枸(자극지구)＝산뽕, 멧대추, 탱자, 호깨 등 惡木.

20-9

공자가 진나라 채나라 사이에서 포위되는 환난을 당하여
이레 동안 밥을 끓이지 못할 때
왼손은 고목을 잡고 오른손으로 마른 나뭇가지를 두드리며
염제 신농씨의 노래를 부르니
악기는 그 수가 모자라고
오성五聲은 궁성宮聲과 각성角聲이 없으나
나무 소리와 사람 소리가 어울리니
뜻이 분명해져 사람의 마음에 와 닿았다.
안회는 공손히 공수하고 눈을 돌려 엿보고 있었다.
공자는 안회가 자기 생각을 확대하여 크게 만들고
자기 몸을 아껴 슬픔에 빠지는 것을 걱정하여 말했다.
"회야! 자연의 재난에 영향을 받지 않기란 쉬우나
사람의 이익에 영향을 받지 않기란 어렵다.
시작이 없으면 끝이 없고, 사람과 자연은 하나이니
대저 지금 노래를 부른다고 누가 탓하겠느냐?"
안회가 말했다.
"자연의 재난에 영향받지 않기란 쉽다는 데 대해 묻습니다."
공자가 말했다.
"굶주림, 익사, 추위, 더위,
곤궁, 질곡으로 움직이지 못하는 지금의 상황도
천지의 운행이요, 운행하는 사물의 현상이다.

孔子窮於陳蔡之間
七日不火食.
左據槁木 右擊槁枝
而歌焱氏之風.
有其具而無其數
有其聲而無宮角.
木聲與人聲犁然 41)
有當於人心.
顏回端拱 還目而窺之.
仲尼恐其廣己而造大也
愛己而造 42) 哀也 曰.
回 無受天損易
無受人益難.
無始而非卒也 人與天一也.
夫今之歌者 其誰 43) 乎
回曰
敢問無受天損易.
仲尼曰
飢溺寒暑
窮桎不行
天地之行也 運物之泄 44) 也.

41_ 犁然(리연)=繹然으로 解함. 犁(리)=此也, 結也.
42_ 造(조)=至也.
43_ 誰(수)=譙(責也)의 錯簡.
44_ 泄(설)=發也.

그 말은 그러한 자연의 재난(天損)과 함께   言與之偕

살아가야 한다는 것을 이른 것이다.   逝之謂也.

성인(군주)의 신하된 자가   為人臣子

감히 그 성인을 버릴 수 없는 것과 같다.   不敢去之.

신하의 도리를 가진 자도 이러하거늘   執臣之道猶若是

하늘을 따르는 자는 말해 무얼 하겠느냐?"   而況乎所以待天乎.

(안회의 말) "무슨 말씀이신지요?   何謂

사람의 이익에 영향을 받지 않기란 어렵다는 것은요?" 無受人益難.

공자가 답했다.   仲尼曰.

"비로소 채용되면 사통팔달하고   始用四達

작록이 함께 이르므로 곤궁하지 않다.   爵祿並至而不窮

그러나 이것은 물질의 이로움일 뿐   物之所利

자기 본성을 이롭게 한 것은 아니다.   乃非己也.

이로써 내 운명은 밖에 있는 것의 소유가 된다.   吾命有在外者也.

그러므로 군자와 현인은 도적질하지 않는다.   君子不為盜 賢人不為竊.

그런데 내가 그것을 취한다면 어찌 될까?   吾若取之何哉.

옛사람의 말에 의하면   故曰

새 중에서 제비보다 지혜로운 것은 없다고 한다.   鳥莫知於鷾鴯.[45]

눈짐작으로 마땅한 처소가 아닌가 싶으면   目之所不宜處

눈길도 주지 않는다.   不及視.

혹시 입에 문 먹이를 떨어뜨려도   雖落其實

그것을 버리고 달아나 버린다.   棄之而走.

그것들은 이처럼 인간을 두려워하지만   其畏人也

인간 속에 들어와 산다.   而襲[46]諸人間

45_ 鷾鴯(의이)=제비.

인간이 사직을 떠나지 못하는 것과 같은 것이다."　　　　社稷存焉爾.

(안회의 말) "시작이 없으면　　　　何謂無始

끝이 없다는 것은 무엇을 말합니까?"　　　　而非卒.

공자가 답했다.　　　　仲尼曰.

"만물을 변화시키지만　　　　化其萬物

그렇게 펴는 자를 알지 못한다.　　　　而不知其禪[47] 之者

그 끝을 어찌 알며, 그 비롯됨을 어찌 알랴?　　　　焉知其所終 焉知其所始.

바르게 하는 것은 단지 그것을 따를 뿐이다."　　　　正而待之而已耳.

(안회의 말) "하늘과 사람이 하나라 함은 무엇을 말합니까?"　　　　何謂天與人一邪.

공자가 답했다　　　　仲尼曰

"사람도 자연이고 하늘도 자연이기 때문이다.　　　　有人天也. 有天亦天也.

사람은 자연의 성품을 지키지 못할 뿐이다.　　　　人之不能有天性也.

무위자연의 성인은 (자연에 맡기고) 편안한 마음으로　　　　聖人晏然

형체가 가면 생을 마칠 뿐이다."　　　　體逝而終矣.

함께 읽기

- 장자/내편/대종사大宗師 6-1 : 不知悅生 不知惡死.
- 장자/내편/대종사大宗師 6-6 : 吾猶守而告之, 而能外生 能無古今 能入於不死不生.
- 장자/외편/재유在宥 11-5 : 愼守女身 物將自壯.
- 장자/외편/지락至樂 18-1 : 天下有至樂無有哉 有可以活身者無有哉.
- 노자老子 /55장 : 益生曰祥 心使氣曰强.
- 열자列子 /양주楊朱 : 理無不死 理無久生 且久生奚爲.
- 여씨춘추呂氏春秋 /권2/중춘기仲春紀/귀생貴生 : 全生爲上 迫生爲下. 迫生不若死.

46_ 襲(습)＝入也.
47_ 禪(선)＝闡(開也, 布也)也.

20-10

장자가 조릉의 울타리를 거닐다가	莊周遊乎雕陵之樊
부엉이 한 마리가 남쪽에서 날아오는 것을 보았다.	覩一異鵲[48] 自南方來者.
날개의 넓이는 칠 척이요,	翼廣七尺
눈의 크기는 직경 일 촌이었다.	目大運[49]寸.
장자의 이마를 스치고 밤나무 숲에 앉았다.	感周之顙 而集於栗林.
장자는 투덜댔다.	莊周曰
"이런 새가 다 있나?	此何鳥哉
날개는 큰데 높이 날지 못하고	翼殷不逝
눈은 큰데 나를 보지도 못하다니!"	目大不覩.
바지를 걷고 뛰어가며 화살을 잡았으나 발길을 멈추었다.	蹇裳躩步執彈 而留之.
마침 매미 한 마리가 좋은 그늘을 얻어	覩一蟬 方得美蔭
제 몸을 잊고 있었다.	而亡其身.
그 곁엔 사마귀가 나뭇잎에 숨어 매미를 잡으려고	螳蜋執翳[50] 而搏之
먹잇감을 노려보느라 제 몸을 잊고 있었다.	見得而亡其身.
그 부엉이는 그 틈을 이용하여	異鵲從而利之
잇속을 차리려고 제 본성을 잊고 있었다.	見利而忘其眞.[51]
장자는 슬픈 듯이 말했다.	莊周怵然 曰.
"오호! 만물은 본래 서로 (먹이 사슬로) 얽혀 있어	噫 物固相累.
다른 종류들이 서로 불러들이고 있구나!"	二類相召也.
장자는 화살을 버리고 되돌아 달렸다.	損彈而反走.
밤나무 주인이 장자를 쫓아오며	虞人逐

48_異鵲(이작)＝이상한 까치. 부엉이로 解함.
49_運(운)＝直也.
50_翳(예)＝日傘.
51_眞(진)＝보이지도 높이 날지도 못하는 본성.

밤을 훔친 줄 알고 욕을 했다.

장자는 집에 돌아와서 석 달 동안 마음이 편치 않았다.

제자인 인차藺且가 이에 대해 물었다.

"선생님께서는 어찌하여 그동안 심히 불쾌하셨습니까?"

장자가 답했다.

"나는 형체를 지킨다면서 몸을 잊었고

탁한 물을 보느라 맑은 연못을 잊었다.

또 내가 노자로부터 들은 바는

그 풍속에 들어가면 그 풍속을 따른다고 했는데

이제 나는 조릉을 거닐다가 내 몸을 잊었고

그 부엉이는 내 이마를 스치고 밤나무 숲에 노닐다가

제 본성을 잊었다.

밤나무 숲 주인은 이로써 나를 모욕했다.

나는 이 때문에 마음이 편치 않았다."

而訽之.

莊周反入 三月不庭.52)

藺且從而問之.

夫子何爲頃間甚不庭乎.

莊周曰

吾守形而忘身

觀於濁水而迷於淸淵.

且吾聞諸夫子曰

入其俗 從其俗.

今吾遊於雕陵 而忘吾身.

異鵲感吾顙 遊於栗林

而忘眞.

栗林虞人以吾爲戮

吾所以不庭也.

20-11

양자楊子가 송나라에 가서 여인숙에 묵었다.

여인숙에는 첩이 둘이 있었는데

하나는 미인이요, 하나는 못생겼다.

그런데 주인은 못생긴 첩은 위해 주고

미인 첩은 천대했다.

양자가 그 까닭을 물었더니 주인이 말했다.

"미인 첩은 스스로 아름답다고 생각하므로

楊子之宋 宿於逆旅.

逆旅有妾二人

其一人美 其一人惡.

惡者貴

而美者賤.

楊子問其故 逆旅小子對曰.

其美者自美

52_ 庭(정)＝逞(령＝快也)으로 읽음.

나는 그가 아름다운 것을 느끼지 못하오.   吾不知其美也.

못생긴 첩은 스스로 못생긴 줄 알고 있으므로   其惡者自惡

나는 그가 못생긴 것을 느끼지 못하오."   吾不知其惡也.

양자가 말했다.   楊子曰

"제자들아! 기억해 두어라!   弟子記之.

행실이 어질지라도   行賢

스스로 어진 행실이라는 생각을 버려라!   而去自賢之行

그러면 어디를 간들 사랑받지 않겠느냐?"   安往而不愛哉.

田子方

21-1 모습은 하늘같이 공허하고, 천품은 천진을 보존하였고, 맑기로는 만물을 수용합니다. 제가 어찌 감히 스승을 칭찬할 수 있겠습니까?

21-2 내가 배운 것이란 흙 인형을 모시는 것뿐이다.

21-3 노나라 군자들은 예의는 밝지만, 인심은 모른다.

21-4 슬픔은 마음이 죽는 것보다 큰 것이 없다. 사람이 죽는 슬픔은 역시 그다음이다. 비록 다해 버린 과거의 나를 잊는다 해도 나는 잊을 수 없는 현존재로 살아 있는 것이다.

21-5 음과 양, 천과 지는 교통하며 조화를 이루어 만물이 생겨난다. 누가 그 벼리를 다스리고 있는 듯하지만 그 형체를 드러내지 않는다.

21-6 풀을 먹는 짐승은 철이 바뀌는 덤불을 걱정하지 않고, 물에 사는 벌레는 철이 바뀌는 늪을 걱정하지 않는다. 이미 도를 이룬 자는 이런 변화에서 해방된 것이다.

21-7 나는 도에 있어서 진실로 술 단지 속의 초파리와 같았다. 만일 노자에서 술 단지 뚜껑을 열어주지 않았다면 천지의 위대함과 온전함을 알지 못했을 것이다.

21-8 애공이 말했다. "우리나라는 유사들이 많습니다." 장자가 말했다. "노나라에는 유사가 적습니다."

21-9 舜은 사생을 마음에 두지 않았으므로 사람을 감동시킬 수 있었다.

21-10 질서 있는 선비, 무너진 토호, 해산된 붕당은 곧 大同사회를 지향한 결과다.

21-11 이는 내기꾼의 활쏘기일 뿐, 실제 상황의 활쏘기는 아니다.

21-12 먼저 남들에게 주어도 자기는 더욱 부유하다.

21-13 나라가 망한다 해도 나의 존재를 없애지는 못할 것이다.

제21장. 田子方 전자방

21-1

전자방田子方이 위나라 문후文侯를 보좌하면서

자주 계공谿工을 칭찬했다.

문후가 물었다. "계공이 그대의 스승입니까?"

전자방이 답했다. "아닙니다.

저희 마을 사람입니다.

도를 말하는 것이 곧잘 이치에 합당하므로

제가 칭찬을 했습니다."

문후가 물었다. "그러면 그대는 스승이 없습니까?"

전자방이 답했다. "계십니다."

문후가 물었다. "그대의 스승은 누굽니까?"

전자방이 답했다. "동곽순자東郭順子입니다."

문후가 물었다.

"그렇다면 그대는 어찌 그를 칭찬하는 일이 없습니까?"

전자방이 답했다.

"그분의 사람됨은 천진스럽습니다.

田子方[1] 侍坐於魏文侯

數稱谿工.

文侯曰 谿工 子之師邪.

子方曰 非也.

無擇[2] 之里人也

稱道數當

故無擇稱之.

文侯曰 然則 子無師邪.

子方曰 有.

曰 子之師誰邪.

子方曰 東郭順子.

文侯曰

然則 夫子何故未嘗稱之.

子方曰

其爲人也 眞.

1_ 田子方(전자방)＝魏 文侯의 師.

2_ 無擇(무택)＝田子方의 名.

모습은 하늘같이 공허하고   貌而天虛
천품은 천진을 보존하였고,   緣³⁾而葆⁴⁾眞
맑기로는 만물을 수용합니다.   清而容物
사물이 무도하면 단정한 모습으로써 깨우치도록 하고   物無道 正容以悟之
사람들로 하여금 사사로운 마음을 없애줍니다.   使人之意也消
제가 어찌 감히 그분을 칭찬할 수 있겠습니까?"   無擇何足以稱之.

21-2

전자방이 나가자   子方出
문후는 온종일 말없이 실신한 듯했다.   文侯儻然⁵⁾ 終日不言.
이윽고 앞에 기립한 신하를 불러 말했다.   召前立臣 而語之曰
"덕이 온전한 군자가 되기에는 아득하구나!   遠矣 全德之君子.
처음에는 성인_{聖人}과 지자_{知子}의 말과   始吾以聖知之言
인의_{仁義}의 행실만이 지극한 것으로 알았다.   仁義之行 爲至矣.
내가 전자방의 스승 이야기를 듣고 나서는   吾聞子方之師
내 몸이 묶임에서 풀린 듯 움직이고 싶지 않고   吾形解而不欲動
내 입에 재갈이 물린 듯 말하고 싶지 않다.   口鉗而不欲言.
내가 배운 것이란 흙 인형을 모시는 것뿐이었고   吾所學者 直⁶⁾ 土梗⁷⁾耳
나의 위나라도 참된 나를 묶는 그물에 불과한 것이었다."   夫魏眞爲我累耳.

3_緣(연)=因也, 順也, 表情也, 關係也.
4_葆(보)=保와 通用.
5_儻然(당연)=自失貌.
6_直(직)=持也, 侍也.
7_梗(경)=像也.

21-3

온백설자가 제나라로 가던 도중 노나라에서 묵었는데
노나라 사람들이 그를 알현하기를 청했다.
온백설자가 말했다. "만나지 않겠다.
내 듣건대 노나라 군자들은 예의만 밝았지,
인심을 깨닫는 데는 소견이 좁다고 하니
만나고 싶지 않구나!"
제나라를 들러 돌아오는 길에
다시 노나라에서 묵게 되었는데
그 사람들이 또 뵙기를 청했다.
온백설자가 말했다.
"지난번에도 나를 보자고 하고 이번에도 보자고 하니
이는 반드시 나를 깨우칠 일이 있는 모양이다."
나가서 손님을 접견하고 들어와서는 탄식했다.
다음 날에도 손님을 접견하고 들어와서는 또 탄식했다.
그의 종이 물었다.
"손님을 접견할 때마다 들어와서는 반드시 탄식하니
어인 까닭입니까?"
온백설자가 답했다.
"내가 일찍이 너에게 말하지 않았느냐?
노나라 사람들은
예의는 밝지만 인심은 모른다고.
아까 만난 자들은

溫伯雪子[8] 適齊 舍於魯.
魯人有請見之者.
溫伯雪子 曰 不可.
吾聞中國之君子 明乎禮義
而陋於知人心
吾不欲見也.
至於齊反
舍於魯.
是人也又請見.
溫伯雪子曰.
往也蘄見我 今也又蘄見我
是必有以振[9]我也.
出而見客 入而歎.
明日見客 又入而歎.
其僕曰
每見之客也 必入而歎
何邪.
曰
吾固告子矣
中國之民
明乎禮義 而陋乎知人心.
昔之見我者

8_ 溫伯雪子(온백설자)＝楚의 道人.
9_ 振(진)＝救也, 發也, 動也, 正也.

나아가고 물러남이 자로 잰 듯하고   進退一成規 一成矩.
그 태도는 용과 호랑이 같았다.   從容一若龍 一若虎.
그들이 나를 타이를 때는 자식 같았고   其諫我也 似子
나를 인도할 때는 어버이 같았다.   其道我也 似父.
그래서 탄식한 것이다."   是以歎也.
공자가 그를 만나보고는 말이 없었다.   仲尼見之而不言.
자로가 물었다.   子路曰
"선생께서는 오래전부터 온백설자 만나보기를 소망했는데   吾子欲見溫伯雪子久矣.
정작 그를 만나보고는 말이 없으니 어인 까닭입니까?"   見之而不言 何邪.
공자가 답했다.   仲尼曰
"그 같은 사람은 눈으로 보자마자 도인道人임를 알 수 있거늘   若夫人者 目擊而道存矣
다시 말로 권유할 필요가 있었겠느냐?"   亦不可以容10) 聲矣.

21-4

안연이 공자에게 물었다.   顏淵問於仲尼曰.
"선생께서 걸으면 저도 걸었고   夫子步亦步
뛰어가면 저도 뛰었으며   夫子趨亦趨.
선생께서 말을 달리면 저도 말을 달렸습니다.   夫子馳亦馳
그러나 선생께서 먼지를 끊고 멀리 달려가 버렸으니   夫子奔逸絕塵
저는 뒤에 처져 놀라 바라볼 뿐이었습니다."   而回瞠若乎後矣.
공자가 물었다. "회야! 무엇을 말하는 것이냐?"   夫子曰 回 何謂也.
안회가 답했다.   曰
"선생께서 걸으면 저도 걸었다는 것은   夫子步亦步也

10_ 容(용)=勸也.

선생께서 말한 것은 저 역시 말했다는 뜻입니다.　　　　　夫子言亦言也

선생께서 뛰어가면 저도 뛰었다는 것은　　　　　夫子趨亦趨也

선생께서 변론하신 것은 저 역시 했다는 뜻입니다.　　　　　夫子辯亦辯也.

선생께서 말을 달리면 저도 말을 달렸다는 것은　　　　　夫子馳亦馳也

선생께서 도를 말했다면 저 역시 도를 말했다는 뜻입니다.　　　　　夫子言道 回亦言道也

먼지를 끊고 달려가면　　　　　及奔逸絶塵

저만 뒤처져 바라본다는 것은　　　　　而回瞠若乎後者

선생은 말이 없어도 믿어주고　　　　　夫子不言以信

친밀하지 않아도 정이 두루 미치며　　　　　不比於周.

아무 지위가 없어도　　　　　無器[11]

선생님 앞에 백성들이 물밀듯 모여드니　　　　　而民滔[12]乎前.

저는 그 까닭을 알 수 없다는 뜻이었습니다."　　　　　而不知所以然而已矣.

공자가 말했다. "오호! 살피지 못한 것이 있구나!　　　　　仲尼日 惡. 可不察與.[13]

슬픔은 마음이 죽는 것보다 큰 것이 없다.　　　　　夫哀莫大於心死

사람이 죽는 슬픔은 역시 그다음이다.　　　　　而人死亦次之.

해는 동방에서 떠서 서방으로 진다.　　　　　日出東方 而入於西極

만물은 이 방향을 따르지 않는 것이 없다.　　　　　萬物莫不比方.

눈이 있고 발이 있는 것은 이를 따라 공적을 이룬다.　　　　　有目有趾者 待是而後成功.

만물은 모두 이와 같으니　　　　　萬物亦然

이를 따라서만 죽고 이를 따라서만 살아간다.　　　　　有待也而[14]死 有待也而生

우리 인간도 그중 하나를 받아 형체를 이룬 것이니　　　　　吾一受其成形

망치지 말고 다하기를 기다리며　　　　　而不化[15]以待盡

11_ 器(기)=圭璧, 兵甲.

12_ 滔(도)=聚也.

13_ 與(여)=歟(ㅁㅁ인가?, ㅁㅁ일 것이다, ㅁㅁ이구나!).

14_ 而(이)=須也. 乃也, 與也.

만물을 본받아 활동한다.

낮과 밤의 교차는 끝이 없지만

그 끝나는 곳을 알지 못한다.

향기처럼 저절로 형체를 이루는 것이니

운명을 안다 해도 그 전도를 규율할 수 없다.

나도 역시 이것을 따라 날마다 나아갈 뿐이다.

내가 죽으면

네가 교제하던 한 팔을 알아보지 못할 것이니

슬픈 일이 아닌가?

너는 대부분 나의 겉으로 드러난 것만을 부각시켰으나

그것들은 이미 다해 버린 것(과거)일 뿐이다.

그러나 너는 그것을 있다고 생각하고 찾은 것이다.

이것은 텅 빈 시장의 마구간에서 말을 찾는 것이다.

그러나 내 마음속에 있는 너도 곧 잊힐 것이며

네 마음속의 나도 곧 잊힐 것이다.

그렇다 해도 너는 어찌 근심할 것인가?

비록 다해 버린 과거의 나를 잊는다 해도

나는 잊을 수 없는 현존재로 살아 있는 것이다."

效[16] 物而動.

日夜無極

而不知其所終.

薰然其成形

知命不能規乎其前.

丘以是日徂.

吾終身

與汝交一臂 而失[17] 之

可不哀與

女殆著乎我所以著也.

彼已盡矣.

而女求之以爲有.

是求馬於唐[18] 肆[19] 也.

吾服[20] 女也甚忘

女服吾也亦甚[21] 忘.

雖然 女奚患焉.

雖忘乎故吾

吾有不忘者存.[22]

15_ 化(화)＝亡(莊子/內篇/齊物論).

16_ 效(효)＝象(似)也, 致也.

17_ 失(실)＝不知也.

18_ 唐(당)＝亭(역참)也, 空也.

19_ 肆(사)＝殺也, 市也, 陳列也.

20_ 服(복)＝慕也, 思存也.

21_ 甚(심)＝速也.

22_ 存(존)＝生也.

21-5

공자가 노담을 찾아가 뵈었는데

노담은 머리를 감고 있었다.

마침 머리를 풀어헤치고 말리고 있었는데

오싹한 것이 사람 같지가 않았다.

공자는 편안하게 기다리다가 잠시 후 뵙고 말했다.

"제가 현기증이 났는지 아니면 정말 그런지,

아까 선생님의 몸은 나뭇등걸처럼 우뚝한 것이

사물과 인간을 떠나 딴 세상에 서 있는 것 같았습니다."

노담이 말했다.

"나는 만물의 시초에 마음을 노닐게 했었다."

공자가 물었다. "무엇을 말씀하시는 것입니까?"

노담이 답했다.

"마음이 닫혀 있으면 깨달을 수 없고

입이 열려 있으면 말을 할 수 없다.

그렇지만 너를 위해 그 대강을 말해 보겠다.

음陰 이 지극하면 엄정 조밀해지고

양陽 이 지극하면 성대히 드러난다.

엄밀해진 음은 하늘로 진출하고

孔子見老聃

老聃新沐.

方將被髮而乾

慹[23] 然非似人.

孔子便而待之 小焉見 曰.

丘也 眩與 其信然與

向者先生形體 掘[24]若枯木.

似遺物離人 而立於獨也.

老聃曰

吾遊心於物之初.

孔子曰 何謂邪.

曰

心困[25] 焉而不能知

口辟[26] 焉而不能言.

嘗爲女議乎其將.[27]

至陰肅肅[28]

至陽赫赫.[29]

肅肅出[30] 乎天

23_ 慹(집)＝不動貌, 怖也.

24_ 掘(굴)＝突也, 特起貌, 倔.

25_ 困(곤)＝不通也, 窮蹙也.

26_ 辟(벽)＝通也, 開也.

27_ 將(장)＝犓(추＝대강)의 借字.

28_ 肅肅(숙숙)＝嚴正之貌.

29_ 赫赫(혁혁)＝顯盛貌.

30_ 出(출)＝進也, 生也.

창성해진 양은 땅으로 발양한다.　　　　　　　　　　　　赫赫發³¹⁾乎地.

음과 양, 천과 지가 교통하며 조화를 이루어 만물이 생겨난다.　兩者交通成和 而物生焉.

누가 그 벼리를 다스리고 있는 듯하지만　　　　　　　　　或爲之紀

그 형체를 드러내지 않는다.　　　　　　　　　　　　　而莫見其形.

없어지면 생겨나고, 가득 차면 비우고　　　　　　　　　消息滿虛

한 번 밝으면 한 번 어두워지고　　　　　　　　　　　一晦一明

날마다 바뀌고 달마다 변화하니　　　　　　　　　　　日改月化.

날마다 다스림이 있으나 그 조화의 공을 드러내지 않는다.　日有所爲 而莫見其功.

생명은 싹터 나온 곳이 있고　　　　　　　　　　　　生有所乎萌

죽음은 돌아갈 곳이 있어　　　　　　　　　　　　　死有所乎歸.

처음과 끝이 서로 돌고 돌아 실마리가 없으니　　　　　始終相反乎無端

그 궁극을 알지 못한다.　　　　　　　　　　　　　而莫知其所窮.

이러한 음양의 도가 아니라면　　　　　　　　　　　非是³²⁾也

또 무엇이 조화의 머리가 되겠는가?"　　　　　　　　且孰爲之宗.

21-6

공자가 말했다.　　　　　　　　　　　　　　　　孔子曰

"이 도에 노니는 것에 대해 묻고 싶습니다."　　　　請問遊是.

노담이 말했다.　　　　　　　　　　　　　　　　老聃曰

"이것을 얻으면 지극히 아름답고 지극히 즐거운 것이다.　夫得是 至美至樂也.

지극한 아름다움을 얻어 지극한 즐거움에 노니는 사람을　得至美而遊乎至樂

지인至人이라 한다."　　　　　　　　　　　　　謂之至人.

31_ 發(발)＝揚也, 生也.
32_ 是(시)＝道, 혹은 陰陽을 지칭함.

공자가 말했다.

"그 방술을 듣고 싶습니다."

노담이 말했다.

"풀을 먹는 짐승은 철이 바뀌는 덤불을 걱정하지 않고

물에 사는 벌레는 철이 바뀌는 늪을 걱정하지 않는다.

조그만 변화가 생겨도 대도大道를 잃지 않으므로

희로애락이 가슴속에 들어와 머물지 않는다.

무릇 천하라는 것도 만물이 일체가 되는 곳이요,

그 일체 됨을 알고 만물이 대동大同 하면

내 몸은 티끌 같고

사생死生 종시終始는 낮과 밤과 같아

마음을 어지럽히지 못할 것이니

하물며 얻고 잃음, 화와 복이 끼어든다고 어지럽히겠는가?

관속官屬을 진흙처럼 버리는 것은

몸이 관속보다 귀한 것임을 안 것이니

내 몸보다 귀한 것은

어떤 변화에도 잃지 않을 것이다.

또한 만물은 천변만화千變萬化 하여 처음도 끝도 없으니

대저 근심할 만한 것이 무엇이 있겠는가?

이미 도를 이룬 자는 이런 변화에서 해방된 것이다."

孔子曰

願聞其方.

曰

草食之獸 不疾33) 易藪.34)

水生之蟲 不疾易水.

行小變 而不失其大常也.

喜怒哀樂不入於胸次.

夫天下也者 萬物之所一也.

得其所一而同焉

則四肢百體 將爲塵垢

而死生終始 將爲晝夜

而莫之能滑

而況得喪禍福之所介35)乎.

棄隷36)者若棄泥塗

知身貴於隷也.

貴在於我

而不失於變.

且萬化而未始有極也

夫孰足以患心.

已爲道者解乎此.

33_ 疾(질)＝患也.
34_ 藪(수)＝덤불.
35_ 介(개)＝끼이다.
36_ 隷(례)＝官屬. 隷와 同字.

21-7

공자가 물었다. "선생님은 덕이 천지에 짝할 만한데도   孔子曰 夫子德配天地

오히려 지극한 말씀을 빌려 마음을 닦습니다.   而猶假至言以修心

그러니 옛 군자들은   古之君子

누가 성현의 말씀에서 벗어날 수 있었겠습니까?"   孰能脫焉.

노담이 답했다. "그렇지 않다.   老聃曰 不然.

물에게 파도 소리는   夫水之於汋[37]也

다스림이 없어도 성질이 스스로 그러한 것이며   無爲而才自然矣

지인에게 덕은   至人之於德也

닦지 않아도 외물이 떼어낼 수 없는 것이다.   不修而物不能離焉.

마치 천지가 저절로 높고 두터우며   若天之自高 地之自厚

일월이 저절로 밝은 것과 같은 것이다.   日月之自明.

대저 무엇을 닦고 다스린단 말인가?"   夫何修焉.

공자가 밖으로 나와 안회에게 말했다.   孔子出 以告顔回曰.

"나는 도에 있어서 진실로 술 단지 속의 초파리와 같았구나!   丘之於道也 其猶醯雞與.

만일 선생께서 나의 술 단지 뚜껑을 열어주지 않았다면   微夫子之發吾覆也.

천지의 위대함과 온전함을 알지 못했을 것이다."   不知天地之大全也.

21-8

장자가 노나라 애공을 알현했다.   莊子見魯哀公.[38]

애공이 말했다.   哀公曰

"우리나라는 유사儒士들이 많고   魯多儒士

37_ 汋(작)=取也, 激水聲也.
38_ 歷史가 아니고 寓言이다.

선생의 방술을 하는 자는 적습니다."

장자가 말했다. "노나라에는 유사가 적습니다."

애공이 물었다.

"온 나라가 유사 옷을 입었는데 어찌 적다고 합니까?"

장자가 대답했다.

"제가 듣건대

유자가 둥근 관을 쓰는 것은 하늘의 때를 안다는 뜻이요,

모난 신을 신는 것은 땅의 형평을 안다는 뜻이며,

색실의 패옥을 차는 것은

일에 이르러 결단한다는 뜻이라 합니다.

군자가 진실로 그 도를 안다면

반드시 그런 옷을 입지 않을 것이니

그런 옷을 입었다면 반드시 도를 알지 못할 것입니다.

공께서 그렇지 않다고 생각하신다면

어찌 나라에 명령을 내리지 않습니까?

유도가 없는 자가 유복을 입으면

사형에 처한다고 말입니다."

이에 애공이 명을 내렸고 닷새가 지나자

노나라에는 감히 유복을 입는 자가 아무도 없었다.

그런데 유독 한 사람이

유복을 입고 공실 문 앞에 서 있었다.

공은 즉시 그를 불러 국사를 물었는데

천변만화 막히지 않았다.

장자가 말했다.

"노나라에는 유자가 한 사람뿐이지만

少爲先生方者.

莊子曰 魯少儒.

哀公曰

擧魯國而儒服 何謂少乎.

莊子曰

周聞之

儒者冠圜冠者 知天時.

履句屨者 知地形.

緩佩玦者

事至而斷.

君子有其道者

未必爲其服也.

爲其服者 未必知其道也.

公固以爲不然

何不號於國中

曰 無此道而爲此服者

其罪死.

於是哀公號之五日.

魯國無敢儒服者.

獨有一丈夫

儒服而立乎公門.

公則召而問以國事

千轉萬變而不窮.

莊子曰

以魯國而儒者一人耳

많다고 말할 수 있겠구나!"

可謂多乎.

21-9

백리해는 작록에 마음을 쓰지 않았다.	百里奚³⁹⁾爵祿不入於心.

백리해는 작록에 마음을 쓰지 않았다. 　百里奚³⁹⁾爵祿不入於心.

그래서 소를 키우는 직책을 맡았는데 소를 살찌게 키웠다. 　故飯牛而牛肥.

진나라 목공穆公은 그의 천함을 개의치 않고 　使秦穆公忘其賤

그에게 정사를 맡겼다. 　與之政也.

순舜은 사생을 마음에 두지 않았으므로 　有虞氏 死生不入於心

사람을 감동시킬 수 있었다. 　故足以動人.

송나라 원군元君이 초상을 그리려 하자 　宋元君將畫圖

많은 화공들이 모여들었다. 　衆史皆至.

수인사로 읍을 하고 서 있는 자, 　受揖而立

붓을 빨고 먹을 가는 자, 　舐筆和墨

밖에 있는 자도 반이나 되었다. 　在外者半.

한 화공이 늦게 도착했는데 　有一史後至者

서둘지도 않고 천천히 걸어와 　儃儃然不趨.

수인사로 읍을 하고는 서 있지도 않고 숙사로 들어갔다. 　受揖不立 因⁴⁰⁾之舍.

공이 사람을 시켜 살펴보라고 했더니 　公使人視之

옷을 벗고 　則解

맨발로 무릎을 꿇고 앉아 그림 그릴 채비를 하고 있었다. 　衣般礴⁴¹⁾贏.

원군이 말했다. 　君曰

39_ 百里奚(백리해)=秦의 賢人.
40_ 因(인)=就也.
41_ 般礴(반박)=箕坐也, 屈膝坐.

"옳거니! 이자야말로 진짜 화가로구나!"

可矣. 是眞畫者也.

21-10

문왕이 장으로 유람을 나갔다가
낚시를 하는 한 사내를 보았다.
그러나 그의 낚시는 고기를 낚는 것이 아니었다.
낚시질을 하지 않고 낚는 자야말로
최상의 낚시꾼이다.
문왕은 그를 등용하여 정사를 맡기려고 했다.
다만 대신들과 친척들이 불안해할까 걱정이었다.
그래서 나중에는 그를 등용치 않을까도 생각했지만
백성들이 의지할 하늘이 없는 상황은 참을 수 없었다.
이에 아침에 대부들을 불러 회의를 소집하고 말했다.
"어젯밤 과인은 꿈속에서 어떤 선인을 만났는데
얼굴과 구레나룻이 검고
약간 붉은 말굽의 얼룩말을 타고 호령하며 말했소.
'너의 정사를 장 고을의 노인에게 맡겨
많은 백성의 고통을 낫게 하라!'"
대부들이 모두 놀란 듯 말했다.
"이는 선왕의 혼령입니다."

文王觀於臧[42]
見一丈夫釣.
而其釣莫釣
非持其釣 有[43]釣者也
常[44]釣也.
文王欲擧而授之政.
而恐大臣父兄之不安也.
欲終而釋之.
而不忍百姓之無天也.
於是旦而 屬[45]之大夫 曰.
昔者寡人夢 見良人.
黑色而髯
乘駁馬而偏朱蹄 號曰
寓而政於臧丈人
庶幾乎民有瘳[46]乎
諸大夫蹙然曰
先君王也.

42_ 臧(장)＝地名.
43_ 有(유)＝爲.
44_ 常(상)＝尙 또는 上의 借字.
45_ 屬(촉)＝會也, 聚也.
46_ 瘳(추)＝병이 낫다.

문왕이 말했다.

"그렇다면 점을 쳐보기로 합시다."

대부들이 말했다.

"선왕께서 왕에게 명령한 것이 분명한데

또 무슨 점을 치겠습니까?"

그래서 장의 노인을 맞이하여 정사를 맡기게 되었다.

그는 법을 고치지도 않았고

자기 독창의 정령을 발하지도 않았다.

삼 년이 지나서 문왕이 나라의 형편을 돌아보니

선비들은 질서 있고 토호들은 무너졌고

붕당은 해산되었으며

장관들은 자기의 덕을 내세우지 않고

도량형을 외부에서 감히 들여오지 않았다.

질서 있는 선비, 무너진 토호, 해산된 붕당은

곧 대동_{大同} 사회를 지향한 결과이며,

장관들이 자기의 덕을 내세우지 않는 것은

곧 업무를 협동한 것이며,

도량형을 외부에서 감히 들여오지 않은 것은

곧 제후들이 두 마음을 없앤 것이다.

문왕은 이렇게 되자 그를 태사로 삼고

신하의 예로써 말했다.

"이러한 주_周의 정사를 천하에 미칠 수 있게 해주십시오!"

文王曰

然則卜之.

諸大夫曰

先君之命王 其無它

又何卜焉.

遂迎臧丈人 而授之政.

法無更

偏令無出.

三年 文王觀於國.

列⁴⁷⁾士壞植⁴⁸⁾

散群

長官者不成德.

鍮⁴⁹⁾斛不敢入於四竟.

列士壞植散群

則尙同⁵⁰⁾也

長官者不成德

則同務也.

鍮斛不敢入於四竟

則諸侯無二心也.

文王於是焉 以爲大師

北面以問曰.

政可以及天下⁵¹⁾乎.

47_列(렬)＝位序也.
48_植(식)＝彊界頭, 토호.
49_鍮(유)＝斞＝六斛四斗.
50_尙同(상동)＝大同社會를 지향함(墨子/尙同 참조).

노인은 애매하지만 호응하지 않고
자연스럽게 사양했다.
아침에 명령을 받고 그날 밤에 달아나
종신토록 소식이 없었다.
안연이 공자에게 물었다.
"문왕의 덕이 미달된 것일까요?
아니면 어찌 꿈을 빙자하여 다스렸을까요?"
공자가 말했다.
"쉿! 너는 말하지 말라!
문왕은 극진했다.
네 어찌 비난한단 말이냐?
그는 바른 마음으로 잠시 인정에 따랐을 뿐이다."

臧丈人昧然而不應
泛 [52] 然而辭.
朝令而夜遁
終身無聞.
顔淵問於仲尼 曰.
文王其猶未邪.
又何以夢爲乎
仲尼曰 黙.
汝無言.
夫文王盡之也.
而又何論刺焉.
彼直以循斯須 [53] 也.

21-11

열어구 列禦寇 가 백혼무인에게 활 솜씨를 자랑했다.
활시위를 화살촉까지 가득 당기는데
팔꿈치에 올려놓은 물 잔이 고요했다.
발사하면 적중한 화살이 거듭 적중되고

列禦寇爲伯昏无人 [54] 射.
引之盈貫 [55]
措 [56] 杯水其肘上.
發之 適 [57] 矢復沓 [58]

51_ 及天下(급천하)=제후가 천자가 되겠다는 天下制覇의 야심.
52_ 泛(범)=流貌.
53_ 斯須(사수)=須臾.
54_ 无人(무인)=眘人(列子/黃帝).
55_ 貫(관)= 鏑(적=살촉).
56_ 措(조)=置也.
57_ 適(적)=適中.
58_ 沓(답)=重也.

금방 화살이 다시 메워졌다.

이런 때 그의 모습은 인형처럼 동요가 전혀 없었다.

백혼무인이 말했다.

"이는 내기꾼의 발사일 뿐

실제 상황의 발사는 아니다.

시험 삼아 그대와 더불어 높은 산에 올라

벼랑을 밟고 백 길 밑의 연못을 바라보며

활을 쏠 수 있겠는가?"

백혼무인은 말을 마치고 실제로 높은 산에 올랐다.

벼랑을 밟고 백 길 밑의 연못을 바라보다가

등을 돌려 뒷걸음으로 발바닥 절반은 공중에 뜬 채

열어구에게 읍을 하고 다가오라고 손짓했다.

열어구는 땅을 엉금엉금 기면서 땀이 흘러 발꿈치까지 젖었다.

백혼무인이 말했다.

"대저 지인은 위로 푸른 하늘을 살피고

아래로 황천을 헤아리며

팔극을 휘젓고 다녀도 신기가 변하지 않는다.

지금 너는 무서워 떨며

어지러운 눈과 마음을 가지고 있으니

도의 경지에 이르기는 거의 불가능한 일이다."

方矢復寓.

當是時猶象人也.

伯昏无人曰

是射[59]之射

非不射之射也.

嘗與汝登高山.

履危石 臨百仞之淵

若能射乎.

於是无人遂登高山.

履危石 臨百仞之淵

背逡巡[60] 足二分垂在外.

揖禦寇而進之.

禦寇伏地 汗流至踵.

伯昏无人曰

夫至人者 上闚青天

下潛[61] 黃泉.

揮斥[62] 八極 神氣不變.

今汝怵然

有恂[63] 目之志.

爾[64] 於中[65]也 殆矣夫.

59_ 射(사)＝戲爭能取中(博者射：列子/說符).

60_ 逡巡(준순)＝뒷걸음으로 돌다.

61_ 潛(잠)＝測也.

62_ 揮斥(휘척)＝縱放也.

63_ 恂(순)＝慄也, 眴也.

64_ 爾(이)＝汝也, 近也.

65_ 中(중)＝중앙. 道를 상징함.

21-12

견오가 손숙오 孫叔敖 에게 물었다.

"그대는 세 번이나 재상이 되었으나

영화라고 생각지 않았고

세 번 물러났으나 세 번 다 근심하는 기색이 없었소.

나도 처음에는 그대를 의심했지만

이제야 오기 五氣 의 들고남이 온화함을 보았소.

그대의 마음 씀이 독립할 수 있었던 것은 무엇 때문이오?"

손숙오가 답했다.

"내가 어찌 남보다 뛰어나겠소?

나는 오는 것을 물리치지 않고

가는 것을 붙잡지 않았을 뿐이오.

나는 득실은 내가 아니라고 생각했으므로

근심하는 기색이 없었을 뿐

내가 어찌 남보다 뛰어나겠소?

또한 고귀함이 재상 자리에 있는지

나에게 있는지도 알 수 없었소.

고귀함이 재상 자리였다면

나에게는 고귀함이 없는 것이요,

고귀한 것이 나였다면

재상 자리는 고귀함이 없을 것이오.

바야흐로 유유자적하고 사방팔방에 노닐고자 하거늘

肩吾問於孫叔敖 曰.

子三爲令尹

而不榮華.

三去之 而無憂色.

吾始也疑子

今視子之鼻間栩栩[66] 然.

子之用心獨奈何.

孫叔敖曰

吾何以過人哉.

吾以其來不可卻也

其去不可止也.

吾以爲得失之非我也.

而無憂色而已矣

我何以過人哉.

且不知其[67] 在彼乎

其在我乎.

其在彼也

亡乎我.

在我也

亡乎彼.

方將躊躇[68] 方將四顧.

66_ 栩(허)=상수리나무, 柔也, 喜兒.

67_ 其(기)=可貴者.

68_ 躊躇(주저)=주저하는 모양, 느긋한 모양.

어느 겨를에 사람의 귀천에 마음을 쓰겠소?"

공자가 그의 소문을 듣고 말했다.

"옛 진인은 지자_{知者}도 그에게 유세하지 못하고

미인도 그를 일탈시키지 못하고

도적도 그를 겁박하지 못하고

복희씨와 황제도 그를 벗으로 대하지 못했으며

사생_{死生}처럼 큰 것도 그를 변하게 할 수 없었는데

벼슬이야 말해 무엇 하랴!

그러한 자의

정신은 큰 산을 지나도 가로막지 못하고

깊은 물속에 들어가도 젖지 않으며

빈천한 자리에 처해도 고달프지 않으며

도리어 그의 신명은 천지를 충만하게 한다.

먼저 남들에게 주어도 자기는 더욱 부유하다."

何暇至⁶⁹⁾ 乎人貴人賤哉.

仲尼聞之曰

古之眞人 知者不得說

美人不得濫.

盜人不得劫

伏戲黃帝不得友

死生亦大矣 而無變乎己

況爵祿乎.

若然者

其神經乎大山 而無介.⁷⁰⁾

入乎淵泉 而不濡.

處卑細而不憊

充滿天地.

旣以與人 己愈有.

21-13

초나라 왕이 범나라 군주와 더불어 대좌하는 잠깐 동안에

초왕의 신하들 중

범나라를 멸망시켜야 한다고 말하는 자가 셋이었다.

범나라 군주가 말했다.

"범나라가 망한다 해도

나의 존재를 없애지는 못할 것이다.

楚王與凡君坐 小焉

楚王左右

曰凡亡者 三.

凡君曰

凡之亡也

不足而喪吾存.

69_ 至(지)=知(지)로 읽음.
70_ 介(개)=礙也.

무릇 그렇다면
초나라의 존재도 보전하지는 못할 것이다.
이로 볼 때 범나라는 멸망의 시작이 아니며
초나라는 보존의 시작이 아닐 것이다."

夫凡之亡也 不足而喪吾存
則楚之存 不足以存存.
由是觀之 則凡未始亡
而楚未始存也.

知北遊

小目

22-1 성인은 말 없는 교화를 행하는 것이다. 도는 말로 이룰 수 없고, 덕은 말로 이르지 못한다.

22-2 禮는 道의 겉치레며 어지러움의 괴수다. 도를 행함은 날마다 덜어내는 것이니, 덜고 또 덜어 다스림이 없는 데(無爲) 이르는 것이다.

22-3 삶은 죽음의 징역살이며, 죽음은 삶의 시작이니 누가 그 실마리를 알 수 있겠는가?

22-4 無爲謂가 옳다고 말한 것은 그가 지혜롭지 않았기 때문이다.

22-5 至人은 無爲하고, 大聖은 不作한다. 우주가 크다 해도 道의 손바닥 안을 벗어나지 못하고, 가을 깃털처럼 작은 것도 도를 좇아서 몸을 이룬다.

22-6 너는 갓 난 송아지처럼 순진무구한 눈으로 보고 옛 법을 구하지 말라!

22-7 네 몸도 네 소유가 아니거늘 어찌 네가 도를 소유할 수 있겠는가?

22-8 精神은 道에서 생기고, 형체의 근본은 精氣에서 생기며, 만물은 形相(이데아)으로 생기는 것이다.

22-9 조화하여 순응하는 것이 德이요, 짝하여 호응하는 것이 道이다.

22-10 도는 밝게 드러내려 해도 바로 드러나지 않을 것이니 변설하기보다 침묵하는 것이 나을 것이며, 들어 알 수 있는 것이 아니니, 듣는 것은 귀를 막는 것만 못할 것이다. 이를 일러 큰 깨달음이라 한다.

22-11 道는 어디에 있습니까? 도는 없는 곳이 없소. 땅강아지와 개미에게도 있고, 똥과 오줌에도 있습니다.

22-12 모든 사물은 사물을 무리 짓는 차별화된 경계가 없다. 사물에 경계가 있다면 그것은 언어로 일컬어진 경계일 뿐이다. 경계 없는 것(사물)을 언어로 경계 지은 것이니 그 경계는 사물의 경계가 아니다.

22-13 사람들에게 말할 때 어둡다고 말하는 것은 도를 말하기 위한 수단일 뿐, 도의 실체가 아니다.

22-14 形體를 이목구비로 지각한 것은 形狀일뿐 形相이 아니다. 그러므로 道를 이름 붙이는 것은 합당치 않다.

22-15 無有는 지극하구나! 나는 무를 가진(有無) 경지는 알았으나, 무도 없는(無無) 경지는 이루지 못했소.

22-16 이처럼 쓸모 있게 한 것은(有爲) 쓸모없는 것을(無爲) 빌려서 그 쓸모를 크게 한 것(有爲)인데 하물며 쓸모없는 것도 없는 경지(無無爲)는 어떻겠습니까?

22-17 생명을 살리지 않는 것이 죽음이고, 죽음을 죽이지 않는 것이 삶이다. 삶과 죽음이 서로 따르는 것이라면 모두 한 몸에 존재할 것이다.

22-18 가는 것을 전송하지도 오는 것을 환영하지도 않는다. 사물과 더불어 변하는 것이야말로 주체는 한결같아 변하지 않는 것이다.

22-19 무지와 무능은 본래부터 인간으로서 벗어날 수 없는 것이다. 지혜가 아는 것만이 전부라고 생각하는 것은 천박하다.

제 22장. 知北遊 지북유

22-1

'지혜(知)'가 북쪽으로 원수의 상류에서 노닐다가
은분의 언덕에 올랐다.
여기서 우연히 '무위위無爲謂'를 만났다.
지혜가 무위위에게 말했다.
"나는 자네에게 물을 것이 있네.
어떻게 생각하고 꾀하면 도道를 알 수 있는가?
어디에 처하고 무엇을 하면 도에 거처할 수 있는가?
누구를 따르고 누구에게 인도를 받으면
도를 얻을 수 있는가?"
세 가지 질문에 무위위는 대답을 하지 않았다.
답을 하지 않은 것이 아니라, 답을 몰랐던 것이다.
지혜는 답을 얻지 못하자 백수의 남쪽으로 돌아와
호결의 언덕에 올라 광굴狂屈을 만났다.
지혜는 앞서와 같은 말로 광굴에게 물었다.

知北遊於元水之上
登隱弅¹⁾之丘
而適遭無爲謂焉
知謂無爲謂曰
子欲有問乎若.
何思何慮 則知道.
何處何服²⁾ 則安³⁾道.
何從何道
則得道.
三問 而無爲謂不答也.
非不答 不知答也.
知不得問 反於白水之南
登狐闋之丘 而觀狂屈焉.
知以之⁴⁾言也 問乎狂屈.

1_弅(분)=봉긋한 모양.
2_服(복)=治也, 行也, 得也.
3_安(안)=居處也.
4_之(지)=此也.

광굴이 말했다.

"오냐! 내가 알지. 너에게 말해 주지!"

그러나 광굴은 말을 하려는 중간에

말하고자 하는 것을 잊어버렸다.

지혜는 답을 얻지 못하자 제궁으로 돌아가

황제를 알현하고 물었다.

황제가 말했다.

"생각하지도 말고 꾀하지도 않는 것이 도를 아는 시작이며

처하지도 말고 행하지도 않는 것이 도에 거처하는 시작이며

따르지도 말고 인도하지도 않는 것이 도를 얻는 시작이라네."

지혜가 황제에게 물었다.

"나와 그대는 알고 무위위와 광굴은 모른다고 했는데

누가 옳은가?"

황제가 말했다.

"무위위는 참으로 옳았고

광굴은 도에 가깝고

나와 너는 끝내 가깝지 못했다.

대저 아는 자는 말하지 않고

말하는 자는 알지 못한 자다.

그러므로 성인은 말 없는 교화를 행하는 것이다.

도는 말로 이룰 수 없고

덕은 말로 이르지 못하기 때문이다."

狂屈曰

唉. 子知之. 將語若

中欲言

而忘其所欲言

知不得問 反於帝宮

見黃帝 而問焉.

黃帝曰

無思無慮 始知道.

無處無服 始安道.

無從無道 始得道.

知問黃帝曰

我與若知之 彼與彼不知也

其孰是也.

黃帝曰

彼無爲謂眞是也

狂屈似之.

我與汝終不近也.

夫知者不言

言者不知.

故聖人行不言之敎.

道不可致

德不可至.

22-2

(황제의 말) "인仁은 다스려 소속시키는 것이고

의義는 차별하여 덜어내는 것이며

예禮는 인위를 따르게 하는 것이다.

그러므로 옛말에 이르기를

도를 잃은 후에 덕德이 생기고

덕을 잃은 후에 인이 생기고

인을 잃은 후에 의가 생기며

의를 잃은 후에 예가 생긴다고 말하는 것이다.

예는 도의 겉치레며

어지러움의 괴수인 것이다.

그러므로 이르기를

도를 행함은 날마다 덜어내는 것이니

덜고 또 덜어

다스림이 없는 데(無爲) 이르는 것이라고 말한다.

다스림이 없음(無爲)은 다스려지지 않음이 없는 것이다.

지금은 만물을 인위의 다스림에 묶어놓았으니

뿌리로 돌아가려 해도

역시 어렵지 않은가?

그것을 개혁하는 것은

오직 대인大人만이 가능할 것이다."

仁可爲⁵⁾也.

義可虧也

禮相⁶⁾僞也.

故曰

失道而後德

失德而後仁

失仁而後義

失義而後禮.

禮者 道之華

而亂之首也.

故曰

爲道者日損

損之又損之

以至於無爲.

無爲而無不爲也.

今已爲物也

欲復歸根

不亦難乎.

其易⁷⁾也

其唯大人乎.

5_ 爲(위)=治也, 屬也.
6_ 相(상)=隨也, 助也, 導也.
7_ 易(역)=改變也.

22-3

(황제의 말) "삶은 죽음의 징역살이이며

죽음은 삶의 시작이니

누가 그 실마리를 알 수 있겠는가?

사람이 태어남은 기氣가 모인 것이다.

모이면 태어나고 흩어지면 죽게 된다.

만약 사생死生이 이사 가는 것이라면

우리는 또 무엇을 걱정하랴?

그러므로 만물은 하나(氣)지만

이것이 신기하면 아름답다 하고

냄새나고 썩으면 밉다 한다.

그러나 썩은 것은 다시 신기해지고

신기한 것은 다시 썩는다.

그러므로 이르기를

천하란 통틀어 하나의 기일 뿐이니

성인도 반드시 하나로 돌아간다고 말하는 것이다."

生也死之徒[8]

死也生之始

孰知其紀.

人之生氣之聚也.

聚則爲生 散則爲死.

若死生爲徒[9]

吾又何患.

故萬物一也.

是其所美者爲神奇.

其所惡者爲臭腐.

臭腐復化爲神奇

神奇復化爲臭腐.

故曰

通[10]天下一氣耳

聖人故[11]歸一.

◎ 함께 읽기 ◎

• 장자/외편/천지天地 12-8 : 太初有無無 有無名.
• 장자/외편/지북유知北遊 22-8 : 精神生於道 形本生於精 萬物以形相生.
• 장자/잡편/칙양則陽 25-12 : 道不可有 有不可無. 道之爲名 所假而行.
• 노자老子/1장 : 無名天地之始 有名萬物之母.
• 노자老子/40장 : 萬物生於有 有生於無.

8_ 徒(도)=奴隷刑, 懲役刑. 從也.
9_ 徒(도)=徙(사=移徙, 出居異鄕)의 誤.
10_ 通(통)=總也.
11_ 故(고)=則也, 必也.

22-4

지혜가 황제에게 말했다.

"내가 무위위에게 물었을 때

그가 나에게 대답하지 않은 것은

나에게 대답하지 않은 것이 아니라 대답할 줄 몰랐던 것이다.

내가 광굴에게 물었을 때

그가 나에게 알려주려 했으나 알려주지 못한 것은

나에게 알려주지 않은 것이 아니라

마음속으로는 알려주려 했으나 잊어버린 것이다.

지금 내가 그대에게 물었을 때 그대는 알았는데도

어째서 도에 가깝지 않다고 하였는가?"

황제가 말했다.

"무위위에 대해서 진실로 옳다고 말한 것은

그가 지혜롭지 않았기 때문이요,

광굴에 대해서 도에 가깝다고 말한 것은

그가 지혜를 잊었기 때문이요,

나와 그대가 끝내 도에 가깝지 않다고 말한 것은

지혜로 나아가기 때문이다."

광굴이 이것을 듣고 황제는 지혜로 말한다고 생각했다.[12]

천지는 위대한 아름다움을 가지고 있으나 말이 없고

사시는 밝은 법을 가지고 있으나 강론하지 않으며

만물은 생성의 이치를 가지고 있으나 유세하지 않는다.

知謂黃帝曰

吾問無爲謂

無爲謂不應我.

非不我應 不知應我也.

吾問狂屈

狂屈中欲告我 而不我告.

非不我告

中欲告而忘之也.

今子問乎若 若知之.

奚故不近

黃帝曰

彼其眞是也

以其不知也.

此其似之也

以其忘知也.

予與若終不近也

以其知之也.

狂屈聞之 以黃帝爲知言[13]

天地有大美而不言

四時有明法而不議[14]

萬物有成理而不說.

12_ 광굴은 황제가 도를 모른다고 비판한 것이다.

13_ 知言(지언)=言者不知.

14_ 議(의)=講論, 誼也.

성인은 이와 같은 천지의 아름다움에 근원하여
만물의 이치를 통달하는 것이다.

聖人者 原天地之美
而達萬物之理.

22-5

이런 까닭으로 지인至人은 무위無爲하고
대성大聖은 부작不作한다.
천지를 관찰하여 말한다면
그 도는 신명하고 지극히 정미하며
도와 더불어 백 가지로 조화하니
만물이 죽고, 낳고, 모나고, 둥글어 그 근원을 알지 못하지만
바람에 나부끼듯 만물은 예로부터 이미 존재했다.
우주가 크다 해도 도의 손바닥 안을 벗어나지 못하고
가을 깃털처럼 작은 것도 도를 좇아서 몸을 이룬 것이다.
천하는 끊임없이 부침하니 종신토록 옛것이 아니고
음양 사시四時는 돌고 돌아 운행하니
각자 자신의 차례를 얻는다.
황혼이 짙어지듯 없는 것 같으나 존재하며
구름이 피어오르듯 형체가 없어도 신령하며
만물을 기르지만 그것을 알지 못한다.
이를 일러 만물의 뿌리라 말하며
이것으로 가히 하늘을 볼 수 있는 것이다.

是故至人無爲
大聖不作
觀於天地之謂也.
今彼神明至精
與彼百化.
物已死生方圓 莫知其根也.
扁然 15) 而萬物自古以固存
六合爲巨 未離其內.
秋毫 16) 爲小 待之成體.
天下莫不沈浮 終身不故.
陰陽四時運行
各得其序.
惛然若亡而存
油然不形而神.
萬物畜而不知
此之謂本根
可以觀於天矣.

15_ 扁然(편연) = 翩然.
16_ 秋毫(추호) = 秋極纖細也.

22-6

설결이 피의에게 도를 물었다.

피의가 답했다.

"네 몸을 바르게 하고 네 시야를 한결같이 하라!

그리하면 자연의 조화에 장차 이를 것이다.

너의 지혜를 접고 너의 헤아림을 한결같이 하라!

그러면 신명이 네 몸에 깃들 것이다.

덕은 너를 아름답게 할 것이며

도는 너를 편안하게 할 것이다.

너는 갓 난 송아지처럼 순진무구한 눈으로 보고

옛 법을 구하지 말라!"

말이 끝나기도 전에 설결은 잠이 들었다.

피의는 크게 기뻐해 다음처럼 노래하며 떠나갔다.

"몸은 마른 해골 같고

마음은 꺼진 재 같네!

그 지혜를 진실하게 하고

옛 전범을 고집하지 않네!

무지한 듯 어리석은 듯!

무심하여 헤아릴 수 없으니

그는 어떤 사람인가?"

齧缺問道乎被衣.

被衣曰

若正汝形 一汝視

天和將至.

攝[17] 汝知 一汝度

神將來舍.

德將爲汝美

道將爲汝居.

汝瞳焉[18] 如身出之犢

而無求其故[19]

言未卒 齧缺睡寐.

被衣大說 行歌而去之 曰.

形若枯骸

心若死灰

眞其實知

不以故自持[20]

媒媒[21]晦晦

無心而不可與謀

彼何人哉.

17_ 攝(섭)=引持也, 斂取也, 養也.
18_ 瞳焉(동언)=無知直視之貌.
19_ 故(고)=舊也, 典也.
20_ 持(지)=執也, 得也.
21_ 媒媒(매매)=昧昧.

22-7

순임금이 그의 스승인 승_丞에게 물었다.

"도를 터득하여 소유할 수 있을까요?"

승이 답했다. "네 몸도 네 소유가 아니거늘

어찌 네가 도를 소유할 수 있겠는가?"

순임금이 물었다.

"내 몸이 내 것이 아니라면 누구의 소유란 말입니까?"

승이 답했다. "이것은 천지가 너에게 맡겨놓은 형체다.

생명도 너의 소유가 아니라

천지가 맡겨놓은 음양의 화합이다.

본성과 운명도 너의 소유가 아니라

천지가 맡겨놓은 순리_{順理}이다.

자손도 너의 소유가 아니라

천지가 맡겨놓은 허물이다.

그러므로 가도 갈 곳을 모르고,

처해도 머물 곳을 모르고

먹어도 맛있는 것을 모른다.

천지는 성대히 발양하는 기_氣이니

어찌 체득하고 소유할 수 있단 말인가?"

舜問乎丞曰

道可得而有乎

曰 汝身非汝有也

汝何得有夫道

舜曰

吾身非吾有也 孰有之哉

曰 是天地之委形也

生非汝有

是天地之委和也.

性命非汝有

是天地之委順²²⁾也.

孫子非汝有

是天地之委蛻²³⁾也.

故行不知所往

處不知所持

食不知所味

天地之强²⁴⁾陽²⁵⁾氣也

又胡可得而有邪.

▒ 함께 읽기 ▒

• 장자/외편/마제_{馬蹄} 9-2 : 織而衣耕而食 是謂同德. 一而不黨 名曰天放.

22_ 順(순)＝理也.

23_ 蛻(태)＝허물.

24_ 强(강)＝盛大也.

25_ 陽(양)＝揚也, 生也, 養也.

- 장자/외편/재유在宥 11-7 : 大同無己 無己惡乎得有有.
- 장자/외편/추수秋水 17-4 : 貨財不爭 不多辭讓 事焉不借人 不多食乎力.
- 장자/잡편/칙양則陽 25-7 : 貨財聚 然後覩所爭.
- 장자/잡편/도척盜跖 29-14 : 平爲福 有餘爲害.
- 노자老子/19장 : 絶巧棄利 盜賊無有. 故令有所屬 少私寡欲.
- 노자老子/81장 : 聖人不積 旣以與人 己愈多.
- 열자列子/양주楊朱 : 然身非我有也 物非我有也.不橫私天下之物者 其唯聖人乎.

22-8

공자가 노담에게 말했다.   孔子問於老聃曰

"오늘 마침 한가하니 지극한 도에 대해 여쭙고자 합니다."   今日晏間 敢問至道

노담이 말했다.   老聃曰

"너는 우선 재계하여 네 마음을 세탁하라!   汝齋戒 疏瀹²⁶⁾而²⁷⁾心

네 정신을 깨끗이 하고, 네 지식을 깨부수어 버리라!   澡雪²⁸⁾而精神 掊擊而知

대저 도란 심원하여 말하기 어렵다.   夫道窅然²⁹⁾難言哉

특별히 너를 위해 그 언저리나마 대략 말해 보겠다.   將爲汝言其崖略

대저 밝음은 어둠에서 나오고   夫昭昭生於冥冥.

도리는 형체가 없는 것에서 생긴다.   有倫³⁰⁾生於無形.

정신精神은 도에서 생기고   精神生於道

형체의 근본은 정기精氣에서 생기며   形本生於精

만물은 형상形相(이데아)으로 생기는 것이다.   而萬物以形相生.

그러므로 아홉 구멍이 있는 사람과 짐승은 잉태하여 낳고   故九竅者胎生

26_ 疏瀹(소약)＝疏通, 洗濯.
27_ 而(이)＝汝也.
28_ 澡雪(조설)＝精潔.
29_ 窅然(요연)＝遠望也, 恨然.
30_ 倫(륜)＝道理.

여덟 구멍만 있는 새와 물고기는 알로 낳지만   八竅者卵生

오는 것은 자취가 없고, 가는 것은 끝 간 데가 없으며   其來無迹 其往無崖

문도 없고 방도 없으며   無門無房 [31]

사통팔달 서둘러 달아난다.   四達之皇皇 [32] 也.

이를 따르는 자는   邀 [33] 於此者

사지가 강건하고 사려가 통달하며   四肢彊 思慮恂 [34] 達

이목이 총명하고 마음 씀이 수고롭지 않고   耳目聰明 其用心不勞

사물을 대응함이 차별이 없다.   其應物無方 [35]

하늘은 이를 얻지 못하면 높을 수 없고   天不得不高

땅은 이를 얻지 못하면 넓을 수 없고   地不得不廣

해와 달은 이를 얻지 못하면 운행할 수 없고   日月不得不行

만물은 이를 얻지 못하면 창성할 수 없으니   萬物不得不昌

이것이야말로 도일 것이다.   此其道與. [36]

또한 널리 안다고 반드시 지자가 아니며   且夫博之不必知

분별한다고 반드시 지혜가 아니니   辯之不必慧

성인은 그런 것을 끊어버리는 것이다.   聖人以斷之矣

무릇 더한다고 더해질 수 없고   若夫益之而不可益

던다고 줄어들지 않는 것이니   損之而不可損者.

성인은 다만 보존하는 것이다.   聖人之所保也.

깊고 넓어 바다 같고   淵淵乎其若海

31_ 房(방)=住宅, 祠堂.
32_ 皇皇(황황)=遑遑也.
33_ 邀(료)=順也.
34_ 恂(순)=通也.
35_ 方(방)=法術, 別也(不可方物：國語/楚語).
36_ 與(여)=歟也. □□입니까?, □□할 것이다.

높고 높아 끝나면 다시 시작된다.	魏魏乎其終則復始也.
만물을 운행하고 재량해도 다함이 없으니	運量萬物而不匱
군자의 도는 그 밖에 따로 있겠는가?	則君子之道 彼其外與
만물은 모두 이것을 이용하여 운행하되 다하지 않으니	萬物皆往[37] 資[38] 焉 而不匱
이것이야말로 도일 것이다."	此其道與.

함께 읽기

- 장자莊子 / 외편外篇 / 지락至樂 18-3 : 兩無爲相合 萬物皆化. 芒乎芴乎而無從出乎 而無有象乎.
- 장자莊子 / 외편外篇 / 천지天地 12-4 : 乃使象罔 象罔得之.
- 노자老子 / 4장 : 道沖而用之或不盈 吾不知誰之子 象帝之先.
- 노자老子 / 14장 : 故混而爲一. 是謂 無狀之狀 無物之象 恍惚道紀.
- 노자老子 / 21장 : 道之爲物惟恍惟惚 其中有象 其中有物.
- 노자老子 / 35장 : 執大象天下王.
- 노자老子 / 41장 : 大象無形 道隱無名.
- 한비자韓非子 / 해로解老 : 凡理者 方圓長短麤靡堅脆之分也. 故理定而後可得道也.
- 예문유취藝文類聚 / 권19 / 언진의론言盡意論 : 刑不待名而方圓已著. 色不俟稱而黑白已彰.

22-9

중국에 사람이 있다는 것은 음陰도 아니요 양陽도 아니며	中國有人焉 非陰非陽
하늘과 땅의 사이에 처하여	處於天地之間
잠시 사람의 형체로 있다가	直且爲人
장차 근본으로 돌아가는 것이다.	將反於宗
근본에서 본다면	自本觀之
생명은 음양의 기가 엉킨 혼돈한 물건일 뿐이다.	生者暗醷[39] 物也.

37_ 往(왕)＝行也, 去也.
38_ 資(자)＝取也, 利用也.

비록 장수하고 요절한들 그 차이가 얼마나 되겠는가?　　　雖有壽夭相去幾何

잠깐이라는 점에서 말한다면　　　須臾之說也

어찌 요순과 걸주의 시비 따위를 따지겠는가?　　　奚足以爲堯桀之是非

하찮은 나무 열매나 풀 열매도 모두 이理 가 있고,　　　果蓏有理

사람의 길은 비록 간난하지만　　　人倫雖難

이빨이 물리듯 서로 어울려 사는 것이다.　　　所以相齒

성인은 만나는 일마다 거스르지 않고　　　聖人 遭之而不違

지나간 것을 지키지 않는다.　　　過之而不守

조화하여 순응하는 것이 덕이요,　　　調而應之 德也.

짝하여 호응하는 것이 도이다.　　　偶而應之 道也.

이 도덕이야말로 제왕이 흥기하는 도구인 것이다.　　　帝之所興 王之所起也.

◎ 함께 읽기 ◎

- 장자/내편/대종사大宗師 6-5：夫道 自本自根 未有天地自古以固存. 神鬼神帝 生天生地.
- 장자/외편/선성繕性 16-1：夫德和也. 道理也. 德無不容仁也. 道無不理義也.
- 장자/외편/달생達生 19-9：問 蹈水有道乎. 日 吾無道 從水之道 而不爲私焉.
- 장자/외편/지북유知北遊 22-2：人之生氣之聚也 通天下一氣耳.
- 장자/외편/지북유知北遊 22-11：問日 所謂道惡乎在. 莊子日 無所不在 在螻蟻瓦甓屎溺.
- 주역周易 / 계사繫辭：一陰一陽之謂道.
- 노자老子 / 25장：人法地 地法天 天法道 道法自然.
- 노자老子 / 42장：道生一 一生二 二生三 三生萬物.
- 노자老子 / 51장：道生之 德畜之. 道之尊而德之貴 夫莫之命 而常自然.
- 노자老子 / 60장：以道莅天下 其鬼不神 非其鬼不神 其神不傷人
- 열자列子 / 중니仲尼：無所由而常生者 道也. 有所由而常死者 亦道也.
- 한비자韓非子 / 해로解老：道者 萬物之所然也 萬理之所稽也. 理者 成物之文也 道者萬物之所以成也.
　　　　　　　　　故日 道 理之者也.
- 회남자淮南子 / 원도훈原道訓：道分而爲陰陽 陰陽合化而萬物生.

39_ 暗醷(암의)＝聚氣貌.「창세기」의 黑暗과 같은 것.

22-10

사람이 천지 사이에 살아 있는 것은	人生天地之間
날랜 백마가 문틈을 지나는 것처럼 홀연히 끝난다.	若白駒之過郤 忽然而已
물이 흘러 갑자기 불어나듯 나타났다가	注然勃然 莫不出焉
구름이 흩어지듯 소리 없이 돌아가지 않는 것이 없다.	油然漻然 莫不入焉
이러한 변화를 삶이라고도 하고 또는 죽음이라고도 하면서	已化而生 又化而死
동물은 이것을 애통해하고 인간은 이것을 슬퍼한다.	生物哀之 人類悲之
그러나 이것은 하늘의 활집을 풀어놓는 것이요,	解其天弢40)
하늘의 주머니를 벗어나는 것일 뿐이니	墮41) 其天袠42)
실이 얽히고 풀리듯! 혼백이 가면	紛乎宛乎 魂魄將往
몸이 따라가는 것이요, 대자연으로의 귀향인 것이다.	乃身從之 乃大歸乎
형체 없는 것이 형체를 만들고	不形之形
그것이 다시 형체 없는 것으로 변하는 것은	形之不形
사람들이 다 같이 아는 것이니	是人之所同知也
이런 논의는 도에 이르려는 자가 힘쓸 일이 아니다.	非將至之所務也.
이는 중인들이 다 같이 논하는 것일 뿐	此衆人之所同論者也
저들 도에 이른 자들은 논하지 않는 것이며	彼至則不論
논하는 자들은 도에 이르지 못할 것이다.	論則不至
그것을 밝게 드러내려 해도 바로 드러나지 않을 것이니	明見無値43)
변설하기보다 침묵하는 것이 나을 것이다.	辯不若黙
도는 들어 알 수 있는 것이 아니니	道不可聞
듣는 것은 귀를 막는 것만 못할 것이다.	聞不若塞

40_ 弢(도)＝활집.
41_ 墮(추)＝脫也.
42_ 袠(질)＝칼전대, 주머니.
43_ 値(치)＝逢遇也. 直(正見)과 통용.

이를 일러 큰 깨달음이라고 말한다.　　　　　　　　　　　　此之謂大得.

22-11

동곽자_{東郭子}가 장자에게 물었다.　　　　　　　　　　　東郭子問於莊子曰

"이른바 도는 어디에 있소?"　　　　　　　　　　　　　　所謂道惡乎在.

장자가 답했다. "없는 곳이 없소."　　　　　　　　　　　莊子曰 無所不在.

동곽자가 말했다. "요약해 주시면 좋겠소."　　　　　　　東郭子曰 期⁴⁴⁾而後可.

장자가 말했다. "도는 땅강아지와 개미에게 있소."　　　莊子曰 在螻蟻

동곽자가 말했다. "어찌 그처럼 낮은 것에 있단 말이오?"　日 何其下邪

장자가 말했다. "도는 돌피와 참피에 있소."　　　　　　日 在稊稗

동곽자가 말했다. "어찌 더욱 낮아지는 것이오?"　　　　日 何愈其下邪

장자가 말했다. "도는 기와와 벽돌에도 있소."　　　　　日 在瓦甓.

동곽자가 말했다. "어찌 더욱 심해지시오?"　　　　　　日 何愈甚邪

장자가 말했다. "도는 똥과 오줌에도 있소."　　　　　　日 在屎溺.⁴⁵⁾

동곽자는 아예 입을 다물어버렸다.　　　　　　　　　　東郭子 不應

장자가 말했다.　　　　　　　　　　　　　　　　　　莊子曰

"그대의 질문은 원래 본질에 미치지 못한 것이었소.　　夫子之問也 固不足質⁴⁶⁾

시장 책임자가 시장 감시인에게 신발과 돼지 값을 묻는 것은　正獲⁴⁷⁾之問於監市履豨也

매번 아랫것들이 시장 상황을 더 잘 보여주기 때문이오.　每下愈況

그대는 미리 표준을 세워놓고 판단하지 말고　　　　　汝唯莫必⁴⁸⁾

44_ 期(기)＝要也, 約也.
45_ 屎溺(시뇨)＝똥과 오줌.
46_ 質(질)＝實也.
47_ 正獲(정획)＝官號(市令).
48_ 必(필)＝分極也. 立表爲分判之準.

사물을 숨기지 말아야 하오.　　　　　　　　無乎逃物

지극한 도는 이와 같고　　　　　　　　　　至道若是

훌륭한 교훈도 역시 그런 것이오."　　　　大言亦然.

22-12

'두루 주', '널리 편', '함께 함' 이 세 글자는　　周 徧咸三者

이름은 다르지만 실질은 같다.　　　　　　　異名同實

그 가리키는 것이 하나이기 때문이다.　　　其指一也

시험 삼아 그대와 더불어 무하유_{無何有} 의 궁전에서 노닐며　　嘗相與遊乎無何有⁴⁹⁾之宮

대동 합일하여 논한다면 그 토론은 다함이 없을 것이다.　　同合而論 無所終窮乎

시험 삼아 그대와 더불어 인위가 없고, 담박 고요하며,　　嘗相與無爲乎 澹而靜乎

적막하여 맑으며, 조화롭고 한가롭게 한다면,　　漠而淸乎 調而閒乎

나의 뜻은 텅 비고 적막할 것이다.　　　　寥已吾志

가야 할 곳이 없으니 이르는 곳을 모르고　　無往焉 而不知其所至

무심히 가기도 하고 오기도 하여 그칠 곳을 모를 것이다.　　去而來 而不知其所止

나는 기왕에 왔으나 마칠 곳을 알지 못하고　　吾已往來焉 而不知其所終

텅 빈 외곽에서 방황하듯 큰 지혜에 들었다 해도　　彷徨乎馮閎⁵⁰⁾ 大知入焉

그 궁극을 알지 못한다.　　　　　　　　　而不知其所窮

모든 사물은　　　　　　　　　　　　　　物物者

사물을 무리 지어 차별하는 경계가 없는 것이니　　與物無際⁵¹⁾

사물에 경계가 있다면　　　　　　　　　　而物有際者

49_ 無何有(무하유)＝無所有를 상징하는 宮名.

50_ 馮閎(풍굉)＝虛廓.

51_ 際(제)＝界也, 分別.

언어로 일컬어진 사물의 경계일 뿐이다.

경계 없는 것(물질)을 언어로 경계 지은 것이므로

그 경계는 사물의 경계가 아니다.

차고 비고, 덜고 더한다고 말하지만

저들이 차고 빈다고 말한 것은

실은 차고 빈 것이 아니며,

저들이 덜고 더한다고 말한 것은

실은 덜고 더한 것이 아니며,

저들이 본本이요 말末이라 말한 것은

실은 본말이 아니며,

저들이 쌓이고 흩어짐이라 말한 것은

실은 쌓이고 흩어진 것이 아니다.

所謂[52] 物際者也.

不際之際

際之不際者也

謂盈虛衰[53] 殺

彼爲盈虛

非盈虛

彼爲衰殺

非衰殺

彼爲本末

非本末

彼爲積散

非盈虛.

22-13

아하감娿何甘 과 신농씨는

노룡길魯龍吉 을 선생으로 동문수학했다.

신농씨는 의자에 파묻혀 문을 닫고 낮부터 졸고 있었다.

아하감이 한낮이 되어 문을 열고 들어와 말했다.

"늙은 용이 죽었다."

신농은 지팡이를 짚고 일어나 햇볕을 쬐더니

지팡이를 놓고 웃으며 말했다.

娿何甘與神農

同學於魯龍吉

神農隱几 闔戶晝瞑

娿何甘日中參[54]戶而入

曰 老龍死矣

神農擁杖而起 曝然

放杖而笑 曰

52_ 所謂(소위)=인간의 언어로 命名된 것.
53_ 衰(쇠)=袞의 誤字.
54_ 參(차)=開也.

"하늘이 나의 편벽되고 고루하고 거만하고 거짓됨을 알고
일부러 나를 버리고 돌아가시게 하였구나!
이제 그만이구나! 스승이시여!
나를 계발하는 선문답의 말씀도 없이
돌아가시다니!"
감강조弇堈弔가 그 말을 듣고 말했다.
"무릇 도道를 체득한 자는
천하의 군자들이 매달리거늘
도라면 신농은 추호의 실마리도
만분의 일조차 깨우치지 못했는데
도리어 선생이 광언狂言을 품은 채 돌아가신 것을 알았으니
하물며 도를 체득한 자는 어떻겠는가?
형체 없는 것을 보고, 소리 없는 소리를 들으며
사람들에게 말할 때 어둡다고 말하는 것은
도를 말하기 위한 수단일 뿐, 도의 실체가 아니다."

天知子僻陋慢訑
故棄子而死.
已矣 夫子.
無所發予之狂[55]言
而死矣夫
弇堈弔聞之 曰
夫體道者
天下之君子所繫焉
今於道 秋毫之端
萬分未得處一焉
而猶知藏其狂言而死.
又況夫體道者乎
視之無形 聽之無聲
於人之論者 謂之冥冥
所以論道 而非道也.

22-14

이에 대해 태청泰清은 무궁無窮에게 물었다.
"그대는 도를 아는가?"
무궁이 답했다. "나는 모른다."
태청은 또 무위無爲에게 물었다.
무위가 답했다. "나는 도를 안다."

於是泰清問乎無窮
曰 子之道乎
無窮曰 吾不知.
又問乎無爲.[56]
無爲曰 吾知道.

55_ 狂(광)＝無常也. 心不能審得失之地(韓非子/解老).
56_ 無爲(무위)＝無知(莊子/雜篇/外物).

태청이 말했다.

"그대가 도를 안다는 것은 역시 운수를 말하는 것인가?"

무위가 말했다. "그렇다."

태청이 물었다. "그 운수라 함은 무엇 때문인가?"

무위가 답했다.

"내가 아는 도는 귀할 수도 있고 천할 수도 있으며

근신할 수도 있고 방종할 수도 있다.

이는 내가 도란 운수임을 알게 된 까닭이다."

태청은 무시無始에게 그들의 말을 전하고 물었다.

"이처럼 무궁은 모른다고 했고

무위는 안다고 했는데

누가 옳고 누가 그른가?"

무시가 답했다.

"모른다고 한 것은 깊고, 안다고 한 것은 얕다.

모른다는 것은 내면이고, 안다는 것은 외면이다."

이에 태청은 마음속으로 탄식하며 말했다.

"모르는 것이 결국 아는 것이요,

아는 것은 결국 모르는 것이라면

누가 모르는 것의 앎을 알 것인가?"

무시가 말했다.

"도는 귀로 들을 수 없다. 들었다면 도가 아니다.

도는 눈으로 볼 수 없다. 보았다면 도가 아니다.

曰

子之知道 亦有數[57] 焉

曰 有.

曰 其數若何

無爲曰

吾知道之 可以貴 可以賤

可以約[58] 可以散.[59]

此吾所以知道之數也.

泰淸以之言也 問乎無始

曰 若是 則無窮之弗知

與無爲之知

孰是 孰非乎

無始曰

不知深矣 知之淺矣.

弗知內矣 知之外矣.

於是泰淸中而歎 曰

弗知乃知乎

知乃不知乎

孰知不知之知

無始 曰

道不可聞. 聞而非也.

道不可見. 見而非也.

57_ 數(수)=運命, 情勢, 理也(多言數窮 : 老子).

58_ 約(약)=繩也, 屈也. 王先謙은 聚爲生으로 解함.

59_ 散(산)=放也, 不相從也.

도는 입으로 말할 수 없다. 말했다면 도가 아니다.

형체를 지각할 수는 있지만

그 형상形狀은 형상形相이 아니다."

그러므로 도를 이름 붙이는 것은 합당치 않다."

무시가 계속 말했다.

"도를 물었을 때 대답한 자는 도를 모른 것이다.

비록 도를 물어보아도 도는 들을 수 없는 것이다.

도는 물을 수 없고, 물음에 대답할 것도 없다.

물을 것이 없는 것을 묻는 것은 끝을 묻는 것이요,

대답할 것이 없는 것을 대답하는 것은

안(內)이 없는 것이다.

안이 없는 자가 끝을 묻기를 기다린다면

이런 자들은 밖으로 우주를 보지 못하고,

안으로 태초를 알지 못한다.

그래서 곤륜에 오르지 못하고

태허에 노닐지 못한다."

道不可言. 言而非也.

知形

形之不形乎.

道不當名.

無始曰

有問道 而應之者 不知道也.

雖問道者 亦未聞道

道無問 問無應

無問 問之 是問窮[60]也

無應 應之

是無內也

以無內待問窮

若是者 外不觀乎宇宙

內不知乎泰初

是以不過乎崑崙

不遊乎太虛.

함께 읽기

- 장자 / 외편 / 추수秋水 17-2 : 至精無形 至大不可圍.
- 장자 / 잡편 / 경상초庚桑楚 23-9 : 以有形者象無形者 定矣.
- 노자老子 / 1장 : 道可道 非常道無 名可名 非常名.
- 한비자韓非子 / 해로解老 : 常者無攸易 無定理. 無定理非在於常所. 是以不可道也.
  聖人觀其玄虛 用其周行 强字之曰道 然而可論.

60_ 窮(궁)=終也.

22-15

광요光曜가 무유無有(유가 없음)에게 물어 말했다.

"무유! 그대는 있는 것이오, 있지 않는 것이오?"

광요는 질문의 대답을 듣지 못했다.

그래서 자세히 살펴보니 그 모양이

심원한 듯! 공허한 듯!

종일 들여다보아도 볼 수 없고,

들으려 해도 들리지 않고, 잡으려 해도 잡히지 않았다.

광요가 말했다. "무유는 지극하구나!

누가 이런 경지에 이를 수 있겠는가?

나는 무를 가진(有無) 경지는 알았으나

무도 없는(無無) 경지는 이루지 못했다.

유가 없는(無有) 경지를 겨우 이룬 내가

어떻게 무도 없는 경지에 이르겠는가?"

光曜問乎無有 曰

夫子有乎 其無[61]有乎

光曜不得問

而孰[62]視其狀貌

窅[63]然空然

終日視之而不見

聽之而不聞 搏之而不得也

光曜曰 至矣.

其孰能至此乎

予能有無矣

而未能無無也.

及爲無有矣

何從至此哉.

함께 읽기

- 장자/내편/제물론齊物論 2-9 : 有有也者 有無也者. 有未始有無也者. 俄而有無矣 而未知有無之果孰有孰無也.
- 장자/외편/천지天地 12-8 : 太初有無無 有無名.
- 장자/외편/지북유知北遊 22-3 : 人之生氣之聚也. 故曰 通天下一氣耳.
- 장자/외편/지북유知北遊 22-8 : 精神生於道 形本生於精 萬物以形相生.
- 장자/잡편/경상초庚桑楚 23-10 : 天門者無有也 萬物出乎無有. 有不能以有爲 有必出乎無有. 而無有一無有.
- 장자/잡편/칙양則陽 25-12 : 道不可有 有不可無. 道之爲名所假而行.
- 노자老子/1장 : 無名天地之始 有名萬物之母.
- 노자老子/40장 : 萬物生於有 有生於無.

61_ 無(무)=존재의 근원적 실체가 아니라 有의 否定詞.
62_ 孰(숙)=精審也, 誰也.
63_ 窅(요)=深遠貌.

22-16

초나라 대사마_{大司馬}에겐 허리띠를 만드는 사람이 있었는데
나이 여든이 되도록 조그만 실수도 없었다.
대사마가 말했다. "그대는 정교하구려! 도가 있겠지?"
공인_{工人}이 말했다. "신에게는 지키는 것이 있습니다.
신은 나이 스물에 요대 만들기를 좋아하여
다른 것은 무시하고 요대가 아니면
거들떠보지도 않았습니다.
이처럼 쓸모 있게 한 것(有爲)은 쓸모없는 것(無爲)을 빌려서
그 쓸모를 크게 한 것(有爲)인데
하물며 쓸모없는 것도 없는 경지(無無爲)는 어떻겠습니까?
그런 경지면 무엇이든 쓸모 있게 되지 않겠습니까?"

大馬之捶鉤⁶⁴⁾者
年八十矣 而不失豪芒
大馬曰 子巧與 有道與
曰 臣有守也.
臣之年二十 而好捶鉤
於物無視也
非鉤無察也.
是用⁶⁵⁾之者 假不用⁶⁶⁾者也.
以長得其用
而況乎無不用者乎
物孰不資⁶⁷⁾焉.

22-17

염구_{冉求}가 스승 공자에게 물었다.
"천지가 있기 이전을 알 수 있습니까?"
공자가 말했다.
"알 수 있다. 옛날도 지금과 같았다."
염구는 더 묻지 않고 그냥 물러나왔다.
염구는 다음 날 다시 찾아뵙고 물었다.
"어제는 알 것 같았는데 오늘은 전혀 모르겠습니다.

冉求問於仲尼曰
未有天地可知邪
仲尼曰
可. 古猶今也.
冉求失問而退
明日復見曰
昔者吾昭然 今日吾昧然

64_ 鉤(구)＝腰帶也.
65_ 用(용)＝爲也, 利也.
66_ 不用(불용)＝無用≒無爲.
67_ 資(자)＝利也, 用也.

어제 하신 말씀이 무슨 뜻입니까?"

공자가 대답했다.

"어제 알아들을 수 있었던 것은

신명으로 먼저 그것을 받아들였기 때문이고,

오늘 어두워진 것은

신령하지 못한 사려로 궁구하려 했기 때문이다.

예도 없고 지금도 없고

시작도 없고 끝도 없는 것이니,

자손이 있지 않은데 자손이 있다고 하면 되겠는가?"

염구가 미처 대답하기도 전에 공자가 또 말했다.

"그만두라! 대답하지 말라!

생명을 살리지 않는 것이 죽음이고

죽음을 죽이지 않는 것이 삶이다.

삶과 죽음이 서로 따르는 것이라면

모두 한 몸에 존재하는 것이다.

존재의 비롯됨은 천지가 낳는 물질이라면

사물을 사물답게 하는 것(道)은 물질이 아니며

물질을 출현시키는 것은 물질을 앞서는 것은 아니다.

오히려 사물이 존재한다는 것은

아직도 그 툴실의 손재가 그침이 없다는 것을 의미한다.

성인의 백성 사랑이 끝내 그침이 없다는 것은

여기에서 취한 것이다."

敢問何謂也

仲尼曰

昔之昭然也

神者先受之.

今之昧然也

且又爲不神者求邪.

無古無今

無始無終

未有子孫而有子孫可乎

冉求未對 仲尼曰

已矣 末應矣

不以生生死

不以死死生

死生有待[68] 邪[69]

皆有所一體

有先[70] 天地生者物邪.

物物者非物

物出不得先物也.

猶其有物也

猶其有物也無已

聖人之愛人也 終無已者

亦乃取於是也.

68_ 待(대)＝從也.
69_ 邪(사)＝□□인가?, □□인데, □□이면.
70_ 先(선)＝始也, 首也, 上也.

22-18

안연이 공자에게 물었다.

"저는 일찍이 선생에게서 듣기를

가는 것을 전송하지도 않고

오는 것을 환영하지도 않는다 했습니다.

저도 그렇게 노닐 수 있을까요?"

공자가 답했다.

"옛사람은 겉은 변하지만 속은 변하지 않았는데

지금 사람은 속은 변하면서도 겉은 변하지 않는다.

사물과 더불어 변하는 것이야말로

주체는 한결같아 변하지 않는 것이다.

변하거나 변하지 않거나

만약 사물과 더불어 서로 따르며 구속되면

반드시 사물과 더불어 크게 지나칠 것이니

희위狶韋 씨의 성채, 황제의 장원,

순임금의 궁실, 탕왕 무왕의 궁실이 이것이다.

군자가 된 귀인들은

유가, 묵가를 스승으로 따르지만

이로써 시비가 일어나고 서로 비방하게 된 것이다.

그러니 오늘날 사람들이야 말해 무엇 하랴?"

顔淵問乎仲尼 曰

回嘗聞諸夫子曰

無有所將

無有所迎

回敢問其遊

仲尼曰

古之人 外化而內不化

今之人 內化而外不化

與物化者

一不化者也

安[71] 化安不化

安[72] 與之相靡[73]

必與之莫[74] 多[75]

狶韋氏囿 黃帝之圃

有虞氏之宮 湯武之室

君子之人

若儒墨者師

故以是非相齏[76]也.

而況今之人乎.

71_ 安(안)=於也, 於是也.
72_ 安(안)=抑也, 何也.
73_ 靡(미)=隨從, 繫也.
74_ 莫(막)=大也.
75_ 多(다)=過也.
76_ 齏(제)=썩은 풋김치, 碎也. 王先謙은 和(화)로 읽음.

22-19

성인(은자)은 물질에 거처하지만 물질을 해치지 않는다.　聖人處物不傷物

물질을 상하지 않는 자는 물질도 그를 상하지 않는다.　不傷物者 物不能傷也.

오직 상하는 일이 없는 자만이　唯無所傷者

능히 남과 더불어 서로 보내고 맞이할 수 있다 할 것이다.　爲能與人相將迎

산과 숲, 언덕과 논밭은　山林與 ⁷⁷⁾ 皐壤與

나를 기쁘게 해주지만　使我欣欣然而樂與

그러나 즐거움이 끝나기도 전에 슬픔이 잇는다.　樂未畢也 哀又繼之

나는 슬픔과 즐거움이 와도 막을 수 없고　哀樂之來 吾不能御

가도 멈추게 할 수 없구나!　其去不能止

슬프다! 세상 사람들은 물질을 위한 여인숙에 불과하구나!　悲夫 世人直 ⁷⁸⁾ 爲物逆旅耳

대저 만나는 것은 알지만 만나지 못한 것은 알지 못한다.　夫知遇 而不知所不遇

재능이 미치는 것은 할 수 있지만　知 ⁷⁹⁾ 能能

재능이 못 미치는 것은 할 수 없다.　而不能所不能 ⁸⁰⁾

이처럼 무지와 무능은　無知無能者

본래부터 인간으로서 벗어날 수 없는 것이다.　固人之所不免也.

대저 사람이 벗어날 수 없는 것을 벗어나려고 힘쓰니　夫務免乎人之所不免者

어찌 슬픈 일이 아닌가?　豈不亦悲哉

지극한 말씀은 말이 없고(無言)　至言去言

지극한 함은 함이 없다(無爲).　至爲去爲

지혜가 아는 것만이 전부라고 생각하는 것은 천박하다.　齊 ⁸¹⁾ 知之所知 則淺矣.

77_ 與(여)=及也. 疑而未定之辭.

78_ 直(직)=正見也, 當也, 物價.

79_ 敦煌古抄本에는 知 자가 없음.

80_ 王先謙은 知以能爲能 而不知以不能爲能로 解함.

81_ 齊(제)=無偏無頗. 執心克莊.

雑
篇

잡편

庚桑楚

小目

23-1 추인들과 더불어 살며, 일꾼들과 일하며 따랐다.

23-2 큰 혼란의 뿌리는 요순시대에 생긴 것이다. 천년 후에는 사람과 사람이 서로 잡아먹는 시대가 반드시 올 것이다.

23-3 네 몸을 온전히 하고, 네 생명을 보존하며, 네 사려로 이리저리 꾀하지 말라!

23-4 안팎으로 묶인 자는 도덕을 지킬 수 없다.

23-5 그것만으로는 안 된다. 내가 진실로 너에게 어린아이가 되라고 하지 않았느냐!

23-6 항심이 있는 자는 사람이 머물고 하늘이 돕는다.

23-7 물질을 재용으로 삼음으로써 몸을 기르고, 사적소유를 걱정하지 않음으로써 마음을 살린다.

23-8 병사는 私心보다 참혹하지 않고, 도적은 음양보다 큰 것이 아니다. 음양을 적대하지 않으면 마음이 그것을 부리는 것이다.

23-9 道는 분별한 것을 總合한다. 형체 없는 것을 표상하면 고정되어 버린다.

23-10 實體이지만 처한 곳이 없는 것을 공간(宇)이라 하며, 오래이지만 근본을 표시할 수 없는 것을 시간(宙)이라 한다. 天門은 無有이다. 만물은 이 無有에서 나온다. 그러므로 無有는 唯一者인 無有다.

23-11 有無와 死生이란 각각 '유일자의 지킴'이라는 것을 누가 알겠는가?

23-12 검댕이는 요즘 사람들이니, 대롱을 비웃은 메까치와 비둘기와 똑같은 자들이다.

23-13 지극한 예는 남이 없고, 지극한 의는 사물이 따로 없고, 지극한 지혜는 꾀가 없고, 지극한 仁은 친척이 없고, 지극한 신의는 보증금이 없다.

23-14 의식의 어지러움을 무찌르고, 마음의 올가미를 풀어라! 덕의 얽매임을 벗고, 도의 막힘을 뚫어라.

23-15 성품은 생명의 본질이다. 본성의 활동을 有爲라 말하고, 有爲가 거짓된 것(僞)을 본성을 잃었다고 말한다.

23-16 천하를 새장으로 삼으면 꿩은 도망갈 곳이 없다.

23-17 성을 내도 노하지 않는다면 노하지 않게 성낸 것이다. 有爲했으나 人爲가 없다면 有爲를 無爲하게 한 것이다.

卷六 · 雜篇

제23장. 庚桑楚 경상초

23-1

노담의 제자 중에 경상초庚桑楚 라는 자가 있었는데 　老聃之役 有庚桑楚者

노담의 도를 조금 아는 자로서 　偏得老聃之道

북쪽으로 외루산에서 살았다. 　以北居畏壘之山

그는 신하가 되려고 지자知者 인 척하는 자들을 물리쳤고 　其臣之畫然知者去之

첩이 되려고 인자仁者 인 척하는 자들을 멀리했다. 　其妾之挈然仁者遠之

추인들과 더불어 살며 　擁腫[1]之與居

일꾼들과 일하며 따랐다. 　軮掌[2]之爲使[3]

삼 년이 지나자 외루 지방은 풍족해졌다. 　居三年 畏壘大壤[4]

그러자 외루 사람들 사이에서 서로 말하기를 　畏壘之民 相與言曰

"경상자가 처음 왔을 때는 　庚桑子之始來

놀랍도록 이방인 같았다. 　吾洒然[5]異之.

지금 생각해 보니 일상에서는 만족스러운 것은 아니었지만 　今吾日計之 而不足

해를 두고 살펴보니 　歲計之而有餘

1_ 擁腫(옹종)＝醜貌.

2_ 軮掌(앙장)＝勞苦奔走之人.

3_ 使(사)＝從也.

4_ 壤(양)＝穰(豊足)의 借字.

5_ 洒然(선연)＝놀라는 모양, 삼가는 모양. 洒(선)＝놀라다, (세)＝씻다, (쇄)＝물 뿌리다.

거의 성인이라 해도 남음이 있다.

그대들은 어찌 서로 힘을 합해 그를

사직으로 삼으려 하지 않는가?"

경상자는 소문을 듣고

군주가 되는 것을 언짢아하니 제자들이 이상히 여겼다.

경상자가 말했다.

"제자들은 어찌 나를 이상히 보는가?

대저 봄이 오면 백초가 자라고

가을이 되면 온갖 곡식이 익는다.

대저 봄과 가을이 어찌 덕德이 없이 그러하겠는가?

그것은 천도의 운행일 뿐이다.

내 듣기로는 지인至人은

좁은 방 안에 죽은 듯이 살았으므로

백성들은 제멋대로여서 그의 왕림을 알지 못한다고 한다.

지금 외루의 백성들이

은근히 나를 제기祭器로 삼으려 하는데

현인들 사이에서 내가 묶인 표적이 되라는 말인가?

나는 이로써 노담의 말씀을 버리고 싶지 않다."

제자가 말했다. "그렇지 않습니다.

보통 도랑에서는

큰 고기가 몸을 돌릴 수 없어

작은 고기에게 제압당하고

庶幾其聖人乎

子胡不相與尸而祝之

社而稷之乎

庚桑子聞之

南面而不釋然 弟子異之

庚桑子曰

弟子 何異於子

夫春氣發而百草生

正得秋而萬寶成

夫春與秋豈无得而然哉

天道已行矣

吾聞至人

尸居環堵6)之室

而百姓猖狂7) 不知所如往

今以畏壘之細民

而竊竊欲俎豆子

于賢人之間 我其杓8)之人邪

吾是以不釋於老聃之言

弟子曰 不然.

夫尋常之溝

巨魚無所還其體

而鯢鰍之制

6_ 堵(도)=一丈.
7_ 猖狂(창광)=제멋대로.
8_ 杓(표)=所繫也. 王先謙은 標的으로 解함.

낮은 언덕에서는   步仞之丘陵

큰 짐승이 숨을 곳이 없어 간사한 여우가 재주를 부립니다.   巨獸無所隱 孽狐爲之詳

그러나 현인을 높이고 능력자에게 맡기고   且夫尊賢授能

선한 것을 앞세워 더불어 이롭게 하는 것은   先善與利

옛 요순 이래 이미 그러했던 것이니   自古堯舜以⁹⁾然

하물며 외루의 백성이야 말할 것 있습니까?   而況畏壘之民乎

선생님께서는 승낙하십시오!"   夫子亦聽矣.

23-2

경상자가 말했다. "제자들아 오너라!   庚桑子曰 小子來.

무릇 수레를 덮치는 큰 짐승도 홀로 산을 벗어나면   夫函¹⁰⁾ 車之獸 介¹¹⁾ 而離山

그물의 재난을 면할 수 없고   則不免於罔罟之患.

배를 삼킬 만한 큰 고래도 육지로 뛰어올라 물을 잃으면   吞舟之魚 碭¹²⁾ 而失水

개미도 능히 해칠 수 있다.   則蟻能苦之.

그러므로 새와 짐승은 높은 곳을 마다하지 않고   故鳥獸不厭高

물고기와 자라는 깊은 곳을 마다하지 않는다.   魚鱉不厭深.

대저 형체와 생명을 온전히 하려는 사람은   夫全其形生之人

몸을 감추는 데 깊고 먼 것을 마다하지 않는 것이다.   藏其身 不厭深眇而已矣.

그런데 너희가   且夫二子者

어찌 요순을 칭송한단 말이냐?   又何足以稱揚哉.

그의 분별이란   是其於辯也

9_ 以(이)＝已.
10_ 函(함)＝包也, 覆也.
11_ 介(개)＝獨也.
12_ 碭(탕)＝文石, 溢也, 去水陸居也.

고작 남의 담장이나 뚫고 잡초만 자라게 한 것뿐이다.　　　將妄鑿垣墻 而殖蓬蒿也

머리칼을 가려 빗질하고 쌀 톨을 세어 밥을 짓듯　　　　簡髮而櫛 數米而炊

시시콜콜한 분별로 어찌 세상을 구제할 수 있단 말인가?　竊竊13)乎 又何足以濟世哉.

어진 사람을 등용함으로써　　　　　　　　　　　　　舉賢

백성들끼리 서로 알력이 생기게 했고,　　　　　　　則民相軋

지혜 있는 자를 임용함으로써　　　　　　　　　　　任知

백성들이 서로 도둑질을 하게 만들었다.　　　　　　則民相盜.

이처럼 사물을 셈하는 자는　　　　　　　　　　　　之14)數物者

백성을 행복하게 할 수 없는 것이다.　　　　　　　　不足以厚15)民.

백성들에게 자기 이익을 위해 너무 힘쓰게 함으로써　民之於利甚勤

급기야 자식이 아비를 죽이고 신하가 군주를 죽이고　子有殺父 臣有殺君

한낮에 도둑질을 하고 남의 담장을 뚫는 지경에 이른 것이다.　正晝爲盜 日中穴坏.

너희에게 말하노니 이러한 큰 혼란의 뿌리는　　　　吾語汝 大亂之本

분명히 요순시대에 생긴 것이다.16)　　　　　　　　必生於堯舜之間.

그 폐해는 천대까지 남을 것이니,　　　　　　　　　其末17)存乎千世之後.

천년 후에는　　　　　　　　　　　　　　　　　　千歲之後

사람과 사람이 서로 잡아먹는 시대가 반드시 올 것이다."　其必有人與人相食者也.

함께 읽기

• 장자/외편/변무騈拇 8-3 : 自虞氏 仁義以撓天下也.
• 장자/외편/마제馬蹄 9-3 : 夫赫胥之時 民居不知所爲 含哺而喜 鼓腹而遊.

13_ 竊竊(절절)=察察也.
14_ 之(지)=諸也, 若也.
15_ 厚(후)=益也.
16_ 孔子, 墨子 모두 요순시대를 〈擊壤歌〉를 불렀던 太平聖代라고 했다. 특히 『論語』에서도 요순시대를 '無爲' 로 다스린 시대라고 인정했다. 그러나 장자는 반대로 '有爲' 의 시대로 규정한 것이다.
17_ 末(말)=端也.

- 장자/외편/거협胠篋 10-5 : 伏羲氏 神農氏 當是時也. 則至治已.
- 장자/외편/재유在宥 11-4 : 昔者黃帝始 以仁義攖人之心.
- 장자/외편/천지天地 12-14 : 至治之世 不尚賢不使能 上如標枝 民如野鹿.
- 장자/외편/천운天運 14-13 : 三王五帝之治天下 名曰治而亂莫甚焉.
- 장자/외편/선성繕性 16-3 : 逮德下衰 及燧人伏羲始爲天下.
- 장자/잡편/서무귀徐无鬼 24-14 : 夫堯畜畜然仁 吾恐其爲天下笑.
- 장자/잡편/도척盜跖 29-4 : 神農之世 此至德之隆也. 然而黃帝不能致德 與蚩尤 戰於涿鹿之野 流血百里.
- 논어論語/위령공衛靈公 5 : 子曰 無爲而治者 其舜也與.
- 노자老子/19장 : 令有所屬 見素抱朴 小私寡慾.
- 노자老子/80장 : 小國寡民 民之老死不相往來.

23-3

경상자의 제자 남영주南榮趎가 움츠러든 듯 정좌하고 말했다.	南榮趎 蹙然正坐曰
"이 사람 주는 나이가 이미 장년입니다.	若[18]趎之年者已長矣
장차 무엇으로 학업을 닦아야	將惡乎託業
선생의 가르침에 이르게 될까요?"	以及此言邪
경상자가 말했다.	庚桑子 曰
"그대의 몸을 온전히 하고, 생명을 보존하며,	全汝形 抱汝生
그대의 사려로 이리저리 꾀하지 말라!	無使汝思慮營營.[19]
이와 같이 삼 년을 한다면 내가 말한 대로 이를 것이다."	若此三年 則可以及此言矣
남영주가 말했다.	南榮趎曰
"눈은 다 같은 형체로 남과 다르지 않은데	目之與形 吾不知其異也
맹인은 스스로 볼 수 없고	而盲者不能自見
귀는 다 같은 형체로 남과 다르지 않은데	耳之與形 吾不知其異也
귀머거리는 스스로 들을 수 없으며	而[20]聾者不能自聞

18_ 若(약)=此也.
19_ 營(영)=度也. 營營(영영)=往來貌, 周旋貌.

마음도 다 같은 형체로 남과 다르지 않는데　　心之與形 吾不知其異也

광인은 스스로 깨우칠 수 없습니다.　　而狂者不能自得

형체는 다 같은 형체로 역시 열려 있지만　　形之與形 亦辟[21] 矣

사물事物이 틈을 벌려놓는 것일까요?　　而物或間之邪

바람(欲)은 서로 구하고 있으나 서로 찾을 수 없습니다.　　欲相求而不能相得

지금 저에게 몸을 온전히 하고 생명을 보존하고　　今謂趎曰 全汝形 抱汝生

생각을 굴리지 말라고 일러주셨으나　　勿使汝思慮營營

제가 힘써 도를 들어도 제 귀까지만 도달할 뿐입니다."　　趎勉聞道達耳矣

경상자가 말했다. "내가 할 수 있는 말은 다 했다.　　庚桑者曰 辭盡矣.

옛말에 이르기를 작은 벌은 콩잎 애벌레를 부화시킬 수 없고　　曰 奔蜂不能化藿蠋

월나라 닭은 고니 알을 품을 수 없고　　越雞不能鵠卵

노나라 닭만이 품을 수 있다고 한다.　　魯雞固能矣

닭은 같은 닭이므로 그 덕은 같지 않을 수 없지만　　雞之與雞 其德非不同也

능한 것도 있고 능하지 못한 것도 있어　　有能有不能者

그 재주는 원래부터 대소가 있다.　　其才固有巨小也.

나의 재주는 작아서 그대를 교화시키기에는 부족하다.　　今吾才小 不足以化子

그대는 어찌 남쪽으로 노자를 찾아 알현하지 않는가?"　　子胡不南見老子.

23-4

남영주는 양식을 준비하여　　南榮趎贏糧

이레 만에 노자의 처소에 이르렀다.　　七日七夜 至老子之所

노자가 물었다. "그대는 초나라에서 왔는가?"　　老子曰 子自楚之所來乎

20_ 而(이)＝如也, 若也.
21_ 辟(벽)＝闢의 借字. 王先謙은 喩로 解함.

남영주가 답했다. "예!"

노자가 물었다.

"그대는 어째서 더불어 같이 온 사람이 많은가?"

남영주는 놀란 듯 뒤를 돌아보았다.

노자가 물었다.

"그대는 내가 말한 것을 알아듣지 못했는가?"

남영주는 고개를 떨어뜨리고 부끄러워하다가

머리를 들고 탄식하며 말했다.

"이제 저는 제 대답을 잊었고, 제 질문도 잊었습니다."

노자가 물었다. "무슨 말인가?"

남영주가 답했다.

"모른다고 하면, 사람들은 저를 우둔한 놈이라 할 것이며

안다고 하면, 반대로 제 몸을 걱정해야 할 것입니다.

인자仁慈하지 않으면 남을 해칠 것이고

인자하면 반대로 제 처신을 걱정해야 할 것입니다.

의롭지 않으면 상대를 상할 것이고,

의로우면 반대로 저를 버리는 것을 걱정해야 할 것입니다.

저는 어떻게 이 모순을 벗어나야 좋겠습니까?

이 세 가지 담론은 저의 고민입니다.

원컨대 초나라 경상초의 인연으로 묻습니다."

노자가 말했다.

"아까 네가 눈썹을 깜작거리는 것을 보고

나는 네 고민을 알아보았다.

지금 또 네 말하는 것으로 확신하게 되었다.

마치 얼이 빠진 듯! 마치 부모를 잃은 듯!

南榮趎曰 唯.

老子曰

子何與人偕來之衆也

南榮趎懼然顧其後

老子曰

子不知吾所謂乎

南榮趎 俛而慙

仰而歎 曰

今者吾忘吾答 因失吾問

老子曰 何謂也

南榮趎曰

不知乎 人謂我朱愚.

知乎 反愁我軀.

不仁則 害人.

仁則 反愁我身

不義則 傷彼.

義則 反愁我已

我安逃此而可

此三言者 趎之所患也

願因楚而問之

老子曰

向吾見若眉睫之間

吾因以得汝矣.

今汝又言而信之

若規規然 若喪父母

낚싯대를 들고 바다를 재려고 하니   揭竿而求諸海也

너는 도망치는 사람처럼 황급하구나!   女亡²²⁾ 人哉 惘惘乎

너는 네 본성으로 돌아가려 하지만   汝欲反汝情性

따라 들어갈 수 없으니 가련하다."   而無由入 可憐哉

남영주는 간청하여 기숙사에 들어가   南榮趎請入就舍

그가 좋아하는 것을 불러들이고 싫어하는것을 버리고자   召其所好 去其所惡

열흘 동안 고민하다가 다시 노자를 알현했다.   十日自愁 復見老子.

노자가 말했다.   老子曰

"너는 스스로 묵은 것을 세탁한다고 하였으나 갑갑하구나! 汝自洒濯熟哉 鬱鬱乎

그러니 마음속에는 끈적끈적하게 좋고 싫은 것이 남아 있다. 然而 其中津津乎 猶有惡也.

밖으로 묶인 자는 울타리를 치거나 붙잡으려 하면 안 된다. 夫外韄²³⁾者 不可繁而捉²⁴⁾

안으로 막힐 것이다.   將內揵²⁵⁾

안으로 묶인 자는 올가미로 붙잡으려 하면 안 된다.   內韄者 不可繆而捉

밖으로 막힐 것이다.   將外揵

안팎으로 묶인 자는 도덕을 지킬 수 없다.   外內韄者道德不能持

하물며 도를 버리고 행하는 자는 어떻겠는가?"   而況放道而行者乎.

23-5

남영주가 말했다.   南榮趎曰

"마을 사람이 병이 나서 마을 사람이 문병을 왔는데   里人有病 里人問之

병자가 자기 병을 말할 수 있다면   病者能言其病

22_ 亡(망)=逃也, 失也.
23_ 韄(획)=묶다.
24_ 捉(착)=捕也.
25_ 揵(건)=閉也.

그 병자의 병은 아직 깊지 않을 것입니다.

만일 제가 대도大道를 들으려 한다면

마치 약을 마시고 병을 도지게 하는 것과 같을 것입니다.

제가 원하는 것은

다만 '위생衛生의 도'를 듣는 것일 뿐입니다."

노자가 말했다.

"위생의 도란

능히 태일太─을 품고 잃지 않는 것이며,

능히 점을 치지 않고도 길흉을 아는 것이요,

능히 머무를 수 있고 능히 그칠 수 있으며,

능히 남들을 사면赦免하고 자기에게서 구하며,

능히 융통 자재하고 바보처럼 진실하여

어린아이처럼 되는 것이다.

아이는 종일 울어도 목구멍이 쉬지 않는다.

화평이 지극하기 때문이다.

아이는 종일 주먹을 쥐고 있어도 손이 땅기지 않는다.

그 덕이 공손하기 때문이다.

아이는 종일 보아도 눈을 깜작이지 않는다.

외물에 편향되지 않기 때문이다.

然其病病者 猶未病也.

若趎之聞大道

譬猶飮藥以加病也.

趎願

聞衛生之經而已矣.

老子曰

衛生之經

能抱一 26) 乎 能勿失乎.

能無卜筮 而知吉凶乎.

能止乎 能已乎.

能舍諸人 而求諸己乎.

能翛然 27) 乎 能侗 28) 然乎

能兒子乎.

兒子終日嗥 29) 而嗌 30) 不嗄 31)

和之至也.

終日握 而手不掜 32)

共 33) 其德也.

終日視 而目不瞚 34)

偏不在外也.

26_ 一(일)＝太極也.
27_ 翛然(소연)＝融通自在之貌.
28_ 侗(동)＝童蒙也, 直也, 眞也, 誠慤也.
29_ 嗥(호)＝울다.
30_ 嗌(익)＝목구멍.
31_ 嗄(사)＝쉬다.
32_ 掜(예)＝땅기다.
33_ 共(공)＝供의 借字.
34_ 瞚(순)＝깜작이다.

나아가되 갈 곳을 모르고 머물되 처할 곳을 모르며
만물과 더불어 따라가며 그 물결에 함께하는 것이니
이것을 위생의 도라 한다."
남영주가 물었다.
"그렇다면 이것이 '지인至人의 덕'입니까?"
노자가 답했다. "아니다.
이것은 얼음이 풀려 추위가 가시는 정도의 능함일 뿐이다.
대저 지인이란 땅에서는 서로 먹여주고
하늘에서는 서로 즐겁게 하는 것이다.
그러므로 사람이나 사물과 이해利害로 서로 얽히지 않으며
서로 더불어 괴이한 짓을 하지 않으며
서로 더불어 꾀하지 않으며
서로 더불어 사업을 하지 않으며
훨훨 날개 치듯 갔다가 무심히 오나니
이것을 일러 위생의 도라고 한다."
남영주가 물었다. "정말 그렇게 되면 지극한 것입니까?"
노자가 답했다. "아직 아니다.
내가 진실로 너에게 어린아이가 되라고 하지 않았느냐?
아이는 활동해도 인위人爲를 모르고
걸어가도 갈 곳을 모르고
몸은 마른 나뭇가지 같고
마음은 죽은 재 같다.

行不知所之 居不知所爲
與物委蛇35) 而同其波
是衛生之經已.
南榮趎曰
然則是至人之德已乎.
曰 非也.
是乃所謂氷解凍釋者能乎.
夫至人者 相與交食乎地
而交樂乎天.
不以人物利害相攖36)
不相與爲怪37)
不相與爲謀
不相與爲事.
翛然而往 侗然而來.
是謂衛生之經已.
曰 然則是至乎.
曰 未也.
吾固告汝曰 能兒子乎.
兒子動不知所爲
行不知所之
身若枯木之枝
而心若死灰矣

35_委蛇(위사)＝行可從迹也.
36_攖(영)＝攖也, 梏也, 亂也.
37_怪(괴)＝詭異也.

이런 자는 재앙이 이르지 않고, 복도 부르지 않는다.　若是者 禍亦不至 福亦不來

화복이 있을 수 없으니 어찌 사람의 재앙이 있겠는가?"　禍福無有 惡有人災也.

■함께 읽기■

• 장자/외편/거협胠篋 10-6 : 釋夫恬淡無爲 而悅哼哼之意. 哼哼已亂天下矣.
• 노자老子/10장: 載營魄抱一 能無離乎. 專氣致柔 能如嬰兒乎.
• 노자老子/28장: 復歸於嬰兒.
• 노자老子/49장: 聖人無常心 以百姓之心爲心. 爲天下渾其心 聖人皆孩之.
• 노자老子/65장: 古之善爲道者 非以明民 將以愚之 常知稽式 是謂玄德.
• 노자老子/76장: 人之生也柔弱 其死也堅强.

23-6

천지사방이 태평하고 안정되게 한 자는 천광이 빛나고　宇[38]泰定者 發乎天光

천광이 빛나는 자는 사람들이 그 사람을 우러러본다.　發乎天光者 人見其人

사람이 닦음이 있으면 이는 곧 항심恒心이 있음이요,　人有修者 乃今有恒

항심이 있는 자는 사람들이 머물고 하늘이 돕는다.　有恒者 人舍之 天助之

사람이 머물기 때문에 그들을 천민天民이라 일컫고　人之所舍 謂之天民

하늘이 돕기 때문에 그를 천자라 일컫는 것이다.　天之所助 謂之天子.

배우는 자들이 배울 수 없는 것(도덕)을 배우려 하고,　學者 學其所不能學也.

행하는 자들이 행할 수 없는 것(도덕)을 행하려 하고,　行者 行其所不能行也.

변론하는 자들이 변론할 수 없는 것(도덕)을 변론하려 한다.　辯者 辯其所不能辯也.

그러나 알 수 없는 것을 그만두는 것이 지극한 지혜다.　知止乎其所不能知 至矣

만약 여기에 머물지 않는 자는　若有不卽[39]是者

38_ 宇(우)=四方上下. 器(국량). 德宇(덕의 국량)로 解하기도 함.
39_ 卽(즉)=舍也.

하늘의 조화를 무너뜨리는 것이다.　　　　　　　　　天均敗之.

23-7

물질을 재용으로 삼음으로써 몸을 기르고　　　　　　備 40) 物以將 41) 形

사적소유私的所有를 걱정하지 않음으로써 마음을 살리며　藏 42) 不虞 43) 以生心

안을 공경함으로써 밖을 통달하는 것이다.　　　　　　敬中以達彼 44)

만일 이러고도 온갖 악이 이른 것은　　　　　　　　若是而萬惡至者

모두 천명일 뿐 인위가 아니라고 한다면,　　　　　　皆天也 而非人也.

이룸을 윤택하게 하기에 부족하고　　　　　　　　　不足以滑 45) 成

영혼의 집을 윤택하게 할 수 없을 것이다.　　　　　不可內 46) 於靈臺

영혼의 집은 보존할 수 있다고 하지만　　　　　　　靈臺者有持 47)

그 보존된 것을 알지 못하며　　　　　　　　　　而不知其所持

또한 보존할 수도 없을 것이다.　　　　　　　　　而不可持者也

성실한 자기를 드러내지 못한 발현은　　　　　　　不見其誠己而發

발현마다 합당하지 못하고,　　　　　　　　　　每發而不當.

사업에 빠져 들어 마음이 쉬지 못하면　　　　　　業 48) 入而不舍 49)

매번 바뀌고 실패할 것이다.　　　　　　　　　每更爲失.

40_ 備(비)=成也, 用也.
41_ 將(장)=長也, 養也.
42_ 藏(장)=臟也, 私有也.
43_ 虞(우)=憂也.
44_ 彼(피)=中의 대칭.
45_ 滑(활)=利, 美, 澤也, (골)=壞亂.
46_ 內(내)=肥也.
47_ 持(지)=執也, 保也, 制也.
48_ 業(업)=事也.
49_ 舍(사)=宮也, 息也, 除也.

밝게 드러난 곳에서 불선不善을 행하는 자는   爲不善乎 顯明之中者

군주가 알고 죽일 것이며   人得而誅之.

어두운 곳에서 불선을 행하는 자는   爲不善乎 幽閒之中者

귀신이 알고 죽일 것이다.   鬼得而誅之.

사람과 귀신에게 떳떳한 연후에야   明乎人 明乎鬼者 然後

독실하게 행동할 수 있을 것이다.   能獨行.

23-8

안을 분명하게 한 자는   券[50]內者

'무명無名(명분이 없음)의 도'를 행하고,[51]   行乎無名[52]

밖을 분명하게 한 자는   券外者

재용財用의 절도 있는 소비를 지향한다.[53]   志乎期[54]費[55]

무명을 행하는 자는 남에게 쓰이면 빛나고   行乎無名者 唯庸有光

재용을 절도 있게 소비하는 자는 남을 값지게 한다.   志乎期費者 唯賈[56]人也

사람들이 그의 발돋움을 보면 나무혹과 같을 것이다.   人見其跂[57] 猶之魁[58]然

사물과 더불어 다하면 사물이 나에게 들어오지만   與物窮[59]者 物入焉

50_ 券(권)=分明也. 王先謙은 契合으로 解함.

51_ 反名分論.

52_ 無名(무명)=無爲自然의 道.
　　無名天地之始(老子/1장), 道常無名(老子/32장), 道隱無名(老子/41장), 泰初 有無無 有無名(莊子/外篇/天地).

53_ 節用論.

54_ 期(기)=度也. 王先謙은 綦(極也)의 借字라 함.

55_ 費(비)=財用也.

56_ 賈(가)=售値也(我待賈者也 : 論語/子罕).

57_ 跂(기)=足多指也, 企望也.

58_ 魁(괴)=魁瘤(혹나무).

59_ 窮(궁)=盡也.

사물에 구차하면 자기 몸도 용납할 수 없거늘   與物且⁶⁰⁾者 其身之不能容

어찌 남을 용납할 수 있겠는가?   焉能容人

남을 용납하지 못하는 자는 친지가 없고   不能容人者 無親

친지가 없으면 모두가 남이다.   無親者盡人

병사는 사심私心 보다는 참혹하지 않다.   兵莫憯於志⁶¹⁾

명검은 아래를 다스릴 수도 있기 때문이다.   鎭鎁爲下

도적은 음양보다 큰 것이 아니다.   寇莫大於陰陽

음양을 피하려 해도 천지간에 도망할 곳이 없기 때문이다.   無所逃於天地之間

그러나 음양은 그것을 적대하지 않으면 마음이 그것을 부린다.   非陰陽敵之 心則使之.

◉함께 읽기

- 묵자墨子 / 노문魯問 : 殺其父而賞其子 何以異食其子而賞其父哉.
- 노자老子 / 31장 : 兵者不祥之器 非君子之器.
- 노자老子 / 68장 : 善爲士者不武.
- 노자老子 / 73장 : 天之道不爭而善勝.

23-9

도는 분별한 것을 총합하고 완성과 훼손을 총합한다.   道通⁶²⁾其分也 其成也毁也.

분별을 싫어하는 것은   所惡乎分者

그 분별을 충분하다고 생각하기 때문이다.   其分也以備.⁶³⁾

충분한 것을 싫어하는 까닭은   所以惡乎備者

현상의 존재를 충분하다고 생각하기 때문이다.   其有以備.

60_ 且(차)＝苟且也.
61_ 志(지)＝私意也. 王先謙은 心으로 解함.
62_ 通(통)＝總也.
63_ 備(비)＝具也, 盡也, 豊足也.

그러므로 나가서 돌아오지 않으면 귀신으로 나타나고

나간 것을 잡았으면 이는 죽음을 잡았다는 말이니

소멸했는데도 실재가 있다면 귀신의 하나일 뿐이다.

형체가 있는 것으로

형체 없는 것을 표상하면 고정되어 버릴 것이다.

故出而不反見其鬼

出而得是謂得死

滅而有實鬼之一也.

以有形者

象無形者 定[64] 矣.

함께 읽기

- 장자/외편/추수秋水 17-2：至精無形 至大不可圍.
- 장자/외편/지북유知北遊 22-14：知形 形非不形乎. 故道不當名.
- 노자老子/1장：道可道 非常道無 名可名 非常名.
- 한비자韓非子/해로解老：常者無攸易 無定理. 無定理非在於常所. 是以不可道也.
  聖人觀其玄虛 用其周行 强字之曰道 然而可論.

23-10

나오지만 뿌리가 없고, 들어가지만 구멍이 없으며

실체가 있으나 처한 곳이 없고

오랜 것이나 본말本末 이 없다.

나온 곳이 있으나 돌아갈 구멍이 없지만 실체가 있다.

실체이지만 처한 곳이 없는 것을 공간(宇)이라 하며

오래이지만 그 근본을 표시할 수 없는 것을

시간(宙)이라 한다.[69]

出無本 入無竅

有實而無乎處[65]

有長[66]而無本剽[67]

有[68] 所出而無竅者 有實.

有實而無乎處者 宇也.

有長而無本剽者

宙也.

64_定(정)＝止, 息也, 不易也.
65_處(처)＝處所, 즉 空間을 의미함.
66_長(장)＝久遠也.
67_剽(표)＝標(표)로 읽고 末로 새긴다.
68_有(유)＝여기서는 虛辭(雙音詞)로 쓰임.

살리기도 하고 죽이기도 하며

나게도 하며 들게도 하지만

그 들고 남이 그 형체를 나타내지 않는다.

이것을 이른바 '하늘 문'이라 한다.

그러므로 천문天門은 '무유無有'이며

만물은 이 무유에서 나온다.

유有는 유를 창조할 수 없으니

유는 반드시 무유에서 나온다.

그러므로 무유는 유일자唯一者인 무유다.

성인은 이 유일자인 무유를 간직한다.

有[70]乎[71]生 有乎死

有乎出 有乎入.

入出而無見其形

是謂天門.[72]

天門者無有[73]也

萬物出乎無有.

有不能以有爲[74]

有必出乎無有.

而無有一無有.

聖人藏乎是.

함께 읽기

- 장자/내편/제물론齊物論 2-9 : 有有也者 有無也者. 有未始有無也者. 俄而有無矣 而未知有無之果孰有孰無也.
- 장자/외편/천지天地 12-8 : 太初有無無 有無名.
- 장자/외편/지북유知北遊 22-3 : 人之生氣之聚也. 故曰 通天下一氣耳.
- 장자/외편/지북유知北遊 22-8 : 精神生於道 形本生於精 萬物以形相生.
- 장자/외편/지북유知北遊 22-15 : 光曜問乎無有曰 夫子有乎 其無有乎曰 予能有無矣 而未能無無也.
- 장자/잡편/칙양則陽 25-12 : 道不可有 有不可無. 道之爲名所假而行.
- 노자老子/1장 : 無名天地之始 有名萬物之母.
- 노자老子/40장 : 萬物生於有 有生於無.

〈宇宙에 대한 참고문헌〉

- 묵자墨子/경설經說 상 : 久彌異時也 宇彌異所也. 久合古今旦暮 宇覆東西南北.
- 묵자墨子/경설經說 하 : 宇徙久. 長宇徙 而有處宇 宇南北在旦 有在暮.

69_ 宇宙(우주)=상하사방을 宇라 하고, 아침저녁, 고금을 宙라 한다.
70_ 有(유)=여기서는 又로 쓰임.
71_ 乎(호)=語氣辭. 해석하지 않는다.
72_ 天門(천문)=衆妙之門(온갖 生成의 門).
73_ 有(유)=여기서는 無의 對稱.
74_ 有爲(유위)=有를 창조한다. 爲(위)=治也. 造作也.

- 묵자墨子 / 경설經說 하 : 無久與宇 堅白 說在因.
- 시자尸子 / 하(백자전서百子全書 / 권26) : 上下四方曰宇 往古來今曰宙(尸佼, BC 390~330).
- 회남자淮南子 / 제속훈齊俗訓 : 四方上下謂之宇 往古來今謂之宙.

23-11

옛날 사람들은 그 지혜가 지극한 데가 있었다.	古之人 其知有所至矣
무엇이 지극한가?	惡乎至
유는 사물의 비롯됨이 아니라고 생각한 것이 지극하다.	有以爲未始有物者 至矣
이것은 극진해서 더 보탤 것이 없다.	盡矣 不可以加矣
그다음은 물이 존재하는데	其次 以爲有物矣
그것이 장차 태어나면 죽고,	將以生爲喪也.
죽음은 돌아가는 것이라고 생각했다는 점이다.	以死爲反也
이것은 분별에 그치는 단점이 있다.	是以[75] 分已
그다음은 비롯됨은 유가 없었지만(無有)	其次曰 始無有
거기서 유가 생기며 생기는 것은 홀연히 죽는다는 것이다.	旣而有生 生俄而死
이들은 무유無有를 머리로, 태어남을 몸으로,	以無有爲首 以生爲體
죽음을 꼬리로 생각했다.	以死爲尻
누가 알았겠는가?	孰知
유무有無와 사생死生이란 '유일자의 지킴'이라는 것을.	有無死生之一守[76]者.
나는 그것을 벗 삼았는데	吾與之爲友
이 세 가지는 비록 다르지만 다 같은 족속이다.	是三者雖異 公族也
예컨대 소경씨, 저대씨, 갑씨는 다 같은 공족이었지만	昭景也 著戴也 甲氏也
봉토를 받아 성씨가 주어지면 이제 유일자가 아니다.	著封也 非一也.

75_ 是以(시이)=是已.
76_ 守(수)=官衛者, 諸侯所守土也.

23-12

솥 밑에 검댕이가 생기는데	有生黬⁷⁷⁾也

솥 밑에 검댕이가 생기는데　　　　　　　　　有生黬⁷⁷⁾也

그것을 긁어낸 것을 이시_{移是} 라고 말한다.　　披⁷⁸⁾然曰移是 ⁷⁹⁾

이시에 대해 말하지만 그것은 말할 만한 것이 못 된다.　嘗言移是 非所言也

그러나 실은 그 숨은 뜻을 모른다.　　　　　雖然 不可知者也

연말 납제에 제수를 장만하는 자에게 내장과 털 난 발가락은　臘者之有膍胲⁸⁰⁾

음식으로는 버려도 되지만　　　　　　　　可散

의례의 참뜻을 살피면 버릴 것이 아니다.　　而不可散

집을 보는 자는 침실과 묘당을 둘러보아야 하지만　觀室者 周於寢廟

측간도 가봐야 한다.　　　　　　　　　　　又適其偃⁸¹⁾焉

이를 위해 이시를 거론했으니　　　　　　　爲是擧移是

시험 삼아 말해 보기로 하겠다.　　　　　　請嘗言移是

이것은 생산을 근본으로 하고　　　　　　　是以生⁸²⁾爲本

지혜를 스승으로 삼는 것을 비유해 말한 것이다.　以知爲師

이에 시비를 일으켜 서로 이기려 하고,⁸³⁾　　因以乘⁸⁴⁾是非

결과에서 명_名 과 실_實 이 일치하는가에 달렸다고 말한다.⁸⁵⁾　果⁸⁶⁾有名實

이에 자기를 위주로 삼고　　　　　　　　　因以己爲質⁸⁷⁾

77＿ 黬(감)＝釜底黑也.
78＿ 披(피)＝發開也, 分析也.
79＿ 移是(이시)＝옳음을 변경시킨다.
80＿ 膍胲(비해)＝내장(처녑)과 발가락.
81＿ 偃(언)＝王先謙은 屛厠이라 解함.
82＿ 生(생)＝産也, 好物也, 專事也. 노장은 채취경제를 지향하므로 산업사회를 달가워하지 않은 듯하다.
83＿ '白馬非馬論', '堅白同異論' 등을 말하는 궤변론자들인 惠施, 公孫龍 등 名家를 비판한 것임.
84＿ 乘(승)＝勝也.
85＿ 노자를 끌어다가 전제정치의 철학적 근거로 삼은 法家인 韓非의 '刑明法術論' 을 비판한 것임.
86＿ 果(과)＝信也, 終也.
87＿ 質(질)＝主也.

남들이 자기를 따르는 것이 절의라 생각한다.　　　使人以己爲節[88]

이에 죽음으로써 절의를 지켜 보상하려 한다.　　　因以死償[89]節

이런 자들은 채용되는 것을 지혜롭다 하고　　　若然者 以用爲知

채용되지 못하면 어리석다 하며　　　以不用爲愚

위에 통하는 것을 명예라 하고　　　以徹[90]爲名

막히고 궁색한 것을 치욕이라 한다.　　　以窮爲辱

검댕이(이시)는 요즘 사람들이니,　　　移是 今之人也.

이는 대붕을 비웃은 메까치와 비둘기처럼　　　是蜩與學鳩[91]

동同에서 동을 구하는 자들이다.　　　同於同[92]也.

23-13

거리에서 발을 밟았을 때　　　蹍[93]市人之足

남이면 경솔함을 사과하고　　　則辭以放 驚.[94]

형이면 좋은 낯빛으로 보고　　　兄則以嫗.[95]

어버이면 그냥 서 있다.　　　大親則已矣.

그러므로 지극한 예는 남이 없고　　　故曰 至禮有不人.

지극한 의는 사물이 따로 없고　　　至義不物.[96]

지극한 지혜는 꾀가 없고　　　至知不謀

88_ 節(절)=節義.
89_ 償(상)=報也.
90_ 徹(철)=通也, 達也.
91_ 學鳩(학구)=鷽鳩=메까치와 비둘기.
92_ 同於同(동어동)=同中求異, 혹은 異中求同과도 다르며 求同存異와도 다른 전체주의를 말한다.
93_ 蹍(전)=履也.
94_ 驚(오.)=輕也.
95_ 嫗(구)=母也, 好色貌.
96_ 物(물)=外境也.

지극한 인仁은 친척이 없고   至仁無親.
지극한 신의는 보증금이 없다고 말한다.   至信辟金.

23-14
의식의 어지러움을 무찌르고   徹[97] 志之勃[98]
마음의 올가미를 풀어라!   解心之繆
덕의 얽매임을 벗고   去德之累
도의 막힘을 뚫어라.   達道之塞
부와 귀, 출세와 위엄, 명성과 이익   富貴顯嚴名利
이 여섯 가지는 의식을 어지럽게 하는 것이요,   六者勃志也.
용모와 행동거지, 색과 무늬, 기식氣息과 정의情意   容動色理氣意
이 여섯 가지는 마음을 묶는 것이다.   六者繆心也.
미움과 욕심, 기쁨과 성냄, 슬픔과 즐거움   惡欲喜怒哀樂
이 여섯 가지는 덕성을 얽는 것이다.   六者累德也.
물러남과 나아감, 거두어들임과 베풂, 지식과 재능 去就取與知能
이 여섯 가지는 도를 막히게 하는 것이다.   六者塞道也.
이 네 종류의 여섯 가지가   此四六者
흉중을 동요시키지 않으면 바르게 될 것이다.   不盪[99]胸中則正
바르면 고요하고, 고요하면 밝으며   正則靜 靜則明
밝으면 비고, 비면 인위가 없어(無爲)   明則虛 虛則無爲
되지 않는 것이 없다.   而無不爲也.

97_ 徹(철)=毁也. 轍의 假借.
98_ 勃(발)=懣也. 悖의 假借.
99_ 盪(탕)=흔들다.

23-15

도란 덕의 흠모함이요,	道者德之欽[100]也.
생명이란 덕의 빛남이며,	生者德之光也.
성품은 생명의 본질이다.	性者生之質也
본성의 활동을 '유위有爲'라 말하고	性之動謂之爲
유위가 거짓된 것을 본성을 잃었다고 말한다.	爲之僞謂之失[101]
지혜란 사물과 접촉함이요, 꾀하는 것이다.	知者接[102]也 知者謨[103]也
지자가 모르는 것은 사팔뜨기(斜視)와 같다.	知者之所不知 猶睨也
활동하되 지나치지 않는 것을 덕이라 말하고	動以不得已[104]之謂德
활동하되 사사로운 내가 없는 것을 다스림이라고 말한다.	動無非我[105]之謂治
명칭은 서로 어긋나는 듯하지만 실질은 서로 따른다.	名相反[106]而實相順也.

23-16

활의 명수 예는 작은 것을 맞히는 데는 기술자였지만	羿[107]工乎中微
남들로 하여금 자기를 기리지 않게 하는 데는 졸렬했다.	而拙於使人無己譽
반면 무위자연의 성인은 자연에는 기술자지만	聖人工乎天
인위에는 졸렬하다.	而拙乎人
자연에 기술자이며 사람에게도 선량한 것은	夫工乎天而俍[108]乎人者

100_ 德之欽(덕지흠)=道無可見. 見其德之流行 則共仰爲有道之人(王先謙).
101_ 失(실)=喪也, 放也, 亂也.
102_ 接(접)=接物.
103_ 謨(모)=謀也.
104_ 已(이)=太也, 止也.
105_ 非我(비아)=失我, 妄我. 王先謙은 舍我逐物이라 解함.
106_ 反(반)=違也.
107_ 羿(예)=弓의 名人.
108_ 俍(량)=良也.

온전한 사람만이 가능하다.   唯全人能之.

오직 벌레만이 벌레다울 수 있고   唯蟲能蟲

벌레만이 자연다울 수 있다.   唯蟲能天

온전한 사람은 자연을 싫어한다고 하지만   全人惡天

그것은 인위로 조작한 자연을 싫어하는 것뿐이다.   惡人之天

그런데 하물며 '나의 하늘'!   而況吾天乎

'나의 인민'이라니 어찌 싫어하지 않겠는가?   人乎

한 마리 꿩이 활의 달인 예에게 날아가면   一雀適羿

예는 반드시 쏘아 잡을 수 있는 능력이 있다.   羿必得之威[109] 也.

그러나 그보다 천하를 새장으로 삼으면   以天下爲之籠

꿩은 도망갈 곳이 없다.   則雀無所逃.

그러므로 탕임금은 주방장이란 직책으로   是故湯以胞人

이윤을 새장에 끌어들였고,   籠伊尹.

진 목공은 양가죽 다섯 장으로   秦穆公以五羊之皮

백리해를 새장에 끌어들였다.   籠百里奚.

그러므로 좋아하는 것으로 새장에 끌어들이지 않고   是故非以其所好籠之

사람을 얻은 자는 없었다.   而可得者無有也.

23-17

벌을 받아 발꿈치가 잘린 현자는 수놓은 옷을 버린다.   介[110] 者拸畫[111]

그는 세상의 비난이나 기림을 상관하지 않기 때문이다.   外非譽也

109_ 威(위)＝尊嚴也, 德也, 力也.
110_ 介(개)＝節也. 王先謙은 刖也로 解했으며, 이를 따른다.
111_ 拸畫(치화)＝王先謙은 不拘法度로 解하나 따르지 않는다. 拸(치)＝折也. 畫(화)＝繪也.

사형수가 높은 곳에 올라도 두렵지 않은 것은 　　　　胥靡[112] 登高而不懼

죽고 사는 것을 잊었기 때문이다. 　　　　遺死生也.

두루 허물없는 사이여서 대접하지 않는 것은 　　　　夫復[113] 謵[114] 不餽[115]

남이란 생각을 잊었기 때문이다. 　　　　而忘人

남을 잊고 생각대로 행동한다면 자연인_{自然人} 이라 할 것이다. 　　忘人因以爲天人矣.[116]

그러므로 공경해도 기뻐하지 않고 　　　　故敬之而不喜

모욕해도 성내지 않는 것은 　　　　侮之而不怒者

오직 자연과 조화하여 일체가 된 자가 할 수 있는 것이다. 　　惟同乎天和者爲然.

성을 내도 노하지 않는다면 　　　　出怒不怒

노하지 않게 성낸 것이다. 　　　　則怒出於不怒矣.

유위_{有爲} 했으나 인위가 없다면 　　　　出爲無爲

유위를 무위하게 한 것이다. 　　　　則爲出於無爲矣.

고요하고자 하면 기_氣 를 평온하게 하고 　　　　欲靜則平氣

신령스럽고자 하면 마음을 순하게 해야 한다. 　　　　欲神則順心.

유위하되 합당하고자 하면 　　　　有爲也欲當

순리에 따라 지나침이 없어야 한다. 　　　　則緣[117] 於不得已.[118]

지나침이 없이 무리를 이루는 것이 성인의 도인 것이다. 　　不得已之類聖人之道.

112_ 胥靡(서미)=刑徒人.
113_ 復(복)=周也.
114_ 謵(습)=慴也. 王先謙은 讋(言不止也)로 解하나 오탈이 있는 듯함.
115_ 餽(궤)=餉=賜也. 王先謙은 愧로 解하나 오탈이 있는 듯함.
116_ 이 구절은 탈자가 있는 듯함.
117_ 緣(연)=順也.
118_ 已(이)=太也, 甚也, 止也.

徐无鬼

小目

24-1 여상이 물었다. "선생은 어떻게 우리 주군을 기쁘게 했습니까?" 서무귀가 답했다. "나는 오직 개와 말의 관상을 보는 법을 말했을 뿐입니다."

24-2 한 나라의 백성을 괴롭혀 군주의 이목구비를 기르고 있다.

24-3 義를 위해 전쟁을 종식시키려 한다고 말하는 것은 전쟁을 일으키는 근원입니다.

24-4 황제가 말했다. "천하를 다스리는 것을 묻고자 하오." 동자가 말했다. "천하를 다스리는 일이 어찌 말 먹이는 일과 다르겠소? 역시 말을 해치는 일을 제거하는 일일 뿐이오."

24-5 병사는 전쟁을 즐거워하고, 법률가는 법망을 넓히고, 세력과 외물을 좇는 자들은 변란을 즐긴다. 이들은 때를 만나야 소용되므로 無爲自然할 수 없다.

24-6 표적도 없이 아무 데나 맞히기만 해도 좋은 사수라고 한다면 천하가 모두 명궁이라고 해도 괜찮을 것이다. 그렇다면 그대와 儒家, 墨家, 楊家, 名家는 누가 옳은가?

24-7 장자가 혜자의 묘를 지나면서 말했다. 그대가 죽었으니 이제 나와 더불어 담론할 사람이 없구나!

24-8 환공이 물었다. "과인은 누구에게 나라를 맡겨야 합니까?" 관중이 답했다. "포숙아는 불가합니다. 그는 깨끗하고 청렴하고 선한 선비입니다. 그래서 그는 자기만 못한 사람과는 어울리지 않습니다. 또한 남의 과오를 한번 들으면 종신토록 잊지 못합니다."

24-9 얼굴 표정을 없애버리니 나라님들이 그를 칭찬하기 시작했다.

24-10 오호! 나는 사람들이 스스로를 잃는 것을 슬퍼한다.

24-11 시남의료는 공놀이를 하여 두 가문의 재앙을 해소했고, 손숙오는 춤을 그치게 하여 초읍의 병난을 그치게 했다. 공구는 세 척의 긴 부리를 갖고자 소원한다.

24-12 개는 잘 짖는다고 좋은 개라 하지 않고, 사람은 말을 잘한다고 현인이라 하지 않는다.

24-13 내가 아들에게 기대한 것은 진흙 속의 미꾸라지가 되기를 바랐을 뿐 정사를 잘 다스리기를 바란 것은 아니었다.

24-14 인의를 행하는 것은 금수의 탐욕을 거짓 빙자하는 수단일 뿐, 이는 한 사람의 결단으로 천하를 이롭게 다스린다는 것이므로 비유컨대 일인 독재와 같은 것이다.

24-15 유수는 돼지에 기생하는 이(蝨)를 말한다. 성긴 돼지 털에 살며 이것을 고대광실이나 넓은 정원으로 생각하고, 발굽과 젖통 사이나 사타구니를 편안하고 편리한 거처로 생각한다.

24-16 옛 진인에게 자연을 얻음은 삶이요, 자연을 잃음은 죽음이었다.

24-17 나라를 망치고 백성을 죽이는 일이 그치지 않는데도 그것을 따져 물을 줄 모른다.

24-18 天道는 大一, 大陰, 大目, 大均, 大方, 大信, 大定이다.

24-19 의혹되지 않는 것으로 의혹을 풀고, 의혹되지 않기를 반복하라.

제24장. 徐无鬼서무귀

卷六·雜篇

24-1

서무귀 徐无鬼 가 여상女商 을 따라 위나라 무후武侯 를 알현했다.
무후가 그를 위로하며 말했다.
"선생께서는 병이 들었군요!
산림의 고달픈 생활이 괴로워
과인을 찾아오셨구려!"
서무귀가 말했다.
"내가 오히려 군주를 위로합니다.
군주께서 어찌 나를 위로할 일이 있겠습니까?
군주께서는 좋아하는 욕구를 채우려 하고
좋고 싫음을 키워서 본성의 마음이 병들었고,
한편으로는 좋아하는 욕구를 물리쳐야 하고
좋고 싫음을 끌어들이니 이목이 병들었습니다.
그래서 제가 군주를 위로하러 왔는데
군주께서 어찌 나를 위로할 일이 있겠습니까?"
무후는 불쾌한 듯 대답하지 않았다.

徐无鬼因女商見魏武侯
武侯勞之曰
先生病矣
苦於山林之勞故
乃肯見於寡人
徐无鬼曰
我則勞於君
君有何勞於我.
君將盈嗜欲
長好惡 則性命之情病矣
君將黜[1]嗜欲
挈[2]好惡 則耳目病矣
我將勞君
君有何勞於我.
武侯超然不對

1_ 黜(출)=물리치다.
2_ 挈(견)=固也, 牽引.

조금 있다가 서무귀가 말했다.

"시험 삼아 군주께 개의 관상 보는 것을 말씀드리겠습니다.

하질의 개는 배가 부를 만큼 잡으면 그칩니다.

이것은 고양이의 덕에 불과합니다.

중질의 개는 해를 바라보듯 고개를 들고 있으며

상질의 개는 그 자신을 한결같이 잊은 듯합니다.

저의 개 관상은 말 관상보다는 못합니다.

제가 말의 관상을 보았더니,

곧게 달리면 먹줄에 맞고, 돌아 달리면 갈고랑이에 맞고,

꺾어 달리면 곱자에 맞고, 둥글게 달려 그림쇠에 맞으면

국마國馬 입니다.

그러나 국마는 아직 천하의 말에는 미치지 못합니다.

천하의 말은 타고난 훌륭한 재질이 있고

두려운 듯, 평안한 듯, 자기를 잊은 듯 한결같습니다.

이런 말이 달리면 먼지를 뚫고 앞질러

모습조차 보이지 않습니다."

무후는 크게 기뻐하며 웃었다.

서무귀가 나오자 여상이 물었다.

"선생은 어떻게 우리 주군을 기쁘게 했습니까?

나는 우리 군주를 설복시킬 목적으로

멀리는 시·서·예·악을 유세했고

少焉 徐无鬼曰

嘗語君 吾相狗也.

下之質 執飽而止

是狸德也.

中之質 若視日

上之質 若忘其一

吾相狗 又不若吾相馬也

吾相馬

直³⁾者中繩 曲⁴⁾者中鉤

方⁵⁾者中矩 圓⁶⁾者中規

是國馬也

而未若天下馬也

天下馬有成材

若卹若佚 若喪其一

若是者 超軼⁷⁾絕塵

不知其所

武侯大悅而笑

徐无鬼出 女商 曰

先生獨何以悅吾君乎

吾所以說吾君者

橫說之 則以詩書禮樂

3_ 直(직)＝王先謙은 馬前齒로 解함.

4_ 曲(곡)＝王先謙은 馬項으로 解함.

5_ 方(방)＝王先謙은 馬頭로 解함.

6_ 圓(원)＝王先謙은 馬眼으로 解함.

7_ 軼(일)＝앞지르다.

가까이는 금판으로 된 육도삼략을 유세하였으며
받들어 모시고 큰 공을 세운 것만도 셀 수 없이 많지만
우리 군주는 아직까지 웃어본 적이 없습니다.
지금 선생은 무엇으로 우리 주군에게 유세했기에
우리 군주를 이처럼 즐겁게 할 수 있었습니까?"
서무귀가 답했다.
"나는 오직 개와 말의 관상 보는 법을 말했을 뿐입니다."
여상이 말했다. "그런 하찮은 것뿐이었습니까?"
서무귀가 말했다.
"당신은 월나라의 유랑객 이야기를 듣지 못했습니까?
나라를 떠난 지 며칠이 지나자
아는 사람을 만나면 기뻤고
나라를 떠난 지 열흘 한 달이 지나자
나라에서 본 듯한 사람을 만나도 기뻤고
일 년이 되자
비슷한 사람만 만나도 기뻤다고 합니다.
이는 사람을 떠난 지가 오래일수록
사람을 그리워함이 깊다는 것이 아니겠습니까?
더구나 인적이 그리운 적막한 고장에 숨은 자가
명아주가 족제비를 막고 있는 길에서
외로이 공허 속을 걸어가는 처지라면
저벅저벅 사람의 발소리만 들어도 기쁠 것입니다.

從說之 則以金板六弢[8]
奉事而大有功者 不可爲數
而吾君未嘗啓齒.
今先生何以說吾君
使吾君說若此乎
徐无鬼 曰
吾直告之吾相狗馬耳
女商曰 若是乎
曰
子不聞夫越之遊人乎
去國數日
見其所知而喜.
去國旬月
見其所嘗見於國中者而喜.
及期年也
見似人者而喜.
不亦去人滋久
思人滋深乎
夫逃虛空者
藜藋[9]柱乎鼪鼬[10]之逕
踉位其空
聞人足音跫然 而喜矣

8_ 六弢(육도)=태공망의 六韜.
9_ 藜藋(려조)=명아주.
10_ 鼪鼬(생유)=족제비.

하물며 그 옆에서
형제 친척들의 속삭임과 기침 소리가 들린다면야!
군주의 곁에 진인의 말씀은 고사하고
속삭임과 기침 소리가 없은 지가 오래입니다!"

而況乎

昆弟親戚之謦欬[11] 其側者乎

久矣夫 莫以眞人之言

謦欬吾君之側乎.

24-2

서무귀가 무후를 알현했다.
무후가 말했다.
"선생은 산림에 살며
도토리와 밤, 파와 부추를 실컷 먹으며
과인을 버린 지 오랩니다.
이제 늙었구려!
술과 고기 맛이 그리웠던가 봅니다?
진실로 과인은 역시 사직의 복이 아닌가 생각합니다!"
서무귀가 말했다. "소생은 원래 빈천하게 태어나서
감히 군주의 술과 고기를 먹고 싶은 생각이 없습니다.
다만 제가 온 것은 군주를 위로해 드리기 위함입니다."
무후가 물었다. "뭐요? 어찌 과인을 위로한다는 말입니까?"
서무귀가 답했다. "군주의 정신과 몸을 위로하려 합니다!"
무후가 물었다. "무슨 말씀입니까?"

徐无鬼見武侯

武侯曰

先生居山林

食芧[12] 栗 厭葱[13] 韭[14]

以賓[15] 寡人久矣.

夫今老邪.

其欲干酒肉之味邪.

其寡人亦有社稷之福邪.

徐无鬼曰 無鬼生於貧賤

未嘗敢飮食君之酒肉

將來勞君也.

君曰 何哉 奚勞寡人

曰 勞君之神與形.

武侯曰 何謂邪.

11_ 謦欬(경해)=속삭임과 기침 소리.
12_ 芧(서)=상수리.
13_ 葱(총)=蔥=파.
14_ 韭(구)=부추.
15_ 賓(빈)=擯=棄也.

서무귀가 답했다.

"천지가 기르는 것은 한결같습니다.

높이 올랐다고 장점이라 여기지 않고

아래서 산다고 하여 단점이라 여기지 않습니다.

그런데 그대는 만승의 군주가 되어

한 나라의 백성을 괴롭혀

군주의 이목구비를 기르고 있습니다.

무릇 귀신(정신)은 그것을 좋게 여기지 않습니다.

무릇 신명은 화동和同 을 좋아하고 간악함을 싫어합니다.

그것은 음행의 병입니다. 그래서 군주를 위로합니다.

어찌 군주께서 그런 병에 걸렸단 말입니까?"

徐无鬼日

天地之養也一也.

登高不可以爲長

居下不可以爲短.

君獨爲萬乘之主

以苦一國之民

以養耳目口鼻.

夫神者不自許¹⁶⁾也

夫神者好和而惡姦.¹⁷⁾

夫姦病也. 故勞之

唯君所病之何也.

24-3

무후가 물었다. "선생을 뵙고자 한 지 오랩니다.

나는 백성을 사랑하고

의義를 위해 전쟁을 종식시키려 하니 옳은 일이지요?"

서무귀가 답했다. "아닙니다.

백성을 사랑한다고 말하는 것 자체가

백성을 해치는 시초입니다.

의를 위해 전쟁을 종식시키려 한다고 말하는 것은

전쟁을 일으키는 근원입니다.

武侯日 欲見先生久矣.

吾欲愛民

而爲義偃¹⁸⁾兵 可乎.

徐无鬼日 不可.

愛民

害民之始也.

爲義偃兵

造兵之本也.

16_ 許(허)＝從, 可, 信也.

17_ 姦(간)＝惡也, 汪行. 王先謙은 自私로 解함.

18_ 偃(언)＝息.

군주께서 이와 같이 한다면 거의 성공할 수 없습니다.　　　　君自此爲之 則殆不成.

무릇 아름다운 이름을 이루려는 것은　　　　凡成美

바로 미움을 담는 그릇이 됩니다.　　　　惡器也.

군주께서 인의仁義를 위하여 밀고 나가는 것은　　　　君雖¹⁹⁾ 爲仁義

'인위人爲'에 머무는 것에 지나지 않습니다.　　　　幾且²⁰⁾ 僞哉.

형체는 형체를 낳고　　　　形固造形

성공은 자기 자랑이 있으며　　　　成²¹⁾ 固²²⁾ 有伐

상생相生으로부터 변화는 전쟁을 버리게 합니다.　　　　變²³⁾ 固外²⁴⁾ 戰.²⁵⁾

그러므로 군주께서는 성대한 열병식과　　　　君亦必無盛鶴列²⁶⁾

누관을 반드시 없애고　　　　於麗譙²⁷⁾ 之間

궁중에서 보병과 기병을 없애십시오.　　　　無徒驥於錙壇²⁸⁾ 之宮

저장함이 없으면 도리어 얻습니다.　　　　无藏逆於得.

남을 이기려는 기교를 없애고　　　　无以巧勝人

남을 이기려는 모의를 없애고　　　　无以謀勝人.

남을 이기려는 전쟁을 없애야 합니다.　　　　无以戰勝人

무릇 남의 백성을 죽이고 남의 토지를 겸병하여　　　　夫殺人之士民 兼人之土地

내 몸과 내 정신을 보양하려 한다면　　　　以養吾私與吾神者

그 전쟁은 무엇이 옳은지 알 수 없습니다.　　　　其戰不知孰善.

19_ 雖(수)＝推也.
20_ 且(차)＝滯也.
21_ 成(성)＝其名之成.
22_ 固(고)＝本然之祠, 可以.
23_ 變(변)＝更相生也, 改過遷善也.
24_ 外(외)＝遠也, 棄也.
25_ 王先謙은 其事之變則 日與外戰으로 解함.
26_ 鶴列(학렬)＝兵如鶴之行.
27_ 麗譙(려초)＝樓觀의 이름.
28_ 錙壇(치단)＝魏의 宮名.

승리란 어디에 있단 말입니까?   勝之惡乎在.

군주께서 만약 백성을 위하겠다는 마음을 버리지 않았다면   君若勿已矣

마음속의 성실함을 길러   修胸中之誠

천지의 생명 살림의 마음에 호응하여 어지럽히지 마십시오.   以應天地之情而勿攖.

그렇게 되면 백성들은 이미 죽음에서 벗어난 것입니다.   夫民死已脫矣.

군주께서 어찌 병사를 뒤엎을 필요가 있겠습니까?"   君將惡乎用夫偃兵哉.

24-4

황제가 산신령 대외大隗를 만나고자 구자산으로 갈 때   黃帝將見大隗[29]於具茨之山

방명方明은 마부가 되고, 창우昌寓는 보조가 되고,   方明爲御 昌寓驂乘

장약張若과 습붕謵朋은 앞에서 말을 인도하고,   張若謵朋前馬

곤혼昆閽과 골계滑稽는 뒤에서 수레를 따랐다.   昆閽滑稽後車

양성의 들에 이르렀을 때 일곱 성인들은 모두 길을 잃었다.   至於襄城之野 七聖皆迷

물어볼 곳도 없는 터에   无所問塗

마침 말을 모는 동자를 만나 길을 물었다.   適遇牧馬童子 問塗焉

"그대는 구자산을 아는가?"   曰 若知具茨之山乎

동자가 답했다. "그렇습니다."   曰 然.

일행이 물었다. "그대는 대외께서 계신 곳도 아시오?"   若知大隗之所存乎

동자가 답했다. "그렇습니다."   曰 然.

황제가 말했다. "이상하다.   黃帝曰 異哉

작은 동자가 구자산을 알고   小童 非徒知具茨之山

또한 대외 계신 곳까지 아는 것은 범상한 일이 아닌가?   又知大隗之所存.

청컨대 천하를 다스리는 것을 묻고자 하오."   請問爲天下

29_ 大隗(대외)＝神名.

동자가 말했다.
"천하를 다스리는 것도 이와 같을 뿐
또 무슨 일이 있겠소?
나는 어려서부터 육합의 안에서 노닐었는데
내가 눈이 흐려지는 병이 걸리자 어른이 이르기를
'너는 해를 수레로 타고
양성의 들에서 노닐라' 라고 했다오.
지금 나는 병도 조금 나아서
다시 육합의 밖에 노닐까 한다오.
천하를 다스림도 이와 같을 것이지만
어찌 내가 할 일이겠소?"
황제가 말했다.
"천하를 다스리는 일이
그대의 일이 아님을 잘 알고 있으나
청컨대 천하를 다스리는 일을 묻고 싶소."
동자는 사양했으나
황제가 다시 묻자 입을 열었다.
"천하를 다스리는 일이
어찌 말 먹이는 일과 다르겠소?
역시 말을 해치는 일을 제거하는 일일 뿐이오."
황제는 머리 조아려 재배하며 천사라 호칭하였다.
그리고 대외를 방문하려던 계획을 그만두고 되돌아왔다.

小童曰
夫爲天下者 亦若此而已矣
又奚事焉.
予少而自遊於六合之內
予適有瞀病 有長者敎予曰
若乘日之車
而遊於襄城之野
今予病少痊
予又且復遊於六合之外
夫爲天下 亦若此而已
予又奚事焉.
黃帝曰
夫爲天下者
則誠非吾子之事
雖然 請問爲天下
小童辭.
皇帝又問 小童曰
夫爲天下者
亦奚以異乎牧馬者哉
亦去其害馬者而已矣
黃帝再拜稽首
稱天師而退

24-5

지모 있는 선비는 걱정할 변란이 없으면 즐겁지 않고

변론하는 선비는 학설을 담론할 단서가 없으면 즐겁지 않고

감찰하는 선비는 지난 일을 문초하는 일이 없으면

즐겁지 않다.

이들은 모두 외물에 갇혀 있는 자들이다.

세상을 흔드는 선비는 조정을 흥성하게 하고

백성을 순종시키는 선비는 관직을 번거롭게 하고

힘이 센 선비는 간난에 민첩하고

용감한 선비는 환난에 분발하고

병사들은 전쟁을 즐거워하고

산림의 선비는 명예를 좋아하고

법률 하는 선비는 법망을 넓히고

예악의 선비는 용모를 공경히 하고

인의의 선비는 교제를 존중한다.

농부는 농사일이 없으면 즐겁지 않고

장사치는 장사 일이 없으면 즐겁지 않다.

서민들은 아침저녁 생계가 마련되면 부지런하고

知士 無思慮之變 則不樂.

辯士 無談說之序[30] 則不樂.

察士 無凌[31] 誶[32] 之事

則不樂.

皆囿[33] 於物者也.

招[34] 世之士 興朝.

中[35] 民之士 榮官.

筋力之士 矜[36] 難.

勇敢之士 奮患.

兵革之士 樂戰.

枯槁之士 宿[37] 名.

法律之士 廣治.

禮樂之士 敬容.

仁義之士 貴際.

農夫無草萊之事 則不比.[38]

商賈無市井之事 則不比.

庶人有旦暮之業[39] 則勸.

30_ 序(서)=緖也.
31_ 凌(릉)=歷也.
32_ 誶(수)=問也.
33_ 囿(유)=苑有垣也, 識不通廣也.
34_ 招(초)=掉也.
35_ 中(중)=順也.
36_ 矜(긍)=急也.
37_ 宿(숙)=豫也, 舍也.
38_ 比(비)=親也, 樂也.
39_ 業(업)=生計也.

공장 일꾼들은 기계와 기술이 있으면 기운이 난다.　　　　百工有器械之巧 則壯.

돈과 재산이 쌓이지 않으면 탐욕자는 근심하고　　　　　錢財不積 則貪者憂.

권세가 더해지지 않으면 과시하려는 자는 슬프다.　　　　權勢不尤 則夸者悲.

이처럼 세력과 외물을 좇는 자들은 변란을 즐기고　　　　勢物之徒樂變

때를 만나야 소용되므로 무위자연無爲自然 할 수 없다.　　遭時有所用 不能無爲也.

이들은 세상 형편에 따르며 순종할 뿐　　　　　　　　此皆順比於歲

변화에 물物 처럼 자정自定 하지 못하는 자들이다.　　　　不物40) 於易者也.

육체와 성정을 좇기게 하여 만물에 골몰하게 하면서　　　馳其形性 潛之萬物.

종신토록 돌아올 줄 모르니 슬픈 일이다!　　　　　　終身不反 悲夫.

24-6

장자가 말했다.　　　　　　　　　　　　　　　　　莊子曰

"활을 쏘는데 표적이 없이 아무 데나 맞히기만 해도　　射者非前期41) 而中.

좋은 사수라고 한다면　　　　　　　　　　　　　謂之善射

천하가 모두 명궁이라고 해도 괜찮겠는가?"　　　　　天下皆羿42) 也 可乎.

혜자가 말했다. "그렇지."　　　　　　　　　　　　惠子曰 可.

장자가 말했다.　　　　　　　　　　　　　　　　　莊子曰

"천하가 공인하는 옳은 것이 없다면　　　　　　　　天下非有公43) 是也

각자 자기 주장을 옳다고 할 것이니　　　　　　　　而各是其所是

천하가 모두 성군이라 해도 되겠는가?"　　　　　　天下皆堯也 可乎.

혜자가 말했다. "그렇지."　　　　　　　　　　　　惠子曰 可.

40_ 物(물)＝自定, 或. 牧(養, 察也)의 錯簡.
41_ 期(기)＝準的也.
42_ 羿(예)＝古代 名弓.
43_ 公(공)＝共通, 正也.

장자가 말했다.

"그러면 유가儒家, 묵가墨家, 양가楊家, 명가名家 네 사람과

당신의 주장 가운데 누가 옳다는 말인가?

혹시 대동론大同論을 말한 노거魯遽와 같은 것인가?

그의 제자가 말했네.

'저는 선생님의 도를 터득했습니다.

저는 능히 겨울에 솥에 밥을 지을 수 있고

여름에 얼음을 만들 수 있습니다.'

노거가 답했네.

'이것은 곧 양으로 양을 불러온 것이요,

음으로 음을 불러온 것일 뿐

내가 말하는 도가 아니다.

내가 너에게 내 도를 보여주겠다.'

말하고 나서 거문고 줄을 골라

하나는 마루에 놓고 하나는 방 안에 놓았네.

하나가 궁을 퉁기면 다른 하나의 궁이 움직이고

각을 퉁기면 각이 움직였네.

이는 음률이 같기 때문이니

양이 양을, 음이 음을 부르는 것과 같은 이치이지.

그런데 한 개의 현을 바꾸어 조율하되

莊子曰

然則儒墨楊[44]秉[45]四

與夫子爲五 果孰是邪.

或者若魯遽者邪.

其弟子 曰.

我得夫子之道矣

吾能冬爨鼎

而夏造氷矣.

魯遽曰

是直以陽召陽

以陰召陰

非吾所謂道也.

吾示子乎吾道

於是乎 爲之調瑟.

廢[46]一於堂 廢一於室.

敲宮[47]宮動

敲角[48]角動

音律[49]

同矣.

夫或改調一弦

44_ 楊(양)=楊朱.
45_ 秉(병)=公孫龍의 字.
46_ 廢(폐)=置也. 撥(發揚)과 통용.
47_ 宮(궁)=五聲 중 하나.
48_ 角(각)=五聲 중 하나.
49_ 律(률)=12律呂.

오음五音에 해당되지 않게 하고서
그것을 퉁기니 이십오 개의 현이 모두 움직였네.
이것은 비로소 오성五聲에 차이가 없어지고
그대의 음이 군림했기 때문이다.
이것은 대동론과 같은 것이네."
혜자가 말했다.
"지금 유가와 묵가, 양주와 공손룡 등은
나와 변론하여
말로써 서로 배척하고 소리쳐 굴복시키려 했지만
처음부터 나를 그르다고 하는 사람은 아직 없었는데
어찌 노거와 같다고 하는가?"
장자가 말했다.
"제나라 사람이 자식을 송나라에 유학을 보냈는데
그가 환관으로 임명되었다면
자식을 지키지 못한 것이네.
그것은 종을 구해 놓고 매달지 않고 묶어놓거나
잃어버린 아들을 찾으면서
처음부터 문지방을 나가 보지도 않는 것처럼
모두 잘못이 있다는 점에서는 같지.
초나라 사람은 성문을 빠져나가려고 부탁하면서

於五音[50]無當也.
敲之 二十五弦皆動.
未始異於聲
而音[51]之君已
且[52]若是者也.
惠子曰
今夫儒墨楊秉
此方與我以辯.
相拂以辭 相鎭以聲.
而未始吾非也.
則奚若矣.
莊子曰
齊人蹢[53]子於宋者
其命閽[54]也
不以完.
其求鈃鍾[55]也 以束縛.
其求唐[56]子也
而未始出域
有遺 類矣夫.
夫楚人寄[57]

50_ 五音(오음)=五聲=宮, 商, 角, 徵, 羽.
51_ 音(음)=八音=쇠, 돌, 실, 대, 박, 흙, 가죽, 나무.
52_ 且(차)=此也.
53_ 蹢(척)=適의 錯簡.
54_ 閽(혼)=문지기, 환관.
55_ 鈃鍾(형종)=小鍾而長頸.
56_ 唐(당)=失也.

문지기와 싸우고
아무도 보지 않는 야밤에
사공과 싸우니
기슭에서 탈출하기도 전에
새로운 원수를 만들 것이네."

而蹢⁵⁸⁾闇者
夜半於無人之視
而與舟人鬪.
未始離⁵⁹⁾於岑⁶⁰⁾
而足以造於怨也.

24-7

장자가 장례를 끝내고 혜자의 묘를 지나면서
따르는 사람들을 돌아보고 말했다.
"어느 미장이가 자기 코끝에 백토를 바르니
파리 날개와 같아지자
석공으로 하여금 그것을 깎아내게 했다.
석공이 도끼를 휘두르면 바람이 일고
들리는 것은 깎이는 소리뿐,
백토가 다 깎여도 코는 상하지 않으며
미장이는 얼굴색도 변하지 않고 꼿꼿하게 서 있다 한다.
송나라 원군이 그 소문을 듣고 석공을 불러 말했다.
'시험 삼아 과인을 위해 그것을 해보아라.'
석공이 말했다.
'신은 일찍이 그처럼 깎을 수 있었으나,

莊子送葬 過惠子之墓.
顧謂從者曰.
郢人⁶¹⁾堊慢其鼻端
若蠅翼
使匠石斲之.
匠石運斤成風
聽而斲之
盡堊而非不傷鼻.
郢人立不失容.
宋元君聞之 召匠石曰.
嘗試爲寡人爲之.
匠石曰
臣則嘗能斲之.

57_ 寄(기)=託也.
58_ 蹢(척)=謫(怒也)의 錯簡.
59_ 離(리)=王先謙은 麗(려)로 읽음.
60_ 岑(잠)=岸也.
61_ 郢人(영인)=斲人. 미장이의 名人.

지금은 신의 기술을 시험할 상대가 죽은 지 오랩니다.　　雖然 臣之質⁽⁶²⁾ 死久矣.

신의 짝인 미장이가 죽은 이래　　自夫子之死也

신과 짝을 삼을 만한 사람이 없었습니다.'　　吾无以爲質矣

나도 혜자가 죽으니 더불어 담론할 사람이 없구나!"　　吾無與言之矣.

24-8

관중이 병이 들자 환공이 문병을 와서 말했다.　　管仲有病 桓公問之 曰.

"중보의 병이 깊구려!　　仲父之病 病矣.⁽⁶³⁾

꺼리지 않을 수 없지만 말하겠소.　　可不謂⁽⁶⁴⁾ 云.

만약 병이 깊어지면　　至於大病

과인은 누구에게 나라를 맡겨야 합니까?"　　則寡人惡乎屬國而可.

관중이 물었다.　　管仲曰

"공께서는 누구에게 물려주려 하십니까?"　　公誰欲與.

환공이 답했다. "포숙아_{鮑叔牙} 입니다."　　公曰 鮑叔牙.

관중이 말했다. "불가합니다.　　曰 不可.

그는 사람됨이 깨끗하고 청렴하고 선한 선비입니다.　　其爲人也 絜⁽⁶⁵⁾ 廉善士也

그는 자기만 못한 사람과는 어울리지 않습니다.　　其於不己若者不比之.

또한 남의 과오를 한번 들으면 종신토록 잊지 못합니다.　　又一聞人之過 終身不忘.

그에게 나라의 정치를 맡기면　　使之治國

위로는 군주에게 거스르며　　上且鉤⁽⁶⁶⁾ 乎君.

62_ 質(질)=施技之地.
63_ 病矣(병의)=疾矣(列子/力命).
64_ 謂(위)=諱(列子/力命).
65_ 絜(결)=潔의 錯簡.
66_ 鉤(구)=拘(反也)의 錯簡.

아래로는 또 백성들과도 어긋날 것입니다. | 下且逆乎民.
끝내 그는 군주에게 죄를 받게 될 것이니 | 其得罪於君也
오래가지 못할 것입니다." | 將弗久矣.
환공이 물었다. | 公曰
"그러면 누가 좋겠소?" | 然則 孰可.
관중이 답했다. | 對曰
"물리치지 않는다면 습붕^{隰朋}이 좋을 것입니다. | 勿已⁶⁷⁾ 則隰朋可.
그의 사람됨은 | 其爲人也
윗사람은 잊게 할 것이며 | 上忘
아랫사람은 배반하지 않을 것이며 | 而下不畔.
황제처럼 미치지 못함을 부끄러워하고 | 愧不若黄帝
자기에 미치지 못하는 사람을 불쌍히 여깁니다. | 而哀不己若者.
덕을 남에게 나누어 주는 것을 성^聖이라 하고 | 以德分人謂之聖
재물을 남에게 나누어 주는 것을 현^賢이라 합니다. | 以財分人謂之賢.
어짊으로 남에게 군림하면 | 以賢臨人
사람을 얻을 수 없고 | 未有得人者也.
어짊으로 남에게 낮추면 | 以賢下人
사람을 얻지 못할 리 없습니다. | 未有不得人者也.
그는 나라에서도 알려지지 않았고 | 其於國有不聞⁶⁸⁾也
가정에서도 드러나지 않습니다만 | 其於家有不見也.
물리치지 않는다면 습붕이 좋을 것입니다." | 勿已 則隰朋可.

67_ 已(이)＝不許也.
68_ 聞(문)＝알리다.

24-9

오나라 왕은 강에 배를 띄우고 원숭이 산에 올랐다.

원숭이들은 그를 보고 순순히 포기하고 달아나

깊은 가시나무 숲으로 도망쳤다.

그중 한 마리가 거만하게 나뭇가지를 흔들고 집어던지며

왕에게 재주를 뽐냈다.

왕이 활을 쏘자 민첩하게 화살을 잡아버렸다.

왕이 명하자 몰이꾼들이 달려 나와 화살을 쏘았고

원숭이는 수많은 화살을 맞은 채 죽었다.

왕은 벗 안불의 顔不疑를 돌아보고 말했다.

"이 원숭이는 제 재주를 자랑하고 제 민첩함을 믿고

나에게 오만했으므로 이처럼 죽임에 처해진 것이다.

경계하라!

오! 너는 인주 人主에게 교만한 태도가 없도록 하라!"

안불의는 고향으로 낙향하여

동오 董梧를 스승으로 삼고

얼굴 표정을 없애버리고

풍악을 멀리하고 영달을 거절했다.

삼 년이 되자 나라님들이 그를 칭찬하기 시작했다.

吳王浮於江 登乎狙之山.

衆狙見之 恂[69]然棄而走.

逃於深蓁.

有一狙焉 委蛇[70] 攫抓[71]

見巧乎王.

王射之 敏給搏捷矢.

王命相者趨射

狙執死.

王顧謂其友顏不疑 曰

之狙也 伐其巧 恃其便

以敖予 以至此殛也.

戒之哉

嗟乎 無以汝色驕人哉.

顏不疑歸

而師董梧.

以助[72]其色

去樂辭顯.

三年而國人稱之.

69_ 恂(순)＝戰也(莊子/內篇/齊物論). 恂恂＝溫恭貌(論語/鄕黨).

70_ 委蛇(위사)＝自得貌.

71_ 攫抓(확조)＝잡아 흔들고 던지다.

72_ 助(조)＝鋤也.

24-10

남백자기南伯子綦가 안석에 기대어 앉아   南伯[73]子綦隱几而坐

하늘을 우러러 크게 한숨을 쉬었다.   仰天而噓.

제자인 안성자가 들어와 보고 말했다.   顏成子入見 曰

"대저 선생은 만물 중에 빼어난 분입니다.   夫子物之尤也.

그런데 몸은 마른 해골처럼   形固可使若槁骸

마음은 죽은 재처럼 하고 계십니다."   心固可使若死灰乎.

남백자기가 말했다.   曰

"내가 일찍이 산속 굴에서 기거한 적이 있었다.   吾嘗居山穴之中矣.

그때 전화田和가 나를 찾아왔었다.   當是時也 田禾[74]一覩我.

이에 제나라 사람들은 그를 거듭 칭찬했다.   而齊國之衆三賀之.

내가 반드시 칭찬(賀)을 유도할 것을 그는 알았던 것이다.   我必先[75]之 彼故知之.

내가 반드시 치하를 팔았고   我必賣之

그는 그것을 샀던 것이다.   彼故鬻[76]之.

만약 내가 그것을 가지고 있지 않았다면   若我而不有之

그가 어찌 그것을 알았으며,   彼惡得而知之.

만약 내가 그것을 팔지 않았다면   若我而不賣之

그가 어찌 그것을 살 수 있었겠는가?   彼惡得而鬻之.

오호! 나는 사람들이 스스로를 잃는 것을 슬퍼한다.   嗟乎 我悲人之自喪者.

나는 또한 사람들을 슬퍼하는 것도 슬퍼한다.   吾又悲夫悲人者.

나는 또한 사람들을 슬퍼하는 것을 슬퍼하는 것도 슬퍼한다.   吾又悲夫悲人之悲者.

그런 후에야 날마다 칭찬에서 멀어질 것이다."   其後而日遠矣.

73_ 南伯(남백)＝南郭(莊子/內篇/齊物論).
74_ 田禾(전화)＝王先謙은 齊 太公 和라고 함.
75_ 先(선)＝始也, 導也, 上也, 尙也.
76_ 鬻(육)＝賣也, (죽)＝粥米.

24-11

공자가 초나라에 도착하자

초나라 왕이 그에게 주연을 베풀었다.

손숙오는 잔을 들고 서 있었고

시남의료市南宜僚는 술을 받아 고수레를 했다.

초왕이 말했다.

"옛사람은 이런 때 한 말씀이 있었습니다."

공자가 말했다.

"나 공구는 '말 없는 말'을 들었습니다.

아직 말한 적이 없지만 이번에는 말하겠습니다.

시남의료께서는 공놀이를 하여

두 가문의 재앙을 해소했고,

손숙오께서는 춤을 그치게 하여

초읍의 병난을 그치게 했습니다.

나 공구는 세 척의 긴 부리를 갖기를 소원합니다.

그것은 '말 없는 도'라고 이르는 것입니다.

그러므로 덕은 도가 한결같은 곳에 모여들고

말은 지혜가 알지 못하는 곳에서 멈추어야

지극한 것입니다.

도가 한결같은 곳에서는 각자의 덕이 같을 수 없고

지혜가 알 수 없는 곳에서는

변론을 할 수 없습니다.

仲尼之楚

楚王觴之.

孫叔敖執爵而立

市南宜僚受酒而祭.

曰

古之人乎 於此言已.

曰

丘也聞不言之言矣.

未之嘗言 於此乎言之.

市南宜僚弄丸

而兩家⁷⁷⁾之難解.

孫叔敖甘寢⁷⁸⁾秉羽⁷⁹⁾

而郢⁸⁰⁾人投兵.

丘願有喙三尺.

彼之謂不道之道.

故德總乎道之所一.

而言休乎知之所不知

至矣.

道之所一者 德不能同也.

知之所不能知者

辯不能擧⁸¹⁾也.

77_ 兩家(양가)=白公勝과 子西 두 가문에 중립을 지킴.
78_ 寢(침)=息止也.
79_ 秉羽(병우)=舞踊.
80_ 郢(영)=楚之都邑.

명분名分 이란 유가와 묵가들이 따르는 것으로
흉한 것입니다."

名 82) 若儒墨
而凶矣. 83)

24-12

바다는 모든 강물을 사양하지 않으므로 큰 것의 지극함이요,
성인은 천지를 아울러 감싸고 은택이 천하에 미치지만
그의 성씨를 모른다.
이런고로 살아서는 벼슬이 없고 죽어서는 명성이 없으며
열매를 취하지 않고 이름을 세우지 않는다.
이런 사람을 대인이라 말한다.
개는 잘 짖는다고 좋은 개라 하지 않고
사람은 말을 잘한다고 현인이라 하지 않는데
하물며 말 잘하는 자를 대인이라 하겠는가?
대저 스스로 대인이라 하면 대인이 되기에 부족한데
하물며 덕인이라 하겠는가?
무릇 크게 갖춘 것은 천지天地 만 한 것이 없다.
자연이 무엇을 구해서 크게 갖추었더냐?
지혜가 크게 갖추어진 자는
구할 것도 없고 잃을 것도 없고 버릴 것도 없으며
외물로써 자기 본성을 바꾸지 않고
자기 본성으로 돌아가지만 궁함이 없고

故海不辭東流 84) 大之至也.
聖人幷包天地 澤及天下
而不知其誰氏
是故生無爵 死無諡.
實不聚 名不立
此之謂大人.
狗不以善吠爲良
人不以善言爲賢
而況爲大乎.
夫爲大不足以爲大
而況爲德乎.
夫大備矣 莫若天地
然奚求焉 而大備矣.
知大備者
無求 無失無棄
不以物易己也.
反己之而不窮.

81_ 擧(거)=皆也, 盡也, 得也.
82_ 名(명)=名分(實이 아닌 名稱을 분별함).
83_ 공자의 가르침을 '名敎' 라고 한다. 공자의 입으로 자신의 명분론을 비판한 것은 풍자적 반어다.
84_ 東流(동류)=江. 중국의 江은 모두 東으로 흐른다.

태고를 따르지만 휩쓸리지 않는 것이 대인의 성실함이다.　　　循古而不摩[85] 大人之誠

24-13

남백자기는 아들 여덟을 앞에 세워놓고　　　　　　　　　　子綦有八子 陳諸前

구방인을 불러 말했다.　　　　　　　　　　　　　　　召九方歅[86] 曰.

"나를 위해 자식들의 관상을 보아주시오!　　　　　　　爲我相吾子

누가 상서롭소?"　　　　　　　　　　　　　　　　孰爲祥.

구방인이 말했다.　　　　　　　　　　　　　　　　九方歅 曰

"곤梱이 상서롭습니다."　　　　　　　　　　　　　梱也爲祥

남백자기는 의심스러운 듯 좌우를 둘러보고 기뻐하며 말했다.　　子綦瞿然喜 曰

"어찌 그렇소?"　　　　　　　　　　　　　　　　　奚若.

구방인이 말했다.　　　　　　　　　　　　　　　　曰

곤은 장차 군주와 더불어 밥을 같이 먹으면서　　　　　梱也 將與國君同食

몸을 마칠 것입니다."　　　　　　　　　　　　　　以終其身.

이에 남백자기는 눈물을 줄줄 흘리면서 말했다.　　　　子綦索然出涕 曰.

"우리 자식이 왜 이런 악운에 이른단 말인가!　　　　吾子何爲以至於是極[87]也.

구방인이 말했다.　　　　　　　　　　　　　　　九方歅曰

"군주와 같이 밥을 먹으면 그 은택이 삼대에 미치거늘　　夫與國君同食 澤及三族

하물며 부모에게 미치지 않겠습니까?　　　　　　　而況父母乎

지금 대인께서는 내 말을 듣고 울다니　　　　　　　今夫子聞之而泣

이는 복을 가로막는 것입니다.　　　　　　　　　　是禦福也

85_ 摩(마)＝消也. 王先謙은 靡의 錯簡. 摩飾으로 解함.
86_ 九方歅(구방인)＝巫覡人.
87_ 極(극)＝惡而困之也, 殛也.

아들이 상서롭다는데 아비는 상서롭지 않는가 보구려!"

남백자기가 말했다.

"네가 어찌 내 마음을 알겠느냐?

네가 곤이 상서롭다 한 것은

술과 고기를 먹는다는 것뿐이다.

네가 어찌 그 술과 고기가 나오는 곳을 알겠느냐?

내가 일찍이 양을 친 일이 없는데

갑자기 암양이 아랫목에서 생겨나고,

내가 일찍이 사냥을 좋아하지 않았는데

메추라기가 윗목에서 생겨나는데도,

너는 괴이하게 생각하지 않으니 어찌된 일이냐?

나는 내 자식이 살아가기를

천지에 노닐기를 바랐고,

하늘에서 즐거움을 구하고

땅에서 먹이를 구하기를 바랐으며,

정사를 다스리지 않고

꾀를 내지 않고

괴이한 짓을 하지 않기를 바랐다.

천지의 성실함을 좇기를 바랐을 뿐

외물로써 서로 어지러운 것을 바라지 않았다.

子則祥矣 父則不祥.

子綦曰

歎 汝何足以識之

而梱祥邪

盡於酒肉入於鼻口矣.

而何足以知其所自來.

吾未嘗爲牧

而牂 [88] 生於奧 [89]

吾未嘗好田

而鶉 [90] 生於宎 [91]

若勿怪何邪.

吾所與 [92] 吾子遊者

遊於天地.

吾與之邀 [93] 樂於天

吾與之邀食於地.

吾不與之爲事

不與之爲謀

不與之爲怪

吾與之乘 [94] 天地之誠

而不以物與之相攖

88_ 牂(장) = 암컷 양.
89_ 奧(오) = 방의 서남쪽 구석.
90_ 鶉(순) = 메추라기.
91_ 宎(요) = 방의 동남쪽 구석.
92_ 與(여) = 助也, 許也, 說也.
93_ 邀(요) = 徼(구하다).
94_ 乘(승) = 逐也.

한 마리 진흙 속의 미꾸라지가 되기를 바랐을 뿐		吾與⁹⁵⁾之一委蛇⁹⁶⁾
정사를 잘 다스리기를 바란 것은 아니었다.		而不與之爲事所宜
그런데 지금 너의 말로는 세속의 상을 받게 되었다.		今也然有世俗之償焉.
무릇 괴이한 징조가 있는 것은		凡有怪徵者
반드시 괴이한 행실이 있었기 때문이라는 말이 아닌가?		必有愧行 殆乎.
나와 자식의 죄가 아니라		非我與吾子之罪
하늘이 내린 재앙인 것 같다.		幾天與之也.
나는 그것이 슬퍼 운 것이다."		吾是以泣也.
얼마 지나지 않아 곤은 연나라로 가게 되었는데		無幾何 而使梱之於燕
도중에 도둑들에게 붙잡혔다.		盜得之於道.
온전하면 팔기에 어렵고		全而鬻之則難
발꿈치를 자르는 것이 팔기에 용이하다고 생각하여		不若刖之則易.
발을 잘라서 제나라에 팔아버렸다.		於是乎刖而鬻之於齊.
팔려간 곳이 마침 거공渠公의 문지기였으므로		適當渠公之街⁹⁷⁾
종신토록 고기를 먹다 죽었다.		然身食肉而終.

24-14

설결이 제자인 허유를 만나 물었다.		齧缺遇許由曰
"그대는 어디를 가는가?"		子將奚之.
허유가 답했다.		曰
"요임금으로부터 도망치는 겁니다."		將逃堯.

95_ 與(여)=待也.
96_ 委蛇(위사)=泥鰌也, 行可從迹也.
97_ 街(가)=王先謙은 爲闔者라고 함.

설결이 물었다. "무슨 말인가?"

허유가 답했다.

"지금 요임금은 인仁을 한다고 애쓰고 있는데

나는 그것이 천하의 웃음거리가 될 것을 걱정한답니다.

후세는 그 때문에 사람과 사람이 서로 잡아먹게 될 것입니다.

대저 백성들이 모이게 하는 것은 어려운 것이 아니지요.

그들은 사랑하면 친해지고

이롭게 하면 모여들 것이며

칭찬하면 권면할 것이요,

싫어하는 일을 하면 흩어질 뿐입니다.

사랑과 이로움은 인의仁義에서 나옵니다.

그러나 인의를 덜어주는 자는 적고

인의를 이용하는 자는 많습니다.

그러므로 인의를 행하는 자는

성실함이란 없을 뿐만 아니라

금수의 탐욕을 거짓 빙자하는 수단일 뿐입니다.

이는 한 사람의 결단으로

천하를 이롭게 다스린다는 것이므로

비유컨대 일인 독재와 같은 것입니다.

대저 요임금은 현인이 천하를 이롭게 하는 것만 알 뿐

그들이 천하를 해롭게 한다는 것은 모릅니다.

오직 어짊을 버린 자만이 그것을 알 수 있을 것입니다."

曰 奚謂邪.

曰

夫堯畜畜然仁

吾恐其爲天下笑.

後世其人與人相食與.

夫民不難聚也.

愛之則親

利之則至.

譽之則勸

致其所惡則散.

愛利出乎仁義

損仁義者寡

利仁義者衆.

夫仁義之行

唯且無誠.

且假[98]乎禽貪者器.

是以一人之斷

制利天下.

譬之猶一覕[99]也.

夫堯知賢人之利天下也.

而不知其賊天下也.

夫唯外[100]乎賢者知之矣.

98_ 假(가)=非眞也. 藉也. 僭也.
99_ 覕(별)=覓也. 割(裁也. 奪也)也.
100_ 外(외)=棄也.

- 장자/외편/거협胠篋 10-5 : 伏羲氏 神農氏 當是時也. 則至治已.
- 장자/외편/재유在宥 11-4 : 昔者黃帝始 以仁義攖人之心.
- 장자/외편/천지天地 12-14 : 至治之世 不尚賢不使能 上如標枝 民如野鹿.
- 장자/외편/천운天運 14-13 : 三王五帝之治天下 名曰治而亂莫甚焉.
- 장자/잡편/경상초庚桑楚 23-2 : 大亂之本 必生於堯舜之間.
- 노자老子/19장 : 令有所屬 見素抱朴 小私寡慾.
- 노자老子/80장 : 小國寡民 民之老死不相往來.

24-15

뼛골이 없는 아첨쟁이를 '난주暖姝'라고 부르고	有暖[101] 姝[102] 者
남의 그늘에서 편안함을 구하는 자를 '유수濡需'라 부르고	有濡[103] 需[104] 者
수족이 굽어 몸이 괴로운 병신을 '권루卷婁'라 부른다.	有卷婁[105] 者.
이른바 난주는 어느 한 선생에게 배운 말을	所謂暖姝者 學一先生之言
무조건 따르고 아첨하며 자기 학설로 삼고는	則暖暖姝姝而私自說.
스스로 만족한다.	自以爲足矣.
그들은 만물이 시작되기 전을 알지 못하므로	而未知未始有物也.
난주라 부른다.	是以謂暖姝者也
유수는 돼지에 기생하는 이를 말한다.	濡需者 豕蝨[106] 是也
성긴 돼지 털에 살며	擇疏鬣[107]
이것을 고대광실이나 넓은 정원으로 생각하고	自以爲廣宮大囿

101_ 暖(난)=溫也, (훤)=柔貌.
102_ 姝(주)=妖貌.
103_ 濡(유)=安也, 溺也.
104_ 需(수)=不進也, 懦弱也.
105_ 卷婁(권루)=수족이 굽는 병, 拘攣.
106_ 豕蝨(시슬)=돼지 이.
107_ 鬣(렵)=긴 털, 須也.

발굽 사이나 젖통 사이나 사타구니를
편안하고 편리한 거처로 생각할 뿐,
어느 날 아침 도살부가 와서
팔을 가로채 풀을 깔고 연기 불에 태우면
자기도 돼지와 함께 타 죽는다는 것을 모른다.
나아가든 물러가든 제 구역을 벗어나지 못하는 자들이니
이런 것들을 이른바 유수라고 부른다.
권루는 순임금과 같은 자들이다.
양고기는 개미를 사모하지 않지만
개미는 양고기를 사모한다.
순임금은 양고기 냄새나는 행동(仁義)을 하여
백성이 그를 좋아했다.
그러므로 세 번 옮겼으나 모두 도읍을 이루었고
등에 이르자 십여만 민가가 모였다.
요임금은 순의 현명함을 듣고
불모의 처녀지를 주어 등용했다.
그리고 그 땅에 가서 은혜를 베풀기 바란다고 말했다.
순처럼 동토의 땅에 등용되어
나이 들고 천명은 쇠해졌으나
그만두고 돌아가 쉴 줄 모르는 자를
이른바 권루라고 말한다.

奎蹄[108] 曲隈 乳間股脚
自以爲安室利處.
夫知屠者之一旦
鼓臂[109] 布草操煙火
而己與豕俱焦也.
此以域進 此以域退
此其所謂濡需者也.
卷婁者 舜也.
羊肉不慕蟻
蟻慕羊肉.
舜有羶[110] 行
百姓悅之.
故三徙成都
至鄧[111]之虛 而十有萬家.
堯聞舜之賢
擧之童土之地
曰 冀得其來之澤.
舜擧乎童土之地
年齒長矣 聰明衰矣.
不得休歸
所謂卷婁者也.

108_ 奎蹄(규제)＝발굽.
109_ 鼓臂(고비)＝팔을 가로챈다.
110_ 羶(전)＝비린내.
111_ 鄧(등)＝노나라의 小國.

24-16

이런 까닭에 신인神人은 사람이 몰려드는 것을 싫어하고	是以神人惡衆至
사람들이 몰려들어도 그들과 무리 짓지 않는다.	衆至則不比
또한 무리 짓지 않으므로 이익을 얻지 못한다.	不比則不利也.
그러므로 너무 친애함도 없고 너무 소원함도 없으며	故無所甚親 無所甚疏
덕을 품고 화합으로 따뜻이 하며 천하를 따를 뿐이다.	抱德煬112) 和 以順天下
이를 일러 진인眞人이라 한다.	此謂眞人
개미가 양고기의 노린내를 좇는 지혜를 버리고	於蟻棄知113)
물고기가 뭍에서 서로 거품을 품어 적셔주는 꾀를 버리고	於魚得計114)
양이 노린내로 개미를 유혹하는 사심을 버리는 것처럼,	於羊棄意.115)
눈은 보이는 눈이 되고	以目視目
귀는 들리는 귀가 되며	以耳聽耳
마음은 본성을 회복한 마음이 되는 것이다.	以心復心.
이런 자는	若然者
공평하기는 먹줄처럼 바르고, 변화는 순리를 좇는다.	其平也繩 其變也循.
옛 진인은 자연으로 자연을 따르며	古之眞人 以天待116) 之
인위로 자연에 개입하지 않는다.	不以人入天.
또 옛 진인에게	古之眞人
자연을 얻음은 삶이요,	得之也生
자연을 잃음은 죽음이었으며,	失之也死.
영예를 얻음은 죽음이요,	得之也死

112_ 煬(양)＝溫也.
113_ 知(지)＝蟻之附羶也. 有利而趨之 卽其知也.
114_ 得計(득계)＝魚相忘於江湖. 단 앞뒤 문장처럼 棄(기)計로 읽는다.
115_ 意(의)＝羊之羶也 與以可歆之利 卽其意也.
116_ 待(대)＝侍(承也, 從也, 養也)와 通用.

영예를 잃음이 삶이었다.	失之也生
약이란 것도 그 실은	藥也其實
심통 치통에 쓰이는 오두(菫), 객혈에 쓰이는 길경,	菫也 桔梗也
장수에 좋은 계옹, 임질 부종에 좋은 시령 등 수없이 많지만	雞雍也 豕零也.
이것들은 때에 따라 주제가 될 뿐	是時爲帝者也
어느 것이 낫다고 말할 수 있겠는가?	何可勝言.

24-17

월왕 구천句踐이	句踐也
싸움에 패하여 삼천의 병사로 회계산에 숨어 있을 때	以甲楯三千棲於會稽.
대부 종種은	唯種也
이번의 망함이 장차 부흥의 원인이 될 수 있음을 알았다.	能知亡之所以存.
그러나 그도	唯種也
그 부흥이 장차 자기 불행의 원인임을 알지 못했다.	不知身之所以愁.
올빼미의 눈은 밤에도 보이는 장점이 있고	故曰 鴟目有所適.
학의 다리는 길다는 장점이 있다.	鶴脛有所節[117]
그러므로 저마다의 특성을 없애면 불행이다.	解之也悲.
그러므로 이르기를	故曰
황허는 바람이 지나면서 덜어 가고	風之過河也 有損焉.
해가 지나면서 덜어 가지만	日之過河也 有損焉.
사실은 바람과 해는 서로 도와 황허를 수호하는 것이며	請[118] 只風與日相與守河.
황허는 이로써 처음부터 어지럽지 않고	而河以爲未始其攖[119] 也.

117_ 節(절)=山高峻貌.
118_ 請(청)=問也. 情과 通用.

오히려 근원을 따라 흘러가는 것이다.　　　　　恃源而往者也.

그러므로 물이 땅을 지킴은 빈틈이 없고　　　　　故水之守土也審.

그림자가 사람을 지킴은 빈틈이 없으며　　　　　影之守人也審.

물질이 물질을 지킴은 빈틈이 없는 것이다.　　　　物之守物也審.

그러나 눈이 밝게 보는 데는 빈틈이 있고　　　　　故目之於明也殆.

귀가 밝게 듣는 데는 빈틈이 있으며　　　　　　　耳之於聰也殆.

마음이 요량하는 데는 빈틈이 있다.　　　　　　　心之於殉[120]也殆.

무릇 기능이란 그 기관器官에 틈이 있기 마련이며　　凡能其於府也殆.

빈틈이 있는 채로 이룬 것은 고치기 어렵고　　　　殆之成也 不給改.

재앙이 자라 점점 모이면　　　　　　　　　　　禍之長也玆萃

되돌리기엔 많은 공력이 들며　　　　　　　　　其反也緣功.

그 결과를 오랫동안 감수해야 한다.　　　　　　　其果也待久.

그런데 사람들은 이것을 자기 보물로 생각하니　　　而人以爲己寶

이 또한 불행이 아닌가?　　　　　　　　　　　不亦悲乎.

그러므로 나라를 망치고 백성을 죽이는 일이 그치지 않는데도　故有亡國戮民無已

그것을 따져 물을 줄 모르는 것이다.　　　　　　不知問是也.

24-18

무릇 발로 갈 수 있는 땅은　　　　　　　　　　故[121]足之於地也

밟을 수 있는 땅뿐이다.　　　　　　　　　　　踐.

비록 밟은 땅뿐이지만　　　　　　　　　　　　雖踐

119_ 攖(영)＝亂也.
120_ 殉(순)＝從也, 營也, 求也.
121_ 故(고)＝語氣詞. 夫와 비슷하다.

밟지 않은 땅이 많다는 것을 믿으며 　　　　　　　恃其所不蹍

그런 연후에야 밟은 경험을 잘 넓힐 수 있다. 　　　　而後善博也.

사람이 가진 지식은 적다. 　　　　　　　　　　人之於知也少.

비록 아는 것은 적지만 알지 못하는 것에 의뢰하면 　　雖少 恃[122] 其所不知

자연(天)이라 일컬어지는 것을 알 수 있다. 　　　　而後知天之所謂也.

천天(無爲自然의 道)은 위대한 하나(大一)임을 알고 　　知大一.

고요하고 움직임이 없는 위대한 음기(大陰)임을 알고 　　知大陰.

만물을 차별 없이 하나로 보는 위대한 눈(大目)임을 알고 　知大目.

만물의 조화가 평등한 것(大均)임을 알고 　　　　知大均.

만물이 각자 방정한 것(大方)임을 알고 　　　　　知大方.

만물이 모두 진실하다는 것(大信)을 알고 　　　　知大信.

만물이 모두 편안한 것(大定)임을 알면 지극한 것이다. 　知大定 至矣.

천도天道는 '대일' 이므로 만물을 소통하게 하고 　　大一通之.

'대음' 이므로 만물을 해방하며 　　　　　　　大陰解之.

'대목' 이므로 만물을 살피고 있으며 　　　　　大目視之.

'대균' 이므로 만물에 각각 복록福祿 을 주며 　　　大均緣[123] 之.

'대방' 이므로 만물에 형체와 분수를 주며 　　　大方體[124] 之.

'대신' 이므로 만물을 머물게 하며 　　　　　大信稽[125] 之.

'대정' 이므로 만물을 지탱해 준다. 　　　　　大定持之.

위 일곱 가지를 극진히 하면 하늘(자연)이 보존되고 　盡有[126] 天.[127]

122_ 恃(시)＝賴也, 依也.
123_ 緣(연)＝祿의 錯簡. 王先謙은 順으로 읽고 令各自得로 解함.
124_ 體(체)＝依也, 成形. 王先謙은 使各得其分으로 解함.
125_ 稽(계)＝留止也.
126_ 有(유)＝保也.
127_ 上七大 未有不由自然者(王先謙).

하늘(자연)을 따르면 지혜가 저절로 밝아지고　　　　　　循有照.[128]

지혜가 어린아이 같으면 근본(樞紐)이 전일하고　　　　冥[129] 有[130] 樞.[131]

근본에서 비롯하면 저들 민중을 서로 친하게 할 것이다.　始有[132] 彼.[133]

24-19

앞서 '대음'이므로 만물을 해방한다고 말한 것은　　　　　則其解[134] 之也

그래도 여전히 자연 안에 있으므로 풀어주지 않은 것과 같고　似不解之也.

앞서 하늘(자연)이 말하는 것을 안다고 말한 것은　　　　其知[135] 之也

말로 전할 수 없는 것이므로 모르는 것과 같다.　　　　　似不知之也.

부지不知 이후에 지지知之 라고 말할 수 있을 것이다.　　不知以後知之.

또 그것을 묻는다면　　　　　　　　　　　　　　　　　其問之也.

끝(分限)이 있다고 해도 옳지 않고　　　　　　　　　　不可以有崖[136]

없다고 해도 옳지 않다.　　　　　　　　　　　　　　不可以無崖.

휘저은 듯한 혼란 속에 사물마다 실리實理 가 있는 것은　頡滑[137] 有實

고금을 통하여 바뀌지 않고　　　　　　　　　　　　　古今不代

훼손될 수도 없는 것이다.　　　　　　　　　　　　　以不可以虧.

그런즉 가히　　　　　　　　　　　　　　　　　　　則可

128_ 順其自然 智自明照(王先謙).
129_ 冥(명)=心深也, 幼也.
130_ 有(유)=專也.
131_ 樞(추)=추뉴, 중심축.
132_ 有(유)=爲也, 相親也.
133_ 彼(피)=衆也.
134_ 解(해)=위 大陰解之의 解를 말함.
135_ 知(지)=위 以後知天之所謂也의 知를 말함.
136_ 崖(애)=벼랑 기슭, 하늘 가장자리, 分限.
137_ 頡滑(힐골)=錯亂也.

큰 줄거리를 들추어낸 것이라고 말하면 안 되는가?　　　不謂有大揚搉[138] 乎.

어찌 이것을 묻지 않고　　　闔[139] 不亦問是已

어찌 의혹 속에 빠져 헤매는가?　　　奚惑然爲.

의혹되지 않는 것으로 의혹을 풀고　　　以不惑解惑

의혹되지 않는 것에서 다시 반복하라.　　　復於不惑

이것이 오히려 의혹되지 않음을 키울 것이다.　　　是尙大不惑.

138_ 揚搉(양각)＝들추어내다.
139_ 闔(합)＝曷也.

則陽

小目

25-1 성인은 사람들에게 원하는 물자를 유통시켜 자기를 보전케 하고, 혹은 말 없이 사람들을 화목하게 다독거리고, 한결같이 한가하게 그들을 풀어놓는다.

25-2 성인은 묶인 것을 풀고 통하게 하여 두루 일체가 되며, 천명으로 돌아가 함부로 조작함을 두려워하고 하늘을 스승으로 삼는다.

25-3 하루를 없애면 한 해가 없고, 안이 없으면 밖이 없다.

25-4 달팽이 뿔 위에서 서로 영지를 다투며 싸운다.

25-5 그들의 도술은 속세와 어긋나지만 마음은 불초한 자들과 더불어 함께한다. 저들은 나 공자를 아첨꾼으로 생각하고 있다.

25-6 정사는 황무지처럼 거칠게 하지 말며, 백성을 다스림은 풀을 베듯 소홀히 말라!

25-7 영욕으로 핍박하여 이런 병통이 나타났고 재화가 한곳으로 모이자 이런 쟁투가 나타난 것이다. 도둑이 횡행하는 것은 과연 누구의 책임인가?

25-8 사람들은 자기 지혜가 알고 있는 것을 존중할 뿐, 자기 지혜가 알지 못하는 것은 믿을 줄을 모른다. 지식이란 가히 큰 의혹이라고 말해야 하지 않을까?

25-9 무엇을 輿論이라고 하는가? 만물은 理가 다르지만 道는 사사로움이 없으므로 無名이다. 無名이므로 無爲이고, 無爲이므로 다스리지 않음이 없다.

25-10 그렇다면 여론을 道라고 말해도 되는가?

25-11 무엇이 부린다는 有爲論은 實在論이요, 함이 없다는 無爲論은 虛名論이다. 모두 그럴 것이란 가설에 불과한 것이다.

25-12 도는 사물의 지극함이니 말이든 침묵이든 도를 싣기엔 부족한 것이다. 말도 침묵도 아닌 여론만이 진실로 지극하다 할 것이다.

제25장. 則陽칙양

25-1

| 노나라 사람 칙양이 초나라에서 유세할 때, | 則陽¹⁾遊於楚 |

노나라 사람 칙양이 초나라에서 유세할 때,　　則陽¹⁾遊於楚

초 문왕의 신하인 이절夷節이라는 사람이　　夷節

그를 왕에게 추천했다.　　言之於王.²⁾

왕이 알현을 허락하지 않자 이절은 포기하고 돌아가 버렸다.　　王未之見 夷節歸.

칙양은 초의 현인 왕과王果를 찾아가 말했다.　　彭陽見王果 曰.

"선생은 어찌 나를 왕에게 천거하지 않소?　　夫子何不譚³⁾我於王.

왕과가 말했다. "나보다는 공열휴公閱休가 더 나을 것이오."　　王果曰 我不若公閱休.

칙양이 물었다. "공열휴는 어떤 사람이오?"　　彭陽曰 公閱休奚爲者邪.

왕과가 답했다.　　曰

"겨울에는 강에서 자라를 잡고　　冬則擉⁴⁾鼈於江

여름에는 산에서 쉬는데　　夏則休山樊.

지나는 사람이 물으면 여기가 내 집이라고 한다오.　　有過人而問者 曰 此予宅也.

이미 이절도 못 한 일을　　夫夷節已不能

이절보다도 못한 내가 어찌하겠소?　　而況我乎. 吾又不若夷節.

1_ 則陽(칙양)=魯人. 姓彭, 名陽, 字則陽.
2_ 王(왕)=楚의 文王.
3_ 譚(담)=談也.
4_ 擉(착)=작살로 찔러 잡다.

이절의 사람됨은

덕은 없고 지혜만 있는 사람이오.

스스로 정신의 교류를 믿지 않고

부귀의 굴속에서 헤매고 있소.

덕으로 서로 돕는 것이 아니라 서로 덕을 깎소.

대저 추위에 떠는 자가 봄이 되어서야 옷을 빌리고

더위 먹은 자가 겨울이 되어서야 냉풍을 돌려받는 꼴이오.

초왕의 사람됨은 모습부터 존엄하고

죄를 지으면 용서하지 않는 호랑이 같은 사람이오.

아첨꾼이나 바른 덕인이 아니면 누가 그를 움직일 수 있겠소?

옛 성인은

궁할 때는 가문 사람들에게 가난을 잊도록 하고,

영달할 때는 왕공들로 하여금 작록을 잊고

낮추도록 교화하며,

사물에 대해서는 더불어 편안하게 하고,

사람들에게는 원하는 물자를 유통시켜

자기를 보전케 했소.

그러므로 혹은 말없이 사람들을 화목하게 다독거리며

사람들과 벗하여 나란히 서 있지만 사람들을 교화시키오.

부자간에 마땅하면 다른 사람도 편안하게 될 것이니

夫夷節之爲人也.

無德而有知

不自許[5] 以之神[6] 其交.

固顚冥[7] 乎富貴之地.[8]

非相助以德 相助消也.

夫凍者假衣於春

喝者反冬乎冷風.

夫楚王之爲人也. 形尊而嚴

其於罪也 無赦如虎.

非夫佞人正德 其孰能撓焉.

故聖人

其窮也 使家人忘其貧.

其達也 使王公忘其爵祿

而化卑.

其於物也 與之爲娛矣.

其於人也 樂[9]物之通

而保己焉.

故或不言 而飮[10] 人之和.

與人並立而使人化.

父子之宜 彼其乎歸居

5_ 許(허)=從, 與, 信也.
6_ 之神(지신)=錯簡이 있는 듯함.
7_ 顚冥(전명)=顚倒冥蒙.
8_ 地(지)=隆也.
9_ 樂(요)=願也, 好也.
10_ 飮(음)=沒也, 隱也, 含忍也.

한결같이 한가하게 그들을 풀어놓소.　　　　　　　　　而一閒其所施.[11]

그러나 인심은 이들 성인과는 너무나 머오.　　　　　其於人心者 若是其遠也.

그래서 공열휴를 따르라고 말한 것이오."　　　　　　故曰 待[12]公閱休.

25-2

성인은 막히고 묶인 것을 풀고 통하게 하여　　　　　　聖人達[13] 綢繆[14]

두루 다 일체가 된다.　　　　　　　　　　　　　　周盡一體矣.

그러면서도 그런 줄 모르는 것은 자연스런 성품이다.　而不知其然 性也.

천명으로 돌아가 함부로 조작함을 두려워하고　　　　復命搖[15] 作[16]

하늘을 스승으로 삼는다.　　　　　　　　　　　而以天爲師.

사람들은 본받아 따르면서 천명이라고 한다.　　　　人則從而命之也.

지혜로 걱정하면　　　　　　　　　　　　　　憂乎知

행함이 항상 때를 놓쳐　　　　　　　　　　　而所行恒無幾[17] 時

멈추기 마련이다.　　　　　　　　　　　　　其有止也

어찌할 것인가?　　　　　　　　　　　　　　若之何.

태어날 때부터 미인인 자에게는 사람들이 거울을 준다.　生而美者 人與之鑑.

알려주지 않으면 그가 남보다 아름다운 줄 모르기 때문이다.　不告 則不知其美於人也.

그것을 알든 모르든　　　　　　　　　　　　若知之 若不知之

그것을 들었든 못 들었든　　　　　　　　　　若聞之 若不聞之.

11_ 施(시)＝惠與也, 不及役也, 解也.
12_ 待(대)＝侍와 통용. 侍(시)＝承也, 從也.
13_ 達(달)＝通也, 暢也, 穿也.
14_ 綢繆(주무)＝묶다.
15_ 搖(요)＝慅＝두려워하다.
16_ 作(작)＝做也. 王先謙은 動으로 解함.
17_ 幾(기)＝盡也, 會也, 察也.

그가 좋아하는 것은 버릴 수 없는 본성이며

남들이 그를 좋아하는 것 역시 버릴 수 없는 본성이다.

성인이 사람을 사랑하면 사람들이 그에게 명성을 준다.

알려주지 않으면 그가 사람을 사랑한 줄 모르기 때문이다.

그것을 알든 모르든

그것을 들었든 못 들었든

그가 사람을 사랑한 것은 버릴 수 없으며

남들이 그를 편안히 여기는 것 역시 버릴 수 없는 본성이다.

옛 나라의 옛 도읍은 바라볼수록 감회가 사무칠 것이다.

비록 구릉엔 초목이 얽혀 보이지 않지만

그 속에 들어간 사람은 십중팔구

감회가 똑같이 사무칠 것이다.

하물며 본 것을 또 보고 들은 것을 또 들은 사람이랴?

열 길 누대에 매달려 여러 사람과 함께 조망하는 자이랴?

염상씨는 그 순환의 중앙을 얻어 이를 따라 이루었으므로

사물과 더불어 했을 뿐 시작도 끝도 없으며

다함도 없고 시간과 날짜도 없었다.

만물과 더불어 조화하는 것은

한결같아서 변하지 않는 것이다.

어찌 시험 삼아 그것을 집으로 삼지 않는가?

하늘을 스승으로 따르려 해도 따르지 못하는 것은

모두가 외물을 따르고 그것을 섬기기 때문이다.

其可喜也 終無已 [18]

人之好之 亦無已性也.

聖人之愛人也 人與之名.

不告 則不知其愛人也.

若知之 若不知之

若聞之 若不聞之.

其愛人也 終無已

人之安之亦無已性也.

舊國舊都 望之暢 [19] 然.

雖使丘陵草木之緡.

入之者十九

猶之暢然.

況見見聞聞者也.

以十仞之臺 縣衆閒者也.

冉相 [20] 氏 得其環中以隨成

與物无始无終

无幾 [21] 无時日.

與物化者

一不化者也.

闔嘗舍之.

夫師天 而不得師天

與物皆殉 其以爲事也.

18_ 已(이)=黜棄也.
19_ 暢(창)=通也, 舒也.
20_ 冉相(염상)=상고시대의 帝王.
21_ 幾(기)=盡也, 會也, 察也.

어찌할 것인가?　　　　　　　　　　　　若之何.

성인은 처음부터 하늘도, 사람도,　　　　夫聖人 未始有天 未始有人

비롯됨도, 사물도 존재하지 않는다.　　　未始有始 未始有物.

세상과 함께 행하되 쇠퇴하지 않고　　　與世偕行 而不替 [22]

그 행함이 갖추어져 무너지지 않고　　　所行之備而不恤. [23]

그와 부합하였다.　　　　　　　　　　　其合之也

어찌할 것인가?　　　　　　　　　　　　若之何.

25-3

탕임금은 사어司御, 문윤門尹, 등항登恒을 알아보고　　　湯得其司御門尹登恒

스승으로 삼았다.　　　　　　　　　　爲之傅之.

스승을 따르되 그의 울안에 갇히지 않고　　從師而不囿

그를 따라 중앙을 얻어 안민입정安民立政 했으며　　得其隨成 [24]

그를 관리로 삼아 호령號令을 맡기니　　爲之司其名

그 호령은 소호少昊씨를 본받아　　　之名嬴 [25] 法

군신이 모두 드날린 것이다.　　　　得其兩見 [26]

공자도 사려를 다해 그것을 행하고 스승으로 삼았던 것이다.　仲尼之盡慮 爲之傅之.

그래서 용성씨는 "하루를 없애면 한 해가 없고,　容成氏曰 除日無歲

안이 없으면 밖이 없다"고 말한 것이다.　無內無外.

22_ 替(체)＝쇠퇴하다.

23_ 恤(휼)＝敗壞也.

24_ 隨成(수성)＝앞의 冉相氏의 得其環中以隨成을 받음.

25_ 嬴(영)＝帝小昊之姓也. 王先謙은 無心也로 解함.

26_ 見(현)＝顯(현)으로 읽음.

25-4

위나라 혜왕 형罃 과 제나라 위왕 모牟 가 약속을 했는데,
모가 맹약을 배반했다.
위나라 혜왕은 성이 나서 사람을 시켜 암살하려 했다.
호아장군 공손연公孫衍 이 이를 듣고 부끄럽게 여겨 말했다.
"주군께서는 천자의 위세를 가진 군왕입니다.
그런데 필부처럼 복수를 하려 합니다.
청컨대 저에게 병사 이십만을 내어주면
주군을 위해 그를 공격하겠습니다.
그리하여 제나라 인민을 포로로 사로잡고
우마를 끌고 오겠습니다.
제나라 왕이 속으로 열 받아 등창이 터지게 한 후
제나라를 아예 뽑아버리겠습니다.
제나라 장군 전기田忌 가 도망가면
등덜미를 잡아 등뼈를 꺾어버리겠습니다."
가신 계자季子가 이 말을 듣고 부끄러워하며 말했다.
"열 길 성을 쌓는데
이미 열 길이 다 되어갈 무렵 다시 헐어버린다면
이는 수자리 군사들의 고통입니다.
지금 우리나라는 병사를 일으키지 않은 지 칠 년입니다.

魏罃 [27] 與田侯牟 [28] 約
田侯牟背之.
魏罃怒 將使人刺之.
犀首 [29] 聞而恥之 曰.
君爲萬乘 [30] 之君也.
而以匹夫從讎.
衍 [31] 請受甲二十萬
爲君攻之.
虜其人民
係其牛馬.
使其君內熱 發於背
然後拔其國.
忌也出走
然後扶其背 折其脊.
季子聞而恥之 曰.
築十仞之城
城者旣十仞矣 則又壞之.
此胥靡 [32] 之所苦也.
今兵不起七年矣.

27_ 罃(형)=惠王.
28_ 牟(모)=齊 威王.
29_ 犀首(서수)=官名. 若今虎牙將軍.
30_ 萬乘(만승)=戰車 만 대, 즉 천자. 諸侯는 千乘.
31_ 衍(연)=犀首 자리에 있던 公孫衍.
32_ 胥靡(서미)=徒役人也.

이것이 장차 천하를 제패할 기초가 될 것입니다.

공손연은 인주人主를 어지럽히는 난인亂人입니다.

허락하면 안 됩니다."

가신 화자華子가 이를 듣고 그들을 부끄럽게 여겨 말했다.

"교묘한 말로 정벌을 주장하는 자도

반대하는 자도 모두 난인입니다.

또한 이들 모두를 비난하는 자들도

또한 난인입니다."

혜왕이 물었다. "그러면 어찌하란 말인가?"

화자가 답했다. "주군께서는 도를 추구할 뿐입니다."

재상으로 있던 혜자는 이를 듣고

대진인戴晉人을 알현케 했다.

대진인이 물었다.

"달팽이란 놈이 있는데 군주께서도 아시지요?"

혜왕이 답했다. "알지요."

(대진인의 말) "달팽이의 왼쪽 뿔에 나라가 있는데

촉씨라 하고

오른쪽 뿔에 있는 나라는 만씨라 부릅니다.

이들은 서로 땅을 다투며 수시로 전쟁을 하는데

전사자가 수만이라 합니다.

패배자를 쫓을 때는 십오 일 이후에나 돌아오기도 한답니다."

혜왕이 말했다. "오! 그것은 거짓말이겠지요!"

대진인이 말했다.

此王³³⁾之基也.

衍亂人

不可聽也.

華子聞而醜之 曰.

善言伐齊者 亂人也.

善言勿伐者 亦亂人也.

謂伐之與不伐亂人也者

又亂人也.

王曰 然則若何.

曰 君求其道而已矣.

惠子聞之

而見戴晉人.³⁴⁾

戴晉人曰

有所謂蝸者 君知之乎.

曰 然.

有國於蝸之左角者

謂觸氏.

有國於蝸之右角者 謂蠻氏.

時相與爭地而戰.

伏尸數萬

逐北 旬有五日而後反.

君曰. 噫 其虛言與

曰

33_ 王(왕)=제후국인 魏가 장차 천자가 된다는 뜻.

34_ 戴晉人(대진인)=梁國의 賢人.

"신은 군주를 위해서 사실이라고 말하고 싶습니다.   臣請爲君實之.
군주께서는 사방 상하에 끝이 있다고 생각하십니까?"   君以意在四方上下有窮乎
혜왕이 말했다. "끝이 없지요."   君曰 無窮.
대진인이 말했다.   曰
"마음이란 무궁에 노닌다는 것을 안다면   知遊心於無窮.
이런 눈으로 걸어 도달할 수 있는 나라를 돌이켜보십시오.   而反在通達之國
있는 것도 같고 없는 것 같기도 할 것입니다."   若存若亡乎.
혜왕이 말했다. "글쎄요?"   君曰 然.
대진인이 말했다.   曰
"걸어 도달할 수 있는 땅 가운데 위나라가 있고   通達之中有魏.
위나라 속에 양나라가 있으며   於魏中有梁
양나라 가운데 왕이 있습니다.   於梁中有王.
그렇다면 그 왕과 달팽이 뿔 위의 만씨와   王與蠻氏
다를 것이 있습니까?"   有辯乎.
혜왕이 말했다. "구별할 수 없겠지요!"   曰 無辯.
손님이 나가자 혜왕은 멍해져서 정신이 나간 듯했다.   客出 而君惝然³⁵⁾ 若有亡也.
혜자는 손님을 배웅하고 군주를 알현했다.   客出惠子見.
혜왕이 말했다. "손님은 대인이야.   君曰 客大人也.
성인도 감당하지 못할 것이다."   聖人不足以當之.
혜자가 말했다.   惠子曰
"피리를 불면 좋은 피리 소리가 나겠지만   夫吹莞也 㗊有嗃³⁶⁾也.
칼자루의 구멍을 불면 새소리가 날 뿐입니다.   吹劍首者 吷³⁷⁾而已矣

35_ 惝然(창연)=실망한 모습, 놀란 모습.
36_ 嗃(학)=피리 소리.
37_ 吷(혈)=새 소리.

사람들은 요순을 기리지만
대진인 앞에서 요순을 말하는 것은
하나의 새소리와 같을 것입니다."

堯舜人之所譽也
道堯舜於戴晉人之前
譬猶一吷也.

◉ 함께 읽기 ◉

- 장자/잡편/양왕讓王 28-14 : 今周殺伐以要利. 是推亂以易暴也.
- 장자/잡편/열어구列禦寇 32-4 : 聖人以必不必 故無兵. 兵恃之則亡.
- 묵자墨子/노문魯問 : 殺其父而賞其子 何以異食其子而賞其父哉.
- 노자老子/30장 : 師之所處荊棘生焉.
- 노자老子/31장 : 兵者不祥之器. 非君子之器.
- 노자老子/73장 : 天之道不爭而善勝.

25-5

공자가 초나라를 가다가 의구라는 음식점에서 묵었다.
그때 이웃집 처와 첩들이 용마루에 올라 구경하고 있었다.
자로가 물었다. "이들 무리는 무엇을 하자는 것일까요?"
공자가 말했다. "이들은 성인의 마부들이다.
이들은 백성과 동고동락하고 밭두렁에 숨어 살며,
명성은 없지만 뜻은 무궁의 대도에 노닌다.
입으로는 비록 말을 하지만
마음은 일찍이 말한 바 없으며,
도술은 속세와 어긋나지만

孔子之楚 舍於蟻丘之漿.
其隣有夫妻臣妾登極³⁸⁾者.
子路曰 是稯稯³⁹⁾何爲者邪.
仲尼曰 是聖人⁴⁰⁾之僕也.
是自埋於民 自藏於畔.
其聲銷 其志無窮.
其口雖言
其心未嘗言.
方⁴¹⁾且⁴²⁾與世違

38_ 極(극)=屋棟也.
39_ 稯(종)=볏단=總=衆聚也.
40_ 聖人(성인)=道人. 老莊은 稱號를 下方한다.
41_ 方(방)=道, 法術.

마음은 불초한 자들과 더불어 함께한다.

이것은 뭍에서 자맥질하듯 사람 속에 숨어 있는 자들이다.

그 성인은 유명한 시남의료일 것이다."

자로가 찾아가서 불러오려고 했다.

공자가 말했다.

"그만두어라!

저들도 내가 자기를 알아본 줄 알고 있다.

또한 내가 초나라에 가는 것도 알고 있으며

초나라 왕으로 하여금

나를 부르게 하려는 내 속셈도 알고 있다.

저들은 또한 나를 아첨꾼으로 생각하고 있다.

이런 자들은

아첨꾼의 말을 듣는 것조차 수치로 여기는데

하물며 몸을 드러내 친히 알현하려 하겠는가?

그러니 찾아간들 어찌 집에 있겠느냐?"

자로가 찾아갔으나 그의 방은 비어 있었다.

而心不宵 ⁴³⁾ 與之俱.

是陸沈者也.

是其市南宜僚邪.

子路請往召之.

孔子曰.

已矣

彼知丘之著於己也.

知丘之適楚也

以丘爲必使楚王之

召己也.

彼且以丘爲佞人也.

夫若然者

其於佞人也 羞聞其言

而況親見其身乎

而何以爲存.

子路往視之 其室虛矣.

◈ 함께 읽기

- 장자/외편/천운天運 14-8 : 今蘄行周於魯 是猶推舟於陸也.
- 장자/외편/천운天運 14-10 : 孔子行年五十有一 而不聞道.
- 장자/잡편/어부漁父 31-1 : 丘少而修學 以至於今 六十九歲矣 無所得聞至敎.
- 장자/잡편/열어구列禦寇 32-6 : 仲尼方且飾羽而畵.
- 논어論語/공야장公冶長 12 : 夫子之言性與天道 不可得而聞也.

42_ 且(차)=取也, 始也.
43_ 宵(소)=夜也, 類也(宵와 同意).

25-6

장오의 관문 관리가 자뢰를 방문하여 말했다.
"군자의 정사는 황무지처럼 거칠게 하지 말며
백성을 다스림은 풀을 베듯 소홀하지 말라!
옛날 내가 농사를 지을 때 밭을 얕게 갈았더니
그 결실도 역시 나에게 얕은 만큼 보답했다.
김매기를 풀 베듯 소홀히 했더니
결실도 나에게 소홀한 만큼 보답했다.
나는 이듬해에 농사법을 바꾸어
밭갈이를 깊이 하고 호미질을 자주 하였더니
벼가 번성하고 결실이 좋아 한 해 양식이 넉넉했다."
장자가 자뢰에게 말했다.
"요즘 사람들의 몸과 마음을 다스리는 것은
다분히 관문 관리가 말한 것과 유사하다.
자연에서 달아나고, 본성을 다스리려 하고,
마음을 없애고, 정신을 놓아버리고, 무리를 짓는다.
그러므로 본성을 거칠게 하여 욕심과 미움의 병통이 생기고
성품을 우거진 갈대처럼 만든다.
처음 싹일 때는 육체를 부지해 주지만
자라면 우리의 본성을 뽑아버린다.

長梧封人問子牢[44] 曰.
君爲政焉 勿鹵莽.[45]
治民焉 勿滅裂.[46]
昔予爲禾 耕而鹵莽之
則其實亦鹵莽而報予.
芸而滅裂之
則其實亦滅裂而報予.
予來年變齊
深其耕 而熟耰之.
其禾繁而滋 予終年厭飱
莊子聞之曰
今人之治其形 理其心
多有似封人之所謂
遁其天 理其性
滅其情 亡其神 以衆爲.
故鹵莽其性者 欲惡之孼.[47]
爲性萑[48] 葦蒹葭.[49]
始萌以扶吾形
尋[50] 擢吾性.

44_ 子牢(자뢰)=공자의 제자.
45_ 鹵莽(로망)=개펄과 황무지, 淺耕.
46_ 滅裂(멸렬)=斷其草也.
47_ 孼(얼)=庶子, 災也, 病也.
48_ 萑(추)=익모초, 우거질.
49_ 葦蒹葭(위겸가)=갈대.
50_ 尋(심)=長也.

아울러 썩고 새는 병이 여기저기서 나타난다.　　　　　　　並潰漏發 不擇所出.

종기, 악창, 내열, 당뇨가　　　　　　　　　　　　　瘭疽 [51] 疥癰 [52] 內熱溲膏 [53]

이것이다."　　　　　　　　　　　　　　　　　　　是也.

25-7

백구 柏矩 가 노담에게 배웠는데　　　　　　　　　　柏矩學於老聃

하루는 천하유람을 하고 싶다고 말했다.　　　　　　　曰 請之天下遊.

노담이 말했다.　　　　　　　　　　　　　　　　老聃曰

"그만두어라! 천하도 이곳과 같을 뿐이다."　　　　　已矣. 天下猶是也

재차 청하자 노담이 물었다. "너는 어디서 시작하려느냐?"　又請之 老聃曰 汝將何始.

백구가 답했다. "제나라부터 시작하겠습니다."　　　　曰 始於齊.

제나라에 도착하자마자 형벌을 받아 기시된 시체를 보았다.　至齊 見辜 [54] 人焉

시체를 밀어 바로 누이고 조복을 벗어 덮어주었다.　　推而强之 解朝服而幕之.

그리고 하늘을 우러러 곡하며 말했다.　　　　　　　號天而哭之 曰.

"오! 그대여!　　　　　　　　　　　　　　　子乎子乎

천하에는 피살자가 많은데 그대가 먼저 당했구려!　　天下有大菑 子獨先離之.

말끝마다 도둑질하지 말라, 살인하지 말라 말하지만,　曰莫爲盜 莫爲殺人.

영욕으로 핍박하여 이런 병통이 나타났고　　　　　榮辱立 [55] 然後觀所病

재화가 한곳으로 모이니 이런 쟁투가 나타났다.　　貨財聚 然後觀所爭

지금은 사람을 몰아세워 병들게 하고　　　　　　今立人之所病

51_ 瘭疽(표저)=종기.
52_ 疥癰(개옹)=옴과 악창.
53_ 溲膏(수고)=당뇨.
54_ 辜(고)=磔刑(시체를 棄市하는 형벌).
55_ 立(립)=行也, 逼也.

사람을 모아 싸우게 하고

사람의 몸을 곤궁하게 하여 한시도 쉬지 못하게 하니

이런 지경에 이르지 않을 수 있겠는가?

옛 군주와 대인들은 이득은 민民에게 달려 있으며

손실은 자기에게 달려 있다고 말했고

바른 것은 민에게 달려 있으며

굽은 것은 자기에게 달려 있다고 말했다.

그러므로 한 사람이라도 몸을 상하면

물러나 스스로를 꾸짖었다.

그러나 오늘날은 그렇지 않다.

재물을 위해 숨기고 알지 못한 자를 어리석다 하고

어려운 일을 시키고 감내하지 못하면 죄를 주고

무거운 임무를 맡기고 다하지 못하면 벌을 주고

먼 길을 가게 하고 이르지 못하면 죽인다.

그러므로 부득이 민중은 지혜와 힘을 다해

꾀로 죄를 모면하려 한다.

해만 뜨면 거짓이 다반사니

사민四民이 어찌 꾀를 쓰지 않을 수 있겠는가?

무릇 힘이 부치면 꾀를 쓰고, 지혜가 부족하면 속이고

재물이 부족하면 도둑질을 하는 것이다.

도둑이 횡행하는 것은 누구에게 책임을 물어야 옳은가?"

聚人之所爭.

困窮人之身.

欲無至此 得乎.

古之君人[56]者 以得爲在民.

以失爲在己.

以正爲在民.

以枉爲在己.

故一形失其形者

退而自責.

今則 不然.

匿[57] 爲物 而愚不知.

大爲難 而罪不敢.

重爲任 而罰不勝.

遠其塗 而誅不至.

民知力竭

則以僞繼[58] 之.

日出多僞

士民[59]安取不僞.

夫力不足則僞 知不足則欺

財不足則盜

盜竊之行 於誰責而可乎.

56_ 君人(군인)＝公室의 君主와 家門의 大人.

57_ 匿(닉)＝避也, 隱也, 陰姦也.

58_ 繼(계)＝續(續과 통용)也.

59_ 士民(사민)＝四民(士農工商).

- 장자/외편/마제馬蹄 9-2：織而衣耕而食 是謂同德. 一而不黨 名曰天放.
- 장자/외편/재유在宥 11-7：大同無己 無己惡乎得有有.
- 장자/외편/추수秋水 17-4：貨財不爭 不多辭讓 事焉不借人 不多食乎力.
- 장자/외편/지북유知北遊 22-7：汝身非汝有也. 是天地之委形也.
- 장자/잡편/도척盜跖 29-14：平爲福 有餘爲害.
- 좌전左傳/소공昭公 3년(BC 539)：公聚朽蠹 三老凍餒.
- 노자老子/19장：絕巧棄利 盜賊無有. 故令有所屬 少私寡欲.
- 노자老子/53장：朝甚除田甚蕪倉甚虛.
- 노자老子/75장：民之飢 以其上食稅之多.
- 노자老子/81장：聖人不積 旣以與人 己愈多.
- 열자列子/양주楊朱：然身非我有也 物非我有也. 不橫私天下之物者 其唯聖人乎.
- 열자列子/주목왕周穆王 8：今天下之人 皆惑於是非 昏於利害.
- 사기史記/백이열전伯夷列傳：盜跖聚黨數千人橫行天下.

25-8

거백옥은 지난 육십 년 동안 육십 번 변했다.	蘧伯玉行年六十 而六十化.
미상불 시작은 옳다고 했으나	未嘗不 始於是之
끝에는 버리면서 그르다고 한다.	而卒黜之以非也.
지금 옳다고 하는 것을	未知 今之所謂是之
오십구 년 후에는 그르다고 할는지 아무도 모른다.	非五十九年非也.
만물은 모두 생명을 가지고 있으나 그 뿌리는 볼 수 없다.	萬物有乎生 而莫見其根.
출현한 것은 있는데 그 문을 볼 수 없다.	有乎出 而莫見其門.
그런데 사람들은 자기 지혜가 알고 있는 것을 존중할 뿐,	人皆尊其知之所知.
자기 지혜가 알지 못하는 것(생명)을 믿을 줄을 모른다.	而莫知恃其知之所不知.
그렇다면 지식이란 가히 큰 의혹이라고 말해야 하지 않을까?	而後知可不謂大疑乎.
그만두라! 그만두라! 이 또한 도망할 곳이 없다.	已乎已乎 且無所逃.

이것이 이른바

'그럴 수도 있고 그렇지 않을 수도 있다'는 것이다.

공자가

태사太史인 대도와 백상건과 희위에게 물었다.

"위나라 영공은 음주 탐락하며

국가의 정사를 돌보지 않았다.

사냥을 하면서 백성의 생업 도구인 그물과 주살을 쓰고

제후들의 회맹에 참석하지 않았다.

그럼에도 영공이라는 귀한 명칭으로 호칭하는 것은

어찌된 일인가?"

대도가 말했다. "그렇기 때문에 그런 이름을 붙인 것입니다."

백상건이 말했다.

"영공은 처가 셋인데 함께 목욕할 정도로 음탕했으나

사추를 받들어 모시는 데는

숙소에 폐백을 바치고 부축을 할 정도였습니다.

방탕하기는 그처럼 심했으나

현인을 보면 그처럼 정숙했기에

그에게 영공의 칭호를 붙인 것입니다."

희위가 말했다. "대저 영공이라 한 것은 이렇습니다.

그의 죽음을 점쳤더니 고묘에 묻으면 불길하고,

사구에 장사해야 길하다는 점괘가 나왔습니다.

그래서 사구를 몇 길 파니 석곽이 나왔습니다.

此所謂

然與然乎.

仲尼

問於大史大弢伯常騫狶韋[60]

夫衛靈公飲酒湛樂

不聽國家之政.

田獵畢弋

不應諸侯之際.

其所以爲靈公者

何邪.

大弢曰 是因是也.[61]

伯常騫曰

夫靈公有妻三人 同濫而浴.

史鰌[62]奉御

而進所搏幣而扶翼.

其漫若彼之甚也

見賢人若此其肅也.

是其所以爲靈公也.

狶韋曰 夫靈公也

死卜葬於故墓 不吉.

卜葬於砂丘而吉.

掘之數仞 得石槨焉.

60_ 大弢(대도), 伯常騫(백상건), 狶韋(희위)=모두 人名.

61_ 王先謙은 靈을 亂而不損이라 하여 비난의 뜻으로 解함.

62_ 史鰌(사추)=공자의 제자. 史魚.

그것을 씻고 살펴보니 명문이 있었는데 이르기를
'내 자손을 믿지 못한다.
영공이 빼앗아 묻힐 것이다'라고 쓰여 있었습니다.
대저 영공이 영공이라 불린 것은 오래된 일이라서
대도와 백상건이 어찌 그것을 알 수 있겠습니까?"

洗而視之 有銘焉曰.
不馮[63] 其子
靈公奪而里[64] 之.
夫靈公之爲靈公也 久矣
之二人何足以識之.

25-9

견문이 좁은 소지가 공론公論을 자처하는 대공조에게 물었다.
"무엇을 여론輿論이라고 말합니까?"
대공조가 답했다.
"지역공동체는 온갖 성씨와 이름이 모여
하나의 풍속을 이룬 곳이다.
즉 다른 것이 합하여 같은 것이 되고
같은 것이 흩어져 다른 것이 된다.
지금 말의 백 개의 지체를 가리켜 말이라고 할 수는 없다.
그렇지만 눈앞에 매여 있는 말은
백 개의 지체가 통일되어 서 있으므로 말이라고 할 수 있다.
언덕과 산은 낮은 것을 쌓아 높아졌고
강하는 작은 물들을 합해 크게 된 것처럼
대인은 다른 것들을 합하고 아울러 공론을 이루는 것이다.
이것은 밖으로부터 들어오는 것은

少知問於大公調[65] 曰
何謂丘里[66] 之言
大公調曰
丘里者 合十姓百名
而以爲風俗也
合異以爲同
散同以爲異.
今指馬之百體 而不得馬
而馬係於前者
立其百體 而謂之馬也.
是故丘山積卑而爲高
江河合水而爲大
大人合幷而爲公
是以自外入者

63_ 馮(빙)=憑也.
64_ 里(리)=埋也.
65_ 大公調(대공조)=全體, 公共, 調和의 擬人.
66_ 丘里(구리)=四井爲邑. 四邑爲丘. 五家爲隣 五隣謂里.

주인이 있어 붙잡는 것이 아니고

안으로부터 나가는 것은

관문의 정장이 있어 막는 것이 아니다.

사시는 기후가 달라도

하늘은 사사롭지 않으므로 한 해를 이루고,

오관은 직분이 다르지만

군주는 사사로움이 없으므로 나라가 다스려지며,

문무는 재목이 다르지만

대인은 사사로움이 없으므로 덕이 갖추어진다.

만물은 이理 가 다르지만

도는 사사로움이 없으므로 무명無名 이다(명분의 규정이 없다).

무명이므로 무위無爲 이고

무위이므로 다스리지 않음이 없다.

때는 끝남과 시작이 있고, 세상은 변화가 있다.

화와 복은 돌고 돌아

거스르던 것이 지극하면 마땅한 것이 되고

각자 다른 방향을 쫓아가면

바른 것이 들쑥날쑥할 수도 있다.

큰 못을 가까이 보면 백 가지 재목들이 모두 다 기량이 있고

큰 산을 보면 나무와 돌 들이 다 같은 기초에 있다.

이것을 일러 시중의 담론 즉 여론이라고 말한다."

有主而不執

由中出者

有正[67] 而不距

四時殊氣

天不賜[68] 故歲成

五官殊職

君不私故國治

文武殊材[69]

大人不私故 德備

萬物殊理

道不私故無名

無名故無爲

無爲而無不爲

時有終始 世有變化

禍福淳淳

至有所拂者 而有所宜

自殉殊面

有所正者有所差

比於大澤 百材皆度

觀於大山 木石同壇.

此之謂丘里之言.

67_ 正(정)=亭長也.
68_ 賜(사)=私也.
69_ 殊材(수재)=原文에는 없으나, 탈락된 것으로 본다.

25-10

소지가 말했다.	少知曰
"그렇다면 여론을 도道 라고 말해도 되겠습니까?"	然則謂之道足乎
대공조가 말했다. "그렇지 않다.	大公調曰 不然
물건의 수를 계산하면 만萬에 그치지 않겠지만	今計物之數 不止於萬.
만물萬物 이라고 한정한 것은	而期曰萬物者
수의 많음을 그렇게 명명하여 읽는 것이다.	以數之多者 號而讀之也
그러므로 천지란 형체의 큰 것이고	是故天地者 形之大者也.
음양은 기운의 큰 것이며	陰陽者 氣之大者也
도는 이처럼 그것들을 공평무사하게 하는 것이다.	道者爲之公.[70]
그것이 크다는 의미에서	因其大而
도라고 명명하고 읽는 것은 무방하다.	號以讀之 則可也
그렇지만 그것은 이미 유有 가 되어버리고	已有之矣
상대적인 비교의 대상으로 전락한다.	乃將得比[71] 哉
만약 이런 식으로 변론한다면	則若以斯辯
비유컨대 개나 말의 명칭과 같은 것이 된다.	譬猶狗馬焉

70_ 公(공)=平也, 無私也, 通也, 正也, 君也. 王先謙은 所公共이라 解함.
71_ 比(비)=校也, 類也, 代也.

그것은 도에 미치지 못하고 너무 먼 것이다."

소지가 물었다.

"사방 육합에서

만물이 생기는 작용이 어째서 일어날까요?"

대공조가 답했다.

"음양이 서로 비춰주고 덮어주고 바로잡아 주기 때문이다.

계절은 서로 갈마들고 서로 낳고 서로 죽인다.

욕심과 미움, 나아가고 물러남이

이로써 의탁하여 일어나고,

자웅이 쪼개지고 교합하니

이로써 변함없이 보존되는 것이다.

안위가 서로 바뀌고 화복이 서로 낳고

완급이 서로 갈마들고 취산이 이루어지니

이로써 명칭과 실재가 회통會通 할 수 있고

정기와 묘용이 뜻을 펴는 것이다.

질서를 따라 서로를 다스리고

운행을 의탁하여 서로를 사역하니

막히면 근본으로 돌아가고

끝나면 시작된다.

이것이 만물의 보존되는 현상이다.

其不及遠矣

少知曰

四方之內 六合之裏

萬物之所生 惡起

大公調曰

陰陽相照 相蓋相治

四時相代 相生相殺

欲惡去就

於是橋[72]起

雌雄片[73]合

於是庸[74]有[75]

安危相易 禍福相生

緩急相摩 聚散以成.

此名實之可紀[76]

精微之可志[77]也

隨序之相理

橋運之相使

窮則反

終則始

此物之所有.

72_ 橋(교)=矯也, 託也.
73_ 片(편)=判也.
74_ 庸(용)=常也.
75_ 有(유)=保也.
76_ 紀(기)=貫因也, 會也.
77_ 志(지)=誌也.

또한 이것은 말이 다하는 곳이요,　　　　　　　　　　言之所盡

지혜가 이르는 곳이니　　　　　　　　　　　　　　知之所至

만물을 지극히 할 뿐이다.　　　　　　　　　　　　極⁷⁸⁾物而已

그러므로 도를 아는 사람은　　　　　　　　　　　觀道之人

폐지되는 것을 따르지도 않고　　　　　　　　　　不隨其所廢

새로 일어난 것을 선善이라고 하지도 않는다.　　不原⁷⁹⁾其所起

이것은 여론(丘里之言)이 막혀 그치는 곳이다."　此議之所止.⁸⁰⁾

25-11

소지가 물었다.　　　　　　　　　　　　　　　　少知曰

"계진은 무위론無爲論이고　　　　　　　　　　　季眞之莫爲

접자는 유위론有爲論인데　　　　　　　　　　　　接子⁸¹⁾之或使⁸²⁾

두 가문의 인식 중　　　　　　　　　　　　　　　二家之識

누가 실정에 바르고 누가 이치에 마땅합니까?"　孰正於其情 孰徧⁸³⁾於其理

대공조가 답했다.　　　　　　　　　　　　　　　太公調⁸⁴⁾曰

"닭이 울고 개가 짖는다는 것은 사람들이 알지만　雞鳴狗吠 是人之所知

그러나 비록 큰 지혜가 있다 할지라도　　　　　　雖有大知

개와 닭이 저절로 그렇게 우는 조화를 말로는 설명할 수 없다.　不能以言讀其所自化

또 그것들이 장차 어찌 행동할지 마음으로는 헤아릴 수 없다.　又不能以意⁸⁵⁾其所將爲

78_ 極(극)＝出也.
79_ 原(원)＝察也. 愿(善也)과 通用.
80_ 止(지)＝禁也, 阻而不進也.
81_ 季眞(계진), 接子(접자)＝齊 稷下宮 學士.
82_ 或使(혹사)＝有爲.
83_ 徧(편)＝敎施而宜.
84_ 太公調(태공조)＝앞 절의 大公調(대공조)와 동일인으로 본다.

이처럼 분석해 보면　　　　　　　　　　　　　　斯以析之

가늘게 하면 더 쪼갤 수 없는 세밀함에 이르고　精[86] 至於無倫[87]

크게 하면 무엇으로도 감쌀 수 없는 경지에 이를 것이니　大至於不可圍

누가 부린다거나(有爲論)　　　　　　　　　　或之使

함이 없다거나(無爲論) 하는 것은　　　　　　莫之爲

외물을 벗어나지 못하므로　　　　　　　　　未免於物

결국은 오류에 빠지고 만다.　　　　　　　　而終以爲過.

누가 부린다는 유위론은 실재론實在論이요,　或使則實

함이 없다는 무위론은 허명론虛名論이다.　　莫爲則虛

명도 있고 실도 있다 함은　　　　　　　　　有名有實

물질이 실재한다는 입장이고,　　　　　　　是物之居

명도 없고 실도 없다 함은　　　　　　　　　無名無實

물질이 공허하다는 입장이다.　　　　　　　在物之虛

이처럼 말할 수 있고 생각할 수 있지만　　　可言可意

말을 하면 할수록 도道에서 멀어진다.　　　言而愈疏

낳기도 전에 싫어할 수도 없고　　　　　　　未生不可忌

이미 죽는 것을 막을 수도 없다.　　　　　　已死不可阻

죽고 사는 것은 먼 데 있지 않지만 그 이치는 알 수 없다.　死生非遠也 理不可覩

따라서 누가 부린다거나　　　　　　　　　　或之使

함이 없다거나 하는 것은　　　　　　　　　莫之爲

그럴 것이란 가설假說에 불과한 것이다."　疑之所假.

85_ 意(의)=위 對句로 보아 意度의 錯簡인 듯.
86_ 精(정)=細也.
87_ 倫(륜)=比(密也)也. 細微也.

• 장자/잡편/칙양則陽 25-9 : 萬物殊理 道不私故無名 無名故無爲.

25-12

(대공조의 말) "내가 근본을 보려고 하니	吾觀之本
지나간 과거는 끝이 없고	其往無窮
내가 종말을 찾으니 미래는 그침이 없다.	吾求之末 其來無止[88]
다함이 없다거나 그침이 없다거나 함은	無窮無止
그것이 없음을 말하는 것이니	言之無也
사물과 더불어 같은 이치이다.	與物同理
누가 부린다거나(實在論) 함이 없다거나(虛名論) 함은	或使莫爲
근본을 말함이니	言之本也
사물에 묶여 끝나고 시작한다.	與物終始
도를 유라고도 할 수 없고	道不可有[89]
또한 무라고도 할 수 없으니	有不可無
도라고 억지로 이름 붙인 것도 가설로 유행한 것이다.	道之爲名 所假而行
누가 부린다거나 함이 없다거나 함은	或使莫爲
사물의 일면에 매여 있는 것이니	在物一曲
어찌 훌륭한 도술이라 하겠는가?	胡爲於大方[90]
말로써 족하다면	言而足則
온종일 말하면 도를 다할 것이요,	終日言而盡[91]道

88_ 止(지)=容(人而無止 : 詩經/相鼠).
89_ 有(유)=又也.
90_ 方(방)=法術也, 謂異道術也.
91_ 盡(진)=終也, 止也, 竭也, 死也, 黜削也.

말로써 족하지 않다면   言而不足則

온종일 말하면 사물을 다할 것이다.   終日言而盡物

도는 사물의 지극함이니   道物之極

말이든 침묵이든 도를 싣기엔 부족한 것이다.   言默不足以載

말도 아니고 침묵도 아닌   非言非黙

여론만이 진실로 지극하다 할 것이다."   議其有⁹²⁾極.

함께 읽기

- 장자/내편/제물론齊物論 2-9 : 有有也者 有無也者. 有未始有無也者. 俄而有無矣 而未知有無之果孰有孰無也.
- 장자/외편/천지天地 12-8 : 太初有無無 有無名.
- 장자/외편/지북유知北遊 22-3 : 人之生氣之聚也. 故曰 通天下一氣耳.
- 장자/외편/지북유知北遊 22-8 : 精神生於道 形本生於精 萬物以形相生.
- 장자/잡편/경상초庚桑楚 23-10 : 天門者無有也 萬物出乎無有. 有不能以有爲 有必出乎無有. 而無有一無有.
- 노자老子 / 1장 : 無名天地之始 有名萬物之母.
- 노자老子 / 40장 : 萬物生於有 有生於無.

92_ 有(유)=保也, 相親也.

外物

小目

26-1 겉으로 드러나는 사물(명칭, 부귀)은 믿을 것이 못 된다.

26-2 달빛은 본래 불빛을 이기지 못한다.

26-3 장자는 가난하여 감하후에게 양식을 빌리려고 갔다.

26-4 任公子는 소 오십 마리를 미끼로 매달아 회계산에 앉아 동해에 낚싯대를 드리웠다.

26-5 유가들은 간악한 도굴을 하되 풍류와 예로써 한다.

26-6 "구야! 자만심과 知者인 척하는 태도를 버려라. 일세의 아픔을 참지 못하는 그 교만은 만세의 환난이 된다. 진실로 마음이 가난하면 지략이 미치지 못함이 없을 것이다. 民衆을 따라서 행하고 나아갈 뿐이다."

26-7 지혜도 막히는 데가 있고, 신령스러움도 미치지 못하는 데가 있다.

26-8 무용한 것이 유용하다.

26-9 옛것을 높이고 현재를 비하하는 것은 학자들의 유폐다. 오직 希人만이 남을 따르면서도 자기를 잃지 않는다.

26-10 마음이 뚫려 통하면 지혜롭다 하고, 지혜가 뚫려 통하면 덕이라 한다. 무릇 도란 막히지 않게 하는 것이다.

26-11 양생법은 위로하려는 자들이 힘쓰는 것일 뿐 은둔자들의 할 일이 아니며 일찍이 말한 적도 없다.

26-12 덫은 토끼를 잡는 수단이다. 토끼를 잡으면 덫은 잊힌다. 말은 뜻을 전하는 수단이다. 뜻을 전하면 말은 잊어버려라!

제26장. 外物 외물

26-1

겉으로 드러나는 사물(명칭, 부귀)은 믿을 것이 못 된다.	外物[1] 不可必[2]
그러므로 용봉은 주벌을 당하고 비간은 가슴이 쪼개졌고	故龍逢誅 比干戮
기자는 미친 체했으며 악래惡來는 죽었고 걸주는 망했다.	箕子狂 惡來死 桀紂亡
군주는 모두 신하의 충성을 바라지만	人主莫不欲其臣之忠
그 충성이 반드시 신뢰를 받는 것은 아니다.	而忠未必信
그러므로 (오왕 부차에게 충간한) 오운伍員은	故伍員[3]
그 시체가 양쯔강에 떠돌았고	流於江
장홍은 모함을 받고 촉에 추방되어 자결했으며	萇弘死於蜀
그 피를 촉인들이 궤에 넣어두었더니	藏其血
삼 년 후에 구슬이 되었다고 한다.	三年化而爲碧
부모는 모두 자식의 효성을 바라지만	人親莫不欲其子之孝
그 효성은 반드시 사랑받는 것은 아니다.	而孝未必愛
그러므로 지극한 효자인 효기와 증참은 슬퍼했다.	故孝己憂 而曾參悲.

1_ 物(물)=事也, 名也, 外境也.
2_ 必(필)=專也, 信也.
3_ 伍員(오운)=伍子胥의 名. 子胥는 그의 字.

26-2

나무와 나무가 서로 갈면 불이 붙고	木與木相摩然.
쇠와 불이 서로를 지켜주면 녹아 흐른다.	金與火相守則流.
음과 양이 교차 운행하여	陰陽錯行
천지를 오색으로 매달아 놓는다.	則天地大絯.[4]
여기서 우레와 천둥이 치며	於是乎有雷有霆
물속에 불이 생겨(電氣)	水中有火
큰 교목을 태우기도 한다.	乃焚大槐.
인간사회도 너무 걱정하는 것은 양쪽 모두 함정이라	有甚憂兩陷
도망갈 곳이 없고	而無所逃.
불안하여 안민입정安民立政 할 수 없다.	螴蜳[5] 不得成[6]
마음이 천지 사이에 매달린 것처럼	心若縣於天地之間
어둡고 막히면	慰暋[7] 沈屯[8]
이해가 서로 갈리며	利害相摩
심한 불이 일어나	生火甚多
사람들의 화목을 태워버린다.	衆人焚和.
달빛은 본래 불빛을 이기지 못한다.	月固不勝火.
이기는 것만 좇으면 자연의 도道 는 무너진다.	於是乎 有僓[9]然而道盡.[10]

4_ 絯(해)＝束也, 挂也. 王先謙은 動(동)으로 읽는다.
5_ 螴蜳(진돈)＝설레다.
6_ 成(성)＝治也. 安民立政.
7_ 慰暋(위혼)＝鬱悶.
8_ 沈屯(침둔)＝막히다.
9_ 僓(퇴)＝頹也. 順也. 嫺也.
10_ 盡(진)＝終也. 止也. 竭也. 死也. 黜削也.

26-3

장자는 집이 가난했다.

어느 날 장자가 감하후에게 양식을 빌리려고 갔다.

감하후가 말했다. "좋소!

내 연말에 세금을 걷으면 삼백 금을 빌려주겠소.

이제 됐습니까?"

장자는 얼굴이 벌게지며 말했다.

"내가 어제 여기로 오는 길에 나를 부르는 자가 있었소.

내가 뒤돌아보니 수레바퀴 웅덩이에 붕어가 있었소.

나는 물었소.

'붕어야, 그대는 무엇을 하고 있느냐?'

붕어가 말했소.

'나는 동해의 파도를 담당하는 신하라오.

그대는 물 한 바가지를 끼얹어 나를 살려주지 않겠소?'

그래서 내가 답했소. '좋소.

내가 곧 오나라와 월나라 왕에게 유세하러 가려는데

그때 양쯔강의 물을 서쪽으로 흐르게 하여

그대를 맞이하겠소.

이제 됐습니까?'

그러자 붕어는 얼굴이 벌게지며 나에게 말했소.

'나는 나의 상도를 잃고 의지할 곳이 없는 처지라오.

나는 한두 바가지 물만 있으면 살 수 있소!

그대가 이런 말을 하느니

차라리 일찌감치 건어물 가게에서 날 찾는 것이 나을 거요!'"

莊周家貧

故往貸粟 於監河候[11]

監河候曰 諾.

我將得邑金 將貸子三百金.

可乎.

莊周忿然作色 曰

周昨來 有中道而呼者.

周顧視車轍中 有鮒魚焉

周問之曰

鮒魚來 子何爲者邪.

對曰.

我東海之波臣也

君豈有斗升之水 而活我哉.

周曰 諾.

我且南遊吳越之王

激西江之水

而迎子.

可乎.

鮒魚忿然作色 曰

吾失我常 與我無所處.

吾得斗升之水然活耳

君乃言此.

曾不如早索我 於枯魚之肆.

11_ 監河候(감하후)=魏文侯(說苑).

26-4

임공자任公子가 커다란 낚싯바늘과 굵은 낚싯줄에

소 오십 마리를 미끼로 매달아

회계산에 앉아 동해에 낚싯대를 던져놓고 낚시를 했다.

날마다 낚시를 했으나 일 년이 되어도 물고기를 잡지 못했다.

이윽고 대어가 미끼를 물고

물속으로 들어갔다가

갑자기 솟구쳐 올라 지느러미를 치니

흰 파도가 산더미 같고 온 바다를 진동시키고

그 소리가 귀신 같아 천리가 두려움에 떨었다.

임공자는 이 물고기를 잡아 포를 떴는데

절강浙江의 동쪽에서 창오의 북쪽까지

온 백성들이 배불리 먹고 남았다.

이로부터 작은 재주로 재담이나 떠벌리는 무리들은

모두 놀라 서로 수군거렸다.

가는 대나무 낚싯대로

도랑에서 붕어나 지키는 취향을 가진 그들에게

대어를 낚는다는 것은 어려운 것이다.

얕은 소견을 꾸며 이름을 날리려고 하는

任公子爲大鉤巨緇

五十犗以爲餌

蹲乎會稽 投竿東海.

旦旦而釣 期年不得魚.

已而大魚食之 牽巨鉤

錎[12]沒而下

驚揚而奮鬐[13]

白波若山 海水震蕩

聲侔[14]鬼神 憚[15]赫[16]千里.

任公子得若魚 離而腊之

自淛河以東 蒼梧以北

莫不厭若魚者.

已而後 世輇[17]才諷說之徒

皆驚而相告也.

夫揭竿累

趣灌瀆守鯢鮒[18].

其於得大魚難矣.

飾小說以干[19]縣令

12_ 錎(함)=陷字.
13_ 鬐(기)=갈기, 물고기 지느러미.
14_ 侔(모)=齊等.
15_ 憚(탄)=懼, 怒.
16_ 赫(혁)=顯, 恐, 怒.
17_ 輇(전)=상여, 작은 재주.
18_ 鯢鮒(예부)=붕어 새끼.
19_ 干(간)=간구함.

그들에게 크게 영달한다는 것은 역시 먼 것이다.	其於大達亦遠矣.
이처럼 일찍이 임공자의 풍격을 들어 알지 못한다면	是以未嘗聞任氏之風俗
그들은 더불어 세상을 논하기에는 거리가 먼 사람이다.	其不可與經於世 亦遠矣.

26-5

유가들은 간악한 도굴을 하되 풍류와 예로써 한다.	儒以詩禮發冢.
대유大儒가 소유小儒에게 일러 전했다.	大儒臚20)傳曰
"동방이 밝아온다.	東方作矣
일은 어떻게 되어가는고?"	事之何若.
소유가 말했다.	小儒曰
"치마와 저고리는 다 벗기지 못했으나	未解裙襦21)
입에는 구슬이 있습니다."	口中有珠.
대유가 말했다.	曰
『시경詩經』에 진실로 이런 시가 있느니라.	詩固有之
파릇파릇한 보리는 저 언덕에 자라건만,	靑靑之麥 生於陵陂
살아서 보시도 못 한 놈이 어찌 죽어서 구슬을 입에 무는가?	生不布施 死何含珠
귀밑머리를 움켜쥐고 볼때기를 꽉 누르고	爲接其鬢 壓其顪22)
쇠망치로 조심스럽게 턱을 두들겨	儒23)以金椎控其頤
서서히 아가리를 벌리고	徐別其頰
입속의 구슬이 다치지 않게 하라!"	無傷口中珠.

20_ 臚(려)＝上傳於告下也.
21_ 裙襦(군유)＝치마와 저고리.
22_ 鬢顪(빈훼)＝살쩍과 뺨.
23_ 儒(유)＝而의 誤.

26-6

노래자의 제자가 땔나무를 하러 나갔다가
공자를 만나고 돌아와 고했다.
"저기 한 사람이 있는데 윗몸은 길고 아랫도리는 짧으며
늙은이처럼 등은 굽고 귀는 머리 뒤에 붙은 것이
마치 천하를 다스리는 듯 거만한데
누구네 집 아들인지 모르겠습니다."
노래자가 말했다. "그는 공구이다. 불러오너라."
공자가 오자 노래자가 말했다.
"구야! 네 몸의 자만심과
지자知者인 척하는 태도를 버려라.
그러면 군자가 될 수 있을 것이다."
공자는 절을 하고 물러나
두려운 듯 얼굴빛을 고치고 물었다.
"크게 등용될 수 있을까요?"
노래자가 답했다.
"일세의 아픔을 참지 못하면
그 교만은 만세의 환난이 된다.
만약 진실로 마음이 가난하면

老萊子²⁴⁾ 之弟子出薪.
遇仲尼 反以告 曰.
有人於彼 修上而趨下²⁵⁾
末²⁶⁾僂而後耳.
是若營四海
不知其誰氏之子.
老萊子曰 是丘也 召而來.
仲尼至 曰.
丘 去汝躬矜
與汝容知
斯爲君子矣.
仲尼揖而退.
蹙然²⁷⁾改容而問
曰 業²⁸⁾ 可得進²⁹⁾乎.
曰
夫不忍一世之傷
而驁³⁰⁾ 萬世之患.
抑固窶³¹⁾ 邪

24_ 老萊子(노래자)=『史記』에서는 老聃과 함께『老子』의 저자로 추측한다.
25_ 修上而趨下=王先謙은 長上而促下로 解함.
26_ 末(말)=老也.
27_ 蹙然(축연)=恭愨貌.
28_ 業(업)=捷也, 大也.
29_ 進(진)=登也, 仕也.
30_ 驁(오)=輕也. 여기서는 敖의 錯簡으로 읽고, 또한 '傲然貽' 가 탈루된 것으로 본다.
31_ 窶(구)=胸中固素.

지략이 미치지 못함이 없을 것이다.

인혜仁惠를 베풀어 환심을 사는 것은 교만이며

종신토록 추함을 남길 것이다.

민중을 따라서 행하고 나아갈 뿐이다.

서로 명성으로 끌어들이고, 서로 사사로움으로 결탁하며

요임금을 기리고 걸주를 비난하는 것보다는

둘 다 잊어버리고 명예심을 없애는 것이 더 좋을 것이다.

무위로 돌아가면 근심하지 않고

무위를 행하면 거짓됨이 없을 것이다.

성인은 자연스런 마음으로 일을 일으키므로 매사에 성공한다.

어떤가?

인위人爲의 짐을 싣고 평생 고통스러워할 것인가?"

亡 [32] 其略 [33] 弗及也

惠以歡爲驚 [34]

終身之醜.

中 [35] 民之行進耳

相引以名 相結以隱 [36]

與其譽堯而非桀

不如兩忘而閉其所譽

反無非傷也

動無非邪也.

聖人躊躇 [37] 以興事 以每成功

奈何哉

其載 [38] 焉終矜 [39] 爾.

함께 읽기

- 장자/내편/양생주養生主 3-4 : 始也吾以爲其人也. 而今非也(其=老聃, 人=道人).
- 장자/내편/덕충부德充符 5-3 : 老聃曰 解其桎梏其可乎. 無趾曰 天刑之安可解.
- 장자/외편/천도天道 13-8 : 老聃曰 夫子亂人之性也.
- 장자/외편/천운天運 14-14 : 老聃曰 夫六經 先王之陳迹也 豈其所以迹哉.
- 예기禮記/증자문曾子問 : 孔子曰 吾問諸老聃曰 昔者史佚有子而死 下殤也墓遠.

32_ 亡(망)=無也.

33_ 略(략)=경륜, 지략.

34_ 驚(오)=驕傲也, 輕也.

35_ 中(중)=順也(中而不可不高者德也 : 莊子/外篇/在宥). 王先謙은 中民으로 붙여 읽고 庸人으로 解함.

36_ 隱(은)=私也.

37_ 躊躇(주저)=從容(安也)也.

38_ 載(재)=乘也, 爲也, 僞也.

39_ 矜(긍)=苦也.

26-7

송나라 원군이 밤에 꿈을 꾸었는데

머리를 풀어헤치고 쪽문으로 들여다보면서 말했다.

"나는 재로의 연못에 살았는데

청강淸江을 위해 황허에 사자로 가던 중이었습니다.

그런데 어부 여차余且가 나를 사로잡았습니다."

원군은 잠을 깨자 사람을 시켜 점을 치게 했다.

점괘가 말하기를 이는 신령스런 거북이라 했다.

원군이 물었다.

"어부 중에 여차라는 자가 있는가?"

좌우에서 아뢰었다. "있습니다."

원군이 명했다. "여차를 불러들이라!"

다음 날 여차가 입조했다.

원군이 물었다. "어부는 무엇을 잡았는가?"

어부가 답했다.

"제 그물에 흰 거북이 걸렸는데

둘레가 다섯 자나 됩니다."

원군이 명했다.

"그 거북을 바쳐라!"

거북이 도착하자

원군은 그것을 죽여버릴까, 살려줄까

결심을 못하고 점을 치게 했다.

점괘는 거북을 죽여 거북점을 치면 길하다는 것이었다.

宋元君夜半

而夢人被髮 窺阿門 曰.

予自宰路之淵

予爲淸江 使河伯之所.

漁者余且40)得予.

元君覺 使人占之.

曰 此神龜也.

君曰

漁者有余且乎.

左右曰 有.

君曰 今余且會朝.

明日余且朝.

君曰 漁何得.

對曰

且之網得白龜焉

其圓五尺.

君曰

獻若之龜.

龜至

君再41)欲殺之 再欲活之.

心疑 卜之.

曰 殺龜以卜 吉.

40_ 余且(여차)＝豫且(史記/龜筴傳).

41_ 再(제)＝부사. 맘대로 한다는 뜻.

결국 거북의 창자를 도려내고

일흔두 번이나 뚫으면서 점을 쳤는데

그 점괘가 틀림이 없었다.

공자가 말했다.

"그 신령스런 거북이는 능히 원군에게 현몽할 수 있었으나

어부의 그물을 피할 수 없었으며

지혜는 능히 일흔두 번이나 점을 쳐 틀림이 없었으나

창자가 도려내지는 환난을 피할 수 없었다.

그런즉 지혜는 막히는 데가 있고

신령스러움은 미치지 못할 데가 있는 것이다.

비록 지극한 지혜를 가진 자도

만인이 그를 비판할 수 있고

물고기는 어망을 두려워할 줄 모르고

사다새만 두려워한다.

작은 지혜를 버리면 큰 지혜가 밝아지고

선善을 버리면 저절로 선해진다.

영아가 나면서부터 훌륭한 선생이 없어도

능히 말할 수 있는 것은

말을 잘하는 자와 같이 살기 때문이다."

乃刳龜

七十二鑽

而無遺筴.

仲尼曰

神龜能見夢於元君.

而不能避余且之網.

知能七十二鑽 而無遺筴.

而不能避刳腸之患.

如是則 知有所困

神有所不及也.

雖有至知

萬人謀[42] 之.

魚不畏網

而畏鵜鶘[43]

去小知而大知明

去善而自善矣.

嬰兒生無石[44]師

而能言.

與能言者處也.

42_謀(모)=議也, 圖也.

43_鵜鶘(제호)=사다새.

44_石(석)=碩의 錯簡.

26-8

혜자가 장자에게 말했다.

"그대 말은 쓸모가 없다."

장자가 말했다.

"그대가 무용無用을 안다니

비로소 유용有用을 더불어 말할 수 있겠네.

대저 지구는 넓고 크다고 하지 않을 수 없지만

사람이 사용하는 것은 발자국을 용납할 정도뿐이네.

그렇다고 쓰지 않는 발자국 주변의 땅을

황천까지 굴착해 버리면

사람들이 오히려 유용하다 하겠는가?"

혜자가 말했다. "무용하다고 하겠지."

장자가 말했다.

"그런즉 무용한 것도 유용한 것이 분명하다네."

惠子謂莊子 曰

子言無用.

莊子曰

知無用

而始可與言用矣.

夫地非不廣且大也.

人之所用容45) 足耳.

廁46) 足而墊47) 之

致黃泉.

人尚有用乎.

惠子曰 無用.

莊子曰

然則 無用之爲用也 亦明矣.

26-9

장자가 말했다.

"자적自適할 수 있는 사람은 오히려 자적하지 못하고

자적할 수 없는 사람이 오히려 자적할 수 있다.

자적 은둔의 뜻과 속세와 단절하는 행동은

莊子曰

人有能遊 且48) 得不遊乎.

人而不能遊49) 且得遊乎.

夫遊遁之志 決50) 絶之行.

45_ 容(용)＝盛也, 包也, 寬也, 用也.
46_ 廁(측)＝측간, 側也.
47_ 墊(점)＝堀也.
48_ 且(차)＝況也, 尙也, 將也.
49_ 遊(유)＝逸也, 潛行水中也, 仕也, 不係也.

안타깝게도

지지자至知者, 지덕자至德者 라도 마음대로 되는 것은 아니다.

뒤집히고 추락하면 되돌리지 못하고

불에 뛰어들면 돌아보지 못하니

비록 서로 군주라 하고 신하라 하는 것도 한 시절이요,

세상이 바뀌면 서로 천한 것이 없다.

그러므로 이르기를

지인至人 은 행적을 남기지 않는다고 했다.

대저 옛것을 높이고 현재를 비하하는 것은

학자들의 유폐다.

하물며 삼왕 이전의 희위씨의 눈으로 지금 세상을 본다면

누가 능히 치우치다 하지 않겠는가?

오직 지인만이 세상에 유유자적하여 치우치지 않고

남을 따르면서도 자기를 잃지 않는 것이다.

'존고비금尊古卑今'의 가르침을 배우지도 않고

뜻을 받들어 '존고비금' 하지도 않는다."

噫

其非至知厚德之任與.

覆墜而不反

火馳而不顧.

雖相與爲君爲臣時也.

易世而无以相賤.

故曰

至人不留行焉.

夫尊古而卑今

學者之流也.

且以狶韋氏之流 觀今之世.

夫孰能不波.

唯至人乃能 遊於世而不僻

順人而不失己.

彼51)敎不學

承意不彼.

26-10

눈이 뚫려 통하면 눈 밝음(明)이라 하고

귀가 뚫려 통하면 귀 밝음(聰)이라 하며

코가 뚫려 통하면 냄새 잘 맡는다(顫) 하고

입이 뚫려 통하면 맛본다(甘) 하며

目徹爲明

耳徹爲聰.

鼻徹爲顫

口徹爲甘.

50_ 決(결)＝斷也, 別也.

51_ 彼(피)＝학자들의 尊古卑今.

마음이 뚫려 통하면 지혜롭다(知) 하고

지혜가 뚫려 통하면 덕성스럽다(德) 한다.

무릇 도란 막히지 않게 하는 것이니

막히면 경색되고

경색되면 그칠 곳을 모르고 날뛰며

날뛰면 많은 해악이 생긴다.

지각이 있는 물건은

기氣를 통해 숨을 쉬어야 생명이 보존된다.

그것이 성대하지 않는 것은 하늘의 죄가 아니다.

하늘은 그것을 뚫어 소통시키는 데 밤낮으로 그치지 않는다.

사람이 반대로 자기 구멍을 막는 것이다.

배 속의 태는 거듭 비어 있어 아기가 놀고

마음은 텅 비어 천기가 노니는 것이다.

방 안이 비어 있지 않으면

고부간에 반목하고 싸울 것이며

마음에 천기가 노닐 수 없으면

육근六根이 서로 배척할 것이다.

큰 숲과 산이 사람들에게 좋은 것이지만

역시 정신이 육근의 시달림을 배겨내지 못한다.

心徹爲知

知徹爲德.

凡道不欲壅.[52]

壅則哽.[53]

哽而不止則跈[54]

跈則衆害生.

物之有知者

恃[55]息.

其不殷非天之罪也.

天之穿之 日夜無降.[56]

人則顧[57]塞其竇.

胞有重閬.[58]

心有天遊.

室無空虛

則婦姑勃豀.[59]

心無天遊

則六鑿[60]相攘.

大林丘山之善於人也

亦神者不勝.

52_ 壅(옹)=障也, 塞也.
53_ 哽(경)=塞也.
54_ 跈(전)=騰踐也, 止也.
55_ 恃(시)=持也.
56_ 降(항)=止也.
57_ 顧(고)=反也.
58_ 閬(랑)=空曠也.
59_ 勃豀(발계)=反戾也.
60_ 六鑿(육착)=六空=六根(眼耳鼻舌身意).

26-11

덕은 공명심에서 잃고, 공명은 드러내는 데에서 잃는다.   德溢乎名 名溢乎暴.

꾀는 다급한 데에서 생각하고, 지혜는 경쟁에서 나온다.   謀稽乎誸.⁶¹⁾ 知出乎爭

울타리가 생겨난 것은 마을을 지키기 위함이요,   柴⁶²⁾生乎守

관리가 결단함은 대중의 편의를 위함이다.   官事果⁶³⁾乎衆宜.

봄비가 내리고 햇볕이 따스하여 초목이 무성하게 자라면   春雨日時 草木怒生.

사람들은 가래와 호미를 벼리기 시작하며   銚鎒⁶⁴⁾於是乎始修

초목은 갈아엎어도 다시 살아나는 것이 태반인데   草木之到 植者過半

사람들은 그 까닭을 알지 못한다.   而不知其然.

고요하면 병을 낫게 하고   靜然可以補病.

눈가를 문지르면 늙음을 중지시키며   眥搣⁶⁵⁾可以休老.

편안하면 조급증을 그치게 한다지만   寧可以止遽.

이런 양생법은 고통을 위로하려는 자들이 힘쓰는 것일 뿐   雖然 若是勞⁶⁶⁾者之務也.

은둔자들이 할 일이 아니며   非佚者之所

일찍이 말한 적도 없다.   未嘗過而問⁶⁷⁾焉.

성인에게 천하를 놀라게 하는 수단이 있다 해도   聖人⁶⁸⁾之所以駴⁶⁹⁾天下.

신인은 일찍이 지나치는 말이라도 묻지 않는다.   神人⁷⁰⁾未嘗過而問焉.

현인에게 세상을 놀라게 하는 수단이 있다 해도   賢人所以駴世.

61_ 誸(현)＝急也.
62_ 柴(시)＝섶시, 울채.
63_ 果(과)＝決也, 必行也.
64_ 銚鎒(요누)＝가래와 호미.
65_ 眥搣(제멸)＝眥搣.
66_ 勞(로)＝苦也, 慰問也.
67_ 問(문)＝討論, 言也.
68_ 聖人(성인)＝聖王.
69_ 駴(해)＝駭＝驚.
70_ 神人(신인)＝道人.

성인은 일찍이 지나치는 말이라도 묻지 않는다.　　　聖人未嘗過而問焉.
군자에게 나라를 놀라게 하는 수단이 있다 해도　　　君子所以駴國.
현인은 일찍이 지나치는 말이라도 묻지 않는다.　　　賢人未嘗過而問焉.
소인에게 시절에 부합하는 수단이 있다 해도　　　小人所以合時.
군자는 일찍이 지나치는 말이라도 묻지 않는다.　　　君子未嘗過而問焉.

26-12

송나라 연문에 어버이를 잃은 사람이 있었다.　　　演門有親死者.
상례를 잘 치러 몸이 상했다는 이유로　　　以善毁
정문이 세워지고 관사가 되었다.　　　爵爲官師.
그 고을 사람들은 상을 치르다 몸이 상해　　　其黨人毁
죽는 자가 태반이었다.　　　以死者半.
요임금이 허유에게 천하를 넘겨주려 하자　　　堯與許由天下
허유는 도망쳤고,　　　許由逃之.
탕임금이 무광에게 천하를 넘겨주려 하자　　　湯與務光
무광은 성을 내며 거절했다.　　　務光怒之.
기타紀他 는 이 소문만 듣고도　　　紀他聞之
제자를 거느리고 관수로 물러나 숨으니　　　帥弟子而踆於窾水.
제후들이 삼 년을 위문했다.　　　諸侯弔之三年
신도적은 그들의 고명高名 을 흠모하였고　　　申徒狄因以 71)
황허에 몸을 숨겼다.　　　踣 72) 河.
통발은 물고기를 잡는 수단이다.　　　筌 73) 者所以在魚

71_ 以(이)=此也.
72_ 踣(복)=梟首되다. 伏(복)으로 읽는다.

고기를 잡으면 통발은 잊힌다.   得魚而忘荃.

덫은 토끼를 잡는 수단이다.   蹄[74] 者所以在兎

토끼를 잡으면 덫은 잊힌다.   得兎而忘蹄.

말은 뜻을 전하기 위한 수단이다.   言者所以在意

뜻을 전하면 언어는 잊어버린다.   得意而忘言.

나는 어찌하면 이처럼 말을 잊어버린 사람을 만나   吾安[75] 得夫忘言之人

그와 더불어 말을 나눌 수 있을까?   而與之言哉.

73_ 荃(전)＝筌也.
74_ 蹄(제)＝올무.
75_ 安(안)＝焉也.

寓言

小目

27-1 이 글은 寓言이 열에 아홉이고, 重言이 열에 일곱이며, 巵言으로 날마다 새로워진다.

27-2 자기를 위하여 옳다 하고, 자기를 위하여 옳지 않다고 한다. 자기를 위하여 그렇다 하고, 자기를 위하여 그렇지 않다고 한다.

27-3 공자는 육십 번 변했다. 하늘에서 받은 재능으로 영적인 삶을 회복하라.

27-4 얽매임이 없는 자라면 어찌 슬퍼하겠느냐?

27-5 죽음은 말미암은 곳이 있으나, 삶은 말미암은 곳이 없다.

27-6 그늘이 그림자에게 물었다. "당신은 방금 머리를 숙이더니 지금은 들었소! " 그림자가 답했다. "나도 모르게 따를 뿐이오."

27-7 위대한 결백은 더러운 듯하고, 성대한 덕은 부족한 듯하다.

제27장. 寓言우언

27-1

짐승들의 어리석은 말로 비유하는 우언이 열에 아홉이며	寓言[1]十九
이미 잘 알려진 성인의 이름을 빌려 풍자하는 중언이	重言[2]
열에 일곱이다.	十七.
대화를 통해 무지를 폭로하는 치언은	卮言[3]
새로운 해가 떠오르듯 일신하여	日出
자연의 분계를 조화하는 것이다.	和以天倪.[4]
우언이 열에 아홉인 것은	寓言十九
사물을 빙자하여 논단하는 것이다.	藉外[5]論之.

1_ 寓言(우언)=假爲愚, 假作偶. 이솝 우화와 비슷하다. 寓(우)=寄也.
2_ 重言(중언)=패러디와 비슷하다.
3_ 卮言(치언)=謂支離無首尾言也. 隨人從變之言. 앞뒤가 없는 지리한 말. 남을 따라가면서 남 스스로 모순을 인정하여 바꾸어가게 하는 대화. 소크라테스의 아이러니와 비슷함. 卮(치)=圜酒器, 酒漿器, 支離也. 卮의 本字.
〈비교〉
 · 소크라테스의 반어(irony) : 논적을 타도하기 위하여 상대를 知者로 대하고 자기를 無知者의 위치에 놓고 대화를 진전시켜 상대의 모순을 드러내어 스스로 無知를 깨닫게 하는 것.
 · 낭만적 반어 : 장난인 것 같으나 진정인 것.
 · 역설(paradox) : 일반적으로 인정되는 견해와 상반되는 견해.
 · 교부 테르툴리아누스의 패러독스 : 신은 불합리하기 때문에 믿는다.
 · 집합론적 역설: 외관상 동시에 眞이며 僞인 명제.
4_ 倪(예)=分也, 際也.
5_ 外(외)=外物=名聲, 爵祿, 動植物.

아비가 자기 자식을 중매하지 못하는 것은 親父不爲其子媒.

아비의 자식 자랑이 아비 아닌 타인만 못하기 때문이며 親父譽之 不若非其父者也.

이것은 내 죄가 아니라 사람들의 책임이다. 非吾罪也 人之罪也.

또한 자기를 편들어 같이하면 호응하고 與己同則應

같이하지 않으면 반대하며 不與己同則反.

자기와 동조하면 옳다 하고 同於己爲是之

다르면 그르다 하기 때문이다. 異於己爲非之.

중언이 열에 일곱인 것은 重言十七

이미 한 말을 성인 스스로 부정하게 하는 풍자로서 所以已言也

이는 성인을 존중하는 노인장을 위하는 것이다. 是爲耆[6] 艾.[7]

연배가 앞서면서도 경위와 본말이 없다면 年先矣 而无經緯本末

연장자답다고 할 수 없으며 진짜 선배가 아니다. 以期年者 是非先也.

사람으로서 선인先人 을 따르지 않는 것은 人而無以先人

사람의 도리가 아니며 無人道也.

사람으로서 사람의 도리가 없다면 人而無人道

진부한 인간이라 할 것이다. 是之謂陳[8] 人.

치언은 무지를 일깨워 새롭게 하려는 것으로서 巵言日出[9]

자연의 분계에 조화롭게 하여 和以天倪

무극의 혼돈을 따르며 因而曼衍[10]

수명을 다하게 하는 수단이다. 所以窮年.

6_ 耆(기)＝老也, 長也.
7_ 艾(애)＝五十曰艾(禮記/曲禮).
8_ 陳(진)＝久也, 老朽也.
9_ 日出(일출)＝日新.
10_ 曼衍(만연)＝無極也.

27-2

언명言名 이 없다면 만물은 분별이 없는 균등한 제물齊物 이다.	不言則齊.[11]
제물을 언명으로 분별해 주면 제물이 아니고,	齊 與言不齊
언명을 균등하게 해주어도 제물이 되는 것은 아니다.	言 與齊不齊也.
그러므로 진인眞人 들이 '무언無言' 을 말한 것이다.	故曰無言.
'무언' 이란 종신토록 말했으나 말한 것이 없고	言無言. 終身言 未嘗言.
종신토록 말하지 않았으나 말하지 못한 것이 없다는 뜻이다.	終身不言 未嘗不言.
자기를 위하여 옳다 하고	有[12] 自[13] 也 而可.
자기를 위하여 옳지 않다고 한다.	有自也 而不可.
자기를 위하여 그렇다 하고	有自也 而然.
자기를 위하여 그렇지 않다고 한다.	有自也 而不然.
어째서 그렇다 하는가?	惡乎然
자기가 그렇다고 생각하기에 그런 것이다.	然於然.
어째서 그렇지 않은가?	惡乎不然
자기가 그렇다고 생각하지 않기에 그렇지 않은 것이다.	不然於不然.
어째서 옳다고 하는가?	惡乎可
자기가 옳다고 생각하기에 옳은 것이다.	可於可.
어째서 옳지 않은가?	惡乎不可
자기가 옳지 않다고 생각하기에 옳지 않은 것이다.	不可於不可.[14]
그러나 사물은 본래부터 자기 생각과는 상관없이	物固有所然
그런 것이 있고 옳은 것이 있으니	物固有所可.
사물이란 그렇지 않은 것이 없고	無物不然

11_ 齊(제)=齊等, 皆一.「齊物論」과 同義.
12_ 有(유)=取也, 保也, 爲也.
13_ 自(자)=由也, 窮親也.
14_ 데카르트(René Descartes, 1596~1650)의 'cogito, ergo sum(나는 생각한다. 고로 나는 존재한다)' 을 연상케 한다.

사물이란 옳지 않은 것이 없다.

치언(=反語)으로써 자기 생각을 날마다 새롭게 하여

자연의 경계에 화합하지 않는다면

어떻게 그 구원한 것을 알 수 있겠는가?

만물의 모든 씨앗은 형상形狀 이 같지 않지만

서로 전승하면서

처음과 끝이 고리와 같아서 그 이치를 알 수 없다.

이것을 일러 하늘의 물레라고 하며

하늘의 물레는 바로 하늘의 분계인 것이다.

無物不可.

非卮言日出

和以天倪

孰得其久.

萬物皆種也 以不同形

相禪[15]

始卒若環 莫得其倫.[16]

是謂天均

天均[17] 者天倪也.

27-3

장자가 혜자에게 말했다.

"공자는 육십 년 동안 활동하면서 육십 번 변했다.

처음에는 옳았던 것을 끝에서는 그르다고 했으니

알 수 없다.

그가 지금 옳다고 말하는 것이

오십구 년 전에는 그르다고 한 것이 아닌지."

혜자가 말했다.

"공자는 책 읽기를 정진하고

지식을 학습했을 뿐 변한 것이 아니다."

장자가 말했다.

莊子謂惠子 曰.

孔子行年六十 而六十化.

始時所是 卒而非之.

未知

今之所謂是之

非五十九年非也.

惠子曰

孔子勤志

服[18]知也.

莊子曰

15_ 禪(선)=傳位也, 導也.
16_ 倫(륜)=理也.
17_ 均(균)=齊也, 陶者之輪也.
18_ 服(복)=習也. 學而時習을 말한 것임.

"공자는 그대가 지적한 그 학습을 바꾸었다.　　　　孔子謝[19]之矣

다만 그것을 말하지 않았을 뿐이다.　　　　而其未之嘗言.

공자가 말한 것은 하늘에서 재능을 받았으니　　孔子云 夫受才乎大本

영적인 삶을 회복하라는 것이었다.　　　　　復靈以生

울면 음률에 합당하고　　　　　　　　　鳴而當律

말하면 법도에 합당하게 된다는 것이다.　　　言而當法.

이利와 의義를 앞에 늘어놓고　　　　　　利義陳乎前

호오시비好惡是非를 가리는 것은　　　　　而好惡是非

바로 남의 입을 따르라는 것일 뿐이다.　　　直服人之口而已矣.

남들로 하여금 마음으로 따르게 하여　　　　使人乃以心服

어기지 않게 하는 것만이　　　　　　　而不敢蘁.[20]

천하의 정사를 바로 세우는 길이라는 것이다.　立定天下之定.[21]

그만두자! 나 또한 거기에 미치지 못하는 것을!"　已乎已乎 吾且不得及彼乎.

27-4

증자曾子는 두 번 벼슬을 했는데 마음이 두 번 변했다.　曾子再仕 而心再化.

그는 말했다. "내가 부모와 함께 살며 벼슬을 할 때는　曰 吾及[22]親仕

봉록이 삼 부에 불과했지만 마음은 즐거웠다.　　三釜[23]而心樂.

뒤에 벼슬할 때는 봉록이 삼천 종이나 되었지만　　後仕 三千鍾[24]

19_ 謝(사)＝去也, 退也, 退也, 化也.
20_ 蘁(오)＝牾也, 忤也.
21_ 定(정)＝安也, 成也. 正과 通用.
22_ 及(급)＝與也.
23_ 釜(부)＝六斗四升.
24_ 鍾(종)＝六斛四斗.

부모님과 함께하지 못하니 내 마음이 슬펐다." 而不洎 25) 吾心悲.

제자가 공자에게 물었다. 弟子問於仲尼 曰.

"증참 같다면 若參 26) 者

작록에 얽매이는 허물이 없다고 말할 수 있겠지요?" 可謂無所縣 27) 其罪乎.

공자가 답했다. "이미 얽매여 있다. 曰 旣已縣矣.

만약 얽매임이 없는 자라면 어찌 슬퍼했겠느냐? 夫無所縣者 可以有哀乎

그런 자라면 봉록이 많든 적든 彼視三釜三千鍾

황새와 참새, 모기와 등에가 지나가는 것처럼 보았을 것이다." 如鸛雀蚊虻過乎前也.

27-5

안성자유가 동곽자기東郭子綦에게 말했다. 顏成子遊謂東郭子綦 曰.

"제가 선생의 말씀을 듣고 自吾聞子之言

일 년이 지나자 소박해졌습니다. 一年而野.

이 년이 되자 순종했고 二年而從

삼 년이 되자 소통할 수 있었으며 三年而通

사 년이 되자 만물과 한 무리가 되었고 四年而物 28)

오 년이 되자 뭇사람이 모여들었습니다. 五年而來.

육 년이 되자 귀신과 더불어 했으며 六年而鬼入 29)

칠 년이 되자 자연을 이루었습니다. 七年而天成.

팔 년이 되자 죽음을 잊었으며 八年而不知死

25_ 洎(계)＝及也.
26_ 參(참)＝曾子의 名.
27_ 縣(현)＝係也.
28_ 物(물)＝類也.
29_ 入(입)＝與也.

구 년이 되자 대성했습니다.

九年而大妙.³⁰⁾

생명이 있으면 죽게 되는 것입니다."

生有爲死³¹⁾也

(동곽자기의 말) "그대의 말을 따른다면

勸³²⁾公

죽음은 말미암은 곳이 있으나

以其死也有自也

삶은 말미암은 곳이 없다.

以生陽³³⁾也無自也

그러나 과연 사실일까?³⁴⁾

而果然乎.

어디는 가야 할 곳이고

惡乎其所適

어디는 가지 말아야 할 곳인가?

惡乎其不所適.

하늘은 운수가 있고

天有歷數³⁵⁾

땅은 사람이 의지할 바인데

地有人據

나는 어디에서 초래된 것일까?

吾惡乎求³⁶⁾之.

그 종말을 알 수 없으니

莫知其所終

운명이 없다고 해야 하지 않을까?

若³⁷⁾之何其無命也.

그 비롯됨을 알 수 없으니

莫知其所始

운명이 있다고 해야 하지 않을까?

若之何其有命也.

서로 호응함이 있으니

有以相應也

귀신이 없다고 해야 하지 않을까?

若之何其無鬼邪.

서로 호응함이 없을 때도 있으니

無以相應也

귀신이 있다고 해야 하지 않을까?"

若之何其有鬼邪.

30_ 妙(묘)=善也, 成也. 王先謙은 精微함으로 解함.
31_ 有爲死(유위사)=有爲 則喪其生으로 解하기도 함.
32_ 勸(권)=勉也, 教也, 悅從也.
33_ 陽(양)=生爲陽 死爲陰. 生之陽 其絶迹無爲而然.
34_ 陽은 陰을 뿌리로 하고 陰은 陽을 뿌리로 하는 것처럼, 삶은 죽음의 뿌리이고 죽음은 삶의 뿌리가 아닐까?
35_ 歷數(력수)=運數. 운행의 이치.
36_ 求(구)=取也, 招來也.
37_ 若(약)=如此也.

27-6

여러 그늘이 그림자에게 물었다.

"당신은 방금 전에는 머리를 숙이고 있더니 지금은 들었소.

아까는 묶은 머리더니 지금은 풀어헤친 머리요.

금방 앉았다가 지금은 일어섰소.

금방 당신은 걷다가 지금은 그치는데, 어찌된 일이오?"

그림자가 답했다. "나도 모르게 따를 뿐이오.

무슨 끈끈이가 있느냐고 묻지만

나도 내가 왜 그러는지 그 까닭을 모르오.

나는 매미 허물이나 뱀 허물 같기도 한데

그것도 아니오.

나는 불빛과 햇빛에 주둔하다가

그늘지고 밤이 되면 교대하기 때문이오.

그것들이 내가 따르게 되는 원인이겠소?

아니면 오히려 나를 따르는 자들이겠소?

그것들이 오면 나도 따라서 오고

그것들이 가면 나도 따라서 가며

그것들이 선명해지면 나도 덩달아 선명해지오.

선명해지는 것은 무엇 때문인지 물을 수 있겠소?"

衆罔兩[38] 問於景 曰

若向也俯 而今也仰

向也括 而今也被髮

向也坐 而今也起.

向也行 而今也止. 何也.

景曰 搜搜[39]也.

奚稍[40] 問也.

予有而不知其所以.

予蜩甲[41]也 蛇蛻[42]也

似之而非也.

火與日吾屯[43]也.

陰與夜吾代也

彼[44]吾所以有待邪

而況乎以有待者乎

彼來則我與之來

彼往則我與之往.

彼强陽[45]則我與之强陽.

强陽者又何以有問乎.[46]

38_ 罔兩(망량)＝景外之微陰也.

39_ 搜搜(수수)＝叟叟, 無心運動之貌.

40_ 稍(초)＝率也.

41_ 蜩甲(조갑)＝매미 허물.

42_ 蛇蛻(사태)＝뱀 허물.

43_ 屯(둔)＝주둔하다.

44_ 彼(피)＝日夜 陰陽을 지칭. 王先謙은 形體로 解함.

45_ 强陽(강양)＝健動也.

46_ 비슷한 내용의 글이 〈內篇〉의 「齊物論」편에도 있다.

27-7

양자거는 남쪽 패로 갔고	陽子居南之沛
노담은 진나라를 유람하고 있었다.	老聃西遊於秦.
교외에서 맞으려고 양에 이르자 노자를 만났다.	邀於郊 至於梁 而遇老子.
노자는 중도에서 하늘을 우러러 탄식하며 말했다.	老子中道仰天而歎 曰
"처음에는 너를 가르칠 만하다고 여겼는데	始以汝爲可敎
지금은 그렇지 않구나!"	今不可也.
양자거는 답하지 않았다.	陽子居不答.
숙사에 이르자	至舍
대야 물과 양치질 물, 그리고 수건과 빗을 올렸다.	進盥漱巾櫛
신을 벗고 문밖에서 무릎걸음으로 앞에 나아가 말했다.	脫履戶外 膝行而前 曰.
"아까는 제자가 선생께 묻고 싶었으나	向者 弟子欲請夫子
선생께서 여행 중이어서 짬이 나지 않아 묻지 못했습니다.	夫子行不閒 是以不敢
지금은 한가하니 아까 말씀하신 까닭을 묻고자 합니다."	今閒矣 請問其過.[47]
노자가 말했다. "너는 눈을 부릅뜨고 거만하니	老子曰 而睢睢盱盱
너는 누구와 더불어 살겠느냐?	而誰與居
위대한 결백은 더러운 듯하고, 성대한 덕은 부족한 듯하다."	大白若辱 盛德若不足.
양자거는 움칠하며 얼굴빛을 바꾸고 말했다.	陽子居蹙然 變容 曰
"삼가 가르침을 받들겠습니다."	敬聞命矣.
예전에는 숙객들이 그를 자기 가문의 대인처럼 맞이했으며	其往也 舍者迎將其家.
주인은 자리를 펴고, 처는 수건과 빗을 들고	公執席 妻執巾櫛
숙객들은 자리를, 불 쬐던 자들은 화로를 양보했으나	舍者避席 煬者避竈.
이번에 돌아오자 숙객들이 그와 벗하고 자리를 다투었다.	其反也 舍者與之 爭席矣.

47_ 過(과)=故也.

讓王

28-1 봄에는 밭 갈고 씨 뿌리며, 몸은 만족스럽게 노동을 하고, 가을에는 추수하며 몸은 만족스럽게 휴식한다. 해가 뜨면 일어나고 해가 지면 쉬며 천지에 소요하니, 마음과 뜻이 만족하거늘 내 어찌 천하를 다스리겠는가?

28-2 태왕이 말했다. "그대들은 모두 그냥 머물러 살도록 노력해 보라. 내 백성이 되는 것과 북적의 백성이 되는 것이 무엇이 다르겠느냐?" 백성의 생명을 보전키 위해 영토를 포기한 태왕 단보야말로 생명을 존중하는 사람이라고 말할 수 있다.

28-3 왕자 수는 나라를 위해 생명을 손상시키지 않을 사람이다.

28-4 양팔은 천하보다 귀중하고, 몸은 양팔보다 귀중합니다.

28-5 어떤 사람이 수나라의 구슬로 벼랑 위의 참새를 쏜다면 반드시 세상 사람의 웃음거리가 될 것이다. 더구나 생명을 어찌 수나라 구슬의 무거움 따위와 비교하겠는가?

28-6 지금 굶주리는 처지에 군주께서 선생에게 양식을 보내셨는데 선생은 이를 받지 않으시니 어찌 운명이 아니겠습니까?

28-7 대왕께서 나라를 회복한 것은 신의 공이 아니므로 신은 감히 상을 받지 않겠습니다.

28-8 저는 남을 다스리기 위해 학문을 하고, 자기를 위해 가르치는 짓은 차마 할 수 없습니다.

28-9 뜻을 기르는 자는 몸을 잊고, 몸을 기르는 자는 이익을 잊고, 도를 이룬 자는 마음을 잊는다.

28-10 회에게는 성밖에 오십 무의 밭이 있어 족히 죽을 먹을 수 있으며, 성안에 십 무의 밭이 있어 족히 삼베옷을 입을 수 있습니다. 북과 거문고는 스스로 즐겁고, 스승의 도를 배우니 스스로 즐겁습니다.

28-11 생명을 무겁게 하면 이로움은 가벼워진다. 이길 수 없거든 이로움을 따르시오!

28-12 공자가 말했다. "서리가 내리자 나는 이로써 송백의 푸름을 알았다."
자공이 말했다. "나는 하늘이 높은 줄도 땅이 낮은 줄도 몰랐다."

28-13 의롭지 않은 자에게는 녹을 받지 않고, 무도한 세상에서는 그 땅을 밟지 않는다.

28-14 지금 주나라는 살육과 정벌로 이익을 챙긴다. 이는 난정을 폭정으로 바꾼 것에 불과하다.

제28장. 讓王양왕

28-1

요임금이 천하를 허유에게 선양하려 했으나

허유는 받지 않았다.

그러나 이번에는 자주지보子州支父에게 선양하려 했다.

이에 지보는 말했다.

"나에게 천하를 다스리게 하려는 의도는 좋습니다.

그렇지만 나는 마침 은둔하려는 우울증이 있습니다.

지금 중요한 것은 병을 치료하는 것이므로

천하를 다스릴 겨를이 없습니다."

천하는 지극히 중요한 것이다.

그러나 이 때문에 생명을 해칠 수는 없다.

하물며 명성과 재물 따위로 생명을 해치겠는가?

그렇지만 천하를 다스리려 하지 않는 자에게

천하를 맡기려 한 것은 옳은 결정이다.

순임금도 천하를 지보에게 선양하려 했다.

堯以天下讓許由

許由不受.

又讓於子州支父.[1]

子州支父曰

以我爲天下 猶[2]之可也.

雖然 我適有幽憂之病.

方且[3]治之

未暇治天下也.

夫天下至重也

而不以害其生

又況他物乎.

唯无以天下爲者

可以託天下也.

舜讓天下於子州支伯.

1_ 子州支父(자주지보)=子는 姓, 州는 名, 支父는 字.

2_ 猶(유)=謀也, 圖也.

3_ 且(차)=尙也.

지보는 말했다.

"나는 마침 은둔하려는 우울증이 있습니다.

지금 중요한 것은 병을 치료하는 것이므로

천하를 다스릴 겨를이 없습니다."

옛날부터 천하는 큰 그릇이다.

그러나 이것으로 생명을 바꿀 수는 없다.

이것이 도인과

속인이 다른 까닭인 것이다.

이에 순임금은 천하를 선권_{善券}에게 선양했다.

선권은 말했다.

"나는 우주의 중앙에 서 있다.

겨울에는 모피를 입고 여름에는 갈포를 입으며

봄에는 밭 갈고 씨 뿌리며

몸은 만족스럽게 노동을 하고

가을에는 추수하며

몸은 만족스럽게 휴식한다.

해가 뜨면 일어나고 해가 지면 쉬며

천지에 소요하니,

마음과 뜻이 만족하거늘

내 어찌 천하를 다스리겠는가?

슬프다! 그대는 나의 이 행복을 알지 못하다니!"

선권은 천하를 받지 않았을 뿐만 아니라

아예 속세를 떠나버렸다.

子州支伯 曰.

予適有幽憂之病.

方且治之

未暇治天下也.

故天下大器也

而不以易生

此有道者之

所以異乎俗者也.

舜以天下讓善券.

善券 曰.

余立⁴⁾於宇宙之中⁵⁾

冬日衣皮毛 夏日衣葛絺.

春耕種

形足以勞動.

秋收斂

身足以休息.

日出而作 日入而息

逍遙於天地之間.

而心意自得

吾何以天下爲哉.

悲夫 子之不知余也.

遂不受

於是去.

4_ 立(립)=倚也, 成也, 建也, 行也.
5_ 中(중)=中央=道.

깊은 산속으로 들어가　　　　　　　　　　　　而入深山

그가 있는 곳을 아는 이가 없었다.　　　　　　　莫知其處.

순은 또 천하를 그의 벗인 석호의 농부에게 넘기려 했다.　舜以天下讓其友石戶⁶⁾之農.

석호의 농부가 말했다.　　　　　　　　　　　石戶之農 曰

"힘써 노동을 하는　　　　　　　　　　　　　捲捲乎

나 같은 사람은 밭에서 일하는 선비라네."　　　后⁷⁾之爲人 葆力之士也.

그는 순의 덕이 지극하지 못하다고 생각했다.　以舜之德爲未至也.

이에 지아비는 짊어지고　　　　　　　　　　於是夫負

처는 머리에 이고 자식들의 손을 잡고　　　　妻戴攜子

바다로 들어가　　　　　　　　　　　　　　以入於海

종신토록 돌아오지 않았다.　　　　　　　　終身不反.⁸⁾

함께 읽기

- 장자/외편/재유在宥 11-1 : 聞在宥天下 不聞治天下也.
- 장자/외편/천지天地 12-7 : 昔堯治天下 不賞而民勸 不罰而民畏 今禹賞罰 而民且不仁.
- 장자/외편/산목山木 20-6 : 直木先伐 甘泉先竭 子其意者 節智以驚愚.
- 노자老子/13장 : 寵辱若驚 貴大患若身. 故貴以身於爲天下 若可寄天下.
- 노자老子/72장 : 民不畏威 則大威至. 無狎其所居 無厭其所生 是以聖人.
- 노자老子/74장 : 民不畏死 奈何以死懼之.
- 열자列子/양주楊朱 : 生民之不得休息 爲壽名位貨故. 有此四者 畏鬼人威刑 此謂之遁民也.
- 한비자韓非子/현학顯學 : 夫上所以陳良田大宅設爵祿 所以易民死命也.

6_ 石戶(석호)=地名.
7_ 后(후)=石戶 自稱.
8_ 같은 내용의 글이 〈內篇〉의 「逍遙遊」편에도 나온다.

28-2

태왕 단보가 빈에서 살 때	太王亶父[9] 居邠[10]
북적이 침입했다.	狄人攻之.
가죽과 비단을 바쳐 사대事大 했으나 받지 않고	事之以皮帛 而不受.
개와 말을 바쳐 사대했으나 받지 않고	事之以犬馬 而不受.
주옥을 바쳐 사대했으나 받지 않았다.	事之以珠玉 而不受.
북적이 요구하는 것은 땅이었다.	狄人之所求者土地也.
태왕이 말했다.	太王亶父 曰
"남의 형과 같이 살고자 그 동생을 죽이고	與人之兄居 而殺其弟
남의 부모와 함께 살고자 그 아들을 죽이는 짓은	與人之父居 而殺其子
나로서는 차마 할 수 없다.	吾不忍也.
그대들은 모두 그냥 머물러 살도록 노력해 보라.	子皆勉居矣.
내 백성이 되는 것과 북적의 백성이 되는 것이	爲吾臣與爲狄人臣
무엇이 다르겠느냐?	奚以異.
내가 들은 바로는	且吾聞之
기르는 수단 때문에 길러야 할 주체를 해치지 말라고 했다."	不以所用養[11] 害所養.[12]
태왕이 지팡이를 짚고 빈을 떠나자	因杖策而去之
백성들이 줄지어 그를 따랐다	民相連而從之.
그래서 기산 아래에 새로운 나라를 이루게 되었던 것이다.	遂成國於岐[13] 山之下.
태왕이야말로 생명을 존중하는 사람이라고 말할 수 있다.	太王亶父可謂能尊生矣.
생명을 존중하는 사람은	能尊生者

9_ 亶父(단보)＝ 王季의 父, 周文王의 祖父.
10_ 邠(빈)＝땅 이름.
11_ 所用養(소용양)＝토지.
12_ 所養(소양)＝백성.
13_ 岐(기)＝땅 이름.

비록 부귀해도 그것 때문에 몸을 해치지 않고 　　雖富貴 不以養傷身

비록 빈천해도 이익 때문에 몸을 구속하지 않는다. 　雖貧賤不以利累形.

요즘 사람들은 고관대작이 되면 　　　　　　　今世之人 居高官尊爵者

모두 그것을 잃을까 걱정한다. 　　　　　　　皆重[14]失之.

이익 앞에서는 생명을 가볍게 잊어버리니 　　　見利輕亡其身

어찌 미혹됨이 아니겠느냐? 　　　　　　　　豈不惑哉.

◈ 함께 읽기

- 장자/잡편/양왕讓王 28-1 : 夫天下至重也 而不以害其生 又況他物乎.
- 노자老子 / 13장 : 寵辱若驚 貴大患若身. 故貴以身於爲天下 若可寄天下.
- 여씨춘추 呂氏春秋 / 권21 / 개춘론 開春論 / 심위審爲 와 회남자 淮南子 / 도응훈 道應訓 에도 같은 내용의 글이 있다.

28-3

월나라 사람들은 삼대에 걸쳐 그들의 군주를 죽였다. 　越人三世弑其君

왕자 수는 그것을 근심하다가 도피하여 단혈에 숨어버리니 　王子搜[15]患之 逃乎丹穴

월나라는 군주가 없게 되었다. 　　　　　　　　而越國無君.

왕자를 찾았지만 알지 못하다가 단혈까지 가게 되었으나 　求王子搜不得 從[16]之丹穴

왕자는 굴에서 나오려 하지 않았다. 　　　　　王子搜不肯出.

사람들은 풀을 베고 연기를 피워 　　　　　越人薰之以艾.

그를 왕의 수레에 오르게 할 수 있었다. 　　　乘以王輿.

왕자 수는 군주가 되는 것을 싫어한 것이 아니라 　王子搜非惡爲君也

군주의 환난을 싫어한 것이다. 　　　　　　惡爲君之患也.

14_ 重(중)=恐(공)으로 읽는다.
15_ 搜(수)=가상적 人名.
16_ 從(종)=隨也, 就也.

왕자 수는

나라를 위해 생명을 손상시키지 않을 자라고 말할 수 있다.

그래서 월나라 사람들은 그를 군주로 삼고자 했던 것이다.

若王子搜者

可謂不以國傷生矣.

此固越人之所欲得爲君也.

28-4

한씨 가문과 위씨 가문이 서로 땅을 다투고 침범했다.

화자華子 선생이 한씨 가문 소희후昭僖侯를 알현하니

근심스러운 안색이었다.

화자 선생이 말했다.

"만약 천하로 하여금 서약하게 하는데

군주 앞에서 한다고 가정합시다.

그 서약서의 내용에서

'왼손으로 그것을 잡으면 오른손을 없애고

오른손으로 잡으면 왼손을 없앨 것이다.

그러나 그것을 잡는 자는

반드시 천하를 소유할 수 있다'고 했다면,

군주께서는 그것을 잡으시겠습니까?"

소희후가 말했다. "나는 잡지 않겠소."

화자 선생이 말했다. "좋습니다.

이로 볼 때 양팔은 천하보다 귀중하고

몸은 양팔보다 귀중합니다.

그리고 한씨 가문은 천하보다 가벼운 것이 분명합니다.

韓魏相與爭侵地.

子華子見昭僖侯

昭僖侯有憂色.

子華子曰

今[17] 使天下書銘[18]

於君之前.

書之言曰

左手攫之則右手廢

右手攫之則左手廢

然而攫之者

必有天下.

君能攫之乎.

昭僖侯曰 寡人不攫也.

子華子曰 甚善.

自是觀之 兩臂重於天下也.

身亦重於兩臂.

韓之輕於天下亦遠矣

17_ 今(금)＝若也.
18_ 銘(명)＝自警之辭.

그런데 지금 군주께서 다투는 땅은　　　　　　　　　　　今之所爭者

한씨 가문보다 가벼운 것이 분명합니다.　　　　　　　其輕於韓又遠.[19]

그런데 군주께서는 몸을 괴롭히고 생명을 해치면서　　君固愁身傷生

땅을 얻지 못해 걱정하고 있습니다."　　　　　　　　以憂戚不得也.

소희후가 말했다. "좋은 말씀입니다.　　　　　　　　僖侯曰 善哉.

과인을 가르친 사람은 많으나　　　　　　　　　　　教寡人者衆矣.

그런 말은 듣지 못했습니다.　　　　　　　　　　　未嘗得聞此言也.

화자 선생은 가히 경중을 안다고 말할 수 있을 것입니다."　　子華子可謂知輕重矣.

◉함께 읽기

- 묵자墨子 / 귀의貴義 : 曰 予子天下 而殺子之身 子爲之乎 必不爲.
- 묵자墨子 / 대취大取 : 殺一人以存天下也 非殺一人以利天下也.

28-5

노나라 군주가 안합이 도를 얻은 사람이라는 소문을 듣고　　魯君聞顏闔得道之人也.

사람을 시켜 폐백을 먼저 보냈다.　　　　　　　　　使人以幣先焉.

안합은 누추한 집에서 삼베옷을 입고　　　　　　　顏闔守陋閭 苴布之衣

몸소 소에게 여물을 주고 있었다.　　　　　　　　　而自飯牛.

노군의 사자使者가 당도하자 안합은 몸소 그들을 대면했다.　　魯君之使者至 顏闔自對之.

사자가 물었다. "여기가 안합의 집인가?"　　　　　使者曰 此顏闔之家與.

안합이 답했다. "여기가 그의 집입니다."　　　　　顏闔對曰 此闔之家也.

사자가 폐백을 내놓자 안합이 말했다.　　　　　　使者致幣 顏闔曰.

"소문을 잘못 들어 사자에게 죄를 끼칠까 두렵습니다.　　恐聽者謬 遺使者罪

19_ 遠(원)=著也.

다시 심사하는 것이 좋을 것 같습니다."
사자가 돌아가 다시 조사한 후
찾아왔으나 찾을 수 없었다.
그러므로 안합 같은 도인은 진실로 부귀를 싫어한 것이다.
옛말에 이르기를 도는 참된 나로써 몸을 다스리는 것이며
그다음 여유 있으면 나라와 가문을 다스리는 것이니,
몸을 다스린 결과로서 무심히 천하를 다스리는 것이다.
이로 볼 때 제왕의 공적이란
성인의 부산물일 뿐
몸을 온전히 하고 생을 보양하는 수단이 아니었던 것이다.
오늘날 세속의 군자들은
몸을 위한다면서 생명을 버리고 외물을 좇고 있으니
어찌 슬픈 일이 아닌가?
무릇 성인이 활동함에는
반드시 그 지향하는 목표와 행위의 수단을 살핀다.
여기 한 사람이
수나라의 구슬로 벼랑 위의 참새를 쏜다면
반드시 세상 사람의 웃음거리가 될 것이다.
왜 그런가 하면 그 쓰는 비용은 무겁고
그 목적은 가볍기 때문이다.
더구나 생명은
어찌 수나라 구슬의 무거움 따위에 비교하겠는가?

不若審之.
使者還 反審之
復來求之 則不得已.
故若顔闔者 眞惡富貴也.
故曰 道之眞以治身
其緒[20]餘以爲國家.
其土苴[21] 以治天下.
由此觀之 帝王之功
聖人之餘事也.
非所以完身養生也
今世俗之君子
多[22]爲身 棄生以殉物
豈不悲哉.
凡聖人之動作也
必察其所以之 與其所以爲.
今且有人於此
以隨侯之珠[23] 彈千仞之雀
世必笑之.
是何也 則其所用者重
其所要者重.
夫生者
豈特[24]隨侯之重哉.

20_ 緒(서)=殘也, 次也.
21_ 土苴(토저)=糞草也, 無心之貌.
22_ 多(다)=重也, 厚也, 稱美也.
23_ 隨侯之珠(수후지주)=隨侯가 濮水에서 얻은 靈蛇의 寶珠.

28-6

열자 선생은 궁색하여 용모에 굶주린 기색이 역력했다.	子列子窮. 容貌有飢色.
객이 이에 대해 정나라 재상 자양子陽에게 간언을 했다.	客有言之於鄭子陽 曰.
"열자는 모두가 도를 지닌 선비라고 말합니다.	列御寇蓋有道之士也.
그런데 그가 군자의 나라에서 살면서 궁색하니	居君之國而窮
군자께서 도움을 주시지 않는다면	君無乃
선비를 좋아하지 않는 사람이라 할 것입니다."	爲不好士乎.
자양은 이 말을 들은 즉시	鄭子陽卽
관리에게 명하여 그에게 곡식을 보내주었다.	令官遺之粟.
열자 선생은 사자를 접견하고 재배한 후 곡식을 사절했다.	子列子見使者 再拜而辭.
사자가 떠나고 열자가 방에 들어오자	使者去 列子入.
그의 처가 가슴을 치며 말했다.	其妻望之 而拊心 曰.
"첩이 듣기로는	妾聞
도인의 처자는 다 편안하게 산답니다.	爲有道者之妻子 皆得佚樂.
지금 우리는 굶주리는 처지에	今有飢色.
마침 군주께서 과분하게도 선생에게 양식을 보내셨는데	君過而遺先生食
선생은 이를 받지 않으시니 어찌 운명이 아니겠습니까?"	先生不受 豈不命邪.
열자 선생은 웃으면서 처에게 일러 말했다.	子列子笑謂之曰.
"군주는 마음으로 나를 알아준 것이 아니라	君非自知我也.
남의 말을 따라 나에게 곡식을 보낸 것이오.	以人之言 而遺我粟.
그러니 그는 나를 벌주는 경우에도	至其罪我也
또한 남의 말을 따를 것이오.	又且以人之言.
이것이 내가 곡식을 받지 않은 까닭이오."	此吾所以不受也.
그 종말은 과연 민중들이 그의 가혹한 정치에 난을 일으켜	其卒民果作難

24_ 特(특)=一也, 匹也, 殊也.

자양을 살해했다.   而殺子陽.

28-7

초나라 소왕昭王이 나라를 잃자   楚昭王失國

양을 잡는 설說도 소왕을 따라 도주했다.   屠羊說走 而從於昭王.

소왕이 나라를 회복한 후   昭王反國

자기를 따른 자들에게 상을 주려 하매   將償從者

설에게도 상이 내렸다.   及屠羊說.

설이 말했다.   屠羊說 曰

"대왕께서 나라를 잃자 신도 양 잡는 직업을 잃었습니다.   大王失國 說失屠羊.

대왕께서 나라를 회복함에 신도 도축업을 회복했습니다.   大王反國 說亦反屠羊.

이처럼 신의 작록은 이미 회복되었는데   臣之爵祿已復矣

또 상을 준다는 것은 어인 말입니까?"   又何償之言.

왕은 억지로라도 상을 주라고 명했다.   王曰 强之.

설이 말했다.   屠羊說曰

"대왕께서 나라를 잃은 것은 신의 죄가 아니므로   大王失國 非臣之罪

신은 감히 죄를 청하지 않았습니다.   故不敢伏其誅.

대왕께서 나라를 회복한 것은 신의 공이 아니므로   大王反國 非臣之功

신은 감히 상을 받지 않겠습니다."   故不敢當其償.

왕은 그에게 알현을 명했다.   王曰 見之.

설이 말했다.   屠羊說曰

"초나라 법은   楚國之法

반드시 중상重償을 받을 큰 공을 세워야 알현할 수 있습니다.   必有重償大功 而後得見

신의 지혜는 나라를 보존하기에 부족하고   今臣之知不足以存國

용기는 죽음으로써 적을 막기에 부족합니다.　　　而勇不足以死寇.

적군이 도읍에 쳐들어왔을 때　　　吳軍入郢

저는 재앙이 두려워 적을 피했을 뿐　　　說畏難而避寇

대왕을 따른 다른 이유가 없었습니다.　　　非故隨大王也.

만약 대왕께서 법과 규약을 폐하면서　　　今大王欲廢法毁約

저를 알현케 하신다면　　　而見說

신이 천하에 이름을 내려 한다고 비난할 것입니다."　　　此非臣之所以聞於天下也.

왕은 사마자기司馬子綦에 일러 말했다.　　　王謂司馬子綦 曰.

"설은 양 잡는 비천한 처지에 살지만　　　屠羊說居處卑賤

의를 진술함은 심히 고상하오.　　　而陳義甚高.

사마께서 나를 위해　　　子綦爲我延[25] 之

그에게 재상의 지위를 받도록 인도하시오!"　　　以三旌[26] 之位

설이 말했다.　　　屠羊說曰

"삼정의 지위가　　　夫三旌之位

양 도축업의 우두머리보다 높은 줄 알고　　　吾知其貴於屠羊之肆也.

만종의 녹이　　　萬種之祿

양 도축업의 이익보다 부한 것임을 잘 압니다.　　　吾知其富於屠羊之利也.

그러나 제 어찌 작록을 먹음으로써　　　然豈可以食爵祿

우리 왕이 잘못 베풀었다는 오명을 받게 하겠습니까?　　　而使吾君有妄施之名乎.

저는 감당할 수 없으니　　　說不敢當

원컨대 도축장의 자리로 돌아가게 해주십시오!"　　　願復反吾屠羊之肆

끝내 그는 상을 받지 않았다.　　　遂不受也.

25_ 延(연)＝納也, 道也.
26_ 三旌(삼정)＝제후가 임명하는 三卿.

28-8

원헌이 노나라에 살 때	原憲²⁷⁾ 居魯
한 칸의 움집 방에 생풀로 지붕을 이었고	環堵之室 茨以生草
쑥대로 엮은 문은 불안했고	蓬戶不完.
뽕나무로 지도리를 삼았고	桑以爲樞
깨진 독으로 창문을 만든 방이 둘인데 헌 옷으로 막았다.	而甕牖二室 褐以爲塞.
위에서는 비가 새고 아래는 습한데	上漏下濕
바르게 앉아 비파를 타고 있었다.	匡坐而弦.
자공은 큰 말을 타고	子貢乘大馬
감색 바탕에 겉은 흰 줄이 있는 옷을 입고	中紺而表素.
수레가 다닐 수 없는 골목이라	軒車不容巷
걸어서 원헌을 찾아왔다.	往見原憲.
원헌은 화산관을 쓰고 발뒤축이 없는 신발을 신고	原憲華冠²⁸⁾ 縰履²⁹⁾
명아주 지팡이를 짚고 문 앞에서 맞이했다.	杖藜而應門.
자공이 물었다.	子貢曰
"오! 선생은 어찌 병색이오?"	嘻 先生何病.
원헌이 응답해 말했다.	原憲應之曰.
"제가 듣기로는 재산이 없는 것을 가난이라 하고	憲聞之無財謂之貧.
배우고도 실천하지 않는 것을 병통이라 합니다.	學而不能行謂之病.
지금 저는 가난할 뿐 병통이 아닙니다."	今憲貧也 非病也.
자공은 우물쭈물하면서 난감한 표정이었다.	子貢逡巡而有愧色.
원헌은 웃으며 말했다.	原憲笑 曰

27_ 原憲(원헌)=공자의 제자 이름을 빌림.
28_ 華冠(화관)=華山冠은 墨家인 宋銒의 평등을 상징하는 관이다.
29_ 縰履(쇄리)=王先謙은 謂履無跟也. 이는 儒家가 아니라 隱者의 모습이다.

"속세의 명예를 위해 행동하고,　　　　　　　夫希世而行

무리 지어 주선하며 벗을 삼고,　　　　　　　比周而友.

남을 다스리기 위해 학문을 하고, 자기를 위해 가르치며,　　學以爲人 敎以爲己.[30]

인의仁義를 빌려 사특하고,　　　　　　　　　　仁義之慝

수레와 말을 수식하는 짓을　　　　　　　　　　輿馬之飾

저는 차마 할 수 없습니다."　　　　　　　　　　憲不忍爲也.[31]

함께 읽기

• 논어論語/헌문憲問 : 子曰 古之學者爲己 今之學者爲人.

28-9

증자가 위나라에 살 때　　　　　　　　　曾子居衛

솜옷은 겉이 닳았고　　　　　　　　　　縕袍無表.

안색은 부기가 심하고　　　　　　　　　顔色腫噲[32]

수족은 굳은살이 박혀 있었다.　　　　　　手足胼胝.[33]

사흘 동안 불을 때지 않고　　　　　　　　三日不擧火

십 년 동안 새 옷을 짓지 않았다.　　　　　十年不製衣.

관은 바르나 갓끈이 끊어졌고　　　　　　　正冠而纓絶

옷고름은 단정하나 팔꿈치가 드러났으며　　捉衿[34]而肘見.

30_ 古人은 學以爲己 敎以爲人으로 생각했다.

31_ 原憲은 華山冠을 썼으므로 宋鈃의 무리일 터인데도 『論語』에 나오는 孔子의 말을 외우고 있다. 이 글은 儒家의
　　글이 잘못 끼어든 것으로 보인다.

32_ 腫噲(종쾌)=腫瘤(종괴).

33_ 胼胝(변지)=굳은 살.

34_ 捉衿(착금)=옷고름을 매다.

신을 신었으나 발꿈치가 터졌는데

머리 끈을 풀고 상나라를 칭송하는 노래를 했다.

노랫소리는 천지에 가득하여

마치 악기가 울리는 것 같았다.

천자도 신하로 삼을 수 없었고

제후도 벗을 삼을 수 없었다.

그러므로 뜻을 기르는 자는 몸을 잊고

몸을 기르는 자는 이익을 잊고

도를 이룬 자는 마음을 잊는 것이다.

納履而踵決

曳縰[35]而歌商頌.

聲滿天地

若出金石.

天子不得臣

諸侯不得友.

故養志者忘形

養形者忘利.

致道者忘心矣.

28-10

공자가 안회에게 일러 말했다.

"회야! 집은 가난하고 비천하게 살면서

왜 벼슬하지 않느냐?"

안회가 답했다.

"벼슬을 바라지 않습니다.

저에게는 성 밖에 오십 무의 밭이 있어

족히 죽을 먹을 수 있으며

성안에 십 무의 밭이 있어

족히 삼베옷을 입을 수 있습니다.

북과 거문고는 스스로 즐겁고

스승의 도를 배우니

孔子謂顏回 曰.

回來 家貧居卑

胡不仕乎.

顏回對曰.

不願仕

回有郭外之田五十畝

足以給飦粥.[36]

郭內之田十畝

足以爲絲麻.

鼓琴足以自娛

所學夫子之道者

35_ 曳縰(예쇄)=머리 수건을 풀다.

36_ 飦粥(전죽)=된 죽, 묽은 죽.

스스로 즐겁습니다."

공자는 정색하며 얼굴빛을 바꾸고 말했다.

"훌륭하구나! 너의 뜻이!

내 듣건대 만족할 줄 아는 자는

이익 때문에 스스로 묶이지 않고

스스로 깨달음이 있는 자는

이익을 잃어도 두렵지 않고

마음을 수양한 자는

벼슬이 없어도 부끄럽지 않다고 한다.

나는 이 말을 암송한 지 오래였으나

지금 너를 통해 마음으로 터득하게 되었다.

이는 나의 복이다."

足以自樂也.

孔子愀然變容 曰.

善哉 回之意.

丘聞之 知足者

不以利自累也.

審自得者

失之而不懼

行修於內者

無位而不怍.

丘誦之久矣

今於回而後見之

是丘之得也.

28-11

중산의 공자(公子) 모(牟)가 현인 첨자(瞻子)에게 일러 말했다.

"몸은 강호에 노니는데

마음은 위나라 궁궐에 있으니 어쩌면 좋습니까?"

첨자가 답했다.

"생명을 무겁게 보라.

생명을 무겁게 하면 이로움은 가벼워진다."

공자 모가 말했다.

"비록 그것을 알고는 있지만 스스로 이길 수 없습니다."

첨자가 말했다.

"이길 수 없거든 따르라!

中山公子牟謂瞻子曰

身在江海之上

心居乎魏闕之下 奈何.

瞻子曰

重生

重生則利輕.

中山公子牟 曰.

雖知之 未能自勝也

瞻子曰

不能自勝則從.

정신은 해악이 없다.

스스로 이길 수 없는 것을 억지로 따르는 것은

거듭 상하게 함이라 한다.

거듭 상하게 하는 사람은 장수하는 자가 없다."

위나라 모는 만승의 공자_{公子} 다.

바위 굴에 숨는다는 것은

벼슬 없는 선비도 어려운 일이다.

비록 도에는 이르지 못했을지라도

그 뜻만은 장하다고 할 것이다.

神無惡乎.

不能自勝 而强不從者

此之謂重傷.

重傷之人 無壽類矣.

魏牟 萬乘³⁷⁾之公子也.

其隱巖穴也

難爲於布衣之士.

雖未至乎道

可謂有³⁸ 其意矣.

28-12

공자가 진나라 채나라 사이에서 곤경에 처했을 때

이레 동안 더운 음식을 먹지 못하고

명아줏국에 쌀 한 톨 넣을 수 없어

안색은 심히 고달픈데 방에서 거문고를 타며 노래했다.

안회는 나물을 다듬고

자로와 자공은 불평하며 말했다.

"선생은 두 번이나 노나라에서 축출됐고

위나라에서는 발자국을 지우며 숨어야 했으며

송나라에서는 나무를 베어 압사당할 뻔했고

상나라 주나라에서는 곤경에 처했고

孔子窮於陳蔡之間.

七日不火息.

藜羹不糝³⁹⁾

顏色甚憊 而弦歌於室.

顏回擇菜

子路子貢相與言曰.

夫子再逐於魯

削迹於衛.

伐樹於宋

窮於商周

37_ 萬乘(만승)=약 백만의 군사. 원래 만승은 천자만이 가능했다.

38_ 有(유)=多也.

39_ 糝(삼)=나물죽.

진나라 채나라에서는 포위당했으니,

선생을 죽이려는 자는 죄주지 못했고

선생을 욕보여도 막을 수 없는데

거문고를 타며 노래하는 것을 그치지 않으니

군자의 염치없음이 이 같을 수 있는가?"

안회는 아무런 반응이 없다가 이를 공자에게 고했다.

공자는 거문고를 밀어놓고 탄식하며 말했다.

"자로와 자공은 속이 좁은 사람이다.

불러오너라! 내 타일러 주겠다."

자로와 자공이 들어왔다.

자로가 먼저 말했다.

"이와 같은 것을 궁색함이라 말해야 옳을 것입니다."

공자가 말했다. "이 무슨 말인고?

군자가 도에 통하는 것을 통通이라 하고

도에 궁한 것을 궁窮이라 한다.

지금 나는 인의仁義의 도를 품고

난세의 환난을 만난 것인데

그것을 어찌 궁이라 하는가?

그래서 나는 안을 살펴 도에 궁하지 않고

난관에 봉착하여 덕을 잃지 않은 것이다.

날씨가 차가워지고 서리가 내리자

나는 이로써 송백의 푸름을 알았다.

지금 당하는 진채陳蔡의 액운이

도리어 나에게는 그러한 행운이다."

圍於陳蔡.

殺夫子者無罪

藉[40]夫子者無禁.

弦歌鼓琴 未嘗節音

君子之無恥也 如此乎

顏回無以應 入告孔子.

孔子推琴 喟然而歎 曰

由與賜細人也

召以來 吾語之.

子路子貢入

子路曰.

如此者 可謂窮矣

孔子 曰 是何言也.

君子通於道之謂通

窮於道之謂窮

今丘抱仁義之道

以遭亂世之患

其何窮之爲

故內省 而不窮於道

臨難而不失其德.

天寒旣至 霜露旣降

吾是以知松柏之茂也

陳蔡之隘

於丘其幸乎.

40_ 藉(자)=辱也.

공자는 엄숙하게 다시 거문고를 끌어다가 타며 노래했다.

자로는 기뻐서 방패를 잡고 춤을 추었다.

자공이 말했다.

"나는 하늘이 높은 줄도 땅이 낮은 줄도 몰랐다."

옛 득도자는 궁할 때도 즐겁고 형통해도 즐거우며

즐거움이란 궁함도 형통도 상관이 없다.

도는 이것을 얻는 것이니

곤궁과 형통을 한서풍우寒暑風雨의 질서로 생각한다.

그러므로 왕위를 사양한 허유는 영양에서 즐거워했고

왕위에서 물러난 공백共伯은

공수산에서 스스로 만족했던 것이다.

孔子削然 反琴而弦歌

子路扢然 執干而舞.

子貢曰

吾不知天之高也 地之下也.

古之得道者 窮亦樂 通亦樂.

所樂非窮通也

道德⁴¹⁾於此

則窮通爲寒暑風雨之序矣.

故許由娛於穎陽⁴²⁾

而共伯

得乎共首.⁴³⁾

28-13

순임금이 천하를 북인 무택無澤에게 선양하려 했다.

무택이 말했다.

"그대의 사람됨은 이상하군!

밭도랑에서 살다가

요임금의 문하에서 노닐더니

이것으로 그치지 않고

舜以天下讓其友北人無澤.

北人無澤曰

異哉 后⁴⁴⁾之爲人也

居於畎畝⁴⁵⁾之中

而遊堯之門.

不若⁴⁶⁾是而已

41_ 德(덕)＝得也.
42_ 穎陽(영양)＝地名.
43_ 共首(공수)＝地名.
44_ 后(후)＝諸侯也.
45_ 畎畝(견무)＝밭도랑.
46_ 若(약)＝及也, 至也.

그 욕된 행동으로 나까지 더럽히려 하는구려!
나는 그대를 보는 것조차 수치스럽다네."
이 말을 남기고 청령의 연못에 투신자살했다.
탕임금은 장차 걸을 정벌하기 위해
변수_{卞隨}와 상의했다.
변수가 말했다. "내가 관여할 일이 아니다."
탕이 물었다. "누가 좋겠는가?"
변수가 답했다. "나는 알지 못한다."
탕은 다시 이를 무광과 상의했다.
무광이 말했다. "내 관여할 일이 아니다."
탕이 물었다. "누가 좋겠는가?"
무광이 답했다. "나는 알지 못한다."
탕이 물었다. "이윤은 어떤가?"
무광이 답했다.
"굳세고 근면하고 수치를 참을 수 있을 것이다.
그 이상은 모른다."
탕은 드디어 이윤과 상의하여 걸을 쳐 이겼다.
그리고 다시 천하를 변수에게 넘기려 했다.
변수는 사양하며 말했다.
"그대가 걸을 치자고 나와 상의한 것은
나를 도적으로 생각한 것이며
걸을 이기고 나에게 선양하려 한 것은
나를 탐욕자로 생각한 것이다.
나는 난세를 살아가는 무도_{無道}한 사람이다.

又欲以其辱行漫⁴⁷⁾我.
吾羞見之.
因自投淸泠之淵
湯將伐桀
因卞隨而謀.
卞隨曰 非吾事也.
湯曰 孰可.
曰 吾不知也.
湯又因瞀光而謀.
瞀光曰 非吾事也.
湯曰 孰可.
曰 吾不知也.
湯曰 伊尹何如.
曰
强力忍垢
吾不知其他也.
湯遂與伊尹謀 伐桀尅之.
以讓卞隨.
卞隨辭曰
后之伐桀也 謀乎我
必以我爲賊也.
勝桀而讓我
必以我爲貪也.
吾生乎亂世 而無道之人.

47_ 漫(만)=汚也. 欺誣也. 沒也.

두 번 다시 나를 더럽히지 말라.

그 욕된 행동을 자주 듣기 참을 수 없다!"

결국 변수는 스스로 조수에 투신하여 죽었다.

탕은 다시 무광에게 선양하면서 말했다.

"지자知者 는 꾀하고

무인武人 은 이루고

인자仁者 는 편안하게 하는 것이

옛사람의 도리다.

존경하는 그대는 어찌 나타나지 않으려 하오?"

무광은 사양하며 말했다.

"임금을 폐하는 것은 의가 아니오.

백성을 죽이는 것은 인이 아니오.

재난을 범하여 얻은 이익을 향수하는 것은

청렴이 아니오.

내 들은 바로는

의롭지 않은 자에게는 녹을 받지 않고

무도한 세상에서는 그 땅을 밟지 않는다고 했소.

더구나 나를 임금으로 삼으려 하니

나는 차마 오래 볼 수 없소."

드디어 그는 돌을 안고 여수에 가라앉았다.

再來漫我 以其辱行

吾不忍數聞也.

乃自投稠水[48] 而死.

湯又讓瞀光 曰

知者謀之

武者遂之

仁者居之

古之道也.

吾子胡不立[49] 乎.

瞀光辭 曰

廢上非義也

殺民非仁也.

犯其難我亨其利

非廉也.

吾聞之曰

非其義者 不受其祿.

無道之世不踐其土.

況尊我乎

吾不忍久見也.

乃負石而自沈於盧水.[50]

48_ 稠水(조수)＝ 洞水(司馬本). 穎川에 있음.

49_ 立(립)＝ 見也.

50_ 盧水(여수)＝ 盧水(司馬本). 랴오둥(遼東) 西界에 있음.

28-14

주나라가 일어날 때 진정한 두 선비가 있었는데

은나라의 작은 봉국 고죽국의 두 왕자로서

이름은 백이와 숙제라 했다.

두 형제는 서로 일러 말했다.

"듣기로는 서방에 지도자(文王과 武王)가 나타났는데

도가 있는 것 같으니 시험 삼아 가서 보기로 하자!"

기산의 북쪽에 이르렀을 때 무왕이 그들의 소문을 들었다.

무왕은 숙단叔旦을 파견하여 그들을 접견토록 하고

아울러 맹약했다.

"봉록을 이 등급으로 하고 관직은 일 품으로 하며

희생의 피로 맺겠다."

두 사람은 서로 바라보며 웃으며 말했다.

"아! 이상하다.

이것은 우리가 말하는 도가 아니다.

옛 신농씨는

철마다 제사에 공경을 다했으나 복을 빌지 않았다.

사람들에게

충신忠信으로 다스림을 다했으나 요구하는 것이 없었다.

즐겁게 정법을 펴 정사를 다스렸고

즐겁게 다스림을 펴 태평성대를 이루었으나

남의 실패로 자기를 이루지 않고

남을 낮추어 자기를 높이지 않았다.

昔周之興 有士二人

處於孤竹[51]

日 伯夷叔齊.

二人相謂 曰.

吾聞西方有人

似有道者 試往觀焉.

至於岐陽 武王聞之.

使叔旦往見之

與盟曰.

加富二登 就官一列

血牲而埋之.

二人相視以笑 曰.

嘻 異哉

此非吾所謂道也.

昔者神農之有天下也

時祀盡敬. 而不祈喜[52]

其於人也.

忠信盡治 而無求焉

樂與政爲政

樂與治爲治.

不以人之壞自成也.

不以人之卑自高也.

51_ 孤竹(고죽)＝殷代 東夷族의 小公國. 졸저 『墨家』 참조.

52_ 喜(희)＝禧也.

때를 만났다고 자기 이익을 챙기지 않았다.

지금 주는 은의 어지러움을 드러내

두렵게 함으로써 정사를 다스리고

위에서는 꾀로 하고 아래서는 뇌물로 하며

병력에 의지하여 위엄을 보존하고

희생을 갈라 피로써 맹약함으로써 믿게 하고

노래를 선양하여 대중을 달래고

살육과 정벌로 이익을 챙긴다.

이것은 난정亂政을 밀어내고

폭정暴政으로 바꾼 것에 불과하다.

우리가 들은 바는 옛 선비들은

치세를 만나면 벼슬을 피하지 않고

난세를 만나면 구차한 삶을 구하지 않는다고 한다.

이제 천하가 어두워지고

주나라 덕은 쇠미하니

주나라에 병합되어 내 몸을 더럽히기보다는

속세를 피하여 내 행실을 깨끗하게 하는 것이 낫겠다.”

그들은 북으로 수양산에 이르러

이윽고 굶어 죽었다.

백이숙제를 따르는 자는

부귀를 구차하게 얻을 수 있다 해도

반드시 취하지 않을 것이며

不以遭時自利也.

今周見殷之亂

以遽[53] 爲政.

上謀而下行[54] 貨.

阻[55] 兵而保威.

割牲而盟以爲信.

揚行[56] 以說衆

殺伐以要利.

是推亂

以易暴也.

吾聞古之士

遭治世不避其任.

遇亂世不爲苟存.

今天下闇

周德衰

其竝乎周 以塗吾身也.

不如避之 以絜吾行.

二子北至於首陽之山

遂餓而死焉.

若伯夷叔齊者

其於富貴也苟可得已

則必不賴.[57]

53_ 遽(거)=懼也, 畏也.
54_ 下行(하행)=두 글자 중 한 글자는 衍文이다.
55_ 阻(조)=依也.
56_ 行(행)=詩歌의 한 형태.

고고한 절의와 엄정한 행실로

자기 뜻을 홀로 즐거워하며

속세를 섬기지 않을 것이다.

이것이 두 사람의 절조다.

高節戾[58]行

獨樂其志

不事於世.

此二子之節也.

함께 읽기

- 장자/잡편/칙양則陽 25-4：蛙牛角上 相與爭地而戰.
- 장자/잡편/도척盜跖 29-4：黃帝不能致德 與蚩尤 戰於涿鹿之野 流血百里. 湯放其主 武王殺紂.
                        自是之後 以强陵弱 以衆暴寡.
- 장자/잡편/열어구列禦寇 32-4：聖人以必不必 故無兵. 兵恃之則亡.
- 묵자墨子/노문魯問：殺其父而賞其子 何以異食其子而賞其父哉.
- 노자老子/30장：師之所處荊棘生焉.
- 노자老子/31장：兵者不祥之器. 非君子之器.
- 노자老子/73장：天之道不爭而善勝.

57_ 賴(뢰)=恃也, 籯也, 取也.
58_ 戾(려)=厲也→嚴正也.

盜跖

小目

29-1 공자가 도척에게 말했다. "장군의 높으신 의를 듣고 삼가 배알하고자 합니다." 도척이 말했다. "너는 노나라의 협잡꾼 공구가 아니냐?"

29-2 도척을 장군으로 높이 받들어 제후로 삼겠습니다.

29-3 공구야! 너처럼 면전에서 남을 칭찬하기 좋아하는 자는 반드시 뒤에서는 비방하기 좋아한다.

29-4 신농씨시대에는 그의 어미는 알았으나 아비는 알지 못했고, 서로 해치려는 마음이 없었으니 지극한 덕이 융성할 때였다. 그러나 황제 헌원은 덕을 이루지 못하고 단군 치우와 탁록의 들에서 싸워 흘린 피가 백 리였다.

29-5 천하는 어찌하여 너를 盜丘라 부르지 않고 오히려 나를 盜跖이라 부르는가?

29-6 공구야! 네가 유세한 말은 도둑인 나도 다 알고 있다.

29-7 자기의 의지를 기쁘게 하고 수명을 보양할 수 없는 자는 모두 도에 통달한 자가 아니다.

29-8 염치가 없으면 부하고, 말이 많으면 출세한다. 명예로 보거나 이익을 따진다면 신의는 옳은 것이다. 名利를 버리는 것이 본심에 반하는 것이라지만, 선비가 의를 행함은 天眞을 품어야 한다.

29-9 지금 어느 재상에게 이르기를 '그대의 행실은 공자와 묵자와 같다'고 한다면, 정색을 하며 '그런 칭찬을 받기에는 부족하다'고 말할 것이다. 그러므로 귀천의 분별은 행실의 아름다운 덕에 달려 있는 것이다.

29-10 작은 도둑은 죄수가 되고, 큰 도둑은 제후가 된다.

29-11 無爲하면 소인도 도리어 자연을 따르고, 無爲하면 군자도 자연의 이치를 따른다.

29-12 공포와 환희가 마음에 달려 있음을 깨닫지 못하면, 천자가 되고 천하를 소유해도 환난을 면할 수 없다.

29-13 富는 욕과 권세를 다 차지할 수 있으니 至人도 賢人도 당할 수 없고, 나라를 못 가진 것 외에는 군주와 아비처럼 위엄을 부릴 수 있다.

29-14 고르게 나누면 복이 되고, 남아돌면 해가 된다. 몸과 마음을 묶어 富를 쟁탈하는 것은 역시 잘못이 아닌가?

제 29장. 盜跖 도척

29-1

공자와 유하계柳下季는 친구였다.

유하계의 동생은 이름이 도척인데

구천 명의 도적 떼를 거느리고 천하를 횡행했다.

그들은 제후를 침탈하고 민가를 약탈했다.

남의 소와 말을 몰아가고 부녀자를 납치하고

이득을 탐하여 친척을 잊는다.

부모형제를 돌아보지 않고 선조에게 제사도 지내지 않았다.

그들이 지나는 고을마다 대국은 성을 지키고

소국은 시골 백성을 도읍의 성안으로 불러들였으므로

만민이 고통을 당했다.

공자가 유하계에게 말했다.

"대저 아비 된 자는 반드시 아들을 타이를 수 있어야 하며

형 된 자는 반드시 아우를 교화시킬 수 있어야 합니다.

만약 아비가 아들을 타이르지 못하고

형이 아우를 교화시키지 못한다면

부자와 형제의 아낌을 귀하게 여길 까닭이 없을 것입니다.

孔子與柳下季爲友

柳下季之弟 名曰 盜跖.

盜跖從卒九千人 橫行天下

侵暴諸侯 穴室樞戶.

驅人牛馬 取人婦女

貪得忘親

不顧父母兄弟 不祭先祖.

所過之邑 大國守城

小國入保[1]

萬民苦之.

孔子謂柳下季 曰

夫爲人父者 必能詔其子

爲人兄者 必能敎其弟

若父不能詔其子

兄不能敎其弟

則無貴父子兄弟之親矣

1_ 保(보)=小城, 都邑之城(四鄙入保 : 禮記/月令).

지금 유 선생은 세상의 재사才士입니다.	今先生 世之才士也
그 동생이 도둑 대장이 되어 천하를 해치고 있는데	弟爲盜跖 爲天下害
교화할 수 없다니	而不能敎也
저는 속으로 선생을 위해 수치로 여깁니다.	丘竊爲先生羞之
청컨대 제가 찾아가서 그를 설복시키겠습니다."	丘請爲先生往說之
유하계가 말했다.	柳下季 日
"선생의 말씀대로	先生言
아비 된 자는 타이르고	爲人父者 必能詔其子
형 된 자는 교화시킬 수 있겠지만	爲人兄者 必能敎其弟
그 아들이 아비의 타이름을 듣지 않고	若子不聽父之詔
그 아우가 형의 교화를 받지 않는다면	弟不受兄之敎
비록 지금 선생의 변설이더라도 과연 어쩔 수 있겠습니까?	雖今先生之辯 將奈之何哉
도척의 사람됨이	且跖之爲人也
마음은 끓는 샘물 같고 뜻은 회오리바람 같고	心如湧泉 意如飄風
강력은 적을 물리치기에 족하고	强足以拒敵
변설은 잘못을 꾸미기에 족하여	辯足以飾非
제 마음을 따르면 좋아하고 제 마음에 거슬리면 성내며	順其心則喜 逆其心則怒
함부로 남을 모욕하는 말을 하니 선생께서 가시면 안 됩니다."	易辱人以言 先生必無往
공자는 듣지 않고	孔子不聽
안회와 자공을 마부로 삼아	顏回爲御 子貢爲右
도척을 찾아갔다.	往見盜跖
도척은 마침 무리를 끌고 태산 남쪽에 쉬면서	盜跖乃方 休卒徒泰山之陽
사람의 간을 회쳐 새참을 먹고 있는 중이었다.	膾人肝而餔[2] 之
공자는 수레에서 내려 안내인에게 나아가 말했다.	孔子下車 而前見謁者 日

2_餔(포)＝日申時食也.

"노나라 사람 공구는

장군의 높으신 의를 듣고 삼가 배알하고자 합니다."

안내인이 들어가 아뢰니 도척은 크게 노하여

눈은 별처럼 반짝이고, 머리칼은 관을 뚫을 듯 솟구쳤다.

도척이 말했다.

"그자는 노나라의 협잡꾼 공구가 아니냐?

내 말을 그대로 전해라.

너는 함부로 문왕, 무왕을 팔며 거짓말을 지어내고

나뭇가지 같은 관을 쓰고 죽은 쇠가죽으로 띠를 두르고

번다한 요설을 꾸미며

밭 갈지 않고 베 짜지 않으면서 호의호식한다.

혀와 입술을 놀려 제멋대로 옳고 그름을 만들어

천하의 임금을 홀리고

천하의 선비를 근본으로 돌아가지 못하게 하고

그릇된 효제孝悌를 지어내어

요행으로 벼슬과 부귀를 노리는 자이니

너의 죄는 크고 지극히 막중하다.

빨리 돌아가라. 만약 그렇지 않으면

네 놈의 간을 내어 점심 반찬으로 먹으리라!"

魯人孔丘

聞將軍高義 敬再拜謁者

謁者入通 盜跖聞之大怒

目如明星 髮上指冠

曰

此夫魯國之巧僞人孔丘非邪

爲我告之.

爾作言造語 妄稱文武.

冠枝木之冠 帶死牛之脅

多辭繆說

不耕而食 不織而衣

搖脣鼓舌 擅生是非

以迷天下之主

使天下學士 不反其本

妄作孝悌

以徼幸於封侯富貴者也.

子之罪大極重

疾走歸 不然

我將以子肝益晝餔之膳.

함께 읽기

- 장자/내편/제물론齊物論 2-8 : 丘也 何足而知之.
- 장자/외편/천운天運 14-8 : 今蘄行周於魯 是猶推舟於陸也.
- 장자/외편/천운天運 14-10 : 孔子行年五十有一 而不聞道.
- 장자/잡편/칙양則陽 25-5 : 孔子曰 彼且以丘爲佞人也.
- 장자/잡편/어부漁父 31-1 : 丘少而修學 以至於今 六十九歲矣 無所得聞至教.
- 장자/잡편/열어구列禦寇 32-6 : 仲尼方且飾羽而畫.

29-2

공자는 다시 통인에게 말했다.	孔子復通 曰
"저는 유하계의 소개를 받았습니다.	丘得幸於季
막하幕下에 예를 올릴 수 있기를 소원합니다."	願望履³⁾幕下
안내인이 말을 전하자 도척이 안내하라는 허락을 했다.	謁者復通 盜跖曰. 使來前
공자는 주춤주춤 나아가	孔子趨而進
자리를 피하고 뒤로 물러나 도척에게 두 번 절했다.	避席反走 再拜盜跖
도척은 대로하여	盜跖大怒
두 발을 펴고 칼을 어루만지며 눈을 부릅뜨고	兩展其足 案劍瞋目
젖을 먹이는 암사자 소리로 말했다.	聲如乳虎 曰
"공구야! 앞으로 오너라!	丘 來前
만약 네 말이 내 맘에 맞으면 살려줄 것이고	若所言順吾意則生
내 맘에 거슬리면 죽일 것이다."	逆吾心則死
공자가 말했다.	孔子曰
"제가 듣건대 무릇 천하에는 세 가지 덕이 있다고 합니다.	丘聞之 凡天下有三德
타고난 장대함과 아름다운 풍채로	生而長大 美好無雙
아이, 어른, 귀천을 막론하고	少長貴賤
보는 사람마다 즐거워하는 자는	見而皆說之
상덕이요,	此上德也
천지를 지혜롭게 벼리 짓고	知維天地
사물을 능히 판단하는 자는	能辯諸物
중덕이며,	此中德也
용기와 결단력으로	勇悍果敢
대중을 모으고 병사를 통솔하는 자는	聚衆率兵

3_ 履(리)=禮也.

하덕입니다.

대개 사람으로서 한 가지 덕만 가져도

임금이 되기에 넉넉한데

장군께서는 이 세 가지 덕을 모두 갖추었습니다.

신장은 팔 척 이 촌이요, 얼굴과 눈에서는 광채가 나고

입술은 붉은 물감이요, 이는 가지런한 조개요,

목소리는 악기가 울리는 것 같습니다.

그런데도 도척이라 불리고 있으니

저는 속으로 장군을 위하여 부끄럽게 생각하여

그렇게 부를 수 없습니다.

만일 장군께서 신을 받아주실 의향이 있다면

신은 청컨대 남쪽으로 오나라 월나라에 사신으로 가겠으며,

북쪽으로 제나라 노나라, 동쪽으로 송나라 위나라,

서쪽으로 진나라 초나라에 사신으로 가겠습니다.

그리고 장군을 위해 수백 리 성을 쌓고

수십만 호의 고을을 세워

장군을 높이 받들어 제후로 삼겠습니다.

그리하여 천하를 다시 시작하고

전쟁을 그쳐 군사를 쉬게 하고

흩어진 형제들을 모아 기르고

선조에게 제사를 받들어 모시겠습니다.

이것은 성인이나 선비들의 행실이요,

천하가 소원하는 일입니다."

此下德也.

凡人有此一德者

足以南面稱孤矣.

今將軍兼此三者

身長八尺二寸 面目有光

脣如激丹 齒如齊貝

音中黃鐘

而名曰盜跖

丘竊爲將軍恥

不取焉.

將軍有意聽臣

臣請南使吳越

北使齊魯 東使宋衛

西使晉楚

使爲將軍造大城數百里

立數十萬戶之邑

尊將軍爲諸侯.

與天下更始

罷兵休卒

收養昆弟

共[4] 祭先祖

此聖人才士之行

而天下之願也.

4_共(공)=供也.

29-3

도척은 크게 노하며 말했다.

"공구야! 앞으로 나오라!

대개 이익으로써 꾈 수 있고 말로써 간할 수 있는 것은

어리석고 야비한 범인에게나 통하는 것이다.

내가 장대한 호남아라서 남들이 보고 즐거워하는 것은

내 부모님의 유덕이다.

네가 비록 나를 기리지 않더라도 내가 그것을 모르겠느냐?

또한 내 들건대 면전에서 남을 칭찬하기 좋아하는 자는

반드시 뒤에서는 비방하기 좋아한다고 한다.

너는 나에게 큰 성과 많은 백성을 말하며

이利로써 나를 꾀지만

그것은 나를 범부로 만들고자 하는 것일 뿐

어찌 오래가겠느냐?

아무리 큰 성이라도 천하보다는 클 수 없다.

요순은 천하를 가졌지만

그 자손은 송곳 꽂을 땅이 없었고,

탕왕과 무왕은 천자가 되었으나 그 후손들은 대가 끊어졌다.

천하라는 이익도 진정 큰 것이 아니기 때문이다."

盜跖大怒曰

丘來前

夫可規以利 而可諫以言者

皆愚陋恒民之謂耳.

今長大美好 人見而悅之者

此吾父母之遺德也

丘雖不吾譽 吾獨不自知邪

且吾聞之 好面譽人者

亦好背而毁之.

今丘告我 以大城衆民

是欲規我以利

而恒民畜我也

安可久長也.

城之大者 莫大乎天下矣.

堯舜有天下

子孫無置錐之地.

湯武立爲天子 後世絕滅.

非以其利大故邪.

29-4

(도척의 말) "또 내 들은 바에 의하면

옛날에는 금수는 많고 사람은 적었다고 한다.

이때는 백성들이 모두 둥지에서 살며 짐승들을 피했다.

且吾聞之

古者禽獸多而人少

於是民皆巢居以避之

낮에는 상수리와 밤을 줍고, 저물면 나무 위에 깃들었다.	晝拾橡栗 暮栖木上
그래서 이름을 '유소씨 有巢氏 의 백성'이라 했던 것이다.	故命之日 有巢氏之民
옛날 백성들은 의복을 몰랐으므로	古者民不知衣服
여름에 섶을 쌓아두었다가 겨울이면 불을 때었다.	夏多積薪 冬則煬之
그래서 그들을 명명하여 '불을 아는 백성'이라고 말한 것이다.	故命之日 知生⁵⁾之民
신농씨시대에는	神農之世
누우면 편안하고 일어나면 유유자적했으며	臥則居居 起則于于⁶⁾
백성들은 그의 어미는 알았으나	民知其母
그 아비는 알지 못했고(모계사회)	不知其父
사슴과 한곳에 거처했고	與麋鹿共處
밭을 갈아먹고 옷을 짜서 입었다.	耕而食 織而衣
서로 해치려는 마음이 없었으니	無有相害之心
지극한 덕이 융성할 때였다.	此至德之隆也.
그러나 황제 헌원은 덕을 이루지 못하고	然而黃帝不能致德
단군 치우와 탁록의 들에서 싸워	與蚩尤⁷⁾ 戰於涿鹿之野
흘린 피가 백 리였다.	流血百里.⁸⁾
요와 순이 일어났을 때는 여러 신하들을 세워야 했고	堯舜作 立群臣.
탕은 그 군주를 추방하고 무왕은 주왕을 죽였다.	湯放其主 武王殺紂.

5_ 生(생)＝火의 錯簡.
6_ 于于(우우)＝行貌也.
7_ 蚩尤(치우)＝古朝鮮의 檀君.
8_ 헌원씨가 일어나 쇠해진 신농씨를 판천의 들에서 쳐 이기고 패자가 되었다. 그러나 치우가 작란을 일으켜 말을 듣지 않았다. 이에 황제는 자기 세력을 동원하여 탁록의 들에서 싸워 치우를 잡아 죽였다. 이에 제후들은 헌원씨를 존숭하여 신농씨를 대신하여 천자로 삼았다(史記/五帝本紀).
　　　그런데 장자는 신농씨를 無爲의 大道시대로 찬양하고 황제를 有爲의 禮法시대로 비난한다는 점을 주목해야 한다. 이는 신농시대를 소국연합의 공동체사회로, 황제시대를 패권적 국가시대로 규정했기 때문이겠지만 한편으로는 전쟁을 근본적으로 반대한 노장의 평화 사상에 기인한 것으로 볼 수도 있을 것이다. 여기서 황제의 전쟁을 비난한 것은 주 무왕의 전쟁을 비난한 것과 맥을 같이하기 때문이다.

그 이후부터는

강자가 약자를 능멸하고 다수가 소수를 폭압했다.

탕왕과 무왕 이후로는 모두가 세상을 어지럽힌 무리들이다."

自是之後

以强陵弱 以衆暴寡.

湯武以來 皆亂人之徒也.

◉함께 읽기◉

〈공산사회 지향〉

• 장자/외편/마제馬蹄 9-3 : 夫赫胥之時 民居不知所爲 含哺而喜 鼓腹而遊.

• 장자/외편/거협胠篋 10-5 : 伏羲氏 神農氏 當是時也. 則至治已.

• 장자/외편/재유在宥 11-4 : 昔者黃帝始 以仁義攖人之心.

• 장자/외편/천지天地 12-14 : 至治之世 不尙賢不使能 上如標枝 民如野鹿.

• 장자/외편/천운天運 14-13 : 三王五帝之治天下 名曰治而亂莫甚焉.

• 장자/외편/선성繕性 16-2 : 逮德下衰 及燧人伏羲始爲天下.

• 장자/잡편/경상초庚桑楚 23-2 : 大亂之本 必生於堯舜之間.

• 장자/잡편/서무귀徐无鬼 24-14 : 夫堯畜畜然仁 吾恐其爲天下笑.

• 노자老子/19장 : 令有所屬 見素抱樸 少私寡慾.

• 노자老子/80장 : 小國寡民 民之老死不相往來.

〈반전평화 지향〉

• 장자/잡편/칙양則陽 25-4 : 蝸牛角上 相與爭地而戰.

• 장자/잡편/양왕讓王 28-14 : 今周殺伐以要利. 是推亂以易暴也.

• 장자/잡편/열어구列禦寇 32-4 : 聖人以必不必 故無兵. 兵恃之則亡.

29-5

(도척의 말) "지금 너는 문왕과 무왕의 도를 닦고

천하의 변론을 장악하여 후세를 가르치며

소매 큰 옷을 입고 넓은 띠를 두르고

거짓된 말과 행실로

천하의 군주를 미혹하여

부귀를 탐내고 있다.

今子修文武之道

掌天下之辯 以敎後世

縫衣淺帶

矯言僞行

以迷惑天下之主

而欲求富貴焉.

도둑으로 치면 너보다 큰 도둑이 없는데　　　　　　　盜莫大於子

천하는 어찌하여 너를 도구盜丘라 부르지 않고　　　　天下何故 不謂子謂盜丘

오히려 나를 도척이라 부르는가?　　　　　　　　　而乃謂我謂盜跖.

너는 감언이설로 자로를 꾀어 그를 따르게 하여　　　子以甘辭說子路 而使從之

무인의 관을 벗고 장검을 풀고　　　　　　　　　使子路去其危冠 解其長劍

너의 가르침을 받게 했다.　　　　　　　　　　而受教於子

그래서 천하가 모두　　　　　　　　　　　　　天下皆曰

공구는 폭력을 그치고 그릇됨을 금할 수 있다고 말했다.　孔丘能止暴禁非

그 결과　　　　　　　　　　　　　　　　　其卒之也

자로는 위나라 군주를 살해하려다 실패했고　　　　子路欲殺衛君 事不成

몸은 위나라 동문 위에서 죽임을 당하게 되었다.　　身菹於衛東門之上

이는 너의 가르침이 지극하지 못했기 때문이다.　　是子教之不至也

너는 스스로 재사인 양 성인인 양 하지만,　　　　子自謂才士聖人邪

노나라에서는 두 번이나 쫓겨났고　　　　　　　則再逐於魯

위나라에서는 발자국을 지우고 숨었으며　　　　　削迹於衛

제나라에서는 곤경에 처했고　　　　　　　　　窮於齊

진나라 채나라에서는 포위를 당했다.　　　　　　圍於陳蔡

천하에 제 한 몸 용납할 수 없는 네가 자로를 가르쳤으니　不容身於天下 子教子路

자로는 절임을 당해 죽는 환난을 당한 것이다.　　菹此患

위로 자기 몸을 다스릴 수 없고　　　　　　　上無以爲身

아래로 남을 다스릴 수 없는　　　　　　　　　下無以爲人

너의 도를 어찌 귀하다고 할 수 있겠는가?"　　　子之道豈足貴也.

29-6

(도척의 말) "세상에서 가장 높이는 사람 중에	世之所高
황제와 견줄 이는 없다.	莫若黃帝
그러나 황제는 오히려 덕을 온전히 할 수 없었으니	黃帝尙不能全德
탁록의 들에서 단군 치우와 싸워 흘린 피가 백 리였다.	以戰涿鹿之野 流血百里
요는 아비로서 인자하지 않았고	堯不慈
순은 아비가 눈이 멀었으니 불효했으며	舜不孝
우는 일에 지쳐 몸이 말랐고	禹偏枯
탕은 자기 주인을 추방했으며	湯放其主
문왕은 유리에 유폐되었고	文王拘羑里
무왕은 은나라 주왕을 정벌했다.	武王伐紂
이 여섯 사람은 세상이 높이는 사람이니	此六子者 世之所高也
누가 이론을 달겠느냐만	孰論之
그들은 모두 이욕으로 참된 나를 의혹시켜	皆以利惑其眞
억지로 마음의 본성을 거슬렀으니	而强反其情性
그 행실은 참으로 수치스런 것이다.	其行乃甚可羞也.
세상에서 이른바 어진 선비는 백이숙제라 한다.	世之所謂賢士 伯夷叔齊
그러나 백이숙제는 고죽국의 군주 자리를 거절하고	伯夷叔齊辭孤竹之君
수양산에서 굶어 죽었으니	而餓死於首陽之山
골육을 장사 지내지도 못했다.	骨肉不葬
주나라 포초鮑焦는 청렴하여 도토리를 먹으며	鮑焦飾行
세상을 비난하다가 나무를 안고 말라 죽었다.	非世抱木而死
신도적은 간언을 받아들이지 않자	申徒狄諫而不聽
돌을 안고 황허에 투신하여 물고기 밥이 되었다.	負石自投於河 爲魚鼈所食
개자추介子推는 지극한 충신이라	介子推至忠也

자기 넓적다리를 베어 문공文公에게 먹였으나	自割其股 以食文公
문공이 배신하자 분노하여 그를 떠나	文公後背之 子推怒而去
나무를 안고 불에 타 죽었다.	抱木而燔死.
미생尾生은 여자와 다리 아래서 약속했는데	尾生與女子期於梁下
여자가 오지 않자	女子不來
물이 불어나는데 떠나지 않고	水至不去
다리 기둥을 붙잡고 빠져 죽었다.	抱梁柱而死
이 여섯 사람은	此六子者
희생으로 바쳐져 사지가 찢긴 개와 물에 떠내려가는 돼지,	無異於磔犬流豕
바가지를 들고 구걸하는 자와 다를 것이 없다.	操瓢而乞者.
이들은 모두 이름에 얽매여 죽음을 가벼이 하고	皆離名輕死
근본은 양생이며 목숨은 천명임을 생각지 않는다.	不念本養壽命者也
세상의 이른바 충신이라 이르자면	世之所謂忠臣者
비간과 오자서와 같은 사람이 없을 것이다.	莫若王子比干 伍子胥
그러나 오자서는 강물에 던져졌고	伍子胥沈江
비간은 가슴이 쪼개졌다.	比干剖心.
이 두 사람은 세상에서 충신이라고 이르지만	此二子者 世謂忠臣也
그들은 끝내 천하의 웃음거리가 되었다.	然卒爲天下笑
이상으로 볼 때	自上觀之
이들 모두가 귀하다고 할 수 없을 것이다.	至於子胥比干 皆不足貴也
네가 나에게 유세하려는 것도	丘之所以說我者
네가 나에게 귀신의 일을 말한다면	若告我以鬼事
내가 알 수 없겠지만	則我不能知也
만약 나에게 사람의 일을 말한다면	若告我以人事者
내가 지금 말한 것을 넘지 않을 것이니,	不過此矣.

이처럼 네가 말할 모든 것은 이미 내가 다 알고 있는 것이다." 皆吾所聞知也.

29-7

(도척의 말) "이제 내가 네 인정에 대해 말해 주겠다. 今吾告子以人之情.
눈은 아름다움을 보려고 하고, 귀는 소리를 들으려 하고, 目欲視色 耳欲聽聲
입은 맛을 구별하려 하고, 뜻과 기백은 가득 채우기를 원한다. 口欲察味 志氣欲盈.
사람의 수명은 장수하면 백 세요, 중간 수명이면 육십이다. 人上壽百歲 中壽六十
병들고, 죽고, 우환이 드는 것을 제외한다면 除病瘦死喪憂患
입을 벌리고 웃는 날은 其中開口而笑者
한 달 가운데 一月之中
사오 일에 불과할 뿐이다. 不過四五壹而已矣
하늘과 땅은 무궁한데 사람이 죽는 것은 때가 있다. 天與地無窮 人死者有時
때가 있는 몸을 가지고 操有時之具
무궁한 천지 사이에 의탁한 것은 而託於無窮之間
홀연히 천리마가 문틈을 달리는 것과 다를 바 없다. 忽然 無異騏驥之馳過隙也
그러므로 자기의 의지를 기쁘게 하고 不能說其志意
수명을 보양할 수 없는 자는 養其壽命者
모두가 도에 통달한 자가 아니다. 皆非通道者也.
공구야! 네가 말한 것은 모두 내가 버린 것들이다. 丘之所言 皆吾之所棄也
빨리 떠나 집으로 돌아가 다시는 말하지 말라. 亟去走歸 無復言之.
너의 도는 신실치 못하고 부족할 뿐 아니라 子之道狂狂⁹⁾ 汲汲¹⁰⁾
속임수와 거짓들이며 詐巧虛僞事也

9_ 狂狂(광광)＝失信也.
10_ 汲汲(급급)＝不足也.

참된 자신을 온전하게 하는 것이 아니니 　非可以全眞也

어찌 논할 가치가 있겠는가?" 　奚足論哉.

공자는 재배하고 줄행랑을 쳤다. 　孔子再拜趨走.

문을 나서 수레에 올라 고삐를 잡다가 세 번 놓쳤다. 　出門上車 執轡三失

눈은 멍하여 보이는 것이 없고 얼굴은 꺼진 재 같았다. 　目芒然無見 色若死灰

손잡이에 기대어 얼굴을 묻고 숨을 쉴 수가 없었다. 　據軾低頭 不能出氣

돌아와 노나라 동문 밖에 당도하자 유하계를 만났다. 　歸到魯東門外 適柳下季

유하계가 말했다. 　柳下季曰

"요즘 뜸하여 며칠 보이지 않더니 　今者闕然 數日不見

수레 행색을 보아하니 몰래 도척을 만난 것 같구려!" 　車馬有行色 得微往見跖邪

공자는 하늘을 우러러 탄식하며 말했다. "그렇습니다." 　孔子仰天而歎曰 然.

유하계가 물었다. 　柳下季曰

"전에 말한 것처럼 척이가 그대의 뜻을 거역하지 않았습니까?" 　跖得無逆汝意若前乎

공자가 말했다. "맞습니다. 　孔子曰 然.

나는 이른바 병도 없는데 자청하여 뜸질을 한 꼴입니다. 　丘所謂無病而自灸也.

부지런히 달려가서 　疾走

호랑이 머리를 쓰다듬고 호랑이 수염을 당겼습니다. 　料[11] 虎頭編虎須

하마터면 호랑이 아가리에서 벗어나지 못할 뻔했습니다." 　幾不免虎口哉.

29-8

자장子張이 만구득滿苟得에게 물었다. 　子張問於滿苟得 曰

"그대는 어찌 인의를 행하지 않는가? 　盍不爲行[12]

11_ 料(료)=觸也.

12_ 盍不爲行(합불위행)=何不行義乎의 錯簡.

인의를 행하지 않으면 신용이 없고 | 無行則不信
신용을 얻지 못하면 벼슬이 없고 | 不信則不任
벼슬을 하지 못하면 이익이 없다. | 不任則不利.
그러므로 명예로 보거나 이익을 따져도 | 故觀之名 計之利
인의는 참으로 옳은 것이다. | 而義眞是也.
만약 명리名利를 버린다면 그것은 본심에 반하는 것이며 | 若棄名利 反之於心
선비가 의를 행하는 것은 | 則夫士之爲行
하루라도 하지 않으면 안 된다." | 不可一日不爲乎.
만구득이 말했다. | 滿苟得曰
"염치가 없으면 부하고, 말이 많으면 출세한다. | 無恥者富 多信[13]者顯.
그러므로 명예로 보거나 이익을 따진다면 | 故觀之名計之利
신의는 옳은 것이다. | 而信眞是也.
그렇지만 명리를 버리는 것이 본심에 반하는 것이라면 | 若棄名利 反之於心
선비들이 의를 행함은 명리 때문이 아니라 | 則夫士之爲行
천진天眞을 품어야 한다." | 抱其天乎.

29-9

자장이 말했다. | 子張曰
"옛 걸주는 귀하기로는 천자요, | 昔者桀紂貴爲天子
부하기로는 천하를 소유했다. | 富有天下
지금 종들을 불러 이르기를 | 今謂臧[14]聚曰
'너희들의 행실은 걸주와 같다'고 한다면 | 汝行如桀紂

13_ 多信(다신) = 多言(다언)으로 읽는다.
14_ 臧(장) = 善也, 壻婢之子.

부끄러운 얼굴을 하고 마음으로 승복하지 않을 것이다. 則有怍色 有不服之心者

자기들 소인을 천대한다고 생각하기 때문이다. 小人所賤也.

공자와 묵자는 궁하기로는 필부에 지나지 않는다.[15] 仲尼墨翟 窮爲匹夫.

그러나 지금 어느 재상에게 이르기를 今謂宰相曰

'그대의 행실은 공자 묵자와 같다'고 한다면 子行如仲尼墨翟

정색을 하며 '그런 칭찬을 받기에는 부족하다'고 말할 것이다. 則變容易色稱不足者

선비는 참으로 귀하다고 생각하기 때문이다. 士誠貴也.

그러므로 천자의 지위도 반드시 귀한 것은 아니며 故勢爲天子未必貴也.

궁한 필부라도 반드시 천한 것은 아니다. 窮爲匹夫 未必賤也.

귀천의 분별은 貴賤之分

행실의 아름다운 덕에 달려 있는 것이다." 在行之美德.

29-10

만구득이 말했다. 滿苟得曰

"작은 도둑은 죄수가 되고 큰 도둑은 제후가 된다. 小盜者拘 大盜者爲諸侯.

제후가 되기만 하면 의로운 선비들이 몰려든다. 諸侯之門 義士存焉.

옛날 제나라 환공 소백 小伯 은 昔者桓公小伯

형을 죽이고 형수를 아내로 삼았다. 殺兄[16] 入嫂

그런데 관중은 형을 모시다가 아우의 재상이 되었다. 而管仲爲臣

전성자 상常 은 모시던 군주를 죽이고 나라를 도적질했다. 田成子常 殺君竊國

그런데 공자는 전성자의 폐백을 받았다. 而孔子受幣

말로 논할 때는 그들은 천하다고 하고 論則賤之

15_ 공자는 士民이고, 묵자는 工民이므로 필부다.
16_ 殺兄(살형)＝왕위 쟁탈전에서 형이 패배함.

행동할 때는 그들에게 항복했으니　行則下¹⁷⁾之

이는 언행이 어그러져　則是言行之情悖

흉중에서 싸우는 것이다.　戰於胸中也.

이 역시 모순이 아닌가?　不亦拂乎

그러므로 옛글에서 이르기를　故書曰

'누가 추하고 누가 아름다운가?　孰惡孰美

성공하면 머리가 되고, 실패하면 꼬리가 된다'고 했다."　成者爲首 不成者爲尾.

자장이 말했다.　子張曰

"그대가 의를 행하지 않으면　子不爲行

멀고 가까운 친척의 도리가 없어지고　卽將疏戚無倫

귀천의 의리가 없어지고　貴賤無義

장유의 질서가 무너질 것이니　長幼無序

오륜과 육위를 장차 무엇으로 분별할 것인가?"　五紀六位¹⁸⁾ 將何以爲別乎

만구득이 말했다.　滿苟得 曰

"요가 장자_{長子}를 죽이고 순이 어미와 아우를 추방한 것도　堯殺長子 舜流母弟

친척의 도리인가?　疏戚有倫乎

탕은 걸을 추방했고 무왕은 주를 정벌했는데　湯放桀 武王伐紂

이것도 귀천의 의리인가?　貴賤有義乎

왕계_{王季}는 태백_{太伯}을 제치고 적자가 되었고　王季爲適¹⁹⁾

주공은 형을 죽였는데　周公殺兄

장유에 차례가 있단 말인가?　長幼有序乎

유가의 거짓말과 묵가의 평등한 사랑이　儒者僞辭 墨子兼愛

17_ 下(하)=臣也, 降也.
18_ 六位(육위)=父母, 兄弟, 族人, 諸舅, 師長, 朋友.
19_ 適(적)=嫡子.

오륜과 육위를 분별할 수 있겠는가?　　　　　　　五紀六位將有別乎

또 그대는 명성을 위함이 옳다 하고　　　　　　且子正爲名

나는 이익을 위함이 옳다 하지만　　　　　　　　我正爲利

명名 과 이利 의 실질은　　　　　　　　　　　　名利之實

이理 를 따르는 것도 도道 를 밝히는 것도 아니다.　　不順於理 不監[20] 於道

내가 일전에 그대와 논쟁할 때 무약无約 이 판정해 말하기를　吾日與子訟於无約 日

'소인은 재물을 따르고 군자는 명성을 따른다.　　小人殉財 君子殉名

그 마음을 변화시키고　　　　　　　　　　　　其所以變其情

본성을 바꾸는 목적은 다르지만,　　　　　　　易其性 則異矣

위해야 할 것(본성)은 버리고　　　　　　　　　乃之於棄其所爲[21]

위하지 말아야 할 것(외물)을 따르는 것은　　　而殉其所不爲[22]

매한가지다' 라고 했다."　　　　　　　　　　　則一也.

29-11

옛글에서 일렀다.　　　　　　　　　　　　　　故曰

'무위無爲 하면 소인도 도리어 자연을 따르고　　無爲小人 反殉於天

무위하면 군자도 자연의 이치를 따른다.　　　無爲君子 從天之理

곧은 것이든 굽은 것이든 자연의 지극함을 살펴　若枉若直 相[23] 而天極[24]

사방을 눈앞에서 둘러보고 때와 더불어 소식영허消息盈虛 하고　面[25] 觀四方 與時消息

20_ 監(감)=明也, 見也.
21_ 所爲(소위)=本性.
22_ 所不爲(소부위)=명예, 재물 등 外物.
23_ 相(상)=省視也.
24_ 極(극)=至也, 高遠也, 中正也.
25_ 面(면)=見也.

옳은 것이든 그른 것이든 원만함의 중심을 잡아　若是若非 執而圓機

홀로 너의 뜻을 이루고 도와 더불어 배회하라!　獨成而意 與道徘徊[26]

너의 행동을 전단하지 말고 너의 뜻을 고집하지 말라!　無轉[27]而行 無成[28]而義

장차 너의 할 바를 잃을 것이다.　將失而所爲

부를 좇지 말고 너의 성공을 따르지 말라!　無赴而富 無殉而成

장차 너의 천성을 잃을 것이다.　將棄而天

비간은 가슴이 쪼개졌고　比干剖心

자서는 눈이 도려내졌으니　子胥抉眼

충성의 재앙이다.　忠之禍也

직궁 直躬은 아비를 고발했고　直躬證父

미생은 물에 빠져 죽었으니　尾生溺死

신의 信義 의 환난이다.　信之患也

포자 鮑子 는 서서 말라 죽었고　鮑子立乾

신자 申子 는 스스로 변명하지 않고 죽었으니　申子不自理

청렴한 것의 재해였다.　廉之害也

공자는 어미 임종을 보지 못했고　孔子不見母

광자 匡子 는 아비를 볼 수 없었으니　匡子不見父

의리의 실패다.'　義之失[29]也.

이는 옛날부터 지금까지 전해지고 일컬어지는 말이며　此上世之所傳 下世之所語

선비가 되기 위해서는 반드시 그렇게 말하고 행동해야 했다.　以爲士者 正其言 必其行

그러므로 그러한 재앙을 입었고　故服其殃

그러한 환난을 당한 것이다.　離其患也.

26_ 徘徊(배회)=不進貌.
27_ 轉(전)=專也.
28_ 成(성)=必也.
29_ 失(실)=잘못, 지나침.

29-12

무족無足이 지화知和에게 물었다.

"인간은 결국 명성과 이익을 좇지 않는 자가 없다.

저들은 부해지면 사람들이 몰려들고

몰려들면 신하로 삼고

신하로 삼으면 고귀하게 된다.

아랫것들의 알현을 받는 귀인이 되는 것은

생명을 늘리고 몸을 편안케 하고

마음을 즐겁게 하는 수단이다.

그런데도 그대는 유독 의향이 없으니 지혜가 부족한 탓인가?

아니면 지혜는 있으나 능력이 모자란 탓인가?

혹시 옛것을 옳다고 여기고 잊지 못하는 것인가?"

지화가 답했다.

"지금 그대가 말한 그 사람들은

자기를 동시대와

동향 사람 중에서 훌륭하다고 생각하고

또는 세속을 초월한 선비라고 생각할 것이다.

그러나 이들은 오로지 정도를 지키지 않고

고금의 때를 비교하고

시비를 분별할 뿐이며

無足[30]問於知和[31] 曰

人卒未有不興名就利者.

彼富則人歸之

歸則下[32]之

下則貴之

夫見下貴者

所以長生 安體

樂意之道也

今子獨無意焉 知不足邪

意[33]知而力不能行邪

故[34]推正不忘邪

知和曰

今夫此人

以爲興[35]己同時而生

同鄉而處者

以爲夫絕俗過世之士焉

是專無主[36]正

所以覽古今之時

是非之分也

30_ 無足(무족)＝만족을 모르는 자.
31_ 知和(지화)＝조화를 아는 자.
32_ 下(하)＝臣也.
33_ 意(의)＝抑也.
34_ 故(고)＝古也.
35_ 興(흥)＝盛也, 昌也, 尊尙也.
36_ 主(주)＝守也, 尙也, 主張也.

세속에 물들어 지극히 중대하고 존귀한 것을 버리는 것이
자기가 할 일이라고 생각한 것뿐이다.
이것이
그대가 말하는 장생長生, 안체安體, 낙의樂意 의 도라면
역시 틀린 것이 아닌가?
참담한 고통과 느긋한 안락이
몸에 달려 있음을 깨닫지 못하고,
두려워하는 공포와 즐거워하는 환희가
마음에 달려 있음을 깨닫지 못하고,
인위人爲 로 하는 것만을 알고
인위를 하는 목적(安體樂意)을 모른다.
이들은 귀貴 로는 천자가 되고
부富 로는 천하를 소유했어도
환난을 면할 수 없다."

與俗化世 去至重 棄至尊.
以爲其所爲也
此其所以
論長生安體樂意之道
不亦遠³⁷⁾乎
慘怛之疾 恬愉之安
不監於體
怵惕之恐 欣懽之喜
不監於心
知爲爲
而不知所以爲.³⁸⁾
是以貴爲天子
富有天下
而不免於患也.

29-13

무족이 말했다.
"사람에게 부는 이롭지 않은 것이 없다.
선과 권세를 다 차지할 수 있으니
지인至人 도
현인賢人 도 부를 당할 수 없다.
남의 용력을 가져다가 자기 위세로 삼고

無足曰
夫富之於人 無所不利
窮美究勢
至人之所不得逮
賢人之所不能及
俠³⁹⁾人之勇力 而以爲威强

37_ 遠(원)=違也.
38_ 所以爲(소이위)=爲의 목적.

남의 지모를 잡아다가 자기의 현명함으로 삼고

남의 덕을 이용하여 자기의 어짊으로 삼으니

나라를 가진 것은 아니지만

군주와 아비처럼 위엄을 부릴 수 있다.

또한 사람에게 소리와 색채,

맛있는 음식, 권력과 위세는

배우지 않아도 마음을 즐겁게 하고

예의가 아니라도 마음을 편안케 한다.

무릇 좋아하는 것을 취하고 싫어하는 것을 기피하는 것은

원래 스승이 필요 없는 사람의 본성이다.

천하에 비록 내가 아니라도

그 누가 부를 거절하겠는가?"

지화가 말했다.

"지자知者의 다스림은

백성을 위해 노역하는 것이므로 그 법도를 어기지 않는다.

이것으로 만족하므로 다투지 않으며

다스림이 없는 무위이므로 백성에게 징구하지 않는다.

부족하면 구하는 것이므로 사방과 다투어도

스스로는 탐욕하다고 생각지 않는다.

여유로우면 사양하는 것이므로 천하를 버린다 해도

스스로 청렴하다고 생각지 않는다.

秉人之智謀 以爲明察

因人之德 以爲賢良

非享⁴⁰⁾國

而嚴若君父

且夫聲色

滋味權勢之於人

心不待學而樂之

禮不待象⁴¹⁾而安之

夫欲惡避就

固不待師 此人之性也

天下雖非我

孰能辭之.

知和曰

知者之爲

故動⁴²⁾以⁴³⁾百姓 不違其度

是以足而不爭

無以爲故不求

不足故求之 爭四處

而不自以爲貪

有餘故辭之 棄天下

而不自以爲廉

39_ 俠(협)＝挾也.
40_ 享(향)＝保有也.
41_ 象(상)＝法也.
42_ 動(동)＝勞役之也.
43_ 以(이)＝爲也, 由也.

청렴이다 탐욕이다 하는 실질은

외물로 배를 채운다는 것이 아니라

용량의 한도를 반성하여 헤아리는 것이다.

위세로는 천자가 되어도 높다고 남에게 교만하지 않고

부유하기로는 천하를 소유했어도

재물로 남을 노하게 하지 않는다.

그 우환을 계산하고 법도에 반하는가를 고려하여

본성에 해롭다고 생각하면 고사하고 받지 않는 것이므로

명예를 요구해서가 아니다.

요와 순이 황제가 되어서도 온화했던 것은

천하를 사랑해서가 아니라

생명을 해치는 것을 좋지 않게 생각했기 때문이다.

선권과 허유가 황제가 될 수 있는데도 받지 않은 것은

빈말로 사양한 것이 아니라

자기를 해치지 않으려고 했기 때문이다.

이들은 모두 이익을 좇고 폐해를 거절하였지만

천하가 현명하다고 칭찬했으니

가히 취할 만하다.

그것으로써 명성과 기림을 높이려 하지 않았기 때문이다."

廉貪之實

非以迫⁴⁴⁾外也

反監⁴⁵⁾之度

勢爲天子 而不以貴驕人

富有天下

而不以財戱⁴⁶⁾人

計其患 慮其反

以爲害於性 故辭而不受也

非以要名譽也

堯舜爲帝而雍⁴⁷⁾

非仁天下也

不以美害生也

善卷許由得帝而不受

非虛辭讓也

不以事害己

此皆就其利 辭其害

而天下稱賢焉

則可以有⁴⁸⁾之

彼非以興⁴⁹⁾名譽也.

44_ 迫(박)＝偪(腹滿)也.
45_ 監(감)＝鑑과 通用.
46_ 戱(희)＝戲(희)＝角力也. 怒也.
47_ 雍(옹)＝和也.
48_ 有(유)＝取也.
49_ 興(흥)＝盛也, 昌也, 尊尙也.

29-14

무족이 말했다.

"기필코 명성을 좇아 몸을 괴롭히면서 맛난 것을 끊고

보양하고 절제하여 생명을 부지하는 것은

곧 오랜 질병과 가난 속에서 죽지 않고 사는 것일 뿐이다."

지화가 말했다.

"고르게 나누면 복이 되고 남아돌면 해가 되는 것은

만물이 그렇지 않은 것이 없지만

재물의 경우는 더욱 심하다.

지금 부자가 귀는 좋은 음악을 듣고

입은 주지육림 酒池肉林 에 진력이 나고

사념에 감동하고 학업을 잊어버린다면

어지럽다 할 것이다.

날뛰는 기운대로 목구멍에 차도록 탐닉한다면

무거운 짐을 지고 산에 오르는 것 같으리니

가히 고통스러운 일이라 할 것이다.

재물을 탐하여 우울증을 얻고

권력을 탐하여 갈증을 얻으며

거처가 편안하니 색을 탐닉하고

몸이 윤택할수록 속은 텅 빈 집이 된다면

가히 괴로운 일이라 할 것이다.

부자가 되려고 이利를 좇기만 한다면

無足曰

必待其名 苦體絶甘

約養以持生

則亦久病長阨 而不死者也

知和曰

平爲福 有餘爲害者

物莫不然

而財其甚者也

今富人 耳營鐘鼓管籥簫之聲

口嗛於芻豢醪醴之味

以感其意 50) 遺忘其業 51)

可謂亂矣

侅 52) 溺於馮氣

若負重行而上也

可謂苦也

貪財而取慰

貪權而取竭

靜居則溺

體澤則馮 53)

可謂疾矣

爲欲富就利

50_ 意(의)＝思念也, 美名也.

51_ 業(업)＝學業, 本也.

52_ 侅(해)＝飮食至咽.

53_ 馮(풍)＝閎大也, 虛廓也(彷徨乎馮閎：莊子/外篇/知北遊).

가득 차서 담장에 갇힐 것이며

피할 줄 모르고 또 달리기를 그칠 줄 모른다면

가히 욕된 일이라 할 것이다.

재물이 쌓여 쓸데없는 것을 가슴에 품고 버리지 못하며

번뇌는 마음에 가득 차고

더하기를 구할 뿐 그치지 않는다면

가히 근심스러운 일이라 할 것이다.

안에서는 도둑의 겁탈을 의심하고

밖에서는 도적의 해침을 두려워하여

외출하여 홀로 걸어 다니지도 못한다면

가히 무서운 일이라 할 것이다.

이 여섯 가지는 천하에 지극히 해로운 일인데도

모두가 잊어버리고 살필 줄 모른다.

급기야 근심이 닥친 다음에야

성품을 다하고 재물을 뿌려서

단 하루라도 본성으로 돌아가

이 여섯 가지의 병통이 없기를 바라지만

이미 얻을 수 없는 것이다.

그러므로 부란 명성을 과시해도 드날리지 않고

편익을 구함에 있어서도 이롭지 않는데

몸과 마음을 묶어 부를 쟁탈하는 것은

역시 잘못이 아닌가?"

故滿若堵耳

而不知避 且馮而不舍

可謂辱矣

財積 而無用服膺 而不舍

滿心戚醮⁵⁴⁾

求益而不止

可謂憂矣

內則疑劫請之賊

外則畏寇盜之害

外不敢獨行

可謂畏矣

此六者 天下之至害也

皆遺忘而不知察.

及其患至

求盡性竭財

單⁵⁵⁾以反一日之

無故⁵⁶⁾

而不可得也

故觀之名 則不見.

求之利則不得

繚意體而爭此

不亦惑乎.

54_ 戚醮(척초)＝煩惱也.

55_ 單(단)＝但(단)으로 읽음.

56_ 故(고)＝위 여섯 가지의 災難喪病.

- 장자/외편/마제馬蹄 9-2：織而衣耕而食 是謂同德. 一而不黨 名曰天放.
- 장자/외편/재유在宥 11-7：大同無己 無己惡乎得有有.
- 장자/외편/추수秋水 17-4：貨財不爭 不多辭讓 事焉不借人 不多食乎力.
- 장자/외편/지북유知北遊 22-7：汝身非汝有也. 是天地之委形也.
- 장자/잡편/칙양則陽 25-7：貨財聚 然後覩所爭.
- 노자老子/19장：絕巧棄利 盜賊無有. 故令有所屬 少私寡欲.
- 노자老子/81장：聖人不積 既以與人 己愈多.
- 열자列子/양주楊朱：然身非我有也 物非我有也. 不橫私天下之物者 其唯聖人乎.

說劍

小目

30-1 신에게는 세 가지 검이 있는데, 대왕께서 골라 쓰는 대로 따르겠습니다.

30-2 왕이 물었다. "천자의 검은 어떤 것인가?" 장자가 답했다. "한번 쓰면 뭇 군주를 바로잡고 천하가 귀복하는 칼을 말합니다."

30-3 위로는 둥근 하늘을 본받아 해와 달과 별빛을 따르고, 아래로는 방정한 땅을 본받아 사시를 따르며, 가운데로는 민의를 화목하게 함으로써 사방을 편안하게 합니다. 이것이 제후의 검입니다.

30-4 위로는 목을 베고 아래로는 간과 심장을 찌르는 것이 서인의 검이니, 닭싸움과 다를 것이 없습니다. 하루아침에 명줄이 끊어지면 다시는 국사에 쓸 수가 없습니다. 지금 대왕은 천자의 지위에 계시면서도 서인의 검을 좋아하십니다.

제30장. 說劍 설검

30-1

옛 조나라 문왕은 검을 좋아했다.　　　　　　　　　　　昔趙文王[1] 喜劍

천하의 검사들이 몰려들어 식객이 삼천여 명이나 되었다.　　劍士夾[2]門 而客三千餘人

밤이고 낮이고 어전에서 격투를 벌여　　　　　　　　　日夜相擊於前

사상자가 한 해에 백여 명이었다.　　　　　　　　　　死傷者歲百餘人

이렇게 좋아하여 삼 년이 되자 나라가 쇠해졌다.　　　　好之不厭 如是三年 國衰

제후들은 침탈할 기회를 노리고 있었고　　　　　　　諸侯謀之

태자는 그것을 걱정했다.　　　　　　　　　　　　　太子悝[3] 患之

좌우를 불러 말했다.　　　　　　　　　　　　　　　募左右 曰

"누가 능히 왕의 마음을 유세할 수 있겠는가?　　　　　孰能說王之意

검사들의 격투를 그치게 하는 자에게 천금을 주겠다."　　止劍士者 賜之千金

좌우에서 말했다. "장자는 능히 해낼 것입니다."　　　　左右曰 莊子當能

태자는 사람을 시켜 천금으로 장자를 불러 모시도록 했다.　太子乃使人以千金奉莊子

장자는 돈은 받지 않았으나 사자와 함께 와서　　　　　莊子不受 與使者俱往

태자를 알현하고 말했다.　　　　　　　　　　　　見太子曰

1_ 文王(문왕)＝司馬云 惠文王也. 後莊子三百五十年.

2_ 夾(협)＝在左右, 傍也.

3_ 悝(리)＝태자의 이름.

"태자께서는 저에게 무슨 말을 하려고
천금을 내리셨습니까?"
태자가 말했다.
"그대가 밝고 어질다는 말을 듣고
삼가 천금으로 모시고자 예물을 딸려 보냈는데
그대가 받지 않으니 내 어찌 감히 말하겠소?"
장자가 말했다.
"들기로는 태자께서 저를 쓰려는 목적은
왕이 좋아하는 것을 끊게 하려는 것인 줄 압니다.
신을 시켜 위로 대왕에게 유세하여 왕의 마음에 거슬리고
아래로 태자의 마음에 마땅치 않으면
신은 형을 받아 죽을 것입니다.
그럴진대 제가 누구를 위해 품삯을 받겠습니까?
또 신을 시켜 위로 대왕을 설득하고
아래로 태자의 마음에 마땅하다면
조나라에서는 제가 무엇을 요구한들 얻지 못하겠습니까?"
태자가 말했다. "그렇군요!
그런데 왕은 오직 검사만을 접견합니다."
장자가 말했다. "좋습니다. 저도 검을 잘 씁니다."
태자가 말했다. "그렇군요!
다만 왕이 접견하는 검사는
모두 풀어헤친 머리칼, 돌출한 구레나룻, 눌러쓴 삿갓,

太子何以教[4] 周[5]
賜周千金
太子曰
聞夫子明聖
謹奉千金 以幣從者
夫子不受 惼尙何敢言
莊子曰
聞太子所欲用周者
欲絶王之喜好也
使臣上說大王 而逆王意
下不當太子
則臣刑而死
周尙安所事金[6]乎
使臣上說大王
下當太子
趙國何求而不得也
太子曰 然.
吾王所見 唯劍士也
莊子曰 諾. 周善爲劍
太子曰 然.
吾王所見劍士
皆蓬頭突鬢垂冠

4_ 教(교)=令也, 言使也.
5_ 周(주)=莊子의 이름.
6_ 事金(사금)=賃金.

굵고 긴 갓끈, 뒤가 짧은 옷, 　　　　　　　　曼胡[7]之纓 短後之衣

부릅뜬 눈과 꾸짖는 듯한 말투라야 왕이 좋아합니다. 　瞋目而語難 王乃說之

지금 그대가 유자의 복장으로 왕을 알현한다면 　　今夫子必儒服而見王

반드시 크게 어그러질 것입니다." 　　　　　　　事必大逆

장자가 말했다. "검사의 복장을 마련해 주십시오." 莊子曰 請治劍服

사흘 후에 검복을 입고 태자를 알현했고 　　　劍服三日 乃見太子

태자와 함께 왕을 알현했다. 　　　　　　　太子乃與見王

왕은 흰 칼을 빼들고 그를 기다리고 있었다. 　王脫白刃待之

장자는 궁문에 들어서서도 종종걸음을 하지 않고 莊子入殿門不趨

왕을 보고도 절을 하지 않았다. 　　　　　　見王不拜

왕이 물었다. 　　　　　　　　　　　　王曰

"그대는 과인에게 무엇을 말하려고 태자를 앞세웠는가?" 子欲何以敎寡人 使太子先

장자가 답했다. 　　　　　　　　　　　曰

"신이 든건대 대왕께서는 검을 좋아한다기에 　臣聞大王喜劍

검을 보여드리려 합니다." 　　　　　　　故以劍見王

왕이 물었다. 　　　　　　　　　　　　王曰

"그대의 검은 몇이나 제압할 수 있는가?" 　子之劍何能禁制

장자가 답했다. 　　　　　　　　　　　曰

"신의 검은 열 걸음에 한 사람씩 베며 　　臣之劍 十步一人

천 리를 멈추지 않고 행군합니다." 　　　　千里不留行

대왕은 크게 기뻐하며 말했다. "천하무적이로구나!" 王大悅之 曰 天下無敵矣

장자가 말했다. 　　　　　　　　　　莊子曰

"대저 검이라 하는 것은 　　　　　　　夫爲劍者

허점을 보여주어 이利로써 꾀어내고 　視之以虛 開[8]之以利

7_ 曼胡(만호) = 麤纓無文理者也.

뒤에 뽑았으나 먼저 이르는 것입니다.

원컨대 시험하게 해주십시오!"

왕이 명했다.

"그대는 숙사에서 쉬면서 명령을 기다리라!

무대를 설치한 후에 그대를 청하겠다."

이에 왕은 대결할 검사를 선발하는 이레 동안에

육십여 인의 사상자를 내면서 대여섯 사람을 선발하여

궁전 뜰아래에 칼을 받들고 도열시킨 후 장자를 불렀다.

왕이 말했다.

"오늘 검사들로 하여금 그대 검의 날카로움을 시험하겠다."

장자가 말했다. "기다린 지 오랩니다."

왕이 물었다.

"그대는 긴 칼과 짧은 칼 중 어느 것을 잡을 것인가?"

장자가 답했다.

"신이 잡을 칼은 어느 것이든지 좋습니다.

그런데 신에게는 세 가지 검이 있는데

대왕께서 골라 쓰는 대로 따르겠습니다.

청컨대 먼저 세 가지 검에 대해 말하고

그다음에 시험하게 해주십시오."

왕이 말했다.

"세 가지 검에 대해 듣고 싶구나!"

後之以發 先之以至發

願得試之

王曰

夫子休 就舍待命令

設戱請夫子

王乃校劍士七日

死傷者六十餘人

使奉劍於殿下 乃召莊子.

王曰

今日試使士敦[9]劍

莊子曰 望之久矣

王曰

夫子所御杖長短何如

曰

臣之所奉皆可.

然臣有三劍

唯王所用

請先言

而後試

王曰

願聞三劍.

8_ 開(개)＝一卒居前.

9_ 敦(돈)＝治也.

30-2

장자가 말했다.

"천자의 검, 제후의 검,

서인의 검이 있습니다."

왕이 물었다. "천자의 검은 어떤 것인가?"

장자가 답했다. "천자의 검은

연나라의 계곡과 세외의 석성을 칼끝으로 삼고

제나라의 대산을 칼날로 삼고

진나라와 위나라를 칼등으로 삼고

주나라와 송나라를 칼가락지로 삼고

한나라와 위나라를 칼자루로 삼고

네 오랑캐로 겉을 싸고 사시_{四時}로 속을 채우고

발해로 둘러싸고 상산으로 띠를 둘러

오행으로 마르고

형법과 덕으로 논공행상_{論功行賞}하며

음양으로 시작하고

봄여름으로 보존하고 가을겨울로 운행합니다.

이 검은 바로 펴면 앞이 없으며 들어 올리면 위가 없으며

누르면 아래가 없고 휘두르면 옆이 없으며

위로는 뜬구름을 뚫고

아래로는 땅의 벼리를 끊을 수 있습니다.

이 칼을 한번 쓰면 뭇 군주를 바로잡고 천하가 귀복합니다.

莊子曰

有天子劍 有諸侯劍

有庶人劍

王曰 天子之劍何如

曰 天子之劍

以燕谿石城爲鋒

齊岱爲鍔

晉衛爲脊

周宋爲鐔¹⁰⁾

韓魏爲夾

包以四夷 裏而四時

繞以渤海 帶而常山

制以五行

論以刑德

開¹¹⁾以陰陽

持以春夏 行以秋冬

此劍直¹²⁾而無前 擧之無上

案之無下 運之無旁

上決浮雲

下絶地紀

此劍一用 匡諸侯 天下服矣.

10_ 鐔(심)＝劍鼻也.
11_ 開(개)＝通也, 始也.
12_ 直(직)＝正見 伸也.

이것이 천자의 검입니다."

此天子之劍也.

30-3

문왕은 망연자실하여 물었다.

"제후의 검은 어떤 것인가?"

장자가 답했다. "제후의 검은

지혜롭고 용맹한 선비를 칼끝으로 삼고

청렴한 선비를 칼날로 삼고

어진 선비를 칼등으로 삼고

충성스런 선비를 칼가락지로 삼고

호방한 협객을 칼자루로 삼습니다.

이 검 또한 바로 펴면 앞이 없으며

들어 올리면 위가 없으며

누르면 아래가 없고

휘두르면 옆이 없으며

위로는 둥근 하늘을 본받아 해와 달과 별빛을 따르고

아래로는 방정한 땅을 본받아 사시를 따르며

가운데로는 민의를 화목하게 함으로써

사방을 편안하게 합니다.

이 칼을 한번 쓰면 우레와 천둥이 진동하는 것 같아

나라 안 사방이 귀복하여

군주의 명을 따르는 것입니다.

이것이 제후의 검입니다."

文王茫然自失曰

諸侯之劍何如

曰 諸侯之劍

以知勇士爲鋒

以淸廉士爲鍔

以賢良士爲脊

以忠誠士爲鐔

以豪俠士爲夾

此劍直而亦無前

擧之無上

案之無下

運之無旁

上法圓天 以順三光

下法方地 以順四時

中和民意

以安四鄕

此劍一用 如雷霆之震也

四封之內 無不賓服

以聽從君命者矣

此諸侯之劍也.

30-4

왕이 물었다. "서인의 검은 어떤 것인가?"

장자가 답했다. "서인의 검은

풀어헤친 머리칼, 돌출한 구레나룻, 눌러쓴 삿갓,

굵고 긴 갓끈, 뒤가 짧은 옷,

부릅뜬 눈과 꾸짖는 듯한 말투로 앞에서 서로 공격하여

위로는 목을 베고

아래로는 간과 심장을 찌르는 것입니다.

이것이 서인의 검으로 닭싸움과 다를 것이 없으니

하루아침에 명줄이 끊어지면

다시는 국사에 쓸 수가 없습니다.

지금 대왕께서는 천자의 지위에 계시면서도

서인의 검을 좋아하시니

신은 남몰래

대왕이 값싸게 굴어 손해 보는 것으로 생각합니다."

왕은 이윽고 그를 끌고 궁전으로 올라갔다.

주방장이 식사를 올렸는데도

왕은 밥상을 세 번이나 돌았다.

장자가 말했다.

"대왕께서는 편히 앉아 기운을 안정하십시오!

검 이야기는 이미 끝났습니다."

이후 문왕은 세 달 동안 궁을 나가지 않았다.

검사들은 모두 그곳을 떠나 숨어버렸다.

王曰 庶人之劍何如

曰 庶人之劍

蓬頭突鬢垂冠

曼胡之纓 短後之衣

瞋目而語難 相擊於前

上斬頸領

下決肝肺

此庶人之劍 無異於鬪雞

一旦命已絕矣

無所用於國事

今大王有天子之位

而好庶人之劍

臣竊

爲大王薄[13] 之

王乃牽而上殿

宰人上食

王三環之

莊子曰

大王安坐定氣

劍事已畢奏矣.

於是 文王不出宮三月

劍士皆服斃[14] 其處也.

13_ 薄(박)=損也. 賤也. 嫌也. 止也.

14_ 服斃(복폐)=伏蔽. 司馬云 忿不見禮 皆自殺也.

漁父

小目

31-1 공자가 말했다. "저는 어려서부터 닦고 배웠으나 예순아홉에 이르도록 지극한 가르침을 듣지 못했습니다."

31-2 주제넘음, 망령, 아첨, 알랑거림, 참소, 이간질, 사특함, 음험. 이 여덟 가지 흠이 있는 자는 군자는 벗으로 삼지 않고, 명군은 신하로 삼지 않는다.

31-3 외람됨, 탐욕, 똥고집, 교만. 이것이 네 가지 근심이다.

31-4 자기 그림자가 두렵고 발자국이 싫어서 그것을 떨쳐버리려고 달리는 자가 있었다. 그러나 아무리 빨리 달려도 그림자는 몸에서 떨어지지 않았다. 드디어 힘이 빠져 결국 죽고 말았다.

31-5 공자여! 그대는 人僞에 탐닉하여 대도를 듣기에는 이미 늦었다.

31-6 至人이 아니면 남에게 자기를 낮출 수 없다.

제31장. 漁父 어부

31-1

공자가 치유(검은 비단장막)의 숲을 유람하다가	孔子遊乎緇帷之林.
살구나무 아래 단 위에 편히 앉아 쉬었다.	休坐乎杏壇之上.
제자들은 독서를 하고 공자는 거문고를 타며 노래를 불렀다.	弟子讀書 孔子絃歌 於俗.
북과 거문고 연주곡이 아직 반쯤 지났을 때	鼓琴奏曲 未半.
한 어부가 배를 내려 다가왔다.	有漁父者 下船而來.
수염과 눈썹은 희고 머리칼을 날리고 소매를 흔들며	須眉交白 被髮揄袂.[1]
들을 걸어서 올라오다가 언덕에서 떨어진 곳에 멈추었다.	行原以上 距陸[2]而止.
왼손은 무릎 위에 올려놓고	左手據膝
오른손으로는 턱을 괴고 노래를 들었다.	右手持頤以聽.
곡이 끝나자 자공과 자로를 손짓해 불렀다.	曲終 而招子貢子路.
두 사람을 대면하자 공자를 가리키며 물었다.	二人俱對 客指孔子 曰
"저자는 무엇을 하는 사람인가?"	彼何爲者也.
자로가 대답했다. "노나라 군자(대부)입니다."	子路對曰 魯之君子[3]也.
어부가 공자의 가문을 물었다.	客問其族.

1_ 揄袂(유메)＝揮袖.
2_ 陸(륙)＝大阜也, 道也.
3_ 君子(군자)＝下大夫를 지냈기 때문에 붙여진 명칭.

자로가 답했다. "그분은 공씨입니다."

어부가 물었다. "공씨는 어느 지방을 다스리는가?"

자로가 답하지 못하자 자공이 답했다.

"공씨는 성품이 충신을 사모하고

몸은 인의를 행하며

예악을 꾸미고 인륜을 다스려

위로는 세상의 군주에게 충성하고

아래로는 모든 백성을 교화하여

천하를 이롭게 하려 합니다.

이것이 공씨의 다스림입니다."

자공의 엉뚱한 대답에 다시 물었다. "영지를 가진 군주인가?"

자공이 답했다. "아닙니다."

(어부의 말) "그러면 제후의 보좌인가?"

자공이 답했다. "아닙니다."

어부가 웃고 돌아가면서 말했다.

"인仁이라고 하면 인이겠지!

몸에 쌓인 출세욕을 벗어나지 못하겠구나!

마음을 괴롭히고 몸을 수고롭게 하여

자연의 본성을 위태롭게 하니

오호! 틀렸구나! 천도를 떠났다."

자공이 돌아와 아뢰자

子路對曰 族孔氏.

客曰 孔氏者 何治也.

子路未應 子貢對曰.

孔氏者 性服⁴⁾忠信

身行仁義

飾禮樂 選⁵⁾ 人倫

上以忠於世主

下以化於齊⁶⁾ 民.

將以利天下.

此孔氏之所治也.

又問曰 有土之君輿.

子貢曰 非也.

侯王之佐輿.

子貢曰 非也.

客乃笑而還 行言曰.

仁則仁矣

恐不免其身.⁷⁾

苦心勞形

以危其眞.

嗚呼遠哉 其分⁸⁾於道也.

子貢還報孔子

4_ 服(복)=聽從也, 慕也, 習也.
5_ 選(선)=行也, 齊也.
6_ 齊(제)=等也.
7_ 身(신)=伸也, 出仕也, 體積也.
8_ 分(분)=離也.

공자는 거문고를 밀어놓고 일어나 말했다.

"그는 성인이다. 내려가서 그를 찾아야겠다."

못가에 이르자

마침 노를 잡고 배를 띄우려 하였다.

공자를 돌아보고 다시 배에서 내려섰다.

공자는 뒤로 물러나 재배하고 앞으로 나아갔다.

어부가 물었다. "그대는 나에게 무슨 볼일이라도 있는가?"

공자가 답했다.

"아까는 선생께서 말을 꺼내놓고 그냥 가버리시니

이 공구는 불초하여 이른 말씀을 깨닫지 못했습니다.

남몰래 가르침을 기다렸는데

다행히도 노인장의 말씀을 듣게 되었으니

말씀을 마저 해주시어 저를 도와주십시오!"

어부가 말했다. "오! 그대의 배우기를 좋아함은 대단하구려!"

공자는 재배하고 일어나 말했다.

"저는 어려서부터 닦고 배웠으나

지금까지 예순아홉에 이르도록

지극한 가르침을 듣지 못했으니

감히 마음을 비우지 못했습니다."

어부가 말했다. "동류라야 서로 따르고

같은 소리라야 서로 호응하는 것이

자연의 이치이니

나는 내가 하는 것을 잠시 버려두고

그대가 하는 일을 말해 주겠네.

孔子推琴而起 曰.

其聖人與 乃下求之.

至於澤畔

方將杖拏而引其船.

顧見孔子 還鄕而立.

孔子反走 再拜而進.

客曰 子將何求.

孔子曰

曩者先生有緖言而去.

丘不肖 未知所謂

竊待於下風

幸聞咳唾9)之音

以卒相丘也.

客曰 噫. 甚矣 子之好學也.

孔子再拜而起 曰

丘少而修學

以至於今 六十九歲矣.

無所得聞至教

敢不虛心.

客曰 同類相從

同聲相應

固天之理也.

吾請釋吾之所有

而經10)子之所以.

9_ 咳唾(해타)=기침 소리.

그대가 종사하는 것은 사람을 다스리는 정사政事 이지.　　　　子之所以¹¹⁾者 人事也.

천자, 제후, 대부, 서인이　　　　天子諸侯大夫庶人

각자 바르면 다스림이 잘된 것이며　　　　此四者自正 治之美也.

이들 네 사람이 자기 위치를 벗어나면　　　　四者離位

이보다 더 큰 어지러움이 없다.　　　　而亂莫大焉.

관장(대부)은 자기 직분을 다스리고　　　　官治其職

서인은 자기 사업을 걱정하여　　　　人憂¹²⁾其事

각자 자기 분수를 넘지 말아야 한다는 것이다(正名).　　　　乃無所陵.¹³⁾

그러므로 밭이 묵고 집이 새고　　　　故田荒室露

의식이 부족하고 징세를 납부하지 못하고　　　　衣食不足. 徵賦不屬¹⁴⁾

처자가 불화하고 장유가 무질서한 것은　　　　妻子不和 長少無序

서인이 고심할 일이다.　　　　庶人之憂也.

재능이 임무를 이기지 못하고　　　　能不勝任

관청의 정사가 다스려지지 않고　　　　官事不治

행실이 청백하지 못하고 수하들이 문란하고 게으르며　　　　行不淸白 群下荒¹⁵⁾怠

공적과 선행이 드러나지 않고　　　　功美不有

벼슬과 녹을 지키지 못하는 것은　　　　爵祿不持

대부가 고심할 일이다.　　　　大夫之憂也.

조정에 충신이 없고 나라와 가문이 혼란스럽고　　　　廷無忠臣 國家昏亂

공인의 기술이 정교하지 못하고 공물이 좋지 못하고　　　　工技不巧 貢職不美

10_ 經(경)=示也, 度之.
11_ 以(이)=爲也.
12_ 憂(우)=걱정하여 조처함.
13_ 陵(릉)=분수를 넘는 어지러움.
14_ 屬(속)=付也.
15_ 荒(황)=廢亂也.

봄가을 입조가 남보다 뒤지고 천자를 따르지 못하는 것은　　　　春秋[16] 後倫[17] 不順天子

제후가 고심할 일이다.　　　　諸侯之憂也.

음양이 그르지 못하고　　　　陰陽不和

추위 더위가 때를 그르쳐 만물을 해치고　　　　寒暑不時 以傷庶物

제후가 포악하고 어지러워　　　　諸侯暴亂

멋대로 연합하고 정벌하여 백성과 귀족을 살상하고　　　　擅相攘伐 以殘民人

예악이 절도에 맞지 않고 재용이 궁해지며　　　　禮樂不節 財用窮匱

인륜이 바르지 못하고 백성이 음란한 것은　　　　人倫不飭[18] 百姓淫亂

천자와 공경들이 고심할 일이다.　　　　天子有司之憂也.

지금 그대는 위로 군주나 공경의 권세도 없고　　　　今子旣上無君侯有司之勢.

아래로 대신이나 정사를 맡은 관장도 아니면서　　　　下無大臣職事之官.

멋대로 예악을 정비하려 하고 인륜을 다스려　　　　擅飭禮樂 選[19] 人倫.

백성을 교화하고 다스리려고 하니(正名에 위배되는 일)　　　　以化齊民

편안하지 못하고 다사다난하구나!"　　　　不泰多事乎.

함께 읽기

- 장자/내편/제물론 齊物論 2-8 : 丘也 何足而知之.
- 장자/외편/천운 天運 14-8 : 今蘄行周於魯 是猶推舟於陸也.
- 장자/외편/천운 天運 14-10 : 孔子行年五十有一 而不聞道.
- 장자/잡편/도척 盜跖 29-1 : 此夫魯國之巧僞人孔丘非邪.
- 장자/잡편/열어구 列禦寇 32-6 : 仲尼方且飾羽而畵.
- 논어 論語/공야장 公冶長 12 : 夫子之言性與天道 不可得而聞也.

16_ 春秋(춘추)＝朝覲.
17_ 後倫(후륜)＝不及等比也.
18_ 飭(칙)＝正也, 備也, 戒也.
19_ 選(선)＝行也, 齊也.

31-2

(어부의 말) "사람에게는 여덟 가지 흠이 있으며	且人有八疵
군주를 섬기는 자에게는 네 가지 근심이 있다.	事君四患.
이러한 팔자八疵 사환四患 을 반드시 살피지 않으면 안 된다.	不可不察也
제 일도 아닌데 제 일처럼 나서는 것을 주제넘음(摠)이라 한다.	非其事而事之 謂之摠.
돌아보지도 않는데 끼어드는 것을 망령(佞)이라 한다.	莫之顧而進之 謂之佞.
남의 뜻을 받들고 추종하여 말하는 것을 아첨(諂)이라 한다.	希意道言[20] 謂之諂.
시비를 가리지 않고 떠들어대는 것을 알랑거림(諛)이라 한다.	不擇是非而言 謂之諛.
남의 잘못을 말하기 좋아하는 것을 참소(讒)라 한다.	好言人之惡 謂之讒.
친밀한 사이를 갈라놓고 교제를 끊게 하는 것을	析交離親
이간질(賊)이라 한다.	謂之賊.
거짓을 칭찬하여 남을 악에 빠뜨리는 것을	稱譽詐僞 以敗惡人
사특함(慝)이라 한다.	謂之慝.
선악을 가리지 않는 두 얼굴로	不擇善否 兩容頰適
욕심을 채우는 것을 음험함(險)이라 한다.	偸拔[21] 其所欲 謂之險.
이 여덟 가지 흠이 있는 자는	此八疵者
밖으로 사람을 어지럽히고 안으로 몸을 상할 것이니	外以亂人 內以傷身.
군자는 벗으로 삼지 않고 명군은 신하로 삼지 않는다."	君子不友 明君不臣.

◉◉ 함께 읽기

• 노자老子/8장: 上善若水. 水善利萬物而不爭 處衆人之所惡.
• 노자老子/23장: 道者同於道 德者同於德 失者同於失.
• 노자老子/27장: 聖人常善救人 故無棄人. 善人不善人之師. 不善人善人之資. 不貴其徒 不愛其資 雖智大迷. 是謂要妙.
• 노자老子/36장: 貴以賤爲本 高以下爲基.

20_ 希意道言(희의도언)=希望意氣 導達其言(王先謙). 希(희)=仰望. 道(도)=從也.
21_ 偸拔(투발)=훔치고 빼앗다.

- 노자老子 / 49장 : 善者吾善之 不善者吾亦善之 德善.
- 노자老子 / 62장 : 道者 萬物之奧. 善人之所寶 不善人之所保. 人之不善何棄之有.
- 노자老子 / 67장 : 我有三寶持而保之. 一曰慈 二曰儉 三曰不敢爲天下先.
- 노자老子 / 66장 : 江海所以能百谷王者 以其善下之. 是以聖人 處上而民不重 處前而民不害.
- 노자老子 / 76장 : 堅强者死之道 柔弱者生之道.

31-3

(어부의 말) "이른바 네 가지 근심이란,	所謂四患者.
큰일을 경륜한다고 큰소리치고	好經大事
쉽고 평상적인 것을 변경하여 공명을 드러내려 하는 것을	變更易常 以挂功名
외람됨(叨)이라 한다.	謂之叨.
지혜를 믿고 일을 전단하며	專知擅事
남을 무시하고 자기만 이롭게 하는 것을 탐욕(貪)이라 한다.	侵[22] 人自用[23] 謂之貪.
잘못을 보고도 고치지 않고	見過不更
충고를 듣고도 억지를 부리는 것을 똥고집(很)이라 한다.	聞諫愈甚 謂之很.[24]
남이 자기에 동조하면 옳다 하고	人同於己 則可
제 뜻과 다르면 옳은 것도 그르다 한다.	不同於己 雖善不善
이것을 교만(矜)이라 한다.	謂之矜.
이것이 네 가지 근심이다.	此四患也.
이러한 팔자를 버리고 사환을 행하지 않아야	能去八疵 無行四患
비로소 가르칠 수 있는 것이다."[25]	而始可教已.

22_ 侵(침)＝陵也, 凌蔑也.
23_ 用(용)＝利也.
24_ 很(흔)＝不聽從也.
25_ 31-1부터 이어진 이 글은 어부의 말이지만 공자의 正名論을 비판한 것이다. 『장자』는 우언과 풍자이며, 정론이
　　아니므로 도덕률을 말한 바 없다. 다만 장자는 노자의 소국 자치공동체를 계승했으므로 노자의 소외자를 위한 도
　　덕률까지 계승했다고 보아야 할 것이다.

◎ 함께 읽기

- 노자老子/13장 : 行於大道 唯施是畏.
- 노자老子/62장 : 古之所以貴此道者何. 不曰 求而得 有罪以免耶.

31-4

공자가 수심에 잠겨 탄식하며 재배를 하고 말했다.	孔子愁然而歎 再拜而起曰
"저는 노나라에서 두 번 추방당했고	丘再逐於魯
위나라에선 발자국을 지우며 숨어 다녔으며	削迹於衛
송나라에서는 나무가 잘려 죽을 뻔했고	伐樹於宋
진나라 채나라 사이에선 폭도들에게 포위되었습니다.	圍於陳蔡.
저는 과실을 모르는데	丘不知所失
네 번이나 남의 원한을 산 것은 어쩐 일입니까?"	而離此四謗者何也
어부가 슬픈 듯 정색을 하고 공자에게 말했다.	客悽然變容曰.
"심하구나! 그대는 깨우치기가 어려울 것 같다.	甚矣 子之難悟也.
자기 그림자가 두렵고 발자국이 싫어서	人有畏影惡迹
떨쳐버리려고 달리는 자가 있었다.	而去之走者
발을 들어 올리는 것이 더욱 잦아질수록	舉足愈數
발자국은 더욱 많아지고	而迹愈多.
아무리 빨리 달려도	走愈疾
그림자는 몸에서 떨어지지 않았다.	而影不離身.
그는 아직도 느리다고 생각하여	自以爲尙遲
더욱 빨리 달리며 쉬지 않았다.	疾走不休
드디어 힘이 빠져 결국 죽고 말았다.	絶力而死.
그 사람은 그늘에 처하면 그림자도 쉬고	不知處陰以休影
처함이 고요하면 발자국도 그친다는 것을 알지 못한 것이다.	處靜以息迹

어리석음이 얼마나 심한 것인가?　　　　　　　　愚亦甚矣.

그대는 인의仁義의 분별을 살피고　　　　　　　子審仁義之間[26]

동이同異의 경계를 살피고　　　　　　　　　　察同異之際

동정動靜의 변화를 보고　　　　　　　　　　　觀動靜之變

주고받는 도리를 알맞게 하고　　　　　　　　　適受與之度

호오好惡의 마음을 다스리고　　　　　　　　　理好惡之情

희로喜怒의 절조를 조화하려고 하니　　　　　　和喜怒之節.

끝내 거기에서 벗어날 수 없을 것이다.　　　　　而幾[27]於不免矣.

삼가 몸을 닦고 자기의 참된 본성을 지키면　　謹修而身 愼守其眞

도리어 사물이나 남들에게 얽매임이 없을 것이다.　還以物與人. 則無所累矣.

지금 자기 몸을 닦지 않고 남들에게서 구하니　今不修之身 而求之人

역시 주체에서 소외되는 것이 아닌가?"　　　　不亦外[28]乎.

31-5

공자가 시무룩해서 물었다.　　　　　　　　　孔子愁然曰

"나의 참됨이란 무엇입니까?"　　　　　　　　請問 何謂眞.[29]

어부가 말했다.　　　　　　　　　　　　　　　客曰

"나의 참됨은 정기精氣가 신실함에 이르는 것이다.　眞者 精誠[30]之至也.

정精하고 성誠하지 못하면 사람을 감동시킬 수 없다.　不精不誠 不能動人

그러므로 억지로 곡을 하는 것은 비록 슬퍼한들 슬프지 않고　故强哭者 雖悲不哀.

26_ 間(한)＝別也.
27_ 幾(기)＝豈也, 終也.
28_ 外(외)＝遠也, 表也, 疏斥也.
29_ 眞(진)＝僞之反, 身也, 自然之道也, 本質也.
30_ 誠(성)＝信實也.

억지로 성내는 것은 비록 엄하게 한들 위엄이 서지 않고   強怒者 雖嚴不威.

억지로 친절한 것은 비록 미소를 지어도 화기애애하지 않다.   強親者 雖笑不和.

내 본성이 슬프면 소리가 없어도 슬프고   眞悲無聲而哀

내 본성이 노하면 나타내지 않아도 위엄 있고   眞怒未發而威

내 본성이 사랑하면 웃지 않아도 화합한다.   眞親未笑而和.

내 본성이 안에 있으면 신명이 밖으로 동하나니   眞在內者 神動於外.

이것을 고귀한 참된(眞) 나라고 하는 것이다.   是所以貴眞也.

그것을 인륜에 적용하면   其用於人理也

어버이를 섬기면 자효하며 군주를 섬기면 충정하며   事親則慈孝 事君則忠貞.

술자리에서는 환락하며 상갓집에서는 애통해한다.   飮酒則歡樂 處喪則悲哀.

충성과 정조는 공적을 위주로 하고   忠貞以功爲主

술자리는 즐거움을 위주로 하며   飮酒以樂爲主.

상을 조처함은 슬픔을 위주로 하고   處喪以哀爲主.

어버이를 섬김은 편안함을 위주로 한다.   事親以適[31] 爲主.

이처럼 공을 훌륭하게 이룸은 그 행적을 획일함이 없다.   功成之美 無一其迹矣.

편안함으로 어버이를 섬기라 한 것은   事親以適

그 원인을 따지지 않는 것이며   不論所以矣

즐거움으로 술자리를 하라 한 것은   飮酒以樂

그 도구를 가리지 않는 것이며   不選其具矣.

슬픔으로 상을 조처하라 한 것은   處喪以哀

그 예의를 묻지 않는 것이다.   無問其禮矣.

의례는 세속이 만들어낸 것이다.   禮者 世俗之所爲也.

내 본질은 하늘로부터 받은 것이며   眞者 所以受於天也.

자연적인 것이므로 바뀔 수 없는 것이다.   自然不可易也.

31_適(적)=從也, 時宜也, 安便也.

그러므로 성인은 천天을 본받고 진眞을 귀히 여기며   故聖人法天貴眞
세속에 구애되지 않는다.   不拘於俗.
어리석은 자는 이와 다르다.   愚者反此
하늘을 본받지 못하고 사람의 일을 걱정하며   不能法天 而恤於人
고귀한 참된 나를 모르고   不知貴眞
녹록하게 세속의 변화를 수용하니 만족할 줄 모른다.   祿祿而受變於俗 故不足.
애석하구나!   惜哉
그대는 일찍 사람의 거짓됨(人僞)에 탐닉하여   子之早湛於人僞
대도를 듣기에는 이미 늦었다."   而晚聞大道也.

31-6

공자는 또다시 재배하고 일어나 말했다.   孔子又再拜而起 曰
"오늘 제가 선생을 만난 것은 천행입니다.   今者丘得遇也 若天幸然.
선생께서는 저를 부끄럽게 여기지 않고   先生不羞
몸소 가르쳐주셨습니다.   以比之服役[32] 而身敎之.
선생님의 숙소가 어딘지요?   敢問舍所在
수업을 받아 대도를 마저 배우고자 합니다."   請因受業 以卒學大道.
어부가 말했다.   客曰
"내 들건대, 더불어 동행할 수 있는 자는   吾聞之 可與往者
대도에 함께 이를 수 있어야 하며   與之至於妙道
도를 모르는 자는 함께 가지 못할 사람이니   不可與往者 不知其道
삼가 함께하지 말아야 몸에 허물이 없다고 했다.   愼勿與之 身乃無咎
그대는 힘쓰게!   子勉之

32_ 服役(복역)=門人.

나는 그대를 떠나려네! 나는 그대를 떠나려네!"

배를 서둘러 푸른 물결을 따라 갈대 사이로 떠나갔다.

안연이 수레를 돌리고 자로가 손잡이를 내려주었으나

공자는 돌아보지도 않고

물결이 잠잠해질 때까지 서서 바라보다가

노 젓는 소리가 들리지 않자 겨우 수레에 올랐다.

자로가 수레 옆을 따르며 물었다.

"저는 선생의 문인이 된 지 오랩니다.

선생께서 사람을 만나시면서

그처럼 경모하는 것을 일찍이 본 바가 없습니다.

천자나 제후도 선생님을 뵈올 때는

자리와 예를 대등하게 하지 않은 적이 없었고

선생께서 오히려 거만한 듯했습니다.

이번에는 반대로 어부는 노를 잡고 서 있고

선생은 허리를 경쇠처럼 굽히고

절을 하며 말을 받들어 대답하니 너무 심하지 않습니까?

모두 선생을 의아해하고 있습니다.

또 고기 잡는 사람이 어찌 그처럼 득의만만한지요?"

공자는 수레 가로막대를 잡고 굽히어 예를 표한 후

탄식하며 말했다.

"지나친 말이다. 자로는 교화되기 힘들구나!

예의에 몰두한 지 한동안 지났는데

吾去子矣 吾去子矣.

乃刺船而去 延緣葦間.

顏淵還車 子路授綏

孔子不顧

待水波定

不聞拏音 而後敢乘.

子路旁車而問曰.

由得爲役久矣.

未嘗見夫子遇人

如此其威也.

萬乘之主 千乘之君 見夫子

未嘗不分³³⁾ 庭³⁴⁾ 伉禮.

夫子猶有倨傲之容.

今漁者杖拏逆立

而夫子曲要磬折

言拜而應 得无太甚乎

門人皆怪夫子矣.

漁人何以得此乎.

孔子伏軾³⁵⁾

而歎 曰.

甚矣 由之難化也.

湛於禮義有間矣

33_ 分(분)＝等也.
34_ 庭(정)＝堂階之前.
35_ 軾(식)＝伏以式所敬也.

너는 촌스럽고 고루한 마음을 지금까지 버리지 못했구나.
이리 다가오너라! 내 너에게 말해 주겠다.
대저 어른을 만나 공경하지 않으면 실례다.
어진 이를 보고 존경하지 않으면 인자仁者가 아니다.
그가 지인至人이 아니면 남에게 자기를 낮출 수 없고
남에게 낮춤이 정성스럽지 못하면 그 참됨을 알 수 없다.
그러므로 관장이 되면 몸을 상하는 것이다.
애석하구나!
남에게 인仁하지 못하면 그보다 큰 화가 없는데
자로는 제멋대로구나!
또한 도란 만물이 말미암은 곳이니
만물이 그것을 잃으면 죽고 얻으면 살며
만사는 그것을 어기면 실패하고 따르면 성공한다.
그러므로 도가 있는 곳이면
누구든지 성인이 존경하는 것이다.
이번 저 어부는 도가 있다고 말할 만하니
내 감히 공경하지 않을 수 있겠는가?"

而樸鄙之心 至今未去
進 吾語汝.
夫遇長不敬 失禮也.
見賢不尊 不仁也.
彼非至人 不能下人.
下人不精不得其眞
故長傷身.
惜哉.
不仁之於人 禍莫大焉
而由獨擅之
且道者萬物之所由也.
庶物失之者死 得之者生.
爲事逆之則敗 順之則成.
故道之所在
聖人尊之.
今漁父之道可謂有矣
吾敢不敬乎.

列禦寇

小目

32-1 백혼무인이 물었다. "무슨 일로 놀랐는가?" 열자가 답했다. "제가 열 집에서 음식을 사 먹었는데 다섯 집에서는 돈도 받지 않고 대접해 주었기 때문입니다."

32-2 성인은 자연에 맡기는 것을 편안해하고, 맡기지 않으면 불안해한다.

32-3 주평만은 지리익으로부터 용을 도살하는 기술을 배웠다. 천금의 가산을 탕진하여 삼 년 만에 기술을 터득했으나 그 기술을 쓸 곳이 없었다.

32-4 병사를 믿으면 망한다.

32-5 그대는 왕의 치질을 빨았는가? 어찌 얻은 마차가 많은가?

32-6 애공이 물었다. "공자를 동량으로 삼으면 나라가 나아지겠는가?" 안합이 답했다. "매우 위험합니다. 공자의 방술이란 깃털을 꾸미는 것일 뿐입니다."

32-7 무릇 사람의 마음은 산천보다 험하고 하늘보다 알기 어렵다.

32-8 지혜는 통달을 방해하고, 용단은 원망을 많게 하고, 인의는 책망을 많게 한다.

32-9 천금의 구슬을 부수어버려라!

32-10 나는 천지로 관곽을 삼고, 일월로 구슬을 들렀다.

32-11 명징하지 않은 것으로 증명하면 그 증명은 명징한 것이 아니다.

제32장. 列禦寇열어구

32-1

열자가 제나라로 가다가 중도에서 되돌아오던 중

백혼무인을 만났다.

백혼무인이 물었다.

"무슨 잘못된 일이 있어 되돌아왔는가?"

열자가 답했다. "제게 놀랄 일이 있었습니다."

백혼무인이 물었다. "무슨 일로 놀랐는가?"

열자가 답했다.

"제가 열 집에서 음식을 사 먹었는데

다섯 집에서는 돈도 받지 않고 대접해 주었기 때문입니다."

백혼무인이 물었다.

"그 같은 일로 그대는 어찌 놀란단 말인가?"

열자가 대답했다.

"마음의 성실함을 벗어버리지 못하고

몸이 편벽되어 위광을 이루고

列禦寇之齊 中道而反.

遇伯昏瞀人.

伯昏瞀人曰

奚方[1]而反.

曰 吾驚焉.

曰 惡乎驚.

曰

吾嘗食於十漿[2]

五漿先饋.

伯昏瞀人曰

若是 則汝何爲驚已.

曰

內誠不解[3]

形諜[4]成光

1_ 方(방)=事也.

2_ 漿(장)=죽집, 賣漿也.

3_ 解(해)=開也, 脫也, 放也.

4_ 諜(첩)=편벽되다.

이로써 밖으로 인심을 눌러 以外鎭人心

사람들로 하여금 경솔하게 이 노인을 공경하게 하였으니 使人輕乎貴老

환난이 닥칠 것이기 때문입니다. 而藎⁵⁾其所患.

무릇 음식점이 먹을 국을 만드는 것은 돈을 받고 팔아 夫漿特⁶⁾爲食羹之貨

이를 남기기 위함입니다. 多餘之贏

그들은 이익을 남기는 것에는 박하고 其爲利也薄

권세를 부리는 데는 가볍습니다. 其爲權也輕.

그러한 장사치들이 저에게 이렇게 한다면 而猶若是

만승의 천자는 어떻게 하겠습니까? 而況於萬乘之主乎.

천자는 몸은 나라를 위해 수고롭고 身勞於國

지혜는 정사를 위해 진력하니 而知盡於事

그가 저에게 정사를 맡기려 하고 彼將任我以事

저에게 공적을 이루라고 할 것입니다. 而效⁷⁾我以功.

저는 이런 근심 때문에 겁을 먹은 것입니다." 吾是以驚.

백혼무인이 말했다. "잘 보았구나! 伯昏瞀人曰 善哉觀乎.

네가 머무는 곳마다 사람들이 너에게 붙을 것이다." 汝處已 人將保⁸⁾汝矣.

얼마 지나지 않아 無幾何

그가 열자의 집에 가보았더니 문밖에 신발이 가득했다. 而往則戶外之履滿矣

백혼무인은 북쪽으로 얼굴을 돌리고 서서 伯昏瞀人北面而立

지팡이로 턱을 괴고 敦⁹⁾杖蹙¹⁰⁾之乎頤.

5_ 藎(제)=致也.
6_ 特(특)=獸三歲.
7_ 效(효)=獻也, 致也.
8_ 保(보)=附也.
9_ 敦(돈)=세우다.
10_ 蹙(축)=오그라들다.

한참 서 있더니 말없이 나가 버렸다.

손님이 이를 보고 열자에게 아뢰었다.

열자는 신발을 끌다가 맨발로 달려

문밖에 당도하여 말했다.

"선생께서 기왕 오셨는데

아직 저에게 약이 되는 말씀도 없으셨습니다."

백혼무인이 말했다. "그만두어라!

내 일찍이 너에게 사람들이 너를 따를 것이라고 말해 주었다.

과연 내가 말한 대로 되었구나!

너는 일부러 남에게 너를 따르도록 하지는 않았지만

남에게 너를 따르지 않도록 할 수 있는 능력이 없다.

그러니 내가 말한들 무슨 소용이 있겠느냐?

서운하게 하거나 기쁘게 하는 것은

특이한 것을 보여주기 때문이다.

더구나 서운하게 하는 것은 본성을 흔드는 것이니

또 말해 무엇 하랴?

너와 더불어 노니는 자는 또한 너에게 고하지 않을 것이다.

작은 재주를 부리는 그들의 말은 모두 사람을 해치는 독이다.

깨닫지도 못하고 깨우치지도 못하니

어찌 서로 살펴주겠느냐?

기술이 좋으면 수고롭고, 지혜로운 자는 근심이 많은 것이다.

능함이 없는 자는 구함도 없으니

배부르게 먹고 맘대로 노닌다.

立有間 不言而出.

賓者以告列者.

列子提屨 跣而走

暨乎門 曰.

先生旣來

曾不發藥乎.

曰 已矣

吾固告汝 曰 人將保汝.

果保汝矣.

非汝能使人保汝

而不能使人無保汝也.

而焉用之

感[11]豫

出異也.

必且有感 搖而本才

又無謂也.

與汝遊者 又莫汝告也.

彼所小言 盡人毒也.

莫覺莫悟

何相孰[12]也.

巧者勞 而知者憂.

無能者無所求

飽食而敖[13]遊

11_ 感(감)=傷也. 憾, 恨과 通用.
12_ 孰(숙)=精審也.

물결 따라 떠가는 배처럼 묶이지 않고 　　　　　　　　　汎若不繫之舟

비어 있는 것이 맘대로 노니는 자다."　　　　　　　　虛而敖遊者也.

32-2

정나라의 느림보인 완緩은 구씨의 땅에서 글공부를 하여 　鄭人緩也 呻吟[14]裘氏之地.

삼 년 만에 유사가 되었다.　　　　　　　　　　　　祇三年而緩爲儒

강물이 구십 리를 적시듯 그 은택이 삼족에 미쳤다.　　　河潤九里 澤及三族.

그리고 그 느림보는 자기 동생을 묵가로 만들었다.　　　使其弟墨.

유가인 형과 묵가인 동생이 서로 변론하면　　　　　　儒墨相與辯

그 아비는 동생 편을 들었다.　　　　　　　　　　　其父助墨

그로부터 십 년이 흘러 느림보 완이 죽었다.　　　　　十年. 而於緩自殺.[15]

그 아비가 그를 꿈꾸었는데 이르기를　　　　　　　　其父夢之 曰

"너의 아들을 묵자로 만든 것은 바로 나인데　　　　　使而子爲墨者子也.

어찌 내 무덤을 찾지 않는가?　　　　　　　　　　闔[16]胡嘗視其良[17]

이미 가을이라 측백(나무)이 결실했거늘!"이라 했다.　　既爲秋柏之實矣.

무릇 조물주가 사람에게 보답하는 것은　　　　　　　夫造物者之報人也.

그 사람에게 보답하는 것이 아니라　　　　　　　　不報其人

그 사람의 천품에 보답하는 것이다.　　　　　　　　而報其人之天.

그의 동생이 묵가가 된 까닭은 천품이 있어 그렇게 된 것이다.　彼故使彼.

무릇 사람이 자기 행위가 남보다 다른 점이 있다고　　　夫人以己爲 有以異於人

13_ 敖(오)=戲也.

14_ 呻吟(신음)=끙끙거리다, 읊조리다.

15_ 自殺(자살)=몸이 죽었다. 自(자)=用也, 盈也, 苟也, 躬親也.

16_ 闔(합)=胡=何不.

17_ 良(량)=埌(량)=冢也.

자기 친족을 천시한다는 것은	以賤其親.
제나라 사람이 우물을 두고	齊人之井
서로 마시려고 머리채를 잡고 싸우는 것과 같다.	飲者相捽也.
그러므로 지금 세상은 모두 느림보와 같다고 말한다.	故曰 今之世皆緩也.
진실로 유덕자라면 알려지지 않는다.	自是有德者 以不知也.
그런데 하물며 유도자가 스스로를 유도자라고 하겠는가?	而況有道者乎.
옛사람은 이를 하늘에서 도망치려는 형벌이라고 말한다.	古者謂之遁天之刑.
성인은 자연에 맡기는 것을 편안해하고	聖人安[18] 其所安
맡기지 못하면 불안해한다.	不安其所不安.
그러나 사람들은 자연에 맡기지 않는 것을 편안해하고	衆人安其所不安
자연에 맡기는 것을 불안해한다.	不安其所安.

32-3

장자가 말했다.	莊子曰
"도를 아는 것은 쉽지만	知道易
말하지 않기는 어렵다.	勿言難.
알면서 말하지 않는 것은	知而不言
무위자연으로 돌아가는 방법이다.	所以之[19] 天也.
아는 것을 말하는 것은	知而言之
인위 人爲 로 가고자 하기 때문이다.	所以之人也.
옛사람은 자연이었을 뿐	古之人天
인위가 없었다.	而不人.

18_ 安(안)＝任也.
19_ 所以之(소이지)＝所爲往.

주평만은 지리익으로부터 용龍을 도살하는 기술을 배웠다. 　朱泙漫學屠龍於支離益

천금의 가산을 탕진하여 　單[20]千金之家

삼 년 만에 기술을 터득했으나 　三年技成

그 기술을 쓸 곳이 없었다." 　而無所用其巧.

※ 함께 읽기

- 장자/내편/소요유逍遙遊 1-6 : 能不龜手一也 或以封 或不免於洴澼絖 則所用之異也.
- 장자/내편/인간세人間世 4-11 : 且予求無所可用久矣. 散人又惡知散木.
- 장자/외편/산목山木 20-1 : 昨日山中之木 以不材得終其天年. 今主人之雁 以不材死.

32-4

성인은 필연이라도 기필코 하려고 하지 않는다. 　聖人以必不必

그러므로 병사가 없다. 　故無兵.

중인들은 필연이 아님에도 반드시 하려고 한다. 　衆人以不必必之

그러므로 병사를 자랑한다. 　故多[21]兵.

병사를 따르기 때문에 행함에 요구하는 것이 있다. 　順於兵 故行有求

병사를 믿으면 망한다. 　兵恃之則亡.

작은 사내들의 지혜란 　小夫之知

책을 싸거나 만드는 것을 벗어나지 않는다. 　不離苞苴[22]竿牘

그들은 얕은 도랑에서 절름거리며 정신을 피폐하게 하면서도 　敝精神乎蹇淺

도와 사물을 아울러 건지고 　而欲兼濟道物

형체와 허령虛靈을 크게 하나로(太一) 하려고 한다. 　太一形虛.

20_ 單(단)=殫盡也.
21_ 多(다)=稱美也, 勝也.
22_ 苞苴(포저)=풀이름. 裹藉로 解함.

이런 자들은 공간(字)과 시간(宙)에 미혹되고
형체에 묶여 태초를 알지 못한다.
그러나 저들 지인至人 은 정신을 무시 無始 에 귀의시키고
아무런 소유가 없는 경지에서 무지 無知 를 즐거워한다.
물은 무형으로 흐르고 태청으로 발설한다.
슬픈 일이다!
너희(小夫)가 안다는 것은 호말毫末 일 뿐
큰 안녕을 모르는구나!

若是者 迷惑於宇宙

形累不知太初.

彼至人者 歸精神乎無始

而甘冥[23] 乎無何有之鄕.

水流乎無形 發泄乎太淸.

悲在乎

汝爲知在豪毛

而不知大寧.

함께 읽기

- 장자/잡편/칙양則陽 25-4 : 蝸牛角上 相與爭地而戰.
- 장자/잡편/양왕讓王 28-14 : 今周殺伐以要利. 是推亂以易暴也.
- 묵자墨子/노문魯問 : 殺其父而賞其子 何以異食其子而賞其父哉.
- 노자老子/30장 : 師之所處荊棘生焉.
- 노자老子/31장 : 兵者不祥之器. 非君子之器.
- 노자老子/73장 : 天之道不爭而善勝.

32-5

송나라에 조상曹商 이란 자가
송왕을 위해 진나라에 사자로 갔다.
왕진을 가면 여러 대의 마차를 얻는데
진나라 왕에게 유세하고는 백 대의 마차를 더 얻었다.
송나라로 돌아와 장자를 알현하고 말했다.
"대저 선생처럼 궁벽한 마을의 좁은 골목에서

宋人有曹商者

爲宋王使秦.

其往也 得車數乘.

王說之 益車百乘.

反於宋 見莊子曰

夫處窮閭阨[24] 巷

23_ 冥(명)＝無知也.

곤궁하게 신발을 깁고
마른 목덜미에 누렇게 뜬 얼굴을 하는 짓은
저로서는 잘할 수 없습니다.
그러나 저는 만승의 군주를 한 번 깨우쳐주고
백 대의 수레를 따르게 하는 것이 장기입니다.”
장자가 말했다.
“진나라 왕은 병이 나면 의사를 부르는데
종기를 째고 고름을 빼는 자는 마차 한 대를 얻을 수 있고
치질을 핥으면 다섯 대의 마차를 얻는다고 한다.
그리고 치료하는 곳이 아래로 내려갈수록
얻는 마차도 많아진다고 한다.
그대도 치질을 빨았는가?
어찌 얻은 마차가 많은가?
당장 꺼져버리게!”

困窘織屨
枯項黃馘[25]
商之所短也.
一悟萬乘之主
而從車百乘者 商之所長也.
莊子曰
秦王有病召醫
破癰潰[26]痤者 得車一乘.
舐痔者 得車五乘.
所治愈下
得車愈多.
子豈治其痔邪
何得車之多也.
子行矣.

32-6

노나라 애공이 안합에게 물었다.
“나는 공자를 나라의 동량으로 삼으려 하는데
그러면 나라가 나아지겠는가?”
안합이 말했다. “매우 위험합니다.

魯哀公問於顏闔 曰.
吾以仲尼爲貞幹[27]
國其有瘳[28]乎.
曰 殆哉 圾[29]乎.

24_ 阨(액)=隘也.
25_ 黃馘(황괵)=面黃熟.
26_ 潰(궤)=壞散也, 爛也.
27_ 貞幹(정간)=동량.
28_ 瘳(료)=疾癒也, 國勢振興.

공자의 방술이란 깃털을 꾸미고 채색하는 것입니다.

그의 사업은 말씀을 화려하게 꾸미고

갈래로 나누는 것을 종지로 삼습니다.

천성을 잘라내는 것으로 백성을 가르치고

받아들임은 마음이요,

주재함은 정신임을 알지도 믿지도 않습니다.

그런 그가 어찌 백성을 중하게 여기겠습니까?

공자는 그대의 벗이므로

제가 공자를 두둔한다면 그대를 오도함이 분명합니다.

실질을 떠나 백성을 거짓되게 가르치는 것은

백성을 돌보는 행위가 아닙니다.

후세를 근심스럽게 하며

순하고 너그럽게 하지 못하니

다스림이 어려운 것입니다.

사람을 풀어주어야지 버려두지 못함은

하늘의 베풂이 아닙니다.

장사치가 장부 계산을 잘못하는 것은

仲尼方且飾羽[30]而畫.

從事華辭

以支爲旨.

忍[31]性以視[32]民

而不知不信 受乎心

宰乎神.

夫何足以上[33]民.

彼[34]宜女[35]與

子頤[36]與 誤而可矣.

今使民離實學僞

非所以視民也.

爲後世慮

不若休之

難治也

施[37]於人而不忘[38]

非天布也.

商賈不齒[39]

29_ 圾(급)＝危也.
30_ 羽(우)＝舞者所執也. 五聲之一.
31_ 忍(인)＝矯性. 慈之反. 以義斷也.
32_ 視(시)＝效也. 教也.
33_ 上(상)＝重也.
34_ 彼(피)＝仲尼.
35_ 女(녀)＝哀公.
36_ 頤(이)＝養也.
37_ 施(시)＝惠與也. 解也.
38_ 忘(망)＝遺也. 忽也.
39_ 齒(치)＝錄也. 度也.

오직 사업으로 계산할 뿐

정신으로 계산하지 않기 때문입니다.

밖으로 형벌을 가하는 도구는

쇠와 나무로 된 물건입니다.

안으로 형벌을 가하는 것은

노역과 과오입니다.

밖으로 형벌이 붙는 것은

쇠와 나무로 심문하는 것입니다.

안으로 형벌이 붙는 것은

춥고 더운 음식입니다.

무릇 안팎의 형벌을 면하는 것은

진인眞人 만이 가능합니다."

雖以事齒之

神者勿齒.

爲外刑者

金⁴⁰⁾與木⁴¹⁾也.

爲內刑者

動⁴²⁾與過⁴³⁾也.

離⁴⁴⁾外刑者

金木訊之

離內刑者

陰陽⁴⁵⁾食之

夫免乎外內之刑者

唯眞人能之.

함께 읽기

- 장자/내편/제물론齊物論 2-8 : 丘也 何足而知之.
- 장자/외편/천운天運 14-8 : 今蘄行周於魯 是猶推舟於陸也.
- 장자/외편/천운天運 14-10 : 孔子行年五十有一 而不聞道.
- 장자/잡편/칙양則陽 25-5 : 孔子曰 彼且以丘爲佞人也.
- 장자/잡편/도척盜跖 29-1 : 此夫魯國之巧僞人孔丘非邪.
- 장자/잡편/어부漁父 31-1 : 丘少而修學 以至於今 六十九歲矣 無所得聞至敎.
- 논어論語/공야장 公冶長 12 : 夫子之言性與天道 不可得而聞也.

40_ 金(금)＝刀鋸, 斧鉞.
41_ 木(목)＝桎梏.
42_ 動(동)＝勞役也.
43_ 過(과)＝失也, 誤也.
44_ 離(리)＝被也, 罹也.
45_ 陰陽(음양)＝寒暑.

32-7

공자가 말했다.

"무릇 사람의 마음은 산천보다 험하고

하늘보다 알기 어렵다.

하늘은 오히려 춘하추동과

아침저녁의 정해진 기약이 있으나

사람은 두터운 모습과 깊은 정이 있기 때문이다.

그러므로 외모는 공손한데 속은 교만하기도 하고

겉은 장점이 많은데 속은 불초한 것 같기도 하며

겉은 유순하고 격렬한데 속은 사리에 통달하며

겉은 딱딱한데 속은 느긋하며

겉은 느긋한데 속은 급한 이도 있다.

그러므로 의로 나아감이 목마름 같다가도

의를 버림이 열화와 같다.

그러므로 군자는 멀리 사신으로 보내 그 충심을 관찰하고

가까이 부려 그 공경심을 관찰하고

번잡한 일을 시켜 그 재능을 관찰하고

갑자기 질문을 하여 그 지혜를 관찰하고

급한 약속을 하여 그 신의를 관찰하고

재물을 맡겨 그 어짊을 관찰하고

위급함을 알려 그 절개를 관찰하고

술에 취하게 하여 그의 정직함을 관찰하고

孔子曰

凡人心險於山川

難於知天.

天猶有春夏秋冬

旦暮止期.

人者厚貌深情.

故有貌愿而益.[46]

有長若不肖.

有順懁[47] 而達.

有堅而緩

有緩而釬.[48]

故其就義若渴者

其去義義若熱.

故君子遠使之 而觀其忠.

近使之而觀其敬.

煩使之而觀其能.

卒然問焉 而觀其知.

急與之期 而觀其信.

委之以財 而觀其仁.

告之以危 而觀其節.

醉之以酒 而觀其側.[49]

46_ 益(익)=溢也, 驕也.
47_ 懁(환)=격렬하다.
48_ 釬(한)=急也.
49_ 側(측)=直과 같음.

남녀를 섞어 살게 하여 그의 여색을 관찰한다.　雜之以處 而觀其色.

이 아홉 가지를 징험해 보면　九徵至

불초한 자를 알아볼 수 있다."　不肖人得之.

32-8

정고보正考父는 한 번 사士로 임명되자　正考父一命

공경한 모습으로 몸을 굽혔고　而傴

두 번째 대부로 임명되자 곱사처럼 몸을 웅크렸으며　再命而僂.

세 번째 공경으로 임명되자　三命而俯

고개를 숙이고 담장을 따라 걸었으니　循牆而走.

누가 감히 모범으로 삼지 않겠는가?　孰敢不軌.

그러나 범부는 한 번 임명을 받으면 고관대작인 양하고　如而夫50) 者 一命而呂鉅51)

두 번 임명을 받으면 수레 위에서 춤을 추고　再命而於車上儛.

세 번째 임명을 받으면 백부라고 부를 것이니　三命而名諸父

누가 천하를 사양한 요와 허유같이 할 수 있을까?　孰協52)唐許.53)

도적 중에 큰 것은 덕에서 야심이 자라고　賊莫大乎德有心54)

마음에서 눈썹이 자라는 것이다.　而心有睫55)

눈썹이 자라게 되면 사사롭게 보고　及其有睫也 而內56)視

사사롭게 보면 덕은 손상될 것이다.　內視而敗矣.

50_ 而夫(이부)＝凡夫.
51_ 呂鉅(여거)＝大綱也, 自高大也.
52_ 協(협)＝同也.
53_ 唐許(당허)＝唐堯와 許由.
54_ 心(심)＝志望也.
55_ 睫(첩)＝目旁毛, 目瞬.
56_ 內(내)＝私也.

흉한 덕에도 오덕ᴼ德[57]이 있겠으나

심덕心德이 머리가 된다.

무엇을 흉한 심덕이라 하는가?

흉한 심덕이란 자기가 좋아하는 것만을 오로지 하고

남이 하지 않으면 비난하는 것이다.

곤궁함에는 여덟 가지 극진함이 있고

영달함에는 세 가지 필연이 있고

형체에는 육부가 있다.

아름다운 수염, 큰 키, 큰 몸, 사려, 용기, 과감 등

여덟 가지 덕이 남보다 지나치면

이로 인해 곤궁하게 된다.

인연 맺어진 관계를 따르고

머리를 끄덕이며 남을 따르고

막히면 두려워하니

남보다 못한 듯하지만

이 세 가지는 모두 형통함이 될 것이다.

이와 반대로 지혜는 통달을 방해하고

凶[58]德有五

中[59]德爲首.

何謂中德.

中德也者 有[60]以自好也

而吡[61]其所不爲者也.

窮有八極

達有三必

形有六府.

美髥長大麗[62]勇敢

八者俱過人也

因以是窮.

緣循[63]

偃佒.[64]

困畏.[65]

不若人

三者俱通[66]達.[67]

知慧外[68]通

57_ 耳德, 目德, 口德, 鼻德, 心德.
58_ 凶(흉)＝恟과 통용.
59_ 中(중)＝心也.
60_ 有(유)＝專也, 取也.
61_ 吡(필)＝訾也.
62_ 麗(려)＝思慮也.
63_ 緣循(연순)＝인연을 따름. 王先謙은 緣物順也 不能自立으로 解함.
64_ 偃佒(언앙)＝守分歸一也, 혹은 俛仰從人也.
65_ 困畏(곤외)＝걱정과 두려움.
66_ 通(통)＝亨也.
67_ 達(달)＝通也, 進也, 至也.
68_ 外(외)＝疏斥也.

용단은 원망을 많게 하고   勇動⁶⁹⁾ 多怨

인의는 책망을 많게 한다.   仁義多責.

생명의 진실을 깨달은 자는 생명을 대오해탈하고   達生之情者 傀.⁷⁰⁾

지혜를 깨달은 자는 지혜를 닮을 것이며   達於知者 肖.

천명天命 을 깨달은 자는 대자연의 운행을 따르고   達大命者 隨.

자기 운명을 깨달은 자는 안심입명安心立命 을 만날 것이다.   達小命者 遭.

32-9

어떤 사람이 송왕을 알현하고   人有見宋王者

수레 열 대를 하사받았다.   賜車十乘.

그는 유치하게 이를 장자에게 자랑했다.   以其十乘驕穉⁷¹⁾莊子.

장자가 말했다.   莊子曰

"황허 위에 가난한 사람이 있었는데   河上有家貧

갈대로 발을 짜서 먹고살았다.   恃緯蕭而食者.

그 아들이 연못에 들어갔다가 천금의 구슬을 얻었다.   其子沒於淵 得千金之珠.

그 아비가 아들에게 일러 말했다.   其父謂其子 曰.

'돌을 주워다가 구슬을 부수어버려라!   取石來鍛⁷²⁾ 之.

이 천금의 구슬은   夫千金之珠

깊은 연못에 사는 검은 용의 턱 밑에 있었는데   必在九重之淵 而驪龍頷下.

네가 얻을 수 있었던 것은   子能得珠者

그 용이 잠잘 때 만난 때문이다.   必遭其睡也

69_ 動(동)=冒(모)也.
70_ 傀(괴)=大悟解脫之貌.
71_ 穉(치)=驕也. 稚의 同字.
72_ 鍛(단)=搥破之.

만일 네가 용을 깨웠다면　　　　　　使驪龍而寤

너는 어찌 가루나마 남아 있겠느냐?'　子尙奚微之有哉.

지금 송나라의 깊음은　　　　　　　今宋國之深

연못의 깊음으로는 당할 수 없고　　非直⁷³⁾九重之淵也.

송왕의 사나움은　　　　　　　　　宋王之猛

용의 사나움으로도 당할 수 없다.　非直驪龍也.

그대가 열 대의 수레를 얻은 것은　子能得車者

반드시 송왕이 잠들었을 때일 것이다.　必遭其睡也.

만약 그대가 송왕을 깨웠다면　　　使宋王而寤

그대는 가루로 부서졌을 것이다."　子爲薺⁷⁴⁾粉夫.

32-10

장자가 장차 죽으려 하자　　　　　莊子將死

제자들이 후한 장례를 치르려 했다.　弟子欲厚葬之.

장자가 말했다.　　　　　　　　　莊子曰

"나는 천지로 관곽을 삼고　　　　吾以天地爲棺槨

일월로 구슬을 두르고　　　　　　以日月爲連璧

별들로 거울을 삼았고　　　　　　星辰爲珠璣⁷⁵⁾

만물로 제물로 삼았으니　　　　　萬物爲齎送.

이미 장례를 다 준비했거늘　　　　吾葬具

어찌 부족하다 하며　　　　　　　豈不備邪

73_ 直(직)＝當也.

74_ 薺(제)＝부수다.

75_ 璣(기)＝似珠而小, 天機, 璣鏡.

무엇을 더하려 하느냐?"

제자가 말했다.

"까마귀와 솔개가 선생을 뜯어 먹을까 염려됩니다."

장자가 말했다.

"위에 있으면 까마귀와 솔개의 밥이 되고

아래에 있으면 땅강아지와 개미의 밥이 되어야 하거늘

이들에게서 빼앗아 저들에게 주려 하니

어찌 편벽됨이 아니겠느냐?"

何以加此.

弟子曰

吾恐烏鳶之食夫子也.

莊子曰

在上爲烏鳶食

在下爲螻蟻食

奪彼與此

何其偏也.

◎ 함께 읽기

• 장자/외편/지락至樂 18-3 : 莊子妻死 方箕踞 鼓盆而歌.

32-11

공평치 않은 것으로 공평하게 하면	以不平平
그 공평은 공평한 것이 아니며	其平也不平
명징하지 않은 것으로 증명하면	以不徵徵[76]
그 증명은 명징한 것이 아니다.	其徵也不徵.
밝은 지혜란 그것을 다스려 따르게 하는 것이니	明者唯爲之使[77]
신명의 지혜만이 명징한 것이다.	神者徵之.
대저 밝은 지혜가 신명을 이기지 못함은	夫明之不勝神也
오래전에 알려진 것인데	久矣.

76_ 徵(징)=證, 驗, 明, 審也. 明徵.
　　明徵=明證(판단의 직접적 확실성)은 간접적 추리가 아니라 직관적으로 진리를 파악함을 말함.
77_ 使(사)=役也, 從也.

어리석은 자는 자기가 본 것만 믿고
인사에 탐닉하여 그 공력을 버리고 있으니
이 또한 슬픈 일이 아닌가?"

而愚者恃其所見
入於人 其功外[78] 也
不亦悲乎.

78_ 外(외)=疏斥也.

天下

33-1 無爲自然의 道에서 이탈하지 않은 사람을 天人이라 하고, 精氣에서 이탈하지 않은 사람을 神人이라 하고, 眞實에서 이탈하지 않는 사람을 至人이라 하고, 하늘을 근원으로 삼고 덕은 근본으로 삼고 도를 문으로 삼아 변화를 접치는 사람을 聖人이라 하며, 仁으로 은혜를 베풀고 義로 도리를 행하고 禮로 행동하고 樂으로 화목을 이루어 흐믓하고 자애로운 사람을 君子라 한다.

33-2 백가의 도술이 오히려 천하를 분열시켜 놓을 것이다.

33-3 묵자의 도를 비방하려는 것은 아니지만, 그들의 도는 크게 각박하다.

33-4 스스로 노동하지 않는다면 우임금의 도가 아니며 묵가가 될 수 없다.

33-5 송견은 모욕을 당해도 욕되게 생각지 않음으로써 백성의 싸움을 그치게 하고, 침공을 금하고 병사를 쉬게 하여 세상의 전쟁을 막고자 했다.

33-6 신도는 지혜와 자기를 버리고 인연의 관계를 물리침이 없이 만물이 흘러가는 대로 따르는 것을 도리라고 생각했다.

33-7 관윤과 노담은 옛날의 넓고 큰 진인이다.

33-8 장자는 홀로 천지와 더불어 정신을 왕래하여, 속세와 더불어 거처한다.

33-9 만물은 모두 같기도 하고 모두 다르기도 하다. 이것을 일러 '大同異'라고 한다. 사람들의 입을 이길 수는 있지만 사람의 마음을 감복시킬 수 없는 것이 변론가의 한계다.

33-10 혜시의 변론은 굴속의 메아리를 이기려는 고함 소리요, 형체와 그림자가 경주하는 것이다.

제33장. 天下 천하

33-1

천하에 도술을 닦은 자는 많다.

모두들 자기가 배운 것 외에는

더 보탤 것이 없다고 생각한다.

옛날의 이른바 도술이란 과연 어디에 있는 것인가?

이르기를 있지 않은 데가 없다고 한다.

신성神聖 은 어디로부터 하강했고

명왕明王 은 어디로부터 나왔는가?

성인이 생기고 왕업을 이룬 것은

모두 한 가지에 근원하고 있다.

천지天地 자연의 도道 에서 이탈하지 않은 사람을

'천인天人' 이라 하고

본성을 잃지 않은 사람을 '신인神人' 이라 하고

진실眞實 에서 이탈하지 않은 사람을 '지인至人' 이라 하고

하늘을 머리로 삼고 덕은 근본으로 삼고

도를 문으로 삼아 변화를 점치는 사람을

天下之治方術者多矣.

皆以其有爲[1]

不可加矣.

古之所謂 道術者 果惡乎在.

曰 無乎不在.

曰 神何由降

明何由出

聖有所生 王有所成

皆原於一.

不離於宗[2]

謂之天人.

不離於精 謂之神人.

不離於眞 謂之至人.

以天爲宗 以德爲本

以道爲門 兆[3] 於變化

1_ 爲(위)=成也, 學也.
2_ 宗(종)=尊祖廟也, 本(自然)也, 天宗(日月星辰)也.

'성인聖人'이라 하며 　　　　　　　　　　　　　　　　　　謂之聖人.

인仁으로 은혜를 베풀고 의義로 도리를 행하고 　　　　以仁爲恩 以義爲理

예禮로 행동하고 악樂으로 화목을 이루어 　　　　　　以禮爲行 以樂爲和

훈훈하고 자애로운 사람을 '군자君子'라 한다. 　　　　薰然慈仁 謂之君子.

법도로 분별을 다스리고 　　　　　　　　　　　　　　　以法爲分

명칭으로 표준을 다스리며 　　　　　　　　　　　　　　以名爲表

조치한 것을 증험하고 　　　　　　　　　　　　　　　　以參⁴⁾爲驗

도수度數를 헤아려 결정한다. 　　　　　　　　　　　　以稽爲決

일이삼사로 헤아림이 이것이니 　　　　　　　　　　　其數一二三四是也

백관은 이로써 서로 차례를 정한다. 　　　　　　　　百官以此相齒⁵⁾

일용 재화로 항산恒産을 삼고 　　　　　　　　　　　以事⁶⁾爲常⁷⁾

먹고 입는 것을 신주로 삼고 　　　　　　　　　　　　以衣食爲主

물산과 재화를 일으키고 　　　　　　　　　　　　　　蕃息畜藏

늙은이, 어린아이, 고아, 과부에게 마음을 쓰고 　　老弱孤寡爲意⁸⁾

모두가 부양받게 하는 것이 백성의 도리다. 　　　皆有以養 民之理也.

◉ 함께 읽기

- 장자/내편/소요유逍遙遊 1-1 : 鵬之徙於南冥也 上者九萬里 風之積也不厚 則其負大翼也無力.
- 장자/내편/제물론齊物論 2-15 : 忘年忘義 寓諸無竟.

3_ 兆(조)=灼龜坼也, 卦也.
4_ 參(참)=宜也, 觀也. 措로 된 판본도 있다.
5_ 齒(치)=錄也, 列也.
6_ 事(사)=日用.
7_ 常(상)=恒也, 凡庸也.
8_ 意(의)=度也. 意養(의양)으로 읽기도 한다.

33-2

옛사람들은 진실로 천도天道에 순응했다.	古之人其備⁹⁾乎.
신명에 배합되고 천지에 순응하고	配神明 醇天地
만물을 육성하고 천하가 화목하고	育萬物 和天下
은혜가 온 백성에 미쳤다.	澤及百姓
자연의 근본 이치를 밝혀 속세의 법도에 연결하였다.	明於本數 係於末度
천지사방으로 통하고 사시를 열고	六通四辟¹⁰⁾
작든 크든 정미하든 조잡하든	小大精粗
천도의 운행이 있지 않은 곳이 없다.	其運無乎不在.
그것을 밝혀 법도를 기록한 것은	其明而在數度者
구법을 전하는 사서史書인데 아직도 많이 남아 있다.	舊法世傳之史 尙多有之.
그중 시서예악詩書禮樂에 기록된 것은	其在於詩書禮樂者
공맹의 유사들과 관료 선배들이	鄒魯之士 搢紳先生
대부분 밝혀놓았다.	多能明之.
시는 뜻을 진술한 것이고	詩以道¹¹⁾志.
서는 정사를 진술한 것이고	書以道事.
예는 행실을 인도하는 것이며	禮以道行.
악은 화목을 인도하는 것이고	樂以道和.
『주역』은 음양을 말한 것이며	易以道陰陽
『춘추』는 명분을 말한 것이다.	春秋以道名分.
그러한 이치를 천하에 펴서	其數散於天下
나라에 세우고자 한 것이 제자백가의 학문인데	而設於中國者 百家之學

9_ 備(비)＝循於道之謂備(莊子/外篇/天地).
10_ 辟(벽)＝闢也.
11_ 道(도)＝言也, 訓也, 從也, 論說敎令也.

시절에 맞게 혹은 사정에 알맞게 말한 것이다.	時或稱而道之.
천하가 크게 어지러워	天下大亂
현성賢聖이 밝지 않고 도덕이 일치하지 않게 되니	賢聖不明 道德不一
사람들은 도의 일부분을 얻어 밝으면	天下多得一察
그것만을 옳다 하였다.	焉¹²⁾以自好.
마치 이목구비가 저마다 밝지만	譬如耳目口鼻 皆有所明
서로 통하지 않는 것처럼	不能相通
백가의 여러 기술은 각각 장점이 있지만	猶百家衆技也 皆有所長
때에 따라 소용되는 것과 같다.	時有所用
그래서 조화롭고 보편적이지 못하고	雖然 不該¹³⁾不徧
한편에 치우친 곡사曲士가 되고 말았다.	一曲之士也.
천지의 아름다움을 쪼개어보고	判天地之美
만물의 이理를 분석할 뿐	析萬物之理
고인의 온전함을 살펴	察古人之全
천지의 아름다움을 두루 갖추고	寡能備於天地之美
신명의 모습을 지녔다고 할 만한 자란 드물다.	稱神明之容¹⁴⁾
그런고로 성왕聖王의 도는	是故內聖外王之道
어두워 밝지 못하고 막히어 드러나지 못했다.	闇而不明 鬱而不發
천하 학자들은 각각 자기 욕심만 위하는 것을	天下之人 各爲其所欲焉
스스로 도술이라 생각했다.	以自爲方
슬프다!	悲夫
백가들은 제 길을 달려갈 뿐 근원을 돌아볼 줄 몰랐으니	百家往而不反

12_ 焉(언)=何也, 於是.
13_ 該(해)=調也.
14_ 容(용)=盛也, 威儀也, 從容(안)也.

결코 부합되지 못하며,　　　　　　　　　　　必不合矣.

후세의 학자들은　　　　　　　　　　　　　　後世之學者

불행히도 천지의 순박함과　　　　　　　　　　不幸不見天地之純

고인의 위대한 본체를 보지 못하니　　　　　　古人之大體

장차 도술이 오히려 천하를 분열시켜 놓을 것이다.　道術將爲天下裂.

33-3

후세를 위해 사치하지 않고　　　　　　　　　　不侈於[15] 後世

만물을 (본래 목적 외에) 손상 낭비하지 않고　　不靡[16] 於萬物

예의와 법도를 화려하게 하지 않고　　　　　　　不暉於數[17] 度

먹줄처럼 스스로 노력하며 세상의 필요를 위해 준비했다.　以繩墨自矯[18] 而備世之急[19]

옛 도술에 이런 것이 있었으니　　　　　　　　古之道術 有在於是者

묵자와 금골리禽滑釐 는 그런 기풍을 듣고 설복당했다.　墨子禽滑釐 聞其風而說之.

그러나 그것을 실행함이 너무 지나쳤고　　　　爲之大過

그것을 금지함이 너무 심했다.　　　　　　　　已[20] 之大循[21]

음악을 비판하는 '비악론非樂論' 을 지어　　　作爲非樂

그것을 '절용節用' 이라 말하고,　　　　　　　命之曰節用.

태어나도 노래하지 않고　　　　　　　　　　　生不歌

죽어도 오랫동안 복服 을 입지 않았다.　　　　死無服.

15_ 於(어)＝爲也.
16_ 靡(미)＝損也, 靡費也.
17_ 數(수)＝禮也.
18_ 矯(교)＝正也, 厲(勉力, 嚴)也.
19_ 急(급)＝困難也, 切要也.
20_ 已(이)＝止也, 黜棄也, 不許也.
21_ 大循(대순)＝太甚(태심)으로 읽는다.

묵자는 '평등한 사랑'²²⁾, '두루 이로움', '반전쟁'을 주장했다.　墨子汎愛兼利而非鬪

그의 도는 노여워하지 않고 배우기를 좋아하고　其道不怒 又好學

널리 펴 차별이 없게 하는 것이다.　而博不異.²³⁾

이는 선왕의 도와 같지 않고 옛 예악을 훼손했다.　不與先王同 毁古之禮樂.

(역대 왕들은 모두 음악을 만들었는데) 황제는 함지,　黃帝有咸池

요는 대장, 순은 대소,　堯有大章 舜有大韶

우는 대하, 탕은 대호,　禹有大夏 湯有大濩

문왕은 벽옹이라는 음악을,　文王有辟雍之樂

무왕과 주공은 무武라는 음악을 만들었다.　武王周公作武.

옛날 상례는 귀천의 표준이 있었고　古之喪禮 貴賤有儀

상하의 차등이 있었으니　上下有等.

관곽이 천자는 일곱 겹, 제후는 다섯 겹,　天子棺槨七重, 諸侯五重,

대부는 세 겹, 사士는 두 겹이었다.　大夫三重, 士再重.

지금 묵자는 유독 태어나도 노래하지 않고　今墨子獨 生不歌

죽어도 복을 입지 않고　死不服

세 치 오동나무 관으로 그쳐, 겉 관을 없애자고 한다.　桐棺三寸而無槨

이로써 법도를 삼아 사람들을 가르치는 것은　以爲法式 以此敎人

남을 사랑함이 아닐 것이며　恐不愛人

이로써 스스로 실행한다면　以此自行

진실로 자기를 사랑함도 아닐 것이다.　固不愛己

묵자의 도를 비방하려는 것은 아니지만　未敗²⁴⁾墨子道.

그렇다 해도 노래할 때 노래하지 않고 곡할 때 울지 않고　雖然 歌而非歌 哭而非哭

22_ 묵자는 仁義를 혈연적인 사적 사랑이라고 비난하고, 공동체적인 兼愛(평등한 사랑)를 주장했다.

23_ 異(이)＝分也.

24_ 敗(패)＝毁破也, 害傷也.

즐거울 때 즐거워하지 않는 것이

과연 인정에 맞는 법도인가?

그들은 살아서는 근면하라고 하고 죽어서는 야박하니

그들의 도는 크게 각박한 것이며

사람을 걱정하게 하고 슬프게 하는 것이니

실행하기 어려운 것이며

성인의 도라고 할 수 없을 것이다.

또한 천하의 인심에 반하고

천하가 감당할 수 없을 것이다.

묵자 혼자 실천할 수 있다 한들 천하를 어찌할 것인가?

이처럼 천하와 유리되었으니 왕도와는 거리가 먼 것이다.

樂而非樂

是果類乎.

其生也勤 其死也薄

其道大觳.[25]

使人憂 使人悲

其行難爲也

恐其不可以爲聖人之道.

反天下之心

天下不堪

墨子雖能獨任 奈天下何

離於天下 其去王也遠矣.

33-4

묵자는 자기의 도의 정당성을 다음과 같이 말했다.

"옛날 우임금이 홍수를 막기 위해

양쯔강과 황허를 다스려

사이四夷 와 구주九州 를 통하게 했는데

명산이 삼백이요, 지천이 삼천이며

작은 것은 수도 없었다.

우임금은 손수 삼태기와 따비를 들고

墨子稱[26] 道日

昔者禹之湮[27] 洪水

決[28] 江河

而通四夷九州也.

名山三百 支川三千

小者無數

禹親自操橐[29] 耜[30]

25_ 觳(곡)=觳薄.
26_ 稱(칭)=謂各當其宜也.
27_ 湮(인)=塞也, 沒水中也.
28_ 決(결)=開也, 別也, 理也.
29_ 橐(탁)=囊(자루)의 俗字.

천하의 하천을 뚫어 강하로 모이도록 했다.　　而九³¹⁾雜³²⁾天下之川

정강이와 장딴지에 털이 다 닳았으며　　腓無胈 脛無毛

소낙비에 목욕하고 사나운 바람에 빗질하며　　沐甚雨櫛³³⁾疾風

만국을 안정시켰다.　　置萬國

위대한 성인이신 우임금도　　禹大聖也

이처럼 천하를 위해 육체노동을 하셨다."　　而形勞天下也如此.

후세의 묵가들이 이에 고무되어　　使後世之墨者多³⁴⁾

털가죽과 칡베옷을 입고 나막신과 짚신을 신고　　以裘褐爲衣 以跂蹻³⁵⁾爲服

밤낮으로 쉬지 않고　　日夜不休

스스로 노동하는 것을 근본으로 삼았다.　　以自苦爲極³⁶⁾

그들은 말하기를 "이처럼 할 수 없다면　　曰 不能如此

우임금의 도가 아니며 묵가가 될 수 없다"고 말했다.　　非禹之道也 不足爲墨

상리근_{相里勤}의 제자와 오후_{五侯}의 무리는　　相里勤之弟子 五侯之徒

남방의 묵가들이고　　南方之墨者

고획_{苦獲}, 기치_{己齒}, 등릉자_{鄧陵子}의 무리들은　　苦獲己齒鄧陵子之屬

다 같이 묵자의 경전을 암송하면서도　　俱誦墨經

다르고 바뀌어 대동하지 못하고　　而倍³⁷⁾譎³⁸⁾不同

서로 이단 묵가라고 비난했다.　　相謂別墨

단단한 것과 흰 것은 같은가 다른가의 궤변으로 서로 헐뜯고　　以堅白同異之辯相訾

30_ 耟(거)＝따비.
31_ 九(구)＝本作鳩, 聚也.
32_ 雜(잡)＝會也, 穿也.
33_ 櫛(즐)＝빗질하다.
34_ 多(다)＝稱美也.
35_ 跂蹻(기교)＝木曰跂 草曰蹻. 跂(기)＝足多指也, 起踵也. 蹻(교)＝발돋움하다.
36_ 極(극)＝正也, 本也.
37_ 倍(배)＝乖戾也.
38_ 譎(휼)＝欺也, 異也.

소뿔이 위아래로 갈린 소와
뿔이 짝을 이룬 소는 같지 않다는 사설로 응수하며
거자巨子를 성인이라 하며 모두가 그를 종주로 삼고
묵자의 후계자가 되기를 원하여
지금까지 결말이 나지 않았다.
묵적과 금골리의 뜻은 옳았으나
그 실천은 틀린 것이다.
장차 후세의 묵가들로 하여금
스스로를 고통스럽게 한 것이기 때문이다.
정강이와 장딴지에 털이 닳아 없어지도록
서로 경쟁하게 하는 것은
어지러움에는 최상이요, 다스림에는 최하이다.
그렇지만 묵자는 참으로 천하의 호인이며
장차 다시는 만날 수 없는 사람일 것이다.
비록 몸이 고목이 되어도 그치지 않았으니
재사才士가 분명하다.

以觭39) 偶
不仵40) 之辭 相應
以巨子爲聖人 皆願爲之尸41)
冀得爲其後世
至今不決
墨翟禽滑釐之意則是
其行則非也
將使後世之墨者
必自苦
以腓無胈 脛無毛
相進而已矣
亂之上也 治之下也
雖然 墨子眞天下之好也
將求之不得也.
雖枯不舍也
才士也夫.

33-5

세속에 묶이지 않고 외물을 꾸미지 않고
남을 괴롭히지 않고 대중에게 거스르지 않고

不累於俗 不飾於物
不苛42) 於人 不忮43) 於衆

39_ 觭(기)＝天地角.
40_ 仵(오)＝偶敵也, 同也.
41_ 尸(시)＝主也, 제사 때 尸童.
42_ 苛(가)＝煩擾也, 暴虐也, 詰問也.
43_ 忮(기)＝很也(不聽從也), 通伎(與也).

오직 천하의 안녕과 백성의 생명을 살리는 것을 소망하고	願天下之安寧 以活民命

너와 나를 양생하는 것으로 만족하고 거기서 그침으로써	人我之養 畢足而止

마음이 소박했다.	以此白44)心.

옛날 도술에 이런 것에 매달리는 자들이 있었는데	古之道術有在於是者

송견과 윤문尹文이 이를 듣고 설복되었다.	宋鈃45)尹文聞其風而悅之.

그들은 위아래가 평등한 화산관을 만들어 쓰고	作爲華山之冠

자신들의 징표로 삼았다.	以自表.

만물을 접함에 있어	接萬物

'마음의 우리'에서 결별하는 것을 출발로 삼았는데	以別46)宥47)爲始

이러한 마음의 포용을 일러	語心之容48)

'마음의 도'라 이름 붙였다.	命49)之曰心之行.50)

이로써 만물과 화합하여 다 같이 즐거워하고	以聏51)合驩52)

이로써 천하를 평화롭게 하려 하였다.	以調53)海內

44_ 白(백)=素也, 潔也.

45_ 宋鈃(BC 400?~300?)은 孟子(BC 372?~289?)보다 앞선 사상가로 尹文, 彭蒙, 愼到 등과 함께 稷下宮 출신의 유명한 학자였다. 직하궁은 姜씨의 齊나라를 BC 386년 田씨가 찬탈한 이후 취약한 정통성을 보완하고자 BC 374년 桓公이 천하의 학자들은 대거 초빙하여 설립한 종합 학술연구소였다. 그 후 宣王이 BC 320년경 크게 확장하여 초빙한 학자들이 수천 명에 이르렀다고 한다. 송견의 이름은 『孟子』「告子 下」에서는 宋牼으로, 『莊子』〈內篇〉「逍遙遊」와 『韓非子』「顯學」에서는 宋榮子로, 『荀子』「正論」에서는 宋子로 되어 있다. 이 글에서는 송견을 윤문과 묶어 한 학파로 보았으나, 荀子는 송견을 墨子의 계승자로 보아 한 무리로 묶었다. 학계는 송견을 안은 도가요, 밖은 묵가(內道外墨)라고 평한다. 그의 저서 『宋子』 18편은 일실되었다. 중국의 사학자 궈모뤄(郭沫若, 1892~1978)는 『管子』「心術」, 「內業」, 「白心」과 『呂氏春秋』「去宥」, 「去尤」이 송견의 글이라고 주장한다. 『장자』와 『순자』의 송견에 대한 비평으로 볼 때 타당한 추론이다. 그러나 중국의 철학자 펑유란(馮友蘭, 1894~1990)은 믿지 않는다.

46_ 別(별)=去也.

47_ 宥(유)=寬也. 여기서는 囿(분별구역)의 錯簡으로 본다.

48_ 容(용)=包也, 寬也.

49_ 命(명)=名也.

50_ 行(행)=道也.

51_ 聏(이)=和萬物也, 聏(뉵)=慙也.

52_ 驩(환)=同歡也.

53_ 調(조)=調和(不爭競也).

그런 세상을 세우기 위해 관건으로 생각한 것은
첫째, 모욕을 당해도 욕되게 생각지 않음으로써
백성의 싸움을 그치게 하고
둘째, 침공을 금하고 병사를 쉬게 하여
세상의 전쟁을 막는 것이었다.
이런 주장을 들고 천하를 주유하며
위로 유세하고 아래로 가르쳤다.
비록 천하가 받아들이지 않아도
부지런히 떠들고 다니며 그치지 않았다.
그렇지만 남을 위한 것은 너무 많고
자기를 위한 것은 너무 적었다.
이르기를
"마음의 욕심을 진실로 버린다면
닷 되의 밥만 있으면 족하며
선생께서 배부르지 못할까 걱정일 뿐이다"라고 하며
제자들은 굶주려도
천하를 잊지 않고 낮이나 밤이나 쉬지 않는다.
이르기를 "우리는 반드시 백성을 살려야 한다"고 하니
세상을 구할 선비라고 자만할 만하다.

請[54]欲置[55]之以爲主[56]
見侮不辱
救[57]民之鬪
禁攻寢[58]兵
救世之戰.
以此周行天下
上說下敎.
雖天下不取
强聒[59]以不舍者也.
雖然 其爲人太多
其自爲太小.
曰
請欲固置[60]
五升之飯足矣.
先生恐不得飽
弟子雖飢
不忘天下 日夜不休
曰 我必得活哉.
圖傲[61]乎救世之士哉.

54_ 請(청)=求也, 通情.
55_ 置(치)=立也, 設也, 安也, 捨也, 廢也.
56_ 主(주)=宗要也.
57_ 救(구)=禁也.
58_ 寢(침)=息也.
59_ 聒(괄)=多聲亂耳.
60_ 置(치)=捨也.
61_ 傲(오)=倨也.

이르기를 "밖으로는 침공을 금지하여 병사를 쉬게 하고　　日 以禁攻寢兵爲外

안으로는 마음의 욕구를 적고 소탈하게 해야 한다"고 한다.　　以情欲寡淺爲內.

이르기를 "군자는 가혹하게 규찰하지 말며　　日 君子不爲苛察[62]

몸으로써 외물을 좇지 말아야 한다"고 한다.　　不以身假[63]物

천하에 무익한 것은　　以爲無益於天下者

밝히는 것보다 그치는 것이 낫다고 생각한다.　　明之不如已也

이는 밖으로 공벌을 금하고 병사를 잠재우고　　以禁攻寢兵爲外

안으로 정욕을 적게 하자는 것으로　　以情欲寡淺爲內

대소大小 정조精粗 가 있겠으나　　其小大精粗

그들의 행함은 지극함에 이르면 그것으로 그친다.　　其行適至 是而止.

33-6

공의로워 파당을 짓지 않고　　公而不黨

서로 친신親信 하여 사사로움이 없으며　　易[64]而無私

개방적이어서 주의주장이 없고　　決[65]然無主

사물을 취사선택하여 양단하지 않으며　　趣物而不兩[66]

염려하여 돌보아 주지도 않고　　不顧於慮

지혜를 짜서 계획하지도 않으며　　不謀於知[67]

사물을 시비로 선택함이 없고 그것들과 모두 함께 간다.　　於物無擇 與之俱往

62_ 察(찰)=嚴殺之貌.

63_ 假(가)=以物貸人也, 因也(假於異物 : 莊子/內篇/大宗師).

64_ 易(이)=治也, 平簡也. 相親信無後患之辭.

65_ 決(결)=開也.

66_ 兩(양)=兩意로 解함.

67_ 王先謙은 無旁顧 無巧謀로 解함.

옛 도술에 이런 것에 매달린 자들이 있었는데	古之道術 有在於是者
팽몽彭蒙, 전병田騈, 신도愼到[68] 등이	彭蒙田騈愼到[68]
이런 학풍을 듣고 설복되었다.	聞其風 而說之
그들은 만물을 균등하게 하는 것을 위주로 삼아 이르기를	齊萬物以首 曰
"하늘은 만물을 덮을 수는 있어도 실을 수는 없으며	天能覆之 而不能載之
땅은 만물을 실을 수는 있어도 덮을 수는 없으며	地能載之 而不能覆之
대도는 만물을 감쌀 수는 있어도 분별할 수는 없다"고 했다.	大道能包之 而不能辨之
이처럼 만물은 옳을 수도	知萬物皆有所可
옳지 않을 수도 있다는 양면성을 안다.	有所不可
그러므로 이르기를	故曰
"선택은 불편부당할 수 없고 가르침은 극진할 수 없으나	選則不徧 教則不至
도는 남김없이 다 함께 하는 것이다"라고 한다.	道則無遺者矣
그러므로 신도는 지혜와 자기를 버리고	是故愼到 棄知去己[69]
인연의 관계를 물리침이 없이	而緣不得已
만물이 흘러가는 대로 따르는 것을 도리라고 생각했다.	泠汰[70] 於物 以爲道理
이르기를 "앎은 무지이며	曰 知不知
앎이 잡다해지면 이웃을 상하는 것이 된다"고 한다.	將薄[71]知而後 鄰傷之者也
방정치 못한 태도로 벼슬도 하지 않고	謑髁[72] 無任
천하의 존경받는 현인을 비웃는다.	而笑天下之尙賢也
방종 탈선하며 천하의 위대한 성인을 비난한다.	縱脫無行 而非天下之大聖

68_ 愼到(BC 395?~315)는 稷下宮의 학자로 尹文과 더불어 老子 사상을 刑名法術의 철학적 기초로 삼았다. 荀子는 이들을 法家로 분류한다.

69_ 已(이)=黜棄也.

70_ 泠汰(랭태)=聽放也. 王先謙은 沙汰로 解함. 沙(사)=水旁地. 汰(태)=水波.

71_ 薄(박)=聚藏也.

72_ 謑髁(혜과)=창피한 넓적다리. 訑倪不正貌.

망치로 치든 둥글게 깎든 만물을 따라 굴러간다.   椎拍輐斷[73] 與物宛轉[74]

시비를 버리는 것을 진정 구속에서 벗어나는 것으로 생각하여   舍是與非 苟可以免

지혜와 사려를 스승으로 삼지 않고 앞뒤를 모르며   不師智慮 不知前後

산봉우리처럼 멈추어 있다.   魏[75]然而已矣

밀면 가고 당기면 오니   推而後行 曳而後往

마치 회오리바람처럼 돌아오고 깃털처럼 나부끼며   若飄風之還 若羽之旋

맷돌처럼 회전하니 모두가 완전하여 그릇됨이 없고   若磨石之隧[76] 全而無非

동하거나 정하거나 지나침이 없으니 죄책이란 있을 수 없다.   動靜無過 未嘗有罪

이것은 무엇 때문인가?   是何故

지각이 없는 물건은 자기 주체를 세우는 걱정이 없고   夫無知之物 無建己之患

지혜를 쓰는 번거로움이 없고   無用知之累

동정이 물리物理를 떠나지 않기 때문이다.   動靜不離於理

그러므로 종신토록 기림도 허물도 없는 것이다.   是以終身無譽

그러므로 이르기를   故曰

"지각이 없는 목석과 같이 되는 길뿐이며   至於若無知之物而已

성현은 무용한 것이며   無用賢聖

흙덩이처럼 도를 잃지 않는다"고 한다.   夫塊不失道

천하 호걸들은 그들을 서로 비웃으며 이르기를   豪傑相與笑之曰

"신도의 도는 살아 있는 사람이 행할 것이 아니며   慎到之道 非生人之行

죽은 자의 이치를 지극하다고 하는 괴짜다"라고 한다.   而至死人之理 適得怪焉

전병도 역시 마찬가지다.   田骈[77]亦然

73_ 輐斷(완단)=둥글게 자르다.
74_ 宛轉(완전)=구르는 모양.
75_ 魏(위)=巍也.
76_ 隧(수)=回轉也.
77_ 骈(병)=고을 이름, (변)=육손이.

팽몽에게서 배워 가르침이 없는 것을 터득했다.

팽몽의 스승이 말한 것은

"옛 도인은

옳은 것도 그른 것도 없는 경지에 이르렀다"는 것뿐이다.

그런 학풍은 맞바람 같아서 무엇을 말할 수 있겠는가?

항상 남들을 반대할 뿐 자기 소견을 드러내지 않았으니

신도가 말한 여물완전與物宛轉[79]을 벗어나지 않는다.

그가 말한 도는 그릇된 도이며

그가 말한 옳음은 그릇됨을 벗어날 수 없다.

팽몽, 전병, 신도는 도를 알지 못한다.

그렇지만 그들은 모두 일찍이 대강은 들은 사람들이다.

學於彭蒙 得不教焉

彭蒙之師 曰

古之道人

至於莫之是莫之非而已矣

其風䬐[78]然 惡可以言

常反人 不見觀

而不免於魭斷

其所謂道非道

而所言之韙[80] 不免於非

彭蒙田駢慎到不知道

雖然 概乎皆嘗有聞者也.

33-7

근본(無)을 정미한 것(精神)으로 삼고

사물事物(有)을 조잡한 것으로 삼으며

재물이 아무리 쌓여도 만족하게 여기지 않고

맑은 물처럼 홀로 신명과 더불어 산다.

옛 도술에 이런 것이 있었는데

以本[81] 爲精[82]

以物[83] 爲粗[84]

以有[85] 積爲不足

澹然獨與神明居.

古之道術有在於是者

78_ 䬐(획)=逆風.
79_ 與物宛轉(여물완전)=만물을 따라 굴러간다.
80_ 韙(위)=是也.
81_ 本(본)=無也.
82_ 精(정)=정미한 精神과 道.
83_ 物(물)=有也.
84_ 粗(조)=조잡한 事物.
85_ 有(유)=富也, 所有也.

관윤과 노담이 그것을 듣고 설복당했다.

신명을 군건하게 세워 자연의 상도인 무유無有 에 이르고

그것을 주인으로 삼고 태일太一 에 이르고자 했다.

유약 겸양을 의표로 삼고

공허함으로써 만물을 훼방하지 않는 것을 내실로 삼았다.

관윤이 말했다.

"몸을 자재自在 하고 거처가 없으나

형체 있는 사물에 저절로 드러납니다.

움직임은 물 같고 고요함은 거울 같고

반응은 메아리 같아

모습이 없으니 없는 것 같고

고요하니 맑은 것 같습니다.

함께하면 화합하지만 얻으려 하면 잃습니다.

남에게 앞서는 일이 없고 항상 남을 따릅니다."

노담이 말했다.

"수컷을 알고 암컷을 지키면 천하의 계곡이 된다.

명예로움을 알고 오욕을 받아들이면

천하의 골짜기가 된다.

사람은 모두 앞서기를 취하는데

나만 홀로 뒤처지는 것을 취하니

關尹老聃 聞其風 而說之.

建之以常[86] 無有.[87]

主之以[88] 太一.

以濡弱謙下爲表.

以空虛不毁萬物爲實.

關尹[89] 曰

在己無居

形物自著

其動若水 其靜若鏡

其應若響.

芴[90] 乎若亡

寂乎若淸

同焉者和 得焉者失.

未嘗先人 而常隨人.

老聃曰

知其雄 守其雌 爲天下谿.

知其白[91] 守[92] 其辱

爲天下谷.

人皆取先

己獨取後

86_ 常(상)=自然, 復命曰常(老子).

87_ 無有(무유)=無物, 混沌, 形相.

88_ 以(이)=爲也(觀其所以 : 論語), 至也(以正治國 : 老子).

89_ 關尹(관윤)=老子의 제자.

90_ 芴(홀)=芒芴=無象也.

91_ 白(백)=彰明也.

92_ 守(수)=收也.

이르기를 '천하의 오욕을 감수한다'고 한다.   曰 受天下之垢.

사람들은 모두 실을 취하는데   人皆取實

나만 홀로 허를 취하고   己獨取虛

저장하지 않기에 오히려 남음이 있다.   無藏也故有餘.

독립 자족하고 여유 있으니   巋⁹³⁾然而有餘

몸소 행함이 느리지만 어긋나지 않으며   其行身也徐 而不費⁹⁴⁾

인위 人爲 가 없으며 교활한 지혜를 비웃는다.   無爲也 而笑巧.

사람들은 모두 복을 구하지만   人皆求福

나 홀로 온전함을 따르며   己獨曲⁹⁵⁾ 全

이르기를 '허물을 면했다'고 한다.   曰 苟免於咎.

깊음을 뿌리로 삼고 검약을 벼리로 삼으며   以深爲根 以約爲紀.

이르기를 단단하면 부서지고   曰 堅則毀矣

예리하면 무디어진다고 한다.   銳則拙⁹⁶⁾ 矣.

항상 사물에 관용하고 남을 깎아내리지 않으니   常寬容於物 不削於人

가히 지극하다 할 것이다."   可謂至極.

관윤과 노담은   關尹老聃乎

옛날의 넓고 큰 진인이다.   古之博大眞人哉.

함께 읽기

• 노자老子 / 6장 : 谷神不死.
• 노자老子 / 76장 : 柔弱者生之徒.
• 노자老子 / 78장 : 弱之勝强 柔之勝剛.

93_巋(규)=산 우뚝하다. 獨立自足之貌.
94_費(비)=損也, 倦也.
95_曲(곡)=委隨也, 一偏也, 委細也.
96_拙(졸)=鈍也.

33-8

막막하여 형체가 없고 변화무상하니

죽음도 삶도 더불어 하고

천지의 아우름과 더불어 하고

신명의 운행과 더불어 한다.

망망한데 어디로 갈 것이며

순간인데 어디까지 갈까?

만물이 모두 그물인데

근원으로 돌아감만 못하리라!

옛 도술에 이런 것이 있었는데

장자는 이런 풍격을 듣고 설복되었다.

현실과는 동떨어진 이야기와

황당한 말과 끝없는 사설은

때로는 방자하지만 구차하지 않으며

억지로 기이한 것을 보여주려는 것은 아니다.

그가 그런 것은 천하가 심히 혼탁한데

엄숙한 정론正論으로 말할 수 없었기 때문이다.

芴⁹⁷⁾漠無形 變化無常

死與生與⁹⁸⁾

天地並與

神明往與.

芒⁹⁹⁾乎何之

忽¹⁰⁰⁾乎何適

萬物畢羅

莫足以歸.¹⁰¹⁾

古之道術 有在於是者

莊周聞其風 而悅之.

以謬¹⁰²⁾悠¹⁰³⁾之說

荒唐之言 無端崖之辭

時恣縱而不儻¹⁰⁴⁾

不以觭¹⁰⁵⁾見之也.

以天下爲沈¹⁰⁶⁾濁

不可與莊¹⁰⁷⁾語.

97_ 芴(홀)＝無象也, 菲也.

98_ 與(여)＝從也, 親也, 同也.

99_ 芒(망)＝昏.

100_ 忽(홀)＝速貌.

101_ 歸(귀)＝復, 退嬰.

102_ 謬(류)＝虛也.

103_ 悠(유)＝遠也.

104_ 儻(당)＝倏忽不可期也, 苟也.

105_ 觭(기)＝角一俯一仰也, 奇異.

106_ 沈(침)＝汚泥也, 滯也, (심)＝으슥하다.

107_ 莊(장)＝嚴也, 正也.

장자는 반어(아이러니)로 선입견을 혼란케 하고 以卮言爲曼衍[108]

중언(패러디)으로 고쳐 다시 참되게 하고 以重言爲眞.

우언(우화)으로 뜻을 넓힌다. 以寓言爲廣.

홀로 천지와 더불어 정신을 왕래하여 獨與天地 精神往來.

함부로 만물을 분계分界 하지 않고 以不敖倪[109] 於萬物

시비를 따지지 않으며 不譴是非

속세와 더불어 거처한다(신선의 하방). 而與世俗處.

그의 글은 비록 괴이하고 독특하지만 其書雖瓌瑋[110]

사물을 따르므로 몸(생명)을 해침이 없다. 而連犿[111] 無傷也.

비록 들쭉날쭉 허실이 있지만 其辭雖參差

그 기이한 해학이 볼만하다. 而諔詭[112] 可觀.

달리 가슴속에 꽉 찬 것을 다 표현할 수 없었기 때문이다. 彼其充實不可以已.[113]

위로는 조물주와 노닐고 上與造物者

아래로는 삶과 죽음을 뛰어넘고 而下與外[114] 死生

시작과 끝이 없는 초월자를 벗하였던 것이다. 無終始者友.

그것이 뿌리로 하는 것은 광대한 열림이요, 其於本也 宏[115] 大而辟[116]

깊고 텅 빈 마음의 자유로움이다. 深閎[117] 而肆[118]

108_ 曼衍(만연)＝無極也. 王先謙은 因其事理而推衍之로 解함.
109_ 敖倪(오예)＝戲謔也. 곽상(郭象, 252?~312)은 寬縱不正之貌로 解함.
      敖(오)＝戲也. 傲와 통용. 倪(예)＝分也, 際也(天倪：莊子/內篇/齊物論).
110_ 瓌瑋(괴위)＝奇特也.
111_ 連犿(련변)＝相從貌, 宛轉貌.
112_ 諔詭(숙궤)＝滑稽, 奇異也.
113_ 已(이)＝止也, 畢也.
114_ 外(외)＝遠也, 表也, 棄也.
115_ 宏(굉)＝博大也.
116_ 辟(벽)＝闢과 같음.
117_ 閎(굉)＝虛廓也.
118_ 肆(사)＝放縱也.

그것이 종주로 삼은 것은
조화로 나아가 높은 곳에 도달하는 것이다.
비록 그렇지만 그가 조화에 조응하여 사물을 해명함은
그 조리가 미진하고 그 유래가 벗겨지지 않아
망연하고 애매하여 미진함이 있다.

其於宗也
可謂稠¹¹⁹⁾ 適 而上遂也
雖然 其應於化 而解於物也
其理不竭¹²⁰⁾ 其來¹²¹⁾ 不蛻¹²²⁾
芒乎昧乎 未之盡者.

33-9

혜시는 방술이 많고 그 책은 다섯 수레다.
그러나 그 도는 모순되고 난잡했으며
그의 말은 맞지 않지만
사물의 뜻을 두루 편력하였다.
그가 말했다.
"지극히 커서 밖이 없는 것을 큼의 시초라 하고
지극히 작아서 안이 없는 것을 작음의 시초라 한다.
두께가 없어 쌓을 수 없는 것은 크기가 천 리이며
하늘은 땅보다 낮고
산은 연못보다 평평하다고 한다.

惠施¹²³⁾ 多方¹²⁴⁾ 其書五車.
其道舛¹²⁵⁾ 駁¹²⁶⁾
其言也不中
歷¹²⁷⁾ 物之意.
曰
至大無外 謂之大一.¹²⁸⁾
至小無內 謂之小一.
無厚不可積也 其大千里.
天與地卑
山與澤平.

119_ 稠(조)=調의 或字.
120_ 不竭(불갈)=未盡.
121_ 來(래)=天所來也, 還也, 未至也.
122_ 蛻(태)=허물 벗다.
123_ 惠施(BC 370?~310?)는 宋國人으로 名家의 대표적 인물. 魏나라 宰相에 12년 동안 있었다.
124_ 方(방)=法術也.
125_ 舛(천)=相違背也, 乖也.
126_ 駁(박)=龐雜也.
127_ 歷(력)=徧=遍也.
128_ 一(일)=惟初大始, 道也, 統一也.

해가 중천에 뜬 것은 기우는 것이고

만물이 살아 있는 것은 죽은 것이다.

크게 같다는 것은 작은 같음과는 다른 것이다.

이것을 일러 '소동이 小同異(소동의 차이)'라고 한다.[133]

만물은 모두 같기도 하고 모두 다르기도 하다.

이것을 일러 '대동이 大同異(대동의 차이)'라고 한다.[136]

남방은 끝이 없다지만 끝이 있고

오늘 월나라를 떠난 것은 어제의 돌아옴이다.

고리를 연결하면 풀 수 있다.

내가 아는 천하의 중앙은

연나라의 북쪽이요, 월나라의 남쪽인 것이 이를 말한다.

만물을 두루 사랑하면 천지는 일체다."[137]

혜시는 이로써 천하에 크게 달관한

변론가의 효시가 되었다.

천하의 변론가들은 그의 말을 서로 즐겼다.

계란은 털이 있고(닭의 어미이므로),

닭의 발은 셋이다(마음의 발이 있다).

초나라 서울 영에 천하가 있다.

日方[129] 中方睨

物方生方死.

大同[130] 而與[131] 小同[132] 異

此之謂小同異.

萬物畢同[134] 畢異[135]

此之謂大同異.

南方無窮而有窮.

今日適越而昔來.

連環可解也.

我知天下之中央

燕之北 越之南 是也.

汎愛萬物 天地一體也.

惠施以此爲大觀於天下

而曉辯者

天下之辯者[138] 相與樂之

卵有毛

雞三足

郢[139] 有天下

129_ 方(방) = 有也, 未至之辭, 齊等也, 當也.
130_ 大同(대동) = 모두 같음. 예컨대 生物.
131_ 與(여) = 兼也, 同也.
132_ 小同(소동) = 작은 범위의 같은 것들. 예컨대 포유류, 곤충 등
133_ 異中求同(異 속에서 同을 구함)를 말함.
134_ 畢同(필동) = 만물은 사물이라는 점에 모두 같다.
135_ 畢異(필이) = 만물은 같은 것이 하나도 없다.
136_ 同中求異(同 속에서 異을 구함)와 異中求同(異 속에서 同을 구함)의 근거를 말함.
137_ 묵자의 兼愛說을 수용함.
138_ 辯者(변자) = 헬레니즘시대의 소피스트와 유사하다.

개도 양이라 할 수 있고, 말도 알이 있다.　　　　　犬可而爲羊 馬有卵

개구리는 꼬리가 있다.　　　　　　　　　　　　　丁子[140] 有尾

불을 뜨겁지 않고, 산은 말을 한다.　　　　　　　火不熱 山出口

수레바퀴는 땅을 밟지 않고, 눈은 볼 수 없다.　　輪不蹍[141]地 目不見

손가락의 가리킴은 (물건에) 이르지 못하고　　　指不至

귀에 이른 (소리는) 끊어지지 않는다.　　　　　　至不絶[142]

거북이는 뱀보다 길다.　　　　　　　　　　　　龜長於蛇

곱자는 모나지 않고, 그림쇠는 원을 만들 수 없다.　矩不方 規[143] 不可以爲圓

구멍은 자루를 둘러쌀 수 없다.　　　　　　　　鑿不圍枘[144]

날아가는 새의 그림자는 움직인 적이 없다.　　　飛鳥之景 未嘗動也

화살촉이 빠르다는 것은　　　　　　　　　　　鏃矢之疾

움직이지도 정지하지도 않은 때다.　　　　　　而若不行不止之時

강아지는 개가 아니다.　　　　　　　　　　　　狗非犬

누런 말과 검은 소는 세 마리다.　　　　　　　黃馬驪[145] 牛三

흰 개는 검다.　　　　　　　　　　　　　　　白狗黑

어미를 잃은 망아지는 일찍이 어미가 없었다.　孤駒未嘗有母

일 척의 채찍을 날마다 그 반을 취한다 해도　一尺之捶[146] 日取其半

만세까지 다하지 못할 것이다.　　　　　　　萬世不竭

변론가들은 이것으로 혜시와 주고받으며　　辯者以此與惠施相應

139_ 郢(영)＝故楚都.
140_ 丁子(정자)＝楚人呼蝦蟆爲丁子.
141_ 蹍(전)＝밟다.
142_ 至不絶(지부절)＝耳不絶로 읽는다.
143_ 規(규)＝圓을 재는 도구. 콤파스.
144_ 枘(예)＝자루. 칼자루, 도낏자루는 구멍을 다 메울 수 없다.
145_ 驪(려)＝검은 말.
146_ 捶(추)＝杖也.

종신토록 끝이 없었다.   終身無窮

환단과 공손룡은 변론가의 무리다.   桓團公孫龍[147] 辯者之徒

사람의 마음을 속이고 사람의 뜻을 바꾸어   飾[148]人之心 易人之意

사람들의 입을 이길 수는 있지만   能勝人之口

사람의 마음을 감복시킬 수 없는 것이 변론가의 한계다.   不能服人之心 辯者之囿也.

33-10

혜시는 날마다 지혜를 다하여 남들과 변론하였으며   惠施日以其知 與人之辯

특히 그는 천하의 변론가들에 비해 괴이한 점이 있지만   特與天下之辯者爲怪

이것이 그의 대략적인 모습이다.   此其柢[149]也

그러나 혜시는 자기의 담론이 가장 현명하다고 생각하고   然惠施之口談 自以爲最賢

천지에 정론이라고 자화자찬했다.   曰 天地其壯[150]乎.

혜시는 뛰어난 점은 있으나 도술이 없다.   施存雄而無術

남방에 기이한 사람이 있었는데   南方有倚人焉

이름을 황요黃繚라고 불렀다.   曰黃繚

그는 천지가 추락하지도 함몰되지도 않는 까닭과   問天地所以不墜不陷

비바람이 불고 천둥과 번개가 치는 까닭을 물었다.   風雨雷霆之故

혜시는 사양치 않고 호응하고 사려도 없이 대답하여   惠施不辭而應 不慮而對

두루 만물을 편력한 것처럼 설명하였다.   徧爲萬物說

설명할수록 아름답지 않고 자랑할수록 그침이 없어   說而不休[151] 多[152]而無已

147_ 公孫龍은 白馬非馬, 堅白石二를 주장했다.

148_ 飾(식)=巧也, 虛也.

149_ 柢(저)=根也. 氐(大略也)와 통용.

150_ 壯(장)=본편 『莊子』의 莊語와 같다.

151_ 休(휴)=息止, 美也, 戾也.

오히려 부족한 듯 괴이함을 더했다.

이로써 남을 거슬러 열매를 얻고

남을 이겨 이름을 얻으려 한다.

이 때문에 대중과 조화하지 못하고

심덕을 쇠하게 하고 외물을 늘어놓아

그것을 호도하고 비밀스럽게 했다.

천지의 도로써 혜시의 재능을 본다면

그것은 한 마리 등에나 모기의 수고로움과 같으니

어찌 일용 사물에 쓰일 수 있겠는가?

한 가지에 충실한 것은 좋은 일이지만

더욱 귀한 도라고 말한다면 위험하다.

혜시는 이것으로써 스스로 안녕할 수도 없었으니

만물을 산란하게 하기를 싫증 내지 않음으로써

끝내 변론 잘한다는 이름을 얻었을 뿐이다.

애석하다!

혜시의 재능은 방탕하여 뜻을 얻지 못하고

만물을 쫓아다니다가 근본으로 돌아오지 못했다.

이것은 굴속의 메아리를 이기려는 고함 소리요,

형체와 그림자가 경주하는 것이다.

슬픈지고!

猶以爲寡 益之以怪

以反人爲實

而欲以勝人爲名

是以與衆不適也

弱於德 陳於物

其塗[153] 隩[154] 矣

由天地之道 觀惠施之能

其猶一蚊一蝱之勞者也

其於物也何庸

夫充一尙可

曰愈貴道 幾矣

惠施不能以此自寧

散於萬物而不厭

卒以善辯爲名

惜乎

惠施之才 駘[155] 蕩而不得

逐萬物而不反

是窮[156] 響以聲

形與影競走也

悲夫.

152_ 多(다)＝衆也, 稱美也.

153_ 塗(도)＝泥也, 糊塗.

154_ 隩(오)＝曲而隱也.

155_ 駘(태)＝재갈을 벗다.

156_ 窮(궁)＝止也, 困屈也.

• 장자/외편/추수秋水 17-14 : 莊子曰 儵魚出游從容 是魚之樂也. 惠子曰 子非魚 安知魚之樂.

운율이 담긴 문체로 읽는 반어와 풍자, 풍자와 역설의 재미

- 김규동 시인 -

희생을 각오하고라도 진리와 정의의 편에 서겠다는 양심적인 인간의 모습은 얼마나 아름다운가! 개혁과 혁명과 쇄신의 길은 용기가 없이는 결코 뛰어들 수 없다. 더욱이 학자나 비평가, 혹은 정치 지도자나 종교인인 경우에는 한층 더 우리의 관심을 끌게 된다.

지금은 어느 부면部面이라 할 것 없이, 말하자면 지식을 행하는 사람이라면 모름지기 한 시대의 첨단을 걷는 선도자, 개혁자가 돼야 한다고 믿는다.

어물어물 편하게 임하는 것은 쉬운 일이다. 잘못되어 가는 것을 변연히 지켜만 보거나, 나서려다가도 박해와 불이익이 두려워 주춤거리는 일이 얼마나 많은 세상인가! 나 자신부터도 그러하다.

여기서는 결단코 실천적 진리라는 것이 나올 수 없다. 연암이나 다산의 실학이 보여주는 이상이란 바로 실천적 진리를 구현하는 인간형의 창출인 줄 안다.

기세춘 선생이 『장자』를 펴낸다. 지금까지의 수많은 『장자』 번역본들은 원전(원문)에 틀린 데가 있는 데다 번역에 있어서 오역이 심하고 그 해석이나 해설이 멋대로다. 이것이 너무나 안타깝고 슬퍼서 '여기에도 혁명이 필요하구나'라고 작심하여 이 일에 착수했던 것이다. 그리하여 『장자』가 새로이 간행된다. 이것이야말로 진짜 『장자』라는 자부심 넘친 선언과 함께.

> "명예의 우상이 되지 말고, 꾀함의 중심이 되지 말며
> 섬기는 관리가 되지 말며, 지혜의 주인이 되지 말라.
> 무궁을 체현하고 내가 없는 경지에 노닐라.
> 하늘에서 받은 본성을 다할 뿐,
> 앎을 나타내지 말고 비어 있을 뿐이다.
> 지인至人의 마음 씀은 거울과 같아서
> 보내지도 않고 맞이하지도 않는다."

이것은 『장자』 제7장 「응제왕」편에서 나오는 대목이다.

한마디로 글이 아름답고 시원하다. 곧다. 그리고 맑다. 군더더기가 전혀 없다. 한문 특유의 운이 살아 있으면서 쉽게 외일 수 있는 문체다. 이는 번역이 아니고 제2의 창작이다.

영문식 문체에 익숙해진 우리들은 글 즉, 문장의 간결, 간소, 소박미를 잘 모르게 되었다. 기 선생이 이뤄낸 동양고전 번역체는 전혀 새로운 것이다. 여기에서도 새로운 생명 운동이 필요했다.

진정으로 아는 사람은 복잡하게 말하지 않는다. 진정으로 문장을 잘 쓰는 사람은 쉽게, 정확하게, 정신이 맑아지게 쓰는 법이다.

기 선생의 번역은 이 『장자』한 권에만 국한되지 않고, 『주역』, 『논어』, 『묵자』, 『노자』등 동양고전 전체에 이르고 있지만 종래의 느슨했던 번역 문체에 긴장감과 간결성을 보탰다는 점에서 큰 주목을 끈다.

기 선생은 동양고전에 대한 선인들의 주해가 오랜 세월 동안 정치권력과 종교권력에 의해 변질·왜곡된 것이 태반이어서, 이를 고증하여 본래의 모습을 복원해야 한다는 확고한 신념을 가지고 있다. 대만 유학파들이 장악하고 있는 강단학계로부터 외면당하면서도 홀로 고독하게 아무런 인적·물적 지원도 없이 20여 년을 이 길에 투신해 왔다.

선생의 경전 주해는 경전으로 경전을 해석하는 이경석경 以經釋經 을 원칙으로 한다. 이 방법은 다산을 비롯한 옛 학자들이 했던 것처럼, 해당 경전뿐 아니라 여러 다른 경전을 함께 비교·분석해야 하므로 광범한 연구가 없이는 지난한 일이다.

이것은 70 평생을 민중·민족과 함께 고난을 겪고 가난한 삶을 견디면서 뜻을 굽히지 않은 선비 정신이 이끌어낸 산물인 것이다. 그러한 삶 없이는 이 어려운 작업을 다 이뤄내지 못했으리라.

선생은 1936년 정읍 독립운동가의 집안에서 태어났다. 유년기에 해방을 맞았으나, 집에서는 학교를 '미국 학교'라 하여 보내주지 않았다. 6년 동안 서당에서 한학을 배우다 열두 살이 되었을 때 초등학교 5학년에 편입했다 한다.

6·25 전쟁 때는 집안 전체가 말할 수 없는 시련을 겪었고, 성년이 되면서부터는 너무나 못사는 우리 처지를 한탄하며 농촌계몽운동에 투신했다. 그중에서도 전라북도 퇴비증산대회에서 1등을 하여 계절에 관계없이 알을 낳는 레그혼과 우량 종돈인 버크셔를 상으로 받아 마을 부흥에 힘을 기울이기도 했다는 일화는 유명하다.

군사정권 시절에는 동학혁명연구회를 조직하여 우리 식의 농촌 부흥을 일으킨다며 북한 서적을 탐독하기도 했다. 이때 이 운동(민족 정체성과 민족 통일을 담보하는 민족 경제의 부흥 운동)에 동참했던 노인영, 신영복, 이수인, 김형래, 유인학 씨 등은 모두가 열렬한 동지들이다. 그러다가 동학혁명연구회가 통일혁명당의 전선 단체로 의심받아, 급기야 1968년 통일혁명당 사건에 연루되어 전원이 구속되었고, 혹독한 고문을 당하고 옥고를 치렀다.

이후 오늘날까지 선생은 재야에서 일관된 길을 걷는 한편, 동양고전 연구와 번역에 온갖 노력을 기울여 왔다.

우리는 『장자』를 단지 수양독본으로 읽을 것인가? 아니다. 『장자』를 읽음으로써 오늘을 사는 참다운 뜻과 지혜를 찾아내야 한다. 이 한 권의 경전에서 통일의 길과 희망을 함께 모색해야 한다. 『장자』에는 은둔이 아니라 나아감과 창조가 더불어 숨쉬고 있다.

노장老莊은 말한다. 어린아이가 되라고, 햇빛같이 웃는 어린아이가 되라고 말한다. 어린아이와 같이 마음을 비우고 우리 한번 『장자』를 읽어 보자.

발문 2

묵점 선생의 고전강좌

– 김조년 교수(한남대학교 사회복지학과) –

2004년 봄은 나에게 아주 중대한 시기였다. 내가 근무하는 대학에 심각한 문제가 생겨서 그것을 풀어보려고 소용돌이의 핵심에 앉아 있었기 때문이다. 지극 정성으로 그 얽히고설킨 일을 풀고자 서로 노력하여 아주 탁월한 해결안을 만들어냈지만, 안타깝게도 그것이 채택되지 않았다. 나는 아침부터 저녁까지 긴장 속에 있어야 했기 때문에, 마음을 평정하고, 긴장 없이 살아보려고 무척 애를 썼으나, 내 주변 상황이 잘 풀리지 않으니 그런 노력이 오히려 나를 더욱 힘들게 했다. 나는 그러한 긴장과 스트레스 속에서도 최대한의 평정을 얻어, 당사자들을 만나 설득과 합의를 거쳐서 '탁월한 해결안'을 만들어냈다. 그럼에도 그 방안은 받아들여지지 않았다. 나는 일단 그 일의 일선에서 물러났다. 그 방안이 거부된 것은 곧 그 일을 처리하는 자리에 앉아 있는 내 자신에 대한 불신으로 여겨졌기 때문이다. 여러 해가 지난 지금은 그 당시 그것을 받아들이지 않았던 거의 모든 사람들이 후회하고 있지만, 결국 죽은 자식 불알 만지는 일일 뿐, 이미 지나간 일이다.

그런 일을 겪고 난 뒤, 나는 그것이 왜 그렇게 받아들여지지 않게 되었는지를 살피게 되었다. 그것은 사람들이 가지는 짧은 생각, 짧게 보려는 맘과 태도에서 나온 것이란 판단이 들었다. 역사는 길게 가는 것이고, 인생 역시 그 역사와 함께 가는 것으로 결코 짧지 않다. 그래서 나는 언제나 지금 잘 안 되는 것을 당장 고치려고 하는 것보다는, 또다시 그런 잘못을 반복하지 않을 틀을 형성하는 것이 옳다고 여긴다. 그렇게 하려면 거대한 관용과 포용과 인내와 사랑의 실현이 필요하다는 것을 느낄 때가 많다. 그 결과, 어떤 일을 하려면 결국은 집단교육, 집단의식의 향상 없이는 불가능하다는 생각이 들었다. 그것은 간디나 함석헌 같은 분들이 끊임없이 주장하고 실현하려고 노력한 하나의 집합된 '훈련'이다. 그러나 대학사회는 그런 훈련이 힘든 사회다. 그렇다면 어떻게 해야 할 것인가?

이때 떠오른 것이 바로 『장자』를 읽자는 생각이었다.

나라고 거짓말하지 않고 살 수 없지만, 작은 거짓말은 참으로 짜증스럽고 피곤한 일이다. 맘이야 할 수만 있다면 거짓말하지 않고 살고 싶다. 그러나 『장자』를 읽으면 생각이 달라진다. '맞아. 거짓말을 하려면 이렇게 해야 해' 하는 생각이 시원하게 들 만큼 『장자』의 우화 속에 들어 있는 거짓말은 참으로 시원하고 기분이 좋다. 역시 거짓말은 클

수록 좋다. '내가 당신을 영원히 살게 해주겠다' 느니, '당신은 우주와 영원과 하나가 된 존재' 라느니, '하느님과 당신은 하나' 라느니, '당신 한 몸을 구원하는 것이 역사를 구원하는 것' 이라느니 하는 말은 참말인 듯 거짓말이요, 거짓말인 듯 참말로서 어찌 되었든 듣는 사람을 시원하고 기분 좋게 해준다. 『장자』는 바로 그런 말을 끊임없이 내쏟는다. 『장자』를 몰랐을 때는 그냥 천하에 둘도 없는 뻥쟁이라고만 생각하고 있었는데, 읽고 보니 생각이 달라진다.

우리 사회의 1970년대와 1980년대. 그러니까 한마디로 '암울한 시기' 인 그때 내가 종종 찾아뵈었던 함석헌 선생은 "이런 때 『장자』를 읽으면 좋아" 라는 말씀을 자주 하셨다. 당시에는 왜 그리 말씀하시는지를 몰랐다. 그러다가 기회가 되어 『장자』를 읽기 시작한 것이, 여러 사람의 번역본을 구해 가며 읽게 되었고, 결국엔 나 역시도 『장자』의 묘미를 느끼게 되었다.

그러다가 내가 몸담고 있던 작은 조직에서 어려움을 몸소 겪으면서 다시 『장자』의 책장을 펼치고 싶다는 생각을 하게 됐다. 그것도 혼자서가 아니라 집단으로, 여럿이서 함께 읽어보고 싶다는 생각이었다. 내리쬐는 햇볕에 한두 시간이면 말라비틀어져 버릴, 종지에 담긴 물속에서 호비작거리며 지느러미로 물을 몸에 적시려고 몸부림치는 것이 아니라, 거대한 대양에서 노니는 자유혼과 생활을 경험하고 훈련하고 싶었다. 속에서 옥죄는 답답함을 화끈하게 풀어헤칠, 속 시원한 빈 들소리 한번 듣고 싶었다. 그래서 내 맘속에 떠오른 분이, 장자만큼은 아니지만 크게 뻥을 잘 치는 묵점 기세춘 선생이었다.

묵점 선생을 처음 뵌 것은 1980년대 중반이다. 종횡무진하면서도 동서고금의 무한한 지식을 가진 독설가라는 것을 첫눈에 알 수 있었다. 그 뒤 선생이 쓴 『주체철학 노트』와 『천하에 남이란 없다 ― 묵자』, 문익환, 홍근수 목사와 함께 논쟁한 『예수와 묵자』, 『동이족의 목수 철학자 묵가』, 신영복 선생과 함께 발췌하여 번역한 『중국역대 시가선집』 등을 통하여 대단한 한문 실력을 가지고 있는 분이라는 것을 알게 됐다.

그의 책들은 순수한 번역이라기보다는 한 편 한 편의 논문들을 모아 놓은 것이라고 해야 할 것이다. 그러니까 특정한 주제 아래 쓴 논문 안에 원문을 그대로 번역해 놓는 형식의 글이다. 원문 순서 그대로 번역한 것이 아니라, 주제에 맞는 논문의 전개에 따른 원문 번역이라고 해야 할 것이다. 순서대로 보려면 전체 논문에 흩어진 번역들을 새로 구성해야 한다. 아니, 그가 번역한 것은 원 텍스트를 자신의 관점에 맞게 만든 논문 속에서 재구성한 것이라고 해야 할 것이다. 그런 그가 매력이 있어 보였다.

당시에 묵점 선생은 인천에 사시면서 활동은 주로 서울에서 하셨다. 그해 5월 말이나 6월쯤에 전화를 드려서, 선생을 모시고 『장자』를 공부하고 싶은데 대전에 오실 수 있는지를 여쭈었다. 아주 반가워하시면서 기꺼이 시간을 조절해 오시겠다고 하셨다. 이미 그때는 서울에서 한 무리가 고전강좌를 듣고 있을 때여서, 새로운 학기가 되면 시작하기로 했다. 그렇게 하여 2004년 9월부터 매주 화요일, 한남대학교에 있는 인돈학술원에서 공부할 수 있게 되었다. 고풍이 그윽한 오래된 건물을 하고 있는 인돈학술원은 한남대학교를 설립한 미국남장로교 한국선교부의 위임을 받아서 대학설립준비위원장과 초대 학장을 맡았던 윌리엄 린턴William A. Linton(1891~1960, 한국명 '인돈')을 기념해 설립된 기관이다. 선교사들이 살던 곳을 한남대학교에 기증했는데, 바로 그 선교사촌을 보존하면서 학술원으로 사용하는 것이다. 그 건물들은 매우 특이한 건축 양식을 가지고 있다. 군산에 있던 어떤 관아의 오래된 건물을 뜯어서 옮겨 온 것으로 대들보와 서까래는 그만큼 오래된 것이다. 기와지붕을 올려 겉으로 보기에 한옥과 같으나, 속은 서양 사람들이 생활하기 좋게 만들어졌다. 결국 동서양의 만남을 상징하는 건물이다. 바로 그 건물 안의 응접실과 거실로 사용하던 곳, 그러니까 100여 년 이상 된 대들보와 서까래가 고풍을 당당하게 풍기는 그곳에서 『장자』 공부를 시작했던 것이다.

그런데 우리가 착각한 점이 있었다. 대학의 구성원들과 일반 시민들에게 『장자』 강좌가 열린다는 것을 적당한 범위로 알리면서 상당히 많은 사람들이 몰려올 것이라고 믿었기에, 가능하면 낮반과 저녁반으로 할 수 있게 시간을 조절하기까지 했다. 그러나 등록한 사람은 열다섯이 채 못 되었다. 결국 저녁에 한 번만 하는 것으로 결정됐다. 모두가 직장에 다니는 사람들로서 항상 시간을 낸다는 것이 쉽지 않았다. 때로는 출장을 가야 한다든지, 해야 할 업무가 많다든지, 다른 어떤 일이 있어서 빠질 수밖에 없는 이들도 있었다. 그러다 보니 때로는 여덟 사람, 어떤 때는 여섯 사람이 모여서 수강할 때도 있었다. 그러나 묵점 선생은 한 번도 거르지 않고 정확한 시간에 오셨다. 그러고는 또 밤늦게 기차를 타고 인천으로 가기를 반복하셨다. 사실 밤늦은 시간에 대전에서 인천으로 이동하기는 쉽지 않다. 갈아타고 갈아타는 번거로움이 있기 때문이다. 그런데도 매번 방대한 양의 새로운 원고를 작성하시되, 꼼꼼히 수정하시고 정리해 오시기까지 했다.

처음에는 그의 강의를 듣기가 매우 힘들고 어려웠다. 보통 다른 고전강좌라고 하면 텍스트를 읽고 해석하거나 해설하는 정도로 끝난다. 듣는 사람들도 본문을 어떻게 읽고 어떻게 해석하며 내용이 무엇인지 직접 제시해 주기를 희망하기도 한다. 게다가 이미 많은 사람들이 그 이전에 다른 사람들의 번역 책들을 이것저것 읽은 경력이 있었다. 그런데 묵점 선생의 해석과 강의는 그것들과는 판이하게 달랐다.

선생은 되풀이해 강조한다. 옛글을 읽고 해석하고 음미하는 것은 그 글 자체만으로, 그러니까 그 글의 문자를 현대어로 해석하는 것만으로는 도저히 제대로 할 수 없다는 것이다.

모든 글을 포함해 학문이나 문예물은 언제나 그 시대를 반영하는 시대의 산물이다. 그러므로 학문이나 글이 나온 시대의 상황을 알지 못하면 어떤 글도 제대로 이해할 수 없다. 글을 쓴 사람의 배경과 그 사람이 경험한 당시의 생활 세계와 주변의 정황들을 모르면 글을 이해할 수 없다는 것이다. 그러므로 아무리 대단한 진리를 담고 있는 고전이라고 해도 시대의 한계를 벗어날 수 없는 것임에 분명하다. 그런데도 대부분의 학자들은 봉건 시대나 왕권전제주의 시대의 지배체제를 위해 쓰인 문장을 현대의 민주주의 시대에 맞추어 해석한다. 선생은 이런 것이 참으로 한심스러운 세태임을 분명히 하셨고, 곡학아세의 전형이라고 비난하셨다. 또한 말과 글자에는 역사와 사회 상황을 담고 있으므로 당시의 사회제도와 관직 명칭을 파악하지 않으면 안 된다는 점도 아울러 강조하셨다.

이러한 지식사회학의 관점을 염두에 둔 선생은 언제나 그 글이 쓰이게 된 시대와 지역의 사회 상황과 문물과 정치체제를 매우 철저하게 관찰한다. 그런 태도로 보면, 『장자』는 전국시대에 고통받는 민중을 대변하는 입장임을, 더욱이 주류인 북방의 황허 문화권에서 소외된 남방의 양쯔강 문화권에 속하는 비주류 출신의 글임을 알게 된다. 그러므로 집권 세력의 지배 학문 체계와도 상당한 거리가 있다. 요새 말로 하면 그들과 대비하여 볼 때 왼편에 있다고 할 수 있다. 지배와 집권과 군림을 거부하는 재야 세력의 글이란 말이다. 그러니 민중은 지배를 거부하거나 비판하는 재야의 글을 따를 수밖에 없다. 따라서 그러한 저항의 담론은 언제나 민중 반란의 온상이 될 수밖에 없다.

그러한 것을 잘 알고 있던 권력과 그것에 기생하는 지식인들은 민중 중심의 글을 지배 체계 안으로 수렴하려고 한다. 그래서 다분히 부정과 비판의 철학 체계인 노장 철학을 지배 철학인 유교의 관점에서 수렴하기 위해 왜곡하고 변질시킨 것이다. 그와 같은 악역을 가장 철저하게 한 사람이 하안과 왕필이다. 그 뒤로 유교의 학자들은 노장을 해석하되 유교의 입장에서, 유교와의 갈등이 최대한 적은 방향으로 해석하고 수정했다. 우리 한국의 동양철학, 특히 중국철학이나 고전을 번역하는 사람들은 바로 이 왕필 계통의 학문 체계를 따랐던 것이다. 그러므로 『노자』를 『노자』로, 『장자』를 『장자』로 읽지 않고, 유가의 눈으로 노장을 읽고 해석한다. 또 당시의 눈이 아닌 오늘의 눈으로만 보려고 한다. 모든 고전 텍스트들은 그 당시의 눈과 오늘의 눈으로 동시에 보아야 하는 것이 당연하다. 그러나 그 당시의 눈으로 보는 것이 먼저 이루어져야 함은 더욱 분명하다. 그러고 난 뒤에 오늘의 시각에서 받아들이거나 비판하는 것은 무방하다.

즉 고전이라고 하여 무조건 황금률처럼 받아들이는 것은 매우 위험한 발상이라는 것이다. 묵점 선생은 바로 『노자』를 『노자』로 읽고, 『장자』를 『장자』로 읽되, 『노자』는 『장자』를 통하여 밝히고 『장자』는 『노자』를 함께 읽어야만 밝아진다는 점을 분명히 한다. 그러므로 때때로 『장자』를 읽을 때는 그것이 『장자』 강좌인지 『노자』 강좌인지를 분별이 불가능할 만큼 섞여 있다. 또한 노장을 노장의 눈을 통해서만 읽는 것 역시 위험하며 불안하다. 또 다른 시각을 통하여 그들을 어떻게 비판하고 이해했는가를 보는 것이 중요하기 때문이다. 그러므로 묵점 선생은 방대한 시간을 투자하여 중국의 고전을 샅샅이 뒤진다. 묵가, 도가, 유가, 법가와 그 아류들의 해석과 비판을 동시에 살펴서 노장을 읽는다. 그렇게 하면 자연스럽게 『장자』에 쓰인 글자와 말들이 그 당시에 어떤 맥락에서 어떻게 쓰였는지 밝혀지는 것이다.

이미 그의 책을 넘겨 본 사람은 알고 있을 것이다. 그가 어떠한 관점에서 『장자』를 읽고 후학들에게 가르치고 있는가를. 그는 자유인이다. 그가 나온 학교로부터도 자유롭고, 그가 배운 사람들로부터도 자유로우며, 지금 살아 있는 동양고전을 옮긴 사람들로부터도 자유롭다.

그가 한문을 익힌 것은 어려서 부친의 서당을 다니면서부터다. 그는 어려서부터 익힌 한문 기초에 오랜 재야 생활과 고전에 대한 탐구에서 얻은 학식으로 무수히 많은 고전들을 섭렵했다. 선생은 『십삼경주소十三經注疏』와 『백자전서百子全書』를 늘 곁에 두고, 수많은 중국의 집해서를 두루 참고한다. 그러므로 그는 책방에 나와 있는 어느 번역서에도 만족하지 못할뿐더러 모두가 다 틀렸다고 혀를 찬다.

특히 대학에서 중국철학을 공부했다는 사람들은 그들의 스승의 버릇을 그대로 답습한다. 잘하는 것도 따르지만, 못하거나 틀린 것도 따르기 십상이다. 간혹 틀린 것을 발견했다고 하더라도 스승의 잘못을 비판하는 것은 우리 학문 풍토에서 아직은 자유롭지 못하기 때문이다. 기세춘 선생의 경우는 바로 그 부분에서 자유롭다.

선생의 책에는 다른 번역들과 대조해 자신의 번역은 어떠하다는 것이 밝혀져 있다. 나는 한문 실력이 모자라 선생의 번역이 옳은지 그른지 판단할 능력이 없지만, 한 가지는 분명히 말할 수 있다. 다른 번역들은 아무리 번역문임을 감안하더라도 문맥이 통하지 않는 것이 너무 많다. 우리말로 번역한 것임에도 도저히 이해가 되지 않는다. 그러나 기세춘 선생의 번역은 문맥이 '통한다'. 그 문맥을 통하게 한 것은 그냥 억지로 꾸며서 이룬 것이 아니라, 무수히 많은 고전문헌을 찾아내 그 전거를 대면서 저 깊은 곳에 숨어 있는 글자의 뜻을 찾아서 해석하고 맞춘 것이다. 그것이 특이하다. 그래서 그는 아주 힘주어 강조한다. 이제까지 나온 모든 동양고전의 번역본들을 다 불살라 버리고 쓰레기장에 폐기처분해야 한다고. 그 대상에는 예외가 없다. 이름만 대면 세상이 다 알 만한 사람들이 번역한 것까지도 다 포함한다. 이는 동양고전 번역계와 출판계에 던지는 선전포고요, 반란이다.

그는 왜 그리도 당당할 수 있는 것일까? 본인 말대로 "너무 독선적이고 방자하며, 남을 비판하는 험구가이고, 남들이 가지 않는 길을 고집했고, 관장으로 출세하지 못하고 곤궁하게 살고 있으니" 순자가 말하는 '소인배'라서 그랬던 것일까? 그러나 그는 변명한다. 이것은 반란이 아니라 '고전 재번역 운동'이라고. 어찌 보면 고전 부흥 운동처럼 보일지 모르나, 그는 자신이 일흔이 될 때까지 재야에서 해오던 대로 해나가는 진보 운동이라고 항변한다. 은퇴한 운동가들의 찌그러진 모습을 보이고 싶지 않을 뿐만 아니라, 그 상황에 대한 항변이요, 대안 운동이라고 주장한다.

학문하는 사람은 일단 자유로워야 한다. 스승에게 얽매이지 말아야 하는 것도 물론이지만, 자기 밥통에도 매이지 말아야 한다. 앞에서도 말했지만 그는 강단학계의 학맥을 이어받는 한문 공부를 하지 않았기에 따르고 이어야 할 선생과 학풍이 없다. 만약 있다고 한다면 그가 세상을 보는 관점이 바로 그것이며, 『장자』라는 글은 분명히 그것이 쓰인 당시의 상황이 있으므로 그 상황을 재연하여 읽어야 진면목이 나온다는 신념이자 확신이다.

또 그는 이 글을 쓰고 팔아서 밥을 빌어먹을 것이 없다. 직장에서 떨려 나오거나 패거리에서 소외될 위험이 전혀 없다. 그는 오로지 학문이 좋아서 읽고 번역할 뿐이다. 글을 써달라면 쓰고, 달라는 사람이 없으면 써놓은 원고 뭉치를 쟁여놓는다. 대전에서 몇 명을 모아놓고 강좌를 열지만, 그것이 그에게 밥벌이가 되는 것이 아니고, 굉장한 후학을 길러서 영화를 얻자는 것도 아니다. 그냥 텁텁한 세상에서 순박하고 갸륵한 영혼들과 일주일에 한 번 만나 씨름하는 것으로 족한 그다. 씨름하되 홀로 원본과 씨름하는 것이지, 다른 누구와 힘겨루자는 것도 아니다.

그러니 세상에 아양 떨 필요도 없다. 세상이 그를 알아주는 것도 아니지만, 그가 알아달라고 아양 부릴 세상도 사람도 없다. 누구의 비판도 두려울 것 없이 동서고금을 넘나들면서 독설을 퍼부을 뿐이다. 틀렸으면 틀린 대로 그들이 그것을 가지고 밥 빌어먹게 내버려 둘 일이지, 목에 힘주어 가며 그들을 비판할 필요가 없는 것이다.

이것은 다산 정약용이 성리학을 주창한 주자를 비판한 정신과 같다. 세상이 다 저주하는 걸주 같은 폭군은 한두 세대에 또는 일부 사람들에게 못된 짓을 했지만, 노장을 왜곡한 하안과 왕필이야말로 세 치의 혀와 붓끝으로 곡학아세하여 몇 세기를 휩쓸어 폐악을 끼쳤으니 걸주보다 더한 악한이라고 비판했던 정림 고염무의 정신이다. 잘못된 해석으로 인성이 비틀어지고, 세상 제도가 비뚤어지며, 사람다운 모습이 변질되는 것을 그냥 둘 수는 없다는 것이다. 그래서 그는 당신의 번역만을 내놓는 게 아니라, 다른 사람들의 수많은 번역문을 지루하리만큼 부단히 비교해 늘어놓는다. 누가 옳게 보았는지 세상이 판단하라는 것이다. 물론 그의 번역이라고 완벽하다고 할 수는 없을 것이다. 그러나 당당하게 다른 사람의 것과 자신의 것을 비교해 판단하라는 그 자세는 참으로 존경스럽다.

물론 그의 이런 태도를 괘씸하게 생각하는 사람들도 많이 있을 것이다. 그래서 혜강 최한기는 "오도된 지식인은 무식하지만 선량한 촌부만 못하다"고 말하지 않았던가?

그를 오늘날 우리 사회에 살고 있는 '장자'라고 불러도 될까? 그렇게 말하는 나도 듣는 그도 웃겠지만, 그는 이렇다라고 뽐내는 멋쟁이들에게 진흙탕물 한 바가지 흩뿌리며 히히거리며 노는 진흙탕 속 한 마리 거북이인지 모른다.

그래도 그에게 욕심이 하나 있다면, 이『장자』와 함께 놀 진흙탕 속 거북이를 계속 기르고 싶은 동양고전 서당 하나 차리는 일이다. 그래서 한국 동양고전 르네상스의 산실이 되기를 소원한다. 그 밥상은 누가 차려서 드릴 수 있을까?